EINE TEUFLISCHE VERFÜHRUNG

Die Liga der Schurken - Buch 2

LAUREN SMITH

Übersetzt von
MARTIN WICK

ISBN: 978-1-952063-74-9 (E-Book-Ausgabe)

ISBN: 978-1-952063-75-6 (Druckausgabe)

KAPITEL 1

Z weite Regel der Liga

Man darf niemals die Schwester eines Mitglieds verführen. Sollte diese Regel gebrochen werden, hat das Mitglied, dessen Schwester verführt wurde, das Recht, Genugtuung zu verlangen.

Auszug aus *The Quizzing Glass Gazette*, 30. September 1820, Die Kolumne der Lady Society:

Die Lady Society hat diese Woche ein Auge auf einen der berüchtigtsten Lebemänner Londons geworfen, den Marquess of Rochester. Als Mitglied der verruchten Liga der Schurken wird der Marquess von den Ladies der Gesellschaft als feuriger Teufel gehandelt, der hinter verschlossenen Türen unverhoffte Freuden bereiten kann.

Der Lady Society ist zu Ohren gekommen, dass bisher keine Lady von Rochester sein Interesse lange für sich beanspruchen konnte. Sehnt er sich vielleicht insgeheim nach einer Frau aus gutem Hause und mit gesundem Menschenverstand?

Die Lady Society würde gerne die Antwort auf diese faszinierende Frage erfahren. Vielleicht gibt sich Rochester dem Liebesspiel hin, um die Qual der unerwiderten Liebe zu einer geheimnisvollen Frau zu lindern. Sollte man eine Vermutung wagen, welche unglückliche − oder vielleicht glückliche? − Maid das Herz unseres dunklen Marquess gestohlen hat?

KAPITEL 2

LONDON, DEZEMBER 1820

Sie wird noch meinen Tod bedeuten.

„Lucien! Du hörst mir gar nicht zu, oder? Ich brauche dringend einen neuen Kammerdiener, und du schwafelst nur herum, anstatt gute Vorschläge zu machen. Ich wage zu behaupten, dass du inzwischen genug anständige Mäntel und Handschuhe hast.“

Lucien Russell, der Marquess of Rochester, blickte zu seinem Freund Charles. Sie gingen die Bond Street hinunter, und Lucien überwachte eine bestimmte Lady, ohne dass sie es wusste. Charles hingegen genoss einfach die Gelegenheit, einen Ausflug zu machen. Die Straße war so früh am Morgen und bei so schlechtem, winterlichem Wetter erstaunlich belebt.

„Gib es zu“, drängte Charles.

Lucien musste kämpfen, um sich auf seinen Freund zu konzentrieren. „Wie bitte?“

Der Earl of Lonsdale warf ihm einen strengen Blick zu, der in Anbetracht der Tatsache, dass seine übliche Art eher heiter war, ein wenig beunruhigend wirkte.

„Wo sind nur deine Gedanken? Du bist schon den ganzen Morgen über nicht ganz richtig im Kopf.“

Lucien murrte. Er hatte nicht die Absicht, sich zu rechtfertigen. Seine Gedanken waren sündige Gedanken, die ihn geradewegs zu einem lodernden Platz in der Hölle führen würden, sofern dieser nicht bereits für ihn reserviert war. Und das alles nur wegen einer Frau: Horatia Sheridan.

Sie befand sich auf halber Höhe der Bond Street auf der gegenüberliegenden Straßenseite, ein Leuchtfeuer der Schönheit, das sich von den anderen Frauen um sie herum abhob. Ein in das Livree der Sheridans gekleideter Diener folgte ihr behände mit einer großen Schachtel im Arm. Ein neues Kleid, würde Lucien vermuten. Sie sollte nicht auf der schneebedeckten Straße gehen, nicht mit den vorbeirumpelnden Kutschen, die schlammigen Matsch überallhin verspritzten. Es frustrierte ihn, dass sie eine Erkältung riskierte, um einkaufen zu gehen. Aber es ärgerte ihn noch mehr, dass er darüber so besorgt war.

„Ich weiß, du hältst mich an den meisten Tagen für einen Vollidioten, aber...“

„Nur an den meisten?“ Lucien konnte sich den verbalen Seitenhieb nicht verkneifen.

Charles grinste. „Wie ich schon sagte, ist es ein bisschen offensichtlich, dass unser gemütlicher Spaziergang nur ein Vorwand ist. Mir ist aufgefallen, dass wir mehrmals angehalten haben, was dem Verhaltensmuster einer gewissen Lady aus unserem Bekanntenkreis auf der anderen Straßenseite entspricht.“

Charles war also doch aufmerksam gewesen. Lucien sollte das nicht überraschen. Er hatte kaum sein Bestes getan, um sein Interesse an Horatia Sheridan zu verbergen. Es war zu schwer, gegen die natürliche Anziehungskraft zwischen ihnen anzukämpfen, wann immer sie sich trafen. Sie war zwanzig Jahre alt, doch sie bewegte sich mit der natürlichen Anmut einer reifen und gebildeten Königin. Nicht viele Frauen schafften dieses Kunststück. Sie war schon so seit er sie kannte.

Er war ein junger Mann in seinen Zwanzigern gewesen, als er sie kennenlernte, und sie war damals gerade einmal vierzehn Jahre alt. Sie war wie eine kleine Schwester für ihn, anfangs. Schon damals war sie ihm geistig und emotional reifer vorgekommen als die meisten Frauen in ihren späteren Jahren. Ihre Augen hatten etwas Besonderes an sich. Ihre rehbraunen Tiefen schlugen jeden in ihren Bann. Dann ihre Intelligenz. Und in den letzten Monaten war die Anziehungskraft nur noch stärker geworden.

„Du solltest besser mit dem Starren aufhören", sagte Charles leise. „Die Leute fangen an, es zu bemerken."

„Sie sollte bei dem Wetter nicht draußen sein. Ihr Bruder würde einen Anfall bekommen." Lucien zog seine Lederhandschuhe weiter hoch, in der Hoffnung, die anhaltenden Auswirkungen des kalten Windes zu vertreiben, der zwischen Mantelärmel und Handschuhe eindrang.

Charles brach in ein Lachen aus, eines, das laut genug war, um die Aufmerksamkeit der Schaulustigen um sie herum auf sich zu ziehen. „Cedric liebt sie und die kleine Audrey, aber wir beide wissen, dass das die beiden nicht davon abhält, das zu tun, was sie wollen."

Darin steckte viel zu viel Wahrheit. Lucien und Charles kannten Cedric, den Viscount Sheridan, seit vielen Jahren. Sie hatten sich in einer dunklen Nacht an der Universität kennengelernt. Die Erinnerung daran, wie er, Charles, Cedric und zwei andere, Godric und Ashton, sich zum ersten Mal getroffen hatten, beunruhigte ihn immer noch. Dennoch hatte das, was damals geschah, ein unzerstörbares Band zwischen den fünf Männern geschmiedet. Später nannte man sie in ganz London, zumindest in den Gesellschaftsseiten, die Liga der Schurken.

Die Liga. Wie amüsant das alles war... bis auf eine Sache. In der Nacht, in der sie ihre Allianz gründeten, wurde jeder der fünf Männer vom Teufel persönlich gezeichnet. Ein Mann namens Hugo Waverly, ein Kommilitone in Cambridge, hatte ihnen Rache geschworen.

Und manchmal fragte sich Lucien, ob sie es nicht verdient hatten.

Lucien schüttelte diese düsteren Gedanken ab. Sein Blick wurde von Horatia förmlich angezogen, die innehielt, um ein Schaufenster zu bewundern, in dem eine Reihe von Hauben auf Ständern ausgestellt waren. Ihr geplagter Diener stand neben ihr und jonglierte die Schachtel in seinen Händen. Er nickte zustimmend, als Horatia auf eine bestimmte Haube wies. Lucien war versucht, hinüberzugehen und mit ihr zu sprechen, sie vielleicht in eine Gasse zu locken, um nur einen Moment mit ihr allein zu sein. Selbst wenn er nur mit ihr sprechen würde, fürchtete er, dass die Intimität dieses Gesprächs ihm eine Kugel ins Herz bescheren würde, sollte ihr Bruder es jemals herausfinden.

Charles war ein paar Meter vorausgegangen, blieb aber stehen und drehte sich um, um mit dem Fuß einen Schneehaufen auf die Straße zu schieben. „Wenn du vorhast, den Tag so zu verbringen, dann betrachte mich als entschuldigt. Ich könnte in diesem Moment in Jacksons Salon sein, oder noch besser, die Gunst der feinen Ladies im Midnight Garden genießen."

Lucien wusste, dass er Charles verärgert hatte, als er ihn bat, heute mitzukommen, aber seit er heute Morgen aufgestanden war, hatte er ein merkwürdiges Gefühl, das ihm eine Gänsehaut verursachte. Seit Hugo Waverly nach London zurückgekehrt war, hatte er ein Auge auf Cedrics Schwestern geworfen, insbesondere auf Horatia. Waverly hatte eine besondere Art, Begleitschäden zu verursachen, und Lucien würde alles tun, um diese unschuldigen Ladys zu beschützen.

Aber sie durfte nicht wissen, dass er über sie wachte. Er hatte die letzten sechs Jahre damit verbracht, äußerlich abweisend zu wirken. Er hatte sie sogar gebeten aufzuhören, ihn auf ihre süße, liebevolle Art anzustarren, aber er hatte damit kein Glück gehabt.

Es war grausam von ihm, ja, aber wenn er nicht etwas Abstand geschaffen hätte, hätte er sie auf den Boden geworfen und unter sich begraben. Dafür war sie eine zu gute Frau, und er war viel zu verrucht, um ihrer würdig zu sein. Wie ein Dämon, der sich in einen Engel verliebt hatte. Er sehnte sich nach ihr, wie er sich noch nie nach einer Frau gesehnt hatte, aber er würde sie nie haben können.

Der Grund dafür war einfach. Sein öffentlicher Ruf wurde dem wahren Ausmaß seiner Ausschweifungen nicht gerecht. Ein Mann wie er konnte und sollte nie mit einer Frau wie Horatia zusammen sein. Sie war schön, intelligent und stark, und er würde sie mit einer einzigen Nacht in seinen Armen verderben.

In der gehobenen Gesellschaft gab es Skandale, und dann gab es noch große Skandale. Für eine bestimmte Art von Frauen konnte es genügen, mit dem falschen Mann am falschen Ort gesehen zu werden, um ihren Ruf zu ruinieren und ihre Aussichten auf eine gute Heirat zu trüben. Diese schönen Geschöpfe verdienten nichts anderes als das höchste Maß an Höflichkeit und Anstand.

Für die anderen, die Witwen, die sich immer noch nach Liebe sehnten und kein Interesse an Ehemännern hatten, aber von Zeit zu Zeit männliche Gesellschaft suchten, und für die seltene, reizende Sorte Frau, die sowohl den Reichtum als auch die gesellschaftliche Position besaß, um es sich leisten zu können, sich nicht um die Meinung der Gesellschaft zu scheren, gab es Lucien. Er verführte sie alle, lehrte sie, sich ihren tiefsten Wünschen und Bedürfnissen hinzugeben und Befriedigung zu suchen. Nicht ein einziges Mal hatte sich eine Frau beschwert oder war unzufrieden gewesen, nachdem er ihr Bett verlassen hatte. Aber es gab nur ein Bett, das er jetzt suchte, und in dieses würde er niemals eingeladen werden.

Er sah sich um und bemerkte eine vertraute Kutsche unter den anderen Wagen auf der Straße. Ein Großteil des Verkehrs bewegte sich gleichmäßig und schneller als die Menschen zu Fuß, nicht aber diese Kutsche. Es war nichts Ungewöhnliches an ihr. Der Kutscher war wie alle anderen mit einem Schal bedeckt, um die Kälte abzuhalten, doch jedes Mal, wenn er und Charles eine Straße überquerten, wurden sie von der Kutsche beschattet.

„Charles, glaubst du, wir werden verfolgt?"

Charles bürstete etwas Schnee von seinen Ärmeln. „Was? Warum in aller Welt?"

„Ich weiß es nicht. Diese Kutsche. Sie folgt uns schon seit einiger Zeit."

„Lucien, wir sind in einem beliebten Teil von London. Zweifellos ist jemand beim Einkaufen und hat der Kutsche befohlen, in der Nähe zu bleiben."

„Hm", war alles, was er sagte, bevor er seine Aufmerksamkeit wieder Horatia und ihrem Diener zuwandte. Einer ihrer Handschuhe fiel aus ihrem Mantel auf den Boden und blieb sowohl von ihr als auch von ihrem Diener unbemerkt. Lucien überlegte kurz, ob er sich einmischen und sie damit darauf aufmerksam machen sollte, dass er und Charles ihr gefolgt waren. Als sie jedoch weiterging und ihren Handschuh zurückließ, traf er eine Entscheidung.

Lucien holte seinen Freund ein, der immer noch vor ihm auf der Straße ging. „Ich will dich nicht aufhalten. Aber Horatia hat einen Handschuh verloren, und ich möchte ihn ihr gerne zurückgeben."

„Du bist sehr ritterlich, nicht wahr? Geh nur, ich möchte hier einen Moment innehalten." Er deutete auf einen Buchladen.

„Sehr gut. Lass mich wissen, wenn du so weit bist."

Lucien schlängelte sich durch den Verkehr und war gerade auf halbem Weg über die Straße, als die Hölle losbrach.

In der Bond Street brach Panik aus, als Schreie durch die Luft hallten. Die Kutsche, die ihn beschattet hatte, raste die Straße hinunter in Luciens Richtung. Doch anstatt zu versuchen, das Gespann zu stoppen, trieb der Kutscher die Pferde mit seiner Peitsche an, direkt auf Lucien zu.

Er war schon zu weit über die Straße, um umzukehren. Er musste sich in Sicherheit bringen und andere aus dem Weg schaffen. Horatia! Sie könnte zertrampelt werden, wenn er sie nicht sofort in Sicherheit brachte. Luciens Herz schlug ihm bis zum Hals, als er zu ihr rannte. Der Kutscher peitschte die Pferde erneut an, als ob er Luciens Entschlossenheit zu fliehen spürte.

„Horatia!", brüllte Lucien aus vollem Halse. „Aus dem Weg!"

Diesen Moment würde er nie vergessen. Wie sich ihr verwirrter Gesichtsausdruck in ungetrübte Freude über seinen Anblick verwandelte und dann in Entsetzen, als sie erkannte, dass der Zweispanner direkt auf sie zusteuerte.

Lucien überquerte die Straße, kurz bevor die Pferde ihn erreichten. Er griff Horatia um die Taille und warf sie in einer Gasse zwischen den Geschäften zu Boden. Die Räder des Wagens schnitten durch den Schnee und den Schneematsch, nur wenige Zentimeter von seinen Stiefeln entfernt, und durchnässten sie mit eisigem Wasser.

Einen Moment lang konnte Lucien sich nicht bewegen. Sie war am Leben. Er hatte es geschafft. Der Zweispanner hatte sie nicht überfahren...

Dann schien sein Körper zu bemerken, dass er eine Frau unter sich hatte. Eine Frau mit den schönsten Kurven, die Gott je geschaffen hatte, um einen Mann zu verführen. Ihre Haube saß schief und enthüllte lange, glänzende Locken aus vollem, kastanienbraunem Haar. Ihre dunklen Augen, so unschuldig, blickten ihn verwundert an.

„Mylord...", murmelte sie ganz benommen. Ihre Hände lagen auf seiner Brust und hielten ihn in Schach. Er spürte das Zittern ihrer Hände bis in seine Knochen, und sein Körper reagierte mit Interesse.

„Was zum Teufel ist passiert?", rief Charles und stürzte in die Gasse, seine grauen Augen glühten vor Wut. „Hast du gesehen, wer die Kutsche gefahren hat?" Charles hielt inne und nahm die Szene vor ihm mit einem Lächeln auf. „Horatia, Liebes, wie geht es dir?" Charles hatte sich noch nie in seinem Leben um Titel oder Anstand gekümmert. Im Übrigen genauso wenig wie Lucien. Daher überraschte es Lucien nicht, dass sein Freund Horatia so ansprach.

„Oh, Charles!", rief sie aus. Sie schien erst in diesem Moment zu begreifen, dass sie auf dem Rücken in einer Gasse in der Nähe der Bond Street lag, einer Straße voller neugieriger Leute, die hereinschauten und Lucien auf ihr liegen sahen.

Lucien biss die Zähne zusammen. *Oh, Charles!* hatte sie gesagt, aber Lucien sprach sie stets mit Mylord an. Es zehrte an seinen Nerven, dass sie ihm diese Intimität verwehrte. Aber es war seine eigene verdammte Schuld. Bei jeder Gelegenheit stieß er sie weg, nur um sich selbst davon abzuhalten, sie in die nächste Nische zu zerren und zu küssen. Irgendetwas an ihr schien ihn in den barbarischsten aller Zustände zu versetzen. Er dachte an nichts anderes als daran, wie sie schmecken würde, wie sie stöhnen und seufzen würde, wenn er sie nur in seine Arme bekäme.

„Lucien...", stammelte Horatia. Sein Name auf ihren Lippen war erregender als das befriedigte Stöhnen einer Geliebten. „Was in aller Welt ist gerade passiert?"

„Ich fürchte, jemand hat gerade versucht mich zu überfahren, und du warst unglücklicherweise im Weg", erklärte er, beunruhigt durch den benommenen Ausdruck, der ihre dunklen Augen erfüllte.

„Ich denke, Lucien, du solltest vielleicht von dem Mädchen heruntersteigen, sie läuft schon blau an", neckte ihn Charles. „Außerdem, wenn du noch länger auf ihr liegenbleibst, werden die Leute anfangen zu reden. Du willst doch nicht ihr Ehemann werden, nur weil du ihr das Leben gerettet hast, nicht wahr?"

Horatia wurde rot, und Lucien war sich nicht sicher, ob es an Luftmangel lag oder daran, dass sie sich in einer so kompromittierenden Haltung auf einer öffentlichen Straße unter ihm liegend befand. Er rollte von ihr herunter und kam auf die Beine. Charles reichte Lucien seinen Hut, und er setzte ihn sogleich wieder auf. Mit einer Hand klopfte er den Schnee von seiner Kleidung, während er Horatia die andere Hand anbot.

Ihr Zögern traf ihn wie ein Schlag. Schließlich legte sie ihre feingliedrige Hand in seine, und er half ihr auf. Dabei zog er aber so heftig, dass sie in seine Arme stolperte. Er konnte nicht widerstehen und lächelte auf sie herab.

Wenn er sich nur ein paar Zentimeter tiefer beugte, könnte er sie küssen, ihre Lippen kosten... Einen Moment lang verlor er sich in dem träumerischen Gedanken, wie sie wohl schmecken würde. Sie starrte zu ihm auf, ohne zu blinzeln, mit diesen verdammt schönen Augen, die sich erwärmten, bis sie vor Verlangen glühten. Es wäre so einfach, sie...

„Ähem." Der Diener hielt ihr mit einem höchst mitleidigen Gesichtsausdruck eine Schachtel hin. „Mylady...", krächzte er, als er ihr das Paket zeigte. Es war völlig durchnässt, genau wie Horatia und Lucien.

Sie befreite sich aus Luciens Armen. „Oh je!"

Der Bann, der kurz zuvor über sie gehangen hatte, war gebrochen, als sie zum Bediensteten eilte und ihm die

Schachtel abnahm. „Oh, nein. Herrje." Tränen glitzerten in ihren Augen, als sie sich zu Lucien und Charles umdrehte.

„Mein Kleid! Es ist ruiniert."

Tränen wegen eines Kleides? Dieses Verhalten passte eher zu ihrer jüngeren Schwester Audrey. Die liebenswerte Kleine war von Mode besessen. Horatia hingegen war schon immer ruhiger und eher geistig veranlagt gewesen.

„Kannst du nicht ein anderes kaufen?", fragte Charles.

„Nein... Ich kann Cedric nicht bitten, noch mehr auszugeben, als er es ohnehin schon getan hat."

Ah, da war sie. Die Horatia, die er kannte, war sparsam bis zum Letzten. Cedric war so reich wie Krösus, aber Horatia würde sich niemals von ihm verwöhnen lassen.

„Oh...", erwiderte Charles, ein wenig verwirrt. Er selbst war ein Geizkragen, das war kein Geheimnis.

Lucien nahm dem Diener die Schachtel ab und beäugte sie kritisch.

„Es könnte noch zu retten sein. Wir begleiten dich nach Hause, und dann kann deine Zofe sich darum zu kümmern."

Horatia blickte unsicher zwischen Charles und Lucien hin und her. „Ich mache euch doch keine Umstände? Peter und ich können auch allein nach Hause gehen, nicht wahr, Peter?" Sie warf ihrem Diener einen entschlossenen Blick zu, und er nickte hastig.

„Wir kommen schon zurecht, Mylords."

„Unsinn", entgegnete Lucien. „Du hast einen Schock erlitten und bist klatschnass. Wir begleiten dich nach Hause. Keine Widerrede." Er umfasste ihren Ellbogen mit einer Hand und schob Peter das Paket in die Hände.

Sie mussten ein seltsames Schauspiel abgegeben haben. Lucien und Charles flankierten die durchnässte Horatia wie Leibgarden, und ihr Diener folgte dicht hinter ihnen mit einer wassertriefenden Schachtel in den Händen.

Lucien ignorierte die neugierigen Blicke und genoss

schlicht die Erleichterung, Horatia ohne einen weiteren lebensbedrohlichen Zwischenfall nach Hause bringen zu können.

Als sie das Haus der Sheridans erreichten, schob Horatia ihren schmutzigen Mantel von den Schultern und entschuldigte sich, während sie mit der Schachtel die Treppe hinauf flüchtete. Lucien verweilte in der Halle, beobachtete das Flattern ihrer nassen Röcke und wünschte, er könnte ihr in ihre Gemächer folgen und in das heiße Bad sinken, das sie zweifellos nehmen würde. Der Gedanke an Horatia, nackt in einer Badewanne, war nur ein klein bisschen weniger verlockend als der Traum, den er in der Nacht zuvor von ihr gehabt hatte. In letzter Zeit verfolgte sie seine Gedanken nur zu oft.

„Sollen wir auf Cedric warten?", fragte Charles und trat zu ihm an den Fuß der Treppe.

„Ist er nicht hier?"

Charles schüttelte den Kopf. „Der Butler sagte, er suche Horatia."

Er ist auf der Suche nach seiner Schwester? Wozu in aller Welt?

„Wir sollten warten", schlug Lucien vor. „Komm, genehmigen wir uns einen Brandy."

Sein Freund grinste. „Das ist in der Tat eher das, was ich im Sinn hatte, als wir heute Morgen aufgebrochen sind."

Sie folgten einem Bediensteten in den Salon, um auf Cedrics Rückkehr zu warten.

Charles ließ sich in einem großen Brokatsessel nieder und legte den linken Fußknöchel über das rechte Knie. „Lucien, glaubst du, Horatia geht es gut?"

„Ich nehme es an..."

„Angesichts der Tragödie in ihrer Vergangenheit, meine ich", erklärte Charles. „Mit ihren Eltern und dem Kutschenunfall. Du warst dabei. Meinst du, das bringt die Erinnerungen zurück?"

Lucien erschauderte. An diesem Tag hatte Cedric seine

Eltern verloren. Sie waren in der Stadt unterwegs gewesen, als zwei Männer beschlossen, mit ihren Kutschen durch die Straßen zu rasen. Horatia, damals erst vierzehn, hatte mit ihren Eltern in der Kutsche gesessen. Es war ein furchtbarer Unfall gewesen. Wiehernde Pferde mit gebrochenen Beinen, Menschen, die zu nah gestanden hatten, waren durch die Trümmer verletzt worden. Ein junger Mann war tot, ein anderer schwer verletzt. Cedrics und Horatias Eltern hatten den Aufprall der Kutsche, als sie sich überschlug, nicht überlebt.

Horatia war mit den Leichen ihrer Eltern in der Kutsche eingeklemmt gewesen, unfähig auszusteigen und benommen vor Entsetzen. Sie hatte nicht einmal um Hilfe gerufen. Als Lucien den Ort des Geschehens erreicht hatte, war er an der Seite der Kutsche hochgeklettert und hatte die Tür geöffnet. Er hatte ihren Namen gerufen, und sie hatte mit großer Angst in den Augen zu ihm aufgesehen. Er hatte sie aus der Kutsche und in seine Arme gezogen. Sein Magen kribbelte bei der Erinnerung daran, wie heftig ihr Körper an seinem gezittert hatte.

„Sie ist stark. Sie wird das schon meistern." Luciens Worte dienten eher dazu, sich selbst und nicht Charles davon zu überzeugen, dass alles in Ordnung war. Er musste daran glauben können, dass sie nach dem heutigen Morgen nicht allzu verstört sein würde.

Der Gedanke, dass sie verzweifelt sein könnte, hinterließ ein hohles Gefühl in seiner Brust. Trotz seiner Absicht, sie so weit wie möglich nicht zu beachten und so zu tun, als würde sie nicht existieren, hatte sie in den letzten Monaten jeden seiner wachen Gedanken in Anspruch genommen. Er wusste genau, wem er die Schuld dafür zuschieben konnte. Der Duchess of Essex, ehemals bekannt als Miss Emily Parr.

Sein Freund Godric, der Duke of Essex, hatte Miss Parr im letzten Herbst entführt. Der Schuss war allerdings nach hinten losgegangen, und Godric hatte sich vor wenigen Monaten plötzlich vor dem Traualtar wiedergefunden.

Lucien ertappte sich dabei, wie er lächelte, obwohl er sich eigentlich hätte ärgern müssen, da er den heiligen Stand der Ehe mehr fürchtete als den Tod. Aber er wollte verdammt sein, wenn er nicht ein kleines bisschen eifersüchtig auf Godrics unbeschwertes Glück mit Emily war. Die beiden waren vom Wesen her recht gegensätzlich, und doch war es eine Heirat aus Liebe gewesen.

Die Ereignisse nach der Entführung hatten Lucien wieder in Horatias Umfeld geführt. All die Mühe, die er auf sich genommen hatte, um Dinnerpartys und Bällen taktvoll auszuweichen, war umsonst gewesen. Die Liga war so vernarrt in Emily, dass keiner von ihnen ihrer Einladung widerstehen konnte. Cedric nannte es den Schoßhund-Effekt. In Gegenwart der Duchess of Essex hatten sie sich von gefährlichen Wüstlingen der schlimmsten Sorte zu perfekt erzogenen Gentlemen verwandelt. Wären Emily und Horatia nicht so gute Freundinnen geworden, hätte Lucien sie vielleicht leichter meiden können.

Dass Horatia im Alter von zwanzig Jahren noch unverheiratet war, überraschte ihn. Wie kam es, dass kein anderer Mann mit diesem Geschöpf mit rehbraunen Augen und solchen Kurven ins Bett wollte? Oder den ganzen Tag damit verbringen wollte, Scherze auszuarbeiten, nur um ein einziges, echtes Lachen von ihren weichen Lippen zu hören? Doch wie er Cedric kannte, gab es wahrscheinlich zahlreiche junge Anwärter in der gehobenen Gesellschaft, die es bei dem Gedanken, ihn um Erlaubnis zu bitten, seiner Schwester den Hof machen zu dürfen, mit der Angst bekamen.

Lucien hatte versucht, seine Sehnsucht nach Horatia zwischen den Schenkeln anderer Frauen zu stillen, aber es hatte keinen Zweck. Erst in der vergangenen Nacht noch hatte er versucht, mit einer Frau ins Bett zu gehen und hatte dabei feststellen müssen, dass er nicht erregt genug war, um es auch wirklich zu tun. Wenn sich das herumgesprochen hätte, wäre er zum allgemeinen Gespött geworden. Die Ironie, dass sein Ruf als Wüstling durch eine unschuldige Frau geschädigt wurde, war ihm nicht entgangen. In diesem Augenblick, wenn er an den Traum dachte, den er in der Nacht zuvor gehabt hatte, fürchtete er sich vor der Ankunft seines Freundes.

Horatia war jeder Faser ihrer Kleidung entledigt worden, alles lag zu seinen Füßen, ihre Knöchel und Handgelenke mit roter Seide an die Pfosten seines Bettes gefesselt. Schweiß rann über ihre Haut, als er mit der Hand ihren Körper hinauffuhr, um ihre perfekten Brustwarzen zu liebkosen. Sie wölbte sich ihm entgegen, rieb ihr Geschlecht an ihm und versengte ihn mit der verruchten Hitze ihrer Erregung. Er schob seine Zunge in ihren Mund und kostete ihren Geschmack, dann umfasste er ihren üppigen Hintern, um ihn für einen kräftigen Stoß anzuheben. Der Traum hatte sich plötzlich in Nebelschwaden verwandelt und aufgelöst und hatte ihn mit einer Erektion zurückgelassen, mit der er ein Loch in die Wand hätte rammen können.

Es wäre ein Wunder, wenn er nach diesem Traum seine Gesichtszüge beherrschen und seine Schuldgefühle vor Cedric verbergen könnte, weil er solche Dinge mit der Schwester seines Freundes anstellen wollte.

Lucien warf einen Blick auf die Uhr auf dem Kaminsims. Es war jetzt fast Mittag. Cedric hätte schon längst zurück sein müssen.

Das kribbelnde Gefühl unter seiner Haut beunruhigte ihn. Er hatte dieses Gefühl schon einmal gehabt, kurz bevor ein Sturm aufgezogen war. Er wurde von Angst erfüllt, und sie drehte ihm den Magen um, so dass er kaum noch atmen konnte. Düstere Wolken zogen am Horizont auf.

Charles runzelte die Stirn und lehnte sich in seinem Sitz

nach vorne, Sorge umspielte seine Mundwinkel. „Fühlst du dich nicht wohl?"

Ein tiefer Atemzug. Zwei. Das eisige Grauen in seiner Brust ließ nach. „Es ging mir schon besser, glaube ich. Ich habe nur..." Lucien zögerte.

Charles griff nach der Karaffe mit dem Brandy und schenkte Lucien ein weiteres Glas ein. „Was ist los?"

Lucien öffnete den Mund, aber plötzlich schwang die Tür auf und Cedric erfüllte den Türrahmen wie ein Racheengel oder ein Dämon. Er schritt herein, ein Stück Pergament in der einen Hand, die Fingerknöchel weiß, während er mit der anderen seinen silbernen Gehstock mit Löwenkopf umklammerte.

„Was ist los, Cedric?"

Cedrics Wut war nur allzu offensichtlich. „Dieser Bastard!"

Es herrschte einen Moment lang Schweigen, als Lucien einen besorgten Blick mit Charles austauschte.

Charles stand auf und ging hinüber zur Zigarrenkiste, die auf dem Beistelltisch an der gegenüberliegenden Wand lag. „Du musst schon etwas präziser sein. Es gibt hier eine Menge Bastarde." Er hielt sich eine Zigarre unter die Nase. „Einige befinden sich sogar in diesem Raum."

Lucien erhob sich und schritt zum Fenster mit Blick auf die Straßen. Vor ihm entfaltete sich eine komische Szene: Ein übertrieben gekleideter Dandy, der mit einem Monokel herumtänzelte und die Kleider verschiedener Ladies untersuchte, die an ihm vorbeigingen. Der Mann schien Luciens Blick auf sich zu spüren und hob den Kopf. Ein kalter Schauer lief Lucien den Rücken hinunter. Irgendetwas an diesem Mann und seinen leblosen, kalten Augen weckte Luciens Sinne und verunsicherte ihn. Hatte er den Mann früher schon einmal gesehen? Ein Gefühl der Vorahnung durchzuckte ihn, und er richtete sich instinktiv zu seiner vollen Größe auf. Der

Mann wandte sich ab und verschwand durch eine Tür ein paar Häuser weiter, gegenüber von Cedrics Stadthaus.

Lucien zwang seine Aufmerksamkeit zurück zu seinen Freunden. „Also, wer ist dieser Bastard?"

Cedric warf sich in einen rotgoldbroschierten Sessel und klopfte mit der Spitze seines Stocks auf seinen rechten Stiefel. „Was denkst du?"

Lucien erstarrte. „Waverly."

Cedric nickte.

„Das ist doch nichts Neues. Jemand hat eben versucht, Lucien in der Bond Street zu überfahren. Horatia war zufällig in der Nähe. Glücklicherweise hat Lucien sie außer Gefahr gebracht", klärte Charles Cedric über den Vorfall vom Morgen auf. Dieser sprach kein Wort und hörte nur zu. Sie alle wussten, wozu Waverly fähig war. Was vielleicht noch beunruhigender war, war dessen völliger Mangel an Ehrenhaftigkeit. Er hatte keine Skrupel, seine Feinde aus dem Hinterhalt anzugreifen oder, wie es schien, ihre Angehörigen.

Lucien verschränkte die Arme vor der Brust und lehnte sich an die Wand Cedric gegenüber. Neben der Wut überzogen jetzt auch Sorgenfalten das Gesicht seines Freundes.

„Geht es meiner Schwester gut?", fragte er.

Lucien nickte. „Es geht ihr so gut, wie man es in einer solchen Situation erwarten kann. Ich konnte sie aus dem Weg schaffen, aber sie ist furchtbar durcheinander." Zum Glück war durch Waverlys Übeltat nur das Kleid zu Schaden gekommen. Er unterdrückte den Drang, den Schurken zu finden und ihn mit bloßen Händen zu erdrosseln. Lucien wusste, dass es Horatia missfallen würde, wenn er einen Mann in ihrem Namen ermordete. Seine Leidenschaft neigte dazu, ihn stärker zu beherrschen, als sie es eigentlich sollte.

Ungeachtet der Tatsache, dass sie nicht ihm gehörte, konnte er sie dennoch zumindest in Sicherheit bringen. Horatia musste um jeden Preis beschützt werden.

„Cedric“, unterbrach Charles Luciens Gedanken. „Warum bist du denn losgezogen, um Horatia zu suchen?“

Cedrics Gesicht verfinsterte sich erneut. „Ich war auf dem Weg, mich mit Ashton und Godric bei Tattersalls zu treffen, als einer meiner Diener diesen Brief unter dem Türklopfer festgeklemmt vorfand.“

Er hielt den Fetzen Pergament in der Hand hoch.

Zitternd nahm Lucien das Papier und las. Charles stellte sich hinter ihn und beugte sich vor, um über seine Schulter zu lesen. Die Notiz war auf dickem, teurem Papier geschrieben worden. Eine schwarze, krakelige Handschrift, die ihm unbekannt war und eindeutig nicht von Waverly stammte, überzog die Oberfläche des Zettels mit unheimlicher Unentrinnbarkeit.

Lucien las die Worte laut vor, sodass Charles sie hören konnte. „Kutschenunfälle sind eine schreckliche Sache, nicht wahr?“

Lucien reichte den Zettel an Cedric, der ihn einsteckte. „Das sieht nicht wie Waverlys Handschrift aus. Sind wir sicher, dass er es war?“

Cedric zuckte mit den Achseln. „Wer sonst würde es wagen, mich an ein so schreckliches Ereignis zu erinnern?“

„Wenn er sich auf die Vergangenheit bezieht...“, erwiderte Lucien, „...dann war der Zeitpunkt des Kutschenzwischenfalls heute Morgen vielleicht beabsichtigt.“

Charles drehte um und warf sich finster in einen Sessel. „Er hat uns schon früher gedroht, aber es ist nichts daraus geworden. Was hat sich geändert?“ Die Augen des Earls schimmerten wie Quecksilber, hell und voller Feuer.

„Ich habe keine Ahnung.“ Cedric streichelte den silbernen Löwenkopf seines Stocks. „Er hat die letzten Jahre im Ausland verbracht. Nun ist er wohl zurückgekehrt und belästigt uns erneut mit seinen Drohungen.“

Lucien fragte sich, ob sein Körper irgendwie wusste, dass

in diesem Moment etwas in Gang gesetzt wurde. Er konnte fast spüren, wie die Zeit verrann, aber es war verflucht schwer zu wissen, wie er diejenigen, die er liebte, schützen sollte, wenn er nicht wusste, aus welcher Richtung die Bedrohung kommen würde.

Cedric erhob sich und rieb sich mit einer Hand das Gesicht. „Abgesehen von den schlechten Nachrichten möchte ich euch beide heute Abend zum Essen einladen. Mir ist klar, dass es recht kurzfristig ist, aber Audrey will unbedingt die ganze Liga sehen." Er blickte hoffnungsvoll zwischen seinen Freunden hin und her.

Charles grinste. „Du weißt doch, dass ich deine Schwestern immer gerne sehe!"

Cedric zog eine Braue hoch. „Ich hoffe, du bist nicht *zu* eifrig, sie zu sehen."

Es war zum Verrücktwerden. Jede Faser seines Wesens verlangte von Lucien, dass er die zweite Regel der Liga brach. Er wollte nicht, dass seine Wollust ihn in eine Lage brachte, bei der er zum Schluss Cedric im Morgengrauen auf einem Feld gegenüberstand, oder sonst etwas ähnlich Lächerliches. Bei jeder anderen Frau hätte er einfach mit ihr geschlafen und so weitergemacht wie bisher. Mit Horatia war das unmöglich. Allein der Gedanke an sie brachte sein Blut in Wallung und schickte einen pochenden Schmerz direkt in seine Lenden. Er bewegte sich unbehaglich und rückte seine Reithose zurecht.

„Was ist mit dir, Lucien?" Cedric starrte ihn eindringlich an. „Wage es nicht, mir irgendwelche Ausreden aufzutischen."

Lucien hatte Cedric schon vor langer Zeit gesagt, dass er sich in Horatias Nähe nicht wohlfühlte. Er hatte angegeben, es läge daran, dass sie einen Verlobungsantrag, den er vor einigen Jahren einer reichen Erbin gemacht hatte, ruiniert hatte. Aber das war nur eine Halbwahrheit, wenn überhaupt. Horatia war zwar dabei gewesen, und der Antrag war in die Hose gegangen, weil sie seiner Zukünftigen einen Eimer

Wasser über den Kopf geschüttet hatte. Aber sein Bedürfnis, Horatia zu meiden, hatte nur damit zu tun, dass er sie ins nächstbeste Bett bringen wollte und… Er schüttelte den Kopf, um sich von diesen Gedanken zu befreien.

Er begann zu protestieren. „Cedric, du weißt doch, dass ich…"

„Komm schon. Du hast doch keine Angst vor meinen Schwestern, oder?"

Verdammt. Diesmal konnte er sich nicht herauswinden. „Gut, ich werde da sein."

„Wunderbar! Ich erwarte euch um sieben!", erklärte Cedric zufrieden.

„Ja, wunderbar", wiederholte Lucien dumpf. Wie sollte er das nur überleben?

KAPITEL 3

Horatia presste gerade zwei ihrer zarten Finger an ihre Schläfen, als der hüpfende Schatten ihrer jüngeren Schwester vorbeihuschte und sie von ihrem neuesten Buch ablenkte. Es war nicht die feine Art, wie sich eine junge Lady benehmen sollte, aber Audrey aufhalten zu wollen war wie der Versuch, einen Sturm umzulenken. Horatia versuchte, sich auf die Worte zu konzentrieren, aber zwischen Audreys chaotischem Gerenne und den Erinnerungen an den Vorfall des heutigen Morgens fiel ihr das schwer. Das verbleibende Angstgefühl hatte einen bitteren Nachgeschmack in ihrem Mund hinterlassen. Sie verachtete sich selbst dafür, so schwach zu sein und sich von solchen Ängsten beherrschen zu lassen. Eine Minute hatte sie noch ihren Spaziergang genossen, und in der nächsten hatten Pferde gewiehert, Räder gerumpelt und sie wurde von eiskaltem Wasser bis auf die Knochen durchnässt, als sie auf dem Boden aufgeschlagen war.

Ihr Kindheitstrauma wiederholte sich. Der Tod hatte sie erneut ohne Vorwarnung heimgesucht, und wie beim letzten Mal war sie verschont geblieben. Aber das Ereignis hatte alte

Ängste geweckt. Lucien hatte ihr erneut das Leben gerettet. Er würde nie erfahren, wie lebendig sie sich gefühlt hatte, als er sie in der Gasse in den Schnee gestoßen hatte, oder wie ihr Herz wie ein wilder Vogel gegen ihren Brustkorb geflattert hatte. Sein straffer Körper über ihrem, wie er auf ihr lag – er war so nah gewesen, dass sie die grünen Sprenkel in der braunen Iris seiner Augen erkennen konnte. Seine Augen waren wie ein dunkler Wald, der nach ihr rief. Jede Angst, die sie vor dem Zertrampeln gehabt hatte, wurde von einer verwirrenden Hitze weggefegt, die sie gespürt hatte, als Lucien sich über ihr bewegte, seine Hüften und Brust an sie gepresst. Beinahe wäre sie bloßgestellt worden. Wenn jemand von Bedeutung Lucien über ihr hätte liegen sehen, wäre das ein Skandal gewesen.

Sie würde Luciens Gesicht und seine wilde, beschützende Reaktion nie vergessen. Aber selbst Luciens Beschützerinstinkt war nichts im Vergleich zu dem ihres Bruders, der nach oben geeilt war, um nach ihr zu sehen, sobald er vom Ereignis gehört hatte. Er hatte ihr einen Zettel gezeigt, der eine vage Drohung über Kutschenunfälle enthielt. Cedric war bereit gewesen, Audrey und sie nach Frankreich zu schicken und ihre Namen zu ändern, um sie zu beschützen. Sie hatte all ihre Überredungskraft aufgewandt, um ihn davon abzubringen und zu überzeugen, dass sie und ihre Schwester hier sicherer waren.

„Oh, Horatia. Kopf hoch! Cedric sagt, wir werden heute Abend eine Dinnerparty mit der Liga veranstalten!" Ihre zimtfarbenen Augen waren auf das Gesicht ihrer älteren Schwester gerichtet. Audrey hielt Horatias Grübeln für Trübseligkeit statt für Sorge.

„Audrey, hör auf mit dieser höllischen Hüpferei." Horatias Ton war schärfer als beabsichtigt. Sie senkte den Kopf und presste die Finger fester an ihre Schläfen, während der Schmerz durch ihre geschundenen Nerven zuckte. Als sie aufsah, schwand das Lächeln auf Audreys Gesicht. „Und hör auf, sie *die Liga* zu nennen. Du klingst wie diese schreckliche Lady Society in der *Quizzing Glass*."

„Es tut mir leid, Horatia, ich habe nur …", stammelte Audrey mit feuchten Augen. „Nach allem, was heute passiert ist, wollte ich dich nur aufmuntern." Sie drehte sich um und schlüpfte aus dem Zimmer. Ihr fröhliches Hüpfen war verschwunden.

Horatia wollte ihr nachlaufen. „Audrey, warte…" Doch dann hielt sie inne und ließ sich wieder auf ihre Liege nieder, denn ihr Kopf schmerzte immer noch.

Einen Moment später betrat ihre Zofe Ursula das Zimmer. „Was hat das zu bedeuten? Das arme Mädchen sah aus, als wollte es eine Woche lang weinen." Ursula war Anfang vierzig, eine rundliche aber attraktive Frau mit grauen Strähnen im blonden Haar. Sie war seit zehn Jahren bei der Familie Sheridan und war für Horatia das, was einer Mutterfigur am nächsten kam.

„Sie benahm sich wie ein Kind, also habe ich die Geduld verloren. Ich habe versucht, mich zu entschuldigen." Horatia rechtfertigte sich ohne Überzeugung, denn es war ihre Schuld, nicht Audreys. Ihr Temperament sollte anderen niemals Schaden zufügen.

„Und was hat Euch in so eine unnachsichtige Stimmung versetzt, wenn ich fragen darf? Ich weiß, der Unfall muss Euch erschreckt haben, aber Lord Rochester war ja da, und Euch ist nichts geschehen, oder?" Ursula ging zum hohen Schrank und suchte nach einem Kleid, um Horatia für den Abend anzukleiden.

Dies war eines der vielen Dinge an Ursula, die Horatia bewunderte – ihre Fähigkeit, Situationen und Probleme kühl und vernünftig anzugehen anstatt emotional. Nun, da sie zum Schluss gekommen war, dass Horatia Audrey ihrer eigenen schlechten Laune wegen getadelt hatte, würde sie zweifellos erkennen, was Horatia verärgert hatte und ihr dann einen Ratschlag geben.

„Nein, du hast recht. Es geht mir gut. Ich bin ein wenig mitgenommen, aber es hätte schlimmer kommen können", sagte Horatia.

In Wahrheit war sie von Panik gepackt, weil Lucien heute zum Abendessen kam. Ihre Begegnung am heutigen Morgen mit dem Marquess of Rochester war spannungsgeladen gewesen. Seine Berührung, sein Blick, sein warmer Atem auf ihren Wangen, all das hatte ein Feuer in ihrem Bauch entfacht, das sich weigerte zu erlöschen. Wenn sie einander nur so nah geblieben wären...

Sie konnte nicht anders, als davon zu träumen, wohin dies wohl geführt haben könnte. Hätte er es gewagt, sie zu küssen? *Natürlich hätte er das*, erwiderte ihre innere Stimme, *er ist ein Wüstling*. Wären sie allein gewesen, hätte er die Situation bestimmt ausgenutzt und bei Gott, sie hätte ihn gewähren lassen.

Es war ein Segen, dass er normalerweise entschlossen schien, sie zu meiden. Doch sie konnte nicht umhin, ihn unverzüglich sehen zu wollen, seinen Geruch einzufangen, wenn er dicht neben ihr stand, oder die Berührung ihrer Hände beim Frühstück zu suchen, wenn sie beide nach den Eiern griffen.

So unvernünftig es auch war, sie sehnte sich sogar nach der hungrigen Art, mit der seine glühenden Augen sie ansahen und hinter deren haselnussbrauner Oberfläche pure Lust loderte. Horatias Herz schlug gegen ihre Rippen, und ihre Handflächen wurden schweißnass.

Ursula zog ein violettes Kleid mit dunklen Parmaschuhen für Horatia heraus. „Ich fürchte, Euer neues Weihnachtskleid ist ruiniert. Nach so einer Tragödie könnte keine Frau gute Laune haben." Ursulas Ton war halb neckend, halb sarkastisch.

„Ja, es ist sehr schade um das Kleid.“

Das Kleid war ein Verlust, aber sie konnte damit leben. Es war die Art von Alltagsproblemen, gegen die sie gewappnet war. Nicht gewappnet war sie allerdings gegen Lucien. Horatia hatte ihre Finger in seine Brust gegraben und sich in seinen Augen verloren, ohne sich der Kälte des Bodens bewusst zu sein. Sein Blick war wild gewesen. Die plötzliche Veränderung seines Verhaltens hatte sie erschreckt. Diese Seite von ihm hatte sie noch nie gesehen.

Sie war gezwungen, sich der Wahrheit zu stellen, nämlich dass es Dinge an ihm gab, von denen sie nichts wusste. Geheimnisse und Leidenschaften beherrschten ihn. Standen sich die Männer in der Liga deshalb so nah? Hatten sie etwas gemein, das sie nicht verstehen konnte? Ging Lucien deshalb auf Distanz? Vielleicht hatte er seine Leidenschaft nicht im Griff. Vielleicht mied er sie deshalb.

Aber ich bin nicht die Art von Frau, die die Kontrolle eines Mannes auf die Probe stellen würde. Ihre innere Stimme tadelte sie, weil sie so töricht war zu glauben, dass sie eine Versuchung für Lucien darstellen könnte. Sie war keine Verführerin. Er bräuchte nur den kleinen Finger zu heben und sie würde ihm in die Arme laufen. Es war kläglich aber wahr. Welch eine Gnade, dass sie es offenbar nicht wert zu sein schien, von ihm verführt zu werden.

Sie ließ sich von Ursula anziehen, und als sie fertig war, verließ Horatia ihr Zimmer und ging zur Treppe. Ein schwarzweißer Kater kam in ihr Blickfeld. Er hatte seine gelben Augen weit aufgerissen und trug eine tote Maus schlaff zwischen den Zähnen.

„Muff! Du weißt doch, dass du deine Geschenke nicht hereinbringen sollst!“

Sie rannte hinter dem Kater her. Muff eilte die Treppe hinunter und an der Eingangstür vorbei in einen leeren Salon. Der Kater schlüpfte zwischen dem Marmorkamin und dem

Feuerrost hindurch und verschwand mitsamt seiner Beute außer Sichtweite.

„Also wirklich", knurrte Horatia, als sie das Gitter zurückzog.

Muff war im Kamin verschwunden, möglicherweise sogar im Schornstein. Die Gäste würden bald zum Abendessen hier sein, und sie konnte nicht riskieren, sich mit Ruß zu beschmutzen. Zum Glück würde heute Abend kein Diener das Feuer in diesem Raum anzünden, und der Kater war hoffentlich klug genug, den Schornstein vor dem nächsten Morgen zu räumen.

Muff war eine von zwei Katzen, die im Sheridan-Stadthaus in der Curzon Street lebten. Die andere Katze, Mittens, war ein schwarzes Weibchen. Cedric hatte sie Audrey zu Weihnachten geschenkt, als sie noch ein Kind gewesen war. Sie hatte auch ein Paar Handschuhe und einen Muff bekommen und ihre Katzen natürlich entsprechend so genannt. Aber das war die Art von Dingen, die Audrey damals tat.

Die Katzen waren inzwischen ziemlich alt geworden, und Horatia fürchtete den Tag, an dem sie erleben müsste, dass eine oder beide gestorben waren. Sie waren ihre treuen Begleiterinnen, Wächterinnen der Bibliothek und Verteidigerinnen der Küche.

Horatia war zurückhaltender und ruhiger als Audrey. Sie hatte wenige Freunde und verbrachte ihre Tage oft mit Lesen oder Reiten. Die Katzen setzten sich jeweils zu ihr auf einen Fensterplatz oder einen Stuhl, schlangen ihre Schwänze um ihren Körper und schnurrten vor bedingungsloser Liebe. In ihrer Nähe vergaß Horatia ihre Sorgen und dass sie einen Mann begehrte, der ihr gegenüber nichts als abweisend war.

Der Türklopfer erklang und Audrey flog an der offenen Tür des Arbeitszimmers vorbei, wobei ihr Gesicht vor Aufregung strahlte. Es schien, als hätte sich ihre Schwester von ihrer Schelte erholt, doch Horatia zögerte ein wenig, bevor sie sich zu ihr in den Flur gesellte. Sie wusste, dass Lucien da sein würde, und wie immer war sie hin- und hergerissen zwischen dem Wunsch, ihn zu sehen, und der Angst vor seiner gefühllosen Geringachtung. Sie holte tief Luft und verließ den Salon, um ihre Gäste zu begrüßen.

Ihr Blick fiel wie immer zuerst auf Lucien. In der Gruppe gutaussehender Männer, die im Eingang standen, verzauberte nur er sie. Mit seinen dunkelroten Haaren, die gerade lang genug waren, um sich über seinem Kragen zu kräuseln, und den brennenden haselnussbraunen Augen war er die Versuchung in Person. Horatia würde ihm glücklich zu Füßen fallen und ihm ihren Körper, ihr Herz und ihre Seele als Opfergabe darbringen, wenn sie könnte. Aber er würde sie ablehnen, so wie er es immer tat.

Luciens Blick fixierte sie, während der Rest der Gäste zum Salon hinüberging. Er blieb stehen und verfolgte jeden Atemzug, jede Bewegung. Das Leuchten in seinen Augen erschreckte sie, als ein Blitz heiß von ihren Brüsten nach unten zwischen ihre Beine fuhr. Ihr Gesicht wurde rot. Lucien antwortete mit einem kalten Lächeln, als wüsste er genau, was in ihr vorging.

Lucien bot ihr seinen Arm an, und sie zögerte nur einen Moment, bevor sie die Distanz überbrückte und ihre Finger auf seinen Arm legte. Er zog ihren Arm etwas fester in seine Armbeuge, und die Wärme seiner Finger brannte auf ihrer Haut. Sie sah sich um und fragte sich, ob es jemand bemerkte, aber kein Blick wandte sich in ihre Richtung. Unfähig zu widerstehen, schmiegte sie sich an ihn, legte ihren Arm in seinen und genoss die Wärme dort, wo sich ihre Körper berührten.

„Gehen wir?" Luciens Stimme war leise und heiser. Ein Tonfall, der eher für das Schlafzimmer als für den Empfangsbereich geeignet war.

Ihre Kehle wurde trocken, aber sie brachte nur ein unsicheres Nicken zustande.

Nach dem Abendessen beschlossen Lucien und die anderen Männer, Whist zu spielen, aber er konnte sich nicht auf die Karten konzentrieren. Seine Aufmerksamkeit galt den Ladies in der hintersten Ecke des Raumes. Ursula, die Zofe der Sheridan-Schwestern, saß auf einem Stuhl und las einen dicken Wälzer, ohne sich ihrer jungen Schützlinge bewusst zu sein. Horatia und Audrey saßen zu beiden Seiten von Emily, der jungen Duchess of Essex. Emily und Horatia trugen schimmernde Gewänder, während Audrey in hellrosa Musselin gekleidet war. Sie steckten die Köpfe zusammen, während sie flüsterten, und erinnerten ihn damit an drei Feen, die dem Hof von Königin Mab in *Romeo und Julia* entkommen waren. Gelegentlich warfen sie den Männern raschen einen Blick zu bevor sie zu ihrem geheimnisvollen Gespräch zurückkehrten.

Lucien hätte alles dafür gegeben, ein Mäuschen zu spielen und sich in ihrer Nähe zu verstecken, um besser zu sehen, wie sich Horatias Lippen öffneten und jedes Wort bildeten. Wie sehr sehnte er sich danach, dass sich diese Lippen um sein steifes Glied legten und ihn in zärtlicher Verlorenheit lutschten.

Gütiger Gott. Lucien zwang sich, seinen Blick von ihr abzuwenden.

„Was meinst du, worüber reden sie?", fragte Charles ihn.

Er schien also nicht der Einzige zu sein, der vor Neugierde platzte.

„Gott, ich wünschte, ich wüsste es", gab er wahrheitsgemäß zu, als Audrey zu kichern begann.

Charles winkte mit den Fingern in Audreys Richtung und

warf ihr einen Handkuss zu. Audrey errötete und drehte ihnen schnell den Rücken zu.

„Du solltest sie nicht ermutigen, Charles. Sie ist jung und leicht zu beeinflussen." Lucien erinnerte sich nur allzu gut an die Gefahren, von einem liebeskranken jungen Ding verfolgt zu werden.

„Was gibt es da zu ermutigen? Der kleine Wicht interessiert mich nicht im Geringsten." Charles lächelte trocken. Er lehnte sich in seinem Stuhl zurück, ein Bild entspannter Gelassenheit.

„Wie bitte? Bist du sicher? Ich dachte immer, dass sie vielleicht ..." Lucien verstummte, als er bemerkte, dass Audreys Kopf sich in eine bestimmte Richtung drehte, und es war nicht in Charles' Richtung.

„Oh je", Luciens Stimme war leise. Audrey hatte eindeutig nur Augen für Godrics Halbbruder Jonathan.

„Ja. Oh je. In der Tat. Wir halten am besten nach Gewitterwolken Ausschau. Cedric wird Jonathan in Stücke reißen." Der selbstgefällige Ausdruck auf Charles' Gesicht brachte Lucien beinahe zum Lachen.

„Du wünschst dir, dass er erwischt wird, nicht wahr?"

Charles gähnte. „Dieser Monat war wie du weißt todlangweilig. Nachdem Tisdale gegangen ist, war ich nicht mehr so oft unterwegs, es sei denn mit dir. Zu sehen, wie Cedric Jonathan wegen Audreys Ehre durch die Stadt jagt, würde mich sicherlich unterhalten."

Luciens Belustigung verpuffte im Nu. Wenn Cedric jemals herausfand, dass er sich nach Horatia sehnte – und zwar auf eine Weise, die selbst einer Kurtisane die Schamesröte ins Gesicht triebe – war Lucien ein toter Mann.

Als die Männer ihr Whistspiel beendet und den letzten Schluck Brandy getrunken hatten, beschlossen sie, dem Abend ein Ende zu setzen.

„Das reicht für mich." Godric wandte sich den Ladies zu. „Komm, Em. Zeit zum Aufbruch."

Emily würdigte ihren Mann keines Blickes. Sie hatte eine Hand um Horatias und die andere um Audreys Schulter gelegt, während sie mit den beiden eng zusammengerückt sprach. Keiner der Männer machte sich die Mühe herauszufinden, worüber die Frauen flüsterten. Lucien vermutete, dass für ihn eines der Mysterien des Lebens immer bleiben würde, warum zum Beispiel eine Frau unzählige Hauben hatte, wo sie doch so hässlich und nutzlos waren. Es war verdammt lästig, Meter um Meter unnötiger Bänder zu lösen, um das Haar einer Frau zu berühren, während man sie küsste.

„Ein unheiliges Bündnis wie es im Buche steht", bemerkte Cedric.

Die Sheridan-Schwestern allein waren schon Verdruss genug, aber Emily hinzuzuziehen war wie ein Streichholz in der Nähe eines sehr großen Pulverfasses anzuzünden.

„Ich werde meine Frau am besten mitnehmen, bevor sie Ärger macht", antwortete Godric.

Lucien entging Godrics erfreuter Ton nicht, als er „Frau" sagte.

Godric stand auf, ging wortlos hinüber, löste sie von der Gruppe und hob sie in seine Arme.

„Godric!" Emily trat vor Wut mit den Füßen. „Lass mich sofort herunter!"

„Ich denke nicht daran, meine Liebe. Es ist Zeit, dass ich dich ins Bett bringe." Godric senkte den Kopf, sodass sein Gesicht nur wenige Zentimeter von ihrem entfernt war.

„Oh, wenn es denn sein muss." Sie versuchte, widerstrebend zu klingen, aber ihre Stimme war so atemlos, dass sie niemanden täuschen konnte. Einen Moment lang überkam Lucien ein stechendes Gefühl von Neid. Wenn Horatia nicht die Schwester seines Freundes gewesen wäre, hätte er sie auf die gleiche Weise aus der Tür getragen und das nächstgelegene Bett gesucht.

„Gute Nacht alle zusammen!", rief Godric über seine Schulter hinweg, als er und Emily den Salon verließen.

Cedric schüttelte den Kopf, aber seine Augen funkelten heiter. „So wie die sich verhalten, würde niemand glauben, dass sie miteinander verheiratet sind."

„Sie haben wirklich Glück", sagte Ashton, „so verliebt zu sein, dass die Ehe eher ein Segen als ein Fluch ist."

„Vielleicht sollten wir auch gehen?" Jonathan warf einen nervösen Blick in Audreys Richtung, die ihn ihrerseits schelmisch musterte. Er hatte in Ashtons Stadthaus gewohnt, um den Jungvermählten etwas Zeit für sich zu geben, bevor er bei ihnen einzog. Godric hatte Jonathan ein nicht in Anspruch genommenes Anwesen geschenkt, ließ es aber von jemandem verwalten, bis sein Bruder bereit war, sich niederzulassen und das Anwesen selbst zu bewohnen. Bis dahin lebte Jonathan bei Godric und seiner frisch Angetrauten.

„Nach dir, Jonathan." Ashton neigte den Kopf zu Lucien, Charles und Cedric und wünschte den Sheridan- Ladies eine gute Nacht, bevor er mit Jonathan aufbrach.

Cedric sah seine verbliebenen Gefährten hoffnungsvoll an.

„Ihr könnt beide gern über Nacht bleiben."

Charles stimmte sofort zu. „Ich werde meinem Kammerdiener Bescheid geben."

Lucien zögerte jedoch.

Cedrics freudiges Lächeln geriet ins Stocken. „Ich verstehe, wenn du ablehnen willst, Lucien, aber ich hoffe, du bleibst. Nachdem wir diesen Brief über Kutschenunfälle erhalten haben, wäre es gut, wenn ein paar von uns Wache halten."

Sein Freund sah so ernst aus, dass Lucien es nicht übers Herz brachte, ihn zu verlassen. „Na gut, dann bleibe ich ebenfalls."

„Ausgezeichnet", riefen Charles und Cedric gleichzeitig.

Lucien hatte das Gefühl, einen schwerwiegenden Fehler begangen zu haben und ahnte, dass er dafür bald teuer bezahlen würde. Trotzdem blieb er lieber hier, um Horatia zu beschützen. Sie war sicherer, wenn ihr Bruder, Charles und er auf der Hut waren. Andererseits war sie nicht vor jeder Bedrohung gefeit. Lucien verspürte das Verlangen, heute Nacht in ihr Schlafzimmer zu schlüpfen und in ihr Bett zu kriechen, sie über sie zu beugen und...

Verflucht. Eine ganze Nacht mit Horatia im selben Haus zu verbringen war gleichzeitig seine größte Versuchung und sein schlimmster Albtraum.

KAPITEL 4

Horatia hatte ihr Nachthemd immer noch nicht angezogen. Ihre Ruhelosigkeit hielt sie noch weit nach Mitternacht wach. Zu wissen, dass Lucien irgendwo im Haus war, beunruhigte sie, und sie machte sich Sorgen um diesen verdammten Kater. Muff sollte jetzt auf dem zweiten Kissen in ihrem Bett zusammengerollt liegen, aber er glänzte durch Abwesenheit. Es war durchaus denkbar, dass ein vorbeigehender Diener oder ein Dienstmädchen das Gitter vor dem Kamin wieder geschlossen hatte und er nun nicht mehr herauskam.

Da Horatia ihn nicht die ganze Nacht im kalten Kamin zurücklassen wollte, verließ sie ihr Zimmer und machte sich auf die Suche nach dem Vierbeiner. Sie versuchte sich an alle Orte zu erinnern, an denen er sich befinden könnte, um nicht an den einzigen Platz zu denken, nach dem sie sich in diesem Moment am meisten sehnte. In Luciens Armen.

Es war Monate her, seit er das letzte Mal die Nacht hier verbracht hatte, und ihr Bruder freute sich, ihn und Charles da zu haben. Ohne die Liga wäre Cedric äußerst einsam gewesen. Sie wusste, dass er sie und Audrey liebte, aber er hatte sich immer nach Brüdern gesehnt. Es war kaum zu übersehen, wie er strahlte, wenn seine Freunde zum Abendessen kamen, oder wie er sich auf die Nachmittage in seinem Herrenclub Berkley's freute. Vielleicht lag es daran, dass er sich in ihrer Gesellschaft entspannen konnte und nicht den Vormund spielen musste.

Nachdem ihre Eltern gestorben waren, hatte Cedric die übermächtige Verantwortung übernommen, sich nicht nur um sie und Audrey zu kümmern und sie zu erziehen, sondern auch die Geschäfte zu führen und den Adelsstand zu pflegen. Es war gut, dass er Freunde hatte, die seine Last und den Druck der Familie lindern halfen.

Sie schlüpfte die Treppe zum Erdgeschoss hinunter und ging am Salon vorbei, wo der Geruch von Zigarrenrauch in der Luft hing und gedämpftes Gelächter aus der halb geöffneten Tür hallte.

Nun, wenigstens machten sich hier einige einen netten Abend. Horatias Haut kribbelte vor Gereiztheit. Lucien schien es zu genießen, sie zu quälen. Mit seinen glühenden Blicken und seinem kühlen Lächeln machte er sie verrückt. Es war frustrierend, nicht zu wissen, wie sie sich ihm gegenüber verhalten sollte, ob nun warmherzig oder eher distanziert.

Einer der Männer sagte etwas, und Luciens volles Lachen drang in ihre Ohren. Ihr ganzes Innere bebte vor Sehnsucht. Sie wollte ihn zum Lachen bringen, wollte im Mittelpunkt seiner Aufmerksamkeit stehen.

Ein kleiner dunkler Schatten huschte über den Flur und schoss durch die Bibliothekstür.

„Muff!", zischte Horatia in der Hoffnung, den rebellischen Kater zu beschwören und gleichzeitig zu tadeln. Angesichts der Eigenheiten der Katzen wusste sie jedoch, dass das eine törichte Annahme war.

Horatia betrat die Bibliothek, zündete eine Kerze an und

begann, Muff unter Sofas und hinter Stühlen zu suchen. Fast entging ihr das leise Klicken, als jemand hereinkam und hinter sich die Tür schloss. Die Flamme der Kerze in ihrer Hand knisterte, als sie sich umdrehte.

Lucien stand keine anderthalb Meter von ihr entfernt und beobachtete sie mit eindringlichen Augen. Der Duft von Brandy erreichte ihre Nase. Das Kerzenlicht warf flackernde Schatten auf sein attraktives Gesicht und hob eine kleine Narbe nahe bei seiner Stirn hervor.

Nach wenigen langsamen Schritten stand er dicht vor ihr. Horatia war sich seiner Männlichkeit plötzlich sehr bewusst – seiner breiten Schultern, seiner Größe und der Tatsache, dass ihr Scheitel kaum seine Schulterhöhe erreichte. Sie war groß, aber neben Lucien fühlte sie sich klein, zart und verletzlich. Es war seltsam, aber sie mochte es, sich in seiner Nähe so hilflos zu fühlen. Von ungeheurer Sehnsucht erfüllt konnte sie es sich kaum verkneifen, nach ihm zu greifen. Er war zu gutaussehend, zu männlich. Wann immer er in ihrer Nähe war, wurde sie zu einer wilden, lüsternen Kreatur, die alles dafür tun würde, in seinen Armen Lust zu erfahren.

„Horatia." Ihr Name glitt über seine Lippen wie ein feines Dessert, süß und sündig. „Du solltest im Bett liegen."

Schon bei der anzüglichen Art, wie er „Bett" sagte, wurde ihr schwindelig.

„Ich konnte nicht schlafen."

Er beugte sich vor, bis sein Körper ganz nah an ihrem war, und blies die Kerze in ihrer Hand aus. Die plötzliche Dunkelheit um sie herum ließ sie nach Luft schnappen. Nur das Mondlicht erhellte ihre Gesichter. Der Rauch der erloschenen Flamme kräuselte sich in der Luft und tanzte zwischen ihnen. Luciens Lächeln verhieß ihr eine Welt voller Wonne.

„Es gibt ein gutes Mittel gegen die Schlaflosigkeit, das ich selbst immer verwende. Willst du wissen, was es ist?" Seine tiefe Stimme brachte ihre Haut zum Glühen.

Ich sollte nicht antworten. Ich weiß, was er sagen wird. „Was denn?" Mist!

Das schwache Mondlicht aus den hohen Bibliotheksfenstern erhellte sein Gesicht, als er sich noch näher zu ihr neigte.

Er grinste sie an wie ein Honigkuchenpferd. „Ich suche mir eine schöne Frau, schlüpfe in ihr Bett und schlinge mich um sie." Sein warmer, in Brandy getauchter Atem streifte ihr Gesicht, und ein Schaudern durchzuckte ihren Körper. Sie unterdrückte ein Keuchen.

Er hob eine Hand und streichelte ihr mit einem eleganten Finger über ihre Wange. „Dein Gesicht ist warm. Habe ich dich erröten lassen? Ich würde gern auch andere Teile von dir zum Erröten bringen." Lucien nahm ihr den Kerzenhalter ab und stellte ihn auf ein Regal.

Horatias Knie zitterten. Sie trat einen Schritt zurück, und ihr Kopf stieß gegen das Bücherregal hinter ihr. Lucien verringerte den Abstand und nahm ihr Gesicht in beide Hände. Seine Lippen waren nur wenige Zentimeter von den ihren entfernt.

„Soll ich dich küssen, Horatia? Es fällt mir schwer, dir zu widerstehen, wenn du mich mit diesen dunklen Augen ansiehst. Sie flehen mich an, dich zu küssen. Wusstest du das?" Seine Stimme war ein leises Knurren, das ihre Brüste schwer machte und... ihre Brustwarzen hart werden ließ.

Unfähig, auch nur einen Ton herauszubringen, schaffte es Horatia, den Kopf zu schütteln. Sie wollte ihre Arme um seinen Hals legen und seinen Mund zu ihrem ziehen. Sie sehnte sich danach, mit den Händen durch sein dunkelrotes Haar zu fahren. Endlose Nächte hatte sie damit verbracht sich vorzustellen, wie dieser Moment sein würde, wenn er ihr nahe genug wäre, um ihn zu berühren, zu küssen.

Etwas tief in ihr zerriss sie fast vor Angst. Er war nicht für sie bestimmt. Jeder wusste, dass er nur erfahrene, schöne Frauen in sein Bett holte. Lucien würde sie nie so sehen. Sie war zwar nicht unansehnlich aber eben auch kein Diamant erster Güte. Da sie Lucien nichts zu bieten hatte, zog er sie wahrscheinlich nur auf, wie es jeder Schurke mit einem unschuldigen Wesen tun würde. Er war die Schlange, die ihr fleischliches Wissen darbot. Alles, was sie wollte und nicht haben konnte. Es war schrecklich, in einen solchen Teufel verliebt zu sein.

Lucien bewegte seine Lippen an ihr Ohr und zeichnete mit einem Finger ein verspieltes Muster entlang ihres Schlüsselbeins, weiter ihre Brust hinunter und in Richtung des Tals zwischen ihren Brüsten.

Sie atmete ein und ihre Brüste hoben sich. „Ihr habt getrunken, Mylord", sagte sie. Sie keuchte auf, als er mit einem Finger unter den Stoff ihres Mieders glitt und eine harte Brustwarze streifte.

Sein darauffolgendes Grinsen war die reine Sünde. „Das habe ich in der Tat..."

Horatia griff nach oben und zog seine Hände von ihrem Mieder. Sie versuchte, seinen anderen Arm wegzuschlagen, um sich zu befreien und zu gehen. „Wie könnt Ihr es wagen!"

Lucien packte sie, zog sie zurück gegen das Bücherregal und versperrte ihr mit seinem Körper den Weg. Er fuhr mit einer Hand durch ihre Locken und zog ihren Kopf zurück. Ihre Augen hoben sich, um seinen zu begegnen. In seinem Blick brannte ein Hunger, der wie ein Feuerwerk in wechselnden Farben glühte.

„Sag mir, dass ich dich loslassen soll", flehte er in einem abgehackten Flüstern. „Sag es mir."

Sie starrte ihn an, unfähig zu protestieren.

„Bei Gott. Ich bin kein Heiliger. Ich kann nicht... Oh, zum Teufel damit!"

Die Wärme seines Atems kitzelte ihre Lippen, bevor er

ihren Hals in einem langsamen, genüsslichen Kuss kostete. Zwischen ihren Beinen bildete sich feuchte Hitze, als seine Zunge über ihre Haut glitt und er sie schmeckte. Sie stöhnte. Lucien ließ seine Hand über ihr Gesäß gleiten, packte sie und zog sie hart an sein steifes Glied heran.

Ihre Beine waren so wacklig und so weich, dass sie keinen Widerstand leistete, als er sie mit seinem Schenkel spreizte. Er hob sie auf sein Bein, sodass ihre Zehen den Boden kaum noch berührten. Die Bewegung sandte Wellen der Erregung durch sie hindurch und ließ sie scharf einatmen. Ihre Hände fielen auf seine Schultern und suchten nach Halt. Seine Lippen fanden ihre, und ihre Hände glitten seinen Nacken entlang hinauf in sein Haar, das auf ihrer Haut kitzelte. Sie vergrub ihre Finger darin und zupfte daran. Ein tiefes Knurren kam aus seiner Kehle, und er küsste sie fester.

Ihn abzuweisen kam ihr nicht im Entferntesten in den Sinn. Es gab nichts auf der Welt als diesen einen Moment – sein Kuss, die fordernden Berührungen seiner Hände, seine Finger, die sich besitzergreifend in ihr Fleisch gruben und ihren Hintern packten, bis tief in ihr ein Stakkato-Rhythmus pochte. Sie rieb sich gegen seinen harten, muskulösen Oberschenkel, und eine nie zuvor gespürte Empfindung durchflutete sie. Sie versuchte, ihren Unterleib gegen ihn zu wiegen, um mehr Reibung zu erzeugen. Sie wollte alles tun, um ihm näher zu kommen, um ihr Bedürfnis nach etwas zu befriedigen, das sie nicht ganz verstand.

„Mein Gott, du bist wahrlich für die Sünde geschaffen", stöhnte Lucien, als er versuchte, seine andere Hand tiefer in ihr Mieder zu schieben.

Sie war für die Sünde geschaffen? War sie denn nicht mehr als ein Körper, den er gern ins Bett holen würde? Eine Versuchung, um seine Bedürfnisse zu stillen? Seine Worte entzündeten eine Flamme in Horatia. Sie krallte ihre Finger in seine Brust und biss mit ihren Zähne in seine Schulter, um sich von ihm zu befreien. Lucien fuhr mit einem leisen Fluchen zurück und ließ ihre Füße wieder auf dem Boden aufsetzen.

Unerschrocken sagte er: „Vorsicht mit deinem Temperament, mein Schatz", und setzte an, sie noch einmal zu küssen.

Unter anderen Umständen wäre sie vielleicht in seine Armen gesunken. Aber er war zu weit gegangen. Horatia rammte ihm ihr Knie in die Lenden.

Stille erfüllte den Raum, und einen Moment lang fragte sich Horatia, ob ihn der Schmerz hatte erstarren lassen. Schließlich entfuhr ihm ein Stöhnen, mehrere Oktaven höher als zuvor, während er ein paar Schritte zurückstolperte und dann auf die Knie sank.

„Verdammt nochmal!"

„Das geschieht Euch ganz recht, Ihr... Ihr Pferdearsch!" Sie schlug sich die Hand vor den Mund, schockiert über ihre eigene Wortwahl.

Trotz Luciens gequältem Stöhnen kicherte er.

„Touché, meine Süße. Touché." Er versuchte erneut nach ihr zu greifen, aber Horatia stürmte zur Tür.

„SCHÄNDLICHES GESCHÖPF. ICH WOLLTE MICH NOCH entschuldigen", murmelte Lucien vor sich hin, als er zu einem Stuhl humpelte und sich darauf fallen ließ.

Die betäubende Wirkung des Brandys hatte nachgelassen, und Schuldgefühle hüllten ihn ein wie ein Leichentuch. Er hatte sich wie ein absoluter Schweinehund verhalten. Er hätte es besser wissen müssen und nicht trinken sollen, wenn sie in der Nähe war. Er musste einen Weg suchen, um sein mangelndes Urteilsvermögen wieder gutzumachen.

Er zermarterte sich den Kopf nach einer Idee, nach einer Möglichkeit, das Unheil ungeschehen zu machen. Er würde sich natürlich entschuldigen, aber Frauen waren Meisterinnen darin, Schuldgefühle wie einen Schatz zu hegen und zu pflegen und zusätzlich auch noch Zinsen draufzuschlagen. Ein Schmuckstück vielleicht? Eine schöne Haube, die sie zu einem neuen Kleid tragen könnte... Ein Kleid! Er würde ihr ein neues Weihnachtskleid kaufen, als Ersatz für das ruinierte.

Horatia gönnte sich keinen anderen Luxus als sich jeden Dezember ein teures Kleid zu kaufen. Den Rest des Jahres trug sie ihre üblichen Seidenkleider, die modisch, aber schlicht waren. Nur zu den Feiertagen schien sie dem Reiz eines bezaubernden neuen Kleides nicht widerstehen zu können. Er wünschte, er hätte ihr diesjähriges Kleid sehen können, bevor es zerstört worden war.

Er würde ihr ein neues Kleid kaufen, mit einem unverschämt tiefen, aber dennoch salonfähigen Ausschnitt, aus knallroter Seide, seiner Lieblingsfarbe und seinem Lieblingsstoff. Er konnte sich schon jetzt vorstellen, wie es sich unter dem leichten Druck seiner Hände anfühlen würde, wenn er ihren Körper streichelte und erkundete. Seine Lenden verkrampften sich erneut vor Lust, und der Schmerz entzündete sich erneut. Er war für sein frevlerisches Verhalten gebührend bestraft worden.

OBEN IN IHREM SCHLAFZIMMER KEUCHTE HORATIA, UND ihr Gesicht war gerötet. Sie zitterte vor einer Mischung aus Sehnsucht und Bedauern. Obwohl der Mann ein gnadenloser Schurke war, wollte sie ihn immer noch. Das war Teil seiner Anziehungskraft, vermutete sie, diese bedrohliche Leidenschaft, die sich in einem heißhungrigen Kuss ausdrückte, einer fordernden Liebkosung geheimer Stellen. An Schlaf war jetzt unmöglich zu denken.

Wo war Ursula? Hatte sie sich schon zurückgezogen? Die Frau blieb immer lange wach, um ihr beim Ausziehen zu helfen. Aber Horatia war zu erschöpft, um sich darüber

Gedanken zu machen. Sie wollte schlafen und das ganze Haus nicht auf der Suche nach ihrer Zofe wecken.

Ihre Tür öffnete sich leise einen Spalt weit, und sie drehte sich erleichtert um.

„Oh, Ursula, ich hatte gehofft…"

Doch es war nicht ihr Dienstmädchen. Lucien lehnte gegen den Türpfosten. Er sah weniger verärgert aus als zuvor, was sie überraschenderweise überhaupt nicht tröstete.

Sie hob das Kinn. „Was wollt Ihr, Lucien? Habt Ihr für einen Abend nicht genug Schaden angerichtet?"

„Es tut mir leid, Horatia. Ich war wirklich ein Pferdearsch." Er lächelte sanft.

„Nun gut, da wir uns einig sind, könnt Ihr jetzt gehen. Ich habe Dinge zu erledigen. Außerdem, wenn Cedric Euch hier findet…"

„Du hast Dinge zu erledigen? Was könntest du denn nach Mitternacht zu erledigen haben? Ich nehme an, es handelt sich um ein heimliches Rendezvous mit einem Liebhaber."

Allein die Vorstellung war lächerlich. Sie würde niemals einen anderen Mann auch nur ansehen, wo Lucien doch alles war, was sie sich jemals gewünscht hatte. Es machte zwar wenig Sinn, einen Mann zu lieben, der kein wirkliches Interesse an ihr hatte, und doch war es so. Als sie noch jünger gewesen war, war Lucien überaus freundlich zu ihr gewesen. Er war auch derjenige gewesen, der sie aus der Kutsche ihrer Eltern gerettet hatte.

Unwillkommene Erinnerungen lauerten in den Winkeln ihres Herzens und schnitten tief in ihre Seele. Ihre Eltern hatten leblos neben ihr gelegen, wie Marionetten mit durchtrennten Fäden. Ihre Augen waren offen gewesen, aber blind, und sie starrten seltsam unnatürlich ins Leere. Die Kutsche hatte auf der Seite gelegen, und zersplitterte Holzleisten hatten sich in die Körper eingegraben. Leute schrien. Dann brach ein Lichtblitz über ihr auf, als die Tür der Kutsche aufschlug und sie einen Kranz aus feurigem Haar und warme haselnussbraune Augen erblickte. „Komm her, meine Liebe, ergreif meine Hand. Gutes Mädchen. Nimm meine Hände, Horatia, ich werde dich retten."

Rettung. Das war alles, was sie je gewollt hatte, und für kurze Zeit hatte er sein Versprechen gehalten. Aber als sie seinen Heiratsantrag an eine andere Frau ruiniert hatte, begann er, auf Abstand zu gehen. Es wurde nur noch schlimmer, seit sie vor zwei Jahren ihr Debüt gemacht hatte. Er hatte sie nur eines kurzen Blickes gewürdigt, als sie die Gemeinschaftsräume bei Almack's betreten hatte. Dann war er davonmarschiert, sodass sie sich im riesigen Ballsaal voller vertrauter Gesichter plötzlich furchtbar allein gefühlt hatte. Während er vorher nur distanziert gewesen war, verhielt er sich nun eisig. Ihr Herz war verflucht. Aber sie konnte davon träumen, was sein könnte, solange er unverheiratet blieb. Es war jämmerlich, dass sie nur ihre Träume hatte, auf die sie sich freuen konnte, und noch jämmerlicher, einen Mann zu lieben und zu begehren, der sie nie wirklich wahrnehmen würde.

„Bitte, geht." Sie zupfte erschöpft am Rücken ihres Kleides.

Ihr Kampf mit dem Kleid entgingen ihm nicht. „Hast du Probleme mit den Schnüren?"

Bevor sie protestieren konnte, schloss er die Tür und drehte sie mit dem Rücken zu sich, dann löste er ihr Kleid.

Sie versuchte, sich ihm zu entwinden. Wenn jemand in diesem Moment hereinkäme, müsste der Schurke büßen. „Ihr solltet nicht hier sein, geschweige denn mir beim Ausziehen helfen!"

Er verpasste ihr einen Klaps auf den Hintern und sie keuchte, schockiert und erregt zugleich. „Willst du aus diesem Kleid raus oder nicht?"

Sie riss sich von ihm los, und er hob ergeben die Hände. „Fein! Schlafe die ganze Nacht darin. Es ist mir egal."

Er war fast an der Tür, als sie sprach. Ihre Stimme war leise, zaghaft und unsicher. „Lucien."

Er zögerte und behielt seine Hand auf dem Türknauf.

Langsam wandte sie ihm ihren Rücken zu. Es erstaunte sie, dass sie ihm immer noch vertrauen konnte nach dem, was er in der Bibliothek getan hatte.

Lucien machte sich wieder daran, sie aus dem Kleid zu befreien. Sie kannte seinen Ruf und wusste, dass er mit Dutzenden von Frauen zusammen gewesen war. Das störte sie zwar, aber sie konnte nicht anders, als zu bemerken, dass er sich ungeschickter anstellte als sie es erwartet hatte.

„Sollte ein Schurke in so etwas nicht geübter sein?"

Lucien antwortete mit einem verärgerten Knurren und zerrte mit den Fingern an den verknoteten Schnüren.

„Wer hat dich so gefesselt? Diese Knoten scheinen das Werk eines erfahrenen Seemanns zu sein." Mit einem letzten Zug lockerte sich das Mieder, und dann zog er die Korsett-stangen auseinander. Horatias Herz schlug schneller, als sie die Arme über ihre Brüste verschränkte und sie bedeckte. Sie hatte sich so auf das Ausziehen konzentriert, dass ihr erst jetzt klar wurde, dass Lucien in ihrem Schlafzimmer und sie halbnackt war. Noch nie zuvor war sie so verletzlich gewesen.

Ein rauer Atemzug zischte durch seine Zähne. Seine Hände wanderten zu ihrem Hals und strichen über den Über-gang zwischen ihren Schultern und ihrem Hals. Sie unter-drückte ein Schaudern vor Angst und Freude. Würde er sie noch einmal küssen? Würde er mehr wagen? Ihr Körper und ihre Seele schrien nach mehr und bettelten darum, von ihm festgehalten zu werden.

Gott, ich bin wirklich unverbesserlich.

Lucien räusperte sich und stammelte verlegen: „Es... tut mir leid, was vorhin passiert ist. Ich war nicht ich selbst."

Horatias Herz schlug wild. Sie drehte sich um und sah ihn über ihre Schulter hinweg an. Seine Augen waren auf ihre Kehle gerichtet, aber sein Gesichtsausdruck war nicht zu entziffern.

„Ich verzeihe Euch." Sie hätte sagen sollen, dass sie sich eine Wiederholung des Geschehenen verbat, aber tief in ihrem Inneren wusste sie genau, dass sie sich wünschte, er würde die Kontrolle verlieren und sie wieder so küssen.

Wäre er nur nicht so kalt gewesen, so rücksichtslos, als er sie geküsst hatte, so als wäre sie nichts anderes als eine weitere Eroberung in einer endlosen Reihe von Frauen, die um ein Körnchen seiner Zuneigung bettelten.

LUCIENS BLUT RAUSCHTE IN SEINEN OHREN, ALS SEINE Selbstbeherrschung wankte. Horatia stand still wie eine Statue, und ihr Atem stockte, als wartete sie darauf, dass er weiter machte. Er schloss die Augen und verbannte das Bild von ihr nackt unter sich, bis er die Kraft aufbringen konnte, seine Hände von ihr zu lösen und einen Schritt zurückzutreten.

„Danke", hauchte sie.

„Bitte." Er wollte sie in seine Arme ziehen und ihren Mund mit seinem erobern, aber der richtige Zeitpunkt dafür war vorbei. Er packte die Zügel seiner verbliebenen Beherrschung und ließ sie allein.

Lucien verließ Horatias Schlafzimmer und eilte in sein eigenes zurück.

Er zweifelte an seinem Verstand, weil er sie berührt, geküsst und bedrängt hatte. Er war ein starker Fürsprecher der Regel der Liga, dass Schwestern nicht verführt werden durften. Wie oft hatte er Charles unter Todesstrafe gedroht, sich von seiner eigenen Schwester fernzuhalten?

Wenn Cedric jemals erfährt, dass ich sie geküsst und ihr beim

Ausziehen geholfen habe... Lucien zuckte zusammen. Männer hatten schon wegen leichterer Kränkungen der schwesterlichen Ehre getötet. Und Cedric? Er war zwar ein gottesfürchtiger Mann, aber unter diesen Umständen wäre es klug, Cedric mehr zu fürchten als Gott.

Lucien hatte die Tür bereits halb geschlossen, als Charles hereinplatzte.

„Was zum Teufel machst du?" Charles schloss die Tür, packte Lucien am Hemd und schob ihn nach hinten durch den Raum. Lucien stolperte und stieß gegen das Bett hinter sich.

„Willst du mir erklären, warum ich dich gerade aus Horatias Zimmer kommen sah?"

„Es ist nicht das, was du denkst. Wir haben nicht..."

„Lüg mich nicht an. Darin bist du schlimmer als im Whist." Charles' graue Augen waren unergründlich. „Du warst nicht lange genug drinnen, als dass etwas Ernstes hätte passieren können, aber du warst in ihrem Zimmer, und ich möchte wissen, warum."

„Ich habe sie heute Abend beleidigt. Ich musste mich entschuldigen."

„Und das konntest du nicht im verdammten Flur tun?"

Lucien verschränkte die Arme vor der Brust und funkelte Charles an. „Ich wollte nicht, dass sie mir die Tür vor der Nase zuschlägt, also bin ich ihr gefolgt. Du weißt doch, wie Frauen sind. Sie hegen einen Groll biblischen Ausmaßes, wenn man sich nicht sofort entschuldigt. Ich hatte schon genug verärgerte Geliebte, um zu wissen, wann ich um des lieben Friedens willen um Vergebung bitten muss."

„Du behandelst Horatia also wie eine deiner Mätressen?" Charles zog eine Braue hoch.

„Glaube mir, Horatia ist die letzte Frau auf Erden, die ich verführen möchte." Die Lüge lag schwer und bitter auf seiner Zunge. Er hatte doch tatsächlich erst vor wenigen Augenblicken angefangen, sie zu verführen. Aber er war nicht bei Verstand gewesen. Der verdammte Brandy hatte ihn verwirrt. Dann erinnerte er sich daran, wie er seine Finger in ihr Korsett geschoben hatte. Gott, er wollte gleich zurück in ihr Zimmer stürmen, ihr die Kleider vom Leib reißen und sie ins Bett tragen.

„Es gibt keine Regel, die eine Freundschaft mit der Schwester eines Mannes verbietet. Cedric würde dich deswegen nie erschießen. Aber du warst in den letzten Jahren ihr gegenüber äußert kalt. Steht eine Freundschaft wirklich außer Frage?" Charles verschränkte die Arme vor der Brust.

Lucien seufzte schwer und lehnte sich auf seinem Bett zurück. Es war an der Zeit, die alte Lüge wieder hervorzuholen. Charles konnte man die Wahrheit nicht anvertrauen, es wäre dasselbe, wie wenn er es gleich Cedric erzählte.

„Erinnerst du dich, wie ich vor Jahren Miss Melanie Burns den Hof machte?"

„Natürlich..." Charles Stimme verstummte.

Melanie Burns, eine der reichsten und hübschesten Erbinnen, hätte Lucien beinahe geheiratet. Stattdessen hatte sie nach Horatias Einmischung seinen Antrag abgelehnt und sich einen Monat später mit niemand anderem als Hugo Waverly verlobt. Anstatt Horatia böse zu sein, war er ihr dankbar gewesen. Sie hatte ihn vor einer Ehe mit einer Frau gerettet, die schlussendlich die Frau seines Feindes werden sollte. In den darauffolgenden vier Jahren war er freundlich, aber distanziert geblieben. Dann hatte sie mit achtzehn ihr Debüt gehabt. Er würde nie ihren ersten Abend in Almack`s vergessen. Ihr Haar war kunstvoll frisiert, ihr Kleid eleganter als ihre üblichen Tageskleider. Sie war an diesem Abend absolut hinreißend gewesen, und er hatte nur die Flucht ergreifen können. Er hatte Abstand gewinnen müssen, bevor er eine Dummheit beging. Seinen gescheiterten Antrag als Vorwand zu nutzen war der einzige Strohhalm gewesen, mit dem er seine abweisende Haltung rechtfertigen konnte. Wenn sie nicht in der Nähe war, konnte er sie nicht küssen, konnte nicht mit ihr schlafen, konnte sie nicht lieben. Es war das Beste so, obwohl es ihm in letzter Zeit immer schwerer fiel.

„Willst du damit sagen, dass Horatia etwas mit Melanie Burns zu tun hatte?"

„Ja", antwortete Lucien rundheraus.

„Wie kann das sein? Sie war damals noch ein Kind."

„Horatia war mit Cedric auf meinem Anwesen in Kent zu Besuch. Melanie Burns war ebenfalls da, und ich war gerade im Begriff, ihr einen Antrag zu machen, als Horatia vom Pavillondach einen Eimer mit Teichwasser über unsere Köpfe schüttete. Melanie war gedemütigt, ihr Kleid war ruiniert und Horatia, dieser kleine Wicht, wagte es, sie auszulachen. So sehr ich mich hinterher auch dafür entschuldigte, weigerte sich Melanie, mich zu heiraten."

„Stattdessen hat sie Waverly geheiratet. Wenn er ihr Typ ist, solltest du Horatia dankbar sein, statt ihr zu grollen."

„Die Geschichte ist noch nicht zu Ende. Horatia hat mir damals ihre Liebe gestanden. Sie war erst vierzehn", knurrte Lucien.

„Es war nichts weiter als die Verliebtheit eines kleinen Mädchens. Das ist kein Grund, grausam zu ihr zu sein", erwiderte Charles leise.

„Ich habe Horatia gesagt, dass ich sie niemals lieben würde. Dass sie mir nichts bedeutet."

Eine plötzliche Erkenntnis lag in Charles' Blick. „Du hast ihr das Herz gebrochen."

„Ich konnte nicht anders. Ich war so viel älter als sie. Jetzt ist sie erwachsen, und ich möchte nicht, dass ihr Interesse an mir wieder auflebt. Ich fühle mich nicht zu ihr hingezogen und werde nie so empfinden." Lucien betete mit jeder Faser seiner düsteren Seele, dass er überzeugend klang.

Charles schwieg lange.

„Ash hat mir einmal gesagt, dass zwischen Liebe und Hass ein schmaler Grat liegt. Manchmal kann man ihn überqueren, ohne es zu merken."

„Du kannst nicht allen Ernstes behaupten, dass ich Horatia liebe! Du weißt, welche Art von Frauen mir gefällt. Sie ist zu vornehm und wohlerzogen für meinen Geschmack. Ich empfinde überhaupt nichts für sie – schon gar nicht Liebe." Ein bitterer Geschmack erfüllte Luciens Mund bei dieser Lüge. Er empfand ganz im Gegenteil zu viel für sie, und obwohl es wohl kaum Liebe sein konnte, war es stärker als simple Lust und daher auch viel gefährlicher.

Charles runzelte die Stirn, und seine grauen Augen wurden überraschend traurig.

„Meidest du sie etwa der zweiten Ligaregel wegen so hartnäckig? Hast du nichts von Godric und Emily gelernt?"

„Würdest du denn eine Frau nicht meiden, wenn du sonst die Rache deines Freundes auf dich ziehen würdest? Charles, du kennst mich. Du weißt, wie ich mit Frauen umgehe. Ich könnte nicht lange in ihrer Nähe sein, ohne mir mehr als ihre Freundschaft zu wünschen, aber alles jenseits davon würde böse enden. Ich muss dich nicht daran erinnern, wie sehr Cedric seine Schwestern beschützt. Er hat die zweite Regel immer sehr ernst genommen."

„Kannst du dich in ihrer Nähe wirklich nicht beherrschen? Besteht die einzige Lösung tatsächlich darin, kalt und grausam zu ihr zu sein, um der Versuchung aus dem Weg zu gehen?" Sein Freund schien fassungslos, aber Charles war auch ein Mann, der nie von verbotenen Dingen in Versuchung geführt wurde, denn er stürzte sich jeweils einfach Hals über Kopf ins Abenteuer.

„Ja, leider will ich genau das damit sagen. Je mehr Zeit ich in ihrer Nähe verbringe, desto mehr möchte ich mit ihr zusammen sein. Wir wissen beide, dass ich nicht der Typ Mann bin, der eine Frau heiratet, also hätte die mit ihr verbrachte Zeit nur einen Ausweg, und dieser würde niemandem gefallen.“

Charles fuhr sich mit der Hand durchs Haar. „Du bist ein Narr, und du verletzt Horatia. Ich kann es nicht ertragen, hierzubleiben, ohne dich zu ohrfeigen.“

„Charles.“ Lucien legte seinem Freund eine Hand auf die Schulter, als dieser sich zum Gehen wandte, aber Charles schüttelte ihn ab.

„Gute Nacht, Lucien.“

Lucien starrte auf die Tür, als sie sich schloss. Ein Kloß im Hals erschwerte ihm das Schlucken. Hatte Charles recht? Hatte er sich von Horatia ferngehalten, um mehr zu vermeiden, als nur mit ihr zu schlafen?

Lucien liebte Frauen im Allgemeinen, aber er verliebte sich nicht in sie. Es lag nicht in seiner Natur, und die Frauen, mit denen er zusammen war, verstanden das. Horatia jedoch verdiente einen Mann, der treu sein konnte. Er konnte sie nie haben, weder als Geliebte noch als Ehefrau. Cedric würde es ihm nie erlauben, und dann war da noch die zweite Regel der Liga. Dennoch. Der Gedanke, sie für sich zu haben, sie sein eigen zu nennen...

Warum schmerzte sein Herz so sehr bei dem Wissen, dass dies niemals eintreten könnte?

KAPITEL 5

Als Lucien am nächsten Morgen spät zum Frühstück erschien, bemerkte er, dass sowohl Horatia als auch Charles fehlten.

„Wo ist Charles?", fragte er und hielt sich gerade noch rechtzeitig zurück, um nicht auch nach Horatia zu fragen.

Cedric sah von seinem Teller auf. „Er hat Horatia in den Hyde Park mitgenommen, um meine Araber zu trainieren."

„Oh?" Ein stechender Schmerz der Eifersucht überfiel ihn wie von einem heißen Schürhaken verabreicht. Die schlichte Vorstellung von Horatia mit jemand anderem – insbesondere mit Charles – trieb ihn zur Weißglut.

Audrey war ruhiger als sonst. Ihre jugendliche Fröhlichkeit, die ihn so oft amüsierte, wenn er hier war, schien ihr abhandengekommen zu sein.

Cedric schien das auch bemerkt zu haben. „Was ist nur mit dir, meine Liebe? Zuerst benimmt sich Horatia eigenartig trübsinnig und nun machst du auch noch ein finsteres Gesicht."

Es war kein Geheimnis, dass Cedric es zuwider war, seine Schwestern unglücklich zu sehen. Lucien verstand ihn nur allzu gut. Er hatte selbst eine Schwester, und es wühlte ihn jedes Mal auf, sie traurig zu sehen.

„Ich wollte heute einkaufen gehen, aber Horatia ist reiten gegangen, und du hast bei Lloyd's Geschäfte zu erledigen, also sitze ich allein hier."

Audrey schmollte, wie es nur eine hübsche junge Frau konnte, und verzog ihre herzförmigen Lippen zu einer Schnute. Als dieser Gesichtsausdruck keine Beachtung fand, fügte sie ein theatralisches Schniefen hinzu, und diamanthelle Tränen glitzerten in ihren Augen. Es war immer unterhaltsam, Audrey dabei zuzusehen, wie sie ihren älteren Bruder um den kleinen Finger wickelte, um ihren Willen durchzusetzen.

Lucien war sofort bereit, eine Lösung anzubieten, um ihre Tränen zu trocknen. „Nun, mit der Erlaubnis deines Bruders wäre es mir ein Vergnügen, dich zu begleiten. Ich habe selbst einige Besorgungen zu erledigen und würde mich über deine Kenntnisse in modischen Belangen sehr freuen."

Die Tränen waren komplett vergessen, als Audrey ihren Bruder erwartungsvoll ansah. Cedric nickte ihr zu. „Nun gut, aber nimm deine Zofe mit."

Audrey rannte in ihr Zimmer, um ihren Beutel, ihre Haube und ihren Umhang zu holen. Als sie zurückkam, warf sie die Arme um den Hals ihres Bruders und küsste seine Wange. Lucien unterdrückte ein Lachen bei dem amüsierten Ausdruck auf Cedrics Gesicht.

„Ich würde alles tun, um dich fröhlich zu sehen." Cedric tätschelte Audreys Rücken und schob sie sanft weg. Sie verließ den Raum wie ein Rehkitzmit grenzenloser Energie.

Ah, wie es wohl wäre, noch einmal so jung zu sein, dachte Lucien.

Als sie wieder allein waren, fragte Cedric: „Macht es dir auch sicher nichts aus, sie zu begleiten?"

Lucien grinste. „Überhaupt nicht. Ich brauche ihren Rat in ein paar Dingen. Das Kind kennt sich mit der Mode aus."

Sie war ein kluges Mädchen, aber sie füllte ihren Kopf mit zu viel unnützem Kram über Kleiderschnitte und Haubenstile. Andererseits durfte man sich nicht wünschen, dass sie ihre Intelligenz anderweitig einsetzte. Gott allein wusste, dass aus dieser kleinen Person eine brillante, politisch engagierte Gastgeberin oder die ebenbürtige Gattin eines Mitglieds des House of Lords werden konnte. Er traute ihr nichts Geringeres zu, und die bloße Vorstellung, dass sie Einfluss auf einen Mann in der Politik haben könnte, war erschreckend.

„Also gut, dann sehe ich euch beide später." Cedric trank seinen Kaffee aus, stellte die Tasse ab und griff nach seinem Stock, der an der Tischkante lehnte. Cedric ließ den Stock nie aus den Augen. Vielleicht war er ein Mahnmal, wachsam zu sein. Im Türrahmen blieb er noch einmal stehen. „Sei bitte auf der Hut, mein Freund."

Sobald Audrey bereit war, befahl Lucien einer von Cedrics Kutschern, sie zur Bond Street zu bringen. Mit Lucien als Eskorte würde Audrey vor den Blicken der Dandys in der Bond Street abgeschirmt. Sie wussten es besser, als eine Frau in Luciens Gesellschaft anzustarren, und er betrachtete diese harmlosen Lackaffen mit einem nicht gerade geringen Maß an Abscheu. Die wahre Gefahr für Audrey bestand eigentlich darin, mit jemandem wie ihm in der Öffentlichkeit gesehen zu werden. Gerüchte konnten sich wie ein Lauffeuer verbreiten, und die Presse tat das Ihrige, um die Flammen zu schüren.

Audrey flanierte an seinem Arm, bestaunte hier und da die bunten Schaufenster, an denen sie vorbeikamen, bis sie sich schließlich für ein modisches Schneidergeschäft entschied. Ihre Zofe, Gillian, ein ruhiges Mädchen in Audreys Alter, in einem grauen Baumwollkleid gekleidet, folgte ihr.

„Madame Ella ist die beste Schneiderin in London", sagte sie. „Sie hat Horatia dieses schöne Kleid gemacht, das die elende Kutsche zerstört hat."

Es schien, dass Lucien heute vom Glück begünstigt war. Dies war genau der Ort, an dem er Horatia ein neues Kleid kaufen könnte.

Er sprach leise, um nicht belauscht zu werden. „Audrey, wärst du bereit, mir bei einem besonderen Gefallen zu helfen?"

Sie grinste ihn an. „Oh, sehr gern sogar, aber ich werde dann im Gegenzug eines Tages ebenfalls einen Gefallen einfordern."

Er hatte keinerlei Hinweis auf seine Absicht preisgegeben, und dennoch schien sie zu wissen, dass sie ihn genau dort hatte, wo sie ihn haben wollte. Wäre sie ein Mann, wäre Audrey eine großartige Politikerin gewesen.

Er versuchte, gelassen zu antworten. „Solange es im Rahmen des Gesetzes ist und dein Bruder mich dafür nicht zu einem Duell herausfordert, gern."

„Ausgezeichnet. Dann ist es also abgemacht." Ihre braunen Augen funkelten schelmisch, und ihm wurde in diesem Augenblick bewusst, dass er diesen Schritt bereuen würde. „Wobei brauchst du Hilfe?"

„Ich würde gern das ruinierte Kleid deiner Schwester ersetzen, aber ich möchte ihr nicht genau das gleiche kaufen. Ich suche etwas Besseres. Vielleicht in Rot..." Seine Stimme verstummte, als Audrey entsetzt den Mund aufriss.

„Du willst Horatia ein Kleid kaufen?"

„Ähm, ja." Er hielt den Atem an und fürchtete, dass Audrey ihn auf sein Geheimnis ansprechen würde, aber Gott sei Dank tat sie es nicht.

Ihr Gesichtsausdruck schlug von Überraschung auf Berechnung um, und ihr schlauer Blick musterte ihn, als wüsste sie etwas über ihn, das nicht einmal er selbst wusste. Es war höchst beunruhigend.

„Gut. In Rot sagst du? Vielleicht aus Seide?", schlug sie mit einem Lächeln vor, das alles andere als unschuldig war.

Sie konnte nichts von seinen Besuchen im berüchtigten Midnight Garden wissen oder von den Spielen, die er dort spielte, bei denen er Frauen mit roten Seidenbändern fesselte, damit er sich Zeit lassen konnte, sie schreiend zum Höhepunkt zu bringen. Er zahlte eine beachtliche Summe dafür, dass seine Vorlieben geheim blieben. Doch das Mädchen schien anzudeuten, dass sie mehr über ihn wusste, als sie sollte.

„Rot würde ihr ausgezeichnet stehen, da stimme ich dir zu. Ich habe nicht die leiseste Ahnung, warum sie es nicht öfters trägt." Audrey drehte sich um, um die stattliche, reife Frau zu umarmen, die im hinteren Teil des Ladens aufgetaucht war. „Madame Ella!"

„Fräulein Audrey! Ich bin so froh, dass Ihr zurück seid. Ich habe Euch die York-Town-Handschuhe zurückgelegt, die rehfarbenen, die Euch vor ein paar Tagen so gut gefallen haben." Madame Ella strich sich eine lose dunkle Haarsträhne aus dem Gesicht und holte eine kleine handschuhgroße Schachtel heraus. Audrey unterdrückte nur mit Mühe ein Quietschen.

Madame Ella knickste, als sie Lucien im Türrahmen bemerkte. „Guten Morgen, Mylord."

Lucien neigte höflich den Kopf und kam herüber. Er war ihr schon einmal begegnet, vor ein paar Jahren, als er mit seiner Mutter und Lysandra, seiner Schwester, gekommen war, um ihre Garderobe für ihre erste Saison zu kaufen. Madame Ella schien ein ausgezeichnetes Gedächtnis zu haben.

Audrey übernahm das Kommando und lenkte Madame Ellas Aufmerksamkeit auf sich. „Wir sind hier, um ein neues Kleid für meine Schwester in Auftrag zu geben."

Madame Ellas Brauen zogen sich sorgenvoll zusammen. „War sie mit meiner Kreation nicht zufrieden?"

„Ganz im Gegenteil. Sie liebte das Kleid, aber es ereilte

ein unglückliches Schicksal." Audrey berichtete ihr von den Ereignissen des Vortages.

„Ich verstehe. Was schwebt Euch vor, Miss Sheridan?"

„Ein grünes Ballkleid mit einem roten Satin-Oberteil. Bestickt die Ärmel des Kleides mit Stechpalmenmustern und ziert den Saum mit einem Volant aus weißer belgischer Spitze. Unter der Brust sollte ein grünes Satinband verlaufen." Audrey sah zu Lucien hinüber und musterte ihn aufmerksam, bevor sie hinzufügte: „Bestickt das Dekolleté mit Mistelzweigen."

Sowohl Lucien als auch Madame Ella hoben bei dieser letzten Bitte skeptisch die Brauen.

„Mistelzweige?", raunte Lucien Audrey zu.

Audrey kicherte.

„Verstehst du nicht, Lucien? Sie wird in diesem Kleid sehr hübsch aussehen, verpackt wie ein schönes Weihnachtsgeschenk." Audrey wackelte vieldeutig mit den Augenbrauen.

Und da behauptet man, ich wäre verrucht, sagte sich Lucien.

Wenn das Bild, das Audrey in seinem Kopf gezeichnet hatte, auch nur annähernd der Wirklichkeit entspräche, wäre Horatia ein Weihnachtsgeschenk, das es sich auszupacken lohnte. Mit Mistelzweigen, die sich an ihre Brüste schmiegten, wäre er versucht, jeden Zentimeter ihres Oberkörpers zu küssen, um die Tradition zu ehren.

„Würde sie so ein Kleid tragen?", fragte Lucien Audrey. Der Preis war ihm egal, aber wenn Horatia sich weigerte, es zu tragen, wäre dies ein unsägliches Verbrechen gegen das Kleid, seine Schneiderin und gegen Luciens unkeusche Gedanken in diesem Moment.

„Sie wird es tragen, wenn du sie darum bittest", antwortete Audrey, deren Aufmerksamkeit nun auf die Handschuhe, die sie aus der Schachtel genommen hatte, überging. Sie strich mit einem über ihre Wange, seufzte vor Freude und legte sie in die Schachtel zurück.

„Was soll das wieder heißen?" Lucien wartete mit angehaltenem Atem auf ihre Antwort. Was wusste sie nur?

Audrey zuckte mit den Schultern. „Sie schätzt deine Meinung. Wenn du ihr das Kleid gibst und sie darum bittest, es zu tragen, dann wird sie es tun."

Ihre Antwort klang so abgeklärt, dass Lucien nicht anders konnte, als ihr zu glauben.

„Dann ist das unsere Bestellung, Madame Ella. So wie Miss Audrey es beschrieben hat."

„Es wird mir ein Vergnügen sein, Mylord. Miss Audrey hat einen erlesenen Geschmack."

Lucien tätschelte Audreys weiche Hand. „Ja, das hat sie."

Er wies die Schneiderin an, ihm die Rechnung für das Kleid und die Handschuhe zu schicken. Als sie den Laden verließen, zog er Audrey beiseite, und ihre Dienerin blieb diskret ein paar Meter entfernt stehen.

„Cedric darf nicht erfahren, dass ich das Kleid gekauft habe. Verstehst du? Lüge, wenn es sein muss, und sag ihm, du hättest es gekauft."

„Warum sollte ich..."

Lucien brachte sie zum Schweigen. „Ich kann einer Frau kein solches Geschenk machen, ohne dass sie alle für meine Geliebte halten werden, einschließlich deines Bruders. Denk nur an die Konsequenzen." Als ihre Augen sich weiteten, und sie kurz nickte, wusste er, dass sie ihn verstanden hatte. Der Ruf ihrer Schwester war von größter Bedeutung.

HORATIA SCHLANG IHREN DUNKELBLAUEN SAMTMANTEL enger um sich und zog sich die hermelingefütterte Kapuze tiefer ins Gesicht. Charles bewegte die Zügel, um die beiden Pferde anzuspornen. Sie steuerten auf die Bond Street zu, wo Audrey Lucien zweifellos zum Einkaufen geschleppt hatte, da Cedric mit anderen Dingen beschäftigt war.

„Warum hast du es so eilig, Charles?" Sie lehnte sich in der Kutsche zurück und warf einen Blick über ihre Schulter zu Ursula, die hinten mitfuhr. „Wir sind im Park kaum geritten, als du auch schon darauf bestanden hast, die Pferde in die Ställe zurückzubringen."

Als Charles einen Blick in ihre Richtung warf, sah sie, dass seine grauen Augen seltsam aufgewühlt waren und die stürmischen Winterwolken über ihren Köpfen widerspiegelten. „Mir ist gerade eingefallen, dass ich Audrey zu Avery bringen muss. Er ist wieder in London, wie du vielleicht weißt. Ich würde in Schwierigkeiten geraten, wenn ich sie nicht einen Nachmittag lang mit ihm ausführe. Er verehrt deine Schwester so sehr. Du bist herzlich eingeladen, uns zu begleiten." Er warf wieder einen Blick in ihre Richtung.

Horatia schüttelte den Kopf. Ihr stand nicht der Sinn nach Gesellschaft.

„Es ist nicht nötig, mich zu Hause abzusetzen. Ursula und ich können eine Droschke nehmen, die uns zurückbringt."

Er schnaubte, als würde ihn dieser Vorschlag beleidigen. „Unsinn. Ich sehe Lucien dort vorn, zusammen mit deiner Schwester. Ich werde ihn bitten, dich nach Hause zu begleiten." Er sagte dies eigenartig angespannt, so als wäre er sich seiner Entscheidung nicht sicher. „Es macht dir doch nichts aus, wenn ich Lucien darum bitte?"

„Nein, keineswegs. Er wird mich sicher nach Hause bringen, so wie er es immer getan hat." Warum sie den letzten Teil hinzufügte, wusste sie selbst nicht genau, aber sie hielt es für notwendig, Charles zu beruhigen.

Horatia legte ihm eine behandschuhte Hand auf den Arm, aber er schien es nicht einmal zu bemerken. „Charles, geht es dir nicht gut?"

Er zuckte zusammen. „Nein, mir geht es gut. Mir geht heute nur viel durch den Kopf. Mach dir meinetwegen keine Sorgen."

Sie musterte ihn lange und fragte sich, ob sie weiter nachhaken und sich nach der Art seiner Bedrängnis erkundigen sollte. Charles war immer verschlossen, wenn es um solche Dinge ging. Ihr Bruder behauptete zwar, Charles könne kein Geheimnis bewahren, aber Horatia wusste es besser. Wenn es um Herzensangelegenheiten ging, konnte der Earl of Lonsdale schweigen wie ein Grab. Sie wandte ihre Aufmerksamkeit wieder der Straße zu.

Als sie Lucien und Audrey erreichten, rief Charles ihm zu und winkte ihn heran. Dann stieg er aus, um Ursula aus der Kutsche zu helfen.

„Lucien, du musst Horatia nach Hause bringen. Audrey und ich haben eine Mittagsverabredung mit Avery, nicht wahr?" Er warf Audrey einen vielsagenden Blick zu.

Sie blinzelte einmal, bevor sie sich zu erinnern schien. „Oh, richtig!"

Bevor Lucien protestieren konnte, wurden Horatia und ihre Zofe Ursula in seine Obhut gegeben, während Audrey und Gillian den Zweispänner bestiegen und Charles mit ihnen die Straße hinunterpreschte.

„Hat Charles dich gerade abgeliefert, damit deine Schwester und mein Bruder den Nachmittag zusammen verbringen können?", fragte Lucien fast verblüfft.

„Es scheint so." Horatia war ebenfalls verwirrt. Sie errötete, als sie merkte, dass sie sich an ihn gelehnt hatte, als sie dem Gespann nachgesehen hatte. Mit großem Widerwillen löste sie sich von ihm, wobei ihr nicht entging, wie seine Hand auf ihrem Rücken verweilte, als wolle er sie bei sich halten. Ein kleiner Stich durchfuhr ihr Herz.

Lucien winkte seiner wartenden Kutsche, um Horatia und ihre Zofe zur Curzon Street zu begleiten. Er half Horatia beim Einsteigen und erlaubte ihr, in Fahrtrichtung zu sitzen. Die Kutsche setzte sich in Bewegung, noch bevor Lucien sich richtig gesetzt hatte, und er wurde auf Horatias Schoß geworfen. Sie schrie auf, mehr vor Schreck als vor Schmerz. Er kletterte von ihr herunter und entschuldigte sich wortreich.

„Bist du dir ganz sicher, dass es dir gut geht?", fragte er.

„Es geht mir gut, Mylord." Sie klang besonders kühl, denn sie war entschlossen, die Erinnerung an den Kuss und die feurige Berührung der letzten Nacht auszulöschen. „Ihr habt mich nur erschreckt. Aber ich bin nicht annähernd so empfindlich, wie Ihr zu glauben scheint."

Als er eine Grimasse zog, vermutete sie, dass er sich an seine unliebsame Begegnung mit ihrem Knie erinnerte, und der Gedanke erheiterte sie etwas.

„Hattet Ihr eine angenehme Zeit mit Audrey?", fragte sie nach einem peinlichen Schweigen.

„Ja, sie hat mich überzeugen können, ihr diesjähriges Weihnachtsgeschenk etwas verfrüht zu kaufen."

„Wie nett von Euch", erwiderte Horatia und dachte an ihre eigenen Geschenke von Lucien.

Jedes Jahr kaufte Lucien ihr ein Buch, worüber sie sich heimlich von ganzem Herzen freute, obwohl sie wusste, dass er es nur tat, um Audrey nicht zu bevorzugen. Ihre Schwester war jedermanns Liebling. Normalerweise störte das Horatia auch nicht, aber bei Lucien traf es sie tief. Seine haselnuss-braunen Augen waren jetzt auf sie gerichtet, als könnte er ihre Gedanken lesen.

„Ich habe dein Geschenk auch bereits gekauft, aber es wird erst in ein paar Tagen fertig sein. Madame Ella hat mir versichert, dass sie weniger als eine Woche brauchen wird."

„Madame Ella?" Horatias Herzschlag beschleunigte sich.

„Ich dachte, du hättest vielleicht gern ein neues Kleid, da dein anderes ruiniert ist."

„Ihr habt mir... ein Kleid gekauft?" Ihr ganzer Körper verkrampfte sich bei dem Gedanken, etwas zu tragen, das er ihr geschenkt hatte. Ihr Blut brodelte vor Aufregung.

„Möchtest du lieber einen weiteren Roman? Ich könnte die Bestellung stornieren…"

„Nein!" Hoffnung erfüllte sie mit einer solchen Wucht, dass sie Schwierigkeiten beim Atmen hatte. „Ein Kleid wäre schön. Ich hoffe jedoch, Ihr wart umsichtig genug, meinem Bruder nichts davon zu erzählen."

„Gott behüte." Er warf ihr sein allzu verführerisches Schurkengrinsen zu. „Deine Schwester und ich haben dieses Kleid speziell für dich für die Weihnachtszeit entworfen, und es wäre schade, wenn es ungetragen bliebe."

Horatia biss sich auf die Lippe, als Aufregung in ihr aufstieg. Es war skandalös, dass er ihr ein Kleid kaufte, aber insgeheim war sie entzückt. Es bedeutete, dass er an sie dachte.

Die Kutsche hielt vor Sheridan House, und Lucien stieg aus. Er schritt zu ihrer Seite der Kutsche und ließ den herannahenden Lakaien Ursula beim Absteigen helfen, während er selbst Horatia behilflich war. Ursula und der Diener verschwanden im Inneren und ließen Lucien und Horatia für einen Moment allein.

Sie streckte ihre Hand aus, aber er ignorierte sie, umfasste stattdessen ihre Taille und setzte sie sanft auf dem Boden ab. Hitze durchströmte sie in einer heftigen Welle, als er sie an seinem Körper entlanggleiten ließ. Als sie wieder auf eigenen Beinen stand, sah sie zu ihm auf.

„Das Eis ist gefährlich. Ich möchte nicht, dass du fällst", sagte er.

Das Rad einer vorbeifahrenden Kutsche versank in einer matschigen Pfütze in ihrer Nähe und verspritzte eine eisige Gischt. Lucien schloss Horatia eilig in seine Arme und schützte sie mit seinem Körper vor den Spritzern. Als das eisige Wasser seine Kleidung durchnässte, zuckte er zusammen.

Er triefte vor eiskaltem Wasser. Schon wieder. Aber

warum ihr trockener Körper an seinem zitterte, war ihm ein Rätsel. Wassertropfen lagen auf seinen Wimpern und hingen an der nassen Haarsträhne, die ihm in die Augen fiel. Sie sah ihn an, fasziniert darüber, wie die juwelenartigen Tropfen in seinen dunklen, langen Wimpern hafteten.

„Verdammt. Ich muss wohl in einem früheren Leben die Götter der Kutscher beleidigt haben." Er sah mit einem wilden, wolfsähnlichen Ausdruck auf sie herab, und seine Augen waren zugleich kühl und feurig. Seine Leidenschaft könnte ihr zum Verhängnis werden, wenn sie es zuließe. Seine Lippen waren bläulich gefärbt und zitterten. Sie sehnte sich danach, sie mit ihren zu wärmen. Eine lächerliche Vorstellung, aber verflucht nochmal, sie wollte ihn noch einmal kosten, sie wollte nur einen... winzigen...

„Ich sollte gehen", hauchte Lucien.

„Bleibt."

„Das sollte ich nicht." Sein warmer Atem streifte ihr Gesicht und brachte ihr Blut in Wallung.

„Kommt wenigstens herein und lasst Euren Mantel am Feuer trocknen."

Ich wollte mich schon immer um dich kümmern, Lucien. Lass mich einfach für dich sorgen.

„Vielleicht wäre das klug. Ich habe keine Lust, mich wegen der nassen Kleidung zu erkälten. Die Götter der Kutscher seien verdammt." Lucien machte keine Anstalten, sich geziemt von ihr zu entfernen, als sie sich umdrehte, und er ging immer noch dicht hinter ihr, als sie die Tür erreichten. Sein Atem kitzelte ihren Nacken, und sie erschauderte vor etwas ganz anderem als der Kälte. Die Tür schwang auf, und der Butler und ein Diener begrüßten sie. Ein Seufzer entfuhr ihr, als die Realität sie einholte und sie zwang, von Luciens Seite zu weichen. Warum mussten sie sich immer voneinander entfernen?

• • •

DRINNEN ANGEKOMMEN FÜHRTE HORATIA IHN IN DEN Morgensalon, um sich dort aufzuwärmen, aber zu ihrer Überraschung brannte kein Feuer im Kamin. Lucien zog seinen nassen Wollmantel aus und schaute mit hochgezogener Augenbraue auf den kalten Kamin. Einen Moment lang konnte sie nichts anderes tun, als ihn anzusehen. Er blickte an sich herab und fragte sich, was genau sie sich da ansah. Sein Hemd klebte an seiner Haut und betonte seine kräftigen Arme. Als er den Kopf hob und zu ihr zurücksah, hatte sie große Augen und war scharlachrot im Gesicht. Horatia hastete an ihm vorbei zum Kamin und zog das Gitter zurück. Er biss sich auf die Lippen, um nicht zu grinsen. Was sie gesehen hatte, hatte ihr gefallen, da war er sich sicher.

Ein leises und wütendes Echo kündigte entweder ein Gespenst oder aber eine Katze im Schornstein an. „Miaauuu.“

„Muff!“ Horatia ging auf Hände und Knie und spähte den Schornstein hinauf. „Komm sofort da runter!“ Sie langte mit einer Hand in den verrußten Schacht.

Horatias Hinterteil streckte sich ihm entgegen, als sie vergeblich versuchte, den störrischen Kater zu überreden. Die eisige Kälte, die er immer noch spürte, verflüchtigte sich sofort mit der Hitze, die ihn durchströmte. Wie würden sich ihre Hüften zwischen seinen Händen anfühlen? Wie würde sein Name klingen, wenn ihre Lippen ihn stöhnten? Lucien schüttelte den Kopf und versuchte, diese Bilder zu verjagen und, was noch vordinglicher war, die begeisterte Reaktion seiner Lenden zu drosseln.

„Hier, lass mich sehen, ob ich ihn zu fassen kriege.“ Lucien kniete sich neben sie. Mit dem Vorteil seiner längeren Arme konnte er die Spalte erreichen, in der sich der widerspenstige Kater eingenistet hatte. „Ich sehe ihn. Die Frage ist, ob ich ihn erreichen kann. Vielleicht möchtest du deine Augen vor dem Staub schützen, meine Süße.“ Diese zärtliche Anrede entfuhr ihm ohne nachzudenken. Er griff nach oben, packte den Kater am Nacken und brachte ihn nach unten. Lucien hustete, als ihm eine Rußwolke entgegenstieb und ihn und Horatia einhüllte. Sie fielen beide aus dem Kamin zurück auf den Boden.

Muff fauchte und sprang auf seiner Flucht in Horatias Arme. Bevor er davonhuschte, grub er seine Krallen in ihre Haut und hinterließ schwarze Pfotenabdrücke auf dem Boden. Horatia nieste und versuchte aufzustehen. Lucien nahm ihre Handgelenke, aber als er ihr aufhalf, bemerkte er Blut an seinen Händen. Muff hatte in seiner unsanften Flucht ihre Unterarme zerkratzt.

Horatia, die mit Ruß bedeckt war und sich die blutenden Arme hielt, sah absolut elend aus. Etwas in Luciens Brust verkrampfte sich. Sie war so tapfer; sie hatte keinen einzigen Schmerzensschrei von sich gegeben. Er hätte an ihrer Stelle wie ein verwundeter Bär gebrüllt. Aber Horatia schrie nicht, sondern biss sich auf die Unterlippe und blinzelte die Feuchtigkeit in ihren Augen weg, und in diesem Moment wünschte er sich nichts sehnlicher, als sie in seine Arme zu schließen und sie um den Verstand zu küssen.

„Komm, wir werden dich verarzten.“ Er legte einen Arm um ihre Schultern und führte sie in den Flur und dann die Treppe zu ihrem Schlafzimmer hinauf. Er wies einen vorbeigehenden Lakaien an, warmes Wasser und Verbandsmaterial zu bringen und das Feuer in Horatias Zimmer anzuzünden, vorausgesetzt, der verfluchte Kater hatte es sich dort nicht bequem gemacht.

Wenige Augenblicke später betrat Cedrics Haushälterin, eine matronenhafte Frau mit an den Schläfen ergrauendem Haar, den Raum mit Wasser und Verbänden.

„Ich bringe Euch...“ Sie zuckte beim Anblick von Horatias Verletzungen zusammen. „Oh, meine arme Liebste!“

„Danke, Mrs. Stanwick. Könntet Ihr uns heißen Tee bringen?“, bat Horatia.

Die Lippen der Haushälterin öffneten und schlossen sich überrascht. „Ich sollte Euch nicht allein lassen…"

„Es wird nur eine Minute dauern. Lasst die Tür offen, wenn es sein muss." Luciens Worte waren weniger ein Vorschlag als vielmehr ein Befehl.

„Nun gut, Mylord, ich bin in Kürze zurück." Mrs. Stanwick stellte das Verbandsmaterial und das heiße Wasser auf den Beistelltisch und ging den Tee holen.

„Ihr braucht nicht zu bleiben. Ich kann mich selbst darum kümmern", sagte Horatia.

„Unsinn. Ich habe mich immer um dich gekümmert, als du jung warst, oder etwa nicht?" Die Worte waren ihm entwischt, bevor er sie zurücknehmen konnte, und der verblüffte Ausdruck auf Horatias Gesicht, hervorgehoben durch ihre runden Augen, ließ sie viel jünger erscheinen. Sie war nicht wie seine üblichen Frauen. Er mochte üppige Frauen mit hohen Wangenknochen. Horatia hatte herrliche Kurven und ein hübsches Gesicht, aber ihr fehlte die kühle Leidenschaft, die alle seine Eroberungen ausstrahlten.

Lucien drängte sie, sich auf ihr Bett zu setzen, wobei er dem Diener die Stoffhandtücher abnahm. Der Diener machte Feuer im Kamin, während Lucien seine Hände vom Ruß reinigte, und verließ anschließend das Zimmer. Das neu entzündete Feuer knisterte und leckte an den Holzscheiten. Es wärmte seinen Rücken und versetzte ihn in eine seltsam sanftmütige Stimmung.

Ihre Unterlippe zitterte eine Sekunde, bevor sie den Mund öffnete.

„Schh…" Er befeuchtete ein Handtuch, säuberte Horatias Hände vom Ruß und wischte das getrocknete Blut weg. Nachdem er etwas Salbe auf ihre Kratzer aufgetragen hatte, wickelte er die Bandagen fest um ihre Arme. Dann trocknete er sein Gesicht ab und Horatia tat es ihm gleich, allerdings fiel ihm auf, dass sie ein paar Stellen übersehen hatte.

„Was ist?", fragte sie, als sie seinen Blick bemerkte.

„Halt still." Er nahm ihr Kinn zwischen zwei Finger und neigte ihren Kopf zurück.

Ihre Knie lösten sich voneinander, sodass er näher an sie heranrücken konnte. Er strich mit dem feuchten Rand seines Handtuchs über ihre kleine, nach oben gebogene Nasenspitze und widerstand dem plötzlichen Drang, sie zu küssen. Er wischte einen Rußfleck direkt über ihrem Schlüsselbein weg, und Horatia schien den Atem anzuhalten.

Als er fertig war, ließ er das Tuch fallen und legte seine Hände auf ihre Haut. Er strich mit der rechten Daumenkuppe über ihre Unterlippe und spürte ihre Fülle. Horatias Lippen schlossen sich um seinen Daumen, als sie ihn küsste. Die warme, feuchte Liebkosung ihrer Zunge ließ seinen ganzen Körper vibrieren. Gebannt zog er seinen Daumen weg und beugte sich hinunter, um den Abstand zwischen ihren und seinen Lippen zu schließen.

Sie stand auf, und er schob ihre Lippen mit seiner forschenden Zunge auseinander, seine Hände legten sich um ihre Hüften und hielten sie still, als er sich an sie schmiegte.

Dass ihre Kleidung sie voneinander trennte, schien keine Rolle zu spielen. Horatia gab einen kleinen zufriedenen Laut von sich, als ihre Zunge seine streifte. Für einen kurzen Moment konnte er vergessen, dass sie unschuldig war und alles verkörperte, was er nicht haben konnte. Sie war nur eine weitere schöne Frau, der er eine neue Welt dunkler Leidenschaften enthüllen würde. Ihr kehliges Schnurren brachte ihn um den Verstand. Er ließ seine Hände über ihre Schenkel gleiten, wanderte unter ihre Röcke und Unterröcke und genoss die seidige Haut unter seinen Fingerspitzen.

Horatia keuchte auf und zuckte zurück. Ihre Münder trennten sich mit einem leisen Schmatzen.

Die Wirklichkeit brach über sie herein. Er stolperte rückwärts und versuchte, wieder zu Sinnen zu kommen.

Horatia blinzelte, und ihre braunen Augen waren warm und schläfrig. Ihre rosige Zunge leckte eilig über ihre Lippen, und er zog sie beinahe wieder zurück in seine Arme.

Sie schlug mit den Wimpern. „Es tut mir leid… Ihr habt mich nur erschreckt.“

„Nein. So ist es besser. Wir dürfen nicht… Das hier ist nie passiert. Hörst du mich?“

„Aber…“ Horatia berührte ihre Lippen und konnte ihre Augen nicht von seinem Gesicht abwenden.

Lucien musste auf Abstand gehen, nicht nur körperlich. „Hör zu, Horatia. Ich bin ein heißblütiger Schurke, ich habe mich hinreißen lassen. Du hättest mich nicht ermutigen sollen.“

Ihre Augen blitzten ihn mit einem kaum verborgenen Feuer an. „Euch ermutigen? Ich habe nichts dergleichen getan.“

„Du hast deine Lippen geleckt und mich sehnsüchtig angeschaut. Das macht es einem Mann unmöglich, dir zu widerstehen. Du wolltest ganz offensichtlich geküsst werden, und ich fühlte mich gezwungen, deinem Wunsch nachzukommen.“

„Ihr habt mich aus Mitleid geküsst?“ Sie war hin- und hergerissen zwischen Schmerz und Wut.

Er zögerte, aber nur einen Moment. „Ja.“

Horatias Stimme zitterte, und ihre Augen füllten sich mit Tränen. „Bitte… bitte geht.“

„Nur zu gern.“ Er verließ ihr Zimmer und schlug die Tür zu.

Kann dieser Mann meine Tür nicht ein einziges Mal ganz normal schließen?

Horatia vergrub ihr Gesicht in den Kissen und atmete mehrmals tief durch, aber es half nichts. Sie kämpfte gegen den Drang zu weinen, aber die Tränen rannen dennoch über ihre Wangen. Da spazierte Muff unter dem Bett hervor, sprang zu ihr hinauf und schmiegte sich schnurrend an Horatias Bauch.

Die bedingungslose Liebe des ihres Katers hatte etwas Tröstliches. Erst nachdem sie sein seidiges Fell gestreichelt hatte, beruhigte sie sich endlich, aber es dauerte lange, bis sie das Problem vernünftig betrachten konnte.

Im Laufe der Jahre hatte sie von Bediensteten und Lakaien Gerüchte über Männer seiner Sorte gehört. Und natürlich hörte sie die Warnungen ihres Bruders immer wieder in ihrem Kopf. *„Vertraue Männern niemals, Horatia. Wenn jemand auf einem Ball darum bittet, dir den Garten zu zeigen, lauf davon und suche mich. Du willst nicht mit jemandem wie Lucien enden. Sie werden dir die Unschuld rauben, dir das Herz brechen und dir jede Aussicht auf eine anständige Ehe ruinieren. Solche Vorkommnisse sprechen sich herum, und unser Ruf ist das Allerwichtigste.“*

Lucien wollte keine unschuldige Frau. Er wollte eine wilde, lüsterne Kreatur in seinem Bett. Wenn sie jemals seine Aufmerksamkeit erregen wollte, würde es etwas Drastisches erfordern. Nach dem heutigen Tag war sie sich sicher, dass er sich von ihr angezogen fühlte. Wenn sie ihm nur nah genug kommen könnte, um ihn dazu zu bringen, dieser Verlockung nachzugeben... Aber es gelang ihr nicht. Die meiste Zeit schien er vernünftig genug zu sein, um sich von ihr fernzuhalten. Wenn es doch nur eine Möglichkeit gäbe, diesen sturen Marquess dazu zu veranlassen, sie als Frau zu sehen und nicht nur als die Schwester seines Freundes.

Horatias Blick fiel auf die offene Schublade ihres Schminktischs. Darin lag eine silberne Halbmaske, ein Souvenir an einen vergangenen Maskenball. Ihr Anblick brachte sie auf eine Idee. Sie musste jemand anders werden, die Art Frau, die Lucien aufsuchen würde.

Aber wie sollte sie vorgehen? Es musste an einem Ort

geschehen, der vom wachsamen Auge ihres Bruders gefeit war. Irgendwo, wo es dunkel war, vielleicht nachts, damit sie nicht gesehen wurde. Wenn sie Lucien an einem Ort begegnen könnte, an dem sie eine Maske tragen konnte, würde er vielleicht nicht herausfinden, dass sie es war. Das Risiko war hoch, dass er sie erkennen würde, sobald er mit ihr zu sprechen anfinge, aber wenn es nach ihr ginge, würden sie nicht viele Worte wechseln.

Alles, was sie brauchte, war eine Gelegenheit, um ihn davon zu überzeugen, dass sie seiner Aufmerksamkeit würdig war. Sie wollte die Verführerin sein, als die sie sich in seiner Nähe fühlte. Er würde sie vielleicht umwerben, wenn sie ihm bewies, dass sie leidenschaftlich war.

Ich bin so einfältig. Der bittere Gedanke traf sie wie ein harter Schlag. Lucien würde sie nicht umwerben. Er würde sie benutzen und dann nicht weiter beachten. Andererseits hatte er bereits einmal kurz davor gestanden zu heiraten. Warum sollte er es nicht noch einmal tun? Und eine winzige Stimme in ihrem Kopf flüsterte, dass es wohl kein verlorenes Opfer wäre, ihre Unschuld an Lucien zu verlieren. Selbst wenn sie den Rest ihres Lebens als einsame alte Jungfer verbringen müsste, überwog eine Nacht mit ihm ein Leben mit jemandem, für den sie keine Gefühle hegte.

Sie zwang sich, sich wieder auf ihre Idee zu konzentrieren, und ging im Geiste ihre Auswahl an geheimen Treffpunkten durch. Dieses Unterfangen erfüllte alle Voraussetzungen für einen von Audreys typischen Plänen. Audrey! Das war die Lösung. Sobald ihre Schwester zurückkehrte, würde Horatia sie zu Rate ziehen. Sie würde ihr nicht erzählen, was sie vorhatte, aber sie konnte sie um Rat bitten, wie man einen Diener aus Luciens Haushalt bestechen könnte, um die abendlichen Aktivitäten des Marquess und die Orte, an denen er sich aufhalten würde, preiszugeben.

Zum ersten Mal seit Tagen lächelte Horatia frohgemut.

KAPITEL 6

Lucien betrat zähneknirschend vor Wut sein Stadthaus in der Half Moon Street. Der heutige Tag war eine Katastrophe gewesen. Er hatte die Kontrolle verloren, war ihr zu nah gekommen und hatte obendrein noch jede Minute genossen.

Gäbe es doch diese warmen braunen Augen nicht, die um seine Küsse flehten...

Die Tür zum Dienstbotenzimmer öffnete sich, und sein Kammerdiener Felix kam mit einem Stapel frisch gebügelter weißer Hemden auf dem Arm heraus.

„Felix, ich gehe heute Abend aus. Bereite meine Sachen vor."

Der Kammerdiener nickte und eilte in Luciens Zimmer. Luciens Hände zuckten unter dem Drang, etwas zu zerbrechen. Er stürmte in den Salon und schnappte sich das Erstbeste in seiner Reichweite, eine teure orientalische Vase. Er hob den Arm und...

„Lucien, ist alles in Ordnung?"

Er erspähte seinen Bruder Lawrence ein paar Meter hinter

ihm in der offenen Tür. Abgesehen davon, dass er fünf Jahre jünger war, war er Luciens Spiegelbild. Vor lauter Wut, die wie ein erwachender Vulkan immer noch tief in ihm brodelte, richtete Lucien nun die Vase auf seinen neugierigen Bruder.

Lawrence trat einen Schritt zurück und hob abwehrend die Hände. „Wenn du das zerbrichst, wird Mutter äußerst aufgebracht sein. Sie hat ein Vermögen ausgegeben, um sie dir aus Shanghai zu besorgen. Ihrer Erzählung nach hat sie für einen Teil des Transportweges eine ganze Karawane Elefanten angeheuert, wie einst Hannibal."

Mit einem Knurren stellte Lucien die Vase wieder auf den Beistelltisch aus Kirschholz und starrte seinen grinsenden Bruder finster an.

„Ich dachte, du wärst in Frankreich."

Sein Bruder zuckte gleichgültig mit den Schultern. „Ich bin mit Avery zurückgekommen."

„Hast du schon eine Unterkunft gefunden?"

„Noch nicht."

„Dann musst du hierbleiben", antwortete Lucien, aber es klang nicht überzeugend. Er war nicht in der Stimmung für Gesellschaft, nicht einmal die seiner Familie. War es so schlimm, dass er etwas Ruhe brauchte, um sich von dem emotionalen Chaos zu befreien, das ihn plagte?

Sein Bruder schnippte ein unsichtbares Staubkorn von seinem Mantelärmel. „Ich bin nur für ein paar Tage hier und möchte mich nicht aufdrängen, zumal du anscheinend ein ziemlich angespanntes Verhältnis zu deiner Inneneinrichtung hast." Lawrence war bekannt für seinen Sarkasmus, und Lucien war früher, als sie noch jünger waren, über ebensolche Bemerkungen mit ihm in Streit und Handgreiflichkeiten geraten.

„Nur weil wir keine Kinder mehr sind, heißt das nicht, dass ich dir nicht eine Ohrfeige verpassen kann."

„Du kannst es gern versuchen."

Lucien hieb spielerisch mit der Faust nach seinem Bruder, der einen Schritt zurück tänzelte. Beide lachten, und Lucien stellte fest, dass seine Wut verflogen war. Gott segne Lawrence.

„Wenn du nicht hier übernachten willst, was führt dich dann hierher?", fragte Lucien. „Ich dachte, du gehst vielleicht direkt zu Mutter." Ihm kam ein schrecklicher Gedanke. „Sie ist doch nicht etwa hier, oder?"

Lucien erwartete halb, dass die imposante Lady Rochester aus einem Schrank treten würde. Seine Mutter hatte sich mehr als einmal versteckt, um ihren Nachwuchs zu belauschen, dann plötzlich ihre Anwesenheit zu enthüllen und ihre Kinder zu Tode zu erschrecken. Linus, Luciens jüngster Bruder, weigerte sich auch aus diesem Grund, die Schranktüren in seinem Schlafzimmer zu schließen.

Sie tat das natürlich aus Liebe, und es hatte sich zu einer Art Familienwitz entwickelt. Sie war so verliebt in ihren Mann gewesen, dass sie darauf bestanden hatte, jedem Kind einen Namen zu geben, der mit L für Liebe begann. So hießen sie also Lucien, Lawrence, Linus und Lysandra. Avery war die einzige Ausnahme von diesem Namensschema, denn er sah seinem Vater sehr ähnlich und trug daher denselben Namen wie er. Die anderen Russells schlugen eher nach ihrer Mutter.

„Mutter ist in Kent", sagte Lawrence. „Sie hat dir mitgeteilt, dass sie Weihnachten zu Hause verbringen möchte. Hast du den Brief nicht bekommen?" Lawrence schien aufrichtig überrascht zu sein, da Lucien der Zuverlässigste der Russell-Kinder war, wenn es um Korrespondenz ging.

„Ich war in letzter Zeit etwas beschäftigt." Das war eine außerordentliche Untertreibung. Sein Arbeitszimmer war übersät mit ungeöffneten Briefen, der neueste Brief seiner Mutter wartete zweifellos im Durcheinander auf seinem

Schreibtisch. Lucien strich sich mit Daumen und Zeigefinger über das Kinn. „Erwartet Mutter, dass ich sie besuche?"

„Herrgott, nein. Nicht, dass sie etwas dagegen hätte, aber ich denke, sie ist am glücklichsten, wenn sie Linus und Lysandra allein quälen kann." Lawrence kicherte. „Sie sind jetzt beide bei ihr, Gott stehe ihnen bei."

„Was ist mit Cambridge? Linus ist doch inzwischen sicher fertig." Schuldgefühle packten ihn und engten ihm die Brust ein. War er so mit seinen eigenen Angelegenheiten beschäftigt gewesen, dass er das Leben seiner Geschwister aus den Augen verloren hatte?

Lawrence zuckte noch einmal mit den Schultern. „Noch nicht lange."

„Wenn du in ein paar Tagen schon wieder abreist, musst du heute Abend mit mir essen." Luciens Wunsch, in Ruhe gelassen zu werden, war verflogen, und er hoffte, dass sein Bruder zustimmen würde. Lawrence wäre eine willkommene Ablenkung und würde ihn davon abhalten, sich mit hoffnungslosen Wünschen zu beschäftigen.

Lawrence lächelte verschmitzt. „Eigentlich hatte ich vor, den Abend im Midnight Garden zu verbringen. Du kannst dich mir gern anschließen. Madame Chanson vermisst deine Gönnerschaft."

Der Midnight Garden war ein diskreter Club voller heimlicher Skandale und romantischer Treffen. Das öffentlichste Geheimnis in ganz London. Madame Chanson hatte ihn auf die Bedürfnisse jedes Gastes abgestimmt, ob nun Mann oder Frau, die reich genug waren, um sich eine Mitgliedschaft leisten zu können. Sie holte die schönsten Damen, stellte nur die schönsten Männer ein und das anrüchige Ambiente versprach sündige Freuden aller Art. Sie hatte den guten Willen und die Protektion derer erworben, die notwendig waren, um ihr Etablissement offen zu halten.

Lucien war bis vor kurzem ein oft gesehener Gast im

Garden gewesen, aber seit er wieder in Horatia Sheridans Leben gestolpert war, hatte er die Suche nach Vergnügen aufgegeben und war nicht zurückgekehrt. Sein letzter Versuch war für beide Seiten eine Enttäuschung gewesen.

Vielleicht brauche ich genau das – eine flotte Nummer, um die Erinnerung an Horatia aus meinem Gedächtnis auszumerzen. Lucien fuhr sich mit der Hand über den Kiefer, bevor er nickte. „Ich glaube, ich werde tatsächlich mitkommen. Ich war in letzter Zeit zu melancholisch, und meine Stimmung muss dringend gehoben werden."

Sein Bruder lachte. „Wie wohl auch andere Teile von dir, vermute ich."

Lucien ignorierte ihn. „Um wie viel Uhr bist du verabredet?"

„Um neun Uhr. Du brauchst eine Maske. Madame Chanson ist diesen Monat in Maskerade-Stimmung und verlangt von allen ihren Gästen, eine zu tragen. Gerüchten zufolge ist eine Delegation aus Italien eingetroffen, und die Masken dienen ihrem Schutz."

Lucien runzelte die Stirn. Hatte er noch eine Maske? Bestimmt. Er war während der Saison zu zahlreichen Partys in Vauxhall gegangen und auf einigen von ihnen waren Masken Vorschrift gewesen.

„Ich werde sie suchen gehen." Er steuerte auf die Treppe zu.

„Dann treffen wir uns gegen neun im Garden", rief Lawrence ihm nach.

„Felix!", rief Lucien.

Der Kammerdiener steckte seinen Kopf in Luciens Schlafzimmer. „Mylord?"

„Meine Pläne haben sich geändert. Lege meine feinste schwarze Reithose, eine schwarze Jacke und ein schwarzes Seidenhemd bereit. Habe ich auch noch eine schwarze Augenmaske?"

Felix zog die Augenbrauen in die Höhe. „Kleiden wir Euch für einen bestimmten Anlass ein, Mylord? Ich dachte nicht, dass Entführungen zu Euren Hobbys gehören." Die Augen des Kammerdieners waren zwar kühl, aber Lucien entging der Anflug von Belustigung nicht.

Lucien vergaß zuweilen, dass das, was in den oberen Schichten als Geheimnis galt, weiter unten manchmal allgemein bekannt war. Zweifellos bezog er sich auf Miss Emily Parrs Abenteuer einige Monate zuvor.

„Entführungen können, wenn sie richtig durchgeführt werden, äußerst unterhaltsam sein. Aber keine Angst, Felix, heute Abend fahre ich in den Garden. Madame Chanson fordert alle Gäste auf, Masken zu tragen."

„Ah. Gewiss sind die Italiener wieder im Lande. Nun, Ihr habt Glück, Mylord. Ich habe eine schöne Halbmaske aufbewahrt, die Ihr letztes Jahr getragen habt. Sie sollte prächtig zu Eurer Aufmachung für den heutigen Abend passen." Felix ging zu einer der Kommoden und durchwühlte sie, bis er die Maske fand. Er legte sie auf einen Beistelltisch und schlüpfte in die Garderobe, um Luciens Abendkleidung zu holen.

Lucien verließ sein Schlafzimmer und ging in den kleinen Waschraum, in dem sich eine Badewanne befand. Er zog an der Klingelschnur, um den Dienern unten zu signalisieren, dass er baden wollte. Es würde eine Weile dauern, bis das Bad vorbereitet war, also ließ er einen Diener einige Briefe aus seinem Arbeitszimmer holen, um sie in der Zwischenzeit zu lesen.

Als er fertig war, sank er tief in die mit heißem Wasser gefüllte Wanne und spürte, wie sich seine Anspannung löste. In Horatias Nähe verkrampfte er sich immer. Er benetzte sein Gesicht und schrubbte seine Haut, um die Erinnerung an ihren Körper von seinem zu tilgen. Es klebte immer noch Ruß in seinem Haar, und er wusch es gründlich, damit ihn nichts mehr daran erinnerte, wie kurz er davor gestanden hatte, seinen Verstand zu verlieren.

Je mehr Zeit er mit ihr verbrachte, desto kürzer war er davor, seinen niederen Begierden nachzugeben, die seine Prinzipien verraten, ihren Ruf ruinieren und den Zorn ihres Bruders auf ihn ziehen würden. Doch die Vorstellung, ihr beizubringen, ihre Leidenschaften auszuleben, war zu verlockend. Dies war das, was ihn am meisten reizte.

Er verbrachte seine Tage nicht damit, wie andere Männer seine Eroberungen zu zählen. Er war vielmehr stolz darauf, Frauen zu helfen, ihre Seele und ihren Körper selbst zu erobern, indem sie ihre Bedürfnisse akzeptierten und im Bett Erfüllung suchten. Leidenschaft war eine Sache, die Mann und Frau miteinander teilen sollten, und er hatte nie die Vorstellung gemocht, dass eine Frau einfach schlaff unter ihm lag. Sex war eine gegenseitige Erforschung, ein geteiltes Geschenk, nicht etwas, das dem einen Teil genommen oder dem anderen gegeben wurde. Obwohl er also als Schurke verschrien war, hatten seine Frauenbekanntschaften eine ganz andere Meinung von ihm. Für sie war er ein Befreier, egal wie kurz ihre gemeinsame Zeit auch gewesen sein mochte.

Nach dem Bad half Felix ihm beim Ankleiden, und kurz darauf war Lucien aus dem Haus. Ein Lakai rief eine schwarze Kutsche, damit seine Ankunft nicht bemerkt würde. Der Garden war kein Ort, an dem das Wappen des Marquess of Rochester zu sehen sein sollte. Lucien behielt seine Maske auf und überprüfte das Band, als seine Kutsche vor dem Stuck-Stadthaus hielt, das die Fassade des Midnight Garden bildete.

Ein Diener eilte ihm entgegen und neigte respektvoll den Kopf. „Mylord." Der Diener kannte seine wahre Identität nicht, aber alle Männer und Frauen im Garden wurden als Lord und Lady begrüßt, nicht zuletzt, weil es gut fürs Geschäft war.

„Ist Madame da?", fragte Lucien den Diener und folgte

ihm die Stufen hinauf. Der junge Mann nickte und öffnete Lucien die Tür.

Der Midnight Garden war Tag und Nacht nur schummrig beleuchtet und vermittelte ungeachtet der Uhrzeit die Atmosphäre eines mitternächtlichen Stelldicheins. Vergoldete Wandleuchter säumten den Eingangsbereich und die Flure, die in verschiedene Räume abzweigten, von denen es auf drei Stockwerke verteilt mindestens zwanzig gab. Die Wände waren tief burgundfarben mit Goldverzierungen, und die Möbel waren reich broschiert. Alles war ausgewählt worden, um den Gästen, die dafür zahlten, sich hier ihre Wünsche zu erfüllen, Verruchtheit und Sinnlichkeit zu vermitteln.

Viele Jahre lang hatte Lucien in diesen Räumen Bettgefährtinnen gesucht und gefunden, die weder ihn noch seine Wünsche fürchteten und ihm vertrauten, die Freuden ihrer Körper hervorzulocken. Er hoffte, eines Tages im Gegenzug jemanden zu finden, dem er vertrauen konnte, aber bisher war er erfolglos geblieben. Seit Emily Parrs Entführung zögerte er, zu seinen alten Gewohnheiten zurückzukehren. Er wollte eine Verbundenheit mit seiner Bettgefährtin schaffen. Die kurze, wilde Paarung oder das langsame Vergnügen, eine Frau dazu zu verführen, sich fesseln zu lassen, war nicht dasselbe wie eine Frau zu genießen, die ihm wirklich am Herzen lag. Nach seinen frustrierenden Begegnungen mit Horatia suchte er nun jedoch verzweifelt nach Erleichterung.

Madame Chanson, eine kurvenreiche Frau Ende vierzig, kam mit einer Frau, die Lucien erkannte, aus einem nahen Zimmer. Evangeline Mirabeau, die ehemalige Geliebte des Duke of Essex. Ihre Augen waren auf ihn gerichtet, und er wusste, dass sie ihn ebenfalls erkannt hatte. Sie nickte ihm kühl zu. Nachdem sie Godric vor einigen Monaten indirekt vor einer Bedrohung geschützt hatte, empfand er eine gewisse, wenn auch begrenzte, Wertschätzung für die Französin.

„Mylord, Ihr seid zurückgekehrt! Ich hatte schon befürchtet, Ihr würdet nicht mehr kommen, da Lady Society Euch verliebt wähnt und glaubt, dass Ihr Eure Gewohnheiten abgelegt habt. Es erfreut mein Herz, Euch wieder hier willkommen zu heißen." Ihre Stimme war leise und voll, ein anzüglicher Ton, der ihn an seine Nächte hier erinnerte. Ihr hellblondes Haar und die grauen Augen, die immer halb geschlossen wirkten, gaben ihr den Anschein, als wäre sie gerade eben nach einer sehr bewegten Nacht zwischen den Laken aufgewacht.

„Madame Chanson, es ist mir eine Freude, Euch wiederzusehen. Glaubt nicht alles, was Ihr lest. Lady Society irrt sich nur allzu oft." Er lächelte sie an und sie zwinkerte. Sie hatte keine Schwierigkeiten, ihn trotz der Maske zu erkennen, denn seine Statur und seine seltene Haarfarbe verrieten ihn gegenüber denjenigen, die ihn kannten.

„Ihr steht in meiner Schuld, Mylord." Sie neckte ihn mit einer Zuneigung, die jahrelanger Freundschaft entsprang. „Ich bin entrüstet, weil Ihr so lange fort wart."

„Vielleicht könnt Ihr mich später dafür bestrafen." Er schenkte ihr sein verwegenstes Grinsen, das selbst die erfahrene Madame erröten ließ.

„Vielleicht werde ich das", antwortete sie. Madame Chanson schlief nie mit der Kundschaft, die ihr Haus besuchte, aber für Lucien machte sie eine Ausnahme. Sie hatte ihn mehr als einmal angefleht, und er hatte ihrer Bitte nur zu gern stattgegeben.

Einmal ein Schurke, immer ein Schurke.

„Wie ich höre, hat mein Bruder heute Abend ein Zimmer reserviert?"

„Oh ja, natürlich. Soll ich Euch zu seinem Raumbegleiten?"

„Ja, vielen Dank."

Lucien folgte ihr den Korridor entlang zu einem der schö-

neren Räume, einem mit Terrasse, in dem man die Fenster-
türen öffnen und auf die darunter liegenden Gärten blicken
konnte. Lawrence musste viel für dieses Privileg bezahlt
haben. Madame Chanson klopfte leise an die Tür.

Als Lawrence ein gedämpftes „Herein" rief, öffnete sie.
Lawrence saß auf einem Zweiersofa und fütterte eine vollbu-
sige junge Frau mit Trauben. Beide trugen Masken.

„Bruder", sagte Lawrence.

„Bruder", antwortete Lucien amüsiert.

Die junge Frau richtete sich in Lawrences Armen auf.
„Mylord." Sie warf ihm ein anzügliches Lächeln zu.

Lawrence kicherte. „Du kannst dich uns gern anschlie-
ßen." Mit einem Lächeln umfasste er die rechte Brust der
Frau, und sie keuchte in gespieltem Entsetzen. „Es gibt genug
Trauben."

Lucien wandte sich an Madame Chanson. „Habt Ihr vielleicht eine neue Dame hier, die mich interessieren könnte?"

Sie zögerte einen Moment. „Nun ja... eine junge Dame ist
heute Abend vor weniger als einer halben Stunde angekommen. Eine edle Lady, könnte man sagen. Ich bot ihr die
Dienste meiner besten Männer an, aber sie bat mich, ein
Rendezvous mit einem Herrn ihrer gesellschaftlichen Stellung
zu arrangieren. Ich sagte ihr, dass mehrere solcher Herren
mein Haus besuchten und dass sie die Nacht mit einem von
ihnen verbringen könnte, wenn es zu einer Übereinkunft
käme. Ich habe natürlich keine Namen erwähnt, aber ich
habe angedeutet, dass Ihr voraussichtlich bald ankommen
würdet. Sie schien äußerst interessiert, als ich Euch
beschrieb. Ich weiß, ich hätte mir nicht anmaßen sollen, ihr
Eure Gesellschaft anzubieten, Mylord..."

Faszinierend. Es war nicht ungewöhnlich, dass verheiratete Frauen fremde Freuden suchten, wenn ihre eigenen
Ehebetten erkaltet waren. Er hatte heute Abend wenig Interesse an einer verlebten Frau. Aber eine junge Dame aus gutem

Hause... eine Frau, die neu in der Sphäre des Gardens war, war sicherlich von Interesse für ihn. „Eine Jungfrau?"

Madame Chanson nickte. „Ich glaube schon. Sie verbirgt es gut, aber ich sehe die Unschuld in ihren Augen. Ich weiß, dass solche Frauen nicht Eurem üblichen Geschmack entsprechen..."

Normalerweise hätte Madame damit recht gehabt. Unschuldige Frauen hatten ihn noch nie gereizt, und es bestand immer die Gefahr, dass sie zu viel in ihre erste Begegnung hineininterpretierten. Aber die Masken garantierten, dass diese Frau wusste, was sie suchte, und das beruhigte ihn. Er wollte ein sanftes, süßes Mädchen, das ihn an das erinnerte, was ihm vergönnt war. Er könnte seine Augen schließen und Horatia sehen, ihren Körper unter seinem spüren...

„Ich bin in Abenteuerstimmung, Madame. Bitte schickt sie zu mir, aber sagt Ihr nicht meinen Namen."

„Wie Ihr wünscht." Madame Chanson machte einen Knicks und fegte mit einem Schwung violetter Seide aus der Tür.

Lawrence fütterte seiner Gefährtin weiter Weintrauben. Lucien zog seinen Mantel und seine Weste aus und warf sie über einen Stuhl, bevor er nach der Branntweinkaraffe auf einem Beistelltisch griff. Er hatte kein Problem damit, mit seinem jüngeren Bruder im selben Raum zu sein, während Lawrence sein Spielzeug verführte. Lucien war üblicherweise sogar offen fürs Teilen, aber heute Abend brauchte er einen Drink und eine Frau nur für sich. Es gab nichts Entspannenderes, als eine Frau zu halten und zu küssen, wenn die Frustrationen überhandnahmen. Im Gegensatz zu anderen Männern fand Lucien im Boxen oder übermäßigen Trinken kein Ventil für seine Wut. Er bevorzugte eine gute Frau und ein stabiles Bett. Er hatte oft das Gefühl, dass die Welt ein besserer Ort wäre, wenn mehr Männer so dächten.

Es klopfte an der Tür.

„Herein.“

Als die Tür aufschwang, ließ Lucien fast seinen Brandy fallen. Die junge Frau im Türrahmen trug eine silberne Maske, aber selbst aus der Entfernung erkannte er sie.

Horatia.

Er hatte zu viele Nächte damit verbracht, sich ihre Verführung vorzustellen, um auch nur einen Zentimeter ihres Körpers zu vergessen. Er war erleichtert, dass seine Maske seine Identität verbarg.

Was um alles in der Welt tat diese törichte Kreatur hier? Es wimmelte hier nur so von Wölfen, die sich auf sie stürzen würden, genau wie er es so gern tun wollte...

Madame Chansons Worte fielen ihm wieder ein. Die junge Dame hatte sich für ihn interessiert, als er ihr beschrieben wurde. War sie etwa auf der Suche nach einem Mann wie ihm hergekommen, um ihre eigenen zurückgewiesenen Sehnsüchte zu stillen? Oder war sie etwa noch schlauer und hatte herausgefunden, dass er heute Abend hier sein würde? Lucien musste schmunzeln. Aus welchem Grund auch immer sie hergekommen war, Lucien würde ihr zeigen, was für eine gigantische Torheit dies war. Er würde sie dazu bringen, ihre Entscheidung zu bereuen, und er würde es genießen, sie dabei in Verlegenheit zu bringen.

Sie trug ein Abendkleid aus schimmernder weißer Seide mit einem Überkleid aus silberner Spitze. Das tief ausgeschnittene Mieder war aus hauchdünnem Georgette, das plissiert und gefaltet war. Das Kleid hatte kurze Ärmel aus demselben Gewebe, was die Wirkung ihres Dekolletés noch zu verstärken schien. Der Rock, ein Seidenrock in der gleichen Farbe, begann direkt unter ihren Brüsten. Obwohl er leicht plissiert war, schmiegte er sich an ihre Figur, wenn sie sich bewegte. Mit anderen Worten, sie bot einen betörenden Anblick und sein Körper reagierte sofort. Sie drehte sich erschrocken um, als sich die Tür hinter ihr schloss, und zeigte den tiefen Ausschnitt auf der Rückseite ihres Kleides.

„Bitte, komm doch herein", schnurrte er, ging zu ihr hin und nahm ihren Arm.

Sie sah zu ihm auf, und ihre braunen Augen flackerten unter ihrer silbernen Maske auf. Sie hatte ihn sofort erkannt. Sie wusste, dass er es war. Lucien sah zu seinem Bruder hinüber, der viel zu sehr mit seiner eigenen Begleiterin beschäftigt war, um Luciens Beute zu erkennen.

„Ich glaube, ich wurde in das falsche Zimmer geführt", sagte sie. Ihre Brust hob und senkte sich hastig, als sie versuchte, sich aus seinem Griff zu befreien.

Lucien zog sie an sich. „Unsinn, meine kleine Taube. Komm, setz dich zu mir." Lucien zog sie auf dem nächsten Stuhl auf seinen Schoß. Sie quiekte fast vor Angst.

Das wird lustig werden. Er zog sie fest an sich und ließ sie jeden Zentimeter seines Körpers spüren, der den ihren berührte. Sie lag steif in seinen Armen, aber das würde er bald ändern.

„Bist du erschrocken?", fragte er mit einem leisen Flüstern, das nur sie hören konnte.

Zu seiner Überraschung nickte sie ruckartig. „Ein wenig."

Er konnte sich ein Lächeln nicht verkneifen. „Manchmal kann ein bisschen Angst vor jemandem, dem man vertraut, nicht schaden."

Bevor sie widersprechen konnte, hob er mit einem Finger ihr Kinn und entblößte ihren Hals mit seiner Berührung. Sie schluckte schwer, und er konnte den Puls an ihrer Kehle schlagen sehen, als er seinen Kopf senkte und ihren Hals mit langsamen, sanften Küssen bedeckte.

HORATIA KONNTE KAUM ATMEN, GESCHWEIGE DENN KLAR denken. Zweifellos, weil ihr Plan funktionierte und gleichzeitig völlig nach hinten losging. Vor einer Stunde hatte sie den mysteriösen Midnight Garden ausfindig gemacht. Es hatte sie ein paar glänzende Münzen gekostet, bis einer von Luciens Lakaien ihr verraten hatte, wo der Garden war und ob Lucien heute Abend dort sein würde. Sie war mit einer Droschke angekommen und hatte Madame Chanson bezahlt, um sich ihren Platz als Luciens auserwählte Dame für diesen Abend zu sichern. Sie hatte Madame Chanson erklären müssen, dass sie den Abend nur mit Lucien verbringen wollte. Die Besitzerin des Midnight Gardens hatte sie dann scharf ins Auge gefasst und ihr versichert, dass sie diese Nacht mit Lucien und keinem anderen verbringen würde. Das hatte Horatia ein wenig beruhigt.

Sie war so weitsichtig gewesen, ihre Identität Madame nicht preiszugeben, aber sie hatte nicht weiter als bis dahin gedacht. Da Horatia keinerlei Erfahrung hatte, traf sie Luciens stürmische Verführung ziemlich unvorbereitet. Nun befand sie sich auf seinem Schoß, nur wenige Schritte von seinem Bruder Lawrence entfernt, den sie trotz seiner Maske leicht wiedererkannt hatte und der sich mit einer anderen Frau vergnügte.

„Warum so angespannt, meine Taube?" Luciens kräftige Hände massierten ihre Schultern, und ein Wohlgefühl entströmte seinen geschickten Fingern, die ihre angespannten Muskeln kneteten. Horatia fühlte sich stark versucht, sich bei dieser Berührung tatsächlich zu entspannen und dahinzuschmelzen. Es wäre so einfach, sich ihm hinzugeben. Schließlich war es ja genau das, was sie wollte.

„Machst du ihr Angst, Lucien?" Lawrence neckte ihn zwischen zwei Weintrauben.

„Vielleicht." Lucien nahm Horatias Kinn und sah ihr tief in die Augen. „Hast du immer noch Angst?"

Trotz der Ernsthaftigkeit seiner Frage zuckten seine

Mundwinkel, was Horatia verriet, dass er sich ein Lachen kaum verkneifen konnte.

„Ich bin es nicht gewohnt, Gesellschaft zu haben, Mylord", brachte sie hervor und warf einen nervösen Blick in Lawrences Richtung. Eine tückische Röte stieg in ihre Wangen, nur halb verborgen durch ihre silberne Maske.

Lawrence setzte sich etwas aufrechter und beugte sich in ihre Richtung. „Sag mir, Bruder, wie schaffst du es, die ahnungslosesten und charmantesten Frauen ins Bett zu holen? Sie errötet wie eine Braut!" Er verlor das Interesse an seiner eigenen Begleitung und schob sie weg, als sie sich besitzergreifend an ihn zu schmiegen versuchte.

Luciens Finger glitten über Horatias Rücken und gruben sich in ihre Hüften, um sie still auf seinem Schoß zu halten, während er sie betrachtete.

„Würdest du meinen Bruder mir vorziehen? Ich wage zu behaupten, dass er dich gern mitnehmen würde, wenn du mich zu beängstigend findest." Luciens Stimme war wie geschmolzene Schokolade und genauso sündig. Horatia blickte von einem Mann zum anderen hin und her, die sich in ihren schwarzen Kleidern, mit den Masken und den dunkelroten Haaren so ähnlich sahen.

„Ich bevorzuge Euch, Euch allein, Mylord", sagte Horatia. Sie sah den triumphalen Glanz in seinen Augen und hätte ihn wegen seiner Anmaßung am liebsten geohrfeigt.

Lucien legte eine Hand entschlossen um ihren Nacken und zog sie an sich, um sie zu küssen. Seine Zunge drang kühn in ihren Mund ein und neckte ihre Zunge in einem sinnlichen, aufregenden Rhythmus, der sie nach Luft schnappen ließ, als seine Lippen zu ihrem Hals und zu ihrem Schlüsselbein wanderten.

„Hast du noch ein Zimmer, Bruder? Oder muss ich dich überreden, mit deiner Dame in den Gärten spazieren zu gehen?" Lucien schien keine Skrupel zu haben, seinen jüngeren Bruder rauszuwerfen.

Lawrence wies mit dem Kopf nach rechts zu einer vergoldeten Tür. „Hinter dieser Tür ist ein Schlafzimmer."

Ohne seinen Bruder anzusehen, erkundete Lucien weiterhin mit seinen Lippen und seiner Zunge die Senken von Horatias Hals und Schlüsselbein. „Dann nimm deine Frau und geh dorthin."

Mit einem Seufzer stand Lawrence auf und zog seine Begleiterin mit sich.

„Lass die Trauben hier", fügte Lucien noch hinzu, als Lawrence schon nach dem Obstteller greifen wollte und etwas dahingehend brummte, wer wohl das Zimmer bezahlt hätte.

Horatia wand sich ein bisschen, als er sich wieder daran machte, sie mit seinem Mund zu erkunden. Ihre Hände legten sich auf seine breiten Schultern, während sie zusah, wie Lawrence und seine Frau das Zimmer verließen und die Tür hinter sich schlossen.

„Nun, sollen wir es uns gemütlich machen?" Lucien hob sie von seinem Schoß und setzte sie zurück auf den Stuhl, wobei er sich breitbeinig vor sie hinstellte, sein Hemd auszog und es achtlos zur Seite warf. Als seine Hände zum Verschluss seiner Hose glitten, klopfte Horatia das Herz bis zum Hals. Er lächelte und streckte die Hand aus, um ihr ans Kinn zu fassen und ihren Kopf zu heben, bis sie ihn ansah.

„Da ist wieder diese charmante Röte. Ich finde sie bezaubernd, aber ich frage mich doch... errötest du aus Bescheidenheit oder aus Unerfahrenheit? In deinem Gewerbe besitzt du sicher keins von beidem."

Wie konnte er es wagen? Lucien wusste genau, dass sie eine Lady war, die um einen Kavalier gleichen gesellschaftlichen Rangs gebeten hatte, und nun beschuldigte er sie... Horatia sprang auf und kam ihm dabei leider näher, als es ratsam gewesen wäre. Jegliches vielleicht beabsichtigte Aufbegehren wurde von Luciens Lippen auf ihrem Mund erstickt. Er packte ihre Handgelenke und führte sie auf ihrem Rücken zusammen. Dann befreite er eine Hand, um die silberne Spitze ihres Kleides von ihrem Körper abzustreifen und dabei über die Rundungen ihres Hinterteils zu fahren, bevor er sie heftig an sich riss.

„Spürst du, wie sehr ich dich will?", murmelte er.

Wie hätte sie es nicht spüren können, fragte sich Horatia. Die Wölbung in seiner Hose drückte gegen ihr Becken, und ihr Körper reagierte darauf mit einem scharfen Brennen zwischen ihren Beinen. Lucien ließ sie los und ging hinüber zu dem Sofa, das sein Bruder vor kurzem geräumt hatte. Er hob den Teller mit den Weintrauben hoch und setzte sich.

„Komm her", sagte er und klopfte auf den leeren Platz neben sich.

„Aber...", begann sie. Sie bereute ihren dreisten Plan von Minute zu Minute mehr. Sicherlich gab es einen vernünftigeren Weg, ihn dazu zu bringen, sie zu mögen. Aber vielleicht eben auch nicht.

„Sofort." Sein Befehl war nicht streng, verhieß aber eine Strafe, wenn sie nicht gehorchte.

Sie eilte zum Zweiersofa und strich ihr Kleid mit zitternden Händen glatt. Das Mieder klebte an ihren Brüsten und erschwerte ihr das Atmen. Sie hatte das Kleid vor ein paar Jahren anfertigen lassen, bevor ihre Figur sich vollends entwickelt hatte. Es war das einzige, von dem sie wusste, dass Lucien sie noch nie darin gesehen hatte. Horatia war sich ihres Körpers noch nie so bewusst gewesen wie jetzt. Das Mieder umspannte ihre Brüste, ihre Brustwarzen rieben sich am Gewebe, und die Stelle zwischen ihren Schenkeln fühlte sich feucht und prickelnd an. Er runzelte die Stirn bei der offensichtlich zu großen Entfernung zwischen ihnen.

„Komm näher", knurrte er.

Sie rückte näher zu ihm hin.

Er schien jedoch erst zufrieden zu sein, als sie so nah war, dass ihre linke Pobacke fest gegen seine gepresst war. Er schlang einen Arm um ihre Taille und zog sie noch näher an sich heran, bevor er sie wieder losließ. Die Wärme seiner nackten Haut war unfassbar köstlich gegen die dünne Seide ihres Kleides. Die Muskeln seiner nackten Brust zeichneten sich deutlich ab, wie gemeißelt, und waren schön wie gebündelte Stahlseile, die von einer weichen Hautschicht umschlossen waren.

„Gefällt dir, was du siehst?", fragte Lucien neckend.

Horatia zweifelte, ob es sicher war, darauf zu antworten. Ihr Blick schweifte über seinen Körper, und sie stellte sich vor, wie es sich anfühlen würde, wieder in seinen Armen zu liegen. Sie leckte sich über die Lippen und bemerkte, dass seine Augen auf ihre Zunge fixiert waren. Er nahm eine Traube vom Teller und steckte sie sich in den Mund, dann hielt er ihr eine zweite hin. Horatia blinzelte nur, verschreckt von der intimen Geste, sich von ihm füttern zu lassen.

„Öffne dich mir", säuselte er.

Seine Stimme ließ ihr Inneres auflodern. Seine Worte hatten bestimmt eine ganz andere Bedeutung, als den, ihren Mund zu öffnen, um eine Traube zu kosten.

Er hatte keine Ahnung, wer sie war, und er verführte sie wie eine normale Frau, nicht wie eine Frau, die er mied. Sie würde ihre Tugend riskieren und sei es nur, um sich von Lucien mit seiner Leidenschaft den Verstand rauben zu lassen. So töricht ihr Handeln auch war, ihre Sehnsucht nach ihm war zu groß.

Sie nahm die Traube mit den Lippen von seinen Fingern und stöhnte über den süßen Geschmack. Sie hatte aber kaum Zeit zum Schlucken, denn schon beugte sich Lucien vor und machte ihren Mund mit seinem dingfest. Der Kuss begann süß, weich und neckend, aber der zuckersüße Geschmack stieg ihr schnell zu Kopf. Ein leises Seufzen entfuhr ihr.

Der Teller mit Weintrauben fiel zu Boden. Lucien packte ihre Hüften und zog sie nach unten, um sie unter sich auf das Sofa zu legen. Mit einer erfahrenen Hand schob er ihre Röcke hoch und drückte ihre Knie auseinander, um in die einladende Wärme ihrer Schenkel zu gelangen. Mit einer Hand strich er über ihr Bein und spielte mit ihren Strumpfbändern. Er vertiefte den Kuss, bedeckte ihren Körper mit seinem und rieb seine Hüften in einem langsamen Rhythmus gegen ihre. Seine Zunge glitt ohne jeglichen Widerstand zwischen ihre Lippen. Er schmeckte wie ein berauschendes Glas Sherry auf nüchternem Magen, aber das Sofa war viel zu schmal für das, was ihre verschmelzenden Körper brauchten.

Horatia lachte, als Lucien seinen Körper besser in Position zu bringen versuchte und dabei fast zu Boden gefallen wäre. Er grinste und presste sich fest an sie, um die Macht über sie wiederzuerlangen. Doch diesmal rutschte ihm ein Knie ab und er rollte zu Boden.

„Verdammt! Wir brauchen ein Bett", knurrte er.

Er erhob sich und zog sie dann auf die Füße. Sobald ihr Körper von seinem Gewicht befreit war, kehrte auch ein Anflug von geistiger Klarheit zurück, und Horatia wehrte sich gegen seinen beherrschenden Griff um ihren Körper.

„Flieg noch nicht weg, kleine Taube." Er schnurrte wie eine Katze, die einen dicken Spatz zu nahe auf den Boden lockt. „Ich habe von deinem Geschmack noch nicht genug."

Horatia wankte rückwärts, wurde aber von Luciens festem Griff um ihr Handgelenk gerettet, und er führte sie zum nahegelegenen Bett.

„Leg dich hin", sagte er und zeigte auf das Bett.

Horatia sträubte sich, und ihre Füße stolperten, als sie vor ihm zurückwich. „Wie bitte?"

Statt zu antworten hob Lucien sie hoch und legte sie

eigenhändig auf das Bett. Sie war immer noch benommen, als er mehrere lange Streifen roter Seide aus seiner Tasche zog. Er nahm ihre rechte Hand und band sie schnell am Bettpfosten fest. Horatia versuchte, sich zu befreien, aber es gelang ihr nicht. Lucien zog ihr anderes Handgelenk zum anderen Bettpfosten und fesselte es ebenfalls.

Horatia hatte gerade genug Spielraum, um sich ein paar Zentimeter auf dem Bett zu bewegen. Panik ergriff sie, und ihr Atem ging schnell und flach. Was hatte er vor? Sollte sie ihm sagen, wer sie war? Er würde sicherlich aufhören, wenn er es wüsste, und dann wäre sie in Sicherheit. Ungeliebt, aber sicher. Es war fast so, als könnte er ihre Gedanken lesen, als er seine Hand an ihre Wange legte und ihr Gesicht zu ihm wandte.

„Vertraust du mir?" Seine Augen waren dunkel und seine Stimme war rau, aber in diesem Moment war sie völlig in seinem Bann. „Du musst mir völlig vertrauen. Ich werde dir nur Vergnügen bereiten, keinen Schmerz." In seinem Gesicht lag Leidenschaft, aber darunter erkannte sie sein verzweifeltes Bedürfnis nach ihrer Bestätigung, dass sie ihm vertraute. Und sie tat es.

Trotzdem ebbte Horatias schneller Atem nicht ab. Sie kämpfte darum, sich auf sein Gesicht zu konzentrieren und nicht etwa auf die Tatsache, dass sie an ein Bett gefesselt war. Nie zuvor hatte sie sich so hilflos, so verletzlich gefühlt. Es war ein gefährliches Vorhaben wie kein anderes, ihm jetzt zu vertrauen.

„Wenn ich Euch vertraue, werdet Ihr vorsichtig mit mir sein? Ich habe noch nie..." Sie konnte diesen letzten Satz nicht beenden.

Einsicht milderte die Intensität seines Blicks hinter seiner Maske. „Ich verspreche dir, dass ich vorsichtig sein werde. Wenn dir etwas weh tut, sag es mir sofort. Hast du verstanden?"

„Ja, Mylord." Wie verzweifelt sehnte sie sich danach, seinen Namen auszusprechen, aber sie konnte sich nicht offenbaren und den Zauber dieser Nacht zunichtemachen.

„Nach dieser Nacht wirst du wahre Leidenschaft kennen", versicherte Lucien ihr und begann, sie auszuziehen.

KAPITEL 7

Lucien begann bei ihren silbernen Schuhen, streifte sie ab und stellte sie auf den Boden. Seine Hände glitten über ihre Waden bis zu ihren Oberschenkeln, um ihre Strümpfe von den Haltern zu befreien. Mit Leichtigkeit zog er ihre Strümpfe aus und küsste die empfindliche Haut ihrer Knöchel. Er konnte jedes Zittern, jedes Schaudern spüren, als seine Hände ihren Körper erkundeten.

Er zwang sich, sich nur auf Horatia zu konzentrieren und nicht auf seine eigene Erregung. Ihr Vergnügen musste vor seinem kommen, weil er sie nicht vollständig für sich haben konnte. Er würde sie an ihre Grenzen bringen, aber er würde ihr nicht ihre Unschuld rauben. Jedenfalls nicht so, wie es für eine Hochzeit und Mitgiftsvereinbarungen von Bedeutung war.

Er kniete sich zwischen ihre gespreizten Beine und überredete sie, ihre Knie zu beugen. Er musste sie öffnen, um sie zu kosten. Er schob seine Hände langsam unter ihr Kleid bis zu ihren Hüften und begutachtete ihre Unterwäsche. Normalerweise machten sich die Frauen im Garden nicht viel aus

Unterwäsche, aber Horatia trug genug Unterröcke, um die Zinnen einer Burg damit zu schmücken.

„Du bist für diesen Anlass ein bisschen gar zu formell angezogen, findest du nicht?"

Horatia errötete. „Ich trage, was eine gut erzogene Dame tragen sollte..."

„Eine gut erzogene Dame? Daran habe ich kein Interesse. Nicht heute Nacht, meine Liebe. Diese Unterröcke müssen weg." Er glitt vom Bett, holte das kleine Schälmesser vom Zweiersofa und kehrte zu ihr zurück. Ihre Augen weiteten sich, und ihre Brust begann sich mit kurzen, ängstlichen Atemzügen zu heben und zu senken. Ihr Blick blieb am Messer haften.

„Werdet Ihr...", begann sie.

„Ich werde dir nicht wehtun. Ich möchte dein Kleid nicht ausziehen, also schneide ich die Unterröcke auf." Er strich mit einer Hand über ihre Taille. Mit schneller Präzision schnitt er ihre Unterröcke in der Mitte auf, bis sie zu beiden Seiten neben ihrem Körper zu liegen kamen, aber er entfernte sie nicht. Er grub seine Hände in den Stoff und schob ihn ein wenig höher. Schließlich lag sie seinem Blick entblößt da, und ihr Kleid raffte sich in einem schimmernden Dunst um ihre Hüften.

Lucien legte seine Hände auf ihre hochgezogenen Knie und sah auf ihr Geschlecht hinab. Sie war feucht, geschwollen und perfekt. Er genoss es, den Körper einer Frau zu betrachten, aber noch nie zuvor war damit eine so seltsame Euphorie verbunden gewesen. Es tat ihm tief in der Seele weh, zu wissen, dass sie ihn derart wollte. Dies war vielleicht das einzige Mal, dass er mit ihr zusammen sein konnte, und er würde jeden Augenblick der Wonne genießen, den er ihr bereiten konnte, egal wie sehr es ihn später quälen würde.

Er begann langsam, sich ihren linken Oberschenkel hinaufzuküssen. Ihre Brüste zuckten gegen ihr Mieder. Fast hätte er gelächelt, und er genoss die Panik, die er ihr auslöste. Sie wusste, dass er ihr nichts tun würde, aber sie war aufgeregt und ängstlich. Darin lag der Genuss der Fesseln. Er konnte ihr wundervolle Dinge antun, und sie musste es hinnehmen, konnte nichts überstürzen oder einfordern, sondern musste alles einfach so akzeptieren, wie es kam. Obwohl Flehen ihm immer willkommen war.

„Was tut Ihr?" Die Tapferkeit ihrer Frage wurde vom Zittern ihrer Stimme geschwächt.

„Na, du überraschst mich! Hat dich noch nie jemand gekostet?" Er kannte die Antwort darauf, aber er genoss das Spiel der Ahnungslosigkeit, das sie spielten.

„Ge-gekostet?" Sie zuckte unter seinem Griff zusammen und versuchte, seine Hände abzuschütteln, die ihre Beine nun unter ihm gespreizt hielten.

Als Antwort schnippte er seine Zunge gegen die empfindliche Haut, nur wenige Zentimeter von ihrem Innersten entfernt. Sie zitterte und versuchte erneut, ihn wegzustoßen, aber seine Schultern waren auf Höhe ihrer Knie und verunmöglichten dies.

„Aber das dürft Ihr nicht!"

Er benutzte seine Hände, um ihre Schamlippen zu öffnen, und leckte sanft ein erstes Mal. Ein erstickter Schrei des Entsetzens entfuhr Horatia, und sie warf ihren Kopf zurück. Ihre Hände vergruben sich in den Laken an den Ecken des Bettes. Lucien leckte wieder und wirbelte mit der Zunge herum. Ihr Geschmack war wie eine Droge für seine Sinne. Der Schmerz in seinen Lenden verstärkte sich nur noch bei Horatias sinnlichem, lustvollem Stöhnen.

„Noch einmal?", fragte er. Sein warmer Atem streifte die Innenseite ihrer Oberschenkel.

„Ja." Ihre zögerliche Antwort war von einer Sehnsucht erfüllt, die nicht zu leugnen war.

Er senkte wieder den Kopf, diesmal entschlossen, nicht

aufzuhören, egal aus welchem Grund. Er begann erneut sie zu lecken, fand ihre empfindlichen Stellen und saugte an dem geschwollenen Nervenbündel, bis Horatia sich unter ihm unruhig bewegte.

„Ich... ich fühle mich unwohl", sagte sie.

Erschrocken hielt Lucien inne und sah zu ihr auf. Ihre Augen waren geschlossen, und das silberne Funkeln ihrer Maske glitzerte wie Sterne auf ihrer Nase und ihren Wangen, als sie nach Luft schnappte. Eine Frau entblößt und am Rande der Ekstase. Nie hatte er etwas Schöneres gesehen.

„Tut es weh?", fragte er besorgt.

„Ich habe ein... flaues Gefühl im Magen. Es fühlt sich an, als wäre mein Herzschlag in meinem Bauch und nicht in meiner Brust", gestand sie.

Sie war so unschuldig, dass sie die Erregung, die sie empfand, nicht einmal als solche erkannte.

„Das ist kein Schmerz, meine Liebe, sondern Verlangen. Es wird dir nicht schaden. Sei mutig, und ich werde dir zeigen, wie wunderbar es sein kann." Lucien spürte, wie sich ihre Muskeln unter seinen Händen spannten. Er würde sie dazu überreden müssen, sich zu lockern. Er glitt an ihrem Körper hoch, legte seine Hüften in die Wiege ihrer Beine und küsste sich von der Schwellung ihrer Brüste zu ihrem Mund hinauf. Nach einem tiefen, köstlichen Kuss schmolz sie wieder dahin und lag genüsslich in seinen Armen.

„So, so. Fühlst du dich jetzt besser?" Er hauchte ihr ins Ohr, während er daran leckte, und knabberte dann sanft an ihrem Ohrläppchen.

„Ja", gab sie zu und ihre Hüften hoben sich seinen entgegen.

„Gutes Mädchen." Lucien ließ einen Finger tief in ihre Nässe gleiten, und sie straffte sich erneut.

„Entspann dich." Er lenkte sie mit seiner verspielten Zunge in ihrem Mund ab und bewegte seinen Finger in einem sanften Rhythmus, an den sie sich wunderbar anpasste. Ihre Zunge wurde kühner, und er lächelte gegen ihre Lippen, während er einen zweiten Finger in ihre Enge schob. Als Reaktion darauf hoben sich ihre Hüften und ihr Rücken wölbte sich, bis sich ihr Körper fester an seinen drücken konnte. Lucien beschleunigte seinen Rhythmus und genoss Horatias schnellen Atem, als sie ihren köstlichen Aufstieg in Richtung Erfüllung begann.

DIE SCHWERE, SCHARFE GEFÜHLSWALLUNG IN HORATIAS Schoß baute sich von neuem auf. Sie lag im Sterben, ihr Körper brannte, würde explodieren, und alles staute sich zu einem schrecklichen Moment an. Die Empfindung wurde stärker, ihr Atem stockte, ihr Herz raste und ihre Sicht war vernebelt. Sie konnte sich nicht erinnern, wer oder wo sie war. Das Einzige, was sie erdete, war der rothaarige Teufel über ihr. Dieser gefallene Engel mit der schwarzen Maske, der sie zu köstlichen Sünden verführte.

„Du bist so kurz davor. Ich kann fühlen, wie du versuchst, mich in dir zu halten." Er biss die Haut zwischen ihrer Schulter und ihrem Nacken. Seine Finger tauchten in sie ein, schneller, härter, unnachgiebig in ihrem Tempo. Es war mehr, als Horatia ertragen konnte. Ihr letzter Rest Selbstkontrolle verließ sie, und sie schrie auf, als sie von einer Klippe stürzte und in nichts als Schwerelosigkeit herabfiel. Es war purer Nervenkitzel. Warum konnte sie Lucien nicht festhalten, sich an ihn klammern, um sich selbst zu retten, indem sie ihr Leben an seinen breiten Schultern über ihr verankerte? Stattdessen starb sie unter ihm. Aber vielleicht war das die ganze Zeit seine Absicht gewesen. Sie starb vor Schmerz und Lust, als sich eine prickelnde Hitze durch ihren leidenden Körper ausbreitete.

· · ·

FÜR EINEN KURZEN MOMENT GLAUBTE LUCIEN FAST, ER hätte die Frau vor Lust getötet. Horatia hatte so heftig gezittert, hatte so laut geschrien, dass er alles, was dazu geführt hatte, sofort bereute. Er hatte die Angst in ihren sanften braunen Augen gesehen, und es hatte ihm kein Vergnügen bereitet, sie verursacht zu haben. Stattdessen hatte er sich fieberhaft seiner Hose entledigen müssen, um sein eigenes unbändiges Verlangen mit seiner freien Hand zu stillen.

Er rief etwas Unverständliches, als er kam, und musste mit aller Kraft dagegen ankämpfen, über ihr zusammenzubrechen, als sie ihren Höhepunkt erreicht hatte. Irgendwo auf ihrer gemeinsamen Reise hatte er ihr in den Hals gebissen, der rötende Bluterguss war ein Beweis für seine Besessenheit. Eine Welle von primitivem Stolz überkam ihn, die schnell vom Gefühl der Sorge fortgespült wurde, als er Horatias Wimpern flatterten sah. Ihr schokoladefarbener Blick war von den Folgen ihrer Leidenschaft verschwommen.

„Ich bin nicht tot?"

Er versuchte, ein Lachen zu unterdrücken, bevor er ihre zitternden Lippen küsste. Nie zuvor hatte er eine Frau geküsst, um ihre Ängste zu vertreiben. Er hatte es nie tun müssen. Alle Frauen, mit denen er zuvor zusammen gewesen war, hatten keine Angst vor ihm gehabt und waren bereit gewesen, ihre Leidenschaften zu erforschen. Für Horatia hingegen waren diese Seite ihrer selbst und das Liebesspiel überhaupt so neu, dass es sie erschreckt haben musste. Er hatte sie nicht ängstigen, sondern nur erregen wollen. Es war seltsam, sich so sehr danach zu sehnen, ihr zu gefallen, sie zu trösten, aber es fühlte sich dennoch richtig an. So wie er nicht leugnen konnte, dass die Sonne im Osten aufging, konnte er Horatia den Trost nicht verwehren, den sie nach ihrem ersten Höhepunkt so dringend brauchte.

„Vielleicht ein bisschen. Die Franzosen nennen es nicht

ohne Grund *la petite mort*. Aber ich versichere dir, du bist quicklebendig", sagte er zwischen tröstenden Küssen.

Horatia seufzte eher erleichtert als zufrieden auf und sah aus, als wollte sie ihm tausend Fragen stellen, aber keine kam ihr über die Lippen.

„Fühlst du dich immer noch unwohl?", fragte er, nachdem er seine Hand zwischen ihren Beinen zurückgezogen und seine Hose wieder hochgezogen hatte.

„Nein. Ganz im Gegenteil."

Lucien lächelte beinahe, aber stattdessen griff er über sie hinweg, um ihre Hände von den Bettpfosten zu lösen, denn er war plötzlich besorgt, dass sie sich durch das Winden verletzt haben könnte. Er überprüfte ihre Handgelenke und suchte nach blauen Flecken, fand aber keine.

Ein seltsames Flattern keimte in ihm auf. Sie war die erste Frau, die ihm so vollständig vertraut und ihren Körper seiner absoluten Kontrolle hingegeben hatte. Die einzige Frau, die er niemals besitzen konnte, war die erste Frau, mit der er sich hemmungslos, erfüllt und völlig frei gefühlt hatte. Zwar hatten andere Frauen sich von ihm fesseln lassen, aber keine hatte so reagiert wie Horatia: Als sei ihre Hingabe auch für sie ein Vergnügen gewesen. Sie mit ihrem Bedürfnis, ihm zu vertrauen, und er mit seinem, dass sie ihm vertraute. Sie war perfekt für ihn. Das Schicksal war eine grausame und rachsüchtige Gestalt, sinnierte Lucien.

„Habt Ihr auch Vergnügen gefunden?" Die silberne Halbmaske konnte die Röte auf ihrem Gesicht kaum verbergen.

„Ja", antwortete er und lächelte sie an.

Sie musterte ihre zerstörten Unterröcke, die sich über ihrer Taille angehäuft hatten, und sah ihn an.

„Was soll ich nun tun? Ich kann das Zimmer wohl kaum in diesem Zustand verlassen." Die zerrissene Unterbekleidung war unter ihrem Kleid lose und somit sichtbar.

Lucien betrachtete ihr Kleid und winkte dann. „Heb

deine Röcke hoch, mach schnell, meine Liebe. Ich werde dir so viel wie möglich vom Stoff abschneiden, damit er dich nicht behindert.“

Horatia packte ihr Kleid und hob es hoch, während Lucien das Messer packte und die Teile des ruinierten Unterrocks, die zu tief hingen, wegschnitt. Es war keine ideale Lösung, aber sie würde sicherlich von niemandem gesehen werden, der sie womöglich erkennen würde.

Als er fertig war, legte er das Messer weg und nahm ihre Hand.

„Möchtest du einen Spaziergang durch die Gärten machen? Ich weiß, es ist kalt, aber ich verspreche dir, dich warm zu halten.“ Lucien wusste nicht, warum er ihr dieses Angebot machte. Es war viel zu romantisch und würde eine irreführende Botschaft senden. Er hatte getan, was er tun wollte, aber in der Hoffnung, sie von ihm abzuschrecken. Stattdessen strahlte sie – verflucht noch eins!

HORATIA ZOG IHRE STRÜMPFE WIEDER AN UND DANN IHRE Schuhe, während sich auch Lucien ankleidete. Sie gingen durch die Terrassentür hinaus und traten über Schneehäufchen hinweg, die sich entlang des Kopfsteinpflasterweges gesammelt hatten. Der Nachthimmel über ihnen war jetzt wolkenlos, und die leuchtenden Sterne glitzerten. Es überraschte Horatia immer wieder, wie schön der Himmel im Winter war. Im Sommer konnte man unzählige Sterne sehen, aber das Leuchten war schwach. Wintersterne hingegen brannten mit kristalliner Schärfe am Samthimmel. Sie erinnerten sie an sich selbst, standhaft im Licht ewiger Einsamkeit. Horatia wurde aus ihren Gedanken gerissen, als sie merkte, dass Luciens Aufmerksamkeit auf sie gerichtet war.

„Gefallen dir die Sterne?“, fragte er, wobei er einen Arm um ihre Hüften legte und sie an sich zog. Sie errötete. Diese schlichte Geste jagte eine wonnige Welle durch sie hindurch. Dieser Moment mit ihm zusammen war so anders als in ihren gequälten Träumen oder in der harschen Wirklichkeit ihrer angespannten Beziehung. Seine schwarze Maske verschmolz so nahtlosmit dem Nachthimmel, dass nur seine haselnussbraunen Augen und sein verführerisches Lächeln in der Dunkelheit schimmerten.

„Ich liebe die Sterne im Winter. Sie wirken irgendwie heller. Stärker und doch so einsam." Sie bestimmte die Konstellationen in ihrem Kopf.

„Hast du sie jemals studiert?", fragte er, und sein Blick wanderte von ihr zum Himmel über ihnen.

„Oh ja. Die Astronomie ist eine meiner Leidenschaften. Aud... Meine kleine Schwester hat mir oft gesagt, dass es albern ist, die Sterne zu lieben, aber sie versteht mich nicht. Die Sterne zu studieren ist wie die Unendlichkeit der Ewigkeit zu studieren. Wenn ich in den Himmel schaue, habe ich das Gefühl, dass ich in den Spiegel der Schöpfung blicke und die göttlichen Muster sehe, die lange vor meiner Existenz geformt wurden und die noch lange nach meinem Tod existieren werden. Das erfüllt mich mit Demut."

„Das ist wunderschön." Luciens Ton war so sanft, dass sie erschauderte. Verstand er, was sie meinte? Zu oft hatten ihr gereizte Verehrer erklärt, dass sie zu philosophische Ansichten in ihre Unterhaltungen einflocht. Vielleicht war sie aus diesem Grund auf dem Heiratsmarkt nicht sonderlich gefragt, aber das war ihr egal. Solche Meinungen spielten keine Rolle und diejenigen, die sie vertraten, waren ihres Interesses nicht wert.

Er grinste verwegen. „Wärst du bereit, mich darin zu unterrichten, liebliche Sternenguckerin?"

Sie erwiderte sein Grinsen mit einem kecken Lächeln. „Ich dachte, ich wäre Eure kleine Taube?"

Er zog sie zu sich, bis ihr Rücken gegen seine Brust

gepresst wurde. Er liebkoste ihren Hals, und seine Lippen strichen sanft über ihre Haut.

„Du hast mich heute Abend sehr überrascht. Ich hatte nicht mit einer gelehrten Philosophin gerechnet. Ich mag deine Tiefgründigkeit, was eine Änderung deines Kosenamens erforderlich machte. Von nun an bist du meine liebliche Sternenguckerin."

„Das ist ein bisschen gar romantisch, aber ich will mich nicht beschweren." Sie drehte ihren Kopf zu seinem und ließ sich von ihm küssen, bevor sie hinzufügte: „Ich habe generell keinerlei Beschwerden an Euch zu richten."

Sie wusste, dass sie ein romantisches Geschöpf war. Lucien hatte durch die Romane, die er ihr jedes Jahr zu Weihnachten schenkte, stark dazu beigetragen. Es waren allesamt Liebesgeschichten gewesen.

„Nun, dann führe mich durch den Himmel."

Horatia hob eine Hand und zeigte zum Himmel. „Seht Ihr jenes Dreigespann von Sternen hintereinander?" Sie zeigte direkt über die Dächer der Stadt. „Genau da?"

„Ja", flüsterte er, und sein Atem wärmte ihren Nacken.

„Das ist der Gürtel des Orion. Und der nordöstlichste Stern ist sein Schwert."

„Wunderschön," erwiderte er. Sie drehte sich in seinen Armen um, um ihm zuzustimmen, und dabei streifte ihre Nase seine. Er schaute überhaupt nicht in die Sterne.

„Aber Mylord, Ihr schaut ja gar nicht hin."

„Doch. Ich sehe die Sterne in deinen Augen."

Die Worte waren zu wunderschön, zu perfekt. Horatia, die nach seiner Liebe dürstete, trank sie begierig, obwohl sie wusste, wie töricht es war. Sie hatte ihr halbes Leben darauf gewartet, dass Lucien sie als Frau sah, und selbst wenn er sie für ein gutbezahltes Freudenmädchen hielt, spielte das in diesem Moment keine Rolle mehr. Sie konnte so tun, als wüsste er die Wahrheit, als wüsste er, dass sie es war. Seine

Arme schlossen sich fester um ihre Taille, als sie sich ihm für einen Kuss näherte. Horatia war bereit, sich ihrer neuen sündigen Leidenschaft, Luciens Lippen, ganz hinzugeben, aber ein paar Stimmen in der Nähe erschreckten sie.

„Habt Ihr das gehört?"

„Was?" Luciens Mund streifte ihren Hals und lenkte sie ab, während er über ihre seidige Haut wanderte.

Sie stieß ihn mit dem Ellbogen leicht an, als die schwache kalte Brise im Garten wieder das Echo der fernen Stimmen zu ihr trug. „Das!"

Lucien ließ von ihr ab. „Ich erkenne eine der Stimmen. Komm hier entlang. Gib keinen Laut von dir." Er nahm ihre Hand und führte sie durch ein Labyrinth von Hecken, bis sie den Sprechern deutlich näher waren. Horatia erkannte keine der beiden Männerstimmen, aber ihre Worte gingen ihr durch Mark und Bein.

„Ich erwarte, dass das Sheridan-Problem so schnell wie möglich aus der Welt geschafft wird." Die Stimme des Mannes war fein, aber kalt.

Aus der Welt geschafft? Horatias Mund öffnete sich, aber Lucien presste eine Hand auf ihre Lippen.

„Aye, Sir, natürlich", sagte der andere Mann, als würden sie über eine alltägliche Arbeit sprechen. „Es ist alles vorbereitet, es fehlt nur die passende Gelegenheit. Das erfordert Geduld, aber daran mangelt es mir zum Glück nicht."

„Gut. Ich schätze einen Mann, der in diesen Dingen bewandert ist. Es darf keine Fehler mehr geben. Ich habe hier einen Bankscheck für den ersten Teil Eurer Bezahlung."

Der zweite Mann knurrte leise. „Ich habe Euch doch gesagt, ich akzeptiere keine Bankschecks. Nur bare Münze. Mein Geschäft darf zu keinem von uns beiden zurückzuverfolgen sein."

„Ich versichere Euch, dass das Geld nicht von dieser Sorte Konto stammt." Der Herr schnaubte, als ihm klar wurde, dass nicht dies der springende Punkt war. „Nun gut. Ich sehe, dass es Euch auch nicht an Vorsicht mangelt. Ich habe heute Abend nicht genügend Geld bei mir. Treffen wir uns also morgen früh wieder hier, dann werden die Besucher des heutigen Abends fort sein, und so früh wird niemand zu den Vorbereitungen des morgigen Abends erscheinen."

„Ich werde kommen. Und der Rest der Zahlung?"

„Ihr erhaltet keinen Cent mehr, bis die Bedingungen erfüllt sind und Erde auf ein gewisses Grab geschaufelt wurde."

KAPITEL 8

Audrey Sheridan war endlich mit Lord Lonsdale allein. Lady Lonsdale, Charles' Mutter, hatte sich für den Abend zurückgezogen, weil sie dachte, Audrey sei bereits nach Hause gefahren. Doch Audrey war unter dem Vorwand zurückgekehrt, einen Handschuh vergessen zu haben, und hatte Charles angefleht, noch eine Weile bleiben zu dürfen. Das gab ihr mehr Zeit, ihre Mission zu erfüllen, die darin bestand, sich so stark zu kompromittieren, dass sie endlich heiraten musste. Es war jedoch ein delikates Unterfangen, denn ihr wirkliches Interesse galt nicht Charles.

Sie wollte Jonathan, den jüngeren Halbbruder des Duke of Essex, heiraten. Aber da es fast unmöglich war, einen Augenblick mit ihm allein zu sein, musste sie eine raffiniertere Strategie entwickeln. Wenn es ihr gelang, Charles dazu zu bringen, sie zu kompromittieren, könnte sie ihren Bruder davon überzeugen, dass sie bald heiraten musste. Er würde ihr niemals erlauben, Charles zu heiraten, da war sie sich sicher. Ihr Plan war, ihn davon zu überzeugen, dass Jonathan die sicherere Wahl war.

Audrey hatte sogar mit Emily über ihren Plan gesprochen,

in der Hoffnung, von ihr einen guten Rat zu bekommen. Sie war ziemlich bewandert darin, ihren Bruder und seine schneidige Liga der Schurken zu überlisten. Aber Emily hatte sie davor gewarnt, dass ihr Plan zu viele Unsicherheitsfaktoren und Gefahren barg, und sie angehalten, noch etwas zu warten. Sie wollte das Thema mit ihrem gemeinsamen Freund Ashton ansprechen, da sie glaubte, dass er die besseren Chancen hatte, Cedric zu überzeugen.

Doch Audrey war nicht mit Geduld gesegnet. Diese Eigenschaft hatte Horatia geerbt, und Audrey beneidete sie darum. Kein Mann verhätschelte oder behandelte sie wie ein Baby, das noch am Rockzipfel ihrer Mutter hing. Die Männer behandelten Horatia mit Respekt. Wenn Audrey heiratete, müssten die Leute sie vielleicht auch endlich ernstnehmen.

„Hast du gefunden, wonach du gesucht hast?" Charles' tiefe Stimme riss sie aus ihren Überlegungen, als er sich neben sie auf die Couch setzte.

„Ja. Ich habe meinen Handschuh hier neben der Couch fallen lassen." Sie waren ganz allein im Salon. Charles wurde nicht einmal misstrauisch, als sie darum bat, noch eine Weile bleiben zu können, nachdem sie ihren „verlorenen" Handschuh gefunden hatte. Nun war es an der Zeit, ihre Absichten offenzulegen und zu sehen, wie weit sie damit käme.

Charles räkelte sich auf den roten Samtkissen, und sein blondes Haar war zerzaust, wie wenn er gerade von einem angenehmen Nickerchen aufgewacht wäre. Audrey spürte, wie ihr Puls einen Sprung machte, allerdings rührte dies mehr von der Aufregung und Schuldgefühlen her als von seiner Anziehungskraft. Aber sie war eine Sheridan. Sie genoss den Nervenkitzel des Spiels. Und diese Situation war keine Ausnahme.

Audrey erhob sich von ihrem Stuhl und strich ihr rosa Musselinkleid glatt, wobei sie versuchte, das Zittern ihrer Hände zu verbergen. Sie wusste, dass sie heute Abend bezaubernd aussah. Sie betete, dass es genügen würde, um Charles zu verführen. Ihr rostbraunes Haar hing auf griechische Art lose herab und war mit immergrünen Bändern umwickelt. Trotz ihrer Bemühungen zitterten ihre Hände weiter, als sie sich der Couch näherte. Er sah sie neugierig an.

„Was ist los, meine Liebe? Du warst heute Abend furchtbar still. Du hast noch nicht einmal versucht, mir von der neuesten Mode aus Paris zu erzählen."

Audrey hielt einen Seufzer zurück. Sie war im Begriff, ihn sehr wütend zu machen und bereute es bereits.

„Sicher ist es dir egal, welche Kleiderstile in der Mode momentan führend sind." Sie rümpfte leicht ihre Nase, als sie sich neben ihn setzte, und lächelte ihn schüchtern an.

Charles kicherte, aber es war ein zögerliches Geräusch, als hätte er gespürt, dass sich etwas anbahnte. „Nun ja, das stimmt. Ähm, es war nett, Avery wiederzusehen, nicht wahr?"

Charles schluckte schwer, als Audrey einige Zentimeter näher rückte. Er ließ seine rechte Hand sinken, als hoffte er, sie würde als Barriere zwischen ihren Körpern fungieren. Doch Audrey warf nur einen Blick darauf und begann sogleich, mit einer Fingerspitze ein sinnliches Muster auf seinen Handrücken zu zeichnen. Er zuckte verstört zusammen und zog seine Hand zurück.

„Audrey", warnte er, als sie die wenigen verbleibenden Zentimeter an ihn heranrutschte und sich direkt an ihn presste. Sie konnte die Wärme seines Körpers spüren, die von seiner dunkelblauen Weste und seiner hellbraunen Hose ausstrahlte.

„Schh, mein Lieber. Sag nichts weiter." Sie lehnte sich an seinen Körper und spitzte die Lippen.

Charles erstarrte, dann streckte er die Hände aus, als wolle er einen bösen Geist abwehren. Seine Augen verdüsterten sich vor Panik, und Audrey kicherte schuldbewusst, wobei sie den entsetzten Gesichtsausdruck des Schurken köstlich genoss. Das war also der berüchtigte Wüstling Charles Humphrey, Earl of Lonsdale, und er hatte Angst vor ihr? Sie duckte sich unter seinen Armen hinweg und hüpfte auf seinen Schoß, wobei sie ihre Arme um seinen Hals schlang.

Er kreischte wie eine erschrockene Gans und fiel vom Zweiersofa. Audrey, die sich an seinem Hals festgehalten hatte, fiel flach auf ihn. Er ächzte unter ihr und versuchte vergeblich, sie abzuschütteln.

„Küss mich, Charles." Audrey erwischte seinen überraschten Mund.

Sein Kampf verlangsamte sich. Audrey hatte nicht die geringste Ahnung vom Küssen, aber es schien nicht so romantisch zu sein, wie sie erwartet hatte. Charles lag mit geschlossenen Lippen unter ihr und blitzte sie mit seinen grauen Augen an. Sie blinzelte, löste sich von seinen Lippen und kroch ein paar Zentimeter zurück.

„Bist du endlich fertig damit, mich zu belästigen?", fragte er.

Audrey runzelte die Stirn und presste ihre Lippen wieder auf seine, aber er weigerte sich immer noch mitzumachen. Sie seufzte, setzte sich auf und legte ihre Stirn erneut in Falten. „Du solltest meinen Kuss wenigstens erwidern. Ich habe keine Ahnung, ob ich genug getan habe, um ausreichend kompromittiert zu sein." Audrey verschränkte ihre Arme vor der Brust.

Charles sprang so schnell auf, dass Audrey von seinem Schoß kippte. Er rappelte sich hoch und rannte hinter die Couch, als würde ihn das Möbelstück vor ihr Schutz gewähren. Vermutlich war dies das erste Mal in seinem Leben, dass er versuchte, einen Annäherungsversuch abzuwehren.

„Ausreichend kompromittiert?", keuchte er. „Audrey, was in Gottes Namen spielst du hier?"

„Ich will heiraten. Ich will glücklich sein." Sie strich ihre

Röcke glatt und kletterte zurück auf das Zweiersofa. Er stolperte, als er hastig vor ihren ausgestreckten Armen zu fliehen versuchte. Er stürmte zur Tür, aber Audrey war flink und warf sich schon dagegen, als er sie öffnen wollte. Sie knallte gleichzeitig gegen ihn und die Tür.

Charles starrte auf sie herab und blinzelte hastig. „Hast du denn völlig den Verstand verloren, Weib?"

„Ganz gewiss nicht! Ich weiß genau, was ich tue." Sie stellte sich auf ihre Zehenspitzen und fuhr mit ihren Fingern über seine Brust, doch er schlug wild fuchtelnd, fast mädchenhaft, ihre Hand weg, als ob sie eine Fliege wäre, die er abwehren wollte.

„Audrey... das solltest du nicht tun." Plötzlich hob er sie an der Hüfte hoch und stellte sie beherzt beiseite, um sich dann hastig von ihr zu verabschieden.

„Komm sofort zurück!", rief sie und eilte ihm nach.

Er wirbelte herum, versuchte, ihr auszuweichen, und stolperte über die Armlehne einer Couch. Mit einem leisen Ächzen landete er rücklings auf der Couch, und sie kletterte auf ihn. „Jetzt fass mich endlich an, wie es sich gehört."

„Gütiger Gott, Audrey! Du bist eine vornehme Dame! Das solltest du wirklich nicht tun!"

„Wenn ich auf diese Weise heiraten kann, werde ich tun, was auch immer dazu nötig ist!" Sie versuchte, sich nach unten zu lehnen und ihn zu küssen.

„Ich werde dich ganz bestimmt nicht heiraten. Das kommt gar nicht infrage. Dein Bruder..."

Sie kicherte. „Oh, ich habe keinerlei Interesse daran, dich zu heiraten. Das wäre lächerlich."

Charles ignorierte den Angriff auf seine Würde. „Warum versuchst du dann, mich zu verführen?"

„Wenn ich Cedric erzähle, dass du mich kompromittiert hast, wird er endlich zur Vernunft kommen und mich heiraten lassen."

„Nachdem er mich erschießt!"

„Ach, so weit würde es nicht kommen. Er wird einfach nur erleichtert sein, dass ich jemand anderen als dich heirate."

„Zuerst willst du mich verführen, dann sagst du mir, ich sei fürs Heiraten ungeeignet, und dann deutest du auch noch an, dass jeder andere eine bessere Wahl wäre? Damit gewinnst du nicht gerade meine Sympathie für deinen dreisten Plan, Audrey."

„Seien wir doch ehrlich! Charles, wir kennen beide deinen Ruf und... Was machst du da?" Er packte sie an den Oberarmen und warf sie mit einer schnellen Bewegung unter sich auf die Couch.

„Ich sollte dir eine Lektion erteilen", knurrte er. „Wenn ich keine gute Wahl bin, was soll dann dieser ganze Unsinn?" Er drückte sie gegen die Kissen und beugte sich finster über sie.

„Du bist die letzte Person, der Cedric die Zustimmung gäbe, mich zu heiraten. Er kennt deinen Ruf besser als jeder andere. Ich kann dann jemanden vorschlagen, den er bevorzugen wird, und er wird erleichtert zusagen, damit ich nicht dich heiraten muss."

„Du vergisst dabei ein kleines Detail. Dein Bruder ist einer meiner engsten Freunde. Er würde mir glauben, wenn ich ihm sage, dass du es warst, die mich verführt hat." Seine Hände um ihre Arme waren zwar fest, aber er verletzte sie nicht.

„Er würde nie glauben, dass ich versucht habe, dich zu küssen", antwortete Audrey hochmütig. „Ich bin das liebe unschuldige Kind. Du bist der berüchtigte Schurke."

„Du bist zu schlau für dein eigenes Wohl", sagte Charles düster. „Aber ich erinnere dich daran: Dein Bruder würde mich erschießen. Ist es das, was du willst?"

„Er blufft nur. Er würde niemals einen seiner Freunde erschießen", beharrte sie. „Er sagt das nur, um die Schwachen und Unwürdigen zu vergraulen. Es ist wie eine Prüfung, die von einem griechischen Gott gestellt wurde. Das Problem ist, dass er die Herausforderung wie diese Götter fast unüberwindbar macht."

„Wenn du das glaubst, dann bist du wirklich nur ein Kind. Dein Bruder würde nicht zögern, mich zu töten, wenn er dächte, ich hätte dich unangemessen berührt."

Charles meinte es sicher nicht ernst. Cedric würde das niemals tun... zumindest nicht seinen Freunden gegenüber. Audreys Augen wurden groß. Niemand verstand ihre Frustration, besonders ihr Bruder nicht. Keiner ihrer erwünschten Verehrer wollte um sie werben, weil Cedric sie verschreckte. Es war nicht fair, dass sie in den hinteren Teil des Raumes verbannt wurde, um nicht die Aufmerksamkeit der Männer auf sich zu ziehen. Wie sollte sie jemals heiraten, wenn kein Mann es wagte, sie auch nur anzusehen?

Sie wollte nicht die Ehe an sich, sondern einen Mann. Sie hasste es zu hören, wie die anderen Mädchen von ihren Liebsten sprachen. Während andere Mädchen in ihrem Alter nicht wussten, wie das Zusammenleben von Mann und Frau war, hatte Audrey Emily und Godric aufmerksam beobachtet. Sie wollte das, was die beiden miteinander hatten. Sie wollte begehrt und geliebt werden. Cedric hatte ihr so viel Liebe gegeben, wie ein Bruder fähig war, aber es war ihr nicht genug. Audrey hatte sowohl körperliche als auch emotionale Sehnsüchte, denen sie nicht länger widerstehen wollte. Die Ehe war die beste Lösung, und Jonathan war der einzige Mann, den sie wirklich wollte. Sie würde alles tun, um ihn für sich zu gewinnen.

Audrey hatte sich sogar von einer Quelle beraten lassen, der sie vertraute, dass sie in solchen Angelegenheiten offen und ehrlich mit ihr sprach. Evangeline Mirabeau, die ehemalige Geliebte des Duke of Essex, galt als eine der begehrtesten Damen Londons. Sie hatte zugestimmt, sich in den vergangenen Monaten einmal pro Woche mit Audrey zum Tee zu treffen. Sie war eine unschätzbarer Informationsquell, und überraschenderweise waren die beiden gute Freundinnen geworden. Sie hatte eine Unerschrockenheit an sich, die Audrey bewunderte und sogar nachzuahmen versuchte. Vor kurzem hatte Evangeline versucht, ihr die Kunst der Verführung beizubringen, die sie bei Jonathan anwenden konnte. Aber zuerst musste sie mit Charles beginnen.

Audrey musste heute Abend unbedingt ihren Schachzug machen, um ihrem Ziel näherzukommen. Sie stellte sich in allen Einzelheiten vor, wie ihr Lieblingskleid zerrissen werden sollte, und schaffte es, Tränen heraufzubeschwören. Ein theatralischer Tränenfluss lief ihr über die Wangen.

„Wage es nicht!", rief Charles. „Denke nicht einmal daran..."

Audrey blinzelte, wodurch noch mehr Tränen flossen.

„Verdammt noch mal", stöhnte Charles. „Audrey, Liebes, du weißt, ich wollte nicht... Das heißt..." Charles' Worte erstarben auf seinen Lippen.

„Ich will nur heiraten!" Audrey jammerte und entzog sich seinen Händen. Sie warf sich gegen die Rückenlehne des Zweiersofas und vergrub ihr Gesicht in der Ellbogenbeuge, ein Trick, der bei ihrem Bruder unzählige Male funktioniert hatte.

Charles setzte sich neben sie und tätschelte ihr unbeholfen den Rücken. „Schon gut, Liebes. Es wird alles gut werden. Du wirst schon sehen."

„Du verstehst nicht! Cedric verscheucht alle meine Freier. Kein Mann will um meine Hand anhalten. Selbst meine Mitgift lockt die tapfereren Herren nicht mehr an unsere Tür."

„Und deine Lösung für dieses Problem besteht darin, dich selbst zu kompromittieren? Audrey, das ist weder das

Gescheiteste für dich noch das Gesündeste für mich. Warum hast du nicht mit Cedric darüber gesprochen?"

„Damit er mich anschreit und mir weiszumachen versucht, dass kein Mann gut genug für mich ist? Ich bin verzweifelt, Charles. Ich habe Bedürfnisse und Triebe..."

„Äh... ich glaube nicht, dass du mich darüber weiter aufklären musst, und vielleicht solltest du deinem Bruder gegenüber auch nichts Derartiges erwähnen. Niemals."

„Oh, es ist so viel einfacher für euch Männer. Ihr könnt einfach losziehen und eine Geliebte finden und..."

Charles unterbrach sie. „Ja, es ist einfacher für uns. Und ich beneide dich nicht um deine Position im Leben."

Er schien sie zu verstehen. Er war nicht ohne Grund ein Schurke. Er verstand Frauen besser als die meisten Männer, und er wusste, dass sie genauso viel Verlangen spürten wie Männer. Es war unbestreitbar ungerecht, dass sie weniger Freiheiten hatten, zumindest die unverheirateten Ladys.

Audrey hatte nie geglaubt, dass Frauen geringere Geschöpfe waren oder es verdienten, eingeschränkt zu werden. Etwas tief in ihrer Seele entrüstete sich über die Ungerechtigkeit, die ihr von der Kirche, den Gerichten, ja sogar von den Zeitungen auferlegt wurde. Nicht dass sie das den meisten Männern erklären könnte. Sie fanden unzählige Gründe, warum Frauen nicht mit ihnen gleichzustellen waren, und jeder dieser Gründe brachte Audrey dazu, vor Empörung schreien zu wollen. Sie musste ihren einzigen Zugang zu dieser Welt verheimlichen, sogar vor Cedric. Selbst vor Horatia. Aber er gab ihr eine Stimme, wo sie vorher keine hatte.

Wenn sie verheiratet wäre, könnte sie so viel mehr tun. Sie könnte sich verändern und wäre nicht länger nur ein beschütztes Schwesterchen. Vielleicht könnte sie sich sogar für Veränderungen zum Wohl anderer Frauen einsetzen. Tief in ihrem Inneren war das das Wichtigste für sie. Das Recht zu haben, zu tun, was sie wollte, und zu sehen, dass ein solches Recht auch anderen gewährt wurde.

„Also, was war dein Plan? Ich sollte dich kompromittieren und dann Cedric überreden, dich schnell zu verheiraten?"

„Ich weiß, wie er denkt. Außerdem hat Emily mit Ashton gesprochen, und sie sagte, er habe versprochen, mit Cedric über meine Verheiratung zu sprechen. Er soll Jonathan als passenden Partner empfehlen. Dieser Abend war nur dazu gedacht, die Dinge zu beschleunigen."

Charles lächelte. „Ich hatte schon vermutet, dass du ihn magst."

„Oh, das tue ich, sehr sogar! Aber er bemerkt mich nicht."

„Das tut er, Liebling, er tut es. Das kann ich dir versichern."

„Ja wirklich?"

„Genau gesagt", kicherte Charles, „erschreckst du ihn fast zu Tode."

Audrey stieß ihm seitlich in die Rippen. „Dadurch fühle ich mich nicht besser."

„Wenn du Jonathan willst, müssen wir das vorsichtig angehen. Das ist immer ein guter Rat, wenn dein Bruder ins Spiel kommt. Was Jonathan angeht, so solltest du mit ihm das tun, was du mir heute Abend angetan hast. Männer mögen entschlossene Frauen. Treib ihn in die Ecke, küsse ihn, lass ihn wissen, dass du ihn begehrst." Charles' Augen funkelten zwar schelmisch, aber sein Rat stimmte mit Evangelines Ratschlag überein.

„Heißt das, du wirst mir helfen?" Sie riss die Augen auf und warf ihm ihren besten rehäugigen Blick zu, der jeden Mann dahinschmelzen ließ.

„Natürlich. Aber falls der Plan schiefgeht, musst du versprechen, dass dein überfürsorglicher Bruder mich nicht erschießt. Ich bin sehr gern am Leben."

„Was wirst du tun?", fragte Audrey.

„Ich werde dich heute Abend nach Hause bringen, und es wird so aussehen, als ob du kompromittiert wurdest. So sehr, dass er mich zweifellos töten will."

Audrey errötete, als sie die Bedeutung seiner Worte verstand.

„Und wie sollen wir das erreichen?"

Charles nahm ihre Hand und zog sie auf die Füße.

„Du wirst schon sehen."

CHARLES LIEß EINE KUTSCHE RUFEN, UND INNERHALB weniger Minuten rollten er, Audrey und ihre Zofe Gillian auf den dunklen Kopfsteinpflasterstraßen in Richtung Curzon Street.

„Komm näher zu mir. Wir müssen deine Kleidung und Haare herrichten." Charles klopfte auf den freien Platz an seiner Seite der Kutsche.

„Miss!", keuchte Gillian und packte Audreys Arm, um sie aufzuhalten. „Tut das nicht!" Gillian war während Audreys Abenteuer drinnen in der Kutsche geblieben, und das war auch gut so.

„Hör auf, so eine Glucke zu sein, Gillian. Willst du etwa nicht, dass ich heirate? Ich wäre viel lieber die Lady in meinem eigenen Haus. Stell dir nur vor! Du könntest die Zofe einer richtigen Lady sein. Wäre das nicht viel besser?" Audrey betete, dass Gillian derartige Ambitionen hatte.

Gillian biss sich auf die Unterlippe. „Ich werde schweigen, Miss Audrey. Aber nur, weil ich weiß, dass Euch die Ehe glücklich machen würde." Sie drehte sich zu Charles um. „Ihr werdet sie weder küssen noch irgendetwas anderes versuchen, das ich nicht gutheiße."

„Wo warst du nur vor einer Viertelstunde?", murmelte Charles.

Ein Lächeln huschte über Audreys Lippen. Ihr normalerweise schüchternes Mädchen bewies endlich ein seltenes bisschen Mut, und sie war froh darüber.

Als Audrey neben ihm Platz nahm, umfasste er sofort ihr Gesicht, dann spreizte er seine Finger und zerzauste ihr Haar. Er zog hier und da kunstvoll ein paar Ranken und Strähnen frei, bevor er zufrieden vor sich hin nickte.

Audrey warf einen Blick auf ihr Kleid. „Was ist mit meiner Kleidung?"

Charles runzelte die Stirn. „Meine Liebe, ich muss noch einen Schritt weiter gehen. Dazu bedarf es natürlich deiner Zustimmung."

„Oh?"

„Ja. Dein Haar ist zerzaust, aber die Kleidung... na ja, und deine Lippen natürlich."

„Was ist mit meinen Lippen?" Audrey berührte ihren Mund und verstand seine Andeutung nicht.

„Du musst sie fest beißen, damit sie überzeugend aussehen."

Sie tat wie angewiesen, biss sich auf die Unterlippe und kniff ihre Wangen für zusätzliche Farbe. Charles fing an, ihr Kleid auf Kniehöhe zu zerdrücken und zu zerknittern. Dann schob er einen ihrer Ärmel über ihre Schulter. Als die Kutsche hielt, packte Charles sie am Kinn und musterte sie sorgfältig.

„Das sollte reichen", sagte er mit einem anerkennenden Lächeln.

Audrey hob zitternd eine Hand an ihre Lippen. Sie fühlten sich geschwollen und prall an und da verstand sie, was Charles gemeint hatte. Sie sah kompromittiert aus, und sie fühlte sich entschieden auch so.

„Was denkst du, Gillian?", fragte Charles.

„Ich glaube, ich hätte Euch geohrfeigt, hätte ich sie so nach Hause kommen sehen."

„Perfekt!", sagte Audrey.

„Bist du bereit, deine Rolle zu spielen?" Charles'
amüsierte Miene schlug schlagartig in die gekünstelte Miene
eines wütenden Schurken um, als die Kutsche hielt.

„Es fehlt nur noch eine Kleinigkeit." Sie riss ihr Kleid auf
Schulterhöhe etwas auf und ließ einen Riemen von ihrer
Schulter fallen.

Audrey setzte nun selbst ein wütendes Gesicht auf und
ließ sich von Charles aus der Kutsche bis zur Tür ihres
Hauses zerren. Sie unterdrückte ein Kichern, als Charles mit
geschlossener Faust an die Tür hämmerte. Er konnte von
Glück reden, wenn Cedric ihn nicht doch erschießen würde.

KAPITEL 9

Allein in seinem Arbeitszimmer sank Cedric in einen Stuhl und streckte die Beine vor dem Feuer aus. Die Glut knisterte und stob, was seiner Stimmung entsprach. Ihm ging viel durch den Kopf, aber die Sicherheit seiner Schwestern stand im Vordergrund. In einer Hand drehte er locker seinen silbernen Löwenkopfstock. Es war eine alte Angewohnheit, die seine Mutter irritiert hatte, Gott habe sie selig.

Die Uhr auf dem Kaminsims tickte hörbar in der schweren Stille. Das Geräusch knirschte in seinen Ohren. Er hasste ein leeres Haus, er hasste es aus tiefster Seele. Seit seine Eltern gestorben waren, gab es nur ihn und seine Schwestern. Das reichte ihm oft, aber heute Abend war er allein, und die dunklen Gedanken, die ihn heimsuchten, waren fast überwältigend. Er schauderte, gequält von dem unbehaglichen Gefühl, dass etwas nicht stimmte.

Der Stock fiel aus seinen Fingern und schlug auf dem Teppich auf. Er stellte seine Beine auf, stützte die Ellbogen auf die Knie und vergrub das Gesicht in den Händen. War es möglich, dass sich sein Leben langsam in Nichts auflöste?

Audrey hatte ihr erstes Debüt während der diesjährigen Kleinen Saison in London gehabt, und schon im Oktober und November waren viel zu viele Anwerber über seine Türschwelle getreten. Zum Glück hatte er es geschafft, sie alle zu vertreiben.

Audrey hatte wochenlang ziemlich erbärmlich geweint, nachdem ihr letzter Verehrer geflohen war, als Cedric damit gedroht hatte, eine Pistole auf ihn zu richten. Wenn der Dandy einer einfachen Drohung nicht standhalten konnte, war er seiner Schwester schlicht nicht würdig. Audrey brauchte einen richtigen Mann, keinen, der bei Familienessen und Feiertagstreffen nur Unsinn schwafelte. Und dann die Kinder! Er würde nicht zulassen, dass Audrey die Nachkommen eines rückgratlosen Lackaffen gebar. Das würde nur über seine Leiche geschehen.

Dann war da Horatia. Wie konnte er dieses heikle Problem ignorieren? Es würde ihm nichts ausmachen, wenn sie unter seinem Dach bliebe und niemals heiratete, aber er wusste, dass das egoistisch war. Er spürte eine tiefe Kümmernis in ihr. Wenn er nur wüsste, was er tun könnte, um sie glücklich zu machen. Er hatte seit Godrics Hochzeit einige wenige, kurze Momente der Begeisterung in ihren Augen aufflackern sehen, aber er war sich nicht ganz sicher, was sie verursacht hatte.

Die Tür zu seinem Arbeitszimmer öffnete sich. Der Butler trat ein, sah Cedric an und verkündete:

„Ihr habt Besuch, Mylord."

„Oh? Wer ist es?", fragte er und stand auf. Vielleicht war sein Abend doch noch zu retten?

„Lord Lennox, Mylord."

„Bring ihn herein."

Cedric grinste, als Ashton eintrat. Sein Freund war immer ein willkommener Anblick.

„Ash, du Teufel. Was führt dich hierher?" Cedric begrüßte

ihn mit einem herzlichen Handschlag. Obwohl es erst einen Tag her war, seit sie sich das letzte Mal gesehen hatten, fühlte es sich wie eine Ewigkeit an. Melancholie hatte oft diese Wirkung auf ihn.

„Ich dachte, ich könnte den Abend mit dir genießen. Jonathan isst mit Emily und Godric zu Abend."

„Und mit Horatia", fügte Cedric hinzu. Seine Schwester hatte ihm erzählt, dass sie im Essex House zu speisen gedenke.

„Oh? Er hat sie nicht erwähnt..." Ashton zog die Brauen zusammen. „Er muss es wohl vergessen haben."

„Wenn ich recht verstehe, hat sie die Einladung in letzter Minute angenommen. Hast du Lust auf einen Brandy?"

„Ja, gern." Ashton schüttelte seinen dunkelblauen Mantel ab. Wäre Audrey hier gewesen, hätte sie über das fein mit Goldfäden gestickte Vogelmuster auf der silbernen Weste gestaunt. Es war ein Schwalbenzug, wenn Cedric es richtig erkannte. Obwohl Charles derjenige seiner Freunde war, der sich am meisten für Mode interessierte, war Ashton immer elegant und vornehm gekleidet. Cedric hingegen neigte dazu, einfach das anzuziehen, was sein Kammerdiener für den Tag herausgelegt hatte. Er dachte nicht viel über sein Äußeres nach, sehr zum Entsetzen seines Kammerdieners. Der arme Mann wünschte sich wahrscheinlich einen Herrn, der die Zeit und Sorgfalt, mit der seine Garderobe gepflegt wurde, mehr zu schätzen wusste, aber Cedric brachte einfach nicht genügend Interesse dafür auf.

Cedric schenkte Ashton einen Drink ein, und die beiden Männer setzten sich in der Nähe des Feuers nieder.

„Und wo ist die junge Audrey heute Abend?", erkundigte sich Ashton.

„Sie isst bei Charles."

„Oh?" Die einzelne Silbe enthielt so vieldeutige Anspielungen, dass Cedric blinzeln musste und seinen Freund genauer betrachtete. Er wollte auf etwas Bestimmtes hinaus, das war offensichtlich.

„Sie war schon früher zum Abendessen bei ihm zu Hause", erwiderte Cedric.

„Sie ist kein kleines Mädchen mehr, Cedric. Sie ist eine junge Dame der Gesellschaft. Ein Abendessen mit Charles ohne passende Anstandsdame bedeutet das Schicksal herauszufordern, ihren Ruf zu ruinieren." Ashtons ernster Ton war warnend.

Cedric sträubte sich gegen diese Bemerkung.

„Sie ist auf Einladung der Countess of Lonsdale dort und wird von ihrer Zofe begleitet. Charles' Mutter sollte Audrey vor jeder Ungehörigkeit schützen, aber es wäre wohl noch umsichtiger gewesen, eine Anstandsdame mitzuschicken." Man konnte nie vorsichtig genug sein.

„Wo wir gerade davon sprechen." Ashton wartete, bis Cedric aufblickte. „Wie es der Zufall will, wollte ich ohnehin mit dir über Audrey sprechen."

Cedric zog eine Braue hoch, während er an seinem Brandy nippte. Das warme Brennen in seiner Kehle beruhigte ihn. „Worum um alles in der Welt geht es?"

„Ich glaube, sie sollte bald einen eigenen Hausstand gründen."

Cedric wusste, was Ashton meinte, täuschte aber Unwissenheit vor, um ihm ein bisschen Zeit zu verschaffen, um seine Beherrschung in Schach zu halten.

„Einen Hausstand gründen?"

„Sie sollte heiraten." Das Wort hallte wie Kanonenfeuer wider.

Cedric stellte seinen Brandy beiseite und sah seinen Freund finster an. „Nicht, dass dich meine Schwestern etwas angehen, aber warum sagst du das?"

„Ich habe mit Emily gesprochen und..."

„Guter Gott", murmelte Cedric. Musste sich diese

Duchess denn immer in alles einmischen? So sehr er Emily auch mochte, sie konnte ihn in den Wahnsinn treiben.

„Emily versteht diese Dinge viel besser als du oder ich, Cedric." Ashton rutschte nach vorn zur Stuhlkante und stützte die Hände auf die Knie. „Und sie ist eine von Audreys Vertrauten geworden. Emily kam mit diesem Thema zu mir, falls dich das besänftigt. Ich für meinen Teil hatte nicht die Absicht, ein so heikles Thema anzusprechen, aber sie bestand darauf, weil ihrer Ansicht nach nur ich es tun könnte."

„Bestand sie darauf?" Cedric hielt mit seinem Sarkasmus nicht zurück.

„Ja. Sie glaubt, dass es weniger wahrscheinlich ist, dass du mich mit einer Pistole bedrohst, wenn ich etwas so Schockierendes wie eine Heirat vorzuschlagen habe." Auch Ashton war Sarkasmus nicht fremd.

„Bietest du dich etwa selbst in dieser Angelegenheit an?", fragte Cedric vorsichtig, und seine Finger schlossen sich fester um sein Glas.

„Auf keinen Fall. Audrey ist zwar eine wundervolle Frau, aber ich habe kein Interesse daran, mich mit jemandem wie ihr niederzulassen."

„Hältst du dich etwa für zu gut für meine Schwester, Lennox?" Cedric knallte seinen Drink auf den Beistelltisch zwischen ihren Stühlen.

Ashton schenkte ihm ein reumütiges Lächeln. „Du weißt, dass meine Reederei meine ständige Aufmerksamkeit und häufiges Reisen erfordert, und Audrey ist eine Lady, die nach London gehört wie keine zweite. Es wäre sehr unfair gegenüber einer süßen jungen Braut. Und du, mein Freund, versuchst, dieses Gespräch auf mich zu lenken statt auf sie."

„Nun gut. Aber du erzählst mir das alles doch wohl nicht, ohne einen konkreten Vorschlag zur Hand zu haben, oder?" Es war keine Frage. Ashton hatte dieses Gespräch offensichtlich schon lange vorher durchdacht und war für alle Möglich-keiten gewappnet.

„Ich dachte, dass Jonathan einen passenden Partner abgeben würde. Er ist nicht viel älter als sie. Achtzehn und vierundzwanzig ist kein so großer Abstand."

Cedric hätte beinahe seinen Brandy ausgespuckt, der mit Sicherheit die Teppiche ruiniert hätte. „Jonathan?", hustete er. „Das kann doch nicht dein Ernst sein!"

„Ich meine es sehr wohl ernst. Du hast doch seiner Herkunft wegen nichts gegen ihn einzuwenden?"

Die Frage war beleidigend. Cedric hatte nie auf Titel geachtet und kümmerte sich nicht um Jonathans Herkunft. „Nein, natürlich nicht."

„Was stört dich denn daran? Er braucht einen Zugang zur Gesellschaft, und eine Heirat mit Audrey würde ihm einen guten Platz sichern."

„Ihm einen guten Platz sichern? Meine Schwester ist keine Sprosse auf einer verdammten gesellschaftlichen Leiter!", stieß er aufgebracht hervor.

„Das habe ich auch nicht behauptet, Kannst du jetzt bitte mit diesem höllischen Geschrei aufhören?" Ashton blieb wie immer gelassen. „Hör zu, Cedric. Audrey ist sehr angetan von Jonathan. Sie sagte Emily, dass sie ein Auge auf ihn geworfen hat. Was hast du dagegen? Jonathan ist ein guter Mann."

„Er ist ein Wüstling." Ashton wusste es sicher besser, als vorzuschlagen, dass Audrey einen Schurken heiraten sollte. Sie brauchte einen guten, treuen Mann, der mit ihr fertig wurde, wenn ihr Temperament mit ihr durchging, und der, was noch wichtiger war, nicht die Betten anderer Frauen aufsuchte. Sicherlich gab es in England immer einen Mann, der passender war.

Ashton nickte. „Nun, Godric hatte auch ein paar wilde Jahre, so viel steht fest. Aber er ist mit Emily glücklich, und er ist ihr treu. Du weißt das."

„Aber wer sagt, dass Jonathan genauso sein wird?"

„Ich habe in den letzten Monaten viel Zeit mit ihm verbracht, und er nimmt sein neues Leben sehr ernst. Er ist natürlich kein Unschuldsengel. Wie du bereits sagtest, ist er ein Wüstling, aber er erobert keine Frauen mehr, im Gegensatz zu uns in seinem Alter. Wenn er Audrey heiratete, würde er sich meiner Meinung nach ohne große Probleme an das Eheleben gewöhnen."

„Und ich dachte, du wolltest mich heute Abend meinetwegen besuchen." Cedric kniff die Augen zusammen. „Stattdessen rennst du meine Tür ein, um über Audreys Verehrer und ihre Heirat zu sprechen! Dies könnte genauso gut ein Geschäftstreffen sein. Sollen wir über die steigenden Verkaufszahlen von gesalzenem Schweinefleisch sprechen? Oder sollte ich in Mr. Stephensons neues Eisenbahnprojekt in Stockton investieren?"

„Was beunruhigt dich wirklich, Cedric?"

„Nichts beunruhigt mich." Seine grummelnde Antwort ließ ihn wie einen verwundeten Bären klingen, aber das war ihm egal.

Ashton lehnte sich in seinem Stuhl zurück, um es sich gemütlicher zu machen. „Du bist ein schrecklicher Lügner." Warum das Cedric wütend machte, konnte er nicht sagen, er verspürte nur den plötzlichen Drang, Ashton die Augen auszukratzen.

„Und du bist ein schrecklicher Freund."

Ashtons große Augen waren der einzige Hinweis auf seine Überraschung. „Vielleicht hast du recht. Ich bin hergekommen, um über Audreys Zukunft zu sprechen, aber ich hatte keine Ahnung, wie sehr dich das mitnehmen würde."

Cedric fühlte sich zunehmend unwohl. Er wusste, dass sein Freund nichts Falsches gesagt hatte, aber, verdammt noch mal, er fühlte sich schrecklich, weil er die Fassung nicht bewahren konnte.

„Soll ich gehen?", fragte Ashton.

Cedric blickte wieder ins Feuer. Die angespannte Stille wurde erstickend. Ashton erhob sich von seinem Stuhl.

„Ich finde selbst hinaus." Er nickte zum Abschied.

Erst als Ashton die Wohnzimmertür erreicht hatte, rief Cedric ihm nach. „Du hast deinen Brandy noch nicht ausgetrunken."

Ashton sah auf das einsame Glas auf dem Tisch. „Es wäre wohl unhöflich von mir, das Glas halb voll zu lassen."

„Äußerst unhöflich." Cedric wagte die leiseste Andeutung eines Lächelns. Ashton kehrte zurück und machte viel Aufhebens darum, auf seinen Stuhl zu sinken, als würde er so schnell nirgendwohin gehen.

„Nun, da ich mit meinem Drink noch nicht fertig bin, haben wir genug Zeit, um uns zu unterhalten."

Cedric brauchte ein paar Augenblicke, um seine Gedanken zu ordnen.

„Ich habe als Bruder versagt, Ash. Horatia ist furchtbar unglücklich, Audrey ärgert sich über meine grobe Behandlung ihrer Möchtegern-Verehrer und die Wahrheit ist, dass ich alles in meiner Macht Stehende tue, um nicht allein hier zu enden." Da war der Kern des Problems. Er wollte kein leeres Haus haben, ohne Familie, nur Stille und Diener. Er fürchtete sich davor wie vor nichts anderem auf der Welt, außer vielleicht dem Verlust seiner Lieben.

„Lass uns ein Problem nach dem anderen angehen, ja? Erstens wirst du nicht allein hier enden. Die Liga beansprucht ständig deine Person und gelegentlich dein Zuhause für unsere schändlichen Zwecke." Das Funkeln in Ashtons Augen war ein unbeschreiblicher Trost. „Nur weil deine Schwestern eines Tages wegziehen könnten, stürzt dich das nicht in ewige Einsamkeit. Du weißt, dass du jeden von uns jederzeit rufen lassen kannst, wenn du auch nur im Geringsten melancholisch wirst. Was Audrey angeht, so kennst du meine Meinung zu dieser Angelegenheit. Verheirate sie bald mit einem guten Mann, und wenn es Jonathan ist, wirst du sie sehr oft hier sehen. Sie liebt dich viel zu sehr, als dass sie dich für einen Ehemann zu verlassen bereit wäre. Lautet unser Motto nicht schon seit eh und je: Je mehr, desto besser?"

Cedric grummelte. „Verdammt. Ich hasse es, wenn du so furchtbar vernünftig bist. Ich klinge wie ein dummer Spinner, der Angst hat, die Kontrolle über etwas zu verlieren, worüber er noch nie die Kontrolle hatte."

„Du bist kein Spinner. Dumm ja, aber ein Spinner? Niemals."

„Du hast großes Glück, dass ich dich mag. Sonst wäre ich versucht, doch eine Pistole auf dich zu richten."

Ash grinste. „Ja, ja. Nun zu Horatia. Was macht sie unglücklich?"

„Das ist es ja. Ich habe keine Ahnung."

„Nicht einen Schimmer?" Ashton schien überrascht.

„Sie ist betrübt, seufzt oft und ihre Augen sind häufig gerötet, als ob sie geweint hätte. Und dann war da noch die Sache heute Morgen mit Charles."

„Schon wieder Charles?", grübelte Ashton.

„Er bot ihr an, mit ihr auszureiten, was sie normalerweise liebt. Zuerst lehnte sie ab, doch als ich erwähnte, dass Lucien und Audrey bald zum Frühstück nach unten kommen würden, schien sie nicht schnell genug fortzukommen."

„Es scheint, dass du bereits die Antwort auf ihr Unglück kennst."

„Tue ich das?" Worauf zum Teufel wollte Ash hinaus?

„Natürlich. Horatia hat kein Problem mit ihrer Schwester, oder?"

Cedric schwenkte sein Brandyglas und stellte in Gedanken die seltsame Wendung der Ereignisse am Morgen nach. „Nun, eigentlich nicht, außer den üblichen schwesterlichen Streitereien."

„Und die einzige andere Person, die du erwähntest, war...?" Ashton beendete die Frage nicht.

„Lucien? Aber warum sollte sie..." Cedric wollte gar nicht darüber nachdenken, was das bedeutete.

„Das müssen wir herausfinden", sagte Ashton.

„Aber Lucien schenkt ihr kaum Beachtung."

„Vielleicht ist genau das das Problem. Niemand mag es, ignoriert zu werden, schon gar nicht absichtlich."

„Aber sie kommt seit Jahren gut damit zurecht. Erst seit Emily im September zum ersten Mal hierherkam, zeigt Horatia Anzeichen von Traurigkeit."

Ashtons Augen verengten sich. „Das ist interessant."

„Nicht wirklich. Lucien trägt ihr nach, dass sie vor einigen Jahren seine Vermählung mit Melanie Burns ruiniert hat."

Das überraschte den blonden Baron völlig. „Wovon sprichst du?"

Cedric erzählte ihm vom lange gehüteten Geheimnis jenes Tages in den Gärten, als er seine Schwestern zu Luciens Anwesen in Kent gebracht hatte.

„Sie hat ihm ihre Liebe gestanden? Vielleicht ist es das. Sie liebt ihn immer noch", mutmaßte Ashton.

„Wie kann sie jemanden lieben, der keinen Augenblick an sie denkt?" Seine Schwester war klüger als das. Sie würde ihre Hoffnungen nicht auf einen solchen Mann setzen. Horatia war eine vernünftige Frau, keine Närrin.

Ashton seufzte. „Hast du noch nie etwas von unerwiderter Liebe gehört?"

„Das ist kein Witz, Ash."

„Ich scherze auch nicht. Es ist wahrscheinlich, dass Horatia immer noch in Lucien verliebt ist. Sie hat ihn in letzter Zeit zu oft gesehen und leidet unter seiner kalten Art, und das macht sie traurig."

„Wenn das der Fall ist, dann bin ich schuld daran. Ich habe ihn gedrängt, öfter herzukommen und habe nicht über seine Gefühle in dieser Angelegenheit nachgedacht, geschweige denn über ihre, wie es scheint."

„Mach dir keine Vorwürfe. Es ist durchaus denkbar, dass Lucien sich von Horatia angezogen fühlt und sie so kühl behandelt, um Distanz zu wahren."

„Was in aller Welt soll das nun wieder bedeuten?"

Ashton nahm einen Schluck von seinem Brandy. „Denk daran, wir haben unsere Regeln, und Lucien hat selbst eine Schwester. Er versteht den brüderlichen Instinkt, auf die Lieben, deren Schutz dir befohlen wurde, aufzupassen. Es ist möglich, dass er befürchtet, dass Horatia eines Tages, wenn auch unbeabsichtigt, Opfer seines natürlichen Charmes sein könnte." Ashton strich sich über das Kinn. „Deshalb ist er abweisend zu ihr, in der Hoffnung, dass ihre frühere Liebe nie wieder aufblüht."

„Ich kann dir nicht folgen. Willst du damit etwa sagen, dass Lucien meine Schwester begehrt?" Allein die Vorstellung, dass Lucien an Horatia dachte wie an eine beliebige andere Frau, brachte Cedrics Blut zum Kochen. Er weigerte sich, daran zu glauben.

Sein Freund lächelte nur.

„Macht nichts, Cedric. Wir werden uns heute Abend keine Sorgen mehr darum machen." Ashton nahm noch einen Schluck von seinem Drink.

Ein plötzliches Hämmern an der Haustür beförderte beide Männer in die Welt diesseits ihrer Gedanken zurück.

„Wer zum Teufel kann das sein?", murmelte Cedric. Er und Ash stellten ihren Brandy ab und gingen in den Flur, wo bereits ein müder Diener die Tür öffnete.

Charles stürmte herein und zog eine zerzauste, errötete und aufgebrachte Audrey hinter sich her. Cedric, der an diesem Abend in Bezug auf seine Schwester ungewöhnlich aufmerksam war, erkannte sofort die eindeutig gefährliche Lage. Jemand hatte seine Schwester geküsst, und zwar so fest, dass ihre Lippen geschwollen waren wie nach einem Bienenstich. Außerdem war sie aufgebracht, aber nicht so, als ob sie weinen wollte. Nein, sie war wütend, wie eine fauchende, besessene Katze.

„Was um alles in der Welt ist hier los?", rief Cedric.

„Sheridan!", schnappte Charles, während er Audrey tiefer in den Flur schob und der Diener die Tür hinter ihm schloss.

„Charles?", antwortete Cedric schockiert.

„Du musst mit deiner Schwester etwas unternehmen! Verheirate sie mit dem ersten Trottel im Hyde Park, wenn es sein muss, aber in Gottes Namen, bring sie unter die Haube!" Nach dem ungeheuerlichen Ausbruch von Charles wurde es im Gang totenstill.

„Oh je", seufzte Ashton. Das konnte nicht gut enden.

KAPITEL 10

„**K**einen Cent mehr, bis die Bedingungen erfüllt sind und Erde auf ein gewisses Grab geschaufelt wurde."

Horatias Herz schlug ihr bis zum Hals, als sie sich bemühte, der leisen Stimme auf der anderen Seite der dichten Gartenhecke zu lauschen.

„Oh, mein Gott", hauchte Horatia zur gleichen Zeit, als Lucien knurrte, „Dieser Bastard!"

Lucien zog Horatia an der Hand zurück durch die Hecken und wieder in das Zimmer.

„Wir müssen sofort gehen", sagte er barsch.

„Ich kann allein nach Hause fahren." Sie konnte das Zittern ihrer Stimme nicht verbergen.

„Auf gar keinen Fall, Horatia. Ich bringe dich zu Godrics Haus."

Horatia erstarrte.

„Woher... wie lange wisst Ihr es schon?" Ihre Hände flogen zu ihrer Maske, die immer noch an Ort und Stelle saß.

„Wie lange weiß ich was?", fragte Lucien, als er seinen Mantel schnappte und ihn um ihre Schultern legte.

„Wie lange wisst Ihr schon, dass ich es bin?" Sie kämpfte darum, trotz des wilden Galopps ihres Herzens ruhig zu erscheinen und zog seinen Mantel fester um sich.

„Seit du zur Tür hereingekommen bist."

Horatia wurde flau im Magen.

„Was wir getan haben... das war..." Sie fand keine Worte mehr, um dem noch etwas hinzuzufügen. „Und Ihr wusstet es!" Ihr Tonfall klang anklagender als beabsichtigt. Schließlich war es von vornherein ihr Ziel gewesen, ihn zu verführen.

„Der heutige Abend war eine Lektion für dich, vorsichtig mit Männern umzugehen", erwiderte Lucien. „Eine Dame von deinem Stand sollte nicht hier sein. Was würde Cedric denken, wenn er davon erführe?"

„Was ist mit dem Garten? Den Sternen? War das alles gelogen?" Horatias Unterlippe bebte, aber die Wut, die sie gern aufbringen wollte, blieb aus. Ihr Herz brach in tausend Stücke. Warum verlor sie jedes Mal, wenn Lucien sie verletzte, den Willen zu kämpfen? Lag es daran, dass er ihr so viel bedeutete und sie deswegen nicht mit ihm streiten wollte?

„Alles, was heute Abend passiert ist, war eine Lüge. Tief in deinem Inneren wusstest du das. Ich habe dir gegeben, was du gesucht hast, während ich deine Tugend, zumindest im wahrsten Sinne des Wortes, nicht angetastet habe. Andere wären nicht so rücksichtsvoll gewesen. Ich habe zu deinem eigenen Besten mitgespielt."

„Zu meinem eigenen Besten? Wagt es nicht, was zwischen uns passiert ist abzuwerten!" Horatia zuckte beim schrillen Klang ihrer eigenen Stimme leicht zusammen. Ihre rechte Hand hob sich, als wollte sie Lucien ohrfeigen. „Das lasse ich nicht zu!"

„Tu es, meine Liebe, ohrfeige mich für meine schurkische Art und meine heimtückische List. Aber wir müssen uns danach um ernstere Angelegenheiten kümmern." Lucien wartete geduldig darauf, dass sie ihn schlug, aber Horatia schüttelte nur mit Tränen in den Augen ihren Kopf und trat einen Schritt zurück.

„Auch wenn Ihr es verdient, ich könnte Euch nie freiwillig wehtun." Sie wandte sich von ihm ab, doch das schien ihn nur wütend zu machen. Er schritt auf sie zu, packte sie an den Schultern und wirbelte sie herum.

„Ich will nicht, dass du etwas für mich empfindest", zischte er. „Keine Liebe, kein Mitleid, nicht einmal Freundschaft. Verstehst du?"

Horatia lächelte traurig. „Ich verstehe. Aber das ändert nichts an meinen Gefühlen." Ihre Worte schienen ein Feuer in ihm zu entfachen.

Er drückte sich fest gegen sie, und seine Hände fuhren an ihrem Körper auf und ab. Lucien presste seinen Mund auf ihren und versengte sie mit der Inbrunst seines Kusses. Horatia verschmolz mit ihm, weil sie wusste, dass er sie dafür hassen würde. Er packte ihren Hintern, zog sie fester an sich und wollte sie gewaltsam dazu zwingen, zu schreien und ihn abzuwehren. Es war, als sehnte er sich danach, sie zu verletzen, aber nichts von alldem war vergleichbar mit seinem Verrat an ihrem Herzen.

„Wehr dich, verdammt nochmal!", knurrte er. „Schlag mich. Hass mich!" Aber Horatia bot ihm nur weiche Lippen und sanfte Liebkosungen, bis er zurückwich.

Sie hob das Kinn und war entschlossen, ihm ihre Furchtlosigkeit zu beweisen. „Das werde ich nicht. Du versuchst mir absichtlich Angst einzujagen, aber das wird nicht funktionieren. Du würdest mir nie wehtun."

Das Knurren in seiner Kehle war wild und warnte sie, sich fernzuhalten.

Tobend schob er sie beiseite, damit er die Tür öffnen konnte, dann zog er sie am Handgelenk weiter, bis sie das Stadthaus des Midnight Garden verlassen hatten. Lucien winkte einem Diener in der Nähe des Haupteingangs, worauf dieser eine Droschke herbeirief.

Als sie anrollte, schob Lucien Horatia hinein und folgte ihr in den Wagen. Dann wies er den Fahrer an, zur Half Moon Street zu fahren. Er entschuldigte sich nicht. Er sagte kein einziges Wort, sondern riss sich die Maske vom Gesicht, und als er sah, wie sie ihn anstarrte, beugte er sich vor und riss auch ihre ab, dann warf er beide auf den Kutschenboden. Sie behielt ihn dennoch weiter im Auge.

„Hör auf mich anzuschauen!", schrie Lucien. Horatia zuckte zusammen, sah aber nicht weg. „Hast du mich gehört?"

„Ich vermute, ganz London hat Euch gehört." Ihr Ton war überraschend kühl. Sie war ziemlich stolz auf sich, dass sie ihm schlagfertig Widerworte gegeben hatte.

„Dann tu, was ich sage."

„Ich hege vielleicht Gefühle für Euch, aber das bedeutet nicht, dass ich Euch gehorchen muss. Vor allem, wenn Ihr so unhöflich seid. Es ist ja nicht so, als ob wir verheiratet wären."

„Der Himmel bewahre mich davor, jemals dieses Schicksal zu erleiden."

Trotz seiner grausamen Worte konnte Horatia nicht tun, was er verlangte. Sie war nicht in der Lage, sich von den Tiefen seiner haselnussbraunen Augen zu lösen. Er hatte keine Ahnung, wie lebendig sie sich gefühlt hatte, als er sie berührt hatte. Sogar seine Grobheit ließ sie vor Verlangen brennen. Sie sehnte sich danach, sich zu wehren, um seiner Leidenschaft gerecht zu werden, aber bis er ihre Liebe endlich erwiderte, konnte sie dieser Seite ihrer selbst nicht nachgeben. Es gäbe kein Zurück, wenn sie ihm jemals die dunklere Seite ihrer Natur zeigte – die geheimen, verbotenen Wünsche, die sie sich in seinen Armen erfüllen wollte. Es war besser, wenn er nie erfuhr, wie sehr sie sich in Wirklichkeit ähnlich waren.

Den Rest der Kutschenfahrt verbrachten sie schweigend. Als sie Essex House erreichten, befahl Lucien ihr, zu warten. Diesmal gehorchte sie, aber nur, weil sie einen Moment für sich brauchte, um ihre Gefühle unter Kontrolle zu bekommen.

Sobald Lucien die Kutsche verließ, kamen ihr die Tränen. Sie schniefte und wischte sich über die Augen, während sie versuchte, den schmerzhaften Kloß in ihrem Hals herunterzuschlucken. Der heutige Abend war so ein wundervoller Traum gewesen, bis Lucien ihn ruiniert hatte. Dieser dickköpfige Narr. Wie konnte er so hinreißende Gefühle vortäuschen? Würde er sie nie wieder seine liebliche Sternenguckerin nennen? War auch das eine Lüge gewesen?

Gott, die Närrin bin ich.

Sie hatte an diesem Abend ihm gegenüber zweimal zugegeben, dass sie Gefühle für ihn hegte, nur um von ihm dafür verachtet zu werden. Horatia war kein Kind mehr, aber es schien offensichtlich, dass Lucien sie immer noch für eine Gegnerin hielt. Sie war nicht einmal einer zweiten Chance würdig.

Ihre Gedanken schossen zurück zu dem unvergesslichen Moment auf dem Bett, als er sie zum Höhepunkt getrieben und sie getröstet hatte, nachdem sie in eine beängstigende Spirale aus unbekannten Empfindungen gerissen worden war. Wie passte dieser zärtliche, verführerische Mann mit dem anmaßenden Tyrannen zusammen, der er mit dem Abnehmen der Maske geworden war? Er konnte so gegensätzlich sein wie Tag und Nacht, und der ständige Wechsel machte sie wahnsinnig.

Horatia trocknete sich hastig das Gesicht, als sie mehrere Stimmen näherkommen hörte. Sie rutschte hinüber, um Emily, Jonathan, Godric und Lucien in der Kutsche Platz zu machen. Es war etwas eng, und die drei Herren quetschten sich alle auf eine Seite, sodass die beiden Damen die gegenüberliegende Bank für sich haben konnten.

„Autsch, Jonathan, das ist mein Knie!", zischte Lucien.

„Ist das nicht gemütlich?" Jonathan lachte. Godric grunzte, als Lucien ihm einen Ellbogen in die Rippen stieß, während er versuchte, sich zu setzen.

Horatia ertappte sich dabei, wie sie widerwillig lächeln musste, als sich die drei erwachsenen Männer wie zappelige Schuljungen zankten.

„Willst du uns nicht sagen, was hier los ist, Lucien?", fragte Godric, als sich die Kutsche wieder in Bewegung setzte, diesmal in Richtung Curzon Street.

„Ich werde es euch erklären, sobald wir bei Cedric sind. Am besten erzähle ich es allen zusammen, dann muss ich mich nicht wiederholen, wenn jemand Fragen stellen möchte." Seine Augen warnten Horatia, nichts zu sagen.

„Nun gut", grummelte Godric und versuchte vergeblich, es sich bequem zu machen, und schaute dabei mehr als mürrisch drein.

Emily beugte sich zu Horatia und fragte leise: „Wo warst du heute Abend? Ich dachte, du kommst zum Essen?"

„Das ist eine lange Geschichte, die ich dir nur unter vier Augen erzählen kann. Aber könntest du mich decken? Wenn Cedric fragt, könntest du ihm sagen, dass ich bei euch zum Abendessen war?"

„Natürlich", versicherte Emily ihr. „Ich werde es den anderen ebenfalls nahelegen."

„Worüber flüstert ihr zwei denn?" Godric beobachtete die beiden neugierig.

„Wahrscheinlich über den Umsturz des Parlaments", sagte Lucien ungehalten.

„Sei nicht albern. Das war doch schon vor Wochen. Wir sprechen inzwischen längst über Europa", antwortete Emily mit einem schelmischem Grinsen.

Godric schnaubte. „Du hast offensichtlich zu viel Freizeit, Liebling. Das muss ich ändern, sobald wir nach Hause kommen." Er warf seiner Frau ein verschmitztes Lächeln zu, das Emily fröhlich erwiderte.

„Also, was heckt ihr beide nun wirklich aus?", fragte er.

„Das geht dich nichts an, Liebling." Nun war Emily es, die ihren Mann listig angrinste, während er die Stirn runzelte.

„Du gehst mich sehr wohl etwas an."

„Natürlich, mein Schatz." Sie pflichtete ihm in einem Ton bei, als ob sie diese Diskussion schon oft gehabt hätten.

„Emily." Godric verschränkte die Arme vor der Brust.

„Es geht mich nichts an, also geht es dich auch nichts an."

Als er zu protestieren begann, trat sie ihm mit der Stiefelspitze gegen das Schienbein.

„Au!" Er keuchte mehr vor Entrüstung als vor Schmerz.

„Oh, es tut mir schrecklich leid, hat das wehgetan? Wie ungeschickt von mir! Diese Kutsche ist schrecklich überfüllt."

„Das wirst du mir büßen, meine Liebe."

„Und ich erwarte, dass ich es sehr genießen werde." Für eine Sekunde befürchtete Horatia, dass das frisch verheiratete Paar vergessen hatte, dass sich noch drei weitere Personen in der Kutsche befanden, und ihre gegenseitige Zuneigung allzu öffentlich bekunden würde.

Horatia beneidete Godric und Emily um die Liebe, die sie so eindeutig verband. Würde sie das jemals haben können? Die Chancen schienen jedenfalls nicht zu ihren Gunsten zu stehen.

Als die Kutsche vor Cedrics Stadthaus hielt, sprang Lucien sofort heraus und rannte die Stufen hinauf. Godric folgte ihm und half seiner Frau beim Aussteigen. Jonathan war der nächste, er wartete aber geduldig, um Horatia zu helfen. Ihr Blick fiel auf die Masken, die auf dem Wagenboden lagen, eine schwarze und eine silberne, und sie hob sie auf. Sie biss sich auf die Unterlippe. Am heutigen Abend war der letzte ihrer Kindheitsträume zerstört worden. Nie wieder würde sie sich so törichte Gedanken über die Liebe und das Glück machen. Sie wünschte, sie hätte die Kraft, die Masken wegzuwerfen, aber ihre Finger ließen sie nicht los. Sie verließ mit ihnen die Kutsche und ergriff Jonathans angebotene Hand.

„Danke", hauchte sie.

„Gern", antwortete er mit einem freundlichen Lächeln auf seinem hübschen Gesicht.

Jonathan war ein wahrer Kavalier, und es war schade, dass Audrey so in ihn vernarrt war. Horatia hätte sich in einen Mann wie ihn verlieben sollen. Dann würde sie wenigstens respektiert werden. Vielleicht würde sie nicht geliebt, aber das musste sie hinnehmen. Sie war sowieso dazu verdammt, nie wieder zu lieben.

„Es scheint, wir sind nicht die ersten Gäste", bemerkte Jonathan, als er zu ihr in die offene Tür trat.

Ihnen begegnete ein unangenehmer Anblick. Ashton hatte seine Arme um Audreys Taille gelegt und hielt sie fest. Cedric drückte Charles gegen die Wand, seine Füße über dem Boden baumelnd, und das Gesicht des armen Charles hatte einen ziemlich beunruhigenden violetten Farbton angenommen.

„Was zum Teufel ist hier los?", platzte Jonathan heraus. Godric war bereits dabei, Cedric von Charles fortzuziehen.

„Was in Gottes Namen soll das?", fragte auch Lucien.

Audrey rammte Ashton einen spitzen Ellbogen in die Rippen bei dem Versuch, sich zu befreien. Als Audrey zu einem weiteren Hieb ansetzte, reichte Ashton sie in Jonathans ahnungslose Arme weiter.

„Halt sie fest, Junge!", befahl Ashton ihm. „Und nimm dich vor ihren Ellbogen in Acht, sie sind spitz wie Schürhaken!" Jonathans Arme schlossen sich um Audreys Taille und hielten sie gefangen. Jetzt, da Ashton frei war, seufzte er auf und rieb sich die Rippen.

„Anscheinend hat Charles heute Abend Audreys Ehre kompromittiert", sagte Ashton und beantwortete damit endlich Godrics und Luciens Frage.

„Was?", Emilys Kopf schoss ungläubig zu Ashton.

Godric gelang es schließlich, Cedric von Charles loszureißen, und Charles sank keuchend auf Hände und Knie.

„Cedric, wir haben jetzt keine Zeit dafür", warf Lucien ein. „Etwas Schlimmes ist passiert. Sieh mich nicht so an, es ist wirklich wichtiger als die Ehre deiner Schwester."

„Was könnte wichtiger sein als das?"

„Deine eigene Sicherheit und die all derer, die dir am Herzen liegen."

„Wovon in aller Welt sprichst du? Du meinst doch nicht den Zettel an meiner Tür, oder? Ich dachte, wir wären uns einig, dass das nur eine leere Drohung gewesen war."

„Ich erkläre es dir gern, aber wir sollten die Frauen zuerst nach oben schicken. Es gibt viel zu besprechen, und ich habe keine Zeit, mich mit weiblicher Hysterie zu befassen", sagte Lucien.

Seine gefühllose Bemerkung brachte ihm eine hochgezogene Braue von Emily und einen finsteren Blick von Audrey ein.

Godric kam ihm zu Hilfe, darauf gefasst, dass seine Frau ihm widersprechen würde. „Ich stimme zu. Es ist eine Angelegenheit, die nicht in Anwesenheit der Damen besprochen werden kann."

Emily hob eine Hand. „Wir werden uns nach oben zurückziehen, da ihr so äußerst höflich darum bittet. Ich bin lieber in Gesellschaft hysterischer Frauen als in der alberner Männer. Ladys?" Emily bedeutete Audrey und Horatia, ihr zu folgen. Horatia war die erste, die die Treppe hinaufeilte, während Audrey sich noch von Jonathan befreien musste.

„Lass mich los!", knurrte sie.

Er sah auf sie herab und hielt sie weiter in seinen Armen,

als wäre er überrascht, sie noch dort zu sehen. Audrey stampfte auf seine Zehen, und er sprang mit einem Schrei zurück. Schnaubend folgte sie Emily und ihrer Schwester. Cedric begleitete sie bis zu Horatias Zimmer und schloss die Tür hinter ihnen ab, sobald sie drinnen waren. Audrey gab abscheuliche Schimpfworte von sich, die sicher keine Lady, sondern nur die schlimmsten Matrosen kennen sollten. Einige davon waren auf Französisch, und sie unterstrich sie jeweils mit einem herzhaften Tritt gegen die Tür. Leider waren ihre Schuhe nicht die wirksamsten Waffen, und nach einem Schmerzensschrei hüpfte sie wie verrückt hin und her und umklammerte dabei ihre verletzten Zehen.

„Warum in aller Welt hast du zugelassen, dass sie uns einsperren?", jammerte Audrey.

„Weil du den Demütigungen noch nicht ausgesetzt warst, die ich schon erlitten habe, wenn diese Männer da unten ihren Willen nicht bekommen. Es ist höchst unangenehm, von ihnen grob und respektlos behandelt zu werden." Emily strich ihre nachtblauen Samtröcke glatt und setzte sich auf Horatias Bett. Dann sah sie Horatia erwartungsvoll an. „Außerdem glaube ich, dass Horatia genau weiß, was vor sich geht."

Audrey sah zu ihrer Schwester hinüber und hinkte an Emilys Seite. „Nun?"

Horatia seufzte. „Na gut. Aber ihr dürft kein Wort sagen, bis ich fertig bin. Nein, Audrey, nicht einen Pieps."

Audrey, deren Lippen sich bereits geöffnet hatten, stockte und machte den Mund wieder zu.

Nach einer kurzen Schilderung der Ereignisse des Abends, die aus Gründen des Anstands in stark gekürzter Fassung ausfiel, wartete Horatia darauf, dass eine ihrer Begleiterinnen etwas sagte. Sorge überschattete Emilys Augen und färbte sie in einen tieferen Purpurton. Audrey blinzelte nur, glotzte und blinzelte wieder.

„Das ist ja schwerwiegender, als ich gedacht hatte. Es gibt also eine Morddrohung gegen deinen Bruder?"

Horatia nickte. „Lucien scheint zu wissen, wer dahintersteckt, aber er versteht nicht, warum die Männer ausgerechnet an einem solchen Ort darüber sprachen."

„Midnight Garden ist für seine Diskretion bekannt", sagte Emily. „Jeder will seine eigenen Geheimnisse schützen und kümmert sich dementsprechend nicht um die privaten Angelegenheiten der anderen Gäste."

Horatia spitzte einen Moment die Lippen. „Es gibt noch eine andere Möglichkeit. Vielleicht wollten die Männer belauscht werden?"

„Aber warum?", fragte Audrey. „Welchen Vorteil hätten sie davon? Wir wissen jetzt, dass Cedric in Gefahr ist, und können ihn beschützen."

Horatia begegnete Emilys Blick und las die Gedanken der anderen Frau. „Audrey, erinnerst du dich noch daran, wie Cedric dich einmal zum Schießen mitgenommen hat? Er ließ einen Gärtner im Unterholz die Büsche rascheln, um die Fasane aus ihrem Versteck zu jagen. Vielleicht wollten die beiden das auch und warten nun darauf, dass alle aufgescheucht ins Freie flattern."

Audrey wurde blass. „Oh je, das würde bedeuten, dass wer auch immer dahintersteckt, einen Plan hat und wahrscheinlich weiß, wie Cedric und die anderen Männer reagieren werden."

„Genau" sagte Emily. „Und da sie die Falle nicht als solche erkennen und somit nicht wissen, wie sie ihr ausweichen können, selbst wenn wir sie warnten, liegt es nun an uns, sie vor sich selbst zu schützen."

Lange sprach keine der Damen ein Wort, während sie über die gefährliche Aufgabe nachdachten, die vor ihnen lag. „Du bist also wirklich in Lucien verliebt?", fragte Emily schließlich und wechselte damit gnädig das Thema.

Die Hitze in Horatias Gesicht verhinderte jeglichen Versuch es zu leugnen. „Ja. Es ist eine dumme, törichte Sache, jemanden wie ihn zu lieben, aber ich kann nichts dagegen tun."

Emily lachte leise, aber ihr Blick war vielsagend. „Ich habe mich auf die gleiche Weise in Godric verliebt. Ich war die ganze Zeit davon überzeugt, dass es in einer Katastrophe und meinem gebrochenen Herzen enden würde, aber so kam es nicht."

Horatia biss sich auf die Unterlippe und dachte darüber nach. „Aber Godric liebt dich. Lucien liebt mich nicht. Ich glaube, er mag mich nicht einmal."

Emily schnaubte, wenn auch nicht unelegant. „Es ist gut möglich, dass er sich in dich verliebt. Ich habe inzwischen einiges über diese Männer gelernt. Lucien hätte dich nicht geküsst, wenn er es nicht gewollt hätte. Und nicht nur das, ich habe deutliche Anzeichen von Leidenschaft und Eifersucht an ihm gesehen, nicht etwa von Ekel."

Horatias Herz schlug vor Aufregung schneller, obwohl sie versuchte, es zu verbergen. „Wirklich?"

„Oh ja. Er sieht jeden Mann finster an, der deine Hand küsst, und begleitet dich immer in den Raum, wenn wir zusammen essen."

Da hatte Emily tatsächlich recht, aber das bewies nicht unbedingt Luciens unsterbliche Liebe für sie.

„Nun, lasst uns weiter über diesen Mordplan nachdenken. Wir wissen, dass Waverly den Tod der Liga wünscht, und es scheint, als ob er mit deinem Bruder anfangen will. Ich bin sicher, Lucien war außer sich."

„Ich weiß nicht, ob es Waverly war", sagte Horatia. „Lucien sagte, er habe die Stimme erkannt, aber er sagte mir nicht, wem sie gehörte."

„Waverly ist der einzige Mann, den ich kenne, der in ihren Gesprächen als Feind auftaucht", sagte Emily.

„Kein Wunder, dass sie uns nach oben geschickt haben", grübelte Horatia. „Zweifellos schmieden diese törichten Männer gerade Pläne, um gegen ihn in den Kampf zu ziehen, und wollen uns vor den Gefahren bewahren. Sie wollen uns aus Rücksicht aus der Angelegenheit heraushalten."

„Aus Rücksicht?", rief Audrey. „Sie wollen uns nur den Spaß verderben."

„Ich würde eine solche Bedrohung kaum als Spaß bezeichnen", sagte Emily. „Aber uns da rauszuhalten, ist in der Tat ein Fehler, wenn auch ein gut gemeinter."

„Nun, dann sollten wir unseren eigenen Plan schmieden", erklärte Horatia. „Wir sind zu weit mehr fähig als sie uns zutrauen." Wenn das Leben ihres Bruders wirklich in Gefahr war, würde sie die Männer nicht allein handeln lassen. Sie würde ihren Bruder mit ihren eigenen Mitteln beschützen.

„Das ist eine ausgezeichnete Idee!" Audrey sprang auf, als ob sie eine Party planen würden.

Emily war indes schon tief in Gedanken versunken. „Ja, aber zuerst würde ich gern wissen, warum Cedric versucht hat, Charles zu erwürgen. Dies ist der denkbar schlechteste Zeitpunkt für eine Spaltung der Liga, und ich kann nicht anders, als mich an unser letztes Gespräch zu erinnern, Audrey."

Audrey errötete. „Ich… ich weiß, du hast gesagt, du würdest mit Ashton über Jonathan reden, aber ich wollte nicht länger warten."

Ein Lachen entfuhr Horatia. „Du warst schon immer zu impulsiv."

Emily spitzte die Lippen, als würde sie sich auf eine Katastrophe vorbereiten. „Audrey, was hast du getan?"

„Ich habe Charles davon überzeugt, mir zu helfen."

Horatia kniff die Augen zusammen. „Was meinst du mit helfen?"

„Nun, er hat mich vielleicht in die Feinheiten des Küssens eingeführt", gestand Audrey.

„Audrey!", keuchte Horatia. Würde ihre Schwester denn nie erkennen, dass jede Handlung immer Konsequenzen hatte? Zugegeben, sie hatte angesichts ihrer eigenen nächtlichen Eskapade gut reden, aber sie wusste, dass Lucien sich nie zwingen lassen würde, sie zu heiraten. Wenn Audrey hingegen nicht vorsichtiger war, könnte sie am Ende mit Charles verlobt sein.

„Es war eine faszinierende Erfahrung, da ich mich nicht wirklich von Charles angezogen fühle."

„Audrey, du hast dich doch nicht etwa von ihm küssen lassen?", fragte Emily aufgeregt. Kein Wunder, dass Cedric mordgierig gewesen war. „Ich habe dich davor gewarnt..."

„Es ist nichts passiert, außer dass ich ihn geküsst habe. Er hat meinen Kuss nicht einmal erwidert. Um das hier zu erreichen", sie deutete auf ihr zerzaustes Aussehen, „hat er meine Haare zerwühlt, mein Kleid zerknittert und mir gesagt, ich solle mir auf die Lippen beißen. Ich wollte Cedric glauben machen, ich sei kompromittiert worden. Ich hatte gehofft, er würde mir erlauben, statt Charles Jonathan zu heiraten..."

Horatia schnappte nach Luft, als sie vom tollkühnen Unterfangen ihrer Schwester hörte. *Bin ich denn die einzige vernünftige Sheridan in der Familie?* Aber sobald ihr die Frage durch den Kopf schoss, unterdrückte sie ein verlegenes Seufzen. Sie war in Tat und Wahrheit nicht besser als Audrey.

„Und er hat es tatsächlich getan, um dir zu helfen?", Emily klang skeptisch.

„Oh ja." Audrey nickte. „Es hat etwas Überzeugungsarbeit erfordert, denn er war ziemlich wütend auf mich, besonders nachdem ich ihn in seinem eigenen Salon überfallen hatte. Der arme Mann hat sich hinter einer Couch versteckt, nur um mir zu entkommen."

Es war einfach eine zu amüsante Vorstellung, wie

Charles über Möbel kletterte, um den Küssen einer hübschen Debütantin zu entgehen. Horatia musste sich in die Faust beißen, um ihren Drang zu Lachen zu unterdrücken.

Emily war nicht so zurückhaltend. „Ich hätte alles dafür gegeben, das zu sehen!", sagte sie, schnappte nach Luft und lachte.

Horatia wischte sich die Tränen aus den Augen. Audrey war wieder ganz sie selbst und ahmte Charles' Sturz vom Sofa nach, als sie ihn geküsst hatte. Sie gab ein theatralisches Kreischen von sich und stürzte mit einem dumpfen Aufprall zu Boden. Horatia lachte inzwischen so heftig, dass sie kaum noch atmen konnte.

EINE ETAGE TIEFER BLICKTEN LUCIEN UND DIE ANDEREN Mitglieder der Liga zur Salondecke hinauf. Die Arme über der Brust verschränkt zog Lucien eine Braue hoch, als sie den seltsamen Geräuschen von oben lauschten.

Erst ertönte ein lauter Schrei, dann ein dumpfer Schlag und schließlich ein hemmungsloses Lachen.

„Was zum Teufel ist da oben los?", fragte Charles.

„Wahrscheinlich hüpfen sie auf den Betten", grummelte Cedric.

„Sie sind keine Kinder mehr", sagte Lucien. „Jemand sollte ihnen das sagen."

„Meinst du, es war klug, sie da oben allein zu lassen?", fragte Godric. Sein Kopf war geneigt wie der eines Wachhunds, der seltsame Geräusche hört.

„Es geht ihnen gut." Nachdem er sie über die jüngsten Ereignisse in Kenntnis gesetzt hatte, musste Lucien sie zum eigentlichen Grund dieses späten Treffens zurückführen. Immerhin waren Leben in Gefahr. „Und was machen wir jetzt gegen diese Bedrohung?"

„Waverly wird keinen Erfolg verbuchen", sagte Cedric zuversichtlich. „Wir wissen uns zu verteidigen."

„Dennoch", erwiderte Godric, „wäre es klug, dich und deine Schwestern im Auge zu behalten. Selbst wenn Waverly es nur auf dich abgesehen hat, könnten sie im Kreuzfeuer verletzt werden."

„Ich habe nicht vor, sie aus dem Haus zu lassen", sagte Cedric. „Wenn sie es unbedingt verlassen müssen, dann bekommen sie eine Eskorte."

„Wir dürfen nicht vergessen, wie leicht die Abwehrhier im Herbst durchbrochen wurde", erinnerte Ashton die anderen. „Emilys Entführung ist gerade noch einmal gut gegangen. Das hier ist ein Haus, keine Festung."

Lucien schwor sich, Horatia niemals in eine solche Situation geraten zu lassen.

Aber Cedric konnte seine Wut von vorhin nicht so leicht überwinden. „Bevor wir über Horatia sprechen, muss ich Audrey vor diesem verdammten Mistkerl verteidigen", Cedrics Finger bohrte sich in Charles' Brust, „der sie in einer verfluchten Kutsche verführt hat!"

„Ich habe sie nicht verführt, Cedric." Charles hob abwehrend die Hände für den Fall, dass Cedric erneut auf ihn losginge. „Ich habe dich gewarnt, dass du sie bald verheiraten solltest. Du hast Glück, dass sie zu mir kam. Ein anderer Mann hätte die Gelegenheit vielleicht ausgenutzt."

„Willst du damit sagen, dass du sie nicht angefasst hast?", rief Cedric, immer noch aufgebracht.

„Angefasst? Ja, aber ich habe sie nicht geküsst. Sie hat mich um Hilfe gebeten, um kompromittiert auszusehen."

„Um kompromittiert auszusehen? Du Bastard!" Cedric schien bereit zu sein, sich wieder auf Charles zu werfen. „Der Ruf einer Frau kann schon aufgrund eines einzigen lüsternen Blicks zerstört werden, und du besitzt die Unverfrorenheit, meine Schwester anzufassen? Was, wenn das Quizzing Glass von ihrem Anblick erfährt? Dann würde sie nie einen Mann finden."

Ashton trat zwischen die beiden und hob die Hand, um Cedric am Angreifen zu hindern.

„Kommt schon, meine Herren." Ashtons stählerner Ton bremste die beiden Männer. „Müssen wir das wirklich mit einem Kampf klären?"

„Das würde ich nicht empfehlen", sagte Godric mit einem schiefen Grinsen. „Aber wenn es dazu kommt, setze ich zehn Pfund auf Charles."

Sowohl Cedric als auch Charles wechselten vorsichtige Blicke, bevor sie einlenkten, vielleicht, weil keiner der anderen sich der Wette anschloss. Ashton ließ seine Hand sinken, als er zuversichtlich schien, dass Cedric nicht wieder versuchen würde, Charles zu töten. Lucien seufzte erleichtert auf. Er hatte keine Lust, zwischen seine Freunde zu treten. Charles war ein meisterhafter Boxer, und Lucien wollte kein blaues Auge riskieren, nur um Frieden zu stiften. Wenn Ashton sein Gesicht ramponieren wollte, war das seine Entscheidung.

Jonathan, der am Rand der Gruppe geblieben war, meldete sich plötzlich zu Wort. „Laufen alle eure Treffen der Liga so ab? Vielleicht können wir uns ja wieder auf das eigentliche Problem und den Schutz der Ladys konzentrieren."

Ashton wandte sich mit strenger Stimme an Cedric. „Ganz richtig, Jonathan. Zurück zur Sache. Ich denke, es wäre das Beste, Cedric, wenn du Horatia und Audrey aus London wegbringst, zumindest bis der Rest von uns diese Sache geklärt hat."

„Du willst, dass ich den Schwanz einziehe und die Flucht ergreife?" Cedric war von der bloßen Vorstellung schockiert und empört.

„Du weißt, dass ich das nie von dir verlangen würde." Ashtons Stimme war jetzt sanfter. „Aber tu es um deiner

Schwestern willen. Wenn es ihrem Schutz dient, würdest du sie dir schnappen und ans Ende der Welt bringen. Das wissen wir alle."

Cedrics heftiger Widerstand wankte unter der Überzeugungskraft von Ashtons vernünftiger Bitte.

Cedric fiel in sich zusammen. „Wohin soll ich gehen?"

Godric schaltete sich ein. „Irgendwohin, wo Waverly nicht sofort auf die Idee kommen würde, nach dir zu suchen."

Luciens Herzschlag beschleunigte sich, als ihm der perfekte Ort einfiel, um Horatia zu beschützen. „Wie wäre es mit meinem Anwesen in Kent? Du könntest deine Schwestern dorthin bringen und bis Neujahr bleiben. Meine Mutter ist zusammen mit Lysandra und Linus zu Hause, und ihr würdet gut unterhalten." Er brauchte nicht hinzuzufügen, dass Luciens Anwesen der letzte Ort wäre, der in diskreten Nachforschungen genannt würde, sollten Hugos Männer nach dem Verbleib von Cedric und seinen Schwestern herumfragen.

Die Sheridan-Schwestern aus London fortzubringen schien ihm ein ausgezeichneter Plan zu sein. Es galt, sie aus der Gefahrenzone zu schaffen und Horatia gleichzeitig von ihm fortzubekommen. Wie sagte man so schön? Damit schlüge er zwei Fliegen mit einer Klappe.

„Das ist eine hervorragende Idee", stimmte Ashton zu. „Der Rest von uns kann hierbleiben und versuchen, das leidige Problem zu lösen. Lucien, du wirst Cedric und seine Schwestern selbstverständlich begleiten."

„W-was?", stammelte Lucien. Das war die schlechteste Idee seit Menschengedenken. Ihn in sein Anwesen mit Horatia sperren, wo er jeden Winkel kannte, in dem er sich mit ihr verstecken könnte? Verdammt, nein! „Ich könnte hier nützlicher sein, um mit Hugos Männern fertigzuwerden", entgegnete er.

„Es ist dein Anwesen", erinnerte Ashton ihn mit festem

Ton. „Und du bist der Erste, der bei diesen Angriffen ins Visier geraten ist. Also ist es das Vernünftigste, du begleitest Cedric und seine Schwestern. Hoffentlich wird dieses Problem noch vor Weihnachten gelöst, andernfalls verbringt ihr alle die Feiertage bei deiner Familie.“

Das machte ihm die Aussicht nicht gerade angenehmer. Lucien kämpfte gegen den Drang an, mit den Füßen aufzustampfen wie ein Junge bei einem Wutanfall. Jonathan warf ihm einen mitfühlenden Blick zu, als wüsste er, was es mit ihm anstellte, in Horatias Nähe zu sein. Fühlte sich Jonathan etwa in Audreys Nähe genauso? Hatte er etwa ein ähnliches Interesse an der jüngeren Sheridan-Frau wie sie an ihm?

Da versuchte er ernsthaft, das Anständige zu tun und der Versuchung aus dem Weg zu gehen, und Ashton servierte ihm Horatia praktisch auf einem Silbertablett. Er musste sie in Sicherheit bringen – nicht nur vor Waverly, sondern auch vor sich selbst. Sie in seinem Hause und so nah an seinem Bett zu wissen, war das Gegenteil von sicher.

Aber welche andere Wahl blieb ihm?

„Gut“ sagte Lucien widerwillig. „Ich werde Cedric begleiten.“

Er wollte nicht stundenlang mit Horatia in einer Kutsche verbringen, und er wollte schon gar nicht mit ihr über die Feiertage auf seinem Anwesen festsitzen. Noch schlimmer war die Tatsache, dass seine Mutter da sein würde. Sie hatte diese irritierende Art, sich in seine Angelegenheiten einzumischen, und er fürchtete, sie würde ihre Nase auch in seine Beziehung zu Horatia stecken. Seine Mutter hatte eine Schwäche für die Sheridans, insbesondere für Horatia, und wenn die Frauen beieinander wären, waren Schwierigkeiten unausweichlich.

„Wann brechen wir auf?“, fragte Cedric Ashton.

„So bald wie möglich. Glaubst du, deine Schwestern können bei Tagesanbruch bereit sein?“

Cedric stieß ein raues Lachen aus. „Bei Tagesanbruch? Auf gar keinen Fall. Du musst Audrey mindestens einen Tag zum Packen geben, oder der kleine Teufel wird mich deswegen den ganzen Weg bis nach Kent piesacken."

„Einen Tag also, aber ich möchte, dass ihr alle fertig und in der Kutsche seid, bevor die Sonne aufgeht." Ashton meinte es todernst. „Godric und ich werden morgen früh in den Midnight Garden gehen und schauen, ob wir die beiden Männer zu ihrer vereinbarten Zeit antreffen. Ich würde gern selbst sehen, ob es Beweise dafür gibt, dass es Waverly war. Wir müssen unbedingt wissen, mit wem wir es zu tun haben."

„Jetzt, da alles geklärt ist", brummte Cedric, „würde es euch etwas ausmachen, aus meinem Haus zu verschwinden?"

„Großartige Idee", sagte Godric. Dann wanderten seine Augen zur Decke.

„Es ist seltsam still dort oben", bemerkte Jonathan.

„Zu still", stimmte Lucien zu. Plötzlich erschrocken verließen die sechs Männer den Salon und eilten die Treppe zu Horatias Zimmer hinauf. Die Tür war noch verschlossen. Lucien lehnte sich gegen das Holz und lauschte. Es war kein Laut zu hören.

KAPITEL 11

„Hörst du sie?", fragte Charles.

Cedric hielt einen Finger an seine Lippen.

Lucien strengte sich an, um auch nur das kleinste Rascheln oder Knarren zu hören, aber er vernahm nichts. Vorsichtig schloss Cedric auf und öffnete die Tür. Das Schlafzimmer war leer. Die Fenster waren geschlossen und verriegelt und von den Frauen keine Spur.

„Ash"?", flüsterte Godric. Ashton nickte und betrat das Zimmer, wobei seinem scharfen Blick nichts entging. Es gab keine Beweise dafür, dass sich die Frauen versteckt hatten, und auch keine Anzeichen eines übereilten Aufbruchs. Sie waren einfach verschwunden.

„Wo zum Teufel ist meine Frau?", schrie Godric in die Leere.

Wie zur Antwort kam ein Diener die Treppe herauf und reichte Cedric einen Zettel. Verblüfft öffnete er die Notiz und las sie laut vor.

SEHR GEEHRTE HERREN,

Wir erwarten euch im Speisesaal. Bitte gesellt euch erst zu uns, wenn ihr euer Handeln bezüglich der Bedrohung gegen Lord Sheridan entschieden habt. Wir werden euch gern unsere Ansichten zu diesem Thema kundtun, obwohl wir offen gesagt vermuten, dass ihr unsere Gedanken nicht hören wollt. Dies ist nur eine der unsäglichen Schwächen der männlichen Spezies, und wir werden euch keinen Vorwurf daraus machen. In Zukunft wäre es jedoch ratsam, uns nicht in einem Raum einzuschließen. Wir können einer Herausforderung einfach nicht widerstehen, etwas, das ihr inzwischen gelernt haben solltet. Mit intelligenten Frauen ist nicht zu spaßen.

Herzlichste Grüße,

-Die Vereinigung aufrührerischer Damen-

„HERZLICHSTE GRÜßE?", SCHNAUBTE LUCIEN, UND DER verwirrte Jonathan fügte hinzu: „Die Vereinigung aufrührerischer Damen?"

„Der Herr stehe uns bei!", stöhnte Ashton und raufte sich die Haare. „Sie haben sich selbst einen Namen gegeben."

„Ich wette hundert Pfund, dass Emily dahintersteckt. Sie erlauben sich einen Scherz auf unsere Kosten", sagte Charles ernst.

„Lasst uns hinuntergehen und sehen, wie aufrührerisch sie noch sind, wenn wir mit ihnen fertig sind." Cedric krempelte die Ärmel seines weißen Linonhemdes hoch, während er und die anderen die Treppe zum Speisesaal hinuntergingen. Sie fanden ihn leer vor. Der Diener tauchte wieder auf, und Cedric fragte sich, ob der Mann vielleicht gar nicht von ihrer Seite gewichen war. Mit einem höflichen Husten reichte er Cedric einen zweiten Zettel.

„Noch eine verdammte Notiz? Was treiben sie nur?" Er riss das Papier beinah in zwei Hälften, als er es öffnete. Wieder las er laut vor:

· · ·

HABT IHR WIRKLICH GEGLAUBT, DASS WIR UNS SO EINFACH offenbaren würden? Da habt ihr uns unterschätzt. Es ist ziemlich ungerecht von euch, anzunehmen, dass wir euch nicht wenigstens für ein paar Minuten an der Nase herumführen könnten. Vielleicht solltet ihr uns dort suchen, wo wir hätten sein sollen, und nicht dort, wo ihr uns hingeschickt habt.

Beste Grüße,

-Die Vereinigung aufrührerischer Damen-

„ICH WERDE SIE UMBRINGEN", brummte CEDRIC UND ES schien keinen Unterschied zu machen, welche der drei aufrührerischen Damen er meinte.

Die Liga der Schurken kehrte zum Salon zurück. Cedric riss die Tür auf. Emily saß mit erhobenem Stickrahmen am Feuer und stach mit einer feinen spitzen Nadel in das Tuch. Audrey blätterte in einem ihrer vielen Modemagazine, den Blick auf die illustrierten Seiten gerichtet, ohne die Störung zu bemerken.

Horatia saß neben einer Kerze nah am Fenster, damit sie ihren Roman lesen konnte. Selbst aus dieser Entfernung konnte Lucien den Titel *Lady Eustace and the Merry Marquess* erkennen, das Buch, das er ihr letztes Jahr zu Weihnachten geschenkt hatte. Aus irgendeinem Grund fand er den Gedanken, dass sie ihn mit seinem eigenen Geschenk verspottete, ziemlich komisch, und er verspürte den plötzlichen Drang zu lachen, besonders als er sah, wie sie sanft errötete. Er hatte dieses Buch bewusst ausgewählt, um sie zu schockieren, da er nach seiner eigenen Lektüre im Jahr davor wusste, dass es teilweise ziemlich explizit war.

„Ähem." Cedric räusperte sich, und drei weibliche Augenpaare richteten sich auf ihn, ohne ein besonders großes Interesse zu verraten.

Emily lächelte. „Oh, da seid ihr ja."

„Seid ihr mit eurem kleinen Treffen fertig?" fragte Audrey, legte ihre Zeitschrift ab und lächelte zu ihrem Bruder auf.

Die Art, wie sie „kleines Treffen" sagte, ließ Lucien keinen Zweifel daran, dass sie sich auf ihre Kosten amüsierten, oder vielleicht erkannte er es auch daran, wie sie sich auf die Unterlippe biss, um sich das Lachen zu verkneifen. Trotzdem, Cedrics Schwestern hatten die Männer herausgefordert, und sie waren nicht in der Stimmung für derartige Spielchen. Vor allem Cedric nicht.

„Du!" Cedric zeigte auf Audrey. „Geh sofort ins Bett!" Dann schoss sein anklagender Finger zu Emily. „Seit wann stickst du? Ich erinnere mich genau daran, dass du mir einmal gesagt hast, dass du so etwas für reine Zeitverschwendung hältst."

„In Anbetracht eures recht gefühllosen Verhaltens heute Abend, uns aus euren Entscheidungen herauszuhalten, habe ich beschlossen, diese nutzlose Angewohnheit wieder aufzunehmen", antwortete Emily, als würde sie über das Wetter sprechen. Höflich hielt sie den Stickrahmen hoch, auf dem Blumen einen schlichten Satz umrankten, den jeder der Männer im Raum lesen konnte: *Provoziere niemals eine Frau.* Lucien konnte sich nicht vorstellen, wie sie das in so kurzer Zeit gestickt haben könnte.

„Wir haben euch nicht eingeweiht, weil diese Angelegenheit keine von euch betrifft. Außerdem ist es eine heikle und gefährliche Situation", sagte Cedric.

„Hmm", antwortete Emily seltsam herablassend. „Vielleicht werden wir Damen euch aus einer gefährlichen Situation heraushalten und machen uns nicht die Mühe, euch über unsere Absichten zu informieren. Wenn ihr darauf besteht, uns im Dunkeln tappen zu lassen, werden wir unsere Bemühungen, euch alle am Leben zu erhalten, dennoch fortsetzen, ungeachtet der Tatsache, dass ihr uns für unfähige Frauen haltet."

Godric runzelte die Stirn. „Niemand hat gesagt, dass ihr unfähig seid. Du weißt, dass wir das nicht glauben, Emily."

Horatia eilte Emily zu Hilfe. „Sie hat recht. Ihr habt Geheimnisse vor uns, die uns nur spalten und uns alle gefährden. Du wirst eine Erklärung abgeben müssen, Cedric. Ich werde dieses Haus nicht verlassen, bis du mir sagst, was du und die anderen geplant habt."

„Gut, morgen früh werde ich es euch sagen, aber nicht heute Abend. Es ist spät und alle brauchen etwas Schlaf", wehrte ihr Bruder ab.

„Unsinn, du kannst es uns gleich erzählen", beharrte Emily.

„Godric, nimm deine Frau und bring sie nach Hause, bevor ich sie als Nadelkissen benutze", drohte Cedric.

Godric, der vergeblich versuchte, ein anerkennendes Grinsen zu verbergen, schien erheitert zu sein, dass seine Frau die Männer in die Enge trieb. Bei Cedrics ungeduldigem Ton schaltete er sich jedoch ein.

„Komm mit, Em. Ich glaube, du hast deinen Standpunkt mehr als deutlich gemacht." Er hob den bestickten Rahmen auf und warf ihn auf einen leeren Stuhl in ihrer Nähe. Dann legte er einen Arm um ihre Taille, um sie an sich zu ziehen, und drückte ihr einen Kuss auf die Stirn.

„Du würdest nicht zulassen, dass er mich als Nadelkissen benutzt, oder, Liebling?", fragte sie und schlang ihren Arm um seinen, nachdem er sie losgelassen hatte.

„Niemals, meine Liebste. Es ärgert ihn nur, dass er nicht nachvollziehen kann, wie ihr aus Horatias Zimmer herausgekommen seid, wo er euch doch eingeschlossen hatte, und wie ihr unentdeckt hierhergekommen seid."

Emily warf Cedric einen arroganten Blick zu. „Die Antwort darauf wird er nie erfahren."

„Aber mir wirst du es doch sagen, nicht wahr?" Godric sah hingebungsvoll auf seine Frau herab.

„Vielleicht, wenn du mich genug Anreiz dafür gibst.“

„Verlangst du von mir, dich zu verführen?“

„Was sonst?“ Emily lachte.

„Oh, bei allem, was gut und heilig ist! Bring sie fort, Godric“, flehte Cedric. Derartig zärtliche Neckereien schienen ihn immer aus der Fassung zu bringen.

„Er hat recht, Emily, wir sollten nach Hause gehen.“ Er zog sie enger an seine Seite und führte sie aus dem Zimmer.

„Ich sollte ebenfalls gehen.“ Ashton verbeugte sich und verschwand im Gefolge von Godric und Emily.

„Jonathan, wärst du so freundlich, Audrey nach oben zu bringen? Sie scheint mich nicht gehört zu haben, als ich ihr sagte, sie solle ins Bett gehen“, sagte Cedric.

Jonathan versuchte zu widersprechen. „Ich würde es vorziehen, das nicht tun zu müssen, angesichts der Umstände des heutigen Abends und deiner Reaktion auf Charles...“

„Im Gegensatz zu Charles hast du Ehrgefühl. Ich vertraue dir genug, um sie nach oben zu begleiten.“

Charles und Lucien beobachteten die Szene mit nicht geringer Belustigung. Cedric schien sich der Lage nicht bewusst zu sein, in die er Jonathan brachte. Lucien öffnete den Mund, um etwas zu sagen, überlegte es sich aber anders, als er Cedrics finsteren Blick bemerkte.

„Und du!“ Cedric wandte sich schließlich Horatia zu, fand aber nichts, was er ihr vorwerfen konnte. „Nun, ähm, mit dir spreche ich noch.“ Er drehte sich zu Charles um und schlug ihm ohne jegliche Vorwarnung aufs Auge.

„Das ist dafür, dass du meine Schwester kompromittiert hast, du Schurke. Ich hoffe, dein Auge schwillt blau zu und warnt Frauen zumindest eine Woche lang davor, in deiner Gegenwart ihre Moral zu vernachlässigen.“

Charles stöhnte und betastete sein Gesicht. „Ich habe Audrey nur geholfen. Wenn du das immer noch nicht verstanden hast, verabschiede ich mich und sehe dich erst wieder, wenn dein Gemüt abgekühlt ist." Er verbeugte sich spöttisch und ging. Ohne ein weiteres Wort verließ Cedric den Salon und schlug die Tür hinter sich zu.

AUDREY BEOBACHTETE DIE BEIDEN VERBLIEBENEN MÄNNER, Lucien und Jonathan, die am anderen Ende des Salons standen. Jonathan musterte Audrey zögernd, dann sah er Lucien an, der gleichgültig mit den Schultern zuckte. Sie biss sich auf die Lippe und versuchte, nicht zu lächeln. Ihn sich winden zu sehen war mehr als amüsant.

„Miss Audrey, würdest du mich bitte nach oben begleiten? Ich würde dich gern...", aber Audrey unterbrach ihn.

„Nein, das würde ich nicht", erklärte sie. Alle Männer waren an diesem Abend so ungehobelt, dass sie keinem nachgeben wollte, nicht einmal ihm.

Sie griff wieder nach ihrem Modemagazin. Jonathans Augen wurden schmal. Sie täuschte ein Gähnen vor und bemerkte, wie seine Nasenflügel bebten und er die Hände zu Fäusten ballte. Es war ein unanständiges Vergnügen, ihn so aufzuwühlen. Sie wusste, dass er nur seine Position in der Liga festigen wollte, und sie machte es ihm schwer.

„Sie braucht eine feste Hand, Jonathan. Zeig ihr, wer das Sagen hat", ermutigte Lucien ihn, während er sich grinsend an die Wand lehnte.

Jonathan verzog das Gesicht und ging zu Audreys Stuhl.

„Miss Audrey." Diesmal war sein Ton eindeutig eine Warnung. „Du kommst sofort mit mir mit."

Mit vorgestrecktem Kinn sagte Audrey ihm den Kampf an. „Du würdest es nicht wagen, mich anzufassen, nicht nach dem, was mein Bruder Charles angetan hat." Insgeheim hoffte sie, dass er es sehr wohl wagte. Der Nervenkitzel, dass er um ihre Umsicht rang, ließ ihr Herz wie verrückt schlagen.

„Audrey, provoziere ihn nicht", warnte Horatia, und

Audrey erkannte deutlich, wie ein Sturm aufzog. Ihre Schwester ließ ihr Buch fallen und wollte aufstehen, aber Lucien stieß sich von der Wand ab und versperrte ihr den Weg. Horatia ließ sich wieder in ihren Sitz fallen, als sie Audreys Blick begegnete und warnend den Kopf schüttelte.

„Ich würde es sehr wohl wagen, dich zu berühren, und mehr noch, du rebellisches kleines Ding", sagte Jonathan. Bevor sie darauf etwas erwidern konnte, hatte er sie bereits in seine Arme gehoben.

Sie strampelte und wand sich. Damit ruinierte er die Art und Weise, wie sie ihre Begegnung geplant hatte. So sollte sie nicht verlaufen. Sie wollte verführt werden! Als sich ihre Tritte als ergebnislos erwiesen, rächte sie sich auf eine Weise, die vor allem gegen kleine Kinder und widerspenstige Haustiere wirksam war.

Sie rollte ihre Zeitschrift zu einer Röhre und fing an, ihm damit auf den Kopf zu schlagen, während sie schrie: „Versuch es doch, du Teufel!" Trotz des unverhofften Angriffs zuckte Jonathan nicht mit der Wimper, obwohl sie ihm kräftig zwischen die Augen schlug.

Stattdessen starrte er sie so wütend an, dass Funken zu stieben schienen. „Ich bin ein Teufel?"

Jonathan marschierte mit ihr in den Armen aus dem Zimmer und trug sie die Treppe hinauf. Als er ihr Schlafzimmer erreichte, hätte er beinah die Tür eingetreten. Audrey gab das Magazin auf und wand sich stattdessen wieder.

Meine Güte, ist er stark, dachte sie mit einem plötzlichen Anflug von Verlangen. Sie hatte nicht erwartet, derart überwältigt zu werden, noch hatte sie damit gerechnet, es so sehr zu genießen. Vielleicht hatte es etwas Gutes an sich, so von ihm behandelt zu werden. Was, wenn er die Kontrolle verlor und ihr die Kleider vom Leib riss? Sie keuchte bei der schwindelerregenden Vorstellung.

Er ging auf ihr Bett zu, und plötzlich flog sie durch die

Luft. Dieser fürchterliche Mann hatte sie abgeworfen! Mit einem erschrockenen Quietschen landete sie auf der Matratze, rollte auf die andere Seite des Bettes weiter und landete mit einem schmerzhaften Aufprall auf dem Boden.

„Autsch!" Sie keuchte, und ihre linke Hüfte schmerzte. Sie war heute schon zweimal auf den Boden gefallen und ein drittes Mal half gewiss nicht. Sie versuchte aufzustehen, aber ein leises Wimmern entfuhr ihren Lippen. Zweifellos hatte sie sich diesmal tatsächlich verletzt. Im Nu war Jonathan bei ihr, hob sie wieder in die Arme und setzte sie sanfter auf der rosafarbenen Bettdecke ab.

„Es tut mir so leid, Miss Audrey. Ich habe mich hinreißen lassen, ich wollte nicht..." Eine tiefe Schamesröte breitete sich auf Jonathans Gesicht aus. Eine Strähne seines sandblonden Haares fiel ihm in die Stirn, und Audrey fasste nach oben, um sie zur Seite zu streichen. Er zuckte unter ihrer Berührung zusammen, aber Audrey war zu fasziniert von der Nähe seiner Lippen.

Die unzähligen Gespräche, die sie mit einigen der offeneren Dienstmädchen geführt hatte, waren ihr lebhaft in Erinnerung geblieben. Sie hatten sie in zahlreiche der geheimen Intimitäten zwischen Mann und Frau eingeweiht. Die Art und Weise, wie sich Zungen berühren konnten, wie sich der Körper eines Mannes verhärtete, sogar wie ein Mann und eine Frau sich unterhalb der Taille küssten, um das Vergnügen zu steigern. Audrey hatte diese Geschichten mit Faszination aufgesogen, und der Hunger nach eigenen Erfahrungen hatte sich zunehmend verstärkt.

Aber erst nachdem sie Evangeline Mirabeau kennengelernt hatte, hatte sie Genaueres darüber erfahren, wie man einen Mann ins Bett lockte. Welche Wege es gab, ihn zu einer gewissen Reaktion zu verleiten, ihn mit Lust zu locken...

Wie eine halb verhungerte Frau, die einen Teller mit Köstlichkeiten beäugte, krallte sie ihre Finger in seine Krawatte und zog ihn zu sich herunter. Sein erschrockener Mund kollidierte mit ihrem, und sie leckte mit ihrer Zunge über die Stelle, an der sich seine Lippen trafen, um ihn dazu zu bringen, sie zu öffnen. Er widerstand nur kurz, bevor er stöhnte und sich über sie beugte. Seine Hände schoben ihr Kleid über ihre Knie und sie spreizte ihre Beine unter ihm.

Er wusste, wie man küsst, und sie lernte es schnell. Seine Lippen und seine Zunge rieben sich fieberhaft gegen ihre mit einer wilden Leidenschaft, von der sie bisher nur geträumt hatte.

„Du schmeckst so süß", sagte er, während er eine Spur aus Küssen von ihrem Kinn bis zu ihrem Ohr zog.

Audrey war gefangen in einem Sturm aus Panik, Freude und Faszination, die alle gleichzeitig durch ihren Körper tobten. Mehr, sie brauchte sofort mehr! Sie ließ seine Krawatte los, und ihre Hände glitten über seinen Nacken, seine Schultern und unter seine Weste, um sie ihm abzustreifen. Er unterbrach seine Küsse nicht, warf seine Weste ab und fing ihren Körper wieder unter sich.

Mit einer schwieligen Hand streichelte er über ihren Oberschenkel. Er hatte die Hände eines Arbeiters, bemerkte sie, und aus irgendeinem Grund gefiel ihr das. Er existierte nicht nur vor sich hin, er packte das Leben mit beiden Händen an, und das entfachte ihr Blut und erfüllte sie mit einer seltsamen Furchtlosigkeit. Sie wollte mit ihm zusammen sein, so leben wie er und Dinge mit ihm erleben. Dies war kein Mann des Müßiggangs, sondern ein Mann, der sich seinen Lebensunterhalt verdiente, so wie sie ihren verdienen wollte.

Ein hungriges Brennen erfüllte die Stelle zwischen ihren Schenkeln. Sie verkrampfte sich, erschrocken vor dem beängstigenden Gefühl, die Kontrolle über die Reaktionen ihres Körpers zu verlieren. Jonathan drückte sich im selben Moment fester an sie, als wüsste er, was in ihr vorging. Audrey stöhnte und wölbte ihm ihren Körper entgegen, während ihre Hände über seinen muskulösen Rücken strichen. Nein, er führte kein untätiges Leben, er war wie gebündelter Stahldraht, überzogen von brennender Sinnlichkeit. Er knabberte sehnsüchtig an ihrer Unterlippe, sein Becken rieb gegen ihren Kern, und sie schmiegte sich enger an ihn. Eine ihrer Hände wanderte unter seine Taille und suchte die Ausbuchtung in seiner Hose, die er so inbrünstig gegen sie drückte. Er stöhnte hilflos auf. Sie schufen eine Symphonie uralter Instinkte, exotischer Empfindungen und aufregender Klänge in einem perfekten Moment, der für immer hätte andauern sollen. Aber das tat er nicht.

Als sie sich an Evangelines Worte erinnerte, bewegte sie eine ihrer Hände zu seiner Leistengegend und rieb sein hartes Glied, das gegen die Vorderseite seiner Hose drückte. Er zischte gegen ihre Lippen, dann fauchte er beinahe, als er hungrig ihren Mund eroberte. Sie versuchte, ihre Finger so weit wie möglich um seine bedeckte Länge zu legen und drückte zu. Sie hatte gehört, dass dies der beste Weg sei, das Interesse eines Mannes zu schüren, also legte sie all ihre Kraft in diese Geste.

Etwas in ihren Händen schien sich ein wenig zu bewegen, wie chinesische Qigong-Bälle.

Jonathan keuchte, und sein Mund öffnete sich zu einem stummen Schrei. Aber dieses Gesicht sollte er doch erst später machen, oder? Schnell wurde ihr klar, dass es ihm keine Freude bereitet hatte. Ganz im Gegenteil.

Jonathan riss sich von Audrey los und schnappte sich seine Jacke. Ohne einen Blick zurückzuwerfen stürmte er aus dem Zimmer. Um ehrlich zu sein, war es eher ein krummbeiniges Humpeln. Audrey lag für einen langen Moment still auf ihrem Bett, rang nach Atem und versuchte, das schwere Keuchen und die Enttäuschung, die sie empfand, zu lindern. Sie war so kurz davor gewesen. Was war schiefgelaufen? Aber eines stand in jedem Fall fest: Charles zu küssen hatte sich definitiv nicht so angefühlt.

DER SALON WURDE VON KERZENLICHT UND FEUERSCHEIN erfüllt und in ihm befanden sich zwei Personen, die nicht im selben Raum hätten sein sollen. Horatia, die keine Niederlage eingestehen wollte, hatte sich wieder auf ihrem Platz am Fenster zurückgezogen, ihr silbernes Kleid um ihre Hausschuhe gerafft und die Knie unters Kinn gezogen. Sie umklammerte ihren Roman *Lady Eustace and the Merry Marquess,* und versuchte, sich auf die Seiten zu konzentrieren und nicht auf den echten Marquess, der am Feuer saß. In der kurzen Zeit zwischen Jonathans Machtkampf mit Audrey und seinem eiligen Aufbruch fanden sich Horatia und Lucien in einem ganz eigenen Gefecht wieder. Obwohl Luciens Blick auf die roten Flammen im Kamin gerichtet war, konnte sie seine Aufmerksamkeit auf sich spüren − als hätten seine Gedanken Gestalt angenommen und streichelten ihre Haut, die nun prickelte. Sie wollte das Gefühl ausklammern, konnte es aber nicht.

„Wie findest du deinen Roman? Lustig? Banal? Zu reißerisch?" Die kalte Stille des Raumes wich der überraschenden Wärme in seiner Stimme.

Sie hätte nicht antworten sollen, konnte aber nicht anders. „Es ist vielleicht kein literarisches Meisterwerk, aber..."

„Aber?" Lucien drehte sich in seinem Stuhl um, stützte einen Ellbogen auf die Armlehne und legte sein Kinn in seine Handfläche. Er schien aufrichtig daran interessiert zu sein, was sie zu sagen hatte.

„Nun, Lady Eustace ist eine sehr irritierende Heldin." Horatia blätterte müßig die Seiten durch, die sie bereits gelesen hatte, bevor sie einen Blick zurück in seine Richtung wagte.

„Ich gebe dir recht. Eustace ist ein minderwertiges Beispiel für den weiblichen Charakter. Ihr fehlen all die großartigen Eigenschaften, die einen Mann anziehen würden."

„Und welche Eigenschaften wären das bitte, Eurer Meinung nach?" Horatia schloss das Buch und musterte ihn neugierig.

„Durchtriebenheit, Klugheit, Intelligenz", antwortete Lucien.

„Ihr bevorzugt also nicht süße, zurückhaltende und gehorsame Frauen?"

„So eine Frau wäre schrecklich langweilig. Vielleicht könnte eine Frau sogar süß sein, aber wenn sie dazu auch noch zurückhaltend und gehorsam wäre, würde das einem Mann alle Freuden einer vielschichtigen Frau nehmen, und eine Frau sollte vielschichtig sein. Einfache Dinge und einfache Menschen werden allgemein überbewertet. Kehren wir nun zu diesem Buch zurück. Sicherlich verleitet dich die Handlung dazu, trotz Lady Eustaces fehlender Komplexität weiterzulesen?"

„Das tut sie, zugegebenermaßen. Eustace gerät immer wieder in die absurdesten Situationen. Auf Seite 14 wird sie zum Beispiel in einen Turm gesperrt. Einen Turm! Welche Frau ist geistlos genug, sich gleich zu Beginn der Geschichte den Launen eines Mannes zu unterwerfen?"

„Es ist zwar töricht, in einem Turm eingesperrt zu werden, aber einem Mann zu vertrauen ... unter bestimmten Umständen kann das sehr aufregend sein. Würdest du da nicht zustimmen?"

Seine Augen waren wie Honig, aber seine Worte erinnerten sie an den Stich, der oft auf die Süße folgte.

„Aufregend, ja, aber letztendlich nicht befriedigend, da

Vertrauen in Verrat zu enden scheint." Sie wandte sich wieder dem Buch zu und versuchte, sich auf Lady Eustaces verrückte Flucht mitten in der Nacht aus der Burg des Marquess zu konzentrieren. Was für ein Unsinn! Aber der Charakter des Merry Marquess fesselte ihre Aufmerksamkeit wahrscheinlich stärker, als er sollte, denn er war dem sehr lebendigen Marquess, der nur wenige Meter von ihr entfernt saß, sehr ähnlich.

„Letztendlich nicht befriedigend? Ich meine, mich an deine lustvollen Schreie zu erinnern, als meine Finger…"

„Hört auf!", zischte sie und schlug ihr Buch zu. „Oder habt ihr vergessen, wie das endete?"

Er grinste teuflisch. „Du wirst mein Gedächtnis auffrischen müssen."

„Oh? Wer benimmt sich jetzt kindisch?"

Lucien schloss die Augen und leckte sich die Lippen. „Ich kann dich immer noch schmecken. Auch wenn es Stunden her ist, kann ich nicht anders, als mich zu fragen, ob mein Gedächtnis dir gerecht wird. Würdest du unter mir erschaudern und meinen Namen in hilflosem Begehren stöhnen, wenn ich…"

Lady Eustace and the Merry Marquess rächten sich, indem sie Lucien direkt ins Gesicht flogen. Er fluchte, hielt sich die Nase und warf Horatia, die immer noch auf dem kleinen Fenstersitz mit Blick auf den Garten hinter dem Haus saß und die Augen nun auf die Decke gerichtet hatte, einen finsteren Seitenblick zu. Lucien stand von seinem Stuhl auf und ging mit einem räuberischen Funkeln in den Augen auf sie zu.

„Was habt Ihr vor?" Horatia drückte sich flach gegen die kalte Fensterscheibe, ihr Rücken auf das Glas hinter sich gepresst.

„Ich denke, es ist an der Zeit, dass ich dir eine Lektion erteile, und da du nun nichts Weiteres nach mir werfen kannst, scheint mir dies die perfekte Gelegenheit zu sein." Er schlenderte direkt zu ihr herüber, die Hände in die Hüften gestemmt.

Horatia hob das Kinn. „Allein mit Euch im selben Raum zu sein ist Strafe genug." Sie verschränkte die Arme vor der Brust in einer imposanten Pose, aber dies schien seinen Blick nur auf ihre Brüste zu lenken.

„Mit mir zusammen zu sein ist eine Strafe?"

Horatia fragte sich, ob sie das Falsche gesagt hatte.

„Die entscheidende Frage ist wohl eher: Warum siehst du mich als Strafe an, wenn du behauptest, mich zu lieben? Und leugne es nicht. Selbst jetzt sind deine Pupillen geweitet, und dein Atem geht schneller."

Er hatte recht, der arrogante Mistkerl. Ihr Herzschlag raste und ihr Atem ging stoßweise.

„Willst du mich immer noch, auch nach allem, was ich getan habe?" Er beugte sich zu ihr hinunter, umfasste ihr Gesicht und strich mit seinen Lippen neckend über ihre. Horatia neigte sich wie betäubt ihm entgegen. Sie wollte mehr als diese quälend kurze Berührung seiner Lippen.

„Warum?", wiederholte er leise und knabberte an ihrer Unterlippe.

Horatia weigerte sich zu antworten. Er wusste genau warum. Er drückte sie mit dem Rücken gegen das Fenster, und das frostige Glas brannte gegen ihre Schulterblätter. Seine Hände zogen ihr Kleid an den Außenseiten ihrer Schenkel hinauf, entblößten ihre Beine und schoben ihre silbernen Röcke um ihre Taille. Lucien drückte erst ein Knie und dann das andere zwischen ihre und spreizte ihre Beine, damit er sie an sich hochheben konnte. Er setzte sich dann auf den Sitz und zwang sie, sich rittlings auf seinen Schoß zu setzen. Ihre Knie umklammerten seine Hüften und schmiegten sich an ihn.

„Du hast meine Frage nicht beantwortet."

„Welche Frage?", fragte sie mit lustvoller Benommenheit.

Sie fühlte, wie sich sein Körper mit unterdrücktem Lachen füllte, und aus irgendeinem Grund ärgerte sie das, und eine Welle klarer Gedanken brach über sie herein. Horatia lehnte sich zurück, ballte ihre Faust und rammte sie in Luciens Magengegend. Die Luft blieb ihm weg, er krümmte sich, und sie fielen beide vom Fensterplatz. Horatia hörte, wie ihr Kleid zerriss, als sie neben Lucien landete. Er lag auf dem Rücken und presste eine Hand auf die getroffene Stelle.

„Guter Gott!", jaulte er. „Ich bin mir ziemlich sicher, dass du mir gerade die Eingeweide zerstört hast. Hat dir dein Bruder beigebracht, so zuzuschlagen? Vielleicht steckte Charles doch in größeren Schwierigkeiten, als ich dachte. Ich hätte Godrics Wette annehmen sollen."

„Das geschieht Euch nur recht dafür, so ein unerträglicher Quälgeist zu sein. Ihr habt Glück, dass ich Euer Gesicht so anziehend finde, sonst würde ich Euch die Augen auskratzen." Mit zusammengekniffenen Augen krabbelte sie auf die Knie und starrte ihn an.

„Du wirst auf deine alten Tage eine ziemliche Harpyie, was?" Lucien lachte.

„Eine Harpyie? Auf meine alten Tage?" Horatias Stimme war ungewöhnlich schrill, und sie ballte die Fäuste, bereit, ihn erneut zu schlagen.

„Dies ist schon deine dritte Saison, nicht wahr? Du bist praktisch uralt, meine Liebste. Du hast sogar einen Kater, der zum schrulligen Bild einer alten Jungfer passt." Lucien sah zur Tür des Salons, vor der sich Muff untätig hingestellt hatte und eine weiße Pfote leckte. Der Kater hielt inne und erwiderte finster den Blick der beiden Menschen, die ihn so plötzlich musterten.

„Miauu."

Horatia konnte sich nicht helfen und musste lachen. Dies wiederum ärgerte Muff derart, dass er davonstolzierte, wobei sein schwarzer Schwanz wie ein Federbusch wedelte. Horatia gewann ihre Beherrschung zurück und stand auf, um die arme Lady Eustace vom Boden aufzuheben. Mehrere Seiten waren wie gebrochene Flügel geknickt, und Horatias Kehle schnürte sich zusammen. Sie hatte sich solche Mühe gegeben, ihre Bücher in gutem Zustand zu bewahren, besonders die, die Lucien ihr geschenkt hatte. Warum musste der Mann sie immer so auf die Palme bringen?

LUCIEN STÜTZTE SICH MIT DEN ELLBOGEN AUF DEM BODEN ab, die Beine an den Knöcheln überschlagen, und beobachtete sie durch tränende Augen. Er hatte es genossen, sie zu provozieren, aber der resignierte Kummer in ihren Augen bereitete ihm nun doch Unbehagen. Sie versuchte, die Seiten des Romans glattzustreichen, doch ihr mangelnder Erfolg brachte sie in Aufruhr.

„Es ist nur ein Buch. Du kannst ein neues kaufen."

Ihre braunen Augen trübten sich. „Es wäre nicht dasselbe."

„Erzähl mir nicht, dass du Lady Eustace in den letzten Minuten unglaublich liebgewonnen hast." Er versuchte sie zu necken, aber sie lächelte nicht.

„Es ist nicht Lady Eustace, die ich liebgewonnen habe."

Horatia schien den Riss in ihrem Kleid nah der Schulter nicht zu bemerken. Der silberne Stoff hing von ihrem linken Arm und entblößte einen Teil des samtigen Hügels ihrer Brust. Lucien betete insgeheim darum, dass das Kleid noch weiter herabrutschte. War ihre Brustwarze von einem weichen Pfirsichton oder von einem dunklen Beerenrot? Er sehnte sich danach, ihren Geschmack zu kosten, diese Brustwarze mit seinem Mund, mit seiner Zunge zu erkunden. Wollte sie gestreichelt, gebissen oder geleckt werden? All diese Fragen schienen ihm plötzlich lebenswichtig. Er musste die Antworten darauf erfahren, und als Horatia den zerrissenen Ärmel doch noch hochzog und die verlockende Brust vor ihm verbarg, wimmerte Lucien entrüstet.

„Wenn Ihr mich bitte entschuldigt." Sie wollte gehen, aber er sprang behände auf die Füße und packte den Stoff ihres Kleides an ihrem Rücken, worauf sie erstarrte. Sie griff hinter sich, packte sein Handgelenk und grub ihre Nägel in seine Haut, doch er ließ sich nichts anmerken.

„Lasst mich los."

„Beantworte zuerst meine Frage." Er ertappte sich dabei, wie er grinste, da er wusste, dass sie nachgeben würde. Sonst würde er sie nämlich nicht gehen lassen.

„Ihr kennt die Antwort", erwiderte sie, ließ sein Handgelenk los und verschränkte ihre Arme. Sie drehte ihr Gesicht zur Seite.

„Du bist heute Abend nicht sehr spaßig", murmelte Lucien.

„Seit wann wollt Ihr denn, dass ich spaßig bin oder Spaß habe? Wenn ich mich recht erinnere, besteht Eure Lebensaufgabe darin, mein Herz und meine Seele herauszureißen und unter Euren Stiefelabsätzen zu zermalmen. Herzlichen Glückwunsch, Lucien, es ist Euch gelungen. Bravo. Jetzt lasst mich bitte gehen, um allein zu sein, wenn meine Tränen mich überwältigen. Bitte erspart mir die Demütigung, in Eurer Gegenwart zusammenzubrechen."

Lucien hätte nicht gedacht, dass sie dem Weinen nahe war, dafür war ihr Ton zu fest. Aber das fast unsichtbare Beben ihrer blassrosa Lippen sprach Bände.

„Ich verspreche, dich gehen zu lassen, wenn du meine Frage beantwortest." Er senkte seine Stimme und sprach sanfter. „Willst du mich immer noch, auch nach allem, was ich getan habe?"

„Was denkt Ihr?" Horatia blinzelte den Tränenschimmer in ihren Augen weg. „Ich fühle mich wie eine Maus, mit der eine Katze spielt. Ihr seid schlimmer als Muff. Ihr schlagt mich mit Euren Pfoten, kratzt mich, erregt und neckt mich mit Euren wilden Possen, aber für Euch ist das alles nur ein Spiel. Ihr verführt mich, weil Euch langweilig ist. Es macht Euch Freude, mir Hoffnung auf Eure erwiderte Zuneigung zu machen und dann meine Träume zu zerstören. Ich flehe Euch an, Lucien. Tötet Ihr mich hier und jetzt oder lasst mich für immer in Ruhe, aber um Gottes willen, hört auf mit diesem teuflischen Reigen. Ich lebe jede Minute, jede Stunde eines jeden Tages in Qualen und fürchte, was Ihr als Nächstes mit meinem Herzen anstellen werdet. Befreit mich von meinem Elend und beendet es.“

Lucien war fassungslos. Nie hätte er gedacht, dass sie über etwas so Intimes derart offen und ehrlich sprechen würde. Ihre warmen braunen Augen blendeten ihn. Der Schmerz in ihrer Stimme durchdrang ihn und hinterließ offene Wunden, die er verdiente. Sie hatte recht, er hatte sich in den letzten Jahren alle Mühe gegeben, keinerlei Notiz von ihr zu nehmen, nur um sie zu ärgern, weil er es nicht ertragen konnte, ihr fernzubleiben, und was hatte es genützt?

Warum beharrte er darauf, Horatia zu quälen? Er hatte eine grimmige Befriedigung darin gefunden, sie so gefühllos zu behandeln, um damit sein Verlangen nach ihr zu zügeln, obwohl dies in letzter Zeit immer schwieriger geworden war. Langsam lockerte er seinen Griff um ihr Kleid. Ein Augenblick verstrich, und keiner von beiden regte sich. Dann floh Horatia, ihr Buch wie einen Schild umklammernd, aus dem Zimmer und die Treppe hinauf. Lucien schloss die Augen, als er das gedämpfte Zufallen ihrer Tür hörte.

Heute Abend hatte sich etwas verändert. Er war sich nicht sicher, was es genau war, aber er spürte es tief in seinen Knochen. Es war, als sei er auf Kurs gesetzt worden, und es war nun unmöglich, von diesem Kurs abzuweichen. Außerdem wollte er es gar nicht. Er wusste nur, dass seine

Lebensaufgabe, wie Horatia es genannt hatte, gewechselt hatte.

Ab morgen würde er Horatia nie wieder belästigen oder ärgern oder ihr gegenüber abweisend sein. Er würde eine höfliche, aber hoffentlich freundschaftliche Distanz zu ihr wahren. Und sobald diese schreckliche Angelegenheit mit Waverly vorbei war, würde er sich auf die Suche nach einer Frau machen. Wenn Godric zur Ruhe kommen konnte, dann konnte es Lucien auch. Es konnte nur nicht mit Horatia geschehen.

Cedric würde diese Ehe niemals gutheißen. Lucien würde es an seiner Stelle auch nicht. Cedric hatte ihn schon mit zwei Frauen gleichzeitig schlafen sehen und wusste, dass Lucien im Bett Dinge getan hatte, vor denen sogar manche Mitglieder der Liga zurückschreckten. Dummerweise hatte er sogar mit solchen Eroberungen und seinen listigen Verführungsmethoden vor ihnen geprahlt.

Nein, Cedric würde seiner Schwester niemals erlauben, einen Mann wie ihn zu heiraten. Lucien würde nie eine Frau finden, die seine Leidenschaften weckte, aber andererseits hatte er immer gewusst, dass er zu einer lieblosen Ehe verdammt war. Er würde ein ruhiges, unauffälliges Mädchen finden, sie schnell heiraten und fertig. Wenn Horatia ihn verheiratet sähe, würde sie selbst ihr Leben auch einfacher und ohne ihn gestalten können. *Und dann wird die Vergangenheit wirklich begraben sein*, dachte er.

Der schlanke, pelzige Muff tauchte erneut in der Tür zum Salon auf, und Lucien, der zu müde war, um eine Droschke zu rufen und in die Half Moon Street zurückzufahren, beschloss, hierzubleiben, und zwar am warmen Feuer, wo er immer noch Horatias Körper an seinem spüren konnte. Er ging zur Couch an der Wand, stapelte ein paar Kissen übereinander und legte sich hin. Das Feuer knisterte und spendete das einzige Licht im Raum, nachdem er die Kerzen gelöscht hatte. Muff gab ein seltsames kleines Schnurren von sich und machte es sich auf Luciens Brust bequem.

Lucien war wie Cedric ein Tierfreund und kratzte den Kater hinter den Ohren. Das darauffolgende Schnurren war laut, aber beruhigend. Als er langsam schläfrig wurde, fragte er sich, ob er den Rest seiner Tage als Junggeselle verleben könnte, mit nichts als einem Kater wie Muff als Gesellschaft. Oder vielleicht würde er seine Zeit auf Erden auch im Midnight Garden verbringen, wo die Damen immer gerne bereit waren, seine Träume zu verwirklichen.

Aber es waren nicht die Damen des Garden, von denen er träumte, sondern von einer Schönheit mit Tränen in den Augen in einem zerrissenen Silberkleid. Ein Aschenputtel, deren Märchenprinz weder mit ihr auf dem Ball getanzt noch sie geküsst hatte, bevor es Mitternacht schlug. Im dunklen, mondbeschienenen Palast seiner Träume hielt er einen einsamen silbernen Satinschuh in der Hand und weinte über das, was nie sein konnte.

KAPITEL 12

Am nächsten Morgen zog Horatia ein Morgenkleid aus französischer Twillseide in einem dunklen Rosa an und ging die Haupttreppe hinunter. Es war ruhig im Haus, was bedeutete, dass Cedric und Audrey noch schliefen, also schlich sie auf Zehenspitzen umher. Sie ging am Salon vorbei, hielt verwirrt inne und schlich ein paar Schritte zurück, um diskret durch die offene Tür zu spähen.

In der hintersten Ecke lag Lucien ausgestreckt auf der Couch und schlief. Muff, der kleine Katzenteufel, lag auf dem Rücken auf Luciens Bauch, eine Pfote in die Luft gehoben, und seine Schwanzspitze zuckte. Lucien hatte eine Hand über den Bauch des Katers gelegt, und seine Finger streichelten ihn überraschend anmutig. Es war die Art von Liebkosung, die eine Person im Halbschlaf oder noch nicht ganz wach machte.

Horatia spürte den Schmerz in sich aufsteigen, als sie ihn beobachtete. Sie würde nie erfahren, ob Lucien sie im Bett so streicheln würde. Erst da begriff Horatia, dass Lucien letzte Nacht gar nicht nach Hause gefahren war, und ein Anflug von Reue durchfuhr sie. Sie war eine schreckliche Gastgeberin gewesen. Ein Zimmer hätte hergerichtet und ein Bett für ihn aufgeschlagen werden sollen. Lucien hätte nicht die Unannehmlichkeiten der schmalen Couch auf sich nehmen sollen.

Horatia machte einen vorsichtigen Schritt nach vorn, aber Muff hörte sie und bewegte sich, als er sie sah, und begann zu schnurren. Aus Angst, Lucien zu wecken, zog sie sich in den Frühstücksraum zurück, wo bereits eine warme Mahlzeit auf sie wartete. Der Kaffee war frisch und sein Aroma schwebte in den Flur. Horatia, die Tee bevorzugte, goss sich eine Tasse ein und fügte viel Zucker bei. Sie hatte gerade begonnen, in ihren Toast zu beißen, als sich Lucien mit verschlafenen Augen zu ihr gesellte.

Selbst gähnend und sich das zerzauste rote Haar mit den Fingern glättend war er ein Gott unter den Sterblichen. Er schenkte ihr ein überraschend verlegenes Lächeln, das sie umgeworfen hätte, hätte sie nicht schon Platz genommen. Es spiegelte die Verlegenheit der vorherigen Nacht wider, etwas teuflisch Intimes getan zu haben. Horatias Atem stockte, als er seine zerknitterte Weste glattstrich und versuchte, seine Krawatte zurechtzurücken. Sahen ihn seine Geliebten nach einer leidenschaftlichen Nacht etwa so? Sicher bestanden sie darauf, ihn sofort wieder ins Bett zu geleiten. Das wäre zumindest ihr Wunsch. Der Gedanke ließ sie erröten, aber Lucien schien es nicht zu bemerken.

„Guten Morgen", sagte er und setzte sich ihr gegenüber auf einen Stuhl.

„Guten Morgen", brachte sie heraus. Die Veränderung an ihm erschreckte sie, dieser Mangel an kalter Feindseligkeit oder beiläufigem Necken. Was führte er im Schilde?

„Ist der Kaffee noch heiß?", fragte er.

„Ja, er ist frisch gebrüht." Sie beugte sich vor, um ihm eine Tasse einzuschenken.

„Wunderbar. Zwei Zucker bitte", bat er, als sie anfing, Tasse und Untertasse hinüberzuschieben.

Hastig ließ sie zwei Würfel in seine Tasse fallen. Seltsam, sie dachte immer, er würde ihn schwarz und stark trinken.

Lucien bemerkte ihren verwirrten Blick und grinste.

„Ich konnte das Zeug noch nie vertragen, es sei denn, es ist reichlich gesüßt. Laut meinem Bruder Lawrence ist das einer meiner größten Fehler."

Horatia kicherte, trotz ihrer Absicht, stoisch zu bleiben.

„Dann solltet Ihr vielleicht wissen, dass ich im letzten Frühjahr einmal gesehen habe, wie Lawrence drei Stück Zucker in seinen Tee fallen ließ." Sie verriet ihm dies in einem verschwörerischen Flüsterton. „Er tut es, wenn niemand hinschaut."

„Dieser Hund! Tee kann ich gut ohne Zucker trinken, und dieses kleine Wiesel wagt es, mich zu piesacken? Oh, was ich nicht alles ertragen muss!", stöhnte er theatralisch und umklammerte seine Brust. „Ich werde mich an ihm rächen, wenn ich das nächste Mal im Boxring gegen ihn antrete", rief Lucien mit dramatischer Geste.

Horatia zuckte bei der Vorstellung, wie Lucien seinem jüngeren Bruder so heftig auf die Nase schlug, dass sie blutete, zusammen. Aber Männer taten oft die dümmsten Dinge. Ihr eigener Bruder war ein eindeutiger Beweis dafür.

„Ich hoffe, du hast gut geschlafen?", wechselte Lucien das Gesprächsthema.

„Ja, gut, aber oh... Ihr hättet Euch von den Dienern ein Zimmer herrichten lassen sollen, Lucien. Auf dieser Couch zu schlafen muss furchtbar unbequem gewesen sein." Sie konnte fühlen, wie ihr Gesicht warm wurde, während sie sprach. Es war ein klares Eingeständnis ihres Versagens als Gastgeberin. Gott sei Dank war ihre Mutter nicht mehr am Leben, um diese Schande mitzuerleben.

Er zuckte mit den Schultern und probierte seinen Kaffee. „Unsinn, nicht der Rede wert. Ich bin ein bisschen steif, aber das habe ich wohl verdient. Das bringt mich zu dem Punkt, über den ich mit dir sprechen muss.“

Horatia schüttelte den Kopf, um ihn davon abzuhalten, etwas zu sagen, was einen so angenehmen Start in den Tag zunichtemachen könnte.

Er hob eine Hand und alle Widerworte, die auf ihren Lippen lagen, verstummten. „Jetzt hör mir zu, Horatia. Was letzte Nacht passiert ist, was ich gesagt habe... ich entschuldige mich für alles. Ich war kindisch und grausam. Ich habe keinen Grund, dich links liegen zu lassen oder dir gegenüber so kalt zu sein. Bitte nimm meine Entschuldigung an und sag mir, dass du damit einverstanden bist, die Vergangenheit ruhen zu lassen.“

Er langte über den Frühstückstisch und streckte ihr seine rechte Hand entgegen. Bevor Horatia sich zurückhalten konnte, schob sie ihre Finger in seinen festen Griff.

„Freunde?“, fragte er. Diese einfache Geste war für sie intimer als jeder Kuss, den er ihr zuvor gegeben hatte. Es war eine Berührung, die er aus Freundschaft und mit guten Absichten anbot, und nicht, weil er mit ihr spielte – und genau das machte ihr Angst. Es erinnerte sie daran, dass sie selbst immer mehr wollen würde, aber sie würde sein Angebot gern annehmen.

„Freunde“, stimmte sie herzlich zu.

„Ausgezeichnet“, sagte er. Er beäugte die Zeitung, die neben ihrem Ellbogen lag. „Ist das die Morning Post?“

„Ja, möchtet Ihr sie?“ Sie schob ihm die Zeitung über den Tisch.

Sie wusste, Lucien liebte die Nachrichten. Ob es ihm tatsächlich um den neuesten politischen oder gesellschaftlichen Klatsch ging oder ob er die Seiten nur als Schutzschild beim Frühstück benutzte, konnte sie nicht sagen, aber es war eine Angewohnheit, die er seit sie ihn kannte, pflegte. Horatia beobachtete, wie er die Zeitung nahm und sie aufschlug, um sich vor der Welt zu verstecken. Sie verstand dieses Bedürfnis besser als jeder andere. Jedes Jahr benutzte sie seine Weihnachtspräsente, die Bücher, die er ihr schenkte, als eine Art Zufluchtsort. Sie hatte mehr als einen Nachmittag damit verbracht, in der Bibliothek zu lesen, anstatt Audrey und Cedric auf einen Spaziergang durch den Hyde Park zu begleiten. Es war einfacher, sich zu verstecken, als sich der realen Welt zu stellen. Sie wollte sich keinen Ehemann ergattern, weil sie bereits in einen bestimmten Mann verliebt war.

„Möchtet Ihr Toast?", bot sie an und schob ein Tablett in seine Richtung. Seine Papiermauer knickte über seinen Fingerspitzen ein, und er spähte über sie hinweg, um das Tablett zu begutachten.

„Hört sich gut an." Er griff nach dem Tablett, und nachdem er sich bedient hatte, wandte er sich wieder seiner Zeitung zu. Horatia blinzelte. War es möglich, dass sie sich tatsächlich verstanden? Leider wurde ihr stilles Nachgrübeln über diese Frage gestört, als Audrey und Cedric in den Frühstücksraum traten, wobei sie sich wie Kinder zankten.

„Nur einen Tag? Einen einzigen Tag? Cedric, so schnell kann ich unmöglich fertig sein! Das reicht kaum für meine Zofe, meine Hüte zu packen, geschweige denn meine gesamte Garderobe! Müssen wir wirklich so schnell aufbrechen?"

„Es tut mir leid. Ich werde die lauernden Attentäter in schattigen Gassen bitten, dir fürs Packen mehr Zeit zu geben, einverstanden?"

„Sei nicht so dramatisch", erwiderte Audrey. „Das passt nicht zu dir."

„Was ist in einem Tag?", fragte Horatia höflich, in der Hoffnung, Audreys aufwallendes Temperament zu zähmen. Ihre jüngere Schwester drehte sich zu ihr um und suchte nach Rückendeckung.

„Sag es ihm, Horatia. Sag ihm, dass ein Tag bei weitem nicht ausreicht, um für Kent zu packen."

„Lucien, hilf mir bitte und sag Audrey, dass sie nicht jedes Kleidungsstück einpacken muss, das sie besitzt", bettelte Cedric, als er sich neben seinen Freund auf einen Stuhl sinken ließ.

„Warum reisen wir nach Kent?", fragte Horatia. Es gab nur einen Ort in Kent, an dem sie je gewesen war, und Cedric schickte sie ganz sicher nicht dorthin. Nicht nach dem, was sie das letzte Mal dort getan hatte. Sie war noch ein Kind gewesen, aber Beschämung überkam sie, als wäre es erst gestern gewesen.

Lucien rührte mit einem Löffel in seinem Kaffee, hob ihn an die Lippen und sah sie über den Rand an. „Du, Audrey und Cedric seid über die Weihnachtsfeiertage zu meiner Familie eingeladen. Wir fahren morgen vor Tagesanbruch zu meinem Anwesen."

„Siehst du! Sie lassen uns überhaupt keine Zeit!" Audrey unterstrich ihre Beschwerde mit einem bösen Blick auf Lucien, der seine Zeitung hingelegt hatte und sie etwas gar zu lieblich anlächelte.

Horatia kannte diesen Blick gut. Ihre kleine Schwester sollte besser aufpassen, sonst würde Lucien sie dazu bringen, etwas zu tun, was sie bereuen würde.

„Wir wären sicher gerade während der Feiertage eine unnötige Belastung." Horatia warf ihrem Bruder einen flehenden Blick zu und hoffte auf seine Unterstützung.

„Tut mir leid, Horatia, aber Ashton hat mir eindeutige Anweisungen gegeben."

„Seit wann lässt du dir von ihm dein Leben diktieren?", schnappte Audrey.

Cedric antwortete nicht, aber Lucien sprang ein.

„Dein Bruder hört auf seine Freunde, wenn eure Sicherheit von uns abhängt. Ich würde mich nicht zu sehr aufregen, meine Damen. Meine Mutter wird darauf bestehen, euch zum Einkaufen in die Stadt zu führen, bis ihr mehr Kleider habt, als in eure Koffer passen. Wäre das nicht schön?" Lucien war ein vollendeter Charmeur.

Audrey sackte auf den Stuhl neben Horatia und seufzte. „Dagegen habe ich nichts einzuwenden. Ich liebe Lady Rochester so sehr. Sie liest *La Belle Assemblée*, wie ihr vielleicht wisst."

Lucien lächelte, und Horatias Herz machte einen Sprung. Jeder, der Lady Rochester kannte, war in ihre Leidenschaften eingeweiht, darunter auch Mode.

„Hmm... in der Tat", murmelte er, während er an seinem Kaffee nippte.

Audrey begann eine nicht enden wollende Diskussion über die verschiedenen Arten von Schals und die richtigen Aufmachungen für eine Abendveranstaltung. Die Männer antworteten mit leisem, zustimmendem Brummen, wenn sie innehielt und auf ihre Reaktion wartete. Nicht, dass es Audrey zu interessieren schien, was die Männer dachten, und den Männern war es erst recht egal. Hätte sie um tausend Pfund und ein neues Pferd gebeten, hätten sie zweifellos auch zugestimmt, nur um den Anschein zu wecken, dass sie ihr zuhörten.

Horatia beendete ihr Frühstück und schlüpfte leise aus dem Zimmer, was ihr leichtfiel, wenn Audrey über Mode sprach. Horatia würde in zwei Stunden fertig gepackt haben und reisefertig sein. Aber sie konnte nichts gegen das Flattern in ihrem Bauch tun, als ihr klarwurde, dass sie vier lange Stunden äußerst eng aneinandergedrängt in einer Kutsche verbringen würden. Trotz Luciens neu erwachtem Wunsch, höflich zu ihr zu sein, plagte sie immer noch ein tiefsitzendes Unbehagen. Er musste etwas im Schilde führen, und sie fürchtete sich vor dem, was er mit ihr vorhatte.

KAPITEL 13

Etwas stimmte nicht. Ashton trat unbehaglich in seinen kniehohen schwarzen Stiefeln von einem Fuß auf den anderen. Im tatsächlichen Garten hinter dem Midnight Garden war es kühl, und sein Atem formte blasse Wölkchen, während er in einem versteckten Bereich mit hohem Gebüsch wartete, um zu sehen, wo sich die beiden Männer von letzter Nacht treffen würden.

Lucien war sich sicher gewesen, dass er Waverlys Stimme als diejenige erkannt hatte, die dem angeheuerten Attentäter Befehle erteilte. Aber Vorurteile konnten leicht das Gedächtnis eines Mannes beeinflussen. Seit die Liga Waverly in jener Nacht am Fluss Cam konfrontiert hatte, als er versucht hatte, Charles zu ertränken, hatte dieser sich von einem einfachen Sterblichen in ein wahres Schreckgespenst verwandelt. Ein unschuldiger Mann war während ihrer Auseinandersetzung umgekommen und so war die Feindschaft zwischen ihnen geboren. Es war nur eine Frage der Zeit, bis jemand für das verlorene Leben in dieser Nacht bezahlen würde.

Ashton wusste, dass es Unsinn war, Waverly die Schuld an

jedem Missgeschick zuzuschreiben, aber der Mann schien ein Talent dafür zu haben, Kummer und Schmerz zu verbreiten. Ashton hatte sein Bestes getan, um solche Gedanken fernzuhalten, doch wenn Lucien richtig gehört hatte, dann versuchte Waverly nun tatsächlich, seine Drohung wahr zu machen.

Ashton konnte noch immer Waverlys grauenvollen Ruf vom gegenüberliegenden Ufer hören, nachdem sie Charles aus dem Fluss gefischt hatten. „Das wirst du büßen! Du und ihr alle! Keiner von euch Schurken wird je Frieden oder ein langes Leben genießen! Habt ihr mich gehört? Ihr seid alle verdammt!" Ihr Feind hatte die Leiche des Verstorbenen umklammert. Es war ein Anblick, den Ashton genauso wenig aus seinem Gedächtnis löschen konnte wie die Schuld, die damit verbunden war. Vielleicht hatte er recht. Vielleicht waren sie verdammt.

Charles litt am meisten darunter. Manchmal wachte er immer noch um sich schlagend auf, konnte keine Seele um sich herum erkennen und schrie, dass Wasser seine Lungen füllte. Wenn sie die Nacht unter demselben Dach verbrachten, war Ashton geübt darin, Charles so schnell zu beruhigen, dass er niemanden sonst aufweckte. Deshalb schlief der Arme immer so lange.

Godric gesellte sich zu ihm und ging in die Hocke, wobei seine Stiefel im Schnee knirschten. „Das gefällt mir nicht, Ash. Es ist viel zu ruhig hier." Die beiden waren am Morgen als Erste eingetroffen, um zu schauen, ob jemand Waverly gesehen hatte oder ob es irgendwelche Beweise gab, die zu diesem Mann oder seinem Handlanger führten. Wie Ashton es nicht anders erwartet hatte, waren sie bisher auf nichts gestoßen. Die meisten Besucher der letzten Nacht waren in den frühen Morgenstunden mit der Kutsche weggefahren oder zu Fuß davongeschlichen, um in ihren Alltag zurückzukehren.

„Mir gefällt es auch nicht. Es ist zu dreist, ein zu großer Zufall, dass ausgerechnet Lucien sie belauscht hat." Ashton ging ebenfalls in die Hocke und wippte auf seinen Fußballen, während er mit einer behandschuhten Fingerspitze über die Einkerbungen eines Stiefels fuhr. Schuhabdrücke hatte letzte Nacht vom Treffpunkt weggeführt, genau durch den Abschnitt, in dem er und Godric jetzt warteten und sich versteckt hielten.

„Glaubst du, er hat ein anderes Ziel ins Visier genommen?", fragte Godric.

„Du meinst, er hat es darauf abgesehen, dass wir Cedric beschützen, weil er einen anderen von uns töten will?" Ashton zog eine Braue hoch. „Das ist durchaus denkbar. Ich wünschte, ich wüsste, wie wir uns besser schützen können. Wenn wir uns trennen, würde dies zwar unsere Stärke verringern, aber wir wären schwerer zu finden. Wenn wir zusammenbleiben, fällt es ihm leichter, seine Ressourcen zu bündeln. So oder so sind wir in Gefahr."

„Manchmal ist es schade, dass wir Moral besitzen. Ich für meinen Teil würde diesen Dreckskerl nur zu gern zu Grabe tragen." Godrics Augen blitzten scharf wie Jadedolche.

„Wenn ich mich nicht um den Zustand meiner unsterblichen Seele kümmern müsste, hätte ich sein Leben schon in Cambridge beendet", stimmte Ashton feierlich zu.

Godric legte ihm eine Hand auf die Schulter.

„Unsere Seelen wurden in jener Nacht genug befleckt, und wir mussten Charles vor dem Ertrinken retten. Wenn wir uns noch einmal in derselben Lage wiederfänden, würde ich Waverly trotzdem entkommen lassen. Ich würde jedes Mal eher Charles' Leben retten, als Waverly zu töten", sagte Godric.

„Ich bereue unsere damalige Entscheidung auch nicht, aber Waverly ist eine Bedrohung, gegen die wir etwas unternehmen müssen."

„Da stimme ich dir zu." Godric rieb seine behandschuhten Hände aneinander, um sie zu wärmen.

„Es ist jetzt halb zehn", sagte Ashton nach einem Blick auf seine Taschenuhr. „Wir sollten Lucien benachrichtigen, bevor er und Cedric abreisen. Ich denke, der Rest von uns sollte in London in engem Kontakt bleiben. Ich schlage vor, dass sich alle jeden Abend um zehn Uhr in deinem Stadthaus melden, Godric. Ich möchte nicht, dass jemand aus Unachtsamkeit verletzt wird."

„Ich werde Jonathan bitten, zu Emily und mir zu ziehen, damit du dir keine Sorgen um ihn machen musst", anerbot sich Godric.

„Er ist gut aufgehoben, wo er jetzt ist. Ehrlich gesagt möchte ich ihn lieber unter meinem Dach behalten. Er hat ausgezeichnete Instinkte. Ich denke, ich werde auch Charles über die Feiertage zu mir einladen. Ich werde sie beide im Auge behalten, bis das hier vorbei ist. So können wir unsere Ermittlungen besser fortsetzen."

„Dann müssen wir uns nur noch an drei Fronten vor Waverly schützen."

Godric und Ashton machten sich gerade auf den Rückweg durch die Hecken, als ein Mann in Umhang und Kapuze aus der nächsten Tür trat und direkt auf sie zukam. Sie duckten sich hinter eine hohe Baumgruppe, als der Mann an ihnen vorbeischritt. Sein Umhang flatterte hinter ihm wie eine schwarze Fahne. Er ging zu der Stelle, an der Ashton und Godric kurz zuvor ausgeharrt hatten, und schien sich ziemlich ungeduldig umzusehen.

„Glaubst du, das ist einer der Männer?" Godric nickte ihrem Verdächtigen zu.

„Ich halte es für sehr wahrscheinlich", flüsterte Ashton. „Bleib hier und behalte die Tür zum Haus des Gardens im Auge. Ich werde versuchen, unseren mysteriösen Freund hier genauer unter die Lupe zu nehmen."

Ashton nutzte die Deckung der Büsche, um sich verborgen zu halten, während er dem nächsten Pfad durch die Hecken entlangschlich. Zwischen dem dichten Blattwerk konnte er das Flattern des Umhangs des Mannes ausmachen, der auf und ab ging. Die Sicht durch das Gebüsch reichte jedoch nicht, um einen Blick auf sein Gesicht zu erhaschen. Dazu müsste er den Kopf heben oder um den letzten Busch herumspähen, wo der Weg endete. Er entschied sich dafür, um die Ecke zu spähen, statt seinen Kopf über den Busch zu heben.

Da brach plötzlich ein heruntergefallener Zweig unter seinem schweren Stiefel, und das Geräusch ließ den auf und ab gehenden Mann innehalten. Er wirbelte herum, und ihre Blicke trafen sich. Nicht lange, aber lange genug, damit Ashton erkennen konnte, wie kalte Vorsicht zu entschlossenem Handeln umschlug. Der Mann zog eine Pistole aus seinem Mantel und feuerte. Der Schuss ertönte wie ein Donnerschlag, und ein Brennen durchzuckte Ashton. Er fluchte und umklammerte seinen linken Arm. Als er die Hand wegzog, glänzte Blut an seinem schwarzen Lederhandschuh.

„Ash!" Godric rannte auf ihn zu und sah sich nach dem Schützen um, aber der Mann war verschwunden. Er war weder zum Garden zurückgekehrt noch war er in irgendeine Richtung geflohen, die sie überblicken konnten.

„Sollen wir ihm nachlaufen?", fragte Godric. „Ich habe nicht gesehen, in welche Richtung er gerannt ist."

„Ich auch nicht. Er muss seinen Fluchtweg geplant haben."

„Kluger Bastard", sagte Godric. „Warum hat er auf dich geschossen?"

Ash zuckte mit den Schultern. „Er sah mich um die Ecke der Büsche spähen. Ich glaube, er hat gefeuert, weil er mich erkannt hat."

„Wie gut, dass er dich verfehlt hat."

Ashton stolperte und packte Godric haltsuchend am Ärmel. „Er... er hat mich nicht wirklich verfehlt." Das Blut strömte nun ungehindert seinen linken Arm hinunter, während die beiden Männer hastig zum Garden zurückliefen.

„Was? Ash, du blutest ja! Verdammt, warum hast du mir denn nicht gesagt, dass du angeschossen wurdest?" Godrics Gesicht wurde kreidebleich.

„Entschuldige, wenn mein Verstand im Augenblick ein wenig vom Schmerz benebelt ist", antwortete Ashton sarkastisch. „Es brennt höllisch. Macht es dir etwas aus, von hier zu verschwinden, bevor ich noch mehr Blut verliere?"

„Natürlich, du hast recht. Komm schon." Sein Freund packte ihn an seinem gesunden Arm und half ihm zur Tür, die zurück ins Haus führte.

Die Besitzerin des Midnight Garden, Madame Chanson, kam ihnen entgegen. „Habe ich gerade einen Schuss gehört?", fragte sie erschrocken.

„Ja. Es scheint, als wollte der Mann, den wir suchten, nicht gefunden werden."

„Soll ich die Bow Street Runners rufen?"

„Er ist schon lange über alle Berge, fürchte ich, und Ihr müsst Eure Anonymität wahren. Könntet Ihr schnell meine Kutsche herbeirufen und auch einen Arzt zu mir nach Hause schicken lassen?" Godric packte Ashtons rechten Arm fest, um seinen verwundeten Freund auf den Beinen zu halten. Während er sprach, löste er seine Krawatte und band die Wunde damit mehr schlecht als recht ab.

Godrics Kutsche fuhr vor, und er half Ashton hinein. Die Kugel, welchen finsteren Weg sie auch genommen hatte, hatte eine böse Wunde in seinem Arm hinterlassen.

„Mein Zuhause ist nicht weit, wir können dort auf den Arzt warten. Emily kann bis dahin ein Aufhebens um dich machen."

„Du würdest mich der Fürsorge deiner Frau aussetzen?"

Ashton kicherte gequält, als er seine rechte Hand auf seine Wunde presste.

„Natürlich würde ich das."

„Habe ich dir irgendwie Unrecht getan? Warum würdest du mich von Emily versorgen lassen? Ich könnte mit ihrem Wunsch, Kindermädchen zu spielen, meinen ganzen Arm verlieren."

„Ich habe größere Angst davor, was Emily mir antun würde, wenn sie dir nicht helfen dürfte."

Ashton stöhnte vor Schmerz, und die Umgebung verschwamm vor seinen Augen. Godric rief dem Kutscher zu, er solle schneller fahren.

„Bleib wach, Ash", bellte Godric, als Ashton sich für einen Moment der Versuchung hingab, die Augen zu schließen.

„Das versuche ich ja", murmelte Ashton. „Bei all den Malen, in denen wir in Schwierigkeiten gerieten, wurde ich noch nie angeschossen. Man hört zuweilen Soldaten mit einem gewissen Maß an Stolz und Tapferkeit davon sprechen. Aber ich bin zu dem Schluss gekommen, dass diese Erfahrung stark überbewertet wird." Er blickte stirnrunzelnd über seinen verbundenen Arm. „Vielleicht solltest du mich ablenken?"

„Das kann ich tun. Ich habe die ganze letzte Nacht damit verbracht, aus meiner Frau herauszulocken, wie sie und ihre Freundinnen gestern Abend aus ihrem Zimmer in den Salon geflohen sind, ohne dass wir sie gesehen haben. Aber trotz meiner Bemühungen hat sie nichts preisgegeben. Welche Theorie hast du dazu?"

Ashton biss die Zähne zusammen und versuchte eine Antwort zu formulieren.

„Ich würde sagen, sie haben einen der Diener überredet, sie herauszulassen, und dann haben sie sich ins Esszimmer geschlichen, während wir noch im Salon waren. Als wir nach oben gingen, begaben sie sich in den Salon und warteten dort auf uns.“

„Das habe ich mir auch überlegt. Obwohl ich immer noch keine Ahnung habe, wie Emily diesen Satz, *Provoziere niemals eine Frau*‘, so schnell gestickt haben könnte. Ich weiß, dass sie keine Handarbeiten verrichtet hat.“ Ashton lächelte, aber er zuckte zusammen, als die Kutsche vor Essex House ruckartig zum Stehen kam. Ein Diener eilte zur Wagentür, öffnete sie und half Godric dabei, Ashton hinaus und zur Haustür zu führen.

„Danke, Timmons. Wir erwarten einen Arzt. Bring ihn sofort zu uns, wenn er kommt.“

Godric legte Ashtons gesunden Arm um seine Schultern und half seinem Freund, das Haus zu betreten.

Emily wartete oben an der Treppe und stürzte mit einem panischen Schrei nach unten, um ihnen zu helfen.

„Was ist mit ihm passiert?“, fragte sie.

Godric bedeutete ihr, die Tür zum Salon zu öffnen. Emily tat es, dann rief sie einem Dienstmädchen zu, Wasser und Tücher zu bringen.

„Leg ihn auf die Couch, Godric.“ Emily deutete auf ein blaugoldenes Möbelstück aus Brokat. Sie beeilte sich, Ashton beim Hinsetzen zu helfen. Er holte einen tiefen, zittrigen Atemzug, während Godric und Emily einen besorgten Blick wechselten.

„Wir haben einen Arzt rufen lassen“, erklärte Godric ihr.

„Das ist schön und gut, wenn er nicht vorher verblutet“, schnappte Emily.

Godric packte Ashton an den Schultern und sah seinem Freund in die Augen.

„Hast du vor, zu verbluten, Ash?“, fragte er, halb im Scherz. Ash schüttelte vehement mit dem Kopf.

„Nein, Euer Gnaden.“ Er gluckste. Der Blutverlust machte ihn ein wenig albern, nicht weil er so viel davon verlor, sondern weil der Anblick von Blut ihn einfach benommen machte. Außerdem war das Gezänk seines Freundes mit seiner Frau außerordentlich amüsant.

„Siehst du? Es wird ihm schon nichts passieren, Liebling." Godric legte einen Arm um ihre Schultern und drückte sie an seine Seite.

„Komm mir nicht mit deinem *Liebling*, Godric. Wenn er es wagt, in meinem Salon zu sterben, werde ich ihn wiederbeleben, nur um ihn mit eigenen Händen noch einmal zu töten!" Emily half, die Binde an Ashtons Arm zu entfernen und zog ihm dann den Mantel aus. „Und gleich darauf wirst du ihm ins Jenseits folgen."

Das Mädchen kam mit Tüchern und einer Schüssel Wasser zurück. Emily zog Ashtons Hemd flugs aus und machte dann aus einem dicken Stoffstreifen einen neuen Verband. Godric half ihr dabei und prüfte den Zustand der Wunde.

„Sieht so aus, als wäre der Schuss sauber durchgegangen. Ich kann keine Knochenschäden erkennen", sagte Godric, aber Emily war zu sehr damit beschäftigt, Ashton in gurrenden Tönen zu beruhigen, während sie ihm ein feuchtes Tuch auf die Stirn legte.

Ashton sah sie an und war voller Bewunderung darüber, wie sie sich um ihn kümmerte. Godric war ein Glückspilz. Er konnte nicht anders, als sich zu fragen, ob er jemals so viel Glück haben würde. Er hatte Beziehungen immer danach eingeschätzt, was sie ihm geschäftlich einbringen könnten, und so hatte er schon viele Abmachungen im Bett getroffen, aber nie Liebe gefunden. Vielleicht wurde er ein sentimentaler Narr.

Das liegt nur am Blutverlust, mehr nicht. Ein Mann beginnt im Angesicht des Todes, über die absurdesten Dinge zu grübeln.

„Wie ist das passiert?", fragte Emily.

„Ash und ich sind zum Midnight Garden gegangen in der

Hoffnung, die Männer zu erwischen, die Lucien gestern Abend belauscht hatte. Sie sagten, sie würden sich heute Morgen dort erneut treffen. Der angeheuerte Mann bemerkte, wie Ash ihn beobachtete und schoss auf ihn, bevor er floh. Wir hatten nicht einmal die Gelegenheit, seine Verfolgung aufzunehmen."

„Hast du den Mann erkannt?" Emily strich Ashtons hellblondes Haar aus dem Gesicht. Mit einem leisen Seufzen kostete er diese sanfte Berührung aus.

„Es ist niemand, den ich kenne, obwohl er vielleicht nicht das Gleiche von mir behaupten kann."

Emily schloss kurz die Augen. „Glaubst du immer noch, dass Waverly dahintersteckt?"

Er nickte. „Es gibt viele, die uns nicht mögen, und einige, die uns verachten, aber nur Waverly hat sich jemals dahingehend geäußert, dass er uns tot sehen will."

EMILY, DIE NEBEN ASHTON SASS UND DAS KÜHLE TUCH AN seinen Kopf hielt, schwieg lange.

Ashton hatte einen bedeutenden Platz in Emilys Herzen. Er hatte sich bei Godric für sie eingesetzt und war der Erste gewesen, der erkannt hatte, dass Godric und sie ineinander verliebt waren. Ohne seinen kühlen Kopf und sein warmes Herz hätten die beiden vielleicht nie stark genug an ihre Liebe füreinander geglaubt.

Ashton fielen die Augen langsam zu, und Emily schlug ihm mit der flachen Hand kräftig auf die Wange.

„Wage es nicht einzuschlafen, Ashton!"

Sein fassungsloser Blick über die Ohrfeige schien Godric zu amüsieren. Es brauchte ziemlich viel, um Ashton aus der Fassung zu bringen.

„Hast du mich gerade geohrfeigt?", fragte er, entsetzt über Emilys Verhalten.

„Und ich werde es wieder tun, wenn du deine Augen erneut schließt", drohte Emily.

Ashton besaß tatsächlich die Frechheit, heiser zu kichern. „Jetzt weiß ich, wie sich Godric täglich fühlen muss. Aber ich bin sicher, dass die Vorteile mehr als überwiegen."

Trotz ihrer Besorgnis lächelte Emily. Zweifellos lag Ashton noch nicht im Sterben, wenn er genug Energie aufbringen konnte, um sie zu ärgern.

Ein Diener erschien an der Tür zum Salon und teilte ihnen mit, dass sie Besuch hatten.

„Das wird der Arzt sein", rief Emily, sprang auf und rannte zur Eingangstür. Aber sie irrte sich. Es war Anne Chessely, die Tochter von Baron Chessely und eine von Emilys engsten Freundinnen.

„Anne?", sagte Emily enttäuscht.

Der niedergeschlagene Ausdruck auf Annes Gesicht war schwer zu übersehen, selbst von Godrics Standort aus. „Soll ich gehen? Ich möchte nicht stören." Anne kaute zögernd auf ihrer Unterlippe, als Emily sie hineinbat.

„Nein, bitte komm doch herein. Ich habe nur jemand anderen erwartet." Emily versuchte, die Wahrheit zu verbergen, aber Anne war eine aufmerksame Frau.

„Ist das Blut draußen im Schnee auf den Stufen? Ich sehe auch hier Blut." Anne zeigte auf eine Spur aus Bluttropfen, die zum Salon führte.

„Äh, wie bitte?"

„Das ist Blut." Anne ließ ihren Muff fallen und bückte sich, um einen behandschuhten Finger in den nächsten Blutfleck zu tauchen. Ihre Fingerspitze hob sich leuchtend rot.

„Emily, du hast doch nicht etwa Godric umgebracht, oder? Ich meine, du hättest sicher einen guten Grund, aber es wäre töricht, eine Blutspur zu hinterlassen." Annes Blick schweifte zur Erkundung der Wahrheit durch den Flur.

„Ihn getötet? Himmel nein, Anne. Wie kommst du nur

auf so einen Unsinn" Emily versuchte, sie in ein anderes Zimmer zu geleiten, aber Anne, die für eine Frau ziemlich stark war, wandte sich von ihr ab und öffnete die Tür zum Salon.

Emily blieb wie gelähmt hinter ihr stehen, weil sie befürchtete, Anne würde ohnmächtig zusammenbrechen, wenn sie sah, wie sich Godric um den halbnackten Ashton kümmerte. Das blutige Hemd lag noch neben seinen Füßen auf dem Boden.

„Ach du meine Güte...", hauchte Anne schockiert.

Ashton drehte seinen Kopf in ihre Richtung, und seine leuchtend blauen Augen waren von Schmerzen getrübt.

„Miss Chessely, ich bitte untertänigst um Verzeihung für meinen Mangel an angemessener Bekleidung. Wie Ihr seht, wurde ich heute Morgen angeschossen. Und es tut schrecklich weh", beendete Ashton seine atemlose Entschuldigung. „Wenn es Euch nichts ausmacht, wäre ich Euch für etwas Abgeschiedenheit dankbar."

„Verzeiht mir, Lord Lennox, ich bin diejenige, die hier hereingeplatzt ist." Anne wich so schnell zurück, dass sie auf Emilys Zehen trat. Emily quietschte und sprang mit einem Satz aus dem Weg.

„Entschuldigung", murmelte Anne, als sie sich in den Flur zurückzog, fort von Ashton und all dem Blut. „Was ist denn mit Lord Lennox passiert? Hat er etwa in einem Duell gekämpft?", fragte sie in einem empörten Flüstern.

„Sei nicht albern. Dafür ist er zu besonnen. Nein, ich fürchte, das ist eine längere Geschichte. Möchtest du gern auf einen Tee in den Morgensalon kommen?", bot Emily ihr an.

„Wenn es nicht zu viele Umstände macht."

In diesem Augenblick schritt Timmons, der Diener, mit dem Arzt im Schlepptau durch die Haustür. Die beiden Männer gingen direkt in den Salon und schlossen die Tür hinter sich. Emily atmete erleichtert auf.

„Als du kamst, hatte ich den Arzt erwartet", erklärte Emily, als sie und Anne den Morgensalon betraten. „Ich bin sicher, die Wunde ist nicht gefährlich. Zumindest erschien es mir nicht so, als Godric sie reinigte." Sie warf einen Blick zurück auf den Weg, den der Arzt gegangen war. Das Blut hatte sie in Panik versetzt, aber jetzt war sie sicher, dass sich Ashton erholen würde. Wenn er genug Kraft hatte, sie zu ärgern und mit Anne zu sprechen, stand der Mann noch nicht auf der Schwelle zum Jenseits. Sagte Lady Society in ihren Artikeln nicht immer, dass keine Kugel einen wahren Schurken töten kann?

Ein Dienstmädchen brachte ihnen ein Tablett mit Tee, und Emily berichtete schnell von den beunruhigenden Ereignissen der vergangenen Nacht sowie vom knappen Gespräch mit Ashton an diesem Morgen. Emily konnte sich immer die Freiheit nehmen, offen mit Anne zu sprechen, besonders wenn es um ihren Mann und die Liga ging.

Es war Anne gewesen, die ihr zuerst von der Liga der Schurken erzählt oder sie vielmehr vor ihr gewarnt hatte. Anne kannte Cedric persönlich und von den anderen Mitgliedern nur ihren Ruf, da sowohl sie und als auch die Liga die gesellschaftlichen Ereignisse der Saison wie die Pest mieden.

Cedric hatte Anne im Jahr vor Emilys Entführung kurz umworben. Er hatte jedoch keinen Erfolg dabei, sie zu verführen, und gab das Unterfangen danach vollständig auf, ganz zu Emilys Leidwesen. Sie bedauerte es, aber Anne wollte nicht heiraten. Sie war zufrieden damit, bei ihrem Vater zu leben und Vollblutpferde für den Rennsport zu züchten. So behielt sie zwar ihr Vermögen und ihr Land, aber sie blieb auch einsam. Zumindest vermutete Emily, dass sie sich so fühlte.

„Also, wo sind die anderen Schurken?", fragte Anne, während sie an ihrem Tee nippte.

„Charles, Jonathan, Ashton und Godric sind noch in London. Cedric und Lucien sind auf dem Weg zu Luciens

Anwesen in Kent. Aber davon darfst du niemandem erzählen."

Annes Miene verzog sich so flüchtig, dass Emily dachte, sie hätte es sich nur eingebildet. War es möglich, dass Anne doch etwas für Cedric empfand? Sie hatte nie etwas anderes als leichte Verärgerung über seine Versuche, sie zu umwerben, gezeigt. Aber in dem Moment, als er aufgehört hatte, sie zu behelligen, tauchte Anne überraschend häufig vor der Tür von Essex House auf. Anne fragte nie nach Cedric, zumindest nicht direkt, aber sie fragte jedes Mal, wo die anderen Mitglieder der Liga waren.

„Werden dein Vater und du die Feiertage in London verbringen?", fragte Emily.

„Ja. Ich wünschte, es wäre anders. Der Schnee ist zu dieser Jahreszeit auf dem Land viel schöner, und ich reite normalerweise gern am Weihnachtsmorgen aus."

Emily seufzte wehmütig. „Das klingt wundervoll. Schade, dass Cedric in Kent sein wird. Ich hätte ihn vielleicht überreden können, uns mit seinen beiden Araberstuten in seinem Zweispänner durch die Stadt zu kutschieren."

Bei der Erwähnung von Cedrics Arabern hellten sich Annes Augen unwillkürlich auf.

„Stimmt es, dass er sie bei einer Wette mit einem Scheich gewonnen hat?"

„Hat er dir die Geschichte denn nicht erzählt?" Emily war wirklich überrascht. Sie wusste, dass Cedric Anne zum Teil mit der Absicht umworben hatte, seine Stuten mit Annes Hengsten zu paaren.

„Ich kenne nur die Gerüchte aus den Zeitungen." Anne schien verärgert.

„Ich werde ihm sagen, dass er dir davon erzählen soll, wenn du ihn das nächste Mal siehst. Ich könnte der Geschichte in meiner Schilderung nie gerecht werden." Das war sogar die Wahrheit, denn als Cedric ihr die Geschichte erzählte, war sie von Godric und dem Rest der Liga ziemlich abgelenkt gewesen, da sie zu jener Zeit ihre Gefangene gewesen war.

„Wenn wir nicht so besorgt um seine Sicherheit wären, würde ich darauf bestehen, mit dir nach Kent zu reisen, aber unter den gegebenen Umständen steht Godric kurz davor, mich zu meiner eigenen Sicherheit in einen Turm zu sperren.“

„Ich kann mir vorstellen, dass es Lord Sheridan missfällt, nach Kent zu fliehen“, bemerkte Anne scharfsinnig.

Emily nickte. Sie war überrascht, dass sich Cedric zumindest nach Godrics Darstellung nicht stärker darum bemüht hatte, in London zu bleiben. Cedric war unglaublich mutig, und es musste ihn einiges kosten, einem Kampf den Rücken zu kehren, besonders wenn Waverly darin verwickelt war.

Als die Damen ihren Tee ausgetrunken hatten, stand Anne auf und wandte sich zur Tür.

„Anne, möchtest du heute Abend mit deinem Vater zum Essen kommen? Ich weiß, es ist etwas kurzfristig, aber ich verspreche, bis dahin meinen Flur von Blutspuren reinigen zu lassen“, scherzte Emily.

Ihre Freundin lächelte und nickte kurz. „Mein Vater und ich würden uns freuen. Dann bis heute Abend.“

Anne verabschiedete sich, und Emily wandte ihre Aufmerksamkeit wieder dem Salon zu. Sie straffte die Schultern und trat ein, begierig darauf, nach Ashton und ihrem Mann zu sehen.

KAPITEL 14

Es herrschte helle Aufregung im Anwesen der Familie Russell im Norden von Kent, vier Meilen östlich des Ortes Hexby. Jane, Marchioness of Rochester, war kurz davor, ihr zweitjüngstes Kind, Linus Winston Russell, zu erwürgen. Obwohl sie genau wusste, dass sie diesen lästigen Jungen vor inzwischen einundzwanzig Jahren zur Welt gebracht hatte, schwor sie manchmal, er sei nicht älter als acht Jahre.

Besagter junger Herr balancierte gerade unsicher auf einer wackligen Leiter im Eingangsbereich von Rochester Hall und hielt einen Zweig in den Händen, von dem Lady Rochester fürchtete, es handle sich um eine Mistel. Dieser Junge würde eine ordentliche Tracht Prügel beziehen, sobald sie ihn in die Finger kriegte. Sie hatte sein Werk im ganzen Haus vorgefunden. Jede einzelne Tür, jedes Fenster und jede Nische war mit dieser gefürchteten, giftigen Grünpflanze geschmückt. Das Chaos und die Unannehmlichkeiten, die sein kleiner Streich nach sich ziehen würden, könnten die Mauersteine von Rochester Hall zum Einsturz bringen.

Ihre Söhne waren weiß Gott so verdorben, dass sie keine Hilfe von Mistelzweigen benötigten. Es lag ihnen im Blut, und dabei handelte es sich unglücklicherweise nicht um einen Charakterzug, den ihr Mann ihnen vererbt hatte.

Linus, der wie alle ihre Kinder volles rotes Haar hatte, wischte sich gerade den Schweiß von der Stirn, bevor er wieder nach dem oberen Türpfosten griff, um den Mistelzweig zu befestigen. Die waldgrüne Weste und die braune Hose, die er trug, passten ihm gut. Er hatte inzwischen den Körper eines jungen Mannes, nicht mehr den ihres kleinen Jungen.

Lady Rochester blinzelte eine widerborstige Träne zurück. Wie war ihr Kind nur so schnell erwachsen geworden? War es nicht erst gestern gewesen, als er einen Frosch in Lysandras Bett gelegt und Luciens Arbeitsstuhl mit Reißnägeln besteckt hatte? Es mussten die Feiertage sein, die all diese albernen Gefühle in ihr weckten. Sie stürmte die Treppe hinunter, um den Possen ihres Jüngsten ein Ende zu bereiten.

„Linus Winston Bartholomew Russell!" Sie brüllte den Namen in einem so gebieterischen Ton, dass Linus mit einem alarmierten Schrei den Mistelzweig fallen ließ und sich bemühte, das Gleichgewicht auf der jetzt wackelnden Leiter zu halten.

„Mutter?" Zögernd drehte er sich zu ihr um, als sie ihn von unten her anstarrte und wütend mit der Fußspitze auf dem Boden tappte.

„Komm sofort da runter!", bellte sie.

Linus ließ sich praktisch von der Leiter fallen, und seine Stiefel klatschten laut auf den Marmorboden auf.

„Was glaubst du, was du da tust?", fragte sie.

„Nichts." Er versuchte, den Mistelzweig lässig mit einer gestiefelten Zehe unter einen Schrank zu schieben. Als würde sie das nicht bemerken!

Lady Rochester packte ihn am Ohr. Sie war zwei Sekunden davon entfernt, ihn in das alte Kinderzimmer zu zerren, als der Türklopfer viermal pochte. Linus grinste über den scheinbaren Aufschub und löste sich aus dem Griff seiner Mutter.

„Ich bin noch nicht fertig mit dir. Du wirst deiner Strafe nicht entgehen." Sie warf ihm einen ihrer vernichtenden Blicke zu, bevor sich ihr Gesicht in ein herzerwärmendes Lächeln verwandelte, das für Gäste bestimmt war. Sie winkte den Butler fort, der auf den Eingang zuging. „Ich werde selbst öffnen, Mr. Jenkins." Sie ließ den Worten Taten folgen und sah sich einer willkommenen Überraschung gegenüber. Ihr ältester Sohn, Lucien, stand mit seinem guten Freund, Viscount Sheridan, und dessen beiden Schwestern vor ihr.

„Mutter!" Lucien begrüßte sie herzlich und beugte sich hinunter, um ihre Wange zu küssen.

„Lucien, mein lieber Junge, es ist so schön, dich zu sehen. Aber schöner wäre es gewesen, wenn du mir vorher eine Nachricht geschickt hättest. Vor allem, wenn du Gäste mitbringst." Dieser Zusatz erfolgte in einem tiefen, warnenden Tonfall.

Lucien senkte den Kopf. „Wir entschuldigen uns für unseren unangekündigten Besuch, Mutter, aber es war wichtig, so schnell wie möglich herzukommen." Lucien bot Horatia seinen Arm an, um sie hineinzugeleiten, und Cedric nahm Audrey an seine Seite.

„Oh?" Lady Rochesters Augen verengten sich.

„Es ist eine lange Geschichte, Mutter, aber ich verspreche, ich werde sie dir später erzählen. Dürfen wir um einen Tee bitten? Die Reise war furchtbar lang und ermüdend."

„Aber natürlich. Hier entlang. Ich freue mich, Euch alle zu sehen, Lord Sheridan, Miss Sheridan und Miss Audrey." Lady Rochester ließ sich von Cedric die Hand küssen, bevor sie die beiden Mädchen herzlich umarmte. Dann führte sie sie zum nächsten Salon, wo ein strammer junger Lakai auf ihre Befehle wartete – Gordon, wenn sie sich richtig erinnerte. Eine der neueren Anstellungen, die sie hatte tätigen müssen.

„Tee und Scones bitte, Gordon", sagte sie.

Der Diener nickte und eilte weg, um ihren Wünschen nachzukommen.

Lady Rochester erblickte ihren Jüngsten, der versuchte, ungesehen an der offenen Tür des Salons vorbeizuschleichen. „Linus!" Er erstarrte mitten in der Schrittbewegung, die Schultern resigniert hochgezogen, bevor er seufzte und ins Wohnzimmer zurückkam. Sie warf ihm einen Blick zu, der Ungemach versprach, falls er erneut versuchen sollte zu fliehen. „Begrüß unsere Gäste."

„Guten Tag", antwortete er und verbeugte sich vor Cedric und seinen Schwestern.

Lady Rochester entging Audreys Blick nicht, als sie versuchte, sich ein Lachen zu verkneifen. Linus und Audrey waren gut befreundet, so gut Männer und Frauen eben befreundet sein konnten, ohne dass ihr Geschlecht die Dinge komplizierter machte. Vielleicht war *Komplizen* eine treffendere Beschreibung. Trotzdem waren sie jetzt in einem Alter, in dem es unklug wäre, die beiden allein zu lassen.

Lucien lehnte sich entspannt auf dem Stuhl zurück, den er gewählt hatte, und Lady Rochester beobachtete, wie der Älteste ihrer Höllenbrut den Jüngsten grüßte.

„Wie geht es dir, Lucien?", fragte Linus.

„Gut, und dir? Wie war Cambridge?"

„Nett, aber ich bin froh, dass ich es hinter mir habe", gab Linus zu.

„Darauf wette ich." Cedric kicherte. Es war kein Geheimnis, dass er alles an der Schule geliebt hatte, mit Ausnahme des eigentlichen Lernens.

Gordon kam mit einem Teetablett zurück, und Linus setzte sich neben Audrey auf den Zweiersessel. Lady Rochester beobachtete ihre Interaktion mit nicht geringer Belustigung aus den Augenwinkeln, während sie glaubten, dass alle anderen wegschauten und sich anderweitig unterhielten. Audrey stupste ihn mit ihrem spitzen Ellbogen an, worauf er die verletzende Waffe beäugte und ihr, sobald sich die Gelegenheit bot, zur Vergeltung in den Arm kniff. Audrey gab einen erstickten kurzen Laut von sich, der als eine Mischung zwischen einem Uih und Autsch herauskam.

Sie errötete und hob zur Entschuldigung ihre Tasse hoch. „Der Tee ist noch ziemlich heiß."

„Ja, wirklich?" Lady Rochester betrachtete die Teekanne und versuchte, nicht über die Verschlagenheit der Jugend zu lachen. „Nun, Lord Sheridan, darf ich Euch über die Feiertage Zimmer hier im Haus herrichten lassen? Es wäre wundervoll, Euch alle hier zu haben, um Weihnachten zu feiern. Das Haus wird herrlich voll sein, wisst Ihr, denn ich habe auch die Cavendishs aus Brighton eingeladen."

„Wir würden liebend gern bleiben, Lady Rochester", antwortete Cedric.

„Werden die Cavendishs kommen?", fragte Audrey erwartungsvoll.

Die Cavendishs waren alte Freunde der Familie, sowohl der Russells als auch der Sheridans, und es war nicht schwer zu erraten, warum Audrey so freudig erregt war. Unverheiratete junge Männer waren für eine junge Dame immer aufregend.

„Die ganze Familie wird hier sein. Ich hoffe, dass Mrs. Cavendish und ich es schaffen, wenigstens eines unserer Kinder zu verheiraten, bevor eine von beiden stirbt." Sie warf diese Worte voller innerer Schadenfreude in den Raum und wartete darauf, dass das Feuerwerk losging.

„Aber Mutter!" Lucien verschluckte sich an dem Scone, das er gerade aß.

„Oh, sieh mich nicht so entsetzt an, Lucien. Bei dir habe ich schon vor Jahren die Hoffnung aufgegeben, aber vielleicht kann ich Lysandra überreden, ein Auge auf Gregory Cavendish zu werfen. Er ist ein ziemlich gutaussehender junger Mann und zudem gut betucht."

Linus beobachtete sie erschrocken. „Mutter, nur weil dieser Kerl sein Geld zum Fenster hinauswirft, heißt das noch lange nicht, dass Lysa ihn haben will oder dass er sie haben möchte." Linus schien seine Schwester entschlossen verteidigen zu wollen, wahrscheinlich weil er fest daran glaubte, es gäbe kein schlimmeres Schicksal als die Ehe.

„Ein Kerl, der sein Geld zum Fenster hinauswirft? Wo lernt man nur eine solche Ausdrucksweise?", seufzte Lady Rochester und blickte flehend zum Himmel hinauf auf der Suche nach dem Grund, warum sie mit so eigensinnigen Nachkommen gestraft worden war.

Linus grinste und griff nach einem Scone. Sie wussten beide, dass eine der größten Freuden seines Lebens war, sie zu ärgern.

Er schnaubte, als er den letzten Rest seines Gebäcks hinunterschluckte. „Lord Sheridan, darf ich Miss Audrey nach draußen geleiten? Nach der langen Kutschfahrt hierher möchte sie sicher etwas frische Luft schnappen."

„Nicht ohne Anstandsdame", warf Lady Rochester ein.

„Aber Mutter...", jammerte Linus.

Audrey legte eine Hand auf seinen Arm und bedeutete ihm, zu schweigen.

„Meine Schwester kann uns beaufsichtigen. Macht es dir etwas aus, Horatia?"

„Nein, natürlich nicht", antwortete Horatia.

„Wenn ich mir keine Sorgen mache, Lady Rochester, dann solltet Ihr Euch auch keine machen", beruhigte Cedric sie.

„Da habt Ihr wohl recht.“

„DANN WOLLEN WIR MAL“, LINUS BOT AUDREY SEINEN ARM an. Horatia folgte dem Paar aus dem Salon und in den Flur hinaus. Linus und Audrey steckten sofort die Köpfe zusammen und tuschelten, sobald sie außer Sichtweite von Lady Rochester waren.

Horatia stöhnte, als sie Audreys schelmisches Kichern hörte. Linus musste einen Plan ausgeheckt haben und war fest entschlossen, Audrey in die Umsetzung mit hineinzuziehen. Da sie Linus ziemlich gut kannte, vermutete Horatia, dass es sich um eine Art Streich handeln musste. Von Zeit zu Zeit warfen Linus und Audrey ihr über die Schulter hinweg argwöhnische Blicke zu, als ob sie sich Sorgen machten, dass sie ihre Pläne belauschen könnte.

Horatia hob ergeben die Hände. „Solange ich nicht das Opfer von allem bin, was ihr da ausheckt, werde ich euch den Spaß nicht verderben.“

„Ich kann für nichts garantieren“, sagte Linus. Der Spaßvogel war ein Jahr älter als sie, aber nicht annähernd so reif. Deshalb hatte er sich schon immer besser mit Audrey verstanden. Horatia konnte nicht einmal ansatzweise aufzählen, wie viele Nachmittage Lysandra und sie das Ziel der Streiche dieses unheiligen Bündnisses gewesen waren.

„Linus, wo ist Lysa?“, fragte Horatia. Sie würde lieber ihre Freundin aufsuchen, als in der Gegenwart dieser beiden zu verweilen. Ihre Rolle als Anstandsdame war überflüssig, das schien jeder außer Lady Rochester zu sehen.

„Als ich sie das letzte Mal sah, war sie in der Bibliothek.“ Damit schossen er und Audrey die Treppe hinauf und verschwanden aus ihrem Blickfeld.

Horatia stand plötzlich allein in der riesigen Eingangshalle von Rochester Hall. Es war ein wunderschönes georgianisches

Landhaus aus Sandstein und innen aus Marmor. Sie bewunderte die Wandteppiche, die verschiedene Szenen des Hirtendaseins zeigten. Als sie die Bilder betrachtete, verlor sie das Zeitgefühl und erinnerte sich an das letzte Mal, als sie hier gewesen war. Die Erinnerung war noch so frisch, dass sie fühlte, wie sie aus der düsteren Tiefe ihres Gedächtnisses auftauchte und sie vollständig umhüllte.

KAPITEL 15

Rochester Hall, Kent, 1815

Es war ein perfekter Tag im Mai, an dem der berauschende Duft blühender Blumen die Gärten erfüllte. Horatia bahnte sich müßig ihren Weg durch das Labyrinth hoher Hecken, während sie nach Linus und Audrey suchte. Mit vierzehn war sie zu alt, um sich zu verstecken, aber sie tat den anderen Kindern den Gefallen. Sie hatte bis hundert gezählt und hatte nun teuflische Mühe, die anderen auf dem riesigen Anwesen von Lord Rochester zu finden. *Lord Rochester*, sie seufzte laut bei dem Gedanken an ihn. Er war sechsundzwanzig Jahre alt, ein enger Freund ihres Bruders und unglaublich gutaussehend.

Sie wusste, dass Lucien ein Schurke war, das hatte sie unter anderem im Dienstbotengang flüstern gehört. Zuerst hatte sie es seltsam gefunden, dass der Marquess diese Bezeichnung verdiente, aber nachdem sie zahlreiche Unterhaltungen ihres Bruders mit seinen Freunden belauscht hatte, wusste sie, dass ein Schurke keineswegs ein Räuber mit Augenklappe war, so wie sie es sich vorgestellt hatte. Nach einigem Flehen hatte ihr eines der Waschmädchen in ihrem

Londoner Stadthaus erklärt, was es in diesem speziellen Zusammenhang bedeutete, ein Schurke zu sein.

Von diesem Augenblick an war sie hoffnungslos vom Marquess hingerissen. Mit vierzehn wusste sie, dass sie zu jung für ihn war, aber ihr Herz schien sich nicht um das Alter zu kümmern. Sie hätte fast vor Freude gequietscht, als Cedric am Tag zuvor nach Hause gekommen war und ihr gesagt hatte, dass sie Lucien über das Wochenende auf seinem Anwesen besuchen würden.

Doch als sie dort ankamen, musste Horatia leider erfahren, dass auch eine schöne junge Erbin namens Melanie Burns zu Besuch war. Mit nicht geringer Empörung war Horatia von einem älteren Dienstmädchen ins Kinderzimmer geführt worden – ausgerechnet ins *Kinder*zimmer! – während Cedric, Lucien, Lady Rochester und Miss Burns an diesem Morgen Tee gemeinsam tranken. Am Nachmittag übte Lysandra ihre Stickkunst, und die anderen Kinder, Linus, Audrey und sie, wurden nach draußen geschickt, um in den Gärten zu spielen, solange das Wetter noch schön war. Horatia stieß einen Seufzer aus, der unterbrochen wurde, als sich zwei große Hände über ihre Augen legten.

„Rate, wer ich bin?", fragte eine volle Stimme mit einem leisen, verspielten Kichern. Horatias Herz setzte für einen Moment aus, dann schlug es flatternd wie ein Kolibri weiter.

„Lord Rochester?" Sie wusste, dass er es war. Sie könnte tausend Jahre lang blind gewesen sein und würde seine Stimme und seinen Duft von Sandelholz und Kiefer dennoch erkennen. Die Nähe zu ihm erinnerte sie irgendwie an Weihnachten, selbst im Frühling.

„Woher in aller Welt wusstest du, dass ich es bin, du kleiner Wildfang?" Normalerweise hätte es ihr nicht gefallen, so genannt zu werden, aber als er sie losließ, um an ihren braunen Locken zu ziehen und zu beobachten, wie sie in ihre ursprüngliche Form zurücksprangen, schien es kaum eine

Rolle zu spielen, wie er sie nannte. Ihr Kopf war nach hinten geneigt. Er war so herrlich groß, wie Achilles aus der Ilias. Mit seinem tiefroten Haar und den warmen, haselnussbraunen Augen war er ein Gott, oder zumindest einem Gott sehr ähnlich.

Horatia spürte eine Regung in ihrem Inneren, die sie nicht verstand. Bei jedem anderen hätte dieser Sturm körperlicher Empfindungen sie erschreckt, aber nicht bei Lucien. Wann immer sie bei ihm war, vertraute sie ihm blindlings, sie betete ihn an, und nichts konnte dieses Vertrauen zerstören, nicht einmal das Erwachen der Frau in ihr.

„Genießt du die Sonne, kleine Horatia?" Er griff nach ihrem Kopf und strich mit einer Hand durch ihr Haar. Das war der Preis, den sie dafür zahlte, dass sie sich weigerte, eine dieser schrecklichen Hauben zu tragen.

„Ja, das Wetter ist herrlich", antwortete sie in einem, wie sie hoffte, reifen Ton. Sie wagte es sogar, das Kinn dabei hochmütig zu heben, aber Lucien lachte, als würde er sie durchschauen.

„Ich verbringe den ganzen Tag damit, mit Erwachsenen über Wirtschaft, Politik und andere langweilige Themen zu sprechen, also tu mir bloß nicht an, erwachsen zu werden." Er grinste und griff nach ihrer Hand, und sie reichte sie ihm ohne zu zögern. „Nun lass uns im Garten spazieren gehen und über alles andere sprechen. Was sagst du dazu?"

„Nur wenn Ihr mir versprecht, mir von Euren durchtriebenen Eroberungen zu erzählen", sagte Horatia kühn mit einem Funkeln in ihren Augen.

Luciens Griff um ihre Hand wurde fester, und er brachte sie ruckartig zum Stehen. Entsetzt schaute er auf sie herab.

„Und was weißt du von meinen durchtriebenen Eroberungen?", fragte er ein wenig unsicher.

„Nicht viel, fürchte ich. Niemand erzählt mir etwas." Horatia biss sich nervös auf die Unterlippe, weil sie befürchtete, dass ihre Kühnheit sie in Schwierigkeiten gebracht hatte.

„Und das wird auch so bleiben", antwortete er und setzte den Spaziergang fort.

„Und worüber sollen wir dann reden?" Horatia musste fast laufen, um mit ihm Schritt zu halten. Als sie um die Ecke der nächsten Hecke bogen, erstarrte Lucien. Miss Burns saß auf einer Steinbank, die Hände im Schoß gefaltet. Sie war beinahe perfekt, ihr Kleid war von einem tiefen Blau, das ihr blassblondes Haar und ihre braunen Augen vorteilhaft hervorhob. Horatia schluckte die aufkeimende Eifersucht hinunter, da sie wusste, dass sie nie so schön werden würde. Ihr Kinn war zu spitz, ihre Nase zu keck. Sie hatte keine der klassischen Züge, die Miss Burns unter ihrer Haube offenbarte.

„Entschuldigt die Störung, Miss Burns", sagte Lucien und lächelte die junge Frau an. Ein Schmerz durchfuhr Horatias Brustkorb. Etwas fühlte sich falsch an. Es war... es fiel ihr schwer zu atmen.

„Mylord, wie schön, Euch zu sehen." Miss Burns lächelte zurück, und Luciens Griff um Horatias kleine Hand lockerte sich.

Ein überwältigendes Gefühl der Angst durchflutete sie. Jede Faser ihres Seins schrie, dass das nicht richtig war.

„Äh, du solltest gehen, Horatia. Ich bin sicher, die anderen Kinder suchen dich." Er ließ ihre Hand los und tätschelte ihr brüderlich auf den Kopf, und besiegelte damit ihr Schicksal. Er hätte sie genauso gut ohrfeigen können, so stark brannte sein achtloser Abschied.

„Ja, geh spielen", sagte Miss Burns, bevor sie ihr breites Lächeln wieder Lucien zuwandte, der sich zu ihr auf die Bank setzte.

Horatia fühlte sich, als wäre ihr der Boden unter den Füßen weggezogen worden. Lucien schenkte ihr jedoch keine Beachtung mehr. Er griff hinüber und legte seine Hand auf die von Miss Burns, und sein Daumen streichelte langsam ihr Handgelenk. Miss Burns errötete und kicherte.

Horatia floh.

Noch einen Moment länger hier und sie war sich sicher, sie würde sterben.

Sie rannte so verzweifelt, dass sie nicht aufpasste, wohin sie lief, und prallte mit Lady Rochester zusammen. Die reizende Hausmutter machte einen Schritt zurück, berührte Horatias Kinn und hob ihr Gesicht an.

„Was ist los, Liebes?", fragte sie.

Horatia war den Tränen nahe. „Nichts", keuchte sie und versuchte zu atmen.

„Es ist ganz sicher nicht nichts. Sag mir sofort, was dich so aufwühlt. Es muss etwas Ernstes sein, wenn eine wohlhabende junge Dame wie du so verzweifelt ist." Lady Rochester war immer so nett zu ihr und Audrey gewesen. Es war, als versuchte sie, Horatias Mutter zu ersetzen, obwohl sie sehr wohl wusste, dass dies unmöglich war, aber Horatia liebte sie dafür.

„Es ist Miss Burns. Ich kann sie nicht ausstehen. Und er mag sie auch noch!" Es schien keine besseren Worte zu geben, um ihr Leid auszudrücken.

„Du meinst Lucien?", fragte Lady Rochester.

Horatia brachte ein zittriges Nicken zustande. „Er ist gerade bei ihr. Sie hielten Händchen."

Lady Rochesters Augenbrauen hoben sich. „Tun sie das? Oh nein. Das können wir auf keinen Fall zulassen."

„Was?" Das hatte Horatia nicht von Lady Rochester erwartet. Miss Burns war immerhin ihr Gast.

„Wir können Lucien nicht erlauben, sich mit einer Frau ihrer Sorte einzulassen. Das geht nicht."

„Eine Frau ihrer Sorte?", wiederholte Horatia leise. War sie etwa niederer Herkunft? Oder noch schlimmer, war sie Französin?

Lady Rochester seufzte und nahm Horatias Hand.

„Miss Burns ist hübsch, wohlhabend und gebildet, aber sie ist keine gute Frau. Ich bin zwar mit ihrer Mutter gut befreundet, aber dieses Ding? Ich will sie nicht zur Schwiegertochter. Sie hasst Kinder. Ich habe einmal gesehen, wie sie Linus den Arm verdreht hat, damit er sich benimmt. Disziplin ist das eine, aber Misshandlung ist etwas ganz anderes, und ein gutes Elternteil kennt den Unterschied. Ich schaudere bei der Vorstellung, was meine Enkel unter ihrer Obhut erleiden würden. Deshalb müssen wir sie aufhalten."

„Wir werden sie aufhalten?", fragte Horatia erstaunt, und Hoffnung stieg in ihrer Brust auf.

„Natürlich werden wir das. Mein Sohn ist zu geblendet von Miss Burns' Charme, um die Bedürfnisse seines Herzens zu erkennen."

„Wie stellen wir das an?" Horatias Ton war todernst geworden. Lucien war das Bedürfnis *ihres* Herzens, und sie würde alles tun, um ihn vor einer so schrecklichen Frau zu bewahren.

„Ich weiß es nicht. Wir müssen uns etwas einfallen lassen. Jetzt trockne deine Augen, sei ein braves Mädchen und geh die anderen suchen. Ich bin sicher, dass Linus und Audrey nichts Gutes im Schilde führen. Ich erwarte, dass du jeden Unfug, den sie ausgeheckt haben, verhinderst." Lady Rochester lächelte sie aufmunternd an. Sie behandelte Horatia immer wie die Erwachsene, die sie gern schon wäre.

Horatia betrat erneut die Gärten und mied den Weg, der sie dorthin zurückführen würde, wo Lucien und Miss Burns saßen. Schließlich stieß sie auf einen weißen Pavillon, der auf einer Seite mit einem mit Rosen bewachsenen Spalier bedeckt war. Dieses paradiesische Fleckchen wurde von einem kleinen Jungen in ihrem Alter und der Hälfte ihrer Reife gestört. Linus kletterte gerade mit einem großen Wassereimer aus Metall das Spalier hinauf. Es schwappte, als er das Dach des Pavillons erreichte und damit außer Sichtweite geriet. Audrey wartete am unteren Rand des Spaliers darauf, dass er zurückkam. Ihre weiße Schürze war mit Erde beschmutzt, und ihre Wangen waren rosig, als sie zusah, wie der Meister des Schabernacks wieder herunterkletterte.

„Linus, was machst du da?", fragte Horatia.

Linus lachte. „Wir werden diese Wassereimer auf die nächste Person ausschütten, die den Pavillon betritt." Sein Ton war übermütig, als er den zweiten Eimer in der Hand schwenkte.

„Das werdet ihr nicht tun. Deine Mutter hat mich beauftragt, euch von solchem Unfug abzuhalten. Jetzt geh wieder da rauf und hol den anderen Eimer herunter." Horatia stampfte mit dem Fuß auf.

„Nein, tu du es doch", forderte er sie heraus. „Es sei denn, du hast Angst."

„Na schön, dann hole ich ihn eben." Horatia stürmte an ihm vorbei und kletterte das Spalier hoch. „Ihr beide geht zurück zum Haus." Sie rutschte ein paarmal ab und holte sich Schnitte und Kratzer an ihren Händen, wo die Dornen in ihre Haut stachen. Sie war fast oben, als sie Stimmen hörte. Linus und Audrey streckten ihr die Zungen heraus und rannten davon und überließen sie wem auch immer da kam. Sie würde Ärger bekommen, weil sie hier hochgeklettert war, selbst wenn sie nur versucht hatte, Linus' finstere Machenschaften zu vereiteln. Sie sollte sich besser verstecken. Sie kletterte die letzten Zentimeter auf das Dach hinauf. Der Wassereimer stand in der Nähe des Lochs in der Mitte. Horatia sah, wie Lucien und Miss Burns sich dem Pavillon näherten, ihn betraten und dann genau in der Mitte stehenblieben. Horatia hielt den Atem an, weil sie Angst hatte, sich zu erkennen zu geben, wenn sie sich bewegte.

„Miss Burns, darf ich Euch etwas fragen?", setzte Lucien an.

„Ja, natürlich", antwortete Miss Burns mit melodischer Stimme. Horatia beobachtete mit einer Mischung aus Entsetzen und Abscheu, was sich unter ihr abspielte.

„Wir kennen uns seit zwei Monaten, und ich habe unsere gemeinsame Zeit sehr genossen. So unangemessen es auch ist, Euch zu fragen, ohne vorher mit Eurem Vater gesprochen zu haben, würdet Ihr in Erwägung ziehen, mich zu heiraten?"

Horatia wusste, dass Lucien Miss Burns eines seiner charmantesten Lächeln geschenkt haben musste.

„Ihr wollt mich heiraten?", war die nicht so überraschte Antwort von Miss Burns.

Horatia steckte sich eine Faust in den Mund, um nicht zu schreien. Er konnte sie nicht heiraten, er durfte es einfach nicht tun! Er musste daran gehindert werden, koste es was es wolle. Horatia packte den Wassereimer und kippte ihn um. Das Wasser floss in einem ordentlichen Schwall über Miss Burns' Kopf. Horatia konnte nicht an sich halten und ließ den Eimer ebenfalls durch das Loch fallen. Sei es nun durch Gottes Hand oder die Gnade des Teufels, auf jedem Fall landete der Eimer perfekt auf ihrem Kopf und passte ihr wie ein mittelalterlicher Ritterhelm.

„Herrgott nochmal!", brüllte Lucien, als Miss Burns einen durchdringenden Schrei ausstieß, der durch das Metall hallte.

Horatia konnte sich das Lachen nicht verkneifen. Miss Burns nahm den Eimer vom Kopf, nur um die Treppe hinunterzustolpern und mit dem Gesicht voran in ein Blumenbeet zu stürzen. Mit einem weiteren Wutschrei stürmte sie zurück in die Gärten. Lucien machte ein paar Schritte in ihre Richtung, als wollte er ihr folgen, blickte dann aber auf und erspähte Horatia durch das hölzerne Pavillondach.

„Horatia Sheridan, komm sofort herunter!" Er stürmte aus dem Pavillon.

Horatia kletterte wieder vom Dach, wobei ihr ganzer Körper wie Espenlaub zitterte. Als sie in seiner Reichweite war, packte Lucien sie an der Taille und riss sie aus dem Spalier. Horatia spürte, wie die Dornen ihre Haut ritzten, aber sie brachte keinen Laut über die Lippen, nicht einmal vor Schmerz.

„Warum hast du das getan?", knurrte er mit glühenden, haselnussbraunen Augen.

Sein Ton erschreckte sie, und sie schluckte leer. „Ich..." Sie umklammerte ihre Röcke und wich zurück.

„Raus mit der Sprache!"

Er würde ihr nie wehtun, nicht körperlich, aber die Vorstellung, dass er wütend auf sie war, ließ ihr Herz wild gegen ihre Rippen schlagen.

„Ihr könnt sie nicht heiraten", bettelte sie.

„Was?" Lucien sah gleichzeitig wütend und verwirrt aus.

„Sie ist schrecklich. Ihr könnt sie nicht heiraten. Ihr dürft es nicht."

„Wen ich heirate, ist allein meine Sache. Verstehst du? Das geht dich nichts an."

„Aber ich liebe Euch." Sie hatte diesen Gedanken noch nie laut ausgesprochen, hatte bisher nicht einmal selbst gewusst, dass sie so eindeutig für ihn empfand. Aber als sie die Worte aussprach, wusste sie, dass sie wahr waren. Mit vierzehn hatte sich Horatia in Lucien verliebt.

Die Worte brachten Lucien zum Schweigen, aber nicht lange. „Du hast keine Ahnung von der Liebe. Du bist noch ein Kind", spie er aus.

Sie sah mit gequälten Augen zu ihm auf, und die Demütigung überwältigte sie und brach ihr das Herz. Sie schlug eine Hand vor den Mund, um ihren Schmerzensschrei zu unterdrücken, sowohl den ihres Körpers als auch den ihrer Seele.

„Ich... es tut mir leid", schluchzte sie. Tränen verschwommen ihr die Sicht, und Schmerz begleitete jede ihrer Bewegungen.

Lucien sah sie nicht an, sondern schaute stur geradeaus.

Miss Burns war zum Pavillon zurückgekehrt und hatte alles gesehen. Sie warf ihnen beiden einen hasserfüllten Blick zu und wandte sich ab.

Lucien fluchte leise. „Mach dir nicht die Mühe, dich zu entschuldigen. Was du heute getan hast, ist unverzeihlich."

Er machte auf dem Absatz kehrt und jagte Miss Burns hinterher.

Horatia blieb mehrere Minuten lang auf dem Boden des Pavillons sitzen und zitterte. Etwas tief in ihrer Brust schien zu zerbrechen, und erst als sie sich endlich daran erinnerte zu atmen, wurde ihr klar, dass es ihr Herz gewesen sein musste.

KAPITEL 16

Horatia hasste es, dass die schlimmsten Augenblicke dieser Erinnerung ihr immer noch die Kehle zuschnürten. Als sie höfliches Husten hörte, wirbelte sie herum. Lucien lehnte ein paar Meter weiter entfernt an der Wand und beobachtete sie.

„Geht es dir gut?", fragte er, stieß sich von der Wand ab und kam auf sie zu.

„Ja, es geht mir gut."

Lucien runzelte die Stirn, berührte ihr Kinn und drehte ihren Kopf zu sich.

„Ich merke immer, wenn du lügst", sagte er, als ob ihn diese Erkenntnis selbst überraschte.

„Ja. Ich hasse das." Sie musste von ihm fort. Sie brauchte Luft zum Atmen.

Sie wandte sich von ihm ab und suchte sich ein beliebiges Zimmer, um sich vor ihm zu verstecken. Sie schloss die Tür und schob den Riegel vor, und erst als er den Knauf betätigte und nicht hineinkam, entspannte sie sich. Sie lehnte sich an die Tür und hörte, wie er sich entfernte. Ihr Herzschlag verlangsamte sich in ihrer Brust.

Plötzlich schwang eines der Bücherregale im Arbeitszimmer auf. Lucien kam aus der Öffnung und schob das Regal grinsend wieder an seinen Platz. Horatia sah ihn mit offenem Mund an. Rochester Hall hatte Geheimgänge? Wieso hatte sie nichts davon gewusst? Als Kind hätte sie wirklich neugieriger sein sollen.

„Warum hasst du es, dass ich dich so leicht durchschauen kann?", fragte er.

Horatia musterte den Raum mit einem leichten Stirnrunzeln. Dies war Luciens Arbeitszimmer. Sein Duft erfüllte den Raum, und ein unordentlicher Stapel Briefe lag auf seinem großen Schreibtisch. Sie hätte keinen schlechteren Ort wählen können, um ihm zu entkommen. Er war einfach überall. Und sie würde sich nirgendwo auf dem Anwesen vor ihm verstecken können. Es gab wahrscheinlich überall im Haus Durchgänge, die alle Räume miteinander verbanden.

„Lucien, könntet Ihr mich bitte einfach in Ruhe lassen? Ihr habt Euren Frieden mit mir geschlossen und ich mit Euch. Können wir es nicht dabei belassen?" Sie drehte ihm den Rücken zu, aber er schmunzelte und kam näher.

„Meine liebe Horatia, ich fürchte, du und ich sind wie England und Frankreich. Wir streiten und kämpfen pausenlos, und darin liegt der Reiz unserer Beziehung." Er strich eine widerspenstige Locke zurück, die über ihre Schulter gefallen war. Sie zuckte zusammen, aber nicht aus Unmut. Sie konnte selbst den leisesten Hauch seiner Körperwärme nicht mehr ertragen, ohne sich in seine Arme werfen und um einen Kuss flehen zu wollen.

„Ich bin es leid, mit Euch zu kämpfen, Lucien. Es hat mir nur Kummer bereitet." Sie ging zum Fenster hinter seinem Schreibtisch und blickte über die schneebedeckten Gärten. Die Blumen waren alle verwelkt und in Eis gehüllt, und es fiel ihr auf, wie sehr sie mit diesen Blumen mitfühlte. Ihr Herz fühlte sich ähnlich an, verwelkt und gefroren. Aber Lucien ließ sie nicht allein. Er war direkt hinter ihr, seine Wärme strahlte in süßen Wellen von ihm ab und hüllte ihren Rücken ein.

„Dann werde ich dich allein lassen, aber nur, wenn du mir erlaubst, zuerst den Brauch zu ehren. Ich habe gehört, dass es Pech bringt, solche Dinge zu ignorieren." Sein Atem strich über ihren Hals und jagte erregende Schauer durch sie. Wer hätte gedacht, dass das Wort Brauch so verführerisch sein kann? Horatia wirbelte herum, um ihn anzusehen, und ihre Nase streifte die seine, da sie nicht bemerkt hatte, wie nahe er hinter ihr gestanden hatte.

„Welcher Brauch", fragte sie.

Luciens Augen wanderten nach oben, zu etwas über ihren Köpfen. Ein Mistelzweig, der über dem großen Fenster ins Holz gesteckt worden war.

„Aber wenn jemand hereinkommt und uns sieht..." Sie verstummte, als ihr Blick auf seine Lippen fiel.

„Dies ist mein Arbeitszimmer. Niemand wird uns stören. Außerdem hast du die Tür abgeschlossen." Er streckte die Hand aus, um mit seinen Fingerknöcheln über ihre Wange zu streichen, und dann glitten seine Fingerspitzen zu ihrem Nacken, wo sich seine Hand schließlich um ihren Hinterkopf legte. Er liebkoste ihre Kopfhaut in langsamen, zärtlichen Bewegungen, während er sie näher an sich zog. Als sie sich an seinen Körper schmiegte, legte sich seine andere Hand fest um ihre Taille. Sie stöhnte, und er fing den Laut mit seinen Lippen auf und eroberte sie mit seiner besitzergreifenden Zunge.

„Ich wollte das schon den ganzen Tag machen", sagte er zwischen genüsslichen Küssen.

„Wirklich?", fragte sie schwach und kam ihm mehr entgegen, als es klug oder schicklich war.

„Gott ja!" Die Hand um ihre Taille wanderte zu ihrem Hinterteil herab und packte es fest. Er drückte sie gegen den

Ausdruck seines Verlangens. „Habe ich dir gesagt, wie gut du schmeckst?", murmelte er und strich neckend über ihre Lippen. Horatia schüttelte den Kopf. „Du schmeckst himmlisch und sündig zugleich." Er zeichnete mit der Zunge eine Linie zu ihrem linken Ohr und zog mit seinen Zähnen sanft am Ohrläppchen.

Horatias Knie gaben nach. Sie umklammerte seine Oberarme, damit sie nicht wie eine Stoffpuppe zusammensackte. Herr im Himmel, was er alles tun konnte, um sie schwach zu machen! Hatte sie nicht erst an diesem Morgen beschlossen, ihn hinter sich zu lassen?

„Lucien", keuchte sie.

„Lucien, ja, oder Lucien, hör auf?" Er strich mit einer Fingerspitze durch die Seide ihres Kleides über die gehärtete Knospe ihrer rechten Brust.

„Mehr", war alles, was sie herausbrachte.

Mit einem sehnsüchtigen Knurren drängte er sie in die Ecke zwischen seinen Bücherregalen und der Wand. Er ließ eine Hand zu ihren Röcken gleiten und zog sie hoch, um einen ihrer Schenkel zu fassen. Mit einer schnellen Bewegung entblößte er ihr Bein und schlang es um seine Hüfte, damit er näher an die einladende Wiege ihres Körpers gelangen konnte. Ihr Kopf fiel nach hinten, sodass ihr Hals entblößt war. Er verschlang ihre Haut wie ein Verhungernder und bedeckte sie mit Küssen.

Die körperliche Nähe zu ihm war atemberaubend und berückend. Horatia verlor sich in Luciens Verführung. Wie konnte sie jemals geglaubt haben zu wollen, dass er sie in Ruhe ließ? Für einen einzigen Kuss von ihm würde sie durchs Feuer gehen, für einen leidenschaftlichen Blick von ihm würde sie ihren dunkelsten Albträumen trotzen. Alles, was Horatia in diesem Moment denken konnte, war, dass sie alles für ihn tun würde. Auch nach all den Jahren hatte sich nichts daran geändert – wie hätte sie sich also vom Gegenteil überzeugen können?

LUCIEN KONNTE SICH NICHT ZURÜCKHALTEN. IHRE HÄNDE griffen in sein Haar, und ihr seidiger Mund begrüßte seine Zunge mit einer kühnen Leidenschaft, wie er sie er noch nie bei einer Frau erlebt hatte. Er hatte unzählige Geliebte gehabt, aber keine hatte ihre Beherrschung so vollständig aufgegeben wie Horatia. Doch dabei verlor sie sich nicht selbst. Sie war immer noch Horatia, von ihren weichen kastanienbraunen Haaren bis zu den Spitzen ihrer blauen Schuhe. Aber als sie ihn küsste, schlug sie Vorsicht, Moral und Zurückhaltung auf eine Weise in den Wind, die ihm keine andere Wahl ließen, als sie unbedingt besitzen zu wollen.

Er war bisher immer stolz auf seine Selbstbeherrschung gewesen. In letzter Zeit schien er indes nur wenig davon zu haben, und Horatia setzte den letzten Rest auf eine harte Probe. Er wollte so tief in sie versinken, dass er sie nie wieder verlassen müsste, wollte sich in ihren Augen verlieren und in der Symphonie ihrer atemlosen Schreie ertrinken. Während der ganzen Kutschfahrt nach Kent hatte er an nichts anderes gedacht. Jedes Mal, wenn eine Locke ihres Haares von der holprigen Straße aufgescheucht wurde, hatte er neidisch zugesehen, wie sie ihre Brüste streichelte. Als sie eingeschlafen war, waren ihre herzförmigen Lippen weicher geworden. Normalerweise umspielte diese Lippen in seiner Gegenwart immer ein ernster Zug. Oh, all die Dinge, die er mit diesen Lippen machen wollte, ließen ihn hilflos aufstöhnen, als er sich noch fester gegen sie presste.

Durch den Dunst seines Verlangens nahm Lucien plötzlich eine Stimme wahr, die seinen Namen rief, und es war nicht Horatia. Es war, als stürzte ein Eimer kaltes Wasser auf seinen Kopf, gefolgt vom Eimer selbst. Cedric stand vor der Tür des Arbeitszimmers.

„Lucien, du Teufel! Wohin bist du verschwunden?" Mit tiefem Bedauern wich er von Horatia zurück und hielt einen Finger an die Lippen, damit sie schwieg.

„Schnell, unter meinen Schreibtisch", flüsterte Lucien heiser.

Horatia suchte Zuflucht unter dem Schreibtisch. Sie war noch nie dankbarer gewesen, dass es sich um ein großes, sperriges Möbelstück handelte und nicht etwa um ein dünnbeiniges, zierliches Gestell. Sie raffte ihre Röcke zusammen und machte sich möglichst klein, während Lucien die Tür aufschloss. Er baute sich anschließend vor dem Schreibtisch auf, um die Sicht auf die kleine Lücke zwischen Schreibtisch und Boden zu versperren. Horatia hielt den Atem an, als ihr Bruder die Tür zum Arbeitszimmer öffnete und eintrat.

„Da bist du ja! Ich dachte, wir spielen vielleicht eine Partie Billard, um uns die Zeit vor dem Abendessen zu vertreiben. Was sagst du dazu?", bot Cedric ihm hoffnungsvoll an.

Horatia hörte, wie Lucien sich räusperte. „Äh, ja. Ausgezeichnet. Geh schon einmal vor, ich werde gleich nachkommen. Ich habe nur einen Brief, den ich zuerst lesen muss."

„Geht es dir gut, Lucien? Du siehst ein bisschen durcheinander aus."

„Natürlich. Das ist meine normale Reaktion auf das Gezeter meiner Mutter über die Ehe, egal wer das derzeitige Ziel ihres verbalen Angriffs sein mag."

Cedric lachte. „Das kann ich gut verstehen. Ich werde im Billardzimmer auf dich warten." Sie hörte, wie die Tür ins Schloss fiel.

Lucien atmete langsam aus und Horatia tat es ihm nach. Sie wollte nicht daran denken, was passiert wäre, wenn Cedric die Tür unverschlossen vorgefunden hätte. Lucien half ihr unter dem Schreibtisch hervor. Er hielt sie einen Moment fest, während er sie mit einem kritischen Blick inspizierte. Dann wanderten seine Hände zu ihren Haaren, zogen vereinzelte Strähnen wieder an ihren Platz und steckten Nadeln fest.

„Besser", sagte er, während er sie weiter zurechtmachte.

„Habt Ihr viel Übung darin?" Sie bereute die Worte im gleichen Augenblick, in dem sie ihr über die Lippen kamen.

Lucien zog eine Braue hoch. „Möchtest du, dass ich es leugne?"

Sie würde ihn nie bitten, zu leugnen, wer er war. Sie liebte alles an ihm, sogar die verruchten Seiten. „Nein."

„Fertig, Ich denke, das sollte reichen." Er trat zurück, um sie wieder kühl und distanziert zu mustern. Es war unglaublich frustrierend, wie schnell seine Stimmung umschlug.

„Du kannst den Geheimgang benutzen. Er endet weiter unten im Flur. Bitte entschuldige mich. Ich hätte dir das nicht antun sollen. Du verdienst es nicht, in meinem Haus derart überrumpelt zu werden. Ich verspreche, dass es nicht wieder vorkommen wird." Bevor Horatia darauf eine Antwort finden konnte, war er auch schon verschwunden.

„Das ist ein Versprechen, von dem ich wünschte, du hättest es nicht gegeben", sagte sie ins leere Arbeitszimmer hinein.

Horatia verharrte in Luciens Arbeitszimmer und musterte die Bücherregale. Es gab einen Abschnitt in der Nähe des Fensters, der ihr besonders ins Auge fiel. Sechs Bücher waren ordentlich nebeneinander angeordnet, und jeder Titel war ihr vertraut. Unter ihnen waren *Lady Eustace and the Merry Marquess*. Diese sechs Bücher entsprachen genau denen, die er ihr in den vergangenen sechs Jahren zu Weihnachten geschenkt hatte. Neugierig grub Horatia einen Zeigefinger in Lady Eustaces Wirbelsäule und zog den Band aus dem Regal.

Sie öffnete ihn und fand auf der Titelseite folgende Inschrift: „Geschenk an Horatia Sheridan, 1819". Er dokumentierte seine Geschenke an sie? Zu welchem Zweck?

Sie untersuchte die anderen fünf Bücher und fand darin ähnliche Anmerkungen, und jedes Buch sah zerlesen aus. Horatia hatte plötzlich die erstaunliche Vision von Lucien, der jedes Buch so las, wie sie es tat, als ob er ausprobieren wollte, was sie bei der Lektüre jedes Romans empfinden würde. Es war ein ausgesprochen wundervoller Gedanke zu wissen, dass er sich so sehr bemühte, mit ihr in Berührung zu kommen, selbst auf so indirekte Weise. Die Enttäuschung über sein Versprechen, sie nicht wieder zu verführen, ließ angesichts dieser kleinen Schätze nach.

Als Horatia Luciens Arbeitszimmer schließlich verließ, fand sie sich nicht allein im Flur wieder. Lady Rochester verließ gerade das Zimmer auf der gegenüberliegenden Seite des Flurs.

„Horatia." Sie winkte Horatia zu sich heran. Horatia schluckte unbehaglich, als sie sich Luciens Mutter näherte.

„Du wirst rot, meine Liebe", bemerkte Lady Rochester. „Du brauchst dir keine Sorgen zu machen, dass ich dich ausfragen werde. Ich vermute, dass mein Sohn damit zu tun hat."

„Linus?"

Lady Rochester warf ihr einen Blick zu, der zu fragen schien, für wie dumm Horatia die Lady hielt.

„Wir wissen beide, dass du Lucien seit deiner Kindheit liebst. Machen wir uns nicht länger etwas vor. Komm mit mir mit. Du und ich werden uns unterhalten."

„Aber..."

„Keine Widerrede, Horatia. Ich bin eine alte Frau und daran gewöhnt, meinen Willen durchzusetzen."

Horatia versuchte, ihr Staunen nicht zu zeigen. Lady Rochester war zwar in den Fünfzigern, aber sie schien alles andere als alt zu sein. Sie folgte der Lady in einen Raum ein paar Türen weiter, ein kleines, privates Zimmer.

„Setz dich, Horatia, und mach um Himmels willen nicht so ein ängstliches Gesicht. Ich werde dich nicht beißen." Lady Rochester setzte sich ihr gegenüber auf eine blassblaue Chaiselongue.

„Du bist also immer noch in meinen Sohn verliebt." Horatia antwortete nicht. „Willst du ihn für dich gewinnen?"

„Ich denke, ich kann mit Gewissheit sagen, dass ich nie die Chance dazu haben werde."

Lady Rochester schlug mit überraschender Wucht auf ihre Armlehne. „Unsinn. Er ist absolut anfällig für deine Sorte."

„Für meine Sorte?" Horatia gefiel der Klang dieser Bemerkung in Zusammenhang mit ihrer Unterhaltung nicht sonderlich.

„Du bist klug, schön und eine Herausforderung für ihn. Er merkt es vielleicht nicht, aber er wird nicht zufrieden sein, bis er dich hat. Gehe ich richtig in der Annahme, dass er dich noch nicht vollständig verführt hat?"

Horatia spürte, wie sich ihr Kopf drehte, ihr, die in ihrem ganzen Leben nie die Neigung gehabt hatte, in Ohnmacht zu fallen. „Es tut mir leid, Lady Rochester, aber Eure Frage..."

„Ach komm schon, Horatia. Wir sind Frauen von Welt. Die Gesellschaft möchte uns etwas anderes glauben machen, aber diese Themen sollten häufiger diskutiert werden. Ich habe meine Kinder ermutigt, ihre Neugierde oder Freude am Liebesakt nie zu verbergen. Zum Teufel mit der moralischen Gesellschaft und ihrem unsinnigen engstirnigen Anstand. Gäbe es in solchen Angelegenheiten ein bisschen mehr Kühnheit und viel mehr Offenheit, hätten die Leute es viel leichter, gute Ehen zu schließen."

Lady Rochesters schwaches Lächeln erinnerte Horatia an Lucien. Er kam in Aussehen und Charakter nach ihr.

„Er hat dich also nicht kompromittiert. Vollständig, meine ich?"

„Nein, Lady Rochester, wir haben nicht...", brachte sie schließlich heraus.

„Das wird uns die Sache erheblich erleichtern."

„Wie bitte?", brachte Horatia hervor.

„Er hatte dich noch nicht. Er begehrt dich eindeutig. Wenn wir diese Versuchung der verbotenen Frucht zu unserem Vorteil nutzen, erlebe ich vielleicht doch noch eine Hochzeit vor meinem Tod."

„Ich möchte ihn nicht in mit einer List in die Ehe zwingen. Er würde mich verachten. Ich will auf keinen Fall etwas tun, das seinen Zorn noch einmal auf mich zieht."

Diese Aussage hatte eine große Wirkung auf Lady Rochester. „Was hast du denn bislang getan, um seinen Zorn auf dich zu ziehen?"

Horatia lachte bitter. „Ich dachte, das ganze Haus wüsste es. Ihr wisst wirklich nicht, warum Lucien in den letzten sechs Jahren so kalt zu mir war?" Lady Rochester schüttelte den Kopf. „Erinnert Ihr Euch an meinen letzten Besuch hier, als ich vierzehn war?"

„Natürlich. Ich habe mich oft gefragt, warum du und Audrey nicht mit Cedric zurückgekehrt seid, wenn er danach zu Besuch kam. Aber andererseits war dein Bruder immer ein bisschen überfürsorglich, und ich habe gesehen, wie Väter und Brüder im Namen guter Absichten ähnlich fehlgeleitete Dinge taten."

„An dem Tag, an dem Ihr mich in den Gärten gefunden habt, verstört vom Anblick von Lucien mit Miss Burns, ertappte ich kurz darauf Linus dabei, wie er einen Eimer Wasser auf den Pavillon stellte. Ich kletterte selbst aufs Dach, um den Eimer herunterzunehmen. Aber Lucien wählte just diesen Moment, um Miss Burns in den Pavillon zu bringen und ihr einen Heiratsantrag zu machen. Ich handelte überstürzt und kindisch und kippte den Eimer über ihren Kopf. Sie rannte davon, und Lucien schrie mich an. Ich sagte ihm, dass ich ihn liebe, und er lachte mich aus. Er gibt mir die Schuld daran, dass Miss Burns ihn nicht geheiratet hat, und seit jenem Tag leide ich darunter. Deshalb kann ich ihn niemals für mich gewinnen."

Während der ganzen Erzählung war Lady Rochester still und ruhig geblieben, aber am Ende der Geschichte war sie ungewöhnlich blass.

„Lady Rochester, geht es Euch gut?"

„Meine Liebe, es ist meine Schuld. Gott im Himmel, ich war es", rief Lady Rochester.

„Was meint Ihr, was ist Eure Schuld?"

„Als Miss Burns nass und wütend ins Haus kam, sahen Linus und Audrey sie. Mein Sohn verspottete sie, indem er einen leeren Eimer hochhob und schwenkte, und ich nahm an, dass er das Wasser über sie geschüttet hatte. Dann sah ich, wie sie meinen Sohn ohrfeigte. Da sagte ich ihr unmissverständlich, dass sie Rochester Hall sofort verlassen sollte. Ich sagte ihr, dass ich sie vernichten würde, wenn Lucien ihr weiterhin den Hof machte oder um ihre Hand anhielte und sie ihn nicht abwiese. Ich ließ ihr nicht den geringsten Zweifel daran, dass ich durchaus dazu imstande wäre. Ich hätte nicht gedacht, dass mein idiotischer Sohn dich auf so törichte Weise mit ihrer Abreise in Verbindung bringen würde."

Horatia wusste nicht, was sie dazu sagen sollte. In den letzten sechs Jahren hatte sie geglaubt, allein für das, was an diesem schrecklichen Tag passiert war, verantwortlich zu sein. Ihre Weltanschauung kippte wie eine losgelöste Kugel um ihre eigene Achse, und sie konnte nicht anders, als sich zu fragen, ob sie nur eine einzige Drehung davon entfernt war, völlig den Halt zu verlieren.

Lady Rochester ging zu Horatia hinüber und schlang die

Arme um sie. „Ich werde es wieder gutmachen. Ich hatte so große Hoffnungen, dass du einen meiner Söhne heiraten würdest, und ich möge verdammt sein, wenn ich mich einfach zurücklehne und meine Fehler nicht korrigiere. Du und ich werden Lucien zeigen, wie wunderbar du bist, und ich verspreche, dass er zur Besinnung kommen wird. Dann habe ich vielleicht Enkel, die ich im Alter lieben und verwöhnen kann.“

Horatia blinzelte ihre Tränen fort. Lady Rochester hatte mit solcher Überzeugung gesprochen, dass Horatia für einen Augenblick wahrhaftig daran glaubte, es schaffen zu können.

„Und nun lass uns unsere Augen trocknen und deine Schwester finden. Ich bin sicher, was wir alle jetzt brauchen können, ist ein schöner Ausflug. Vielleicht nach Hexby. Dort gibt es einen anständigen Schneider und eine talentierte Hutmacherin, die deiner Schwester bestimmt gefallen wird.“

Lady Rochester begleitete Horatia in den Gang hinaus und bestand darauf, dass sie dort wartete, bis Audrey gefunden worden war. Horatia blieb allein zurück und nutzte diesen Moment, um sich zu sammeln. Sie lauschte den fernen Stimmen von Lucien und Cedric, die lachten, während sie spielten. Es war so schön zu hören, wie sich die beiden amüsierten.

KAPITEL 17

In einem privaten Raum des Gentleman's Club Boodle's saß Sir Hugo Waverly auf einem Sessel und schwenkte ein Glas Brandy, während er sich Daniel Sheffords Bericht anhörte. Shefford war seit Jahren sein Mann. Loyal, hochqualifiziert und jemand, der alles tun würde, was für den König, das Vaterland oder seine… persönlicheren Vorlieben erforderlich war. Shefford stand vor Waverly und schilderte ruhig die Ereignisse, die sich am vorletzten Morgen zugetragen hatten, als Lord Lennox nur knapp dem Tod entkommen war.

„Es war mir gelungen, den Mann ausfindig zu machen, zu dem Ihr mich in den Garden geschickt hattet. Er sagte, Lord Lennox warte draußen, vermutlich, weil Ihr am Vorabend belauscht worden wart. Unser Mann vor Ort bestätigte, dass Rochester die Nacht zuvor im Garden gewesen war, was mir wahrscheinlich erscheint."

„Rochester war da?" Hugo runzelte die Stirn. Gab es denn in London keinen Ort, an dem er vor diesen verdammten Schurken Zuflucht finden konnte? Konnte er denn nirgendwo

Geschäfte machen, ohne über einen dieser Männer zu stolpern?

„Und was hat er getan, als er Lennox gesehen hat?"

„Er hat auf ihn geschossen. Die Madame des Gardens, die Lennox als besorgte Freundin zu Hilfe eilte, sagte, dass er in den Arm getroffen wurde. Es schien nicht lebensgefährlich zu sein, aber es war auch kein einfacher Streifschuss."

Es war ein Glück, dass Lennox nur eine leichte Wunde abbekommen hatte, aber es war nur eine Frage der Zeit, bis Lennox und seine Freunde endlich in der Erde verrotten würden. *Alles zu seiner Zeit*, mahnte er sich.

Shefford verschränkte die Arme vor der Brust. „Ich kehrte zu meinem Posten vor dem Sheridan-Haus zurück. Die Sheridans haben London allem Anschein nach verlassen, und meiner Quelle zufolge ist ihr Ziel Rochester Hall in Kent."

„Lord Rochester wurde also die Ehre zuteil, das Kindermädchen der Sheridan-Schwestern zu spielen? Wie amüsant! Ich wage zu behaupten, dass es die Dinge sehr erleichtert, wenn die Liga getrennt ist. Hat sich einer Eurer Männer eine Stelle gesichert?", fragte Waverly.

Shefford nickte.

Vor zwei Monaten hatte Shefford fünf Männer angeheuert, um die Reihen der Liga zu infiltrieren. Die meisten waren bereits in ihren Diensten untergekommen und versorgten ihn mit wertvollen Informationen. Sie würden nichts anderes tun, solange sie keine neuen Anweisungen erhielten. Einer der Männer hatte bisher nur in dem von der Liga besuchten Gentleman's Club eine Anstellung gefunden, aber gerade dieser Mann verfügte über ein vielversprechendes Potenzial, und im Gegensatz zu den anderen, über genau das richtige Maß an Verzweiflung. „Ausgezeichnet. Ich möchte Euch bitten, Sheridan und Lonsdale eine Nachricht zukommen zu lassen. Ich denke, es ist an der Zeit, dass wir beiden ein kleines Geschenk überbringen."

„Möchtet Ihr diese Nachricht an Lonsdales Haus in der Curzon Street schicken?"

„Ja. Ich bin mir sicher, dass dieser Narr Lennox das Stadthaus von Sheridan aufmerksam beobachtet, da es in der Nähe seines eigenen liegt. Ich möchte, dass Ihr Euch Zugang zu beiden Häusern verschafft und das tut, worin Ihr der Beste seid."

Alles fügte sich zusammen. Der Kern der Liga würde zur rechten Zeit zerstört und ihre Macht an schwächere Männer und unter weniger nahestehende Erben aufgeteilt. Und dann? Dann wäre der Rest ein Kinderspiel.

„Ich werde eine geeignete Nachricht übermitteln, Sir. Ist das alles?"

„In dieser Angelegenheit, ja, aber wir haben noch ernstere Dinge zu besprechen." Waverly wandte seine Aufmerksamkeit wieder seinem Drink zu.

Die Liga zu töten würde leicht sein, auch wenn er nichts überstürzen konnte, ohne sich der Gefahr einer frühzeitigen Entlarvung auszusetzen. Aber er hatte keine Eile. Er hatte dringlichere Anliegen, wie England zu beschützen, denn so hatte er sich seine Ritterschaft verdient. Spionageringe zu steuern, die sich über den Kontinent erstreckten, war keine leichte Aufgabe, und selbst einer von Rochesters Brüdern war Teil der verschiedenen Fangarme seiner Organisation, was einer gewissen Ironie nicht entbehrte.

Dies waren die Dinge, die Waverly wirklich wichtig waren und die er mit allen Mitteln beschützen würde. Die Liga hatte ihm so viel genommen. Sie hatten zwei Menschenleben auf dem Gewissen, und er betrachtete sie als persönliche Bedrohung und somit als Bedrohung für ganz England.

Normalerweise schaltete er eine Gefahr für seine Nation rasch und gnadenlos aus, aber das war hier nicht sein Ziel. Diese Männer verdienten... besondere Aufmerksamkeit. Er wusste, dass es von Schwäche zeugte, sich solchen Verstrickungen und Listen hinzugeben. Schlimmer noch, es war riskant. Aber andererseits machten gerade solche Risiken das Leben lebenswert. Sie waren ein Laster, aber eines, das ihm Antrieb und einen Sinn gab. In seinem Herzen wuchs ein Baum des Hasses heran, und er würde bald bittere Früchte tragen.

Er lenkte seine Aufmerksamkeit wieder auf Shefford. „Nun, wo stehen wir in der spanischen Angelegenheit? Es ist fast einen Monat her, seit Panama seine Unabhängigkeit erklärt hat. Wir müssen wissen, welche Auswirkungen dies auf ganz Europa haben wird. Ich will Männer in jedem Hof und Adelshaushalt haben, die wir erreichen können. Wenn Spanien in den Krieg ziehen will, um Panama zurückzuerobern, haben wir vielleicht die Gelegenheit, Spaniens Kontrolle über seine anderen Kolonien zu lockern und seine Bastionen zu zerstören.“

„Natürlich.“ Shefford wechselte mühelos das Thema, aber Waverly hörte kaum noch zu. Seine Gedanken wanderten wieder zur Liga und seinen Plänen für sie.

CEDRIC BEUGTE SICH ÜBER DEN BILLARDTISCH UND ZIELTE auf eine Kugel. „Sag mir die Wahrheit, Lucien.“

„Worüber?“ Lucien lehnte sich mit verschränkten Armen gegen die Tischkante.

„Ist es auch sicher kein Problem für dich, dass Horatia hier ist? Ich weiß, dass ich dich dazu gedrängt habe, sie wieder in dein Leben zu lassen, aber ich kann auch davon absehen. Ich hatte nur gehofft, dass inzwischen genug Zeit vergangen ist und wir das alles hinter uns lassen könnten.“ Cedric spitzte die Lippen und stieß die Kugel an. Er versenkte eine Grüne und grinste. Cedric war ein ehrgeiziger Mann und brillierte in fast allen Spielen und Sportarten.

„Du hattest jedes Recht, mich dazu zu drängen. Ich war

es, der stur und albern war." Nach allem, was sie gemeinsam durchgemacht hatten, würde Cedrics Schwester sie nicht auseinanderbringen, nicht, wenn er es verhindern konnte.

„Ich bin erleichtert, das zu hören", gab Cedric zu.

Keiner der Männer sprach eine Weile, und beide waren in Gedanken versunken. Lucien wurde von der schrecklichen Erinnerung an den Tag heimgesucht, an dem Cedrics Eltern gestorben waren.

Lucien wusste, dass Cedric im Sheridan-Stadthaus in der Curzon Street auf Audrey aufgepasst hatte, als ein Lakai herbeigerannt kam. Cedric sagte ihm einmal, dass sich ab diesem Moment alles wie in Zeitlupe abgespielt hatte. Der Lakai war knallrot im Gesicht gewesen, stammelte etwas über einen Kutschenunfall und platzte schließlich heraus: „Sie sind tot, Sir. Sowohl Lord als auch Lady Sheridan sind tot. Eure Schwester hat sich einen Arm gebrochen, ist aber am Leben. Lord Rochester war in der Nähe und half bei der Rettung Eurer Schwester."

Lucien würde den Moment nie vergessen, als er Horatia nach dem Unfall nach Hause gebracht hatte. Cedric war zwei Schritte in Richtung Tür gegangen, doch dann hatten seine Beine unter ihm nachgegeben, und er war auf die Knie gesunken. Lucien hatte Horatia versorgt und war dann zum Unfallort zurückgekehrt, um sich um die Leichen zu kümmern.

Die Leichen... waren nicht länger Lord und Lady Sheridan, wie er sie gekannt hatte. Er hatte es sich nicht erlauben können, sie als die beiden Herrschaften zu betrachten. Das konnte er erst viel später.

Als Lucien zurückgekehrt war, fand er Cedric im Salon auf einer Brokatcouch vor, einem Lieblingsplatz von Lady Sheridan, wenn sie stickte oder las. Er hielt die winzige, zehnjährige Audrey in seinen Armen. Sie sprach nicht und hatte auch danach ganze drei Monate lang kein Wort zu irgendjemandem geredet. Das Leuchten in ihren kleinen braunen Augen hatte sich so stark getrübt, dass sie täglich befürchteten, sie könnte den Verstand verlieren.

Er würde nie vergessen, wie er Horatia in seinen Armen gehalten hatte. Sie hielt ihren gebrochenen Arm, der geschient und verbunden worden war, kuschelte sich an ihn und wollte nicht losgelassen werden, bis Cedric ihr leise zuflüsterte, um sie zu trösten. Horatia hatte ihm bis heute nie von diesem Tag erzählt, davon, was in der Kutsche vor und nach dem Unfall passiert war. Manche Erinnerungen blieben wohl besser tief vergraben, und Lucien hatte sie nicht gedrängt.

Cedric war selbst völlig verloren gewesen und hatte viel zu jung das Amt des Oberhaupt seines Haushalts übernehmen müssen. Er wusste nichts von Kindererziehung, und die arme, liebliche Horatia hatte ihre Kindheit am Tag nach der Beerdigung ihrer Eltern abgeworfen, um Cedric zu helfen, Audrey großzuziehen. Lucien war an Cedrics Seite geblieben, hatte ihm geholfen, den Besitz seines Vaters zu ordnen und den Titel und die damit verbundene Verantwortung zu übernehmen. Niemand außer seinen Schwestern hatte jemals seine Trauer miterlebt. Er hatte sich seinen anderen Freunden gegenüber gefasst gezeigt, aber Lucien hatte Cedric weinen sehen wie einen kleinen Jungen, der kaum Laufen gelernt hatte. Diese Bindung, diese Stärke ihrer Freundschaft musste doch allem standhalten können. Andernfalls... Er wollte solche düstere Gedanken gar nicht zu Ende denken.

Luciens Gedanken kehrten in die Gegenwart zurück, jedoch nicht zum Spiel. „Horatia ist in den letzten Jahren erwachsen geworden.“

„Sie ist nicht mehr das Kind, das sie einmal war“, stimmte Cedric zu. „Schon lange nicht mehr.“ Die melancholische Note in seiner Stimme ließ die Luft im Raum schwerer werden.

„Gewiss nicht. Sie ist alt genug, um eine Heirat in Erwägung zu ziehen. Hat noch niemand um ihre Hand angehalten?" Lucien versuchte, möglichst beiläufig zu fragen, während er sich in Position brachte, das Queue aufsetzte und eine rote Kugel einlochte.

Cedrics Kopf schüttelte. „Nein. Anfangs gab es ein paar Interessenten, aber sie hat diese ruhige, überlegte Art, weißt du. Die meisten Männer finden die Vorstellung einer Frau mit eigenen Gedanken abschreckend. Sie machten ihr nicht weiter den Hof. Ich musste sie nicht vergraulen wie bei Audrey. Ich kenne zu viele Männer, die Ehefrauen bevorzugen, die belanglos plaudern. Was ist mit dir? Ich weiß, dass du seit Melanie Burns keine Frau mehr umworben hast. Hast du es ganz aufgegeben?" Cedric stellte seinen Queue ab und richtete seine volle Aufmerksamkeit auf Lucien.

Lucien räusperte sich. „Weißt du... Nach September..."

„Du meinst nach den Ereignissen mit Emily Parr?", kommentierte Cedric mit einem amüsierten Kichern. „Wir sollten einen neuen Kalender ab diesem Datum einführen. Du weißt schon, vor Christus, im Jahre des Herrn und jetzt nach Emily Parr."

„Wohl wahr. Aber nachdem ich gesehen habe, wie sich Emily und Godric ineinander verliebten, wurde mir klar, dass ich Melanie nie geliebt hatte. Wir haben nur unsere Rollen überzeugend gespielt. Die Entzückende und der Entzückte. Ich glaube, ich liebte einfach die Vorstellung, in sie verliebt zu sein. Ergibt das irgendeinen Sinn?"

Cedric lachte und musterte Lucien mit seinen braunen Augen, die ihn so sehr an Horatia erinnerten. Es war mehr als nur ein ähnlicher Familienzug. Sowohl Cedric als auch seine Schwester lächelten oft mit den Augen, es lag in ihrer Natur.

„Das ergibt sogar sehr viel Sinn. Du warst besessen von einem Ideal, einer Frau, die du auf ein Podest gehoben hattest. Man kann Frauen auf Podesten anbeten, aber diese

Frauen können einen nie auf die gleiche Weise zurücklieben. Eine Frau aus Fleisch und Blut hingegen ist eine ganz andere Sache, wenn man den Berichten Glauben schenken kann." Cedrics ironisches Lachen sprach Bände.

Lucien nickte. „Als ich das erkannte, kam mir der Gedanke, dass ich Horatia vielleicht für ihre Einmischung sogar dankbar sein sollte."

Cedric grinste. „Das ist womöglich das Klügste, was du je gesagt hast."

Die beiden Männer beendeten ihr Spiel in kameradschaftlichem Schweigen. Das war eines der Eigenschaften, die Lucien an Cedric am besten gefiel. Er war ein Mann, der den Mund halten konnte. Charles neigte dazu, fantastische Geschichten zu erzählen, Ashton war immer philosophisch. Aber Godric und Cedric waren häufiger still, entweder versunken im Spiel, das gerade gespielt wurde, oder in ihren eigenen Gedanken verloren. Lucien schätzte das, diese stille Gesellschaft guter Freunde. Man brauchte nicht zu johlen und zu herumzuhüpfen, um sich zu amüsieren. Diese Tage waren lange vorbei, und er war froh darüber. Er war dankbar, so gute Freunde zu haben.

Der Aufruhr am Hauseingang machte sie darauf aufmerksam, dass sie nicht allein auf dem Anwesen waren.

„Es scheint, die Ladys sind von ihren Einkäufen zurück", sagte Lucien. „Ich wage zu empfehlen, dass wir uns rarmachen sollten." Doch bevor auch nur einer der beiden Männer sich an einen versteckteren Ort zurückziehen konnte, kam Audrey hereingeplatzt, mit einem verärgerten Linus im Schlepptau.

„Cedric! Du musst Linus eines Besseren belehren und ihm sagen, dass meine neue Kopfbedeckung hübsch ist. Er sagt, sie sieht aus wie ein schlecht gebundener Heuballen." Audrey zeigte auf ihren ziemlich breitkrempigen Hut, der einen ganz eigentümlichen Stil der Strohverarbeitung verwendete.

„Ich glaube, meine genauen Worte waren ‚ein hastig zusammengeharkter Heuhaufen‘.“ Linus grinste über Audreys verblüfften Gesichtsausdruck, aber seine Belustigung war nur von kurzer Dauer. Audrey nahm Lucien den Billardqueue aus den Händen und stieß Linus den Griff in die Rippen, was ihn dazu veranlasste, sich nach vorn zu krümmen.

„Das ist mein Stichwort zu verschwinden“, gluckste Lucien und schlüpfte hinaus, sodass Cedric mit seiner Schwester und Linus allein fertigwerden musste.

„Es ist äußerst feige von dir, Russell, dass du mich erbarmungslos dem Tod durch ein Billardqueueüberlässt!“ rief Cedric ihm nach, während er dem Stock auswich, den Audrey in dem Versuch herumschwang, Linus mit dem spitzen Ende aufzuspießen.

Lucien erwartete, Horatia irgendwo im Flur anzutreffen, aber es war stattdessen seine Mutter, die ihm auflauerte. Sie sah gefährlicher aus als eine Kobra, die sich in einen Korb gewickelt hatte.

„Ich möchte gern ein Wort unter vier Augen, Lucien.“

Ihr Ton verhieß nichts Gutes. Er klang zu sehr nach jenem Tonfall, mit dem sie ihn als Kind in ein falsches Gefühl der Sicherheit gewiegt hatte, bevor sie ihm gnadenlos den Hintern versohlte. Zwar war er weit über das Alter hinaus, von ihr körperlich gezüchtigt zu werden, aber sollte seine Mutter doch auf die Idee kommen, würde er mit Sicherheit aus dem nächsten Fenster oder der nächsten Tür fliehen, bevor sie ihn zu greifen bekam.

Er hatte sich oft gefragt, ob es vielleicht eine geheime Broschüre gab, die jede Mutter bei der Geburt ihres ersten Kindes bekam und die Anweisungen enthielt, wie man seinem Kind mit nur einem Blick Angst einflößte. Wenn ja, hatte seine Mutter eine äußerst schnelle Auffassungsgabe, und möglicherweise hatte sie gar selbst die neueste Ausgabe eines solchen Blättchens verfasst.

„Lucien, trödle nicht. Komm mit mir mit." Seine Mutter ging in ihre privaten Räume, setzte sich und wartete darauf, dass er ihrem Beispiel folgte. Er tat es und beäugte widerstrebend die Tür, die er dummerweise hinter sich geschlossen hatte.

„Was gibt es, Mutter?" Der entschlossene Ausdruck in ihrem Gesicht machte ihn nervös.

„Ich habe gemerkt, dass ich einen schwerwiegenden Fehler begangen habe. Einen Fehler, der in den letzten Jahren ungeahnte Auswirkungen hatte."

Lucien war sprachlos. Seine Mutter räumte einen Fehler ein? Eher schossen sich Kühe auf den Mond und Schweine entdeckten die Vorzüge von Flügeln. Er musterte seine Mutter vorsichtig und wartete darauf, dass sie fortfuhr.

„An dem Tag, an dem du Miss Burns einen Heiratsantrag gemacht hast..."

Lucien war schnell auf den Beinen, denn er wollte nicht, dass seine Mutter ein weiteres Wort über diese Angelegenheit verlor.

„An diesem Tag", sagte sie mit solchem Nachdruck, dass der Befehl dahinter, sich wieder zu setzen, deutlich zu vernehmen war.

Lucien funkelte sie an und nahm wieder Platz.

„Ich bin Miss Burns nach dem Unfall im Pavillon begegnet. Linus sah sie und begann sie mit einem leeren Eimer zu ärgern. Sie hat ihn geschlagen, Lucien. Sie hat deinen Bruder geschlagen, und es war nicht das erste Mal, dass sie das getan hat. Ich habe ihr in deutlichen Worten mitgeteilt, dass sie deinen Antrag ablehnen soll, sonst würde ich dafür sorgen, dass sie es bereute. Sie war unfreundlich zu ihren Untergebenen und besonders grausam zu Kindern. Ich konnte ein solches Verhalten nicht dulden, geschweige denn wollte ich, dass eine solche Frau meine Enkelkinder gebärt. Ich erzähle dir das, weil mir gerade erst zu Ohren gekommen ist, dass du all die Jahre über einer gewissen Person zu Unrecht dafür die Schuld gegeben hast."

Lucien fühlte sich, als ob er von einer Kugel getroffen worden wäre, als ihre Worte einsickerten. *Du hast all die Jahre der falschen Person die Schuld gegeben.* Miss Burns hatte ihn mit der Begründung zurückgewiesen, dass er sie nicht wert war, wenn er nicht einmal einem Kind die Stirn bieten könne, um sie zu verteidigen. Damals war er wütend gewesen, aber er hatte Miss Burns' wahren Charakter erkannt, sobald sie Waverly geheiratet hatte.

Er konnte seiner Mutter nicht sagen, dass Miss Burns kaum noch eine Rolle spielte. Er wagte nicht zuzugeben, dass dies nur eine bequeme Ausrede gewesen war, um ihn von der Versuchung fernzuhalten, obwohl das in letzter Zeit an Wirkung verloren hatte. Er hatte sich den Schmerz, den die Worte seiner Mutter verursachten, selbst zuzuschreiben. Da hatte er gerade erst begonnen, das Unrecht, das er Horatia angetan hatte, zu bereuen, und wollte es ungeschehen machen, und schon rieb ihm seine Mutter seine Vergehen erneut unter die Nase.

„Ich sehe, dass du etwas Zeit brauchst, um zu verarbeiten, was ich gerade gesagt habe." Sie stand auf. „Ich werde dich allein lassen, aber Lucien, warte nicht zu lange mit deiner Entschuldigung."

Lucien sah zu seiner Mutter auf. „Was könnte ich jemals tun, um sechs Jahre der Kälte wieder gutzumachen?"

Lady Rochesters Augen wurden weicher und mütterlicher, als er sie seit Jahren gesehen hatte.

„Ein nettes Wort ist ein guter Anfang. Trotz deiner Versuche, sie zu verschrecken, hat sie sich wie ein Stück Treibholz im Sturm an die Erinnerung deiner natürlichen Freundlichkeit geklammert. Der Kampf hat sie zwar zermürbt, aber etwas Zärtlichkeit wird ihr Leiden lindern und ihren Glauben an dich wieder stärken."

Lucien erkannte nicht zum ersten Mal in seinem Leben, dass seine Mutter wahrlich weise war. Trotz all ihrer Besessenheit für die neueste Mode und ihren entsetzlichen Anstrengungen, ihre Kinder zu verheiraten, war sie eine Frau von enormem Verständnis und noch größerer Intelligenz.

„Danke, Mutter", flüsterte er.

Lady Rochester neigte den Kopf, legte ihm sanft eine Hand an die Wange und ließ ihn dann allein. Lucien lehnte sich in seinem Stuhl zurück. Was sollte er tun? Wo sollte er nur beginnen? Aber bevor er über seine Vorgehensweise nachdenken konnte, wurde er von einem irrwitzigen Anblick im weitläufigen Garten aus dem nächsten Fenster abgelenkt.

„Was in Gottes Namen?" murmelte er, erhob sich von seinem Stuhl und trat näher an die Scheibe heran.

KAPITEL 18

Der Nachmittag schien sich unglaublich in die Länge zu ziehen. Linleys Rücken schmerzte, weil er sich in den Stallungen vor Jackson's Salon versteckt hatte. Der dunkle Anzug, den er trug, war geliehen und etwas zu groß, ebenso wie die Weste und Hose. Das gesamte Ensemble war aus dünnem Stoff, der den kalten Winterwind nicht abhielt. Bei jedem Windstoß packte er hastig die Ränder seiner weißgepuderten Perücke auf dem Kopf, um sie an Ort und Stelle zu halten.

Er betete, dass der Mann, den er beschattete, bald erscheinen würde, denn seine Finger wurden langsam blau, und sein Blut floss wie Eiswasser in seinen Adern. Sein Opfer, der Earl of Lonsdale, ein erfahrener Boxer, könnte Stunden im Salon verbringen. Es war nicht abzusehen, wann Linley die Gelegenheit bekäme, der Kälte zu entkommen und drinnen Schutz zu suchen. Er rieb sich die Hände und versuchte, etwas Wärme zu erzeugen, doch es half nichts.

Eine plötzliche Welle der Erschöpfung überkam ihn. Er wollte gar nicht hier sein. Sein Herr hatte ihn hergeschickt. Sir Hugo Waverly. Ein echter Bastard, wie die Welt ihn noch nicht gesehen hatte. Tom versuchte, nicht daran zu denken, schaffte es aber nicht.

Er war der Mann, der ihn ausnutzte und ihm etwas Kostbares gestohlen hatte. Genaugenommen hatte er ihm alles genommen, einschließlich seiner Freiheit.

Einen Monat nach dem Angriff seines Herrn hatte Waverlys Frau ihn ohne Referenzen entlassen. Seine Zukunft war gefährdet, und jetzt gab es noch jemanden, der auf ihn angewiesen war. Aber Hugo hatte alles nur noch schlimmer gemacht. Sein Arbeitgeber hatte nicht gezögert, Toms Verzweiflung auszunutzen und ihn zu diesem Verdienst zu zwingen. Zu einer neuen Identität. Zu einem neuen Leben voller Gefahren und Tücken.

Mein armes Baby. Mit gramvollem Kummer dachte er an Katherine, das Kind, das ihm so am Herzen lag. Seine kleine Kate war das Wichtigste in Toms Leben. Waverly hatte gedroht, sie ihm wegzunehmen, und Gott allein wusste, was er mit ihr machen würde...

Es sei denn, er gewann das Vertrauen des Earl of Lonsdale und infiltrierte seinen Haushalt. Tom ahnte, dass etwas Düsteres und Schrecklicheres im Gange war, aber er war hilflos gegenüber dem, was sein Herr auch immer geplant hatte. Seine Aufträge waren simpel, wenn auch alles andere als einfach zu bewerkstelligen: Er hatte sich von Lonsdale anstellen zu lassen, um den Kammerdiener zu ersetzen, der kürzlich seinen Posten aufgegeben hatte, und sollte Waverly regelmäßig Bericht erstatten.

Tom wollte niemanden anlügen, schon gar nicht den Earl, denn schon nach einer Woche diskreter Überwachung kannte er Lonsdale gut genug, um ihn nicht verraten zu wollen. Er war vielleicht ein Schurke, aber er war kein gemeiner Kerl. Er war ein Mann, der anderen half, wenn sie in Not gerieten. Tom hatte mehr als einmal miterlebt, wie er den Armen im Vorbeigehen ein paar Münzen zuwarf. Der Earl hatte nie ein unfreundliches Wort für andere, selbst wenn Männer, die zu tief ins Glas geschaut hatten, versuchten, einen Streit mit ihm anzuzetteln. Aber um die kleine Kate zu retten, musste Tom sich der Verdammnis fügen und einem guten Mann auf Geheiß eines schlechten Böses tun.

Lucien konnte seine Augen nicht von dem bizarren Anblick von Audrey und Linus, die einer verirrten Ziege in einem Damenjäckchen hinterherjagten, abwenden. Das einstmals in einem hübschen zartblau gehaltene Kleidungsstück war nun an mehreren Stellen zerrissen und begann an den Rändern auszufransen.

Lucien beobachtete aus dem Fenster, wie Audrey Zeter und Mordio schrie. Sie stürzte sich auf die Ziege und landete stattdessen auf dem gefrorenen Boden, als das Tier entkam. Linus hatte sich eine Gartenhacke geschnappt und stürmte auf das Tier zu, aber ein Schrei bremste ihn kurz vor dem Hieb. Horatia, die sich hastig etwas gegen die Kälte übergeworfen hatte, kam herbeigerannt und drängte Linus, von der wütenden Ziege abzulassen.

Lucien lachte über das blökende Vieh, dessen wilde Augen jedem Vergeltung versprachen, der es wagte, es weiter zu belästigen.

Horatia beugte sich vor und hielt der Ziege eine Karotte hin, um das Vertrauen des widerspenstigen Tiers zu gewinnen. Es kam ein paar vorsichtige Schritte näher, und begann, an der Karotte zu knabbern. Horatia legte das Gemüse ab, und die Ziege schenkte ihr keine weitere Beachtung, als sie ihm vorsichtig das Jäckchen auszog. Dann gab sie das zerfranste Kleidungsstück der verzweifelten Audrey zurück.

Lucien hielt von seinem Aussichtspunkt aus den Atem an und genoss die Szene. Horatias Haar war ein wenig vom Wind zerzaust, und ihre Wangen hatten sich nach dem Nervenkitzel der Jagd etwas gerötet. Horatias weibliche Rundungen und herrliche Kurven waren für das leidenschaftliche Liebesspiel und verruchte Fantasien wie geschaffen. Sie war tatsächlich die Frau, die er immer gewollt, immer gebraucht hatte. Doch selbst nach den Enthüllungen seiner Mutter durfte es nie sein.

Sie war Cedrics Schwester, und die Liga hatte nun einmal ihre Regeln.

Lucien konnte sich in ihrer Nähe selbst nicht trauen. Er wollte bei Kerzenlicht mit ihr schlafen, um die Schatten besser sehen zu können, die über die Rundungen ihres Körpers huschten. Er genoss es, eine Frau zu fesseln und sie zu ungeahnten Gipfeln der Lust zu treiben. Er tat es nie, um eine Frau zu verletzen, aber er liebte es, Macht über sie auszuüben und vor allem ihr Vertrauen zu genießen. So konnte er jede empfindliche Stelle und jeden dunklen Wunsch kennenlernen, den sie hegte, um ihn ihr zu erfüllen. Keine Frau war nach einer ans Bett gefesselten Nacht mit ihm unbefriedigt, und er versagte sich selbst den Höhepunkt, bis seine Geliebte vollständig auf ihre Kosten gekommen war.

Nun, diese jahrelang verfeinerte Begabung würde verschwendet werden, denn die eine Frau, nach der er sich sehnte, war die einzige Frau, die er nie haben konnte. Er wollte mit ihr auf eine Weise zusammen sein, wie er es noch nie mit anderen Frauen gewesen war, wollte ihr eine Seite von sich zeigen, die er immer vor anderen verborgen hielt. Vielleicht rührte Horatias Reiz von ihrer Unerreichbarkeit her. Sie war die verbotene Frucht. Er konnte nur beten, dass sie vor ihm sicher blieb, solange er diese verdammte Selbstbeherrschung behielt, die in letzter Zeit so oft gestrauchelt war.

Lucien riss sich vom Fenster los, als er Audreys schrille Stimme am Eingang widerhallen hörte.

„Ich schwöre, Linus, du bist der schlimmste Mann auf der

ganzen Welt! Wie konntest du einer Ziege meine beste Jacke anziehen?"

„Das arme Vieh sah aus, als wäre ihm kalt."

„Es hat schon ein Fell, was braucht es mehr?"

„Es ist die Zeit des Gebens und Teilens. Du solltest froh sein, dass ich so liebenswürdig war, die Ziege zu wärmen."

„Es ist die Zeit des Gebens? Ich gebe dir gleich etwas!"

Ein dumpfer Schlag ertönte und kurz darauf ein Schmerzensschrei.

„Was in Gottes Namen hast du da reingepackt? Steine?", brüllte Linus.

Lucien kam rechtzeitig aus dem Zimmer seiner Mutter, sodass Audrey sich hinter ihn stellen und als Schutz vor Linus' Rache benutzen konnte.

„Rette mich, Lucien!", flehte Audrey, und ihre kleinen Hände umklammerten seine Schultern. Er spürte einen seltsam schweren Stoffbeutel gegen seinen Rücken baumeln.

„Liefere sie aus, Lucien. Es ist höchste Zeit, dass ich ihr den Hintern versohle." Linus klang geradezu mittelalterlich, als er der jungen Frau drohte.

„Du hast ihr Jäckchen mit dieser Ziege ruiniert, Linus, und ich bin sicher, es war ein teures Stück." Lucien verschränkte die Arme und funkelte seinen jüngsten Bruder an. Er war froh über den Altersvorteil, da Linus ihm von der Statur her ebenbürtig war.

„Diese Jacke hat mich das Nadelgeld von sechs Wochen gekostet, und ich werde das nie zurückbekommen", erwiderte Audrey. „Vielleicht sollte ich es von deinem Taschengeld abziehen?" Audrey lächelte verschmitzt.

Linus wurde rot. „Warum..." Er trat einen Schritt vor, aber Lucien hielt ihn mit der offenen Hand entschlossen zurück.

„Ich finde, das ist eine ausgezeichnete Idee. Du wirst den vollen Betrag des Jäckchens erstatten, nicht wahr, Linus?"

Linus knurrte, nickte dann kurz und stolzierte davon.

„Oh, und Linus", rief Lucien ihm nach. „Du hast eine Woche Zeit, sonst bezahle ich es selbst und ziehe es von deinem Taschengeld ab."

Audrey klatschte in die Hände und tanzte um Lucien herum. „Oh, du bist so ein Schatz! Mein Held!" Audrey stellte sich auf Zehenspitzen, um seine Wange zu küssen, bevor sie davonlief, zweifellos um seinen Bruder weiter aufzustacheln und noch mehr Ärger zu machen. Sei es drum.

„Das war sehr nett von dir." Horatias Stimme erschreckte Lucien. Sie hatte sich in der Nähe der Tür zum hinteren Garten versteckt gehalten.

„Es ist nur gerecht. Linus ist über zwanzig. Er sollte erwachsen werden. Die Jahre der Streiche sind vorbei, aber er scheint entschlossen, es auf die harte Tour zu lernen. Ich kann nicht verstehen, warum er sich immer noch wie ein Kind aufführt. Mutter verhätschelt ihn zu sehr, schätze ich."

„Dass Audrey ihn provoziert, hilft sicher auch nicht", fügte Horatia hinzu. „Sie haben als Kinder zu oft zusammen gespielt, und jetzt ist es für sie schwierig, sich in ihre reiferen Rollen im Leben einzufinden. Das ist einer der Gründe, warum ich mir die Mühe mache, als ihre Anstandsdame besonders aufmerksam zu sein", gestand Horatia mit einem sanften Lächeln.

Luciens Brust verkrampfte sich, als ihn eine Welle von Schuldgefühlen überkam. Eine peinliche Stille breitete sich zwischen den beiden aus. Horatias warmes Lächeln erlosch, als die Stille sich in die Länge zog.

„Entschuldige mich", sagte Lucien schroff und wandte sich zum Gehen. Er konnte es nicht länger ertragen, in ihrer Nähe zu sein. Gefangen zwischen verdienten Schuldgefühlen und glühendem Verlangen wäre er verdammt, wenn er sie zu seiner machte, und genauso verdammt, wenn er es nicht täte.

Lucien forderte den Diener Gordon auf, die Ställe anzuweisen, sein Pferd zu satteln, und machte sich dann auf die

Suche nach seinem Mantel und seinen Reithandschuhen. Ein Ausritt würde ihm guttun. Die frische Luft und Einsamkeit würden seine Leidenschaft abkühlen und ihm Zeit zum Nachdenken geben. Zum Glück folgte Horatia ihm nicht.

Ein Stallknecht brachte Luciens Hengst zur Haustreppe, und das Tier tänzelte erwartungsvoll hin und her. Lucien nickte Gordon zu und stieg dann auf. Er trabte vom Haupthof weg und überquerte die verschneite Wiese östlich des Hauses. Sein Pferd trottete mit vorsichtigen Schritten über den eisigen Schnee bis der Schnee dicker wurde. Dann überredete Lucien es, das Tempo zu erhöhen. Wind peitschte durch seinen Mantel, als er über die Wiese galoppierte.

Graue Wolken bildeten eine dicke winterliche Mauer und ließen das Land vor ihm zwischen zeitweiligen Schneefällen wie eine Schattenwelt erscheinen. Kents Einsamkeit im Winter hatte etwas Schönes, besonders in diesem Jahr, denn es gab nur selten Schnee, aber jetzt war das Land damit zugedeckt. Der Verfall des Lebens fand unbemerkt einige Zentimeter unter der weißen Pracht statt. Diese Welt barg ihre eigenen Geheimnisse, wie der Augenblick, bevor ein Schwimmer zum Luftholen die Wasseroberfläche brach, wartete der Samen im Boden darauf, zu atmen, sich zu offenbaren. Lucien fühlte sich ähnlich. Er wartete darauf, Luft holen zu können, wartete darauf, sich zu entfalten.

Er erinnerte sich an die vielen Küsse, die er Horatia gegeben hatte, sowohl aus Wut als auch aus Begierde. Jetzt, ohne die Wut, die seine emotionale Blindheit nährte, konnte er endlich die Wahrheit erkennen. Es ging nicht nur um das Verlangen oder die Lust auf verbotene Früchte, es steckte mehr dahinter. Unter den Flammen seiner Leidenschaft keimte etwas Geheimnisvolles.

Ich sollte nicht, aber... Er beobachtete, wie sein Atem in einer blassen Wolke aufstieg, während er seine verwirrenden Gefühle Horatia gegenüber prüfte.

Luciens Pferd blieb plötzlich stehen, etwas, dass das Tier noch nie zuvor ohne seinen Befehl getan hatte.

Wie seltsam.

Er grub seine Hacken in die Flanken des Pferdes, um ihm einen ermutigenden Tritt zu geben. Es wirbelte heftig mit dem Kopf herum. Lucien wollte es erneut dazu bewegen, weiterzulaufen, doch diesmal bockte und wieherte das Tier. Lucien umklammerte die Zügel, während er versuchte, sich im Sattel zu halten, aber das Pferd reagierte nur noch heftiger, und diesmal traf es Lucien unvorbereitet. Er wurde vom Pferd geschleudert, die Arme in den Zügeln verheddert, und landete dann mit einem Knirschen auf dem eisigen Boden. Schmerz durchzuckte seinen Kopf und seinen Körper. Sein Umfeld drehte sich erst in langsamen Kreisen und begann dann ganz in Dunkelheit zu verschwinden...

KAPITEL 19

Ashton verwundet zu sehen hatte Charles bis ins Mark erschüttert, und er musste Ordnung in seine Welt bringen, um seine Stärke und Widerstandskraft wiederzuerlangen. So stand er im Ring von Jackson's Salon und verfeinerte seine Boxtechnik. Schweiß glänzte auf seiner Stirn und benetzte sein Haar.

Er kämpfte wie ein Besessener. Schlag um Schlag, Gegner um Gegner, und trotz schmerzender Muskeln kämpfte er weiter. Während er zuschlug und sich duckte, sah er nur Ashton vor sich. Blass vom Blutverlust ruhte er sich in Essex House aus und erholte sich von seiner Verletzung. Der Arzt hatte allen versichert, dass sie sich keine Sorgen zu machen bräuchten und Ashton schon bald alle Bewegungen seines Arm wiedererlangen würde.

Viele Männer aus den besten Kreisen taten gern so, als boxten sie, aber Charles gehörte nicht zu ihnen. Er nahm seinen Sport ernst, und ein Faustkampf war seine Art, seine Ängste und Unsicherheiten abzuwehren.

Wer den Ring eroberte, der besiegte auch seine inneren Dämonen, dachte er sich.

Heute trug er ein blaues Auge, das er zwar verdient, sich aber nicht im Ring zugezogen hatte. Charles ertrug die Scherze der anderen Herren in Jackson's diesbezüglich tapfer. Sie alle gingen davon aus, dass er endlich einen Kampf verloren hatte, und er wollte ihnen den wahren Grund nicht verraten.

Sein derzeitiger Gegner war ein Mann namens Everard Ralph, ein Jungspund im Vergleich zu Charles, der seine Kräfte an Jackson's inoffiziellem amtierenden Champion messen wollte. Die beiden tauschten gute zwanzig Minuten lang Schläge aus, bevor Ralph anfing, schwächer zu werden.

„Habt Ihr genug?", fragte Charles, der normalerweise gelassen sprach, heute aber aufgewühlt klang.

Ralph stolperte einen Schritt zurück, als Charles seinen Vorteil nutzte.

„Genug, Lonsdale, genug!", keuchte Ralph, als er einem weiteren Stoß von Charles auswich. „Herr, Ihr kämpft heute wie der Teufel selbst."

Er war ein gutaussehender Kerl mit einem Grinsen, das Jungfrauen in Ohnmacht fallen ließ und Witwen dazu brachte, ihre Visitenkarten in seine Manteltasche gleiten zu lassen, aber er konnte nicht mit Charles mithalten. Charles war seit seinem siebzehnten Lebensjahr ein Schurke, und je schlimmer sein Ruf wurde, desto mehr Frauen schienen ihm über den Weg zu laufen. Doch die Dinge begannen sich zu ändern.

Es war eine Sache, ein Mädchen wie Emily Parr zu entführen und seinen teuflischen Plan zu genießen. Aber es war eine ganz andere, nach einer durchzechten Nacht in seine Kutsche zu steigen und eine Dame darin vorzufinden, die von ihm kompromittiert werden wollte. Das Spiel durfte nicht so ablaufen. Er sollte den Damen nachjagen und sie sollten fliehen, aber in den letzten Jahren hatte er das Gefühl, er sei derjenige, der gejagt wurde.

Vermittlungsbestrebte Mütter schmiedeten Pläne, sobald er einen Ballsaal betrat, und schienen Hochzeitsglocken läuten zu hören, wenn sein Name bei Almack's angekündigt wurde. Trotz seines berüchtigten Rufs erhielt er immer Zugang zu den Gemeinschaftsräumen des Clubs, wahrscheinlich weil das Risiko, ihm Einlass zu gewähren, geringer bewertet wurde als die Gelegenheit, ihn einzufangen.

Als Charles Ashton diese unglückliche Wendung mitteilte, hatte der Mann auf seine übliche Weise geantwortet: „Vielleicht würde ein bisschen Ernsthaftigkeit und Zurückhaltung deine Anziehungskraft auf die unverheirateten Ladys trüben." Damals hatte Charles spöttisch aufgelacht. „Ash, du und ich wissen beide, dass ich zu vielem fähig bin, aber Ernsthaftigkeit und Zurückhaltung gehören nicht dazu." Ashton hatte erwidert: „Bei Godric hat es Wunder gewirkt. Sieh dir nur ihn und Emily an."

Charles hatte geschnaubt und war davongestapft.

„Danke für den Kampf, Lonsdale. Er war äußerst lehrreich." Ralph reichte Charles die Hand. Charles schüttelte sie, bevor er den Ring verließ und sein Handtuch holte. Er wischte sich das Gesicht ab und dachte über den schlechten Zustand seiner Kleidung nach. Sein Kammerdiener hatte gerade gekündigt, um ein Dienstmädchen aus einem benachbarten Haushalt zu heiraten. Charles war gern tadellos gekleidet und würde schnell einen neuen Kammerdiener brauchen. Dies war nur ein weiterer Problempunkt auf einer wachsenden Liste.

Er brauchte einen Drink. Sofort. Mit diesem Gedanken machte er sich auf den Weg zum Gentleman's Club Berkley's. Keiner seiner Freunde würde heute Abend da sein, was ein Segen war, denn er war nicht in der Stimmung für Gesellschaft. Er war schlecht gelaunt und wollte genug trinken, um den Rest des Abends zu vergessen. Er könnte sich auch umhören, ob jemand von einem Diener wusste, der eine neue Stelle suchte.

Eine halbe Stunde später saß er allein in einem privaten Raum, ein Glas in der Hand, und lauschte dem Knistern des Feuers im Kamin. Die Stimmen draußen in den Fluren klangen fröhlich, so widersprüchlich zu seiner eigenen Gemütsverfassung. Die Tür zum Zimmer öffnete sich und ein Diener trat ein. Es gab viele junge Männer und Laufburschen, die bei Berkley's angestellt waren. Charles unterhielt sich selten mit ihnen, es sei denn, er war entschlossen, tief ins Glas zu schauen, und brauchte sie, um ihm Brandy nachzuschenken.

„Mylord, darf ich Euch noch eine Karaffe bringen?", fragte der Junge. Er war klein für sein Alter, mit hellem Haar, das fast vollständig von der Perücke verdeckt wurde, und blauen Augen. Seine Züge waren vielleicht ein wenig zu zart, seine Gestalt an manchen Stellen etwas seltsam, alles Zeichen der unbeholfenen Jugend. Er würde erst noch in seinen Körper hineinwachsen, wie es alle Männer taten. Komisch, er hatte noch nie viel über die Diener hier nachgedacht. Etwas an diesem Jungen erregte jedoch seine Aufmerksamkeit.

„Ist die erste schon leer?" Charles schien überrascht. Er schaute zum Beistelltisch, wo das Tablett mit Brandy und zusätzlichen Gläsern stand. Die Karaffe war tatsächlich leer. Der Junge brachte Charles die zweite und füllte sein Glas mit der warmen bernsteinfarbenen Flüssigkeit.

„Danke." Charles kippte hastig das Glas und leerte es in einem Zug.

Die Augen des Jungen weiteten sich erschrocken.

Charles kicherte nur. „Hast du schon einmal Brandy getrunken?", fragte er.

Der Junge schüttelte den Kopf und dabei löste sich eine Locke aus seiner gepuderten Perücke und fiel ihm in die Augen. In diesem Moment regte sich in Charles etwas Melancholisches. War er jemals so jung gewesen? Wenn ja, so konnte er sich nicht erinnern.

„Wie alt bist du?", fragte Charles den Jungen.

„Zwanzig, Mylord."

„Zwanzig? Das ist doch eine Lüge. Du bist viel zu – schlaksig." Charles wusste, dass er ein wenig zu angeheitert war, um seine Zunge zu zügeln, und der Junge sah ihn aus zusammengekniffenen Augen an.

Charles hob abwehrend die Hände. „Ich entschuldige mich, Junge. Ich bin fest entschlossen, mich sinnlos zu betrinken, und du bist der Leidtragende, weil ich sternhagelvoll bin. Komm, setz dich. Ich vertraue darauf, dass du für eine Weile unten nicht gebraucht wirst." Charles zeigte auf einen leeren Stuhl am Feuer. Er hatte keine Gesellschaft gewollt, aber der junge Mann sah aus, als könnte er eine Pause gut gebrauchen. Der Schlafmangel hatte dunkle Ringe unter seine Augen gezeichnet. Charles konnte dem Jungen eine Pause gönnen und gleichzeitig sein plötzliches Bedürfnis nach Begleitung stillen.

„Oh, das ist unmöglich, Mylord!", protestierte der Junge. „Es verstößt gegen die Regeln."

Charles kramte in seiner Tasche, holte eine Handvoll Schillinge heraus und hielt sie ihm hin.

„Ich bin Mitglied in diesem Club und als solches ändern sich die Regeln, wenn ich es will. Ich bitte dich, meine Wünsche zu erfüllen, und einer dieser Wünsche ist, dass du dich hinsetzt und mir Gesellschaft leistest."

Der Junge stieß einen Seufzer aus und nahm die angebotenen Schillinge mit einem dankbaren Lächeln entgegen. Es schien, als bräuchte er dringend Geld. Er wusste, dass der Stolz eines Mannes ihn davon abhalten konnte, Almosen anzunehmen.

„Wie heißt du?"

Der Junge zögerte. „Linley, Mylord. Tom Linley."

„Arbeitest du schon lange hier?"

Linley schüttelte den Kopf. „Erst ein paar Monate. Ich habe früher als Kammerdiener gearbeitet, aber keine neue Anstellung gefunden. Mein alter Arbeitgeber wollte mir keine Referenz geben."

„Oh?" Charles setzte sich ein wenig auf. „Und warum nicht?"

Linley runzelte die Stirn. „Er und ich waren uns bei der Pflege seiner Garderobe nicht einig. Kleidung ist dazu da, den Charakter eines Mannes zu definieren, und mein Herr hat dem keine Bedeutung beigemessen."

Dieser junge Mann hatte ähnliche Ideen wie Charles. Eine angemessene Garderobe war für einen Mann entscheidend, um einen bleibenden Eindruck in der Gesellschaft zu hinterlassen. Dieser Bursche könnte die Antwort auf sein Kammerdienerproblem sein.

„Gefällt dir deine Anstellung bei Berkley's? Sei ehrlich. Ich werde den Clubbesitzern deine Antwort nicht weitererzählen." Während er auf die Antwort des Jungen wartete, überkam ihn der seltsame, verzweifelte Wunsch, diesen Burschen zu retten. Wovor konnte er nicht sagen. Vielleicht wollte er die Güte weitergeben, die ihm seine eigenen Freunde erwiesen hatten. Linley brauchte dringend jemanden, der sich um ihn kümmerte. Es war nicht schwer zu erkennen, dass der Vater des Jungen in seinem Leben keine Rolle mehr spielte, und es schien auch keine Brüder zu geben.

„Es ist nicht ratsam, einem Mann zu vertrauen, der zu viel getrunken hat", sagte der Junge vorsichtig.

„Ha! Nie wurden wahrere Worte gesprochen!" Charles lachte und entdeckte beim Jungen ein scheues Grinsen. „Nun, ich bin betrunken genug, um darüber nachzudenken, dir eine Stelle anzubieten, aber nüchtern genug, um beim Grab meines Vaters zu schwören, dass meine Absichten edel sind und ich meine Versprechen am Morgen nicht vergessen haben werde. Hättest du Interesse? Ich würde dir das Doppelte bezahlen, was immer du jetzt verdienst."

„Aber Mylord, Ihr wisst nicht, wieviel mir derzeit bezahlt wird!", rief der Junge, und seine Augen wurden groß wie Untertassen.

„Glaub mir, Linley, was auch immer du hier verdienst, es ist nichts im Vergleich zu dem, was ich für einen anständigen Diener bezahlen würde. Ich brauche jemanden, der sich um mich kümmert, während ich in der Stadt bin. Für mich ist ein Hausangestellter mehr als nur ein persönlicher Diener."

„Sicher habt Ihr Lakaien für solche Aufgaben?", erkundigte sich Linley.

„Das habe ich in der Tat, aber ihre Pflichten halten sie ans Haus gefesselt. Sie arbeiten hart, aber ihre Gesellschaft macht nicht viel Spaß. Ich halte nur eine bestimmte Menge beruflicher Fertigkeit aus. Ich würde lieber einen jungen Spund wie dich einstellen, um mich trefflicher zu unterhalten." Charles war Linleys gehobene Sprache und kontrollierte Anmut aufgefallen, Fähigkeiten, die eine Person nur erwarb, wenn sie in einer guten Umgebung aufwuchs. „Du scheinst gebildet genug zu sein, um anregende Gespräche zu führen."

„Ich bin der Sohn des Dienstmädchens der verwitweten Countess of Haverton", sagte Linley.

„Haverton? Ich kenne den Earl, er ist ein guter Mann. Also, was sagst du, Linley? Schlägst du auf die Anstellung ein?" Ein wohliges Summen wärmte seine Adern, während sich sein Gemüt besänftigte. Linley erwies sich bereits jetzt als nützliche Ablenkung.

„Bevor ich zustimme... gestattet mir eine Frage, Mylord."

„Nur zu."

Linley zappelte auf seinem Stuhl herum. „Ich bin nicht die Sorte Mann, die einwilligen würde... nun, ich würde Euch nicht erlauben, mich zu *benutzen*." Das Gesicht des jungen Mannes errötete, als er nach den richtigen Worten suchte, um seine Bedenken deutlich zu machen. „Ich meine, ich habe kein Interesse an Männern und werde Euch nicht erlauben... mich für körperliche Dienste zu benutzen. Wenn das Eure Absicht ist, so muss ich respektvoll ablehnen.“

„Was? Sei nicht albern“, lachte Charles. Seine sexuellen Interessen hatten immer Frauen gegolten, und die Sorge des jungen Mannes amüsierte ihn. „Ich weiß, dass ich einen gewissen skandalösen Ruf habe, aber das ist gewiss nicht der Grund. Mr. Linley, die Wahrheit ist, dass du mich an mich erinnerst, als ich jünger war. Verängstigt, allein und auf der Suche nach einem Freund.“ Er hielt inne, schockiert darüber, wie leicht ihm die Wahrheit über die Lippen gekommen war. „Ich biete dir nur eine Stelle und Kameradschaft an. Nichts weiter. Habe ich deine Prüfung bestanden?“

Linley musterte ihn, bevor er antwortete. „Ich möchte genau wissen, wie viel mir bezahlt wird und wo ich voraussichtlich unterkommen würde. Außerdem habe ich ein Problem.“ Linleys Brauen zogen sich zusammen, und er hielt inne, um langsam Luft zu holen. „Ich bin der alleinige Vormund meiner Schwester, sie ist noch ein Baby, das erst ein Jahr alt ist. Ich muss die Möglichkeit haben, mich um sie zu kümmern.“

Charles wog diese Nachricht mit überraschender Ernsthaftigkeit ab. Er wollte, dass der Junge für ihn arbeitete, und ein Baby schien Teil seiner Bedingungen zu sein. In Charles’ Haus war jedenfalls Platz genug.

„Einverstanden.“ Er klopfte sich leicht mit den Händen auf die Oberschenkel und stand dann auf. „Ich möchte, dass du sofort anfängst. Es hat keinen Sinn, auch nur eine Minute länger hierzubleiben. Ich werde mit der Geschäftsführung sprechen, um deine Entlassung in beidseitigem Einvernehmen zu arrangieren. Du kannst mich heute Abend zum Abendessen im St. Laurent House begleiten. Danach kümmern wir uns um deinen Umzug in mein Stadthaus und finden ein Kindermädchen für deine Schwester. Ich wage zu behaupten, dass meine Haushälterin sich ihrer annehmen könnte, während du mich unterstützt. Ihr eigenes Kind hat sie gerade verlassen und ist studieren gegangen, und ich habe Angst, dass sie mir noch vereinsamt." Charles stellte sein Glas Brandy ab. „Ich bin bereit, dir ein Gehalt von fünfunddreißig Pfund im Jahr zu bezahlen. Was hältst du davon?"

Linleys Augen wurden rund, als er die Zahl entgeistert wiederholte.

„Darf ich dein Staunen als Zeichen dafür werten, dass du das Angebot annimmst?"

Linley nickte stumm.

„Ausgezeichnet. Trink einen Schluck, um deine neue Anstellung zu begießen." Charles reichte ihm sein Glas, und Linley nahm einen kleinen Schluck, hustete aber sofort. Charles lachte und schlug Linley auf den Rücken, während der Junge sich räusperte.

„Du hast wohl nicht viel Erfahrung mit Alkohol?", fragte er.

Linleys Gesicht wurde blass. „Ich trinke nur hin und wieder einen Schluck, um den Schlägen derer zu entgehen, die zu tief ins Glas geschaut haben."

Charles' Brust verkrampfte sich. Er verachtete Leute, die Alkohol als Vorwand benutzten, um ihre inneren Dämonen auf andere loszulassen.

„Wenn Euch die Frage nichts ausmacht, Sir, wie seid Ihr zu diesem Veilchen gekommen?", fragte Linley leise.

„Das hier?" Charles berührte sein lila Auge. „Das habe ich bekommen, nachdem ich einer Freundin des weiblichen Geschlechts geholfen habe."

„Jemand hat versucht, Euch zu schaden, weil Ihr einer jungen Dame geholfen habt?" Linley wirkte skeptisch.

Nun, wenn dieser junge Mann sein Kammerdiener werden sollte, war es wohl am besten ihn auch in die Art von Abenteuern – oder eher Missgeschicken – einzuweihen, die er in seinen Diensten zu erwarten hatte.

„Die Lady ist die Schwester eines engen Freundes." Er hielt inne, unsicher, wie er etwas erklären sollte, was von außen nach absolutem Fehlverhalten klingen musste. „Sie möchte heiraten, aber ihr Bruder ist ein sturer Esel, um es vorsichtig auszudrücken. Also bat sie mich, es so aussehen zu lassen, als wäre sie kompromittiert worden, damit ihr Bruder zustimmt, über ihre Vermählung mit diesem anderen jungen Mann zu verhandeln."

„Oh?" In Linleys Augen blitzte Neugier auf. „Hatte sie Erfolg?"

„Gewissermaßen. Ihr Bruder hat sich damit einverstanden erklärt, über eine Heirat zu sprechen, sobald er sich um einige, äh... Angelegenheiten gekümmert hat." Charles merkte, wie er seine Worte mit Bedacht wählte. Man konnte nie vorsichtig genug sein. Waverly hatte weitreichende Kontakte in der Londoner Unterwelt, und Charles wusste besser als die meisten, wie tief er sinken würde, um seine niederträchtigen Ziele zu erreichen.

„Welch ein Glück also... für die Lady, meine ich", sagte Linley. „Sie hat Glück, dass ihr Bruder so umsichtig und verständnisvoll ist."

„Nun, so weit würde ich nicht gehen, immerhin habe ich mir besagtes Veilchen eingehandelt." Er zeigte wieder auf sein Auge. „Aber am Ende wird alles gutgehen. Darauf vertraue ich."

Der resignierte Blick, den der junge Mann noch gehabt hatte, als er den Raum betreten hatte, war nun verschwunden. Charles spürte eine Wärme in seiner Brust, die sich in seinem Körper auszubreiten schien und nichts mit dem Brandy zu tun hatte. Dem Jungen zu helfen hatte ihm ein gutes Gefühl gegeben, wie er es seit Ewigkeiten nicht mehr empfunden hatte. Es erinnerte ihn daran, wie ihn die anderen Mitglieder der Liga einst gerettet hatten.

Linley räusperte sich. „Danke, dass Ihr mir eine Chance gebt, Mylord."

„Schon gut, Junge."

Linley gab einen seltsamen Laut von sich, bevor er noch einen Schluck von seinem Brandy probierte. Diesmal schien es leichter zu gehen. Charles genoss die einträchtige Stille, während er darauf wartete, dass Linley sein Glas leerte.

„Nun, wir müssen wohl aufbrechen, wenn ich heute Abend noch bei den Essex' dinieren will. Zuerst kümmern wir uns um deine Kündigung, und dann muss ich nach Hause, um mich fürs Abendessen umzuziehen."

HORATIA STARRTE LUCIENS REITERLOSES PFERD AN, DAS IM Galopp um das Haus herum zu den Ställen zurückgefunden hatte. Es bewegte sich zwar schnell, aber ihr fiel dennoch auf, dass es mit dem linken Vorderbein leicht hinkte. Die Zügel hingen schlaff herab.

Wo war Lucien? Sie rannte los, um sich ihren Umhang zu schnappen und verließ das Haus durch eine Seitentür in der Nähe der Ställe. Sie stürzte zum Pferd und ergriff seine Zügel. Das Pferd fixierte sie mit einem unheilvollen Blick. In diesem Augenblick sah Horatia das Blut auf seinem Rücken, gleich neben dem Sattel. Sie lockerte den Gurt und hob den Sattel mit zitternden Fingern an.

In die Haut des Pferdes hatte sich ein Berberitzenzweig gebohrt, dessen Dornen dem Tier die schmerzhafte Verletzung zufügten. Hätte Lucien sich zu stark zurückgelehnt, hätte er die Dornen tiefer eingedrückt. Horatia blickte auf das Feld hinaus. Wo war Lucien? Vielleicht war ihm das Pferd erst nach seiner Rückkehr entkommen.

Sie brachte das Tier zu den Ställen, wo ein Stallknecht ihr die Zügel abnahm.

„Unter seinem Sattel steckte eine Berberitze", informierte sie den Mann.

„Was?" Der Bursche war entsetzt und entfernte rasch den Sattel des Pferdes, um es genauer zu untersuchen. „Verdammt, die Dornen müssen sich irgendwie an der Satteldecke verfangen haben. Hat es Seine Lordschaft bemerkt?"

„Nein. Ich dachte, Lucien wäre hier im Stall. Ist er nicht zurückgekehrt?"

Als der Bursche den Kopf schüttelte, schlug Horatia das Herz plötzlich bis zum Hals. Sie rannte zur nächsten Box, in der ein stämmiges Pferd zufrieden vor sich hin fraß. Sie warf ihm rasch das Zaumzeug über den Kopf und zog es fest, bevor sie das Tier aus dem Stall führte.

„Ich werde ihn schnell satteln. Erlaubt mir, Euch zu begleiten." Der Stallknecht warf dem Pferd hastig eine Decke und einen Sattel über und schnallte alles fest. „Ihr werdet Hilfe brauchen, wenn er einen Unfall hatte."

Horatia schüttelte den Kopf. „Nein. Wenn er einen Unfall hatte, muss sofort der Arzt aus Hexby hergeholt werden. Wir dürfen keine Zeit verlieren." Sie hob eine Hand, als er widersprechen wollte. „Reite schnell ins Dorf und bring den Arzt hierher."

„Sehr wohl." Der Bursche runzelte zwar die Stirn, tat aber, was sie von ihm verlangte.

Nachdem sie aufgestiegen war, führte sie das Pferd aus den Stallungen und suchte am Boden nach Hufabdrücken. Nur eine Spur führte vom Haus weg. Horatia folgte ihr und drängte das Pferd zum Galopp. Seine schweren, großen Hufe donnerten durch den Schnee.

Lucien, wo bist du?

Nach scheinbar endlosem Weiß entdeckte Horatia in der

Ferne eine dunkle Gestalt, und als sie näherkam, stellte sie mit Entsetzen fest, dass es Lucien war.

„Oh Gott!", keuchte sie. „Schneller, verdammt noch mal!" rief sie dem Pferd zu, und es beschleunigte seine Schritte.

Als sie nur noch wenige Meter entfernt war, zog sie an den Zügeln, und noch bevor das Pferd vollkommen zum Stillstand kam, rutschte sie vom Sattel und rannte zu Lucien. Er lag mit dem Gesicht nach unten im Schnee, in einen Umhang gehüllt. Horatia rollte ihn auf den Rücken und wurde blass, als sie die blutige Wunde über seiner Stirn sah. Seine Augen waren geschlossen und seine farblosen Lippen geöffnet.

Sie durfte ihn jetzt nicht verlieren, nicht nach allem, was zwischen ihnen passiert war. Erinnerungen blitzten hinter ihren Augen auf – wie er seinen Mund zu einem verführerischen Lächeln verzog, die Berührung ihrer Lippen, die honigsüßen Worte, die er ihr im Midnight Garden zugeflüstert hatte.

„Lucien!" Sie beugte ihr Ohr an seine Lippen und betete dafür, die Wärme seines Atems zu spüren. Er war noch da, aber es war nur ein Hauch. Horatia legte ihre Hände auf seine Wangen und ließ ihre Körperwärme in seine kalte Haut sickern. Als ihre Hände zu kalt wurden, zog sie seinen Körper in ihren Schoß und hielt ihn fest, rieb ihn und betete, dass ihre Nähe etwas bewirken würde. Nach einer gefühlten Ewigkeit hoben sich Luciens dunkle Wimpern mit einem Flattern, und als sich seine haselnussbraunen Augen endlich auf einen Punkt konzentrieren konnten, waren sie nicht auf ihr Gesicht, sondern ihre Brust gerichtet, die nur wenige Zentimeter von ihm entfernt war. Er brachte ein schwaches Lächeln zustande.

„Der Himmel sieht aus diesem Blickwinkel ganz entzückend aus." Sein Lächeln verwandelte sich in ein verschmitztes Grinsen, worauf Horatia die Augen zusammenkniff.

„Ich werde diese Bemerkung ignorieren, weil Ihr noch am Leben seid." Sie umfasste seine Wange und presste ihre zitternden Lippen in einem dankbaren Kuss auf seine Stirn. Sie hätte vor Erleichterung weinen können, aber sie drängte die Tränen zurück. Er war noch nicht außer Gefahr. Sie musste ihn zurück ins Haus bringen und den Arzt bitten, sich um ihn zu kümmern.

„Habe ich dich erschreckt?", neckte Lucien sie, aber sie konnte trotzdem nicht aufhören zu zittern.

„Mehr, als ich zugeben möchte. Was ist passiert?"

„Ich bin mir nicht sicher. Ich bin wie üblich ausgeritten, aber plötzlich hat mich mein Pferd abgeworfen."

„Unter der Satteldecke hatten sich Dornen in die Haut Eures Pferdes gebohrt."

„Dornen?" Lucien versuchte sich aufzurichten.

„Sie müssen sich beim Satteln an der Decke verhakt haben." Horatia erlaubte ihm, sich von ihr zu lösen, um seinen Umhang abzuwerfen. Anschließend versuchte er aufzustehen. Er schwankte so unsicher, dass sie einen seiner Arme über ihre Schultern warf, um ihn zu stützen, als sie ihn zu ihrem Pferd führte.

„Könnt Ihr auf das Tier steigen?", fragte sie.

„Ich würde lieber auf dich steigen", erwiderte er mit einem schelmischen Grinsen. Sein Blick schien wieder zu verschwimmen.

Horatia packte den Hals und die Mähne des Pferdes, als sie sich in den Sattel hochzog.

„Dies ist weder der richtige Zeitpunkt noch der richtige Ort, Ihr Narr." Horatia kniff ihn in den Arm und riss ihn mit einem Ruck zurück in die Wirklichkeit. „Jetzt konzentriert Euch! Könnt Ihr aufsteigen oder nicht?"

„Halte das Pferd still, dann werde ich es herausfinden." Lucien schaffte es, sich hinter ihr hochzuschwingen und lehnte sich leicht gegen ihren Rücken. Sein Kopf sank auf ihre Schulter.

„Bleibt bei Bewusstsein, Lucien. Haltet Euch an mir fest." Er schlang seine Arme um ihre Taille, und sie trieb das Pferd zurück nach Rochester Hall.

Es schien ewig zu dauern, bis sie das Haus erreichten, und in einigen Momenten drohte Lucien, bewusstlos zu werden. Horatia wusste wenig über Heilkunde, aber man hatte ihr gesagt, dass jemand mit einer Kopfverletzung nicht einschlafen durfte.

„Bleibt wach!"

„Ich versuche es." Seine frustrierte Stimme vibrierte an ihrem Ohr. „Du bist zu warm. Ich möchte dich nur festhalten und einschlafen..." Seine Worte wurden zu einem schläfrigen Murmeln.

„Was würde Euch wach halten?", rief sie laut. „Wenn ich mich umdrehen könnte, würde ich Euch nur zu gern eine Ohrfeige verpassen..." Seine Hände wanderten von ihrer Taille zu ihren Brüsten, umfassten sie und kneteten sie sanft. Horatia krümmte sich schockiert, wenn auch nicht ohne Genuss.

„Das hier hält mich sehr wach."

„Nehmt Eure Hände von mir!"

Er drückte ihre Brüste und kicherte, dann rückte er von hinten näher an sie heran. Sie spürte einen unverkennbaren Stoß gegen ihr Rückgrat.

Sie blickte zum Himmel auf. Selbst in großer Gefahr war der Mann ein Tunichtgut. „Na schön, wenn es Euch hilft, wach zu bleiben... aber ich schwöre bei Gott, Lucien, sobald wir das Haus sehen, müsst Ihr Eure Hände von mir nehmen, es sei denn, Ihr wollt, dass mein Bruder uns sieht!"

Dieser Kommentar brachte ihn dazu, seine Hände sofort auf ihre Taille sinken zu lassen, aber er blieb den Rest des Weges wach. Der leichte Stich der Enttäuschung, dass er nicht versucht hatte, sie weiter zu bedrängen, überraschte sie. Wollte sie etwa, dass er einfach nicht auf sie hörte und sie zugeben musste, dass sie seine Berührung begehrte, nein, dass sie sich regelrecht nach ihr sehnte? Denn sie sehnte sich tatsächlich danach.

Als sie das Pferd zum Haupteingang lenkte, sah sie zu ihrer Erleichterung eine Kutsche und zwei Pferde, die kurz vor ihnen angekommen waren. Sie erkannte die beiden Reiter sofort.

„Avery, Lawrence, helft mir!" Die beiden jüngeren Brüder sprangen von ihren Pferden und rannten zu ihr.

„Was ist passiert?" Avery streckte sich, um ihr vom Pferd zu helfen. Sie ließ zu, dass er ihre Taille umfasste und sie sanft auf dem Boden absetzte.

„Sein Pferd hat ihn abgeworfen. Ich habe ihn ziemlich weit draußen auf der Wiese gefunden." Horatia zeigte auf Lucien, der ohne ihren stützenden Körper sofort zusammengesackt war. „Er war bewusstlos und hat eine schlimme Kopfverletzung. Bevor ich losritt, schickte ich den Stallburschen zum Arzt nach Hexby."

„Gut gemacht, Miss Sheridan. Komm, Lucien. Komm in meine Arme." Lawrence lockte seinen schläfrigen älteren Bruder vom Pferd.

Avery schien Horatia nur ungern loszulassen. „Und dir, geht es dir gut?"

„Mir geht es gut. Helft Lawrence."

Die Brüder trugen Lucien hinein, als wäre er betrunken aus einer Taverne nach Hause getorkelt. Horatia reichte einem Stallknecht ihre Zügel und lief ihnen nach.

In der Eingangshalle von Rochester Hall wimmelte es vor Leuten. Lady Rochester war offenbar gerade dabei gewesen, die Cavendishs zu begrüßen, die gleichzeitig mit Lawrence und Avery eingetroffen waren.

„Aus dem Weg, verdammt! Wir haben hier einen Verletzten!", brüllte Avery, als er und Lawrence ihren Bruder durch die Menge in Richtung Treppe zu Luciens Schlafzimmer schleppten.

Lady Rochester wollte ihnen folgen, aber Lucien schüttelte den Kopf. „Mir geht es gut, Mutter. Bitte bleib bei den Gästen. Horatia wird sich um mich kümmern und dich holen, sobald ich versorgt bin." Sein Ton war atemlos, duldete aber keinen Widerspruch.

„Ich werde bald nach dir sehen, mein Lieber", versprach sie ihm.

Horatia versuchte Avery und Lawrence zu folgen, aber Lady Rochester packte ihren Arm und forderte eine Berichterstattung. Atemlos erklärte sie ihr hastig das Geschehene in der Absicht, die Menge zu beruhigen. Seltsamerweise wurde sie auf diese Weise für den Moment auch ruhiger.

„Er sieht gut aus", sagte Sir John Cavendish. „Macht Euch keine Sorgen. Wenn er auf eigenen Beinen stehen kann und redet, wird es ihm gut gehen. Ich habe während des Krieges Schlimmeres erlebt."

Sir John Cavendish und seine Frau Marie waren alte Familienfreunde der Sheridans und Russells. Bis Sir John vor vier Jahren mit seiner Familie nach Brighton gezogen war, hatten die drei Familien die Feiertage oft zusammen verbracht.

Auf seine beruhigenden Worte musste Horatia zitternd nicken. Er hatte recht. Sir John hatte immer recht. Sie hatte noch nie einen besonneneren Mann getroffen.

„Sir John, wie schön, Euch wiederzusehen." Horatia begrüßte ihn mit aufrichtiger Herzlichkeit und umarmte die schöne, kräftige Marie. Die Cavendishs hatten zwei Kinder, Gregory und Lucinda. Lucinda war in Horatias Alter und hatte blonde Haare und blaue Augen. Sie war die weibliche Version ihres unglaublich attraktiven Bruders Gregory, der Averys Schulkamerad in Eton und Cambridge gewesen war und nur ein Jahr älter als sie war.

„Entschuldigt, ich muss gehen und sehen, wie es Lucien geht." Horatia gelang es, sich allen zu entziehen und die Treppe hinaufzustürmen.

Luciens Tür stand offen, und er lag bar seiner durchnässten Kleider in seinem Bett. Seine Augen waren geschlossen und sein Oberkörper nackt, die Decken nur bis zur Taille hochgezogen. Seine Muskeln waren wohlgeformt, und für eine Sekunde war ihr Kopf völlig leer, bevor die Realität hereinbrach. Drei Augenpaare musterten sie, und Horatia spürte, wie ihr Gesicht glühte.

„Ich...", stammelte sie.

Lucien rührte sich. „Horatia?" Seine Stimme war heiser.

„Ja?"

Lawrence trat zurück und erlaubte Luciens suchendem Blick, sie zu finden.

„Komm bitte her. Ich möchte mit dir sprechen. Unter vier Augen." Er warf seinen beiden Brüdern einen spitzen Blick zu.

Die beiden sahen einander missbilligend an und zögerten, bis Lawrence schließlich zur Tür deutete und damit zu verstehen gab, dass er und Avery gehen würden. Immer noch stirnrunzelnd machte Lawrence großes Aufhebens darum, die Tür nur angelehnt zu lassen, während Lucien wiederum finster auf den offenen Spalt schaute.

„Wenn er nur wüsste, dass er im Midnight Garden nur wenige Zentimeter von dir entfernt war", kicherte Lucien trocken. „Ich wage zu behaupten, dass er in Ohnmacht fallen würde, wenn er wüsste, dass du diejenige warst, der er sich dort freiwillig anerbot zu vernaschen."

Horatia errötete und ein Lächeln umspielte ihre Lippen. Die Erinnerung an diese Nacht hätte schmerzhaft und peinlich sein sollen, aber das war sie nicht. Ein Teil von ihr genoss sie. Vielleicht war das der Preis dafür, sich in Lucien zu verlieben. Seine Ruchlosigkeit färbte auf sie ab.

„Wie fühlt Ihr Euch?" Horatia hob ihren Rock ein wenig, um sich auf die Bettkante zu setzen. Sie beugte sich vor und strich sein Haar zurück, um seine Wunde besser untersuchen zu können. Sie war gereinigt worden, und es schien, als würde er eher einen blauen Fleck bekommen als eine Infektion, wie sie befürchtet hatte.

Lucien schloss die Augen und rieb sich mit Daumen und Zeigefinger über die geschlossenen Lider. „Ich glaube, ich werde überleben."

Als sie versuchte, ihre Hand wegzuziehen, hielt er sie auf und küsste die Handfläche. Seine haselnussbraunen, warmen Augen sahen zu ihr auf. „Ich habe dir zu danken. Ohne dich läge ich vielleicht immer noch draußen auf der Wiese. Wer weiß, was dann passiert wäre?"

Horatia schauderte bei dem plötzlichen Angstgefühl, das sie überkam. Unfähig, sich zu beherrschen, schlang sie die Arme um seine Brust und vergrub ihr Gesicht zitternd in seiner Halsbeuge. Sie fragte sich, wie es ihr so wehtun konnte, ihn fast zu verlieren, wenn er ihr doch nie gehört hatte. Scheinbar war die Angst davor, jemanden zu verlieren, umso größer, wenn die Person ihr nicht gehörte. Lucien an den Tod zu verlieren wäre schlimmer gewesen, als ihn an eine andere Frau zu verlieren.

Seine Arme legten sich um ihren Körper, zogen sie näher, hielten sie fest, obwohl er sie hätte wegstoßen sollen. Als sie sich wieder gesammelt hatte, hob sie tapfer den Kopf und streifte mit ihrer Nase seine Wange. Seine Arme zogen sie wieder enger an sich und sein Atem stockte.

„Du solltest Gott danken, dass ich schwach bin wie ein neugeborenes Kätzchen, meine Liebe. Sonst würde ich dir mehr als gebührend dafür danken, dass du mein Leben gerettet hast, und diese verdammte Tür wäre längst verriegelt", murmelte Lucien, bevor er sie sanft auf ihr Kinn küsste.

Horatias Blut wallte auf bei der Vorstellung, die seine

Worte in ihr weckte, und eine allzu vertraute Sehnsucht loderte in ihr auf. Sie riss sich los, als seine Hände zu ihren Brüsten wanderten.

„Nein", war alles, was sie sagte. Sie räusperte sich, trocknete sich die restlichen Tränen, strich ihre Röcke glatt und ging zur halboffenen Tür. Sie blieb im Rahmen stehen und drehte sich noch einmal zu ihm um.

„Ich wünsche Euch eine schnelle Genesung, Mylord." Sie machte einen Knicks, etwas, das sie noch nie vor ihm getan hatte, und ging. S seine Umarmung fehlte ihr schmerzlich, aber sie wagte es nicht, bei ihm zu verweilen.

KAPITEL 20

Das Abendessen in Rochester Hall war immer eine pompöse Angelegenheit, genau wie Jane es mochte. Es hatte etwas Wunderbares, ihre Kinder und Freunde um ihren Tisch zu scharen, zu essen, zu trinken und gemütlich zu plaudern. Am ausziehbaren Tisch im Esszimmer hatten bis zu dreißig Personen Platz, aber heute Abend wurde er nur für eine intimere Gruppe von dreizehn Personen eingedeckt.

Der Arzt war gegangen, nachdem er Jane versichert hatte, dass es ihrem Sohn gut genug ging, um mit ihnen zu Abend zu essen, wenn er wollte, und dass er nur eine leichte Gehirnerschütterung erlitten hatte. Trotz der Empfehlung, sich die nächsten Tage auszuruhen, hatte Lucien die Sturheit bewiesen, die er von seinem Vater geerbt hatte, und war zum Abendessen heruntergekommen. Jane, der sein blasser Teint nicht entging, sah besorgt zu ihm hinüber.

Sie hatte die Sitzordnung so arrangiert, dass die jüngeren Kinder beisammensaßen. Cedric und Horatia saßen zu beiden Seiten von Lucien am Kopfende des Tisches. Lucinda und Linus waren die nächsten und auf der anderen Seite saßen

Avery, Lawrence, Audrey, Gregory, Lysandra und schließlich John, Marie und sie selbst.

Ihr waren im Laufe des Abends viele Dinge aufgefallen, und sie fragte sich, ob sie sich Sorgen darüber machen sollte, wie sich das enge Beisammensein der drei Familien über die Feiertage auf alle auswirken würde. Linus warf Lucinda immer wieder verstohlene Blicke über den Tisch zu. Lucinda ihrerseits versuchte höflich, ihn in ihr Gespräch mit Cedric miteinzubeziehen, aber Linus brummte nur eine schnelle Antwort und wandte den Blick ab, um es so aussehen zu lassen, als hätte er kein Interesse an dem Mädchen.

Jane ließ sich davon zwar nicht täuschen, aber sie machte sich Sorgen. Obwohl er bereits einundzwanzig war, war Linus immer noch jung genug, um unüberlegt zu handeln. Sein Interesse an Lucinda Cavendish könnte für die beiden vor dem Altar enden, wenn sie nicht achtgaben, und Jane befürchtete, dass Linus noch nicht bereit für die Ehe war. So sehr sie sich auch wünschte, dass mindestens eines ihrer Kinder heiratete, war er nicht reif genug, und niemand wollte eine durch einen Skandal erzwungene Hochzeit. Linus war noch zu sprunghaft und würde seine Ehefrau förmlich in den Wahnsinn treiben, wenn er jetzt heiratete.

Andererseits überraschte es sie keineswegs, dass Linus von einer bestimmten Frau fasziniert war. Immerhin war er ein Russell und hatte ihr leidenschaftliches Blut geerbt. Die interessanteste Entwicklung des Abends war jedoch Lysandras Verhalten. Janes einzige Tochter war ihr nach so vielen ungezogenen Söhnen wie eine wundersame Anomalie erschienen, doch Lysandra hatte es bewerkstelligt, genauso ungezogen zu sein wie ihre Brüder. Das Mädchen interessierte sich nicht für Mode und verbrachte viel zu viel Zeit in der Bibliothek. Nicht, dass Bücher keine gesunde Beschäftigung für eine Frau wären – es war enorm wichtig, intelligent zu sein! Jane betrachtete es sogar als die Pflicht einer Frau, schlauer zu sein als die meisten Männer, aber eine Frau konnte weder Bücher heiraten, noch konnten Bücher Jane die Enkelkinder schenken, nach denen sie sich so sehnte.

An einem bestimmten Punkt im Leben eines Menschen gab es nichts Wichtigeres als zu sehen, wie die eigenen Kinder erwachsen wurden, heirateten und eigene Kinder bekamen. Enkelkinder waren ein besonderes Vergnügen, und Jane war neidisch auf ihre Freundinnen, die dieses Privileg bereits genossen. Sie sehnte sich danach, wieder ein schlafendes Baby in den Armen zu halten, den sauberen süßen Duft seiner Haut einzuatmen und liebliche Schlaflieder zu summen. Sie würde noch erleben, wie alle ihre Kinder heirateten und Kinder bekamen, und wenn es das Letzte wäre, was sie auf Erden täte.

Im Verlaufe des Abendessens beobachtete Jane etwas Neues an ihrer Tochter: Ihre Wangen waren leicht gerötet und ihre Augen leuchteten und hatten einen erschrockenen Ausdruck, als wäre Lysandra aus einem Traum aus blassen Pastelltönen erwacht, um endlich die Welt in ihrer wahren Farbenpracht zu sehen. Nur die Sehnsucht des Herzens konnte diesen Blick hervorrufen, und die Art und Weise, wie Gregory Cavendish seinen Wein mit gedankenloser Hingabe trank, sagte Jane alles, was sie wissen musste. Lysandra war eine echte Russell, wenn sie den schneidigen jungen Mann mit ihren bloßen Blicken so faszinierte. Er würde hervorragend zu ihrer Tochter passen.

Jane widerstand dem Drang, darüber zu jubeln, dass ihre Freundin Marie und sie nach der Heirat ihrer Kinder bald eine einzige Familie sein würden. Es war nur noch eine Frage der Zeit.

Was auch immer zwischen den beiden vorgefallen war – und sie spürte, dass etwas vorgefallen sein musste – es war nicht wie geplant verlaufen. Einen Kuss, ob nun freiwillig gegeben oder eher erhascht, konnte man nicht rückgängig machen, und Jane konnte nur hoffen, dass ihre heißblütige Tochter nicht zu unverschämt gehandelt hatte. Es wäre vollkommen ausgeschlossen, dass ihre Tochter aus Gründen heiraten müsste, die in ein paar Monaten offenkundig sein würden. Dass ihre Söhne unter solchen Umständen heiraten würden, war fast vorherzusehen, denn keiner von ihnen hatte auch nur einen Funken von Selbstbeherrschung, aber Lysandra sollte stärker sein. Sie war schließlich eine Frau.

Als die Nachspeisen serviert wurden, wandte Jane ihre Aufmerksamkeit Lucien und Horatia zu. Sie unterhielten sich gerade, und Jane hasste es, dass sie kein einziges Wort hören konnte.

Es war so offensichtlich, dass Horatia ihn liebte. Was brauchte Lucien nur, um zur selben Einsicht zu gelangen? Keine andere Frau konnte solche tiefgreifenden Empfindungen ertragen und gleichzeitig mit seinen Launen umgehen wie Horatia. Die Frau sollte für ihre Tapferkeit, einen solchen Mann zu lieben, heiliggesprochen werden.

Ich darf mich nicht einmischen... nun ja, nicht zu stark.

Es gäbe an diesem Abend Pianofortemusik und Gelegenheit zum Tanz, und Jane würde dabei Verbündete für ihre Mission suchen, Horatia in Luciens Arme zu befördern.

Als das Abendessen beendet war, stand sie auf und wandte sich an ihre Gäste.

„Ich dachte, wir könnten für den Rest des Abends alle in den Ballsaal überwechseln und ein bisschen Musik und Tanz genießen." Ihr Vorschlag stieß auf allgemeine Zustimmung, und die Gruppe ging gemeinsam in Richtung Ballsaal. Jane fing dabei ihre drei jüngeren Söhne ab und sperrte sie mit sich im Esszimmer ein, nachdem die anderen gegangen waren.

„Mama, was hast du vor?", fragte Linus, der vergessen hatte, dass er für seinen Unfug vom Vormittag noch eine Standpauke ausstehen hatte.

„Setzt euch, alle drei." Sie hatte zwanzig Jahre damit

verbracht, diesen Tonfall zu perfektionieren, und Avery, Lawrence und Linus stürzten sich fast auf die nächsten Stühle. Sobald sie saßen, begann sie vor ihnen auf und ab zu gehen, wohl wissend, dass sie sich wie ein Kommandant der Streitkräfte Seiner Majestät benahm.

„Ich habe beschlossen, dass alle drei heute Abend Horatia umwerben müsst", verkündete sie.

Avery erbleichte, Lawrence runzelte die Stirn, und Linus, der auf den beiden hinteren Stuhlbeinen balancierte, fiel krachend um.

„Was?" Lawrence begann aufzustehen.

„Habe ich dir erlaubt, aufzustehen?"

Lawrence ließ sich sofort wieder nieder.

„Bist du verrückt geworden, Mutter?", fragte Linus, stellte seinen Stuhl auf und setzte sich wieder. „Soll ich Dr. Lambert aus Hexby holen lassen?"

„Du lieber Himmel, nein." Sie lachte. „Ich bin gesund wie eh und je und habe vor, so lange am Leben zu bleiben, bis alle meine Kinder glücklich verheiratet sind. Findet euch also damit ab, dass ihr meine Gesellschaft noch lange Zeit genießen dürft."

„Darum geht es dir also?" Lawrence verschränkte die Arme so, dass er sie plötzlich an ihren verstorbenen Ehemann erinnerte. Er war der sanftmütigste Mann auf der Welt gewesen, aber er konnte ein furchterregendes Gesicht, böse wie der Teufel persönlich, aufsetzen – eine Eigenschaft, die Lawrence geerbt hatte. „Du willst, dass einer von uns heiratet, also hast du Horatia ausgewählt, in der Hoffnung, dass einer von uns sie mag?" Die Missbilligung in seiner Stimme war so deutlich herauszuhören wie Kanonenfeuer.

„Sei nicht lächerlich. Sie ist in Lucien verliebt."

„Warum sollen wir sie dann umwerben?", fragte Linus. „Mir scheint, das solltest du deinem Erstgeborenen auftragen." Er kippte mit seinem Stuhl nach hinten, als hätte er seinen Unfall von vor nicht einmal einer Minute bereits vergessen, und grinste nachsichtig, als spräche er mit einem bockigen Kind. Jane hingegen war am Rande der Verzweiflung. Hatte denn keiner von ihnen ihren Verstand oder ihre List geerbt?

„Ich schwöre, so wie ihr drei euch benehmt, scheint ihr als Babys auf den Kopf gefallen zu sein. Wenn Lucien sieht, wie ihr alle um Horatias Aufmerksamkeit buhlt, wird er eifersüchtig werden und auf seine Gefühle für sie reagieren. Er braucht nur einen Schubs in die richtige Richtung, und ihr Brüder wetteifert doch seit eh und je um alles in diesem Haus. Ich glaube, es ist an der Zeit, diese Energien für einmal sinnvoll einzusetzen.“

„Klug“, sagte Avery, der bisher geschwiegen hatte, anerkennend.

Linus schnaubte. „Wer sagt, dass Lucien Gefühle für sie hat? Ich dachte, nach Miss Burns und der Pavillon-Katastrophe kann er sie nicht ausstehen.“ Sein gereizter Ton war wahrscheinlich Ergebnis seiner Schuldgefühle, immerhin hatte er benannte Katastrophe damals überhaupt erst verursacht.

„Miss Burns ist an diesem Tag abgereist, weil ich etwas zu ihr gesagt habe, Linus. Ich habe Lucien erst vor kurzem darüber aufgeklärt, was in Wahrheit geschehen ist. Er hat seine Meinung über Horatia zum Besseren geändert, glaube ich.“

„Eine bessere Meinung lässt noch lange keine Hochzeitsglocken läuten, Mutter“, sagte Lawrence.

„Er hegt Gefühle für sie, und er begehrt sie“, beharrte Jane, doch Lawrence und Linus grummelten zweifelnd.

Avery setzte sich in seinem Stuhl auf. „Offen gesagt glaube ich, dass Mutter recht haben könnte. Ich kann mir gut vorstellen, dass Lucien etwas für Horatia empfindet.“

Die Köpfe seiner Brüder schnellten zu ihm herum.

„Und woher weißt du das?", fragte Lawrence.

Avery grinste. „Erinnerst du dich an den Abend, an dem du dich mit Lucien im Midnight Garden getroffen hast, Lawrence?"

Jane keuchte entsetzt, aber Avery ignorierte sie.

„Woher zum Teufel weißt du, wo ich war?", fragte Lawrence.

Avery lächelte weiter. „Erinnerst du dich an die Frau in dem silbernen Kleid mit der Maske, an der Lucien so interessiert war?"

„Natürlich", antwortete Lawrence. „Sie war sehr schön. Sie hatte diese charmante Naivität an sich, die – oh Gott."

Averys Lächeln wurde breiter. „Ja, diese Frau war Horatia. Sie hat Madame Chanson dafür bezahlt, sie an diesem Abend zu Lucien zu schicken."

Jane stieß einen kleinen Schrei aus und sank halb ohnmächtig in einen Stuhl. Sie lugte unter ihren Wimpern zu ihrem Sohn auf, doch keiner der Männer beachtete sie. Sie interessierten sich hingegen sehr für Averys Informationsquelle. Ahnten sie denn nicht, was ihr wildes, schamloses Treiben mit ihren Nerven anrichtete? Nun, wenn sie sich wie Teufel benehmen wollten, dann würde sie sie, bei Gott, dazu bringen, ihre teuflischen Talente wenigstens für ihre Zwecke einzusetzen.

Lawrence erinnerte sich an jedes Detail dieser Nacht und an seine Eifersucht, als Lucien der Frau angeboten hatte, zwischen den Brüdern zu wählen. Lawrence hatte seine eigene Begleiterin fast vom Schoß gestoßen, in der Hoffnung, Luciens Schätzchen in die Arme zu schließen. Eine Frau, die er kannte und an die er nie einen einzigen romantischen Gedanken verschwendet hatte. Es war kaum zu fassen.

„Willst du mir etwa sagen, dass die Frau, die ich in dieser

Nacht meinem Bruder zu gern vom Schoß gezogen hätte, die Frau, die er so schamlos vor meinen Augen verführt hat..."

„Das war Horatia", sagte Avery mit einem Nicken. „Aber ich muss uns auf den Punkt dieser Offenbarung zurückführen. Lucien wusste die ganze Nacht über, dass sie es war. Er drückte sein Verlangen nach ihr sehr deutlich aus, genauso wie sie ihres nach ihm."

Seine Mutter richtete sich von ihrer theatralischen Ohnmacht wieder auf und spitzte die Ohren. „Hat er etwa... haben sie... Horatia mir gesagt, sie hätten nicht..."

„Nein, überhaupt nicht", beruhigte Avery sie. „Nun, nicht so ganz." Er zupfte verlegen mit seinen Fingern imaginäre Flusen von seinem Hemd.

Linus sprang auf und streckte seine Arme aus, in der Erwartung, dass seine Mutter diesmal tatsächlich ohnmächtig werden würde.

Seine Mutter kreischte. „Gütiger Himmel, ich habe ein Rudel von Wüstlingen und Hedonisten großgezogen! Der Leidenschaft zu frönen ist eine Sache, aber das?"

Lawrence ignorierte die Ausrufe seiner Mutter, dass die Seelen ihrer Söhne unwiederbringlich verdammt wären, und konzentrierte sich stattdessen auf seinen jüngeren Bruder.

„Avery, woher weißt du das alles? Du warst doch in dieser Nacht nicht einmal im Garden."

„Ich habe meine Quellen", antwortete Avery geheimnisvoll. Es war nicht einmal das erste Mal, dass er einen solchen Kommentar machte.

„Du und deine verdammten Quellen. Eines Tages wirst du noch in Schwierigkeiten geraten", warnte ihn Lawrence. „Der Krieg ist vorbei. Meinst du nicht auch, dass deine Missionen ebenfalls enden sollten?"

„Kriege enden nie", sagte Avery. „Nur die Schlachtfelder und Ziele ändern sich."

Averys Missionen auf dem Kontinent waren ein gut gehütetes Familiengeheimnis, was dadurch unterstrichen wurde, wie wenig seine Lieben darüber wussten. Es war eine gefährliche Arbeit, und Avery wollte seine Familie keiner Gefahr und Ärgernissen aussetzen.

„Lucien und Horatia müssen heiraten", sagte seine Mutter bestimmt. „Mein Gewissen lässt aufgrund des gegenwärtigen Sachverhalts keine Alternative mehr zu. ‚Nicht so ganz', oh, mein armes Herz..."

Lawrence dachte darüber nach. „Glaubst du wirklich, er wird sie nur aus Eifersucht mehr begehren?" Sie waren keine kleinen Jungen mehr und stritten sich nicht mehr um Spielzeugsoldaten. Frauen waren eine ernste Angelegenheit.

„Wie ich euch drei kenne, wird er darauf reagieren, wenn ihr euch bemüht, sie zu umgarnen."

„Ich hoffe nur, er reagiert nicht mit Kugeln", sinnierte Avery. „Von meinem eigenen Bruder angeschossen zu werden wäre äußerst peinlich."

„Keine Sorge, Avery", kicherte Linus. „Ich werde an deiner Beerdigung teilnehmen. Es wird ein schöner Gottesdienst werden. In den Grabstein meißeln wir: ‚Hier liegt Avery Russell – Räuber von Herzen und Geheimnissen'.

„Sei still, du Küken!", schnappte Avery.

Lawrence streckte die Beine aus und überkreuzte sie an den Knöcheln. „Ich würde mir mehr Sorgen um Cedric machen." An ihm war schließlich nicht vorbeizukommen. Lawrence wusste, wie sehr der Mann seine Schwestern beschützte. „Er wird unsere amourösen Annäherungsversuche bestimmt bemerken. Stellt euch nur seine Reaktion vor."

„Überlasst ihn mir", sagte seine Mutter.

Lawrence vermutete, dass seine Mutter Audreys Hilfe in Anspruch nehmen würde, um Cedric abzulenken. Gott stünde ihnen allen bei, wenn das nicht funktionierte.

. . .

Jane wartete, bis sie wieder die volle Aufmerksamkeit ihrer Söhne hatte, und bedeutete Avery, fortzufahren.

„Nun zu den Einzelheiten, Mutter. Was sollen wir genau tun, um Lucien eifersüchtig zu machen?" Avery sah mit unschuldiger Miene zu seiner Mutter auf. Dieser Nichtsnutz wollte, dass sie es laut aussprach! Er glaubte wohl nicht, dass sie so kühn wäre, ihren Plan im Detail darzulegen. Aber da hatte er sich gründlich geirrt.

„Schau mich nicht so lammfromm an, mein Sohn", warnte Jane. „Ihr drei habt genug gesündigt, um den zweiten Kreis der Hölle ganz allein für euch zu beanspruchen und keinen Raum für andere zu lassen. Ihr werdet tun, was ihr mit jeder edlen Dame tut. Macht ihr Komplimente. Verführt sie. Schürt das Feuer in ihrem Inneren. Lockt sie mit Leidenschaft. Aber tut nichts, was mir in einem Monat Kopfschmerzen bereiten würde, habt ihr mich verstanden?" Wäre sie besser aufgelegt gewesen, hätte sie über die Verlegenheit in ihren Gesichtern gelacht.

„Was denn? Erwartet ihr von mir, dass ich mich in solchen Dingen nicht auskenne? Ich habe fünf Kinder zur Welt gebracht, und ich versichere euch, dass ich das nicht allein getan habe. Euer Vater hat eine nicht unbedeutende Rolle dabei gespielt, eure erbärmlichen Existenzen zu zeugen. Es gibt ein kleines Buch aus Indien, von dem ich glaube, dass ihr es alle besitzt? Das mit all den Illustrationen. Tut nicht so, als wüsstet ihr nicht, wovon ich spreche. Nun, ich habe es auch gelesen."

„Mutter! Um Gottes Willen!", flehte Lawrence und unterbrach seine Mutter.

Jane erlaubte sich ein Lächeln.

„Seht ihr! Es ist doch nicht so unterhaltsam, wenn man gewisse unerwünschten Szenen in den Kopf gesetzt bekommt!" Sie klatschte in die Hände. „Nun, ab in den Ballsaal. Und tut, was ich euch sage, sonst werdet ihr um Gnade flehen, und ich bin keine gnädige Person. Ich habe euch in diese Welt gesetzt, und wenn ihr mir nicht gehorcht, werde ich euch gern auch wieder aus ihr entfernen." Sie drohte in einem so herzlichen Ton, dass ihre drei Söhne erschauderten.

IN DEM MOMENT, ALS AVERY, LAWRENCE UND LINUS DEN Ballsaal betraten, wandte sich Lawrence an seine Brüder und flüsterte, damit niemand anderes ihn hören konnte.

„Was sagt ihr, versuchen wir das Hütchenspiel?"

„Wer ist der Hauptspieler?", fragte Avery leise.

Lawrence sprach. „Ich. Erinnert ihr euch, was zu tun ist?"

Das Hütchenspiel war etwas, das die drei schon oft zusammen gespielt hatten, und jeder kannte seine Rolle. Linus und Avery nickten, und die drei trennten sich. Linus steuerte direkt auf ihr ahnungsloses Opfer zu, während sich Avery und Lawrence in entgegengesetzte Richtungen aufmachten.

KAPITEL 21

Horatia saß auf einem Stuhl an der Wand und lauschte Lady Rochesters Spiel am Pianoforte. Cedric begleitete die Hausherrin und blätterte die Seiten um, während er die Noten verfolgte. Audrey tanzte mit Gregory Cavendish, und die beiden schienen die ganze Fläche des Ballsaals zu nutzen. Avery und Lucinda tanzten neben ihnen, und Lysandra tanzte mit ihrem Bruder Lawrence.

Ein Lächeln huschte über Horatias Lippen. Es freute sie, Audrey so glücklich zu sehen. Ihre erste Saison war eine ziemliche Enttäuschung gewesen, nachdem Cedrics schwierige Art sich unter den jungen Männern herumgesprochen hatte. Audrey hatte tagelang geweint, als ihr keine Blumen oder Karten geschickt worden waren. Es gab nichts Grausameres, als Geschwistern beim Leiden zuzusehen. Heiraten war alles der Herzenswunsch des armen Mädchens, aber sie hatte unter Cedrics wachsamen Augen einfach keine Chance.

Horatia erspähte Lucien mit Lawrence und den Gästen auf der anderen Seite des Raums. Er schien sich gut erholt zu haben, wenn er auch noch etwas blass war. In seinen Augen lag ein gehetzter Ausdruck, der in ihr das Herz zusammenzog. Lucien fuhr sich mit der Hand durchs Haar und zerzauste damit die geglätteten roten Wellen, während er mit John und Marie sprach. Sir John lachte so laut, dass seine Stimme die Musik übertönte.

Lucien war ein großartiger, warmherziger und liebevoller Mann mit einem seltenen und unwiderstehlichen Charme, und Horatias Augen brannten ein wenig, als sie ihn beobachtete. Sie wollte weinen, weil er verletzt worden war, und sie wollte vor Erleichterung weinen, weil er sich so rasch von seiner Verletzung erholt hatte.

Sie war so sehr auf Lucien fixiert, dass sie nicht einmal bemerkte, dass ein ganz anderer Russell um ihre Aufmerksamkeit buhlte.

„Horatia?", murmelte Linus und fügte ein höfliches Hüsteln hinzu.

Er stand vor ihrem Stuhl und machte eine Miene, die ihr Bange machte. Für gewöhnlich folgte die Umsetzung von Plänen und Streiche dieser Art von Blick.

Horatia merkte, dass er darauf zu warten schien, dass sie etwas sagte. „Entschuldige, wie bitte?"

„Ich habe dich um einen Tanz gebeten. Hast du Lust?" Linus bot ihr seinen Arm und lächelte so charmant, dass Horatia aus ihrer Betäubung gerissen wurde, Lucien zu beobachten.

„Du willst mit mir tanzen?" Sie hatte nicht so ungläubig klingen wollen, aber Linus hatte nie das geringste Interesse dafür gezeigt. Sie fragte sich, was dieser Witzbold vorhatte.

„Natürlich! Du bist eine versierte Tänzerin, und ich bin dafür bekannt, ganz passabel ein oder zwei Quadrillen zu tanzen, wenn sich die Gelegenheit bietet."

Er wackelte mit den Augenbrauen, und sie unterdrückte ein Kichern. Linus war ein Teufel, aber ein charmanter.

„Und wie sieht es mit einem Walzer aus?", fragte Horatia,

als Lady Rochesters Spiel zu einer mitreißenden, unbeschwerten Melodie wechselte. Auf einem festlichen Ball in Almack's durfte eine unverheiratete Dame ohne die Erlaubnis der Schirmherrin keinen Walzer tanzen. Doch unter Freunden hielt Lady Rochester nichts von solchen Regeln. Das gefiel Horatia besonders an der Familie Russell und an Rochester Hall. Sie war frei von solch quälenden sozialen Etiketten.

„Walzer sind meine Spezialität. Erlaube mir, es dir zu beweisen." Linus zwinkerte ihr zu, als würde er ihr ein Geheimnis anvertrauen.

„Sehr gerne. Nehmen wir unsere Plätze ein." Horatia nahm Linus' angebotenen Arm. Sie ahnte zwar, dass er etwas im Schilde führte, konnte aber nicht erraten, was es war.

Er führte sie auf die Tanzfläche und wirbelte sie langsam herum, bevor er sie wieder in seine Arme zog. Sie legte eine Handfläche an seine Brust und versuchte, etwas Abstand zwischen ihre Körper zu bringen.

„Ich glaube nicht, dass wir ganz so nah tanzen müssen", warnte sie ihn.

„Unsinn. Ein Mann schreckt nie vor einer Gelegenheit zurück, eine hübsche Dame in seinen Armen zu halten."

„Eine hübsche Dame?", wiederholte sie. „Wirklich, Linus, du verhältst dich heute Abend äußerst seltsam. Was für ein Spiel treibst du?" Ihr sanfter Ton verriet, dass sie wusste, dass er nicht aufrichtig war. Er hatte noch nie auch nur angedeutet, dass er ein romantisches Interesse an ihr hatte.

„Manchmal wacht ein Mann einfach eines Tages auf und sieht, was er die ganze Zeit vor Augen hatte." Sein Blick wich ihrem für den Bruchteil einer Sekunde aus, lange genug, um seine wahren Gedanken zu verraten. Sie war nicht die Frau, nach der er sich sehnte, aber aus irgendeinem merkwürdigen Grund tat er so, als wäre sie es.

Als der Walzer an Schwung gewann, wurde Horatia von

den ständigen Drehungen fast schwindelig. Sie hatte sich kaum an den Rhythmus mit Linus gewöhnt, als er sie geschickt von sich wegwirbelte und ein anderer Mann sie auf der Tanzfläche abfing.

LUCIEN UNTERHIELT SEINE GÄSTE UND GENOSS DIE SCHERZE der älteren Cavendishs. Sir John war ein guter Freund von Luciens Vater gewesen, und es erfüllte ihn immer mit tiefer Wärme, Sir Johns Geschichten über ihre gemeinsame unheilvolle Jugend zu hören. Er vermisste seinen Vater sehr und betrauerte ihn trotz der Jahre, die seit seinem Tod vergangen waren.

„Dein Vater wäre stolz darauf, wie gut sich alle seine Kinder entwickelt haben", Sir John nickte Lucien ernst zu. „Er hat jeden von euch so sehr geliebt und lächelt bestimmt auf euch herunter, wo immer er auch ist."

Maries Augen wurden feucht, und sie lehnte sich an ihren Mann. „Oh John, Liebling, du machst mich sehr traurig. Du darfst nicht so sprechen, nicht heute Abend." Sie legte ihre Hand in Sir Johns Armbeuge und warf Lucien einen entschuldigenden Blick zu.

„Freust du dich, Lysandra nächstes Jahr für die Saison nach London zu bringen? Ich glaube, dass viele Männer sie umwerben werden."

Lord Rochester gluckste. „Vielleicht werden sich die Männer tatsächlich für sie interessieren, aber ich bezweifle, dass einer der Kandidaten ihr Interesse wecken kann."

Als Marie und Sir John verwirrte Gesichter machten, lachte Lucien.

„Sie ist ein Blaustrumpf und interessiert sich eher für Bücher. Ich glaube, sie experimentiert lieber mit einem Verehrer, als mit ihm zu tanzen."

Lawrence schloss sich ihrer Gruppe an. „Redet ihr da von Lysa?" Er schüttelte den Kopf. „Ich fürchte, das ist leider wahr."

„Ach je." Marie lachte leise. „Aber ich nehme an, wenn der richtige Kavalier vorbeikommt, wird sie genauso hingerissen sein wie der Rest von uns, wenn wir uns verlieben."

Die Gruppe ging zu anderen Themen über, und Lawrence lenkte Lucien mit einem unerwarteten Kommentar ab.

„Horatia sieht heute Abend recht nett aus."

Lucien sah seinen Bruder skeptisch an. „Recht nett? Sie sieht fantastisch aus, wie immer."

Lawrences Gesichtsausdruck wurde unergründlich. „Du hast natürlich recht. Das erinnert mich daran, dass Linus dich gern unter vier Augen sprechen möchte. Er ist in deinem Arbeitszimmer."

„Unter vier Augen? Was will er denn?"

Sein Bruder zuckte mit den Schultern. „Ich glaube, er möchte dich um Erlaubnis bitten, Horatia zu umwerben. Er weiß, dass sie in der Vergangenheit Gefühle für dich hegte, weshalb er sicherstellen will, dass du sie nicht erwiderst, damit er ihr den Hof machen kann."

„Den Teufel wird er tun", knurrte Lucien und stapfte davon, um seinen Bruder zu finden. Horatia tanzte immer noch mit Avery und würde vor seinem jüngsten Bruder vorerst in Sicherheit sein.

„Avery?", stammelte Horatia überrascht über den neuen Tanzpartner, der sie in seinen Armen hielt. Der mittlere Bruder der Russells grinste sie an.

„Wie geht es dir, liebe Horatia?" Der Teufel wagte es doch tatsächlich, ihr schöne Augen zu machen. Er ähnelte seinen Geschwistern am wenigsten, die alle nach der Mutter kamen.

Avery glich eher seinem Vater und schien dem Rest der Russell-Brut immer etwas fremd zu sein.

„Mir geht es gut, und dir?" Sie versuchte, sich auf das Gespräch zu konzentrieren, aber ihre Gedanken waren anderswo.

„Mir geht es wunderbar, jetzt, wo ich dich in meinen Armen halte."

Horatia starrte ihn verdutzt an, erholte sich aber gleich wieder. „W-was?" Erst Linus, jetzt Avery? Das war alles sehr sonderbar.

Das Tempo des Walzers schlug um, und Horatia spürte, wie Averys Hand in sanften, aber sinnlichen Bewegungen ihre Taille streichelte, was ihr eine tiefe Röte in die Wangen trieb.

„Mein Bruder ist ein Narr. Du hast dich zu lange nach ihm gesehnt, meine Liebe. Warum gibst du nicht einem anderen von uns die Chance, dich zu umwerben?"

„Ehrlich gesagt, das ist ziemlich..." Sie konnte ihren Satz nicht beenden, weil er ihr das Wort abschnitt.

„Ich sehe, du interessierst dich immer noch zu sehr für ihn. Nun, das habe ich vermutet. Er wartet am Eingang auf dich. Möchtest du mit ihm sprechen?"

Sie warf einen verstohlenen Blick über ihre Schulter und sah, dass Lucien tatsächlich den Raum verlassen hatte.

„Er möchte mich wirklich sehen?" Das klang zu schön, um wahr zu sein.

„Natürlich. Wir haben ihn davon überzeugt, dass er seinen Herzenswunsch nicht verleugnen sollte."

„Nun, dann würde ich ihn tatsächlich gern sehen."

Avery lenkte sie tanzend in die Nähe der Tür, die ange-lehnt war, und wirbelte sie dann in den dunklen Gang hinaus. Horatia wäre beinahe gestolpert, aber starke Arme fingen sie auf, und sie wurde an einen kräftigen, warmen Körper gedrückt. Im trüben Licht des Flurs sah sie zu dem Mann auf, der sie so unschicklich umschlang.

„Lucien?", flüsterte sie.

Der Mann, der sie festhielt, glitt mit ihr in schwungvollen Schritten, die noch immer den Rhythmus des Tanzes nachahmten, leichtfüßig den dunklen Flur hinab. Die Diener hatten die Lampen nicht angezündet – oder aber jemand hatte sie ausgelöscht. Sie schauderte.

„Lucien, wir sollten nicht gehen." Sie zog an seiner Hand und grub ihre Schuhe in den Teppich, als sie versuchte, ihn aufzuhalten.

„Komm schon, Horatia. Lucien und ich sind uns doch nicht derart ähnlich, oder?" Lawrences amüsiertes Lachen ließ sie erstarren. Er zog wieder an ihrem Arm, und sie wäre beinahe gefallen.

„Lawrence, lass mich los. Wir sollten in den Ballsaal zurückkehren. Das ist nicht – wohin bringst du mich?" Ihr Puls raste, als Lawrence eine Tür auf halber Höhe des Korridors wählte, sie öffnete und sie hineinführte. Horatia stolperte über eine Falte im Teppich und stieß gegen das nächste Möbelstück, das ausgerechnet ein Bett war. Lawrence hatte sie in ein Schlafzimmer gebracht... und nun waren sie allein.

„Lawrence, was soll das? Warum hast du mich hierhergebracht?" Sie versuchte, sich vom Bett abzustoßen und hörte, wie ihr Kleid dabei am Saum riss.

Doch Lawrence ignorierte ihre Frage. „Das wird die richtige Wirkung zeigen, denke ich. Wir haben nicht viel Zeit, und es muss richtig gemacht werden."

Horatia richtete sich auf und drehte sich zu ihm um. Ihr Herz raste, als er lächelte und die Tür ein paar Zentimeter offen ließ. Abgesehen von zwei Kerzen über dem Kamin gab es keine Lichtquelle im Zimmer. Schatten fielen über Lawrences Gesicht, als er seine Weste auszog und sie über die Rückenlehne des nächsten Stuhls fallen ließ. Horatia machte zwei langsame Schritte auf die Tür zu, aber er versperrte ihr mit amüsiertem Ausdruck den Weg.

„Wohin willst du so eilig?", neckte er.

„Lawrence", sagte sie leise, und Unbehagen erfüllte sie. Sie fühlte sich in die Enge getrieben und hatte ein wenig Angst, denn in diesem Moment traute sie dem jungen Russell alles zu. „Lass mich gehen." Horatia hoffte, er würde zur Vernunft kommen. „Du musst doch einsehen, dass sich das nicht gehört, nicht einmal in deiner Familie."

Er lehnte sich an die Wand neben der Tür und verschränkte die Arme vor der Brust, während seine Augen über ihren Körper wanderten. „Meine Familie ist selbst in ihren besten Zeiten ungebührlich, und meine liebe süße Miss Sheridan, du bist das neueste Spielzeug, um das meine Brüder und ich uns streiten. Herzlichen Glückwunsch! Lucien ist ein Narr, dich nicht zu wollen, aber ich bin nicht so dumm."

„Du würdest nicht... Das würdest du nicht wagen!" Horatia beobachtete fast benommen, wie Lawrence seine Krawatte ablegte und sein Hemd aufknöpfte.

Dies konnte nicht passieren. Er war doch ein Freund, jemand, dem sie vertraute und den sie respektiert hatte.

„Du wirst mich nicht anrühren. Untersteh dich." Sein Lächeln ließ sie erschaudern. „Wenn du mir näherkommst, schreie ich..." Um ehrlich zu sein, würde sie noch viel mehr tun, aber ihr Instinkt sagte ihr, das lieber für sich zu behalten. Es hatte keinen Sinn, den Mann zu warnen, wozu sie imstande war.

Er musterte sie so schamlos, dass Horatia sich beeilte auszuweichen, als er sich schließlich von der Tür abstieß und auf sie zuging. Sie wünschte sich bei Gott, ihre Hände würden aufhören zu zittern. Sie wusste, dass sein Ruf genauso schlecht war wie der von Lucien, und sie erinnerte sich gut an ihn im Midnight Garden und daran, wie er die Frau verführt hatte, die er an diesem Abend ausgewählt hatte. Sie würde nicht seine nächste Eroberung werden. Auf keinen Fall!

Ein Teil von ihr war immer noch fassungslos, dass Lawrence sie so behandelte. Er war immer so fürsorglich gewesen, fast so sehr wie Cedric. Was hatte sich verändert, dass er versuchte, sie gegen ihren Willen zu verführen?

Als hätte er ihre Gedanken gelesen, sagte Lawrence: „Ich weiß, dass es an jenem Abend im Midnight Garden du warst. Du warst die schöne Frau auf dem Schoß meines Bruders. Ich kann immer noch das lebhafte Erröten unter deiner silbernen Maske sehen, wenn ich meine Augen schließe. Seitdem begleiten mich Träume von deinem geschmeidigen Körper unter mir. Es bringt dein Blut in Wallung, nicht wahr? Die Vorstellung dieses Ringens in herrlicher Lust?"

Lawrence schien genau das auszudrücken, was in ihrem Körper vor sich ging, aber sie stellte sich die herrliche Lust mit einem ganz anderen Mann vor.

Horatia war inzwischen mehr als verstört und nahm sich vor, das Vernünftigste zu tun, nämlich aus vollem Hals zu schreien. Aber ihr Schrei erstickte auf ihren Lippen, als Lawrence auf sie zukam. Er rang mit ihr, legte eine Hand auf ihren Mund, und sie überlegte es sich nicht zweimal.

Horatia biss zu.

Er schrie überrascht auf und wich zurück. „Himmel, Weib! Ich werde dir doch nichts tun!" Sein aufrichtiges Entsetzen erschreckte sie, als hätte er nicht wirklich vorgehabt, sie zu berühren, und als wäre er noch mehr verblüfft darüber, dass sie eine solche Angst vor ihm hatte, dass sie ihn wie ein in die Enge getriebener Iltis biss.

„Horatia...", sagte er mit erhobenen Händen, als wollte er ein scheuendes Pferd beruhigen. „Hör mir zu. Er kommt gleich. Wir müssen so tun, als würden wir uns küssen und..." Er stürzte sich auf sie, hielt sie an den Armen fest und drückte sie an die Wand.

Sie konnte ihn nicht abschütteln. Panik verschwamm ihr

die Sicht. *Er kommt gleich?* Würden sich Avery oder Linus etwa an diesem Wahnsinn beteiligen? Sie war gefangen und hilflos! Er machte keine Anstalten, sie auszuziehen, aber sein warmer Atem ging stoßweise.

„Lass mich dich nur für eine verdammte Sekunde küssen, Weib! Es ist zu deinem eigenen Besten!" Er senkte seinen Kopf.

Horatia warf ihren Kopf nach vorn, und ihre Stirn prallte gegen seine.

Lawrence taumelte ein paar Schritte zurück und hielt sich eine Hand an den Kopf. „Heilige Mutter Gottes! Wenn du mich nur erklären lassen würdest..."

Horatia ging es nach dem Schlag nicht viel besser, und sie schwankte benommen vor Schmerz.

Just in diesem Moment stürmte Lucien mit einem finsteren Blick in den Raum, wie ihn Horatia noch nie zuvor gesehen hatte.

„Du verdammter Bastard!" Luciens Stimme wurde zu einem Knurren, als er sich auf seinen Bruder stürzte.

Die beiden prallten aufeinander und schlugen gegen die Wand. Mordlust funkelte in Luciens Augen, aber Lawrence sah aus, als hätte er damit gerechnet, dass sein ältester Bruder ins Zimmer kommen und ihn anfallen würde.

Horatia rief: „Lucien! Hört auf damit! Bitte! Bringt mich einfach in mein Zimmer... bitte."

Nur das letzte Wort schien ihn zu erreichen. Er ließ von seinem Bruder ab und murmelte eine Reihe unflätiger Beleidigungen. Lawrence strich seine Kleidung glatt, als Horatia auf ihn zukam. Es kribbelte ihr in den Fingern, ihn zu ohrfeigen, aber nicht bevor sie gesagt hatte, was sie loswerden musste.

„Ich weiß nicht, was du heute Abend im Schilde geführt hast, Lawrence, aber du sollst wissen, dass mein Zorn auf dich Luciens Wut in den Schatten stellen wird." Sie hatte Mühe, ihn nicht anzuschreien. Seine Augen verengten sich, und sein heimtückischer Blick nahm ihr den letzten Rest an Selbstbeherrschung. Sie schlug Lawrence so fest sie konnte ins Gesicht, und die Ohrfeige schallte durch den ganzen Raum.

Trotz seiner roten Wange gab Lawrence keinen Laut von sich. Horatia streckte ihr zitterndes Kinn vor und marschierte zur Tür. Sie hielt inne, als sie merkte, dass Lucien ihr nicht folgte, sondern immer noch mordlüstern seinen Bruder anfunkelte.

„Lucien, lasst ihn. Ich brauche Euch.“

Er riss seine Augen von Lawrence los und folgte ihr zur Tür, um seinem Bruder von dort aus doch noch einen letzten wütenden Blick zuzuwerfen, bevor er einen schützenden Arm um Horatias Taille legte und sie zu ihren Gemächern führte. Ein Diener eilte besorgt herbei.

„Mylord, ich habe Aufruhr gehört. Braucht Ihr oder Miss Sheridan etwas? Soll ich Miss Sheridans Mädchen holen lassen?“

„Nein. Das ist nicht nötig... Gordon, nicht wahr?“ Lucien lernte die Namen der neuen Angestellten seiner Mutter noch.

„Ja, Mylord.“

„Danke, Gordon. Ihr braucht nicht nach Ursula zu schicken, aber wenn Ihr so gut wärt, die anderen Diener von meinem und Miss Sheridans Zimmer fernzuhalten. Sie braucht Ruhe, und ich möchte nicht, dass ihr Ruf leidet.“

Der Diener straffte die Schultern. „Natürlich, Mylord. Ich werde dafür sorgen, dass Ihr nicht gestört werdet.“ Der Diener wünschte ihnen eine gute Nacht, schlüpfte den Flur entlang und verschwand durch eine der Türen, die zu den Dienstbotenunterkünften führten.

Sobald sich die Zimmertür hinter ihr geschlossen hatte, sank Horatia auf den nächsten Stuhl. Sie zitterte immer noch am ganzen Leib und verspürte den plötzlichen Drang zu weinen, aber sie unterdrückte das Schluchzen, das versuchte, ihrer Kehle zu entweichen. Sie wollte Lucien für sein Eingreifen danken, aber stattdessen brach sie gleichwohl in Tränen aus, weil sie die letzte Kraft doch noch verließ. Es war nicht so sehr deswegen, was Lawrence getan oder beinahe getan hatte, nein, es war etwas Tieferes, etwas Quälenderes, das sie nicht verstand. Lucien zu sehen war, wie Salz in einer frischen Wunde zu streuen. Warum verlor sie in seiner Gegenwart nur immer die Fassung?

LUCIEN NÄHERTE SICH HORATIA, DENN ER HASSTE DIE Distanz zwischen ihnen, und hob sie sanft vom Stuhl hoch, um sie an seine Brust zu drücken. Sie klammerte sich an seine Weste und vergrub ihr Gesicht in seiner Brust. Ihre gewohnte Suche nach Schutz ließ sein Herz höherschlagen. Selbst nachdem er so lange kühl zu ihr gewesen war, vertraute sie immer noch darauf, dass er sich um sie kümmern würde. Sie erstaunte ihn immer wieder.

Lucien schlang seine Arme um sie und zog sie fest an sich. Er bedeckte ihr Haar mit sanften, tröstenden Küssen und brachte sie mit seinem warmen, beruhigenden Summen zum Schweigen. Seine Wut auf Lawrence und Linus war immer noch groß, aber Horatia war jetzt wichtiger, und sie brauchte ihn. Er würde seine Brüder dafür bestrafen, dass sie ihn fortgelockt hatten, als sie seinen Schutz brauchte. Sogar Avery steckte da irgendwie mit drin. Morgen würde er sie alle zurechtstutzen.

„Warum hat er... warum musste er das tun? Er hat kein Interesse an mir, warum also? Es war grausam, so mit mir umzugehen, und zu welchem Zweck?", fragte sie zwischen erstickten Schluchzern.

„Ich weiß nicht, meine Liebe. Ich weiß es nicht." Und danach sagte lange keiner von ihnen etwas. Er wünschte, er hätte Antworten. Morgen hätte er sie, und Lawrence würde sich glücklich schätzen, wenn er noch atmete, wenn Lucien mit ihm fertig war.

Lucien hielt sie fest, erstaunt darüber, wie gut sie sich anfühlte – jede Kurve, ihr Duft, jeder süße Atemzug, den sie machte. Er konnte sich nicht vorstellen, sie jemals gehen zu lassen oder in einer Welt leben zu müssen, in der sie nicht ihm gehörte.

SIE WEINTE SICH AUS, BIS SIE ERSCHÖPFT WAR. HORATIA ließ sich in Luciens Arme sinken, und er hob sie hoch und trug sie zu ihrem Bett. Als er sie dort ablegte, versiegten ihre Tränen und das Bedürfnis zu weinen. Ihre Gedanken wanderten von Lawrence zum ältesten Rochester.

„Fühlst du dich besser? Soll ich Ursula holen, damit sie dir beim Ausziehen hilft und dich ins Bett bringt?", schlug Lucien vor.

Ihre Hand schoss hervor und umklammerte seinen Arm. „Nein. Bitte bleibt."

„Jemand muss dich bettfertig machen und dich ausziehen." Er runzelte die Stirn, und die Art, wie er sich um sie kümmerte, machte ihn seltsamerweise noch anziehender.

„Ihr könnt mich ja ausziehen." Sie lächelte ihn an. „Ihr habt bereits genug Übung darin."

„Horatia, dir ist klar, wie unschicklich es wäre, wenn ich..." Er wedelte mit seiner Hand auf und ab und deutete auf ihre Kleidung.

Sie verdrehte die Augen und seufzte. „Unschickliches zu tun ist Eure Spezialität, Lucien. Ich möchte, dass Ihr mich auszieht. Ich vertraue Euch."

Nachdem er sie noch einmal sorgenvoll gemustert hatte, begann er sie so zärtlich auszuziehen, als würde er sich um ein Neugeborenes kümmern. Seine Bewegungen hatten nichts Sinnliches oder Verführerisches an sich.

Horatia wischte sich mit dem Handrücken über die tränennassen Wangen und fragte sich, ob ihre Haut fleckig geworden war. Sie betrachtete Luciens gebeugte Gestalt, als er ihr ihre Tanzschuhe auszog und seine Hände über ihre Beine gleiten ließ, um ihre Strümpfe zu lösen. Das Lampenlicht fiel auf seine Haare und ließ die Wellen von dunklem Karmesinrot warm und einladend wirken. Sie sehnte sich danach, mit ihren Finger durch seine Haare zu fahren, um zu sehen, ob ihre Erinnerung an jene Nacht im Midnight Garden sie nicht täuschte.

Sie streckte gerade ihre Finger nach ihm aus, als er sich wieder aufrichtete. Horatia ließ ihre Hand auf ihren Schoß fallen, als er begann, ihr Kleid über ihre Schultern zu streifen. Sie war zu müde, um zu protestieren, als er sie hochhob und das Kleid unter ihr wegzog, bis sie nur noch im Mieder und Unterhemd dalag. Er öffnete das Mieder, löste die Schnüre und ließ es auf den Boden fallen. Ihr Atem stockte, als sie die Arme über ihren Brüsten verschränkte, in der Hoffnung, ihren Körper unter dem dünnen Hemd zu verbergen.

Lucien ging zum Kleiderschrank und durchsuchte ihre Garderobe, bis er ein dickes Flanellnachthemd fand. Er reichte es ihr, sie erhob sich, nahm es und bereitete sich darauf vor, ihr Hemd auszuziehen. Er wandte ihr den Rücken zu, so untypisch für ihn, nach der Art eines Kavaliers. Das brachte sie zum Lächeln, wenn auch nur ein wenig, während sie sich das Nachthemd über den Kopf zog. Er drehte sich wieder um, und der Ausdruck in seinem Gesicht ließ ihr den Atem stocken. Er sah betört aber erleichtert aus, als ob alles, was sie innerlich fühlte, sich auf seinen hübschen Zügen widerspiegelte. Ihre Knie gaben nach, und sie setzte sich auf das Bett, dankbar für den Halt, den es ihr bot.

Als Lucian sich neben sie auf die Bettkante setzte, drehte er sie sanft zur Seite und begann so zart, wie Horatia es nicht für möglich gehalten hatte, die Haarnadeln aus ihrer unordentlichen Frisur zu zupfen. Als dann die letzte Haarnadel auf dem Nachttisch lag, fuhr Lucien mit seinen Fingern durch ihr welliges dunkles Haar. Die Art, wie er den Knoten lockerte, ließ eine sehnsuchtsvolle Woge in ihr aufkommen, und als sich seine Hände schließlich zurückzogen, sah Horatia ihm tief in seine unergründlichen Augen.

„Lucien...“

„Ja?“ Das Wort zitterte auf seinen Lippen.

„Bitte lasst mich heute Nacht nicht allein.“ Ihre Bitte schockierte sie selbst. Sie hatte ihm eigentlich nur dafür danken wollen, dass er sie gerettet hatte.

„Horatia, du weißt, ich sollte nicht bleiben...“ Seine Stimme verstummte hilflos, aber er wich nicht zurück. Stattdessen beugte er sich vor und strich ihr das Haar aus dem Gesicht.

„Ich würde mich besser fühlen, wenn du bleibst. Sicherer.“ Sie streckte die Hand aus, umfasste seine Wange und strich dann mit einem Finger über seine Lippen, während sie sich daran erinnerte, wie sich seine Liebkosung anfühlte. Er hob seine Hand, fasste nach ihrem Handgelenk und rieb mit seinem Daumen über die empfindliche Stelle dort, wo ihr Puls raste.

„Bitte bleibt. Ich brauche Euch bei mir.“ Horatia fühlte sich wieder wie ein Kind, gefangen in den zerschmetterten, zersplitterten Überresten der Kutsche ihrer Eltern, in der sie Schmerzensschreie hörte, von denen sie erst später merkte, dass es ihre eigenen waren. Sie brauchte seinen Trost, er musste bei ihr bleiben und sie halten, so wie damals.

Etwas in ihrer Bitte ließ ihn nicken, und er zog die Bettdecke zurück.

„Dann steig ins Bett.“ Er schlug die Decke zurück, sie kroch darunter und er deckte sie zu. Dann stand Lucien vom Bett auf und begann sich auszuziehen. Horatias Atem stockte, als er sein Hemd ablegte und ihre Schlafzimmertür verschloss.

Normalerweise hatte er eine natürliche Ausstrahlung, die Kontrolle und Autorität vermittelte, aber heute Abend schien er diese Eigenschaften abgelegt zu haben. Seine Beine zitterten und er atmete schneller, als würde er auf die Probe gestellt und stünde kurz davor, zu versagen.

Das schwache Licht streichelte seinen gemeißelten Körper, als er nur in Unterwäsche dastand. Sie könnte ihr ganzes Leben damit verbringen, sich das Gefühl, die Form und den Geschmack seines Körpers einzuprägen, und es wäre für sie immer noch nicht genug. Lucien war wie eine heimtückische Sucht, und sie hatte weder die Hoffnung noch den Wunsch, sich von dem betäubenden Einfluss seines Körpers zu befreien.

Als er sich dem Bett näherte, rückte sie ein Stück beiseite, um ihm Platz zu machen. Er blies die Lampe aus und hüllte sie beide in Dunkelheit, bevor er sich neben sie ins Bett legte. Er schob ein Kissen unter seinen Kopf und drückte dann ohne zu zögern ihren Körper an seinen. Seine Arme verankerten sie fest an ihm.

Egal was passiert war, er war hier bei ihr und tröstete sie auf eine Weise, wie er es seit sieben Jahren nicht mehr getan hatte. Die Belohnung dieses ruhigen, intimen Moments mit Lucien war das Leid nach Lawrences unbesonnenem Handeln wert. Sie genoss seinen warmen Atem, der über ihren Hals streifte, und die Nähe seines Körpers an ihrem. Sie nahm kaum etwas außer ihm wahr, als sie der Schlaf überwältigte.

LUCIEN LAG WACH UND WAR SICH NUR ALLZU BEWUSST, WIE gefährlich es war, mit Horatia ein Bett zu teilen. Nur ihre Angst vor Lawrence hatte ihm geholfen, Zurückhaltung zu üben. Also konzentrierte er sich weiter auf seinen Bruder.

Was zum Teufel hatte Lawrence sich dabei gedacht? Lucien kannte seine Brüder besser als sich selbst, und Lawrence würde weder Horatia noch irgendeiner anderen Frau Schaden zufügen. Warum hatte er sie dann in eine so schreckliche Lage gebracht? War es ein Scherz gewesen? Das sähe Linus ähnlicher. Lucien ging den Abend in Gedanken noch einmal durch und suchte nach einem Hinweis, jedem Detail, das die Handlungen seines Bruders erklären könnte. Lawrence hatte ihn unter dem Vorwand herausgelockt, mit Linus zu sprechen, der angeblich amouröse Absichten gegenüber Horatia hatte, aber als er in seinem Arbeitszimmer eintraf, war der Raum leer gewesen, und er war zum Ballsaal zurückgekehrt. Doch als er auf dem Weg sah, wie Linus in einen Raum am Ende des Flurs huschte, war er ihm gefolgt, wobei er an einem Raum vorbeikam, der wenige Minuten zuvor noch leer gewesen war.

Dort war er über Horatia und Lawrence gestolpert.

Lucien würde diesen Anblick nie aus seinem Kopf verbannen können. Angst schnürte ihm die Kehle zu und Sorge verkrampfte seinen Magen. In welchen Plan seine Brüder auch immer verwickelt waren... morgen würden sie dafür büßen, dafür würde Lucien sorgen. Horatia gehörte ihm, nicht Lawrence oder einem anderen Mann. Und niemand durfte einem Menschen schaden, der zu ihm gehörte. Eine so wundervolle und herzensgute Frau wie Horatia verdiente es, geschätzt, beschützt und... geliebt zu werden.

Er zog Horatia fester an sich. Sie bewegte sich, murmelte etwas und lag dann wieder still. Es entging ihm nicht, dass ihr Körper sich so perfekt an seinen schmiegte, als wären sie seit jeher füreinander geschaffen.

Erst jetzt wurde ihm klar, dass sie in der Tat seit vielen Jahren ihm gehörte, und diese Erkenntnis beunruhigte ihn sehr.

Aus seinen Gefühlen für sie konnte nichts Gutes erwach-sen. Die Regeln der Liga durften nicht gebrochen werden, und Freundschaften konnten einer solchen Übertretung nicht standhalten. Lucien wollte sich nicht zwischen Horatia und ihrem Bruder entscheiden müssen, und er betete im Stillen, dass er nicht dazu gezwungen würde.

KAPITEL 22

Lawrence warf sich in einen tiefen Sessel in einem privaten Salon, seine Brüder zu beiden Seiten. Sein Kopf schmerzte höllisch, und er würde morgen wahrscheinlich mit einer Beule aufwachen. Avery runzelte die Stirn und starrte auf ihn herab, während Linus auf und ab ging. Die Gäste hatten sich zurückgezogen, und die drei Russells waren jetzt allein, um über den etwaigen Erfolg ihres Plans zu diskutieren.

„Nun, Lawrence, wie ist es gelaufen?", fragte Linus.

Lawrence knurrte nur zur Antwort. Er wollte nicht daran denken, was er gerade getan hatte. „Ich habe ein ungutes Gefühl, dass Lucien mich morgen erschießen wird. Und wenn Cedric Wind von allem bekommt, dann kommt er Lucien vielleicht sogar zuvor."

„Was?" Avery Augen weiteten sich.

„Ich bin zu weit gegangen. Lucien hat zu lange gebraucht, um uns zu finden." Lawrence rieb sich müde die Augen.

„Wie weit ist zu weit?", fragte Linus.

„Im Versuch, die Dinge hinauszuzögern, war ich vielleicht ein bisschen zu überzeugend in meinen Absichten und habe die arme Horatia erschreckt. Sie schlug ihren Kopf gegen meinen, als ich versuchte, sie zu küssen. Ich hatte nie vor, sie zu ängstigen. Ich dachte, ich könnte sie überzeugen, mitzuspielen und mich zurückzuküssen, damit Lucien eifersüchtig wird, aber sie geriet in Panik, bevor ich ihr alles erklären konnte." Lawrence zuckte zusammen, als er die entsetzten Gesichter seiner Brüder sah. „Lucien kam gerade rechtzeitig. Und gleichzeitig auch im denkbar ungünstigsten Augenblick. Warum zum Teufel hat er so lange gebraucht?"

„Das hast du Horatia wirklich angetan?", fragte Linus. „Du hast sie fast..."

„Natürlich nicht. Aber sie dachte, ich würde es tun. Sie hatte Angst, und ich habe das Gefühl..." Er fuhr sich mit der Hand übers Gesicht. „Gott. Ich bezweifle, dass sie mir jemals verzeihen wird. Ich hoffe, ich habe ihr keinen bleibenden Schaden zugefügt. Lucien heiratet sie besser, sonst habe ich eine gute Freundschaft umsonst ruiniert." Lawrence stand auf, ging zu einem der Schränke und holte eine Flasche Brandy heraus.

„Ich brauche einen Drink", erklärte er. Seine beiden Brüder schlossen sich ihm an, aufgebracht über das Spektakel, das sie an diesem Abend mitveranstaltet hatten.

„Wissen wir, wie Lucien reagiert hat?", fragte Avery Lawrence.

„Nein. Er hat sie auf ihr Zimmer gebracht, und ich habe ihn seitdem nicht mehr gesehen. Ich habe die Diener ange-wiesen, sich bis nach dem Frühstück von ihrem Zimmer fern-zuhalten. Ich hoffe, er wird die Nacht bei ihr verbringen. Wenn er das tut, haben wir höchstwahrscheinlich gewonnen. Wir alle wissen, was für ein weichherziger Mann er ist, beson-ders wenn es um eine verzagte Dame geht, die er trösten will."

„Das ist stimmt wahr. Er ist viel zu weichherzig, um heute

Nacht die Finger von ihr zu lassen, nachdem...“ Avery verstummte.

„Nachdem Lawrence sie fast ins Verderben gestürzt hat?“, vollendete Linus zuvorkommend seinen Gedanken.

„Wir Russells stürzen keine Dame ins Verderben“, sagte Avery. „Dazu sind wir von Natur aus viel zu begabt in der Verführungskunst. Es ist nicht nötig, eine Frau zu zwingen, wenn sie dir nach ein paar gut platzierten Liebkosungen alles gibt, was du willst.“

„Ermutige den Jungen nicht noch, Avery“, sagte Lawrence, als er Linus’ Gesichtsausdruck bemerkte. „Er hat schon genug Ärger mit Miss Cavendish.“

Linus sah von Avery zu Lawrence. „Was meinst du damit, dass *ich* Ärger habe?“

„Sie hat es ziemlich persönlich genommen, dich mit Miss Sheridan tanzen zu sehen, immerhin hast du sie um keinen Tanz gebeten.“

Linus öffnete die Lippen und stammelte. „Aber wir waren... verdammt! War sie sehr verärgert, was denkt ihr?“

Avery grinste. „Ich glaube, sie hat den Abend damit verbracht, dich böse anzustarren. Ich war überrascht, dass du nicht zur Salzsäule erstarrt bist. Ich fürchte, du hast es dir mit ihr ziemlich vertan.“ Avery klopfte Linus in einer derben, aber liebevollen Geste auf die Schulter. „Vielleicht kannst du es morgen wiedergutmachen?“

Lawrence nippte weiter an seinem Brandy und beobachtete amüsiert das Schauspiel, aber seine Schuldgefühle von vorhin quälten ihn immer noch.

„Das muss ich wohl. Ich meine, das schulde ich dem Mädchen, nachdem ich sie geküsst habe. Ich nehme an, ich sollte auch mit ihrem Vater sprechen. Ich weiß, dass ich ein bisschen jung bin, um um ihre Hand anzuhalten, aber... Vielleicht können wir etwas länger als üblich verlobt sein, bis ich bereit bin, meine Frau zu versorgen.“

Der hoffnungsvolle Ausdruck auf dem Gesicht seines jüngsten Bruders hielt Lawrence davon ab, sein Glas nachzufüllen.

„Immer langsam, Linus!", warnte Avery ihn. „Was soll das ganze Gerede davon, ihr einen Heiratsantrag zu machen? Ich rate dir dringend davon ab, besonders in deinem Alter."

Lawrence musterte seinen Bruder neugierig. „Aber du hast sie geküsst?" Linus' verträumter Blick beunruhigte ihn, denn er kannte diese Art von Blick und sah ihn immer nur bei jungen Leuten.

„Ja, auch wenn es ein ziemlich keuscher Kuss war. Ich glaube, es war ihr erster", grübelte Linus laut, und seine Wangen färbten sich rot.

„Du magst sie!", sagte Avery scharfsinnig.

„Sie hat... etwas unbestreitbar Niedliches an sich", räumte Linus ein.

Lawrence stöhnte. Sein Bruder war auf dem besten Weg, sich in eine Frau zu verlieben. In eine einzelne Frau. Dabei gab es so viele da draußen zu probieren, zu fühlen und zu erkunden. Er sollte sich nicht so schnell festlegen. Linus musste vor sich selbst gerettet werden.

„So süß sie auch sein mag, ein Kuss lässt noch lange keine Hochzeitsglocken läuten", erwiderte Lawrence und stellte sein Brandyglas ab. „Andernfalls wäre ich schon tausendmal mit hundert verschiedenen Frauen verheiratet. Ein Vater erwartet nach einem einzigen Kuss vielleicht, dass jemand um die Hand seiner Tochter anhält, aber wir Russells geraten nicht so schnell in die Fänge der Ehe."

„Warum helfen wir Lucien dann mit Horatia? Sollen die beiden etwa nicht heiraten?"

„Doch, das ist der Plan", sagte Avery.

Linus runzelte verwirrt die Stirn. „Aber warum..."

„Lucien hat seine Blütezeit überschritten. Er sollte sich niederlassen, und da kann es nicht schaden, wenn er eine Frau heiratet, die ihn abgöttisch liebt. Miss Sheridan ist die perfekte Frau, um ihn darauf vorzubereiten, Vater des dringend benötigten Erben des Hauses Rochester zu werden."

„Wir brauchen keinen Erben", konterte Linus. „Immerhin gibt es noch drei von uns."

„Sag mir nicht, dass du diese ganze Verantwortung übernehmen willst, Linus", kicherte Avery.

„Es ist besser, wenn Lucien ein paar Jungen und ein Heer von Mädchen in die Welt stellt", sagte Lawrence. „Auf diese Weise gibt es Erben und viele Enkelkinder, die Mama verwöhnen kann, und der Rest von uns hat dann seine Ruhe." Der Gedanke an Lucien mit Kindern beruhigte Lawrence ein wenig. Was für eine wunderbare Erleichterung würde es sein, wenn seine Mutter ihn endlich in Ruhe ließe. Er beschloss alles zu tun, um diese Freiheit zu erlangen, selbst wenn er dabei den Zorn seines Bruders auf sich zog. Obwohl seine Selbstbestimmung angesichts der jüngsten Ereignisse nur von kurzer Dauer sein könnte.

„Ich stimme zu, das ergibt in gewisser Weise Sinn. Mama würde es lieben, Enkelkinder zu haben", kicherte Linus.

Lawrence schenkte seinen beiden Brüdern Brandy ein, und sie hoben ihre Gläser zum Trinkspruch. „Auf Lucien, Horatia und alle Enkel, die Mama sich wünscht!"

CHARLES WÜNSCHTE SEINEN FREUNDEN IN ESSEX HOUSE eine gute Nacht, bevor er sich aufmachte, seinen neuen Diener Tom Linley zu sich zu holen. Er lehnte sich in die Plüschpolster seiner Kutsche zurück, während Linley sich an den Kutscher wandte und ihn anwies, zum Haus zu fahren, in dem sich seine kleine Schwester befand. Es war zwar kurz vor Mitternacht, und das Kindermädchen wäre über die Störung höchstwahrscheinlich alles andere als erfreut, aber Charles war bereit zu zahlen, um die Verärgerung wettzumachen, die ihre späte Ankunft verursachen könnte. Als Linley schließlich zu Charles in die Kutsche stieg, zog er fragend eine Braue hoch.

„Ich habe ihn gebeten, uns zur Bennett Street zu bringen, Mylord", sagte Linley.

„Bennett Street?" Charles setzte sich auf. „Wo genau wohnt Ihr?"

„Ich miete ein kleines Zimmer über dem Dandy House, Mylord."

„Dem Dandy House? Wollt Ihr mir sagen, dass Ihr über einer Spielhölle lebt?" Spielhöllen waren trotz ihres Namens keineswegs höllisch, aber oft sehr wohl rauflustige und manchmal auch gefährliche Lokale. Die Vorstellung, dass Linley versuchte, an einem solchen Ort ein Baby aufzuziehen, war entsetzlich.

„Das war alles, was ich mir leisten konnte, Sir." Linleys Gesicht verdunkelte, sich und Charles hatte das Gefühl, dass er ihn verletzt hatte.

„Ich war nur überrascht, dass Ihr ausgerechnet dort wohnt. Ich gebe zu, ich war schon mehrmals im Dandy House. Einige meiner Freunde und Bekannten sind Offiziere, und sie mögen besonders höhere Einsätze. Es amüsiert sie. Ich bin nur erstaunt zu erfahren, dass dort ein Kind erlaubt ist."

Linley entspannte sich, zuckte aber zusammen, als Charles sich vornüberbeugte, um seinen Arm zu tätscheln.

„Entschuldige, ich wollte dich nicht erschrecken."

„Das ist meine Schuld, Mylord. Mein letzter Arbeitgeber hat mich nur berührt, wenn er auf mich einprügeln musste, um seine Beherrschung wiederzugewinnen."

„Für wen hast du denn gearbeitet, bevor du nach Berkeley kamst?"

„Ich darf es Euch nicht sagen. Es wäre nicht angebracht,

schlecht über meinen früheren Herrn zu sprechen", protestierte Linley.

Charles warf die Hände hoch. „Ganz ruhig, Junge, ich werde nicht verlangen, dass du all deine Geheimnisse preisgibst. Jedenfalls nicht heute Abend. Wir alle haben ein paar Leichen im Keller." Charles verstummte und wurde nachdenklich.

Weder er noch Linley sprachen, bis sie die Bennett Street erreichten. Linley versuchte vergeblich darauf zu bestehen, dass Charles in der Kutsche wartete. Sein Wohltäter sprang heraus und betrachtete die Spielhölle mit Interesse.

Es war schon eine Weile her, seit er das letzte Mal probiert hatte, sein riesiges Erbe zu verspielen. Männer in tiefroten Uniformen liefen in aristokratischer Haltung redend und lachend durch den Eingangsbereich des Clubs. Ein paar Männer erkannten Charles und winkten ihm. Er grüßte kurz und folgte Linley dann zu einer Hintertür.

Linley ging über die Schwelle, und Charles, der dieses merkwürdige kleine Abenteuer genoss, folgte ihm. Charles lauschte den lauten Geräuschen auf der anderen Seite der dünnen Wände, als sie die Hintertreppe hinaufstiegen. Frauen kicherten und beglückwünschten die Gewinner lautstark und trösteten die Verlierer. Solche Dinge hatten Charles noch nie gestört, aber plötzlich sah er seinen Lebensstil mit den Augen des jungen Burschen vor ihm. Als jemanden, der eine große Verantwortung trug und sich ganz allein um seine kleine Schwester kümmern musste. Er fand das bewundernswert und fühlte sich im Moment eher das Gegenteil.

Linley blieb vor einer einzelnen Tür am Ende der Treppe stehen und klopfte in einem seltsamen Muster mit den Fingerknöcheln. Nach einem kurzen Augenblick öffnete sich die Tür einen Spaltbreit.

„Ich bin es, Mrs. Bertie", sagte Linley.

Die Tür öffnete sich ein Stück weiter, sodass Linley

eintreten konnte. Als Charles ihm folgen wollte, versperrte ihm eine rundliche Frau Mitte Dreißig den Weg.

„Äh, Linley, wer ist das, mein Lieber? Ich dachte, du hältst dich von diesen Lords fern, die junge Männer mögen..." Mrs. Berties Andeutung über seine womöglich unlauteren Absichten ließ Charles zusammenzucken.

Charles kümmerte sich normalerweise nicht darum, was andere Männer im Privatleben taten, aber es gab viel Missbrauch, und manchmal wurden Menschen verletzt, wenn niederträchtige Wünsche und Laster im Spiel waren.

„Das ist Lord Lonsdale. Er ist ein Earl, Mrs. Bertie, also benehmt Euch bitte und lasst ihn herein." Linley ging direkt auf die hölzerne Wiege zu, die dicht an der Wand stand. Ein Bündel regte sich, als Linley seinen Kopf über den Rand der Wiege beugte. Mrs. Bertie musterte Charles mit tiefem Misstrauen, bevor sie einen Schritt zurücktrat und ihn einließ.

„Linley, mein Lieber, du kommst spät, ich habe dich schon vor Stunden erwartet. Es kostet dich nun das Doppelte, da mir die Zeit mit den Herren unten verloren gegangen ist."

Mrs. Bertie schien von Charles' Anwesenheit unbeeindruckt und wandte ihre Aufmerksamkeit wieder Linley zu, der begonnen hatte, seine wenigen Habseligkeiten in einen Stoffsack zu packen.

„Ich...ich kann Euch heute Abend nicht mehr als das Übliche bezahlen, Mrs. Bertie, aber in einer Woche habe ich genug, um meine Schulden zu begleichen."

„Ich will mein Geld aber jetzt!", zischte Mrs. Bertie ungehalten.

Linley wurde blass, und Charles trat zwischen die Frau und den Jungen.

„Meine liebenswerte, charmante Mrs. Bertie, wir können uns sicher einigen. Der Junge steht jetzt in meinem Dienst. Ich werde ihm seinen Lohn vorstrecken, damit Ihr für Eure Dienste gut bezahlt werdet." Charles nahm Mrs. Berties

Unterarm und drückte ihr mehrere Münzen in die Hand. Mrs. Berties Augen weiteten sich schockiert, bevor sie sich von Charles abwandte und Linley ansah.

„Was auch immer er von dir verlangt, Junge, lass ihn gewähren!" Mrs. Bertie hatte diese letzten Worte zwar geflüstert, aber Charles hörte sie dennoch und hob den Blick gen Himmel, stumm um Geduld flehend.

„Äh, danke für alles, Mrs. Bertie. Aber wir müssen jetzt wirklich gehen." Linley schulterte den Stoffsack mit einer Hand und hob dann das zappelnde Bündel mit natürlicher Leichtigkeit hoch.

Linley jonglierte das Baby und die Tasche und ging and Charles vorbei durch die Tür. Charles folgte ihm und schmunzelte über den schockierten Ausdruck auf Mrs. Berties Gesicht, als sie die Treppe hinuntergingen.

In der Kutsche ließ Linley seine Tasche auf den Boden fallen und kümmerte sich um das Baby. Die zerzausten goldenen Locken des Kindes waren federleicht und schienen selbst im trüben Licht zu leuchten.

Charles fuhr mit einer Hand sanft durch die Locken des Babys und beobachtete es. Das Kind hatte etwas an sich, etwas Vertrautes, eine Ähnlichkeit, die sich am Rande seines Gedächtnisses bemerkbar machte, aber er konnte sich im Leben nicht erinnern, was es genau war.

Die Kutsche hielt vor seinem Stadthaus, und ein Diener eilte ihnen entgegen, als sie ausstiegen.

„Timothy, du siehst furchtbar aus, was ist passiert?", rief Charles, als der ein bleicher Diener ihnen ihre Mäntel abnahm.

„Es ist schrecklich, Mylord, schrecklich. Kommt herein." Timothy ging voran, während Charles spürte, wie sein Blut in seinen Adern gefror.

Als sie das Stadthaus betraten, standen dort mehrere Dienstboten, die alle genauso verzweifelt aussahen wie Timothy. Ein junges Dienstmädchen trat vor und hielt ihm ein Bündel Stoff hin.

„Mylord, das haben wir in Eurer Wanne gefunden." Nachdem er ihr das Bündel abgenommen hatte, wischte sie sich die Tränen weg und fuhr fort. „Sie ist ertrunken, Mylord."

Ertrunken? Charles warf das Tuch zurück und sog scharf Luft ein. Eine schwarzweiße Katze lag tot in seinen Händen. Der kleine Körper war steif, kalt und noch feucht. Trotzdem erkannte er den Kater. Es war Muff, eines der beiden Haustiere der Sheridans.

„Das arme Ding!" Linleys Augen glänzten feucht, als er die zusammengerollte Kate fester an seine Brust zog. Das Baby schlief, und Linley wiegte sie, während er sprach.

„Wer würde eine Katze töten?", fragte Linley, das Baby schützend an sich gedrückt.

„Ein Feind. Ein Feind, der mir damit eine Nachricht übermitteln wollte."

„Was für eine Nachricht?"

„Ich soll wissen, dass er an mich und meine Freunde herankommen kann. Der Kater verließ das Sheridan-Haus nie. Jemand hat ihn sich geschnappt und hergebracht. Mein Feind, der Feind der Liga, ist vielleicht bereit zuzuschlagen."

„Die Liga?"

„Jawohl. Gewöhn dich besser an den Namen. Meine Freunde, Viscount Sheridan, Baron Lennox, der Duke of Essex und der Marquess of Rochester und ich werden manchmal von den Gesellschaftsseiten als die Liga der Schurken bezeichnet. Wir haben uns diesen Titel im Scherz gegeben, aber er scheint haften geblieben zu sein."

„Und dieser Feind will also die Liga zerstören?", fragte Linley.

„So ist es."

„Wisst Ihr, wer er ist?"

Charles nickte langsam, als er auf die mit dem Tuch

bedeckte Tierleiche hinabblickte. Tief in seinem Inneren hatte er die elende Gewissheit, dass Muff nur das erste Opfer in dem seit Jahren schwelenden Krieg war.

„Sir Hugo Waverly. Ich glaube, er will uns alle töten", prophezeite Charles. Ein dunkler Schatten fiel auf Linleys Gesicht. „Das Schlimmste wird sein, Cedric und seinen Schwestern die Nachricht zu überbringen. Sie liebten diesen kleinen Rabauken. Es ist ein Segen, dass sie in Kent sind. Ich könnte es nicht ertragen zu sehen, wie die Mädchen die Nachrichten aufnehmen. Weinende Frauen sind das Schlimmste, was man sich vorstellen kann. Ich sage oder tue nie das Richtige, um den Tränenstrom aufzuhalten." Charles hob den Kopf und seufzte.

Er versuchte, nicht daran zu denken, wie der Kater gestorben war. Die Todesart war gewiss kein Zufall gewesen. Charles schauderte, als er sich daran zurückerinnerte, wie das kalte Wasser ihn in jener schicksalshaften Nacht gewürgt, Nase und Mund versperrt und seine Sicht geblendet hatte, als er in dem dunklen Nass des Flusses versank. Gewichte waren an seinen Beinen befestigt worden, und seine Hände waren so gefesselt gewesen, dass er nicht schwimmen konnte. Ja. Es gab keinen Zweifel, wer diesen Frevel gegen das unschuldige Wesen begangen hatte.

„Ich wünschte, wir könnten ihn begraben, aber der Boden ist gefroren. Wir müssen ihn einäschern. Es könnte Lord Sheridan und seine Schwestern trösten, zu wissen, dass wir uns um den Leichnam des armen Tiers gekümmert haben", schlug Linley vor.

„Das ist eine sehr rührende Idee. Wir werden morgen alles Nötige veranlassen." Charles fuhr sich mit der zitternden Hand durchs Haar. Waverly hatte gerade den Spieleinsatz erhöht.

„Anscheinend hast du dir einen ungünstigen Zeitpunkt ausgesucht, um einem neuen Arbeitgeber zu dienen, Linley", murmelte Charles. Linley vergrub sein Gesicht in den Decken um die kleine Katherine und drückte dem Baby einen Kuss auf die Stirn, als wollte er so das Böse abwehren. Aber Charles wusste es besser. Zärtliche Küsse und fürsorgliche Gedanken würden niemanden vor Hugo Waverly retten.

KAPITEL 23

Träume waren etwas Wundervolles, das konnte niemand bestreiten. Aber der Moment, in dem eine unerreichbare Vorstellung der eigenen Wünsche Wirklichkeit wurde? Das war etwas unendlich Stärkeres und Atemberaubenderes als die vom Mondlicht inspirierten Visionen, die nur in der Nacht gewoben wurden. Horatia erwachte neben Lucien und blinzelte ein paarmal, um ihre Sicht zu klären. Sie genoss seine Nähe und blickte durch das große Fenster, wo Schneeflocken vom Himmel tanzten.

Die Flocken waren dicht und weich und trieben wie Federn herab. Es war noch früh, und das Licht wurde durch die aufgebauschten Winterwolken auf ein schweres Grau reduziert. Horatia lag dicht neben Lucien, und sein Körper wärmte ihren Rücken. Sie drehte sich vorsichtig um und ließ sich tiefer in das Federbett sinken, während sie ihn im trüben Morgenlicht betrachtete.

Lucien lag auf dem Bauch ausgestreckt und hatte eine Hand unter das Kopfkissen unter seiner Wange geschoben. Sein anderer Arm baumelte von der Bettkante. Seine Schultern und der Großteil seines Rückens waren entblößt, und das Laken bedeckte knapp seine Hüften. Sein Gesicht war ihr zugewandt, und seine dunklen Wimpern lagen auf seinen Wangen. Er schlief. Obwohl Lucien bereits dreiunddreißig Jahre alt war, konnte Horatia noch den Jungen in seinen Zügen erkennen, die vom Schlaf weicher gemacht wurden. Sie sehnte sich danach, mit ihrem Finger über seine Brauen zu streichen und über seine starke, gerade aristokratische Nase bis hin zu seinen sündigen Lippen zu wandern.

Sein Körper war hatte wohldefinierte Muskeln. Eine lange, blassrosa Narbe zog sich von einer Seite seiner Brust bis zu seiner Hüfte. Ohne nachzudenken, strich Horatia mit einer neugierigen Fingerspitze über die leicht rosige Haut. Lucien regte sich bei ihrer Berührung, und seine Augen öffneten sich. Horatia wünschte, sie wüsste jedes kleinste Detail über ihn – Dinge, die eine Geliebte oder eine Ehefrau wüsste – zum Beispiel, ob er sofort aufwachte oder nicht.

„Lucien, hast du einen leichten Schlaf?", fragte sie.

Sein Blick wurde warm, als er über ihre Frage nachzudenken schien.

„Warum möchtest du das wissen?" Er regte sich nicht und beobachtete sie. Die Nähe zwischen ihnen überwältigte ihre Sinne.

„Ich war neugierig", sagte sie.

Sie bemerkte, dass ihr Finger ihn immer noch nah seiner linken Hüfte berührte. Sie zog ihre Hand nicht zurück.

Ich sollte aufhören, ihn anzufassen, sagte sie sich. Aber stattdessen spreizte sie die restlichen Finger in einer intimen, besitzergreifenden Berührung trotzig auf seiner Haut. Lucien wandte seinen Blick nicht von ihr ab.

„Ich habe einen leichten Schlaf. Und du?" Er schien sich der Intimität des Augenblicks und der Unterhaltung ebenfalls bewusst zu sein.

„Manchmal, wenn ich mir Sorgen mache oder ärgere, habe ich Mühe zu schlafen."

„Du hast diese Nacht gut geschlafen", bemerkte Lucien.

„Das liegt daran, dass..." Horatia spürte, wie ihre Wangen rot wurden.

„Ja?"

„Es liegt daran, dass ich mich sicher fühle, wenn du in meiner Nähe bist." Sie konnte ihm nicht sagen, wie sie sich wirklich fühlte. Dass diese Nähe zu ihm sie gleichzeitig mit Unruhe und Frieden erfüllte, dass sie ihm mit Leib und Seele und von ganzem Herzen vertraute. Wenn er bei ihr war, konnten die dunklen Erinnerungen, die sie verfolgten, den leuchtenden Ring, der sie umstrahlte, nicht durchdringen.

Lucien antwortete nicht, sondern stützte seinen Kopf auf eine Hand und nahm Horatias neugierige Hand mit der anderen von seiner Hüfte. Er musterte ihre Finger und ihre Handfläche, und sein Daumen neckte ihre Haut. Er spreizte ihre Finger und legte seine eigene Handfläche auf ihre. Ihre Hände passten zueinander, obwohl seine Finger viel länger waren als ihre. Dann verschränkte er ihre Finger und zog sie zu sich.

Wieder war Horatia von seiner Nähe benommen und rang nach Luft. Was, wenn er sich ihr wieder entzog, wie er es bislang immer getan hatte? Die Vorstellung war ihr unerträglich. Sie musste das Thema wechseln, um emotional einen Schritt zurückzutreten.

„Lucien, wie bist du zu dieser Narbe gekommen?"

„Zu welcher?"

„Dieser... der an deiner Hüfte." Sie konnte nicht glauben, dass sie mit Lucien im Bett lag und über seine Hüfte sprach. Wäre ihre atemberaubende Faszination für seinen Körper nicht gewesen, hätte sie über ihre prüde Schüchternheit gelacht.

„Oh, die." Lucien lachte und gab ihr einen sanften Kuss auf die Fingerrücken.

Horatia erschauderte unter der Wärme seiner Lippen.

Dieser Mann war unwiderstehlich, und sie drohte, vor Liebe und Mitgefühl auf einmal aus allen Nähten zu platzen.

„Ich habe diese Narbe an der Universität bekommen. Ashton und ich hatten uns gerade erst kennengelernt, und wir mochten uns anfänglich nicht."

„Du und Ashton? Aber ihr seid doch so gute Freunde!" Horatia konnte sich nicht vorstellen, dass Lucien und Ashton Feinde gewesen sein sollten.

„Das stimmt. Aber zuerst waren wir uns keineswegs zugetan. Ashton glaubt an Regeln und Prinzipien. Für ihn war ich der skrupelloseste Kerl, dem er je begegnet war. Ich wage zu behaupten, dass er damit nicht ganz unrecht hatte."

Sie lehnte sich an ihn, verzaubert von seiner Art zu sprechen. „Und was hat das mit deiner Narbe zu tun?"

Luciens Gesicht wurde ungewöhnlich rot. „Nun, es ist eine ziemlich peinliche Geschichte."

„So so. Jetzt will ich sie erst recht hören."

„Ich war Student in Cambridge und hatte es mir in den Kopf gesetzt, die junge Frau eines unserer Professoren zu verführen. Er interessierte sich eher für... nun ja, für Männer, und die Lady war sehr einsam." Lucien grinste schelmisch. „Nenne es meine Rache für die schlechten Prüfungsnoten, die ich erhalten hatte. Ich weiß nicht, wie Ashton von meinem Plan Wind bekommen hatte, aber eines Nachts folgte er mir. Ich war bereits auf halber Höhe des Spaliers zum Zimmer der Dame, als Ashton plötzlich aus dem Gebüsch sprang und mich erschreckte. Ich habe den Halt verloren, und das Holzgitter hat mich beim Fallen aufgeschlitzt."

Horatia keuchte, aber er lachte nur über ihre Reaktion.

„Ja, das kannst du laut sagen. Als ich auf dem Boden landete, war ich in einer ziemlich üblen Verfassung, und Ashton war viel zu edelmütig, um mich im Stich zu lassen. Er half mir auf die Beine, und als er sah, wie tief meine Wunde war, half er mir zum nächsten Gasthaus, von wo er einen Arzt rief. Irgendwo zwischen meinem Sturz und den sieben Stichen, die ich ohne einen Tropfen Brandy, um meine Schmerzen zu lindern, ertragen musste, beschloss Ashton, dass er mich doch mochte. Er fand, ich sollte mich eher wie ein Gentleman verhalten, aber er wusste auch, dass ich meine wilde Natur nicht immer zähmen konnte. Er hat sich mit der Vorstellung unserer Freundschaft abgefunden, und seitdem stehen wir uns nah." Luciens Mund berührte wieder Horatias Haut, diesmal ihr Handgelenk, um die empfindliche Stelle zu küssen, wo ihr Puls schneller pochte.

Sie hatte tausend Fragen, aber als sie seine Zunge spürte, verblasste jeder vernünftige Gedanke, mehr noch, als er sie langsam und genüsslich an sich zog.

„Horatia, ich bin nicht gut darin", flüsterte Lucien. Seine Lippen waren nur noch wenige Zentimeter von den ihren entfernt.

„Worin?" Ihre Stimme zitterte ein bisschen, weil sie seine Antwort fürchtete.

„Ein Gentleman zu sein. In London habe ich dir versprochen, dass du vor mir sicher sein würdest, aber ich habe zugelassen, dass Lawrence dir wehtut, und jetzt teile ich dein Bett und habe die sündhaftesten Fantasien mit dir."

Ihr Herz hüpfte in ihrer Brust. „Oh?"

Er ließ seine Lippen über ihre streichen und lächelte, als ob ihm ihre verblüffte Antwort gefiel.

„Oh ja. Ich denke immer wieder an den Abend im Midnight Garden und wie tapfer du mir entgegengetreten bist. Wie süß du geschmeckt hast! Und jetzt wünschte ich, letzte Nacht wäre ich es gewesen, der dich allein in einem Schlafzimmer meiner Gnade ausgeliefert vorgefunden hätte." Lucien knabberte an ihrer Unterlippe, und die Stelle zwischen ihren Beinen erwachte.

„Lucien, ich bin dir immer ausgeliefert." Horatia fuhr mit ihrer Hand durch sein dunkelrotes Haar, während er weiter ihren Hals küsste. „Und jetzt bist du allein mit mir in einem Schlafzimmer."

„Mmm, das bin ich tatsächlich, nicht wahr?" Er umfasste ihr Gesicht mit seinen Händen und erforschte ihren Mund auf eine Weise, die sie betäubte und doch voller Sehnsucht zurückließ. „Was hältst du davon, wenn wir..." Jemand klopfte an die verschlossene Schlafzimmertür.

Horatia runzelte die Stirn. „Mist. Das muss mein Mädchen sein, Ursula. Sie ist heute früh gekommen."

Lucien ließ von ihr ab und glitt mit einem langsamen Seufzen aus dem Bett.

„Vielleicht ist es so das Beste. Ich... Verdammt. Es wäre ein Fehler, Horatia. Ich kann verflucht noch mal in deiner Nähe nicht klar denken." Luciens Stimme war heiser, und er zog sich schnell an.

Als Lucien die Tür öffnete, musterte ihn das Dienstmädchen missbilligend. Er hatte schon viel Schlimmeres erlebt, wollte aber nicht, dass diese Frau Horatia in Schwierigkeiten brachte.

„Ich vertraue darauf, dass du über das, was du hier gesehen hast, Stillschweigen bewahrst."

„Natürlich, Mylord", sagte Ursula ohne die geringste Sympathie. „Der Ruf meiner Lady bedeutet mir alles. Ich wage nicht zu fragen, was Eure Absichten sind."

„Meine Absicht ist es, Horatia weiterhin zu sehen, ohne dass es jemand erfährt. Zu ihrem Besten, nicht zu meinem. Ich schäme mich nicht, mit ihr zusammen zu sein, aber wenn ihr Bruder es herausfindet, würde das alle Beteiligten in eine sehr schwierige Lage bringen."

Das Mädchen nickte. „Lord Sheridan wäre sicherlich wütend, und ich möchte nicht die Ursache für seinen Zorn sein. Ich werde schweigen, solange Ihr sie gut behandelt."

Lucien nickte Horatia zum Abschied zu, dann schlüpfte er in den Flur, um seinen Kammerdiener Felix zu rufen.

Er musste das Bild von ihr im Bett aus seinem Gedächtnis verjagen. Wie sie so warm, weich und perfekt war, wie ihr Haar in Wellen um ihre Schultern fiel, ihre Augen immer noch ein wenig benommen vom Schlaf und ihre Lippen rosig und für Küsse wie geschaffen... Es war mehr als genug, um einen Mann um den Verstand zu bringen.

Nachdem er gebadet und sich angezogen hatte, stolperte Lucien über seine drei Brüder, die gerade den Frühstücksraum verließen.

„Ihr drei, bleibt stehen!", forderte er. Die Zeit der Abrechnung war gekommen.

Sie erblickten ihn und rannten wie schreckhafte Kaninchen davon. Lucien schaffte es, Linus am Kragen seines langen schwarzen Mantels zu packen.

„Avery, Hilfe!" Linus griff nach seinem Bruder, der ihm jedoch auswich, und er und Lawrence sahen Lucien an, als wäre er ein menschenfressender Tiger.

Eine mörderische Wut tobte in Luciens Adern, und er war mehr als bereit, sie nach dem, was mit Horatia passiert war, zu entfesseln.

„Ich will mit dir reden, Lawrence", knurrte Lucien. „Genauer gesagt mit euch dreien."

Linus zappelte, aber Luciens Griff war zu fest. Avery und Lawrence sahen einander kurz an, nickten dann und kehrten zu den beiden zurück. Lucien lockerte seinen Griff um Linus, ließ ihn aber nicht ganz los.

„Lawrence, was du gestern Abend getan hast, ist hoffentlich Teil irgendeines albernen Plans, den ihr ausgeheckt habt. Denn wenn ich erfahre, dass ihr Horatia Schaden zufügen wolltet, werdet ihr in diesem Haus nie wieder willkommen sein."

„Ganz ruhig, Lucien", sagte Avery sanft, als würde er mit einem verschreckten Hengst sprechen.

„Mama steckt dahinter!", platzte Linus heraus. „Sie ist an allem schuld!"

„Was?"

„Sei still!", zischte Lawrence.

„Mama hat uns gesagt, wir sollen Horatia verführen, damit du eifersüchtig wirst und sie stärker begehrst." Lucien ließ Linus los, woraufhin dieser auf die Knie fiel.

„Ihr habt versucht, mich eifersüchtig zu machen? Ihr drei habt sie fortgelockt, damit..." Lucien fixierte Lawrence mit seinem Blick, und dieser schluckte hörbar.

„Du hättest schon viel früher auf uns treffen sollen!", verteidigte sich Lawrence. „Ich habe versucht, es ihr zu erklären, aber sie wollte mir nicht zuhören... Ich wollte eigentlich nie so weit gehen."

„Erklär das der jungen Dame, die du zu Tode erschreckt hast. Bei Gott, Lawrence." Lucien trat auf ihn zu. „Ich dachte, du hättest mehr Verstand. Hat dir ihr Flehen nichts bedeutet?"

„Ich bereue jede Sekunde", schnappte Lawrence. „Aber es ist vollbracht. Du bist die ganze Nacht bei ihr geblieben, genau wie wir es von dir erwartet hatten."

Lucien zog seine Faust in dem Augenblick zurück, als eine Stimme im Gang ihn zusammenzucken ließ.

„Ist bei euch alles in Ordnung?", fragte Cedric, der den Flur entlangkam und im Mantel bekleidet gerade seine Handschuhe anzog.

Lucien tat so, als hätte er sich nur durch das Haar streichen wollen, und antwortete: „Ja, alles in bester Ordnung." Lucien musterte Cedrics dicken Mantel und seine Handschuhe. „Wo willst du hin?"

„Ich will Festungen bauen. Du weißt schon, für die Schneeballschlacht, die deine Mutter organisiert hat. Deine Brüder und ich sollen auf beiden Seiten des Gartens zwei Wälle bauen. Die Damen werden sich uns in etwa einer Stunde anschließen."

„Die Damen?" Lucien war verblüfft. Es war schon ewig her, dass seine Familie eine Schneeballschlacht veranstaltet hatte. Es lag mindestens siebzehn Jahre zurück, als er sechzehn Jahre alt war. Was hatte seine Mutter nur vor?

Cedric grinste. „Wer sonst? Wir haben gestern Abend beschlossen, eine Schlacht auszutragen, wenn es anständig schneien sollte. Wir spielen natürlich Männer gegen Frauen. Sogar Sir John und Lady Cavendish haben sich bereit erklärt mitzumachen. Zahlenmäßig sind wir im Vorteil, aber ich fürchte, dass einige Herren zur feindlichen Seite überlaufen werden, wenn sie ihre Ritterlichkeit nicht zähmen können."

Zum Glück schien es, als hätte Cedric ihre Diskussion nicht mitgehört. Lucien konnte auch noch später mit seinen Brüdern fertig werden. Im Moment brauchte er nur etwas Ruhe und wollte Zeit mit Cedric verbringen.

„Nun, dann geh voran, Avery." Lucien befahl einem Diener in seiner Nähe, seinen Mantel und seine Handschuhe zu bringen. Avery, Cedric und Linus gingen nach draußen, aber Lawrence blieb zurück.

„Lucien, was Horatia angeht...", setzte Lawrence an.

Lucien brachte ihn mit erhobenem Finger zum Schweigen, aber Lawrence streckte seinen Arm aus und versperrte Lucien, der wortlos weitergehen wollte, den Weg.

„Ich hätte ihr nie etwas angetan. Ich schwöre es. Sie ist... nun, sie ist Horatia." Lawrences Ton übermittelte seine Botschaft, wo seine Worte versagten.

Lucien schob seinen Arm beiseite. „Fass sie niemals, und ich meine wirklich niemals wieder an. Wenn du ihr auch nur eine Sekunde lang Unbehagen bereitest..." Er beendete seinen Satz nicht, weil er seinem Bruder sonst drohen würde und diesen Tag nicht mit solch schwarzen Gedanken ruinieren wollte.

Lawrence betrachtete das Gesicht seines Bruders. „Mutter hatte recht. Sie bedeutet dir wirklich etwas. Sie ist eine gute Frau und wird eine wundervolle Ehefrau und Mutter abgeben."

Die plötzliche Vorstellung von Horatia mit einem Kind, *seinem* Kind, in den Armen besänftigte sein Herz. Süße Qual und Sehnsucht erwachten in ihm zum Leben, aber Cedric würde das niemals dulden. Doch diesen Umstand schien Lucien immer zu vergessen, wenn er in ihrer Nähe war.

„Sprich nicht mehr davon. Ich erwarte, dass du noch heute eine Gelegenheit findest, um dich bei Horatia zu entschuldigen. Und wenn du dich jemals wieder von Mutter zu etwas so Unsinnigem zwingen lässt, werde ich dich nicht verschonen, ungeachtet der Konsequenzen", warnte Lucien.

„Ich werde mich bei ihr entschuldigen." Lawrence streifte seinen Mantel über und sah aus, als warte er auf die Erlaubnis seines Bruders zu gehen.

Lucien schob sich an ihm vorbei und zog seinen eigenen Mantel und seine Handschuhe an. „Komm mit, Lawrence. Diese Schneemauern müssen solide gebaut sein, und wenn wir Linus die Verantwortung überlassen, wird er ein wackliges Ungetüm errichten, das zwar beeindruckend aussieht, aber bei der kleinsten Brise umkippt." Er konzentrierte sich auf den bevorstehenden Spaß und betete, dass er seine Sehnsucht nach Horatia abschütteln konnte. Die letzte Nacht durfte sich nicht wiederholen.

KAPITEL 24

Eine Stunde später versammelten sich Horatia und die anderen Damen auf der Ostseite und bewunderten den Wall, den die Herren für sie erbaut hatten. Es war eine hüfthohe Mauer, die sich in einem Halbkreis von etwa drei Metern Durchmesser zog und den Ladys, die sich jetzt dahinter drängten, ausreichend Schutz bot, um ihre Geschosse vorzubereiten. Die riesigen Gärten hinter Rochester Hall waren ein weißes Schlachtfeld, bereit für den bevorstehenden Krieg.

Lady Cavendish half Lady Rochester bei der Herstellung ihrer Munition. Horatia, Audrey, Lysandra und Lucinda standen in einem engen Kreis und trugen rote, pelzgefütterte Umhänge mit hochgezogenen Kapuzen. Audrey hatte angemerkt, sie seien die modischste Armee in ganz Europa. Sie besprachen gerade die verschiedenen Fallen und Orte, die man im Garten vermeiden sollte, Bereiche, in denen man von den Geschossen des Feindes in die Enge getrieben und getroffen werden könnte.

„Sollen wir versuchen, sie aus ihrer Festung zu locken?", fragte Lucinda.

349

Horatia warf einen Blick über die Schulter auf das fünfzehn Meter entfernte Fort. Die Männer kauerten außer Sichtweite, bis auf den gelegentlich auftauchenden Kopf, der sich vorsichtig umschaute. Ihr Blick begegnete dem von Gregory Cavendish, als er über den Rand ihrer Festung spähte und sich dann wieder duckte. Sie sahen aus wie ein Rudel Eichhörnchen, wie sie so auf und ab sprangen. Horatia grinste bei dem Gedanken, dass sich so edle Herrschaften so kindisch benahmen.

„Ich denke, es ist keine schlechte Idee, sie herauszulocken", erklärte Audrey. „Aber wir müssen es klug anstellen. Nur wenn einer von ihnen weit genug von den anderen entfernt ist, sollten wir demjenigen eine Falle stellen. Sonst könnten sie uns leicht überwältigen."

„Und jemand sollte unser Fort streng bewachen", warf Lysandra ein. Sie trat von der Gruppe weg, um den Damen etwas zu zeigen, das sie mit einer braunen Stoffdecke verborgen hatte. Sie warf sie zurück und enthüllte ein einfaches aber geschickt konstruiertes Holzkatapult von etwa einem Meter Länge, das von einem schweren mit Steinen gefüllten Beutel aufgewogen wurde. „Das sollte derjenigen helfen, die hier die Stellung hält."

„Ist das etwa ein Katapult?", fragte Horatia, amüsiert und froh über Lysandras Einfallsreichtum.

Lysandra grinste und warf einen Blick in Richtung ihrer Brüder. „Ich dachte, wir brauchen vielleicht ein bisschen zusätzliche Hilfe, immerhin sind sie in der Überzahl und können außerdem weiter werfen. Ich habe in unserer Bibliothek ein Buch gefunden, in dem die Konstruktion beschrieben wird, und letzten Sommer habe ich eine verkleinerte Nachbildung bauen lassen. Ich hatte ziemliche Mühe, es vor Linus geheim zu halten."

Sie nahm einen Schneeball vom immer größer werdenden Haufen, den ihre Mutter und Lady Cavendish errichteten, und legte ihn in die Schlinge, die am langen Holzarm des Katapults befestigt war. Dann richtete Lysandra den Beutel mit den Steinen aus, und während alle Damen zusahen, zielte sie auf das Männerfort und ließ den Beutel fallen. Das Kriegsgerät schleuderte den Schneeball in einem hohen Bogen über die Wiese, bevor er wenige Meter hinter den Männern gegen einen Baum krachte.

„Oh! Wer hat das geworfen?" Linus streckte den Kopf hervor und blickte finster in ihre Richtung.

Horatia biss sich auf die Unterlippe, um nicht zu lachen.

„Entschuldige, Linus! Wir üben nur." Lysandra winkte mit einer verschneiten Hand in seine Richtung und wandte sich dann wieder den Damen zu. „Wie ihr seht, brauchen wir vielleicht einen größeren Schneeball, aber es ist eine ganz brauchbare Methode, um sie zu zwingen, die Köpfe einzuziehen."

„Hervorragende Idee!", sagte Lucinda, und die anderen Damen nickten zustimmend.

Sir John Cavendish rief in diesem Moment von der anderen Seite des Gartens herüber. „Sind die Damen bereit zu beginnen?"

„Das sind wir!", antwortete Lady Cavendish ihrem Mann.

„Gut, gut. Mir wurde mitgeteilt, dass ich die Regeln bekanntgeben soll", sagte Sir John. „Sie lauten wie folgt: Wer das feindliche Fort erobert, wird zum Sieger erklärt. Es dürfen Gefangene genommen werden. Sie sind mit den roten Bändern zu markieren, die den Anführern beider Seiten ausgehändigt wurden. Es gibt keinen Gefangenenaustausch, sie bleiben jeweils bis zum Ende der Schlacht gefangen und... das waren alle Regeln. Es geht los!", rief Sir John noch, bevor er sich hinter seinem Fort duckte.

Die Damen gingen hinter ihrer Schneewand ebenfalls in die Hocke, gerade rechtzeitig, da auch schon eine riesige Kugelsalve auf sie zubrauste. Audrey kreischte auf, als Schnee- und Eismatsch auf ihrem verdeckten Kopf landeten. Von der anderen Seite her ertönte lautes Gelächter. Audrey stand auf, um die Männer anzuschreien, da die Geschosse aus flauschigem weißen Schnee bestehen sollten, nicht aus hartem Eis mit Schneematsch, aber Horatia riss sie zurück zu Boden, da bereits ein weiterer Hagelsturm folgte. Die Bälle flogen an der leeren Stelle vorbei, wo Audrey gerade noch gestanden hatte.

„Oh diese elenden Teufel!", zischte Audrey, als sie zum Katapult kroch. „Schnell, jemand muss sie ablenken, während ich das Gegengewicht vergrößere."

„Aber die Bälle fliegen zu weit!", sagte Lady Cavendish.

„Nicht unbedingt."

Lady Rochester spähte über den Rand des Forts und setzte ein verschmitztes Lächeln auf.

„Zum Angriff!", schrie Lady Rochester höchst unelegant, erhob sich zur vollen Größe und wedelte mit den Armen, um als Lockvogel zu fungieren, damit Horatia und Lysandra das Feuer erwidern konnten. Leider schienen die fünfzehn Meter Abstand zwischen den beiden Forts nur zu unterstreichen, dass ihre Würfe zu kurz waren.

„Seht ihr? Wir haben nichts zu befürchten. Sie können uns nicht einmal erreichen!", höhnte Linus, der so dreist war aufzustehen, und sich Zeit ließ, um auf seine Mutter zu zielen. Audrey justierte unterdessen das Gewicht der Schleuder neu, und mit einem knappen Nicken zu Lady Rochester ließ sie den schwereren Sack fallen und feuerte ihre eiskalte Rache ab. Die Frauen sahen voller Freude zu, wie ein Schneeball von der Größe eines Männerkopfes Linus auf die Brust schlug und ihn zu Boden warf.

„Was zum Teufel...?", hörten sie ihn schwach hinter dem Fort schimpfen.

Die Damen brachen in Gelächter aus.

. . .

Lucien und seine Mitstreiter starrten auf den am Boden liegenden Linus, der sich mit Mühe aufrappelte und abklopfte.

„Haben wir die fünfzehn Meter nicht richtig abgemessen?", fragte Lawrence. „Ich dachte, Avery hätte gesagt, dass sie nicht so weit werfen können?"

„Und auch nichts so Schweres", fügte Avery hinzu.

„Vielleicht können sie es auch nicht", sagte Linus. „Eine von ihnen muss sich näher an uns herangeschlichen haben, und wir haben sie nicht bemerkt. Sucht in den Bäumen nach Spuren. Meine Mutter hat einen überraschend starken Arm."

Sir Johns Lippen zuckten. „Wollt ihr damit sagen, dass ihr die Damen absichtlich körperlich und zahlenmäßig benachteiligt?"

„Ihr habt unsere Frauen offensichtlich noch nie in einer Schneeballschlacht erlebt, Sir John", sagte Lucien mit einem leisen Lachen. „Sie verwenden üble Tricks, und daher dienen alle unsere Maßnahmen nur der Vorsicht, um uns vor dem Unvermeidlichen zu schützen."

Seine Brüder nickten zustimmend.

„Sie sind gnadenlos", sagte Avery in ernstem Ton.

„Wie sollen wir sie von ihrer Festung weglocken?", fragte Gregory.

Cedric spähte über den Rand der Schneemauer und hatte eine Idee. „Wir sollten einen eigenen Späher losschicken. Einer, der beobachten kann, wie sie ihre Vorräte stapeln und sich organisieren. Der Rest von uns kann hierbleiben."

„Ich werde gehen", anerbot sich Gregory freiwillig.

„Geh nach Süden und mache einen großen Bogen, bevor du zurückkommst", riet Lucien. „Wir wollen doch nicht, dass sie unseren Plan durchschauen."

Gregory war kaum losgegangen, als die Frauen ihren Vorteil weiter ausbauten. Mehrere Geschosse kamen von einer Seite und lenkten die Männer von den Bäumen ab, und von Zeit zu Zeit regnete aus dem Nichts eine weiße Kanonenkugel oder mehrere Handvollkleinerer Kugeln auf sie herab, die scheinbar wie von Zauberhand vom Himmel fielen.

Wenig später kehrte Gregory mit einer Gefangenen zurück. Lawrence und Avery waren die ersten, die Lysandra entdeckten, und lachten aus vollem Hals, als sie das rote Band um ihr Handgelenk erspähten.

„Ich habe auf dem Rückweg vom feindlichen Lager eine Gefangene genommen", erklärte er und bedeutete Lysandra, sich ein paar Meter entfernt hinter einen Baum zu setzen. „Sie hat versucht, sich an mich heranzuschleichen, hat aber dann danebengetroffen, und ich habe ihr gedroht, meinen Schneeball in ihren Rückenausschnitt zu stecken, wenn sie sich nicht ergibt."

„Gut gemacht. Wie ist die Lage der gegnerischen Kräfte?", fragte Avery.

„Lady Rochester und meine Mutter produzieren die Munition. Luce und Miss Sheridan sind die Hauptschleuderer, aber wie erwartet können sie uns aus dieser Entfernung nicht treffen. Sie haben das Fort verlassen müssen um zu werfen."

„Das wissen wir bereits. Wir haben die beiden gerade in die Flucht geschlagen."

„Aber wie zum Teufel richten sie so großen Schaden an?", fragte Lucien.

„Es scheint, dass die Damen ein kleines Katapult benutzen." Gregory unterdrückte ein Lachen, als seine Gefangene schnaubte.

„So schleudern sie also diese Schneesalven auf uns", sagte Linus.

Eine große Kugel traf die Seite des Forts und ließ den Wall einknicken.

„Teufel nochmal. Sie werden bald echte Kanonenkugeln abfeuern", sagte Lawrence.

Linus warf Lysandra einen abschätzigen Blick zu und betrachtete dann die anderen Männer, die hinter der Mauer kauerten. Dann zog er ein weißes Taschentuch aus seiner Manteltasche und sprang auf.

„Was um alles in der Welt machst du da?", fragte Lawrence.

Linus sprang ein paar Schritte zurück und rannte dann zum Damenfort, wobei er das Taschentuch als Zeichen der Kapitulation schwenkte. Lucien sah ihm nach, wie er über den schneebedeckten Rasen lief.

Verräter. Er schüttelte den Kopf darüber, dass sich sein jüngster Bruder so schnell auf die andere Seite geschlagen hatte.

„ERBARMT EUCH MEINER, MEINE DAMEN! ICH SUCHE Zuflucht!", rief Linus, als Horatia und Lucinda aufsprangen, bereit, ihn mit ihren Schneebällen zu vernichten.

„Du verdammter Verräter!", brüllte Lucien durch den Garten.

„Man muss dem Fortschritt der Technik folgen! Warum mit Stöcken kämpfen, wenn die andere Seite Bronzeschwerter hat?" Er sprang kopfüber hinter die Deckung des Damenforts, als dem eine gefährliche Schneeballflut, geworfen von wütenden Männern, folgte.

Linus rollte sich auf dem Boden ab und landete auf den Fußballen wie ein geübter Krieger. Horatia konnte sich ein Lachen nicht verkneifen. Er konnte beeindruckend sein, wenn er keine Streiche spielte, und ihr entging auch nicht das aufgeregte Leuchten in Lucindas Augen angesichts ihres neuen Verbündeten.

Horatia rief ihnen beiden zu, sich zu ducken, und sie bedeckten ihre Köpfe, als ein Schneefeuer auf sie niederprasselte.

„Du machst immer Ärger, nicht wahr?", sagte Lucinda kichernd zu Linus.

„Ich wäre nicht ich, wenn ich es nicht täte", antwortete er und tauchte dann auf, um sich zu rächen. „Nehmt das, ihr verlogenen Aasfresser!" Er schleuderte drei Schneebälle nacheinander. Er war der edle Ritter, der bereit war, seine ehemaligen Verbündeten bis aufs Blut zu bekämpfen.

Lucien stand tapfer auf der anderen Seite des Forts auf. „Sei still, du Grünschnabel! Wir werden eure Festung erobern, und dann musst du die hübschen Damen aufgeben, hinter deren Röcken du dich versteckst!" Er sprach wie ein Bösewicht aus einer Komödie.

Aber alles, was Horatia fühlte, war die Liebe, die sie schon immer für ihn empfunden hatte. Sie war benommen, als hätte sie zu viel Wein getrunken, und sehnte sich danach, zurück in seine Arme zu gelangen. Selbst aus der Ferne war ihr sein Lächeln vertraut, als wäre es nur für sie bestimmt. Tief in ihrem Herzen sprach sie ein stilles Gebet, dass der einzige, echte Traum, nach dem sie sich sehnte, wahr werden würde.

Die Schneeballschlacht dauerte schon fast zwei Stunden, aber dann ließ die Aufregung nach, und die kalte Luft und der feuchte Schnee setzten ihnen zu. Sie erklärten die Schlacht für unentschieden, und Horatia war froh, dass die anderen zustimmten, wieder ins Haus zurückzukehren. Sie wünschte, sie könnte mehr Zeit mit Lucien verbringen, aber das war wohl unmöglich. Sie folgte der Gesellschaft nach drinnen, wobei ihr Mut mit jedem Schritt sank.

KAPITEL 25

Der Reiter aus London traf am frühen Abend ein, gerade rechtzeitig, um zu verhindern, dass alle das Abendessen in Ruhe einnehmen konnten. Lucien nahm die Nachricht entgegen, und er und Cedric gingen in sein Arbeitszimmer, um sie in Ruhe zu lesen. Horatia und ihre Schwester warteten draußen auf dem Gang, denn sie ahnten, dass es sich um Neuigkeiten von seinen Freunden in London handelte.

Horatia hatte das Ohr an die Holztür gepresst, um zu lauschen, und zuckte zusammen, als sie Cedric fluchen hörte. Es ertönte ein heftiger Schlag, als ob etwas gegen die Wand geworfen würde. Lucien murmelte etwas, das sie nicht verstehen konnte, dann ertönte ein Knurren von ihrem Bruder, bevor sich Schritte der Tür näherten. Sowohl Audrey als auch Horatia zogen sich hastig von der Tür zurück, in der Hoffnung, ihre wenig erfolgreichen Lauschversuche zu vertuschen.

Als sich die Tür öffnete und sie Cedrics Gesicht erblickte, das vor Schmerz und kaum kontrollierter Wut verzerrt war, verkrampfte sich Horatias Magen.

„Was ist geschehen?", fragte Audrey und blickte zwischen Cedric und Lucien hin und her.

„Charles hat schlechte Nachrichten geschickt", antwortete Lucien vorsichtig. Er sah sich um und vergewisserte sich, dass nur sie vier in Hörweite waren. Horatia wusste, dass es eine private Angelegenheit der Liga sein musste, wenn er nicht wollte, dass seine Brüder oder jemand anderer mithörte.

„Was ist passiert?" Ihre Kehle schnürte sich zu.

„Ashton wurde verwundet, als er und Godric der Spur der Männer nachgingen, die wir im Garden belauscht hatten", sagte Lucien. „Jemand hat ihn angeschossen, aber er wird sich vollständig davon erholen."

Horatia musterte ihn aufmerksam. „Das ist noch nicht alles, oder? Ihr verschweigt uns etwas." Sie hatte zu viel Angst gehabt, ihren Bruder oder Lucien zu fragen, aber sie hatte schon in London gespürt, dass hinter dieser Sache mehr steckte, als sich die beiden anmerken ließen. Schwebten sie alle in größerer Gefahr, als sie ursprünglich geglaubt hatte?

„Es tut mir leid. Jemand hat Muff getötet." Cedrics tiefer, gepresster Ton ließ Horatia erstarren.

Audrey schrie auf. „Nein!"

„Waverly hat es irgendwie geschafft, in unser Haus einzubrechen." Cedric ballte die Fäuste, während er sprach. „Jemand hat Muff getötet. Sie haben ihn ertränkt und in einer Wanne in Charles' Haus gelegt."

„Aber wieso?", wimmerte Audrey, und Tränen sammelten sich in ihren Augen.

„Um uns zu zeigen, dass sie dazu in der Lage sind. Wer das getan hat, will uns wissen lassen, dass unsere Häuser nicht sicher sind. Und es ist ihm gelungen. Niemand wird zurückkehren, bis die Angelegenheit vom Tisch ist." Cedrics Tonfall war so düster, wie Horatia ihn noch nie zuvor gehört hatte.

„Woher weißt du, dass Waverly dahintersteckt?", fragte

Horatia. Ihre Stimme versagte fast, aber sie brachte die Worte dennoch heraus.

Weder ihr Bruder noch Lucien antworteten sofort, dann sagte Lucien: „Wir haben keine Beweise. Es ist eher ein Gefühl."

Cedric fügte seine eigenen düsteren Gedanken hinzu. „Er hat einmal versucht, Charles zu ertränken. Jetzt hat er eine Katze ertränkt und die in Charles' Haus gebracht. Es ist offensichtlich, dass er dafür verantwortlich ist."

In seinen braunen Augen lag eine Rachsucht, die sie erschreckte. Er war in einer Wut gefangen, die sie nur zu gut verstand. Sie konnte ja selbst kaum einen klaren Gedanken fassen, weil Wut und Kummer sie so aufwühlten.

Audrey warf sich an Cedrics Brust und weinte hemmungslos. Cedric schloss sie in seine Arme.

„Bring sie in ihr Zimmer, Cedric", sagte Lucien. „Ich lasse das Abendessen hinaufschicken."

Cedric nickte in wortlosem Dank, bevor er Audrey, immer noch schniefend, in ihr Schlafzimmer führte.

„Horatia?" Lucien war jetzt an ihre Seite getreten, und sie sah die müden Falten in seinem Gesicht. Er war ihr bisher immer selbstsicher und zuversichtlich vorgekommen, aber seine jetzige Erscheinung war ihr völlig neu. Er wirkte verletzlich.

„Ja?"

„Kann ich etwas für dich tun? Ich weiß, dass du Muff mochtest und dass diese Nachricht ein schrecklicher Schock für dich sein muss."

„Nein, danke. Ich möchte einfach nur allein sein." Ihr Ton war traurig und kühl, denn sie hatte nicht einmal die Kraft, so zu tun, als ob es ihr gut ginge.

Lucien schien verletzt, als hätte sie ihn seiner selbst wegen abgewiesen.

„Natürlich. Ich werde dich allein lassen. Lass mich rufen,

wenn du etwas brauchst." Sie blieb allein im dunklen Flur zurück, und als die Glocke zum Abendessen läutete, klang sie von sehr weit weg.

Eine erstickende Hitze wallte in ihr hoch, eine Hitze von der Art, die einem die Kehle zuschnürte und das Denken erschwerte. Sie brach in Schweiß aus und taumelte zur Tür, die zu den Gärten führte. Sie brauchte frische Luft. Sie konnte hier drinnen nicht atmen. Sie sehnte sich danach, nichts mehr zu fühlen, und die kalte Winterluft war der einzige Möglichkeit, dies zu erreichen. Ohne Mantel oder Handschuhe stapfte sie durch den Schnee, der ihr bis zur Hälfte ihrer Waden reichte. Nur ein paar Minuten hier draußen und sie könnte diese schreckliche Nachricht sicherlich verarbeiten. Jemand war in ihr Haus eingebrochen. In ihren Ort der Zuflucht. Was wäre, wenn Audrey oder sie die Opfer gewesen wären und nicht der arme Muff? Muff... ihr lieber Gefährte. Er war nicht mehr da.

Sie versuchte nicht zu denken, aber die Erinnerungen überwältigten sie: Audreys kirschrote Wangen, so jung und voller Energie, als sie die zwei winzigen Kätzchen zu Weihnachten hochhielt. Wie Muff auf Audreys Schoß eingeschlafen war, während Cedric Weihnachtslieder gesungen hatte. Wie das schwarzweiße Fellknäuel sich beeilt hatte, hinter Cedric die Treppe hinaufzusteigen, um mit seinen kleinen Pfoten den Wettlauf gegen seine Hessenstiefel zu gewinnen. Während sie ihm Geschichten über die Sternbilder erzählte, hatte Muff, der kleine Charmeur, seinen pelzigen Kopf jeweils an ihrem Kinn gerieben und laut geschnurrt.

Horatia stolperte im Schnee und fiel auf die Knie. Der Schmerz schoss ihr direkt ins Herz. Ihre Eltern hatten ihr und Audrey die Kätzchen zu Weihnachten geschenkt, kurz bevor sie gestorben waren.

Muff war mehr als eine Katze gewesen. Er war ein Teil von ihr und einer ihrer letzten Berührungspunkte zu ihren Eltern.

Nun war ihr noch ein Bruchstück von ihnen gewaltsam genommen worden. Wären Audrey oder Cedric die Nächsten? Oder sie selbst? Welcher ihrer Lieben wäre das nächste Ziel für den Hass dieses Mannes?

Horatia legte sich in den Schnee, zu müde, um sich um die Kälte zu kümmern.

Alles, was ich will, ist Frieden, bitte lass mich in Frieden leben. Ihre dunklen Wimpern legten sich auf ihre Wangen, als sie die Augen schloss.

Sie wurde aber von schrecklichen Gedanken verfolgt. Wie viel Angst hatte Muff gehabt, als sein Mörder ihn gefangen nahm? Hatte der alternde Kater gekämpft oder war er zu schwach gewesen? Hatte ihn der Tod schnell ereilt? Sie würde es nie erfahren.

Ein heftiger Schauder durchfuhr sie bei dem Gedanken. Wer könnte so grausam sein?

Eine Feuerwerk aus Panik und Angst durchbohrte ihre Brust. Es handelte sich hierbei nicht nur um eine Tat, die dazu diente, ihre Familie zu verletzen. Es war eine Botschaft, wie ihr Bruder gesagt hatte. Es konnte jeden von ihnen treffen. Sie und ihre Geschwister waren nicht sicher. An keinem Ort der Welt. Er könnte sie überall aufspüren.

Das Bild ihrer toten Eltern in der Kutsche blitzte vor ihrem geistigen Auge auf und verschmolz mit dem einer ertrunkenen Katze mit feuchtem Fell und steifem Körper. Das Genick ihres Vaters war gebrochen gewesen, und die blassrosa Lippen ihrer Mutter waren mit Blut bedeckt. Ihre Körper hatten wie zwei zerbrochene Marionetten dagelegen, die ein Kind fallen gelassen hatte.

Sie hatte beide berührt, die Wange ihrer Mutter, die Hand ihres Vaters. Aber sie waren fort, und sie konnte sie nicht zurückbringen.

Wäre ihr eigenes Leben bald verwirkt? Vielleicht war es nur eine Frage von wenigen Tagen, bis Hände aus dem

Schatten zupackten und ihr das Genick brachen, bevor Lucien oder Cedric ihren leblosen Körper fänden.

Sie hatte Mühe zu atmen, aber ihr Keuchen half auch nicht. Sie war voller erstickender Angst und Schmerz.

„Horatia!" Ein leiser Schrei ertönte, fern wie die Sterne selbst.

Jemand riss sie hoch. Sie kämpfte, schrie, biss, aber sie war so schwach und ausgekühlt, dass die Kräfte sie schnell verließen. Geräusche drangen an ihre betäubten Ohren – das Knacken von Zweigen, Stiefelschlurfen, ein schnaufender Atem. Sie fühlte auf einmal etwas Kaltes und Weiches unter sich. Horatia bewegte sich unruhig, während sie sich zwang, die Augen zu öffnen.

Sie befand sich in einem dunklen Raum, den sie nicht erkannte. Das Dekor entsprach überhaupt nicht dem Rest von Rochester Hall. Ein Mann kauerte vor dem Kamin, während er ein paar Scheite über das frisch brennende Anzündholz legte und sie mit einem Schürhaken verschob. Als er sich zu ihr umdrehte, erkannte sie Lucien.

Wortlos kam er zu dem Bett, wo er sie abgelegt hatte, und drehte sie sanft auf den Bauch. Er schob seine Finger unter den Ausschnitt ihres Kleides und begann, die Knöpfe zu öffnen. Seine Hände waren heiß und brannten auf ihrer kalten Haut. Horatia zuckte zusammen.

„Tut es weh?"

Horatia schüttelte den Kopf und versuchte zu antworten. „Du bist so warm", brachte sie schließlich hervor.

„Gut. Das ist die Idee." Er kam am letzten Knopf ihres Kleides an und schob den Stoff beiseite, dann zog er ihre kalten, schlaffen Arme aus den Ärmeln, bevor er ihr das Kleidungsstück vollständig auszog. Doch Lucien beließ es nicht dabei. Er zog ihr auch die Strumpfhalter, das Unterhemd, die Schuhe und die Strümpfe aus.

Normalerweise hätte Horatia sich an eine Decke geklammert, um ihre Nacktheit zumindest teilweise zu verbergen, aber ihr innerer Schmerz und ihre Erschöpfung machten sie taub für solch belanglose Bedenken. Auf dem Bauch liegend blickte sie zum Kamin und lauschte den Geräuschen von Lucien, der sich hinter ihr auszog.

Seine Bewegungen hatten nichts Sinnliches an sich. Tatsächlich wäre er fast gestolpert, als er seine Stiefel auszog. Als er splitternackt war, griff er eilig nach einer dicken Wolldecke, die über das Fußende des Bettes drapiert war, und wickelte sie wie einen Umhang um sich. Erst dann wandte er seine Aufmerksamkeit wieder Horatia zu, drehte sie auf den Rücken, hob sie hoch und trug sie zu dem weichen, dicken Teppich neben dem Feuer.

Er setzte sich und zog sie an sich, wobei er die Decke um ihre Körper legte. Zwischen dem Feuer vor ihr und dem Feuer seiner Haut hinter ihr schmolz die Kälte aus ihren Knochen fort, und ein scharfes Prickeln folgte, als ihre Nerven wieder zum Leben erwachten. Sie schmiegte sich an Lucien, und sein heißer Atem beschleunigte sich an ihrer Wange.

„Ruhig, mein Liebling", flüsterte er ihr ins Ohr. „Du hast keine Ahnung, wie lange du da draußen warst, oder?" Die Zärtlichkeit seiner Stimme, die sanften Koseworte, die so rein aus seinen Lippen kamen, ließen sie in einer Gefühlswallung erschaudern. „Halte nichts zurück, meine Liebe, lass alles raus. Ich bin bei dir."

Es war dieses Versprechen, nicht verwässert von der Außenwelt und ihren Kummer, die Horatias Schutzwall zum Einsturz brachten. Sie brach zusammen und presste sich so fest an ihn, als könnte sie eine unzertrennliche Verbindung zwischen ihren Körpern herstellen. Sie wollte nie wieder ohne ihn oder seine tröstende Berührung sein. Ihre trockenen Augen füllten sich mit heißen, schweren Tränen, und Lucien streichelte jeden Tropfen mit seinen Fingerspitzen fort.

„Es tut so weh", keuchte Horatia, als die Last der Ereignisse über sie hereinbrach. Jeder Atemzug, den sie tat, war wie ein Messerstich, der sich in ihre Lungen bohrte, scharf und eiskalt.

„Das ist gut so, meine Liebe. Es bedeutet, dass dein Herz noch lebt. Lass einfach alles raus." Lucien streifte mit seinen Lippen ihre tränenüberströmte Wange und sog ihr Zittern mit seinem Körper auf.

Die beiden einzigen Male in ihrem Leben, in denen sie am meisten jemanden gebraucht hatte, als sie am schwächsten gewesen war, war Lucien für sie da gewesen. Sie hatte sich oft gefragt, warum sie nur ihn liebte und sonst niemanden, obwohl er so entschlossen gewesen war, ihr gegenüber abweisend zu sein. Doch dieser Moment, diese Umarmung war alles, was zählte. Ein Mann, der dies für sie tat, war der einzige Mann, den sie jemals lieben und begehren konnte.

Als ihr Zittern schließlich nachließ, drehte sich Horatia in Luciens Armen um. Er sah sie mit zärtlicher Fürsorge an.

„Lieb mich!", flehte sie.

„Nein, mein Liebling, nicht so." Er glitt mit seinen Lippen über ihre Schläfe und strich ihr das Haar aus dem Gesicht. „Du hast zu viel durchgemacht. Ich werde diesen Schmerz nicht noch verstärken."

„Ich will dich, Lucien. Jede Sekunde, in der du mich nicht küsst, bringt mich innerlich um." Horatia nahm sein Gesicht in ihre Hände. Kastanienbraune Bartstoppeln zeigten sich auf seinen Wangen, und die Rauheit war ein verlockender Kontrast zu seiner unbehaarten Brust.

Lucien lächelte leicht. „Ich weiß, dass ich ein wunderbarer Küsser bin, aber soweit ich mich erinnern kann, ist noch niemand am Mangel von Küssen gestorben."

Horatia, deren Körper voller Verlangen war, das verzweifelt eine Art Erlösung suchte, löste sich aus seinen Armen und stand völlig nackt vor ihm auf. Sie ging um ihn herum und näherte sich dem Bett.

„Ich erkenne dieses Zimmer nicht", sagte sie leise, als sie sich auf das Bett legte.

Lucien folgte ihren Bewegungen, und seine Augen konzentrierten sich auf die Spitzen ihrer Brüste. Wegen der kühlen Luft waren ihre Brustwarzen hart.

„Du warst zu weit weg vom Haus, deshalb habe ich dich ins Sommerhaus des Gärtners gebracht", erklärte Lucien. Er stand auf, die Decke immer noch locker um seine Schultern geschlungen.

„Das Gärtnerhaus?"

Als er näherkam, lag ein forscher Ausdruck in seinen Augen, aber dennoch schien es, als wollte er ihr widerstehen.

„Ja, im Winter steht es leer." Luciens Stimme war leiser und heiserer als zuvor.

„Wir sind also allein und brauchen keine Angst zu haben, entdeckt zu werden." Horatia fing an, nach seiner Decke zu greifen.

„Versuchst du mich etwa zu verführen?" Ein verschlagenes Lächeln tanzte um seine Mundwinkel.

„Das kommt ganz darauf an. Wie schlage ich mich bisher?" Horatia strich mit ihrem Fuß gegen seine Wade, und er verkrampfte sich.

„Deine Füße sind kalt, mein Liebling. Soll ich sie dir aufwärmen?"

Als Antwort zog Horatia fester an der Decke. Lucien ließ sie zu seinen Füßen fallen und entblößte seinen Körper vor ihr. Es schien, als würde ihr ganzes Leben in diesen Moment gipfeln. Sie entblößten endlich ihre Körper und ihre Seelen. Sie sah zu ihm auf, musterte seinen wohlgeformten Körper und konnte endlich alle Gliedmaßen sehen, die vorher versteckt geblieben waren.

Die Begierde in ihr war unerträglich und kurz davor, die

Überhand zu gewinnen. Sie streckte eine Hand nach ihm aus, und Lucien nahm sie und küsste sie, bevor sie ihn an die Bettkante zog. Horatia rückte auf die Seite, als er sich neben sie legte, und ihre Körper ahmten einen uralten Tanz der Eroberung und Unterwerfung nach, als er sich über sie beugte. Lucien senkte seinen Kopf, fand ihre Lippen und küsste sie so genüsslich, dass jedes Nervenende ihres Körpers kribbelte. Horatias Hände glitten zu seinem angespannten Bizeps und betasteten seine Muskeln, als er ihren Mund verließ, um Küsse ihren Hals entlangzuziehen.

„Ich wusste nicht, dass ein Schlüsselbein so begehrenswert sein kann", murmelte Lucien, während er die weiche Form ihrer Knochen mit der Zunge nachzeichnete.

Horatia lachte, bis sich sein Mund um eine Brustwarze legte. Er kostete, saugte und knabberte daran mit den Zähnen, wobei er Horatia einen lustvollen Schmerz bereitete, bevor er den Warzenhof mit seiner Zunge umkreiste und sie sich unter ihm wand.

Horatia stöhnte, als seine Lippen zu ihrer anderen Brust glitten. Sie fuhr mit den Fingern durch sein dichtes rotes Haar und zog daran, während er sich an ihr labte.

„Ich will mir nicht nachsagen lassen, dass ich dich vernachlässigt habe, mein Liebling", sagte er neckend zur anderen Brust, bevor er sie in den Mund nahm.

Horatias Nägel gruben sich in seine Arme, ihr Rücken wölbte sich, und sie sehnte sich nach mehr. Unter dem Druck seiner Hände an ihren Knien spreizte sie die Schenkel. Ein Déjà-vu überkam sie: Ein maskierter Mann, der Teufel der Lust, ein Engel der Sünde zwischen ihren Beinen.

„Oh Gott, wenn du... dieses Etwas noch einmal tust, bringe ich dich um", keuchte sie, als sein Mund über ihre Taille zu dem dunklen Dreieck zwischen ihren Beinen wanderte.

„Du meinst, wenn ich das hier tue?" Er überfiel ihre Sinne

mit einem vernichtenden Zungenschlag, dann schloss er seinen Mund um das winzige Nervenbündel. Horatia bäumte sich unter ihm auf, doch Lucien drückte sie tiefer ins Bett, während er ihr den Verstand raubte.

„Du Teufel…" Sie vergaß völlig, was sie sagen wollte, als seine Zunge erotische Muster zeichnete und sie in freiem Fall in den Abgrund stürzte, von dem sie dachte, dass er nie enden würde.

Es dauerte eine Weile, bis sie sich bewusstwurde, dass Lucien sich wieder über ihr bewegte und sein Mund erneut auf ihrem lag. Sie konnte sich selbst auf seinen Lippen schmecken, und diese Vorstellung war sündhaft erotisch. Sie stöhnte, als sein Gewicht auf sie sank. Der Druck seines Körpers war ihr mehr als willkommen, denn er verankerte sie im Bett - sie fühlte sich nämlich leicht genug, um von der Winterbrise davongetrieben zu werden. Sein Glied drückte hart gegen die Innenseite ihres Oberschenkels, und er rückte etwas nach oben, bis seine Spitze in einem Rhythmus über sie glitt, den ihre Instinkte besser kannten, als sie jemals gedacht hätte.

„Ja, Lucien, ja."

„Ich will dich nicht verletzen, nie wieder… und das hier könnte dir wehtun."

„Wenn ich nie wieder Schmerzen habe, weiß ich nicht, dass ich noch lebe", erinnerte sie ihn. Sie war verzweifelt und musste ihn unbedingt spüren. Ihre Hände glitten an seinem straffen Unterleib hinunter, bis sie ihre Hand besitzergreifend um seine Länge legte. Er stöhnte mit wilder Leidenschaft gegen ihre Lippen.

„Du spielst mit dem Feuer, mein Liebes, und ich möchte dich nicht verbrennen." Er versuchte, sich zurückzuziehen, doch Horatia ließ ihre Hand zur Wurzel seines Glieds und dann wieder zu seiner Spitze hinaufgleiten.

„Verbrenne mich. Verzehr mich, Lucien. Es ist das

Einzige, was ich je begehrte." Horatia küsste Lucien so innig, dass ihr Ansturm ihn in den Wahnsinn zu treiben drohte. Er riss ihre Hand weg und klammerte ihre Handgelenke über ihrem Kopf fest. Er machte sich vor dem Eingang zu ihrem Innersten bereit, um ganz langsam und sanft in sie einzudringen, ganz anders als sie es von ihm erwartet hatte.

Horatia hob ihm ihre Hüften entgegen und zwang ihn zu früh zu tief zu gehen. Er fluchte leise und versuchte, sich zurückzuziehen, doch sie schlang ihre Beine um seine Hüften und hielt ihn fest. Sein Becken wiegte sich in einem kurzen Ruck nach vorn, und das plötzliche Eindringen seines Glieds brannte. Ein Teil von ihr ging mit diesem kurzen Schmerz für immer verloren, aber sie war froh. Sie war verändert. Sie gehörte nun ihm.

Sie ignorierte seine entschuldigenden Worte, als seine Bewegungen die Leidenschaft in ihr zum Leben erweckten.

Lucien hielt sie unter sich gefangen, gab ein langsames, rhythmisches Tempo vor und testete ihre Grenzen. Er streichelte ihre Wangen, ihre Nase, Lippen und Kinn mit zärtlichen Küssen, als hätte er ein dringendes Bedürfnis, seine Essenz auf jede erdenkliche Weise auf sie zu übertragen.

Der Schmerz verebbte im Zuge einer Spannung, die sich in ihr aufbaute. Das Gefühl, das sie einst mit Übelkeit verwechselt hatte, war zurück und stärker als zuvor. Horatia genoss es und verstand jetzt, was es bedeutete, und das Brennen zwischen ihren Beinen nahm mit jedem von Luciens Stößen ab.

Obwohl er ihre Handgelenke festhielt, konnte sie ihre Hüften heben, und hieß ihn tiefer in sich willkommen. Lucien ließ ihre Handgelenke los, glitt mit seinen Händen an ihren Seiten herab, packte ihren Hintern und hob ihn hoch. Der neue Winkel veränderte ihre Lage dramatisch, und sein Glied traf tief in ihr drin eine neue Stelle. Der Schrei, der ihren Lippen entfuhr, überraschte sie selbst, und Lucien beeilte sich, die Bewegung zu wiederholen, angespornt von ihren lustvollen Rufen. Schweiß rann an ihren Körpern herunter, als Lucien sein Tempo beschleunigte.

„Lucien, ich glaube, ich…" Horatia wurde von einem stürmischen, besitzergreifenden Kuss zum Schweigen gebracht, der im herrlichsten Genuss ihres Lebens gipfelte. Sie hörte einen Schrei und merkte erst später, dass es ihr eigener war. Lucien rief ihren Namen, während er über ihr erschauderte. Er zitterte und wiegte sich weiter, während sein Beben abklang. Horatia würde den Ausdruck in seinen Augen nie vergessen – so strahlend vor Leidenschaft, Feuer, Zärtlichkeit und Verwirrung.

„Mein Gott, Horatia. Ich habe nie – ich wusste nicht, dass es so sein könnte." Er schien Angst zu haben, wie ein kleiner Junge, der sich zum ersten Mal erschreckt. Horatia fuhr mit den Fingern durch sein Haar und hob ihren Kopf vom Kissen, um ihn zu küssen.

„Hab keine Angst, Lucien. Ich werde dich nicht loslassen."

Es war zu früh, um zu hoffen, dass er sie liebte, aber sie wusste, dass sie ihm wichtig war. Dies hier war keine unbedeutende Affäre. Sie hatten einander geliebt, ein Band geknüpft. Lucien sank in ihre Arme, und ihre Körper waren immer noch vereint, als ihre Hände ihn berührten. Er vergrub sein Gesicht in ihrem dunkelbraunen Haar, doch eine kühle Brise kitzelte ihre Körper, und Lucien löste sich von ihr.

„Bitte geh nicht", flehte sie in einem heiseren Flüstern.

„Niemals, mein Herz. Niemals." Er schlug die Bettdecke zurück, um mit ihr darunter zu schlüpfen und ihren Körper mit seinem zu umhüllen. Die einzigen Geräusche waren ihre Atemzüge und das Knistern des Feuers im Kamin.

Alles hatte sich geändert. Aber was würde Lucien jetzt tun? Da sie jetzt nicht darüber nachdenken wollte, kuschelte sie sich in seine Arme und schlief ein.

KAPITEL 26

Ashton saß in seinem Arbeitszimmer in der Half Moon Street. Auf seinem Schreibtisch aus Eichenholz waren Briefe mit Finanzinformationen verstreut, doch die Zahlen verschwammen vor seinen Augen, als Schmerz seinen linken Arm durchbohrte, der immer noch schlaff und nutzlos in einer Schlinge um seinen Hals hing.

Was für ein verdammtes Missgeschick, angeschossen zu werden! Er hatte so viel von seiner Kraft verloren, dass sein Diener zahlreiche alltägliche Arbeiten für ihn erledigen musste, und sein Kammerdiener war ihm plötzlich unentbehrlich geworden. Er konnte ohne seine Hilfe kein Hemd anziehen, geschweige denn sein Halstuch binden oder seine Hose zuknöpfen.

Das war äußerst demütigend. Jeder behandelte ihn wie ein Kleinkind, und er hatte es satt. Dabei war er erst seit ein paar Tagen verletzt. Der Arzt hatte ihm angewiesen, sich die nächsten fünf Wochen auszuruhen. Die Vorstellung war ihm unerträglich. Ausgerechnet er konnte es sich nicht leisten, untätig zu sein. Abgesehen von seinem Geschäft gab es so viel zu tun, nämlich Waverly aufzuspüren und diesen Kampf zu beenden, bevor er sich zu einem ausgewachsenen Krieg entwickeln konnte.

Mit einem schweren Seufzer griff Ashton nach dem nächsten Brief, und diese Bewegung jagte ihm einen Stich durch die Schulter. Er drückte den Brief mit der Hand in der Schlinge auf seinem Schreibtisch fest und ignorierte den wachsenden Schmerz. Mit der anderen Hand versuchte er, das Siegel zu brechen, und fluchte leise, als es endlich nachgab.

Der Brief stammte von seinem Bankier bei Drummond's Bank, Mr. Jared Simms. Simms hatte Ashton einen detaillierten Bericht über seine Gelder geliefert, die derzeit an Konsolen gebunden waren. Es war eine solide Investition. Diese konsolidierte Annuitäten waren Staatsanleihen, die zweimal im Jahr drei Prozent Dividende ausschütteten.

Ashton hatte fünfzigtausend Pfund angelegt, und die Rendite stellte ein gewaltiges Vermögen dar, das er aber nur mit Bedacht ausgab. Im Gegensatz zu seinen Freunden war er nicht in eine wohlhabende Familie geboren worden. Aber im Laufe seines Lebens hatte er großen Reichtum erworben, und wo seine politische Schlagkraft nicht überzeugte, taten es seine Bankkonten. Obwohl er seinen Wohlstand nicht zur Schau stellte, zögerte er nicht, ihn zu nutzen, wenn er sich dadurch einen Vorteil verschaffen konnte.

Derzeit befand er sich in einem Bietergefecht um eine Firma namens Southern Star Shipping. Ashton besaß seine eigene Reederei, Lennox Lines, aber der Erwerb der Southern Star würde seine Schiffe tief in die karibischen Handelsmärkte und auf die Routen nach Afrika führen, ein Gebiet, in das er noch nicht vorgedrungen war.

Dies war jedoch nicht der einzige Grund für sein Interesse an der Linie.

Seit Monaten hatte er Gerüchte gehört, dass Waverly an fragwürdigen Lieferungen beteiligt war, die Gott weiß was nach England brachten. Ashton vermutete, dass es sich um Sklaven handeln könnte, aber es konnte eine ganze Reihe von Dingen sein. Wenn er die Kontrolle über die Linie erlangte, könnte er die Schiffe leerräumen, neue Kapitäne und Besatzungen anstellen, denen er vertraute, und damit beginnen, Waverlys illegale Einnahmequellen Stück für Stück zu untergraben. Es war das Einzige, worin er besser sein konnte als Waverly, und wenn dies seine beste Waffe war, musste er sie benutzen. Ein Mann konnte keine Auftragsmörder anheuern, um die Liga auszuschalten, wenn er kein Geld besaß.

Die Southern Star hätte längst ihm gehört, hätte nicht eine rivalisierende Reederei alle seine Gebote übertroffen. Nun war es so weit gekommen, dass sein Anwalt, Mr. Danforth, den Eigentümer von Melbourne, Shelley and Company, seinem Konkurrenten, kontaktiert hatte, um sich in weniger als einer Stunde mit Ashton zu treffen, um die Angelegenheit zu besprechen und eine Vereinbarung zu treffen.

Ein Klopfen an der Tür seines Arbeitszimmers ließ Ashton aufblicken. Sein Butler Wimbley, ein Mann mittleren Alters mit Glatze, trat ein.

„Was gibt es?", fragte er und sah wieder auf seinen Finanzbericht hinab.

„Ihr habt Besuch, Mylord. Eine Lady", erklärte Wimbley.

„Wenn es Ihre Gnaden ist, sagt ihr, dass ich in Kürze bei ihr sein werde." Er hatte keine Ahnung, was Emily hier wollte, außer ihn erneut dafür auszuschimpfen, dass er sich in Gefahr gebracht hatte.

„Es ist nicht Ihre Gnaden, Mylord. Sie sagt, ihr Name sei Lady Melbourne und Ihr erwartet sie."

„Lady Melbourne?" Melbournes Frau war gekommen? Er hatte darum gebeten, ihren Mann zu sehen. „Führt sie in den Rosensalon und lasst ihr Tee bringen. Sagt ihr, dass ich gleich bei ihr sein werde." Vermutlich konnte er das zu seinem Vorteil nutzen.

„Ja, Mylord." Wimbley verschwand.

Ashton ordnete hastig seinen Schreibtisch, bevor er sein Aussehen in einem nahen Spiegel überprüfte. Seine Krawatte saß perfekt und seine Hose war knitterfrei. Seine marineblaue Seidenweste war frisch und sein Hemd gebügelt. Er sah anständig genug für Besuch aus.

Vielleicht war sein Haar ein bisschen lang für die Frisuren, die derzeit in der Gesellschaft angesagt waren, aber er war in letzter Zeit zu beschäftigt gewesen, um es schneiden zu lassen. Seine Augen, die vor Müdigkeit und Schmerzen glasig gewesen waren, leuchteten nun vor verärgertem Unmut, sich mit einer Abgesandten auseinandersetzen zu müssen.

Ashton sah von Kopf bis Fuß wie ein adretter Schürzenjäger aus, abgesehen von der weißen Stoffschlinge, die seinen linken Arm stützte. Schwäche zu zeigen war nichts, was er sich für geschäftliche Verhandlungen wünschte, aber an seiner Verletzung konnte er nun mal nichts ändern.

Er verließ sein Arbeitszimmer und ging die Treppe zum Rosensalon hinauf. Es war vielleicht ein bisschen unschicklich, einen Salon auf derselben Etage zu haben, in der sich sein Schlafzimmer befand, aber er benutzte den Rosensalon nur für zwei Dinge – für intime Mahlzeiten mit seiner Geliebten, wenn er eine hatte, und wenn er keine hatte, dann diente ihm das Zimmer dennoch als Ort der Verführung.

Die dunklen Farben des Zimmers schienen die Damen in eine empfänglichere Stimmung zu versetzen. Rosafarbene Gazevorhänge verhüllten die Fenster und tauchten den Raum selbst am Morgen in ein verlockendes rosiges Dämmerlicht. Im Kamin brannte immer ein Feuer, um den Eindruck eines abendlichen Rendezvous zu wecken. Der Rosensalon hatte ihm bei seinen Eroberungen bislang immer gute Dienste geleistet.

Wenn er es nun mit der Frau seines Konkurrenten zu tun haben sollte, schien es nur logisch, ein bisschen Verführung einzusetzen. Ashton war kein Narr, und im Gegensatz zu anderen Männern, hatte er schon vor langer Zeit gelernt, wie mächtig eine Frau in der von Männern dominierten Geschäftswelt sein konnte und dass Männer sie im Allgemeinen unterschätzten. Wenn er jedoch den charmanten Schurken spielte, wäre Lord Melbourne nur ein Bauer in Ashtons Spiel, und die Southern Star Shipping wäre bald sein.

Ashton öffnete die Tür und erwartete eine grauhaarige Matrone. Was er stattdessen vorfand, ließ ihn stocken. Auf der Kante des roten Samtsofas neben dem Kamin saß eine Frau, die Ende zwanzig sein musste. Sie hatte rabenschwarzes Haar, und ihre mandelförmigen grauen Augen wurden von rußigen dunklen Wimpern eingerahmt. Sie starrte zurück, anscheinend genauso verwirrt wie er. Es war klar, dass keiner von beiden erwartet hatte, dass der andere so aussehen würde, wie er es tat.

„Ihr seid Lady Melbourne?", fragte Ashton.

„Ja. Lord Lennox, nehme ich an?"

Ihre Lippen waren blassrosa und nicht so voll wie die der meisten Frauen, aber ihre Form war irgendwie doch sinnlich. Sie hatte keinen hübschen Schmollmund, sondern einen breiten Mund, als würde sie trotz des kühlen Graus ihrer Augen eher zum Lächeln neigen. Ashton dachte selten über verheiratete Frauen nach, aber in ihrem Fall konnte er eine Ausnahme machen.

„Ich bin Lord Lennox."

„Gut. Wir haben viel zu besprechen, Mylord." Sie hatte einen leichten schottischen Akzent. Er war nicht ausgeprägt und klang so raffiniert, als wolle sie ihn verbergen. Diese Schwäche war aufschlussreich, und er reagierte instinktiv darauf.

„Aus welchem Teil Schottlands kommt Ihr, Lady

Melbourne?" Ashton genoss es, zuzusehen, wie sich ihre Augen weiteten. Es war klar, dass sie es vorzog, ihre Herkunft zu verheimlichen, etwas, das er nur zu gut verstand.

„Ich wurde in Falkirk geboren, Mylord."

„Falkirk? *Eaglais Bhreac*", sagte er mit einem selbstgefälligen Lächeln.

„Ihr sprecht Gälisch?" Nun sah sie doppelt überrascht aus.

„Ich kenne nur ein paar Sätze und einige Städte und Dörfer. Ich hatte einen Onkel, der eine Frau aus Edinburgh geheiratet hat."

„Oh?", antwortete Lady Melbourne neugierig. Ashton baute seinen Vorteil aus, jetzt, da sie aus dem Gleichgewicht geraten war.

„Was führt Euch hierher, Lady Melbourne? Nicht, dass ich Eure Anwesenheit in meinem Haus nicht bezaubernd finde, aber ich hatte erwartet, mich mit Lord Melbourne zu treffen."

„Lord Melbourne?" Ihre schwarzen Brauen hoben sich überrascht.

„Ja. Mein Anwalt sollte den Eigentümer von Melbourne, Shelley and Company, kontaktieren. Euren Mann, nehme ich an, oder vielleicht Euren Vater? Er ist es, mit dem ich mich treffen muss. Ich nehme an, er ist mit William Lamb verwandt?" Sie war nicht länger überrascht, und ihre Augen schienen triumphierend zu glänzen. Er hatte eindeutig etwas Wichtiges übersehen.

„Ich fürchte, ich bin die Eigentümerin von Melbourne, Shelley and Company. Mein Mann, ein entfernter Verwandter von William Lamb, ist letztes Jahr verstorben. Sein Unternehmen steht seit fast einem Jahr unter meiner Obhut."

Ashtons Kinnlade klappte herunter. Eine Frau, die ein Geschäft führte? Es war zwar nicht so, dass dies noch nie vorgekommen wäre... aber dennoch...

„Ihr könnt auch mit dem weiblichen Geschlecht geschäftlich verhandeln, nehme ich an?"

Es gefiel ihm nicht, dass sie ihn derart überrumpelt hatte. Er wurde von der Art, wie sie sich anzog, abgelenkt. Ihr Mann war noch kein Jahr tot, aber sie trug nicht das schwarze Kreppkleid und den Schleier, wie es von ihr erwartet wurde. Stattdessen trug sie ein tief ausgeschnittenes rubinrotes Kleid, das ihre blasse Haut im Feuerschein fast zum Leuchten zu bringen schien. Sie sah eher wie eine Verführerin aus als wie eine trauernde Witwe. Sie wusste, welche Wirkung ihr Äußeres hatte, und zögerte nicht, es zu ihrem Vorteil einzusetzen. Eine gefährliche Lady. Das müsste er sich merken.

„Und was ist mit Shelley? Ist er in London sesshaft? Vielleicht sollte ich mich stattdessen mit ihm treffen."

Ein dünnes Lächeln des Triumphs umspielte ihren Mund. „Das wäre Zeitverschwendung, Mylord. Ich habe die Aktien von Shelley vor Monaten gekauft und bin jetzt alleinige Inhaberin der Firma, die mein Mann gegründet hatte. Wir werden den Namen noch vor dem nächsten Quartal ändern. Ihr müsst also in der Tat mit mir Vorlieb nehmen." Sie unterstrich ihre Worte mit nicht geringem Stolz.

Ashton blickte finster drein, denn er gehörte zwar nicht zu den Männern, die Frauen aus allem Geschäftlichen heraushalten wollten, aber bei Lady Melbourne wollte er eine Ausnahme machen. Mit ihr im selben Raum konnte er sich nicht konzentrieren, nicht wenn sein Geist und sein Körper sich so gegen ihn verschworen.

„Ich habe bemerkt, dass Ihr verletzt seid, Mylord. Bitte setzt Euch doch. Wie seid Ihr zu einer solchen Verwundung gekommen?"

Lady Melbourne besaß die Unverfrorenheit, ihm einen Platz in seinem eigenen verdammten Salon anzubieten? Oh, er würde schon Platz nehmen und ihren Körper unter seinem festnageln... Ashton verschloss die Gedanken sicher in einem dunklen Winkel seines Gehirns, dann versuchte er, seine natürliche Höflichkeit wiederzuerlangen.

„Danke." Er setzte sich auf einen Stuhl dem Sofa gegenüber. „Um Eure Frage zu beantworten: Ich wurde vor kurzem angeschossen." Er erwartete, dass sie Ekel oder irgendeine typisch weibliche Abneigung bei der Erwähnung von Blutvergießen zeigen würde.

Doch sie tat nichts dergleichen, und aus einer kurzen Überraschung wurde offene Neugier. Das musste an ihrem verdammten schottischen Blut liegen.

„Habt Ihr Euch duelliert, Mylord?", fragte sie unverblümt.

„Duelle sind verboten. Zieht keine so voreiligen Schlüsse über mich, Lady Melbourne. Ich kann Euch versichern, dass Ihr in jedem Fall falsch liegen werdet." Sein Ton war so rau, dass er sich selbst kaum wiedererkannte. Es war der Ton seiner Jugend, bevor er gelernt hatte, sein Temperament zu zügeln.

Lady Melbourne hatte in ihm eine sehr gefährliche Feuersbrunst geschürt. Sie hob trotzig ihr Kinn, um ihn stumm herauszufordern, aber die Bewegung brachte ihre verführerischen Lippen nur näher an seine. Ashton zwang sich, sich zurückzulehnen, als er wieder zum Sprechen ansetzte.

„Entschuldigt, Lady Melbourne. Mein Arm schmerzt, und das mindert meine Fähigkeit, den höflichen Gastgeber zu spielen." Es war die Wahrheit, wenn auch nur zum Teil.

„Ich werde Eure Entschuldigung annehmen, Mylord, wenn Ihr meine Neugier stillt und mir erzählt, wie Ihr zu Eurer Wunde gekommen seid", sagte sie. Ihre Unverschämtheit machte ihn wütend und erstaunte ihn zugleich.

„Die Angelegenheit, die zu meiner Verletzung führte, war persönlicher Natur, und ich werde sie nicht preisgeben, nur um Eurer Neugierde zu schmeicheln. Lasst uns nun übers Geschäftliche reden, wenn Ihr so gut wärt."

Sie schien noch etwas erwidern zu wollen, überlegte es sich dann aber anders. „Nun gut", seufzte sie. In diesem Moment kam ein Dienstmädchen mit einem Teetablett herein und stellte es auf den Beistelltisch. Lady Melbourne nahm die Kanne vom Tablett und warf Ashton einen Blick zu.

„Darf ich einschenken?" Es war normalerweise die Aufgabe des Dienstmädchens, wenn ein Mann keine Frau oder Hausdame hatte, die diese Aufgabe erfüllte, aber in diesem Fall warf das Dienstmädchen ihm nur einen kurzen Blick zu und huschte, ohne auch nur eine Sekunde zu zögern, aus dem Zimmer.

„Ja, natürlich", murmelte Ashton knapp und rückte auf dem Stuhl etwas nach vorn, während sie zwei Tassen Tee einschenkte.

„Als Euer Anwalt mein Büro kontaktierte, wurde mir mitgeteilt, dass die geschäftliche Angelegenheit, die Ihr besprechen wollt, den Kauf der Southern Star Shipping betrifft."

„In der Tat." Ashton ließ die Frau nicht aus den Augen, als er einen Schluck Tee trank – und ihn beinahe über den Tisch gespuckt hätte.

Das verflixte Weib hatte keine Milch beigemengt, sodass der Tee kochend heiß war. Sie schien auf eine Reaktion, einen Schmerzensausruf zu warten, aber er rang darum, ruhig zu bleiben und so zu tun, als hätte er nicht gerade wegen des brühend heißen Tees jegliches Gefühl in seiner Zunge verloren. Die Frau war schamlos.

„Was mich verwirrt, ist, warum Ihr so an den Southern-Star-Schiffen interessiert seid." Ashton versuchte einen Schritt in ihre Richtung zu machen, um verlorenen Boden zurückzugewinnen. „Soweit ich das beurteilen kann, benötigt Euer Unternehmen sie nicht."

„Warum will man etwas? Ich sehne mich nach der Macht der Schifffahrt. Und entgegen Eurer zweifellos gründlichen

Recherche über meine Interessen brauche ich sie für den Zugang zu den karibischen Häfen." Es war eine geschäftliche Antwort, aber nicht die Wahrheit, und aus einem unbestimmten Grund ärgerten ihn ihre Worte. Er konnte nicht mit jemandem verhandeln, der eine so solide Abwehr um sich herum errichtet hatte. Wenn er diese Mauern doch nur irgendwie durchbrechen könnte.

„Ich schlage Euch einen Handel vor. Wenn Ihr mir sagt, wie Ihr angeschossen wurdet, werde ich aufhören, auf die Southern Star zu bieten."

Dies kam völlig unerwartet. Vielleicht ein weiterer Trick, um ihn aus der Fassung zu bringen? Ashton rieb sich mit der rechten Hand das Kinn und dachte über den Vorschlag nach. Normalerweise hielt er seine Angelegenheiten geheim, besonders die der Liga, aber er sah nichts dabei, ihr eine etwas zurechtgestutzte Antwort zu geben. Er traute ihr jedoch nicht über den Weg. Kein bisschen.

„So leicht würdet Ihr mir die Versteigerung überlassen?"

Sie zuckte anmutig mit einer Schulter. „Es gibt noch andere Linien. Ich habe genug Kapital, um meine eigene aufzubauen, wenn es sein muss. Der Kauf des Southern Star war einfach ein effizienterer Weg, um mein Ziel zu erreichen."

Ihre Antwort war für ihn befriedigend genug.

„Ich stimme Euren Bedingungen zu." Er holte tief Luft. „Ich wurde angeschossen, als ich an einem zwielichtigen Ort nach Beweisen dafür suchte, dass jemand, den ich kenne, einen Mann angeheuert hatte, um einen engen Freund zu ermorden. Dieser Mann war zurückgekehrt und hat uns dort vorgefunden. Er eröffnete das Feuer eröffnet, bevor er die Flucht ergriff."

„Ihr wurdet angeschossen, während Ihr beweisen wolltet, dass jemand Euren Freund ermorden will?" Lady Melbourne schien verdutzt.

„Ja." Mehr würde er ihr nicht sagen.

Ihre Reaktion verwirrte ihn noch mehr, als hätten seine Worte ihr viel mehr gesagt, als er preiszugeben beabsichtigt hatte, und als hätte sie alles erfahren, was sie über ihn wissen wollte. „Nun gut. Die Southern Star gehört Euch, Lord Lennox. Genießt Euren Triumph.“

„Oh, das werde ich, Lady Melbourne“, versicherte er ihr. Wenn alle Geschäfte so einfach abgewickelt werden könnten, wäre er längst doppelt so reich.

Sie nahm ihren Handbeutel auf, und Ashton folgte ihr die Treppe hinunter zur Tür. Er half ihr, ihren Umhang anzuziehen, bevor sie sich zum Gehen wandte.

„Es war interessant, Euch kennenzulernen, Lord Lennox.“ Sie lächelte wieder dieses wissende Lächeln, und er beugte sich über ihre Hand und küsste sie länger als nötig.

„Gleichfalls, Lady Melbourne. Ich glaube, unsere Wege könnten sich durchaus noch einmal kreuzen.“ Ihre Blicke trafen sich kurz, und Ashton spürte, wie seine Welt aus den Fugen geriet. Lady Melbourne würde seinem Geschäft mit Sicherheit schaden.

Als er ihr die Tür öffnete, stand Charles vor ihnen. Er hatte schon die Hand erhoben, als wolle er anklopfen.

„Hallo Ash, bin ich... äh... störe ich?“ Seine Augen huschten zwischen Ashton und Lady Melbourne hin und her.

„Nein“, antworteten er und die Lady gleichzeitig.

„Okay, gut, Ash, ich muss sofort mit dir sprechen.“ Charles’ grimmiger Blick sagte ihm alles. Es gab Neuigkeiten.

„Es war... anregend, Euch kennenzulernen“, sagte Lady Melbourne und eilte dann die Stufen hinunter. Er sah ihr nur einen Moment nach, bevor Charles ihn an seinem gesunden Arm ins Haus zerrte.

„Was gibt es?“, fragte Ashton.

Charles sah sich im Haus um, als suchte er in jeder Ecke nach Spionen. Ashtons Sorge bildete einen schweren Stein in seiner Magengrube.

„Ich war gerade dabei, meine Korrespondenz mit Luciens Mutter durchzugehen. Ihre Briefe stapeln sich schon seit einiger Zeit. Du weißt, dass sie mir Lysas wegen schreibt."

„Ja." Charles hatte anfangs noch einige Versuche unternommen, Luciens Mutter zu antworten, es dann aber aufgegeben, da die Briefe oft das Angebot enthielten, Luciens Schwester zu heiraten, was aus verschiedenen Gründen nicht gutgehen konnte.

„Nun, mir ist ein seltsames Muster in ihren Briefen aufgefallen. Sie hat in den letzten Monaten mehrere Angestellte auswechseln müssen, insgesamt sechs. Sie schreibt von Unfällen, Beinbrüchen, einer wurde vom Pferd abgeworfen, andere haben sich einfach ohne Grund aus dem Staub gemacht. Ich hätte es nicht bemerkt, wenn ich nicht alle Briefe direkt hintereinander gelesen hätte. Da traf es mich wie der Schlag."

Ashton runzelte die Stirn. „Was traf dich wie der Schlag?"

„Das Muster, Ash. Es gibt ein Muster." Er schlug eine Handvoll Briefe gegen Ashtons Brust. „Sie schrieb mir, dass den letzten Diener bislang kein Unheil ereilt hat, wie bei den anderen, und dass der Fluch endlich gebrochen sein könnte."

„Du bezweifelst, dass es sich um eine Reihe von unglücklichen Zufällen handelt", sagte Ashton, als er erkannte, worauf Charles hinauswollte. „Glaubst du, er hat die anderen Dienstboten aus dem Weg geräumt, um sich Zugang zu Posten in der Rochester Hall zu verschaffen?"

„Ganz genau." Charles ging im Eingangsbereich auf und ab, und sein Blick huschte wieder unruhig umher. „Die Frage ist, warum ausgerechnet Luciens Haus, wenn doch Cedric das Ziel ist. Vielleicht war Lucien die ganze Zeit das anvisierte Opfer? Die Kutsche versuchte immerhin, ihn zu überfahren. Wie dem auch sei, wir müssen sie warnen."

„Du hast vollkommen recht", stimmte Ashton zu. „Aber wir müssen mit Bedacht handeln. Wenn wir nach unserer Nachricht vom Kater grundlos bei Lucien auftauchen, könnte der eingeschleuste Mann vorschnell handeln. Wir sollten Lucien einen Brief schicken, ihn aber an seine Mutter adressieren. Wenn der Mann in Hugos Sold steht, ist er wahrscheinlich angewiesen, alle an Lucien oder Cedric gerichtete Post zu öffnen. Wir sollten vorsichtig sein."

„Guter Plan", lobte Charles.

Ashton zuckte zusammen, denn sein Arm schmerzte. „Ich werde dich den Brief schreiben lassen, wenn es dir nichts ausmacht."

Er führte Charles in sein Arbeitszimmer und betete, dass ihr Brief nicht zu spät ankäme.

KAPITEL 27

Cedric streckte seine steifen Glieder in seinem Stuhl neben Audreys Bett und rieb sich mit einer müden Hand die verspannten Nackenmuskeln. Seine Schwester lag zusammengerollt in ihrem Bett und schlief fest. Ihre zarten Züge und ihr besorgter Ausdruck ließen sie wie eine Feenkönigin erscheinen, deren Leid sie bis tief ins heilige Reich der Träume verfolgte.

Sie in seinen Armen zu halten hatte schreckliche Erinnerungen an längst vergangene Jahre geweckt. Er konnte sie nicht beschützen, konnte sie nicht vor allen Gräueln der Welt bewahren. In vielerlei Hinsicht war er für sie und Horatia sowohl Vater als auch Mutter gewesen, nachdem sie ihre Eltern verloren hatten, und der vielleicht größte Preis, den er zahlte, war, dass er niemanden hatte, der ihn in den Armen hielt, während er still trauerte.

Die Ereignisse des Vorabends holten ihn ein, und Cedric schloss die Augen. Er hatte Muff gerngehabt. Der Kater war eine der letzten Verbindungsglieder zu ihren Eltern, die er und seine Schwestern noch aus der Zeit vor dem Unfall hatten.

Der Unfall. Wie viele Jahre würden vergehen, bis der Stachel des Todes seiner Eltern nicht mehr so brannte? Ein Mann konnte nur ein gewisses Maß an Schmerz ertragen, bevor er ihn zerbrach.

Audrey bewegte sich ruhelos und wachte auf, aber Cedric blickte direkt durch sie hindurch, weit weg in seinen Gedanken.

„Cedric?" Ihre Stimme war ein wenig heiser. Sie hatte sich letzte Nacht in den Schlaf geweint, nachdem er sie dazu gebracht hatte, etwas zu essen. Sie war schließlich vor Erschöpfung eingeschlafen. Ihr schwaches Lächeln verriet, dass sie ihr Bestes gab, um mit den Ereignissen fertig zu werden. Der Tod des Katers hatte sie schwer getroffen, aber sie hatte bereits begonnen, nach vorn zu schauen. *Tapferes Mädchen*, dachte er stumm.

„Was ist, mein Schatz?" Er setzte sich in seinem Stuhl aufrechter hin. Audrey lächelte ihn an, aber es war ein trauriges, wehmütiges Lächeln.

„Es tut mir leid, dass ich dir in letzter Zeit so viel Ärger gemacht habe." Sie schob ihre Decke zurück und setzte sich auf, um ihn anzusehen.

„Du bist eine Frau, Audrey. Ärger zu machen ist die Stärke deines Geschlechts. Dazu gehört auch, Charles in deinen Plan einzuspannen und zu denken, dass dies mich nicht erzürnen würde. Es macht mir nichts aus, dass du so bist, außer wenn du mich dazu zwingst, meinen besten Freund fast zu erwürgen. Darüber sollten wir reden, weißt du." Cedric ertappte sich dabei, wie er lächelte.

„Das sollten wir wohl", stimmte Audrey zu.

„Warum bist du nicht zu mir gekommen? Du hättest mir sagen können, dass du heiraten möchtest. Ich hatte keine Ahnung, dass du derart verzweifelt bist."

„Für Frauen ist das anders, Cedric. Ich denke, dass es für dich schwerer zu verstehen ist, weil Mama nicht hier ist. Ich möchte heiraten. Ich wünsche mir einen Ehemann und ein Leben, das über die Curzon Street hinausgeht. Ich fürchte mich vor einer Zukunft, wie sie Horatia bevorsteht."

Cedric rutschte nach vorn zur Stuhlkante. „Und was für eine Zukunft ist das?"

„Sie ist fast einundzwanzig und dennoch wird sie nicht heiraten, weil sie..." Audrey schlug sich die Hand vor den Mund.

Ihre abrupte Geste beunruhigte Cedric. „Weil sie...?"

„Oh, das darf ich nicht sagen. Sie würde nicht wollen, dass ich ihr Vertrauen breche."

Cedric war blitzschnell auf den Beinen und baute sich vor ihr auf. „Du erzählst mir besser alles, was du weißt, oder ich werde in den nächsten Monaten nicht sehr großzügig mit deinen Zuschüssen für Einkäufe sein."

Audrey schnaubte. „Ich soll meine Schwester für ein neues Kleid verraten? Sei nicht albern!"

„Wie wäre es, wenn ich dein Taschengeld nächsten Monat verdopple, wenn du es mir sagst?"

„Du willst mich bestechen? Niemals!"

„Und was ist, wenn ich dich an einen Ort schicke, wo es keine Männer im heiratsfähigen Alter gibt?"

Audreys Augen verengten sich zu Schlitzen und starrten ihn finster an. „Du spielst ein grausames Spiel, Cedric. Ich werde es dir sagen, aber wenn Horatia herausfindet, dass du es von mir erfahren hast, werde ich mir den nächstbesten Mann von der Straße schnappen, sei es ein Laternenanzünder oder ein Schornsteinfeger, und ich werde mit ihm nach Schottland durchbrennen."

Cedric lächelte. „Du würdest nie einen Schornsteinfeger heiraten. Der Ruß würde deine feinen Kleider ruinieren. Nun zu Horatia. Du weißt, dass ich sie nur glücklich machen will. Sag es mir, und ich werde dafür sorgen, dass es unter uns bleibt." Er benutzte seine sanfteste, brüderliche Schmeichelstimme, doch seine Schwester schien davon ungerührt zu bleiben.

„Cedric, ich sollte es dir nicht sagen. Du wirst wütend werden, und es kann ohnehin nichts daraus werden. Vergiss einfach, dass ich etwas angedeutet habe." Sie schürzte die Lippen, als hätte sie beschlossen, nie wieder zu sprechen.

„War ich jemals wütend auf dich oder Horatia? Ich weiß, dass ich deinen Freiern gedroht habe, aber habe ich jemals mit dir oder deiner Schwester mein Temperament durchgehen lassen?"

Sie zog eine Braue hoch, als würde sie die Antwort in Gedanken mit sich selbst debattieren. Schließlich gab sie mit einem schweren Seufzer nach.

„Ich nehme an, du tust es nicht mehr als jeder andere Bruder. Aber wenn ich es dir sage, darfst du nicht überreagieren. Sie wird nie heiraten, weil sie Lucien immer noch liebt. Sie hat nie jemand anderen geliebt oder begehrt."

Cedrics Kehle wurde unangenehm trocken. „Lucien?"

Er hatte gewusst, dass Horatia vor langer Zeit eine kindliche Zuneigung zu Lucien entwickelt hatte, aber er dachte, das sei längst vorbei. Jetzt ergab alles Sinn. Horatia war jedes Mal verärgert, wenn Luciens Name auch nur erwähnt wurde, und er dachte an ihr seltsames Verhalten in den seltenen Fällen, in denen sie gezwungen waren, im selben Raum zu sein.

„Bist du sicher, dass sie ihn immer noch liebt?"

„Ja, und ich glaube, dass Lucien möglicherweise beginnt, ihre Gefühle zu erwidern."

Das war noch viel schlimmer, als er es sich hätte vorstellen können. Lucien war wie ein Bruder für ihn, aber wenn er Horatia gegenüber leidenschaftliche Gedanken hegte... Die Regeln der Liga hatten ihren guten Grund, denn das Letzte, was er oder die anderen wünschten, war, sich um die Schwester eines Freundes zu streiten oder die Scherben einer fehlgeschlagenen Brautwerbung aufzulesen. Er könnte vielleicht erwägen, zu erlauben, dass Audrey Jonathan heiratete, weil der Mann noch jung war, und sein Maß an Sünden noch nicht mit dem der Rest der Liga zu vergleichen war. Aber Horatias Heirat mit Lucien kam überhaupt nicht infrage.

Dieser Mann hatte eine Vorliebe für sittenlose Freuden, und Cedric würde lieber sterben, ehe er Horatia eine Rolle in dessen dunklen Fantasien spielen ließ. Lucien konnte jede Frau der Welt haben, aber nicht Horatia. Horatia verdiente einen Gentleman, der sie, eine zurückhaltende und zutiefst loyale Frau, umsorgte und liebte. Sie durfte nicht von Luciens flüchtiger Leidenschaft verbrannt werden.

Cedric schauderte, als er sich an sein Gespräch mit Lucien am Vortag im Billardzimmer erinnerte. Lucien hatte von seinen veränderten Gefühlen gegenüber Horatia gesprochen, und Cedric hatte dummerweise angenommen, dass sein Freund sie wieder als Schwester betrachtete.

„Welchen Beweis hast du für seine Gefühle ihr gegenüber?", fragte Cedric.

„Ich darf es nicht sagen…"

„Audrey", knurrte Cedric.

„Lucien hat ihr zu Weihnachten ein Kleid gekauft. Es ist gestern aus London eingetroffen."

„Was für ein Kleid?"

„Ein schönes Abendkleid, das das zerstörte Kleid ersetzen soll. Ich habe ihm geholfen, es in Auftrag zu geben, schließlich habe ich den besten Modegeschmack in ganz London."

„Natürlich." Cedrics Sarkasmus entging seiner Schwester.

„Aber du darfst nicht böse sein, Cedric. Es wird nichts Schlimmes dabei… Wäre es nicht wunderbar, wenn Lucien und Horatia heiraten würden?" Audrey lächelte und faltete ihre Hände.

Der bloße Gedanke an Lucien im Bett mit seiner Schwester brachte Cedric in Rage.

„Wunderbar? Vergiss es, Audrey! Du bist zu unschuldig. Lucien ist nicht der Typ Mann, der heiratet. Keiner von uns ist es, aber vor allem er nicht." Sie verstand es nicht. Lucien würde Horatia wegwerfen, sobald das Feuer der Leidenschaft zu Glut niedergebrannt wäre. Er hatte es schon oft gesehen, allerdings nur bei Frauen, die diesen Bedingungen bewusst zustimmten. Horatia war keine solche Frau.

„Solltest du so von deinem Freund sprechen?" Audreys Augen weiteten sich, als ob sie von seiner düsteren Anschauung erschrocken wäre.

„Er ist ein Freund, aber er ist auch ein Teufel. Genau wie ich. Ich kenne ihn nur zu gut und weiß, dass er sie nicht heiraten wird."

„Du irrst dich. Godric hat Emily geheiratet, und er ist wie der Rest von euch."

„Emily war anders... Sie passte perfekt zu Godric."

„Und wer sagt, dass Horatia nicht perfekt zu Lucien passt?", fragte Audrey.

„Wenn sie zu ihm passt, dann fürchte ich mich, darüber nachzudenken, was das über unsere Schwester aussagt", murmelte Cedric.

„Glaubst du, es macht sie zu einer unanständigen, lasterhaften Frau wie Evangeline Mirabeau?" Audrey kicherte bei Cedrics entsetztem Gesichtsausdruck.

„So etwas in der Art. Das würden sicherlich andere von ihr denken."

„Ach Unsinn, Cedric. Niemand würde so von Horatia denken. Sie ist viel zu vernünftig, um etwas Überstürztes oder Romantisches zu tun. Sie ist immer noch Horatia", sagte Audrey, als ob das alles erklären würde, als ob es keinerlei Grund zur Sorge gäbe.

„Wenn Lucien entschlossen ist, sie zu erobern, wird er ihr die Vernunft nehmen. Das ist der ganze Sinn hinter der Verführung. Männer benutzen Leidenschaft, um wohlerzogene Damen ihres gesunden Menschenverstandes zu berauben. Genau wie Charles es hätte tun können, als er vorgab, dich zu kompromittieren. Er hätte dich ausnutzen können, mein Kätzchen."

„Erstens, liebster Bruder, war ich es, die ihn geküsst hat." Diese Worte trafen Cedric unvorbereitet. „Und ich musste buchstäblich hinter ihm herjagen, um das zu erreichen. Zweitens wusste er, dass du wütend werden würdest. Ich musste ihn anflehen, mir zu helfen, egal was es kostet. Und drittens hat mich Charles' Kuss bei Weitem nicht so sehr meiner Vernunft beraubt wie der mit Jonathan."

Cedric erstarrte in seinem Auf- und Abgehen. „Jonathan? Willst du mir sagen, dass du ihn bereits geküsst hast? Gibt es denn überhaupt noch einen Mann in ganz Mayfair, den du noch nicht geküsst hast?", rief er. Seine beiden Schwestern warfen sich den Männern an den Hals wie die leichten Mädchen von Whitechapel. Wie lange taten sie ihm das schon an? Wussten sie denn nicht, dass es seine Aufgabe war, sie zu beschützen, selbst wenn es bedeutete, sie vor sich selbst zu schützen?

Cedric ließ sich wieder in seinen Stuhl sinken. „Gott im Himmel. Ich glaube, ich könnte am Schock eurer Abenteuer sterben, noch lange bevor ich alt werde."

Audrey beobachtete ihn misstrauisch. „Bist du sehr wütend auf mich?" Ihre Stimme schwankte, und Cedric zuckte zusammen.

„Ich bin nicht wütend, aber ich bin bestürzt zu erfahren, dass du in dieser Angelegenheit so entschlossen bist. Ich will jetzt die Wahrheit hören. Bist du dir sicher, dass du Jonathan heiraten willst?"

Audrey nickte aufgeregt.

„Kennst du ihn überhaupt gut genug? Audrey, du bist ihm im September das erste Mal begegnet. Ich will nicht, dass du einen Mann aus oberflächlichen Gründen heiratest."

„Wie kann ich jemals einen Mann kennenlernen, wenn du ihnen allen mit einem Duell im Morgengrauen drohst?"

Cedric schnaubte. „Du übertreibst."

„Tue ich das?" Sie hob eine zarte Braue.

Er wand sich ein wenig bei ihrem anschuldigenden Ton. „Das ist nur einmal passiert. Die anderen sind geflohen, bevor ich mit meinem Gezeter so weit kommen konnte."

„Und du glaubst, dieses Argument trägt zu deiner Verteidigung bei?"

„Ich mag Jonathan, mein Kätzchen, wirklich. Der Mann sieht nicht schlecht aus, aber das ist kein Grund für eine Heirat. Du solltest aus Liebe heiraten." Cedric konnte nicht glauben, was er da sagte. Irgendwann hatte er es geschafft, wie sein Vater zu werden. Die Worte klangen ganz nach ihm.

Der verstorbene Viscount Sheridan war ein edler Mann gewesen und hatte sich mit dem höchsten Maß an Anstand und Ehrbarkeit geschmückt. Aber er hatte auch ein Herz aus Gold gehabt, das ihn weise machte. Es schien, etwas von der Weisheit seines Vaters war nun auch in ihm aufgekeimt, wenn auch etwas spät.

„Du hast natürlich recht. Aber ich weiß, wie ich mich in seiner Nähe fühle, Cedric. Ich habe das Gefühl, dass mein Leben vor ihm nur ein Vorspiel war, bevor das wahre Leben an seiner Seite beginnt."

„Oh Gott, du hast wieder diese schrecklichen Schauerromane gelesen."

„Das habe ich nicht!"

Aber der Ausdruck in ihren Augen war rätselhaft, als würde sie etwas sehen, was er nicht erhaschen konnte, einen Ort, der sie mit Staunen und Träumen erfüllte. „Ich möchte ihn kennenlernen", sagte sie. „Ich möchte alles über ihn erfahren. Aber ich kann das nicht tun, wenn du mir nicht die Gelegenheit dazu gibst. Wirst du erwägen, ihm zu erlauben, mir den Hof zu machen?"

„Wenn er davon überzeugt werden muss, dich zu umwerben, dann hat er dich nicht verdient. Aber ich werde mit ihm sprechen und ihm dein Interesse kundtun. Wenn er zustimmt, werden wir dafür sorgen, dass ihr einander sehen könnt. Vielleicht kriegst du tatsächlich noch einen Ehemann." Er hätte seine Schwester keinem seiner anderen Freunde anvertraut. Aber Jonathan war neu in ihrem Kreis und schien seinen Vorlieben nicht im Entferntesten so unbekümmert nachzugehen wie sein Bruder Godric in seinem Alter. Der junge Mann hatte etwas Ernstes an sich, das Cedric beruhigend fand, ganz anders als der wilde Junge, der er selbst einmal gewesen war. Es war, als ob Jonathans neue Position im Leben ihn reifer gemacht hätte, anstatt ihm Allüren zu verleihen.

„Oh danke, Cedric!" Audrey schlüpfte aus ihrer Decke, rannte zu ihm hin, schlang ihre Arme um seinen Hals und umarmte ihn fest.

„Ich warne dich. Nicht alle Menschen auf dieser Welt haben ein gütiges und liebevolles Herz wie du. Aber wenn du glaubst, dass du den Klatsch ertragen kannst, dann nur zu."

Sie grinste verschmitzt. „Ich denke, ich kann mit der Gesellschaft und ihrem Klatsch umgehen."

Wie immer war er völlig ratlos, wie er ihr etwas abschlagen sollte. Dieser lästige kleine Wicht war seine ganze Welt, genau wie Horatia.

„Gern geschehen, meine Liebe. Versprich mir einfach, nicht wieder vorschnell zu handeln. Ich muss diese Angelegenheit mit Horatia regeln und kann nur eine schwesterliche Katastrophe aufs Mal ertragen."

Audrey unterdrückte ein Kichern, als sie ihn losließ. „Ich verspreche, mich zu benehmen."

„Warum glaube ich dir nicht?", fragte Cedric mit einem theatralischen Seufzer. „Warum ziehst du dich nicht an, und ich komme später zurück, um dich zum Frühstück nach unten zu begleiten." Cedric verabschiedete sich, um Audrey genügend Zeit zum Umziehen zu geben, während er in sein eigenes Zimmer ging, um sich frisch zu machen. Danach musste er Horatia finden und sehen, wie tief ihre Zuneigung zu Lucien war und ob die Lage so schlimm war, wie er befürchtete.

Cedric hatte sich gerade das Gesicht gewaschen, als er Schritte im Flur vor seinem Schlafzimmer hörte. Hastig zog er seine Stiefel an und ging zur Tür, um sie zu öffnen. Horatia war auf dem Weg zu ihrem Zimmer. Sie sah verschlafen aus und trug das gleiche Kleid wie gestern Abend. Die Besorgnis zerfraß ihn fast, als er den Flur entlangschritt und sie einholte, als sie ihre Tür öffnete.

„Darf ich reinkommen, Horatia?", fragte er leise. Sie nickte, und er folgte ihr hinein. „Du hast nicht hier geschlafen?"

„Nein. Die Nachricht von Muff hat mich zu sehr mitgenommen. Sie wühlte zu viele Erinnerungen auf. Ich ging in die Gärten hinaus und verlor mich. Ich glaube, ich bin zweimal gestürzt, und wenn Lucien mich nicht gefunden hätte, wäre ich vielleicht erfroren. Er hat mich gerettet, mich zum Gärtnerhaus gebracht und mich am Feuer aufgewärmt. Er hat auf mich aufgepasst, während ich schlief."

„Mein Gott", hauchte Cedric, hin- und hergerissen zwischen dem, was sie erlitten hatte, und der Tatsache, dass Lucien die ganze Nacht bei ihr gewesen war.

„Ich hatte gehofft, dass ich mich heute besser oder sicherer fühlen würde..." Sie musste ihren Satz nicht beenden, er erkannte sogleich, dass dies nicht der Fall war.

Ihre Stimme war von Schmerz durchtränkt. Cedric hatte die letzte Nacht damit verbracht, seine andere weinende Schwester im Arm zu halten, und er wollte diese Erfahrung nicht wiederholen. Aber er war in erster Linie ein Bruder und erst in zweiter ein egoistischer Schurke.

„Komm her." Er breitete seine Arme aus, und Horatia vergrub ihr Gesicht an seiner Brust. Sie weinte nicht, denn die Tränen schienen schon vor langer Zeit versiegt zu sein. Er fuhr mit einer Hand sanft in einer beruhigenden Bewegung über ihren Rücken, während er mit der anderen ihr Haar streichelte.

„Man muss nicht immer stark sein. Die Trauer wird nur von denen besiegt, die sie hinnehmen, nicht von denen, die dagegen ankämpfen." Lucien hatte ihm das vor langer Zeit beigebracht, als Cedric davon überzeugt war, dass sein Leben vorbei war.

„Du hast recht. Aber wer wird stark für dich sein?" Sie lachte kurz auf und hob ihren Kopf, um ihn anzusehen. „Du bist so ein guter Bruder, Cedric." Sie löste sich sanft aus seiner Umarmung, und er ließ sie los.

Horatia näherte sich ihrer Spiegelkommode und schmunzelte über ihr zerzaustes, wildes Aussehen. „Himmel, ich sehe schrecklich aus."

„Horatia, ich fürchte, wir müssen über etwas reden."

„Ach je. Ich mag es nie, wenn du diesen Ton anschlägst. Er macht mich nervös." Sie versuchte ihn zu necken, aber es klang wenig überzeugend.

„Du hast gesagt, Lucien hat dich gefunden, und er ist bei dir geblieben und hat letzte Nacht auf dich aufgepasst."

„Ja", antwortete sie vorsichtig.

„Bei einem anderen Mann könnte ich die Ehe fordern, wenn ich das Gefühl hätte, er hätte dich ausgenutzt."

„Aber nicht bei Lucien?", fragte sie und deutete seinen Ton richtig.

„Nein. Deshalb bin ich hier. Ich weiß, dass du immer noch starke Gefühle für ihn hegst, und ich habe mich gefragt, ob Lucien sie ausgenutzt hat."

„Cedric, was genau fragst du mich?", fragte Horatia in frustrierter Erschöpfung.

„Hat er dich schlecht behandelt? Du musst es mir sofort sagen. Das kann ich ihm nicht erlauben."

„Nein. Das hat er nicht." Horatia antwortete nur zögerlich, und Cedric konnte nicht sagen, ob sie ihn anlog oder nicht.

„Ich wäre dir nicht böse, wenn er es getan hätte. Deine Gefühle für ihn können dich blenden. Sie machen dich verwundbar, und er ist grausam genug, um..."

„Lucien ist nicht grausam", protestierte Horatia. „Er ist dein Freund!"

„Und ich kenne ihn viel besser als du. Muss ich dich daran erinnern, wie er dich in den letzten sechs Jahren behandelt hat? Er hat nichts getan, außer dich auf Schritt und Tritt zu verschmähen. Warum du immer noch etwas für ihn empfindest, ist mir schleierhaft."

„Cedric, wenn er sich geändert hat, wenn er meine Gefühle erwidert, wenn er etwas für mich empfindet, würdest du uns erlauben zu heiraten?" Horatia war nie zurückhaltend oder unsicher in ihrem Auftreten, aber jetzt schien ihr ganzes Wesen zerbrechlich und zart.

„Es spielt keine Rolle, was er fühlt. Ich könnte es nie zulassen", sagte Cedric unverwandt.

„Aber wieso? Wäre es dir nicht lieber, einen engen Freund als Schwager zu haben?" Wieder sprach sie mit diesem verdammten Zögern.

„Such dir jeden beliebigen Mann in ganz England aus, aber nicht ihn. Ich werde nicht zulassen, dass meine Schwester seinen Wünschen unterworfen wird. Du weißt nichts über seine amouröse Vergangenheit, die unzähligen Geliebten, die Nächte in Bordellen. Du kennst ihn nicht wie ich. Aber selbst wenn ich das alles übersehen könnte, könnte ich nicht vergessen, wie er dich all die Jahre behandelt hat. Ich hätte immer Angst, dass er dich später wieder verschmähen könnte. Ich bin das Oberhaupt unserer Familie. Wenn ich sage, dass du Lucien nicht heiraten kannst, dann akzeptierst du meine Entscheidung und gibst dich damit zufrieden. Finde einen Mann, der deiner würdiger ist."

„Warum verurteilst du ihn so schnell? Lucien hat nie etwas anderes getan, als dich zu unterstützen." Ihre Worte schmerzten, und Cedric wünschte, er könnte sie zum Schweigen bringen. „Muss ich dich daran erinnern, dass er derjenige war, der mich an dem Tag nach Hause gebracht hat, als Mama und Papa starben? Er hat mich gerettet, Cedric, und er hat dich getröstet! Mir bedeutet das sehr wohl etwas, und wenn du blind genug bist, um seinen Wert nicht zu erkennen, dann verlass bitte sofort mein Zimmer. Wir haben uns nichts mehr zu sagen." Horatia marschierte zu ihrer Schlafzimmertür, öffnete sie und wartete darauf, dass er ging.

Gleich neben der Tür blieb er im Gang stehen und musterte sie. Glaubte sie, dass sie seinen Befehlen widersprechen könnte? Sie wäre doch sicher nicht so dreist. Er musste ihr begreiflich machen, dass sie nicht mit Lucien zusammen sein konnte. Sein Entschluss stand fest.

„Du kennst ihn nicht so wie ich, Horatia. Er tut seinen Frauen Dinge an, die... nun, ich will nicht, dass sie dir passieren."

Ihr plötzliches Erröten ließ seine Wut wie eine Flutwelle steigen.

„Was geht dich das an? Was ist, wenn ich mag, wie ich mich fühle, wenn ich mit ihm zusammen bin?"

Cedric zeigte mit dem Finger auf sie. „Du weißt nichts von seiner wahren Natur. Als Freund kann ich sein Verhalten tolerieren, sogar verstehen, und ich weiß, dass es Leute gibt, die seine Vorlieben teilen. Aber du würdest als seine Frau kein Glück bei ihm finden."

Horatias Augen verdunkelten sich vor Wut. „Ich würde kein Glück finden? Cedric, ich liebe ihn. Mit jeder Faser meines Körper gehöre ich ihm und er mir. Das kannst du nicht ändern. Es ist zu spät."

Bedeutete dies das, was er dachte? Hatten Horatia und Lucien etwa...?

„Mein Gott", hauchte er und wich einen Schritt zurück. „Du warst mit ihm zusammen, nicht wahr?"

Sie blinzelte nicht. Sagte kein Wort. Sie nickte nur kurz, aber eindeutig, und ihm wurde flau im Magen. Wenn sie nur wüsste, wie Lucien war, wie er es genoss, seine Frauen ans Bett zu fesseln und sie zu dominieren und vieles mehr. Horatia war nicht die Art von Frau, die das in ihrem Leben wollte. Aber sie war besessen von ihm. Wie konnte er den Bann nur brechen?

„Ich meine das, was ich gesagt habe, ernst, Horatia. Du wirst ihn nicht heiraten, und wenn du daran denkst, dich von ihm nach Gretna Green verschleppen zu lassen, wirst du in meinem Haus oder auf meinen Gütern nicht mehr willkommen sein. Du wirst eine Fremde sein. Hast du das verstanden?"

Es war ein Bluff, er könnte sie nie verstoßen... aber er durfte sie nicht glauben lassen, er würde ihr erlauben, einen solchen Mann zu heiraten.

„Du hast so ein kaltes Herz. Nein, ich nehme das zurück. Du hast überhaupt kein Herz", flüsterte Horatia traurig, und Tränen stiegen in ihre dunkelbraunen Augen, als sie die Tür hinter ihm schloss.

„Entschuldigt, Mylord, braucht Ihr etwas?", fragte ein Diener, als er mit frischer Wäsche aus einer Kammer in der Nähe kam.

„Ja." Er hielt inne und betrachtete den Mann. „Habt Ihr gesehen, ob Miss Sheridan seit unserer Ankunft mit Lord Rochester allein gewesen ist?"

Der Diener zögerte und befeuchtete sich nervös die

Lippen. „Es tut mir leid, Sir, aber es wäre nicht angebracht, über solche Dinge zu sprechen. Ich hoffe, Ihr versteht."

„Das tue ich. Danke." Der Lakai hatte ihm praktisch bestätigt, dass Horatia und Lucien sich heimlich trafen.

Es gab nichts, was er sagen konnte, damit seine Schwester verstand, warum sie nicht mit Lucien zusammen sein konnte. Sie war in seiner Falle gefangen, und ihm standen nur wenige Möglichkeiten offen. Alles, was Cedric je getan hatte, war, sie zu beschützen, selbst vor seinen eigenen Freunden. Erst als er sah, wie ein anderer Dienstbote mit Mistelzweigen auf dem Arm vorbeikam, erinnerte er sich daran, dass heute Heiligabend war.

KAPITEL 28

Es war unangenehm still im Speisesaal an diesem Morgen. Horatia war nur heruntergekommen, weil sie nicht wusste, was sie sonst tun sollte, und schob ihr Essen nur von einer Seite ihres Tellers auf die andere. Lady Rochester versuchte, sie in ein Gespräch zu verwickeln, aber Horatias Herz war zu zerschlagen, um Lady Rochesters höfliche Anfragen mit großer Begeisterung zu beantworten.

Horatias Augen huschten zwischen ihrem Bruder am anderen Ende des Tisches und Lucien, der zwei Plätze weiter unten saß, hin und her, und dann schaute sie wieder auf ihr Frühstück. Es hätte ein wunderbarer, fröhlicher Morgen werden sollen. Sie war jetzt eine Frau, hatte diese Schwelle von der unschuldigen Jungfrau zur sinnlichen Göttin letzte Nacht in Luciens Armen überschritten, doch sie fühlte sich ihres Glücks beraubt. Cedrics Beschluss, der sie vor die Wahl zwischen den beiden Männern stellte, hinterließ ein beklemmendes Loch in ihrem Magen.

Sie hob den Blick von ihrem Teller und stellte fest, dass Lucien jede ihrer Bewegungen beobachtete. All der Schmerz durch die Worte ihres Bruders schien zu verblassen. Sie hatte ihre Entscheidung getroffen. Sie würde Lucien Zeit geben und ihn entscheiden lassen, wie er sich fühlte. Wenn er sie wollte, würde sie mit ihm zusammenbleiben. Sie liebte Cedric und Audrey, aber Audrey würde eines Tages heiraten. Vielleicht würde sogar Cedric einmal heiraten. Wenn sie sich für ihre Familie entschied, würde sie allein enden. Und Lucien zu verleugnen war, als würde sie ihrem Körper die Luft zum Atmen verweigern.

Lady Rochester brach endlich das unangenehme Schweigen. „Wie ihr alle wisst, ist heute Heiligabend. Um die Stimmung zu heben, sollten wir heute Abend nach dem Essen Geschenke austauschen. Sind alle damit einverstanden?" Zustimmendes Gemurmel ertönte, und ein paar vergnügliche Lächeln waren zu sehen. Horatia begegnete Luciens Blick, und er schenkte ihr ein geheimnisvolles Lächeln, das ihr Blut erwärmte. Die Diener räumten das Geschirr ab, und alle standen auf, um den Tag zu beginnen.

Horatia blieb im Flur stehen und beobachtete amüsiert das Treiben, bis ein Diener auf sie zukam.

„Entschuldigt, Miss Sheridan. Seine Lordschaft hat mich gebeten, Euch diese Nachricht zu überbringen und Euch einen geheimen Weg zu zeigen, wie Ihr zu ihm gelangen könnt, wenn Ihr bereit seid." Er schob ihr diskret einen Zettel in die Hand.

„Danke, Gordon." Sie suchte Zuflucht in einer nahen Nische, um ungestört die Notiz zu lesen.

Komm in unser Häuschen, meine kleine Sternenguckerin.

Horatias Körper fing dieser einzigen, vielversprechenden Zeile zu summen an.

Gordon räusperte sich. „Ich würde angewiesen, Euch einen Durchgang zu zeigen, der Euch, wenn es nötig ist, nach draußen bringt, ohne dass der Rest des Hauses es merkt."

„Ja, dafür wäre ich Euch dankbar." Sie nahm ihren Mantel und ging zum Gang, der zu den Gärten führte. Sie warf noch einen Blick über die Schulter, um sich zu vergewissern, dass sie nicht verfolgt wurde, und lief dann leichtfüßig zum entfernten Gärtnerhaus. Aus dem Schornstein des Häuschens stieg bereits Rauch und lockte sie an. Die Tür war unverschlossen, und der Anblick drinnen ließ ihren Puls schneller schlagen. Purpurrote Blütenblätter zeigten den Weg vom Eingangsbereich durch den Flur zum Schlafzimmer. Der Duft von Orchideen und anderen Blumen erfüllte ihre Sinne.

„Lucien?", rief sie nervös.

„Im Schlafzimmer, meine Liebe. Komm zu mir." Seine sinnliche Stimme trieb sie voran. Sie fand ihn in einem Sessel am Feuer wartend vor, als sie den Raum betrat. Die Blumen, die sie gerochen hatte, bedeckten jede Oberfläche. Horatia hatte Skrupel, auf die Blütenblätter zu treten, die ihren Geliebten, der sich erhoben hatte, und das Bett wie ein karmesinroter Wassergraben umgaben.

„Wie hast du das alles geschafft?", fragte sie staunend. „Wie hast du nur die Zeit gefunden?"

„Nachdem ich dich zurück ins Haus begleitet habe, habe ich ein paar Diener gebeten, das Gewächshaus meiner Mutter nach den schönsten Blumen zu durchsuchen und sie hierherzubringen. Du hättest es verdient, dass es überall warm und sonnig und voller Blumen wäre, aber ich fürchte, das ist das Beste, was ich mitten im englischen Winter zustande bringen kann." Lucien stand auf, aber sie spürte seine Nervosität, als fürchte er, sie würde seine Mühen nicht schätzen.

„Oh Lucien, es ist wunderschön!" Sie lächelte strahlend und aufrichtig, als sie ihren Umhang auf den Boden fallen ließ und dabei Blütenblätter aufstieben. Sie schlich auf Zehenspitzen zu ihm herüber, legte ihm sanft eine Hand auf die Brust und schob ihn zurück in seinen Stuhl. Sein Atem ging schneller, als sie auf seinen Schoß glitt und ihre Arme um seinen Hals schlang. Lucien wartete, während sie sich an ihn kuschelte und ihn mit einem Kuss belohnte. Er knurrte vor

Freude, als ihre Lippen seine berührten, aber er beendete den Kuss zu schnell.

„Ich habe ein Geschenk für dich." Er deutete auf das Bett. Erst jetzt entdeckte Horatia die große Schachtel, die in der Mitte lag.

„Aber wir werden doch erst heute Abend unsere Geschenke öffnen", erinnerte sie ihn in einem, wie sie hoffte, warnenden Ton. Er senkte nur den Kopf und knabberte an ihrem Hals, bis sie bereit war, all seinen Bitten zuzustimmen.

„Dieses Geschenk kann ich dir nicht vor den anderen geben. Komm schon, meine Liebe. Öffne es jetzt."

Er hob sie sanft auf ihre Füße und schob sie zum Bett. Horatia nahm den Deckel von der cremefarbenen Schachtel ab und zog das dünne Papier zurück, um das schönste Kleid zu enthüllen, das sie je gesehen hatte. Da fiel ihr ein, was er ihr bereits erzählt hatte – dass er ihr ein Kleid gekauft hatte, um das ruinierte zu ersetzen.

Das Kleid, von dem sie geglaubt hatte, Lucien hätte es gekauft, um Waverlys Attentat vergessen zu machen, hatte jetzt eine ganz andere Bedeutung. Sie zog es hervor und hielt es hoch, um es in seiner vollen Pracht zu sehen. Ein Kunstwerk aus roter und grüner Seide mit belgischer Spitze und zarter Stickerei entfaltete sich vor ihr. Fast schon skandalös schmückte ein Zweig künstlicher Misteln das Dekolleté. Lucien hatte sicherlich daran mitgewirkt, so viel stand fest.

„Und?", fragte Lucien, der jetzt hinter ihr stand. Seine Wärme strömte in berauschenden Wellen von ihm aus. Horatia schloss kurz die Augen und genoss diesen besonderen, innigen Moment ihres Paradieses.

„Es ist zu kostbar. Du hättest nicht so viel für mich ausgeben sollen." Trotz ihres Tadels drückte sie das Kleid an ihre Brust und drehte sich zu ihm um, um ihm unmissverständlich zu zeigen, dass sie das Geschenk nicht freiwillig zurückgeben würde.

Luciens Lippen verzogen sich zu einem schiefen Lächeln. „Wenn du es für zu kostbar hältst... kannst du mich gern für diesen Gefallen auf andere Weise entlohnen."

„Hmm... und was genau stellst du dir vor?" Horatia wollte wie eine kühle und selbstbewusste Frau klingen, die mit ihren Reizen feilschte, aber sie konnte ihr Verlangen nicht verbergen.

„Für dieses Kleid berechne ich dir den heutigen Morgen und den Nachmittag zwischen den Laken. Ich verlange ineinander verschlungene Gliedmaßen, lustvolles Stöhnen und bedingungslose Hingabe." Er riss ihr das Kleid aus den Händen, faltete es zusammen und legte es mit einer Zärtlichkeit, die Horatias Körper vor Freude erschaudern ließ, in die Schachtel zurück, bevor er diese beiseite räumte.

„Du möchtest jetzt gleich bezahlt werden?", Horatia kicherte halb, bis sie seinen hungrigen Gesichtsausdruck sah. Die begierige Lust in seinen Augen raubte ihr den Atem.

„Gib dich mir hin, Horatia. Lass mich dich tausendmal haben, tausendmal." Lucien hatte noch nie derart gefleht, und es erregte sie auf eine Weise, die sie nicht erwartet hatte.

Sie genoss die Macht, ihn zum Flehen zu bringen, nicht vor Schmerz, sondern vor Verlangen. Sie wollte seine Leidenschaft ganz für sich haben, so wie sie sie in jener Nacht im Midnight Garden gefühlt hatte. Sie wollte sie selbst erleben, bevor sie ihm wieder nachgab. Als er sie so ansah, als wäre sie die einzige Frau, die er jemals innig küssen würde, die einzige Frau, die jemals das Feuer in seinen Augen und vielleicht eines Tages in seinem Herzen entzünden würde...

„Wenn du mich willst, wirst du dich mir hingeben müssen, denke ich. Ich werde die Kontrolle übernehmen." Plötzlich streckte sie eine Hand aus und verlangte nach dem roten Seidenband, von dem sie wusste, dass er es immer bei sich trug. Wortlos und mit einem überraschten Blick übergab er ihr die Bänder. Sie zeigte auf sein Hemd und seine Weste.

„Zieh dich aus", befahl sie.

Lucien tat es, aber Horatia hob die Hand. „Nicht zu schnell." Luciens Gesichtsausdruck war ernst und unergründlich, als sie seine Bewegungen bremste. „Als Nächstes deine Stiefel." Wieder gehorchte er stumm und achtete darauf, sich Zeit zu lassen. Sobald er nur noch in seiner Hose bekleidet dastand, die seine muskulösen Schenkel umfasste, zeigte Horatia auf das Bett.

„Leg dich auf deinen Rücken und breite deine Arme aus."

Er tat, wie sie befahl, und Horatia biss sich auf die Lippe, während sie beobachtete, wie seine Rückenmuskeln sich bewegten, wie die Muskeln unter dem glatten Fell eines Panthers. Er legte sich zurück und wartete darauf, dass sie zu ihm kam. Mit überraschend ruhigen Händen nahm sie eines seiner Handgelenke und band es an einen Bettpfosten. Sie strich mit ihren Fingerspitzen über seinen Bizeps, und seine Muskeln zuckten unter ihr, als sie sich hinüberlehnte, um sein anderes Handgelenk zu befestigen. Sie ließ seine Beine frei, damit er etwas Bewegungsraum hatte, gab ihm aber keine Chance, sich umzudrehen, um oben zu liegen. Er testete die Fesseln neugierig, und sein Blick war undurchdringlich.

Als Horatia überzeugt war, dass er sich nicht befreien konnte, stellte sie sich am Ende des Bettes vor ihm auf und begann sich auszuziehen. Zum Glück war das Kleid, das sie trug, vorn zugeknöpft. Luciens Zunge befeuchtete seine Lippen, und Horatia stellte sich vor, wie diese Zunge sie leckte, aber nur, wenn sie ihr erlauben würde, so nah zu kommen. Sie hatte sich noch nie zuvor so mächtig gefühlt, war sich ihres Einflusses auf einen Mann noch nie so bewusst gewesen.

Bei Lucien fühlte es sich richtig an. Mit ihm konnte sie nichts falsch machen, und er würde sie nie wieder für Sünden verurteilen, die sie nicht begangen hatte. Es war befreiend zu wissen, dass er hier bei ihr war und sie von ihrer dunklen gemeinsamen Vergangenheit befreit waren.

Sobald ihr Kleid aufgeknöpft war, streifte sie es sich von den Schultern und ließ es in einer aufreizend langsamen Bewegung von ihren Hüften gleiten, was Lucien dazu brachte, die Stärke seiner Fesseln zu testen und gegen die Matratze zu strampeln. Sie ließ das Kleid auf den Boden sinken und begann, ihre Strumpfhalter und Unterröcke auszuziehen. Luciens Gesicht errötete, als sie in nichts als ihrem Unterhemd dastand. Ihre Brüste fühlten sich schwer an, und die Brustwarzen rieben gegen den hauchdünnen Stoff. Horatia streichelte sich in genau der Art und Weise, wie sie Lucien liebkost hatte, und genoss das Gefühl ihrer eigenen Hände an ihrem Körper.

Sie hatte in den wenigen Stunden, die er sie unterrichtet hatte, viel über das Liebesspiel gelernt. Sie hatten bis spät in die Nacht darüber gesprochen, was Mann und Frau gemeinsam tun konnten, und jetzt wollte Horatia einige dieser Dinge erforschen.

„Lass mich dich berühren, Liebling", flehte er. „Lass mich diese perfekten Brüste anfassen."

„Ganz ruhig, Mylord."

Horatia ging zur Bettkante und kletterte zwischen seine gespreizten Beine aufs Bett. Sie kroch über seinen Körper, bis sie seinen Mund erreichte, und küsste ihn. Sie schob ihre Zunge tief in seinen Mund, zog sich aber zurück, bevor er sie mit seinen Lippen fassen konnte. Dann wanderte sie zu seinem linken Ohr und saugte an seinem Ohrläppchen. Lucien stöhnte und wand sich unter ihr. Sie konnte die Anspannung in seinem Körper spüren, das Bedürfnis, sie mit seinen Armen zu packen, aber er war nicht dazu in der Lage. Lucien, der Marquess of Rochester, war ihr ausgeliefert, und es war herrlich, so wunderbar herrlich.

„Haltet still, Mylord, sonst werde ich Euch bestrafen." Sie biss ihm verspielt in den Hals.

„Oh Gott!", zischte er. Seine Erektion spannte sich schon zwischen ihren Körpern, obwohl seine Hose sie noch verborgen hielt. Horatia strich mit der Hand über die Wölbung, langsam, forschend, worauf Lucien eine Reihe von Flüchen ausstieß. Horatia grinste und drückte ihm einen weiteren heißen Kuss auf die Lippen. Dann zwickte sie ihm inspiriert in eine seiner Brustwarzen. Als Antwort bäumte er sich vom Bett auf.

„Herrgott, Frau! Ich bin verloren, wenn du das noch einmal tust!"

„Nein, das bist du nicht. Wenn du kommst, bevor ich es sage, höre ich auf und lasse dich hier, bis du bereit bist, mir zu gehorchen." Horatia wiederholte dasselbe an seiner anderen Brustwarze, diesmal jedoch mit ihren Zähnen. Er ertrug es schweigend und verkrampfte sich unter ihr. Sie war zufrieden, dass er seine Selbstbeherrschung behielt, aber ihre wahre Befriedigung bestand darin, ihn zu necken. Das hier war die Vergeltung für jedes finstere, spöttische Lächeln, das er ihr zugeworfen hatte, für jeden glühenden Kuss, jede grobe Liebkosung, die sie von ihm hätte abschrecken sollte. Sie hatte keine Angst mehr vor ihm. Sie würde seine Meisterin sein.

Ihre Küsse wanderten seine Brust hinunter, weiter über seinen straffen Bauch und gelangten zu seiner Hose, die sie dann zu öffnen begann. Während sie ihn befreite, sprang sein steifes Glied vor ihr auf. Sie nahm es in ihre Hände, und mit einem Lachen leckte sie seine harte Länge und kreiste mit ihrer Zunge um seine Spitze. Lucien warf den Kopf in den Nacken, schloss die Augen und keuchte, während er versuchte, die natürliche Reaktion seines Körpers zu unterdrücken. Das Bett knarrte, als er an seinen Fesseln zog.

„Ihr dürft Eurer Lust jetzt freien Lauf lassen, Mylord. Ich werde es erlauben", sagte sie, bevor sie ihn ganz in den Mund nahm. Sie hatte so etwas noch nie zuvor getan, aber sie hatte gehört, wie die Zimmermädchen darüber redeten, und sie entschied, dass es sich lohnte, dieses Risiko einzugehen. Er schien es auf jeden Fall zu genießen. Er murmelte aufmunternde Worte und konnte kaum atmen, als er seine Hüften zu ihrem Mund hob.

„Ja, oh, Gott ja! Hör nicht auf. Bitte meine Liebe, hör nicht auf..." Luciens Kopf schlug gegen das Kissen zurück, während sie an ihm saugte und leckte.

Er kam mit einem heftigem Beben und einem verzweifelten Schrei in ihren Mund. Überraschung durchflutete sie, als sie ihn kostete. Er gehörte ihr, und sie fand eine zutiefst fleischliche Freude daran. Luciens Atem ging schnell, als er langsam seine Fassung wiedergewann, aber Horatia war noch lange nicht fertig mit ihm. Sie bewegte sich wieder an seinem Körper hinauf und beanspruchte seinen Mund, während ihre Hände zu seinen Handgelenken wanderten und sie festhielten.

„Wem gehörst du, Lucien?", fragte sie zwischen stürmischen, betäubenden Küssen.

„Dir, meine Liebe. Nur dir." Er antwortete ohne zu zögern, und sein Körper entspannte sich unter ihrem. Seine haselnussbraunen Augen waren immer noch unergründlich dunkel, aber in ihnen lag eine unwiderlegbare Wahrheit.

„Vergiss nie, dass du in diesem Moment mir gehörtest." Sie strich mit ihren Lippen über seine, bevor sie die Seidenfesseln löste und ihn befreite. Er lag eine Weile reglos unter ihr, während er sich von seinem Höhepunkt erholte.

„Ich habe noch nie einer Frau erlaubt, das zu tun, was du mir gerade angetan hast", gestand er schließlich.

„Wirklich nicht?" Horatia, die immer noch auf ihm lag, sah überrascht auf ihn herab.

„Ich konnte noch nie zuvor die Kontrolle abgeben. Ich hätte es nie für möglich gehalten. Du bist die Erste." Das hatte eine große Bedeutung, aber die ganze Reichweite seiner Worte war ihr im Moment nicht bewusst. Ihr Verstand war zu benebelt von der Leidenschaft, die sie geteilt hatten.

„Jetzt bin ich an der Reihe." Mit einem verführerischen Lächeln rollte er sie unter sich, zog ihr das Hemd über den Kopf und warf es beiseite. Lucien nahm ihre Hände und band ihre Handgelenke über ihrem Kopf zusammen, dann befestigte er sie an einem Bettpfosten. Diese Position zwang ihre Brüste, sich zu heben, und ihren Rücken, sich unter ihm zu wölben. Er fuhr mit seiner Fingerspitze über ihre Lippen und dann ihren Hals hinunter zu ihren Brüsten. Dieselbe Fingerspitze kreiste um ihre Brustwarze, bevor er seinen Mund zu ihr senkte. Er biss in die zarte Knospe, und Horatia keuchte vor Schmerz und Lust.

„Siehst du jetzt, wie schwer es ist, sich zu kontrollieren, wenn jemand das tut? Ich sollte dich, meine Liebe, dafür bestrafen, dass du so verdammt unwissend warst, sodass du mich fast umgebracht hättest." Sein warmer Atem streifte ihre Haut, bevor er seinen Kopf zu ihrer anderen Brust neigte, und daran saugte und knabberte, bis Horatia erschauderte.

Lucien öffnete ihre Schenkel und steckte einen Finger in sie hinein. Feuchtigkeit erwartete ihn. Er lobte ihre Bereitschaft für ihn mit sanften Worten und streichelte zärtlich ihre Falten, bevor er tiefer in sie eintauchte. Nachdem er sie scheinbar eine Ewigkeit lang gefoltert hatte, spreizte er ihre Beine weiter und zog seine Hand zurück, um sich dann vor ihrem Eingang aufzubauen. Er zog nicht einmal seine Hose aus; das raue Tuch glitt über die seidige Haut ihrer Schenkel, und sie keuchte hilflos bei diesem Gefühl. Als er tief in sie eindrang und sich das Gefühl des Wundseins mit Erregung vermischte, schrie Horatia auf, und sein hartes Eindringen trieb sie vor Ekstase in den Wahnsinn.

Lucien setzte sich auf seine Fersen, immer noch tief in ihr

vergraben, während er auf die Stelle sah, an der sich ihre Körper vereinten. Er zog sich zurück und stieß so fest zu, dass sie sich vom Bett wölbte und sich ihm entgegenpresste. Lucien griff nach vorn und umfasste ihre Hand mit seiner, dann glitt er zwischen ihre Brüste und über ihren glatten, leicht gerundeten Bauch bis zu ihrem Oberschenkel. Dieselbe wandernde Hand umkreiste nun das Nervenbündel, das er zuvor nur gekitzelt hatte. Er kniff zu und Horatia schrie unter dem Höhepunkt auf, der sie bis ins Mark erschütterte. Sie fühlte sich wie ein berstender Spiegel, Teile ihrer selbst wurden in tausend winzigen Spiegelsplittern verstreut.

„Oh mein Gott", stöhnte sie, als er sie wieder kniff und sie spürte, wie sie sich von innen heraus auflöste.

„Du kannst mich ruhig Lucien nennen."

Horatia war zu sehr in dem Prickeln der Empfindungen verloren, um über seinen Witz zu lachen, während er weiter tief in sie hineinfuhr. Er beanspruchte sie auf eine wilde, besitzergreifende Art und Weise, und sie genoss seine Rauheit, als er sie mit hämmernden Hüften festhielt.

Er war kurz davor zu kommen, sie konnte es in seinen Augen sehen. Aber plötzlich zog Lucien sich aus ihr heraus und drehte sie auf den Bauch. Er griff über sie hinweg, nahm zwei zusätzliche Kissen und hob ihre Hüften an, um die Kissen darunter zu schieben. Ihr Hintern war in der Luft, und sie fühlte sich schrecklich entblößt.

„Du bist so schön, meine entzückende, sündige Horatia." Seine Stimme war leise, als seine Hände von ihrem Nacken ihre Wirbelsäule hinabfuhren und ihren Hintern erreichten. Er schlug ihr auf die Pobacke, und sie zuckte als Antwort zusammen. Ein prickelndes Feuer schoss durch ihren Körper, und ein lustvolles Pochen meldete sich wieder zwischen ihren Schenkeln.

„Das ist dafür, dass du mich gequält hast. Betrachte es als deine Strafe, meine Liebe." Er küsste beide Backen, und das

Brennen seines Schlages verwandelte sich in köstliche Wärme. Horatia war schockiert, wie erregend das war. Sie konnte ihn nicht sehen, es sei denn, sie drehte den Kopf nach hinten. Von ihrer Lage aus musste sie ihm vollkommen vertrauen.

„Lucien... bitte...“ Sie bewegte ihr Hinterteil, verzweifelt ihn dazu zu bringen, wieder in sie einzudringen. Er bewegte sich über sie, und seine Brust glitt über ihren Rücken, als er ihren Nacken küsste. Dann spürte sie, wie er mit einer Hand ihre Falten öffnete und sich wieder in sie schob.

„Ja, ja, oh genauso!“ Das Tier in ihr übernahm die Kontrolle, als er begann, sich zu bewegen. Sie antwortete ihm mit einem Stoß ihrer eigenen Hüften. Er steckte bis zum Anschlag in ihr drin und stützte seine Hände auf beiden Seiten ihrer Schultern ab, während jeder Stoß einen Punkt tief in ihr traf, der sie aller Gedanken beraubte. Sie schrie auf, als er sie derart eroberte, ihre Haut war schweißnass, und der Duft ihres Liebesspiels trübte ihre Sinne.

Dieser Augenblick entriss Horatia beinahe die Seele. Sie kam so heftig, dass ihre ganze Welt aus den Fugen geriet. Sie vergaß, wer sie war, wer er war. Es gab nur diesen Moment, diese Explosion der größten Wonne, das sie je erlebt hatte. Sie war sich vage bewusst, dass Lucien mit einer Geschwindigkeit und Härte in sie eindrang, die einen Hengst beschämt hätte, und allein dieser Gedanke ließ sie in einen weiteren wilden Orgasmus stürzen.

Lucien schrie auf und brach über ihr zusammen. Ihre Körper waren noch immer miteinander verschmolzen. Nach einer Weile löste er sich von ihr, und sie drehte sich zu ihm um. Sie verschlangen ihre Glieder miteinander, verbanden ihre Seelen und atmeten lächelnd auf. Worte waren überflüssig. Der Ausdruck des Verlangens war so tief in Luciens Gesicht eingebrannt, dass Horatia spürte, wie ihre Augen feucht wurden.

„Ich war ein Narr, so lange zu warten." Er löste sanft ihre Handgelenke und rollte sie unter sich auf den Rücken. Sie genoss seine Wärme und den schnellen Schlag seines Herzens an ihrer Wange. „Bitte sag mir, dass du für immer zu mir gehören wirst." Er küsste ihren Mund, ihre Wangen, ihre Nase, ihre Stirn.

„Das tue ich schon seit eh und je." Ihre Hände glitten in beruhigenden Bewegungen über seine Schultern und dann seine Arme hinab.

„Ich möchte das jede Nacht und jeden Tag mit dir tun können. Ich möchte mein Leben, meinen Namen und meine Seele mit dir teilen, Horatia."

„Ich wollte immer nur dein Herz", antwortete sie. Lucien lächelte zärtlich und küsste ihr Kinn. Aber jetzt war sie schüchtern und unsicher. „Was ist mit all den Jahren, in denen du mit anderen Frauen zusammen warst? Könntest du jemals nur mit mir zufrieden sein? Wie kann ich dir genug sein?" Sie hatte Angst vor seiner Antwort.

„Ich kann mich nicht von meiner Vergangenheit befreien, Liebling, aber du sollst eines wissen: Du warst immer in meinem Herzen und in meinen Gedanken. Selbst als ich fest entschlossen war, dir gegenüber kühl zu sein, hast du es mir schwer gemacht. Es ist unmöglich, jetzt ohne dich zu leben. Wenn ich bei dir bin, kann ich nicht satt werden, und sobald du mich verlässt, will ich dich wieder an meiner Seite haben. Ich vermisse den Duft deiner Haut, dein seidiges Haar an meinen Lippen, das strahlende Lächeln, das du so oft mit deiner Schüchternheit vor der Welt verbirgst. Ich sehne mich nach deinen Geschichten über die Sterne und nach deiner Loyalität gegenüber denen, die du liebst. Ich bin mir nicht sicher, ob die Dichter sich einig darin sind, was Liebe ist, aber ich glaube, ich habe mich in dich verliebt. Und ich fürchte, ich bin dir völlig verfallen. Kann ich dir mein Herz anvertrauen, Horatia?" Luciens Stimme war zittrig, und es hatte nichts mit ihrer jüngsten leidenschaftlichen Auseinandersetzung zu tun.

„Oh Lucien...“ Sie küsste ihn innig. „Betrachte dein Herz als sicher in meinen Händen.“ Er legte seinen Mund auf ihren, und seine Zunge tauchte zwischen ihren Lippen. Als Horatia endlich wieder atmen konnte, fiel ihr ein, dass längst nicht alles in Ordnung war.

„Cedric weiß, dass wir zusammen sind. Er hat mir ein Ultimatum gestellt. Ich habe die Wahl zwischen dir und meiner Familie. Ich kann nicht beides haben. Er wird mich nie wieder zu Hause willkommen heißen, wenn ich dich wähle.“ Sie versuchte es so ruhig wie möglich zu erklären, aber ihre Kehle schnürte sich vor Traurigkeit zusammen. Welchen Sinn hatte es für ihren Bruder, ihr das zu verweigern? Sie wusste, dass das Leben nicht fair war, wusste es viel besser als die meisten, aber sollte ihr Bruder nicht versuchen, die Ungerechtigkeit in ihrem eigenen Leben mit seiner Güte auszugleichen? Oder zumindest sollte er ihr nicht das Recht verweigern, glücklich zu sein.

Lucien runzelte die Stirn. „Ich werde mit ihm sprechen. Es ist nicht gerecht, dass du dich entscheiden musst. Keiner von uns sollte sich zwischen unserer Liebe füreinander und ihm entscheiden müssen.“ Lucien schlug die Decke zurück, damit sie daruntergleiten und sich wärmen konnten. Sobald sie warm und schläfrig an seiner Seite lag, vergrub er seine Lippen in ihrem Haar und atmete ihren Duft ein.

„Wenn wir uns entscheiden müssen“, sagte Horatia, „wähle ich dich, Lucien. Ich werde mich immer für dich entscheiden.“ Sie liebkoste seinen Nacken, bevor der Schlaf sie überwältigte. Luciens leise Antwort hörte sie nicht.

„Und ich werde mich immer für dich entscheiden, meine kleine Sternenguckerin. Aber ich werde alles in meiner Macht Stehende tun, damit du nicht wählen musst.“

KAPITEL 29

Eine halbe Stunde vor dem Weihnachtsessen ging Lucien nervös in der riesigen Bibliothek der Russells auf und ab und wartete auf Cedrics Ankunft. Verschwunden waren jegliche Überreste seiner unangebrachten Kälte gegenüber Horatia. Stattdessen keimte ein reiner Samen der Liebe in ihm. Er hatte Jahre damit verbracht, seine Seele einzufrieren, um zu verhindern, dass dieser Samen aufginge. Aber Horatia war seine Sonne, sein Wasser geworden und hatte diesen Samen genährt. Blüten-blätter entfalteten sich nun, Wurzeln verankerten sich tief in seinem Herzen. Er würde ein langes Gespräch mit seinem Freund führen, und Cedric würde zur Einsicht kommen und Horatia erlauben, mit ihm zusammen zu sein, und alles wäre gut. Es gab kein Zurück, denn er hatte längst die letzte Brücke überquert und sie hinter sich niedergebrannt.

Die Tür der Bibliothek öffnete sich und Cedric trat ein. Er sah so bleiern aus wie die leere Ritterrüstung, die das Zimmer bewachte.

„Ich habe deine Vorladung erhalten." Sein Freund schien seine Worte mit Bedacht zu wählen.

Lucien versuchte zu lächeln, aber seine Nerven waren angespannt. „Ich wollte dich nicht ‚vorladen‘. Ich möchte etwas Wichtiges mit dir besprechen." Sein Magen fühlte sich an, als hätte jemand einen Schwarm Schmetterlinge darin entfesselt. Es war fast lächerlich, solche Angst zu haben, wie ein Kind, das seinem Lehrer die Stirn bietet.

Cedric schloss die Bibliothekstür und näherte sich Lucien mit gemessenen Schritten, die Hände hinter dem Rücken verschränkt. „Hier bin ich. Worüber möchtest du sprechen?"

Cedrics Körpersprache verhieß nichts Gutes, ganz und gar nicht.

„In den letzten Monaten habe ich einen Sinneswandel durchgemacht. Einen tiefgehenden. Sehr tief." Es war nicht die schmeichelhafteste oder eleganteste Formulierung, aber irgendwie musste er dieses gefürchtete Gespräch beginnen.

„Das hatte ich nicht bemerkt." Cedrics Stimme klang argwöhnisch.

„Ich wollte nicht, dass es jemand bemerkt, Cedric. Was ich dir sagen will, ist..." Die Worte waren da, aber Cedrics harter Blick ließ sie auf Luciens Zunge erstarren. Cedric ließ ihn spüren, dass er um etwas bitten würde, wozu er kein Recht hatte. Lucien holte zittrig Luft, bevor er fortfuhr.

„Ich bitte um deine Erlaubnis, Horatia zu heiraten." Diese Ausdrucksweise sah ihm nicht ähnlich, aber für diesen kurzen Moment musste er die Kontrolle bewahren, und Förmlichkeit war der einfachste Weg.

„Also ist es wahr? Du hast ein Auge auf meine Schwester geworfen?"

Lucien kannte Cedric so, wie es nur wahre Freunde konnten, und er erkannte diese vertraute Gefahr in Cedrics Tonfall.

„Ich liebe sie, Cedric..."

„Hör auf! Du liebst sie nicht. Du magst ihren Körper und liebst das Vergnügen, das er dir bereitet, aber sie wird auf keinen Fall eine weitere in der endlosen Reihe Frauen sein, die du mit gebrochenem Herzen zurücklässt. Nicht meine Horatia." Cedrics Fäuste ballten sich an seinen Seiten, und selbst sechs Meter von ihm entfernt fühlte sich Lucien nicht sicher.

„Ganz ruhig, Cedric. Ich bin nicht mehr dieser Mann. Lass mich dir erklären..."

„Ich gebe nichts auf deine Lügen, Lucien." Cedric stürmte herüber und bohrte einen Finger tief in Luciens Brust. „Spar sie dir für das nächste Luder auf, das dir gefällt! Du brichst die Regeln, auf denen unsere Liga basiert. Ich verlange, dass du dich von Horatia fernhältst. Ich verlange, dass du sie nicht einmal mehr ansiehst."

„Nein." Lucien war es leid, sich zu beherrschen. Cedric würde ihm zuhören, und wenn er ihn an einen Stuhl fesseln müsste.

Cedrics Augen verengten sich. „Was?"

„Ich sagte nein. Wir haben die zweite Regel beschlossen, weil wir uns gegenseitig nicht vertrauten, was das schwächere Geschlecht angeht, und das zu Recht. Aber die Zeit verändert uns alle. Ich liebe Horatia und möchte sie heiraten. Ich möchte den Rest meines Lebens mit ihrer Liebe und einer Kinderschar verbringen. Ich habe sie gebeten, mich zu heiraten, und sie hat eingewilligt. Ich bin wegen unserer Freundschaft zu dir gekommen und weil du ihre Familie bist. Ich brauche deine Erlaubnis nicht, damit sie mir gehört, weil sie es bereits tut." Das war das Schlimmste, was er hätte sagen können, doch Lucien erkannte es zu spät.

Cedrics Faust grub sich in Luciens Bauch, und er taumelte zurück. Cedric setzte ihm nach und verpasste Lucien einen weiteren kräftigen Schlag gegen die Brust, so hart, dass er zurückfiel und gegen ein Bücherregal stieß.

„Wie kannst du es wagen, Anspruch auf sie zu erheben!

Sie gehört nicht dir!" Cedric holte wieder aus und schlug Lucien erneut, der erneut gegen das Regal sackte.

„Und sie gehört auch nicht dir. Du hast kein Recht, sie wegzusperren! Horatia war immer und wird immer eine eigenständige Person sein. Sie hat mir ihr Herz geschenkt, und obwohl ich sie nicht einmal im Ansatz verdiene, will sie mich und sonst niemanden. Also werde ich sie zu meiner Frau nehmen und mein Bestes tun, um mich ihrer würdig zu erweisen. Du magst ihre Entscheidung nicht begrüßen, aber bei Gott, du wirst sie nicht dafür bestrafen, dass sie mich liebt." Luciens Körper zitterte vor Wut, als Cedric ihn zu sich hin zog und ihm einen weiteren Fausthieb versetzen wollte. Cedric stolperte gegen eine der Rüstungen in der Bibliothek und warf sie klirrend um.

„Du hast sie bereits für dich beansprucht, du Wüstling?"
Lucien antwortete nicht.

„Sie hat dir das Bett gewärmt und womöglich trägt sie bereits dein Kind in sich!" Die Anschuldigung traf Lucien mehr als alles andere. Cedric kannte ihn zu gut.

„Ja", sagte Lucien. „Und wenn ein Kind in ihr heranwächst, erfüllt mich der Gedanke mit einer Liebe, die ich nicht einmal ansatzweise verstehen kann."

„Das sagst du jetzt. Vielleicht glaubst du es sogar. Aber das ist egal. Ich weiß, wie du bist, wie gefühllos du nicht nur zu ihr, sondern auch zu anderen Frauen warst. Es ist mir egal, ob meine Schwester deine einzige Chance auf Erlösung ist, du wirst sie nicht bekommen. Nicht solange ich noch einen Atemzug tun kann."

Die Drohung traf Lucien wie ein tödlicher Hieb. Seine Sinne brannten, als Cedric ihn erneut mit Fäusten traktierte und ihn wieder gegen das Bücherregal schlug. Lucien wehrte sich nicht. Es würde nichts nützen.

„Was meinst du damit?", fragte er stattdessen.

Cedric blähte seine Brust auf, als rede er mit einem Verurteilten. „Ich verlange Genugtuung, wie sie mir zusteht. Morgen im Morgengrauen. Wähle deinen Sekundanten und deine bevorzugte Waffe.“

„Ich werde mich nicht mit dir duellieren, Cedric.“ Lucien konnte nicht glauben, dass es so weit kommen konnte. Die Liga scherzte oft darüber, dass Cedric zu solchen Dingen fähig wäre, aber keiner glaubte ernsthaft daran.

„Oh doch, das wirst du, oder ich rufe den Rest der Liga her, und wir werden entscheiden, wie wir dich wegen Verstoßes gegen die zweite Regel bestrafen.“

Lucien wusste, dass Cedric in dieser Angelegenheit unerbittlich wäre, selbst wenn die anderen Einwände hatten. Der Gedanke ließ ihm das Blut gefrieren. „Nun gut. Ich werde im Morgengrauen mit meinem Sekundanten am nördlichen Feld sein. Ich bringe meine bevorzugte Waffe mit.“

„Gut.“ Cedrics Augen waren voller Wut und Bedauern, aber er sagte nichts mehr und wandte sich stattdessen zum Gehen.

Lucien wollte die Worte, die sie zu diesem Punkt gebracht hatten, zurücknehmen, aber Cedric war bereits fort, und Lucien blieb allein in der Bibliothek zurück. Schmerz durchzuckte ihn und erinnerte ihn an all die Schläge, die ihm sein Freund verpasst hatte.

Er stand für eine gefühlte Ewigkeit neben dem Bücherregal und holte Luft, bis er merkte, dass er nicht allein war. Seine Schwester Lysandra kam hinter dem Regal hervor, an dem er lehnte.

„Wie lange warst du dort?“ Er versuchte, streng zu klingen, aber seine Worte waren tonlos.

Lysandra fuhr sich mit der Fingerspitze über die Augen und wischte sich die Tränen aus den Augenwinkeln. „Oh, Lucien!“

Sie rannte zu ihm hin, und er sackte schwach in ihren Armen zusammen. Lysandra fiel auf dem Holzboden auf die

Knie und wurde mit ihm nach unten gezogen. Sie wiegte ihn, während er nach Luft schnappte. Was war das für ein Wahnsinn? Horatia zu lieben und dabei Cedric zu verlieren? Es war nicht richtig, und er sollte sich nicht entscheiden müssen.

„Ruhig, ruhig", sagte Lysandra und strich ihm übers Haar, wie er es unzählige Male bei ihr getan hatte. Nach ein paar Minuten konnte er sich wieder sammeln.

„Du darfst keiner Menschenseele etwas davon erzählen, Lysa. Niemand darf wissen, was hier passiert ist. Verstehst du?"

„Ich verstehe. Mutter wird dir nie verzeihen, dass du dich an Weihnachten duellierst."

„Vielleicht werde ich nicht mehr da sein, um ihren Ärger zu ertragen." Lucien hatte keine Angst vor dem Tod, nicht einmal durch die Hand seines Freundes, aber der Gedanke an all die Jahre, die er ohne Horatia vergeudet hatte, verkrampfte sein Herz wie nichts anderes.

„Duelle sind verboten. Du musst das nicht durchziehen."

„Es ist eine Frage der Ehre. Der Liebe."

„Was nützen diese Worte auf einem Grabstein?"

„Cedric lässt nicht locker, nur weil ich nein sage. Er wird mich als Feigling brandmarken. Horatia kann keinen Feigling heiraten. Und obwohl es nicht verboten ist, einen Feigling zu heiraten, sollte es das sein."

„Du machst dich über diese Angelegenheit lustig, aber dein Witz kann keine Kugel abwehren."

Lucien hielt bei Lysandras Worten inne. „Ja... Duelle sind lächerlich, nicht wahr? Egal. Wir tun, was wir müssen, selbst wenn es lächerlich ist." Er blickte auf die Verwüstung, die die einseitige Prügelei hinterlassen hatte. Eine Idee begann, in seinem Kopf Gestalt anzunehmen, und diese war zweifellos lächerlich.

„Wirst du ihn also erschießen?", fragte Lysandra.

„Ich liebe ihn wie einen Bruder. Bisher habe ich noch

keinen meiner echten Brüder erschossen, und ich werde nicht bei Cedric damit anfangen. Er mag zu dumm sein, um die Wahrheit zu erkennen, aber komme was wolle, ich werde meine Pistole nicht auf ihn abfeuern."

HORATIA WAR AN DIESEM ABEND NACH DEM ESSEN DIE schönste Frau im Raum. Lucien bemerkte es mit einem tiefen Stich in seinem Herzen. Bedauern und Sehnsucht nach einer Zukunft, die er jetzt vielleicht nie haben würde, machten ihn still. Alle hatten ein wundervolles Fest genossen, das nur durch Cedrics und Luciens gegenseitiges Schweigen getrübt wurde. Jetzt tanzten Familie und Freunde im Russell-Ballsaal zum Takt eines angeheuerten Streichquartetts, das Weihnachtsmusik spielte. Dieser Abend war für Lucien wichtiger denn je.

Er tanzte mit allen Damen einmal, kehrte aber immer wieder zu Horatia zurück, als ob er, indem er sie in den Armen hielt, dafür sorgen könnte, dass dieser Abend nicht zu Ende ginge und der Morgen nie anbräche. Cedric hielt seinerseits Abstand und gewährte ihm diese Nacht wie einen letzten Wunsch für einen Todgeweihten.

Luciens Hand ruhte auf ihrem Rücken. Er konnte die Wärme ihres Körpers unter seiner Handfläche spüren. Ihre behandschuhte Hand ruhte auf seiner breiten Schulter, und ihre Finger drückten sich zärtlich und besitzergreifend in den Stoff. Horatia trug sein Kleid, und es passte ihr perfekt. Die bestickte Seide schmiegte sich so an sie, wie er es sich gewünscht hatte. Sie hatte heute Abend ein strahlendes Lächeln auf dem Gesicht, und alle Traurigkeit in ihr wurde durch die Fröhlichkeit der Weihnachtszeit verdrängt. Sie hatte in seinen Augen noch nie schöner ausgesehen, und er sagte es ihr.

„Ich bin glücklich, Lucien. Du hast mich glücklich

gemacht." Sie verstärkte ihren Griff um seine Schulter und seine Hand während ihres endlosen Walzers.

„Wenn ich dich nur immer so glücklich machen könnte, meine Liebe", murmelte er zu leise, als dass sie es über die Musik hätte hören können.

Als die Klänge schließlich verstummten, klatschte Lady Rochester in die Hände.

„So, so, genug getanzt. Es ist Zeit für die Bescherung!" Auf diese Ankündigung folgte herzlicher Beifall der jüngeren Leute im Ballsaal. Die Gruppe ging zum großen Salon gleich neben dem Ballsaal hinüber, wo sie ein prasselndes Feuer begrüßte und Verpflegung in Form kleiner Weihnachtspuddings und frisch zubereitetem Punsch bereitstanden. Luciens Gedanken waren jedoch nicht beim Weihnachtspudding. Er tat sein Bestes, um die besorgten Blicke zu ignorieren, die seine Schwester ihm immer wieder von der anderen Seite des Raumes zuwarf.

Lass mich die letzten Stunden genießen... bitte, flehte er das Schicksal hilflos an.

Lucien fühlte sich jetzt fast tollkühn und wollte Horatia in seinen Armen halten, ohne sich darum zu kümmern, wer sie dabei sah. Gott, wie er sie begehrte, wie sehr er sie liebte. Horatia schien durch den fröhlichen Abend ebenfalls mutiger zu werden, als sie sich mit Lucien auf ein kleines Sofa setzte. Unter den Wellen aus roter Seide ihres Kleides fand seine Hand die ihre, und er hielt sie fest wie ein Verdurstender ein Glas Wasser.

Von der anderen Seite des Raumes aus waren Cedrics Augen zwar scharf auf die beiden gerichtet, aber er machte keine Anstalten einzuschreiten. Luciens Körper schmerzte bei der Erinnerung an Cedrics ehrliche Wut. Jeder Atemzug, jede Drehung seines Körpers erinnerte ihn an die Feindseligkeit, die ihm Cedrics Freundschaft wie ein grausamer Dieb gestohlen hatte. Es war eine Qual, diese Wahl, die überhaupt keine war.

„Hier, Lucien. Das ist für dich“, sagte Horatia atemlos.

Sie sah aus, als ob sie befürchtete, ihr Geschenk würde ihm nicht gefallen. Lucien lächelte sie dankbar für die Ablenkung an, als er das Paket entgegennahm und es öffnete. Auf seinem Schoß lag ein Buch mit dem Titel *Astronomie und Mythologie*. Es war eine Geschichte über die Sagen hinter den Sternkonstellationen.

Grinsend wie der verliebte Narr, der er war, öffnete er den Buchdeckel, um dahinter eine Widmung zu finden: *Frohe Weihnachten, Lucien, mögen wir für immer gemeinsam in die Sterne gucken.* Er war nie ein Freund von Poesie gewesen, aber diese eine Zeile ließ sein Herz höherschlagen und brach es zugleich entzwei. Nach der Morgendämmerung würde es keine Sterne mehr geben, keine Geschichten mehr, keine Liebe mehr... nicht ohne seinen besten Freund zu verlieren. Die Wahrscheinlichkeit, im Duell zu sterben, war nicht so groß, wie es manche behaupteten. Dies war nur ein Ausdruck des Stolzes der Teilnehmer, aber ungeachtet des Ausgangs dieses Duells wären die Folgen verheerend, weil es ihre Familien auseinanderreißen würde. Horatia würde ihn oder ihren Bruder verlieren. Niemand würde unbeschadet aus dieser Angelegenheit hervorgehen.

„Da ist noch mehr.“ Horatia stupste ihn mit einem vielsagenden Lächeln an und zeigte auf die Mitte des Buches. Er zog einen langen schmalen Streifen aus karmesinroter Seide aus den mittleren Seiten. Der Stoff war zu lang für ein Lesezeichen und mit silbernen Sternen und Halbmonden bestickt.

„Ich dachte, du könntest andere Verwendung dafür finden.“ Horatia knabberte mit leuchtenden Augen an ihrer Unterlippe. Verdammt, diese Frau war perfekt. Zu perfekt.

Die Aufmerksamkeit der anderen im Raum wurde von

Lucinda und Lysandra abgelenkt, die Audreys neue rehbraune Handschuhe bewunderten.

„Ich liebe dich", murmelte er leise.

„Ich liebe dich auch", flüsterte Horatia zurück.

„Und das ist dein Geschenk", sagte Lucien leise und schob ihr ein kleines Päckchen zwischen die Rockfalten zu.

„Aber du hast mir doch mein Geschenk schon gegeben", sagte sie.

„Wenn es um dich geht, meine Liebe, kann ich mich nicht zurückhalten." Lucien lächelte, als sie das kleine Geschenk auspackte und einen Samtbeutel hervorzog. Mit einem neugierigen Blick lockerte sie die Bänder, hob das Säckchen auf und schüttelte dessen Inhalt heraus. Ein schmales Armband aus Saphiren, von Diamanten umfasst, fiel ihr in den Schoß. Horatias schlug sich die Hände vor den Mund.

„Es gehörte meine Großmutter mütterlicherseits. Sie hat es mir geschenkt, als ich fünfzehn war. Sie sagte mir, ich solle es der Frau schenken, die mein Herz erobert. Ich erinnere mich, dass ich lachte und ihr sagte, dass ich mein Herz nie an eine Frau verlieren würde, aber die schlaue alte Frau kannte mich besser als ich selbst. Sie sagte mir, ich solle es behalten, und eines Tages würde ich wissen, wem ich es geben sollte.

„An jenem Abend im Midnight Garden, als du von den Sternen sprachst... da wusste ich, dass es für dich bestimmt ist. Selbst als ich dich in dieser Nacht wütend gemacht habe, wusste ich immer noch, dass du dieses Armband bekommen musst. Du bist die Hüterin meines Herzens. Nimm dieses Geschenk an und trage es, wenn du an mich denkst. Diese Juwelen sind den Sternen so ähnlich wie möglich und sollten dich zieren." Lucien nahm ihre rechte Hand und legte ihr den Schmuck sanft an.

Horatia staunte über das atemberaubende Funkeln der Edelsteine im Feuerschein, bevor Lucien ihren Handschuh über das Armband schob und es verdeckte. Horatia sah ihn wortlos an. Sie hatte noch nie schöner, wundervoller ausgesehen. Alle Engel erblassten neben ihr, und keine Heilige besaß einen helleren Heiligenschein der Unschuld und Reinheit der Seele als seine geliebte süße Horatia.

„Lucien." Sie versuchte noch mehr zu sagen, aber er hörte, wie ihr die Stimme versagte. Sie war überglücklich, voller überquellender Liebe, und es erfüllte ihn mit Dankbarkeit.

Als die letzten Geschenke ausgepackt waren, stimmte Sir John in einem tiefen, satten Bariton Weihnachtslieder an. Sein Sohn, Avery und Lawrence fielen in den fröhlichen Gesang ein, während Lysandra und Audrey kicherten, wenn sich die vier Männer verhaspelten. Linus stand am Feuer und fummelte an einem marineblauen Wollschal herum, den er von Lucinda Cavendish bekommen hatte. Sie gesellte sich zu ihm, schob mit einem kleinen Lächeln seine Hände weg und machte sich daran, den Schal selbst zu richten. Linus sah sie bewundernd an, und nur Lucien schien es zu bemerken, als Linus eine Hand auf die Taille der jungen Frau legte und sie ein paar Zentimeter näher an sich heranzog.

Heißer Apfelwein wurde von einem Dienstmädchen hereingebracht, und die Unterhaltungen im Zimmer summten wie Bienen an einem Sommertag.

„Ich wünschte, es könnte immer so sein", seufzte Horatia verträumt.

Lucien stimmte ihr zu. Es gab nichts Schöneres, als in einem feuerbeleuchteten Wohnzimmer gemütlich im Warmen zu sitzen, umringt von Familie und Freunden, während die Welt draußen von Schnee bedeckt war.

„Ich auch." Lucien hielt Horatias Hand fester und nahm den Anblick ihrer und seiner eigenen Familie – das Funkeln der Augen seiner Schwester und das verschmitzte Grinsen seiner Brüder in sich auf. Selbst das widerstrebende Lächeln von Cedric, als er Audrey erlaubte, ihm zu helfen, während er seinen neuen roten Jagdmantel anprobierte.

Es war weit nach Mitternacht, als alle beschlossen, ins Bett zu gehen, und die Gesellschaft zerstreute sich nur widerstrebend. Lucien zog sich in sein Zimmer zurück und ließ sich von seinem Kammerdiener Felix bettfertig machen. Felix versuchte ein Gähnen zu unterdrücken und warf Lucien ein müdes Lächeln zu, bevor er sich verabschiedete und in die Dienstbotenunterkünfte ging. Lucien zog seinen Schlafanzug an und wollte gerade seinen Morgenmantel um seinen geschundenen Körper schlingen, als es an seiner Schlafzimmertür klopfte.

Er schritt zur Tür und öffnete sie. Vor im stand Horatia, nur im Nachthemd bekleidet, im Dämmerlicht des Flurs.

„Darf ich reinkommen?" Sie schlüpfte an ihm vorbei, bevor er antworten konnte, steuerte direkt auf sein Bett zu und kroch zwischen die aufgeschlagenen Decken.

„Was ist mit Ursula? Wird sie sich keine Sorgen machen, dass du weg bist?" Er schloss die Tür zu seinem Schlafzimmer.

„Sie weiß, wo ich bin und dass sie über meinen Aufenthaltsort Stillschweigen bewahren soll. Ich glaube, sie mag dich, auch wenn sie dich für einen Schurken hält."

„Ich *bin* ein Schurke." Er streckte seine Wirbelsäule und sah sie finster an.

„Natürlich bist du das", antwortete sie in einem Ton, mit dem man ein trotziges Kind besänftigte und klopfte auf die Stelle neben sich. „Euer Bett ist kalt, Mylord, kommt und wärmt es für mich auf." Sie sprach wie eine Prinzessin, die wollte, dass ihr hingebungsvoller Ritter ihr jeden Wunsch erfüllte. Und Lucien war dieser Ritter.

„Jawohl, Mylady." Er verbeugte sich mit einem spöttischen Grinsen, und sie warf ein Kissen nach ihm.

„Es braucht mehr als nur Kissen, um mich aufzuhalten, mein Liebling." Er blies die restlichen Kerzen aus, bevor er seinen Mantel auszog. Er wollte nicht, dass Horatia die blauen Flecken sah, die ihr Bruder seinem Körper zugefügt hatte.

„Nun dazu, Euch aufzuwärmen." Lucien zog sie unter der Decke in seine Arme.

Was folgte, war eine Art von Liebesspiel, wie er es noch nie zuvor erlebt hatte. Es gab keine Fesseln, kein Eintauchen in dunklere Leidenschaften. Er war zärtlich und langsam, und er ließ seine Seele in jeden Kuss fließen und schenkte ihr sein Herz mit jeder Liebkosung. Horatia stöhnte immer wieder unter ihm auf. Lucien prägte sich ihr Gesicht in Gedanken ein, als die Ekstase ihre Züge im Mondlicht erreichte. Er wollte diese Schönheit, die Horatia allein gehörte, einfangen.

Dafür... dachte er, als er es sich endlich erlaubte, kurz vor Sonnenaufgang in ihren Armen Erlösung zu finden, *dafür ist es wert zu sterben.* Er schloss kurz die Augen und hoffte, eine Stunde schlafen zu können, bevor Felix käme und ihn weckte.

KAPITEL 30

„Es ist an der Zeit, Mylord", flüsterte Felix und riss Lucien aus seinen bittersüßen Träumen. Mit großer Behutsamkeit entwirrte er seine Gliedmaßen von Horatias. Sie schlief weiter, streckte aber unbewusst einen Arm aus und suchte nach seiner nicht mehr vorhandenen Wärme. Lucien spürte ihren Verlust wie einen Schlag. Er wagte es nicht, sie noch einmal zu berühren, wagte nicht, ihr zu nahe zu kommen, sonst würde er sie wecken und nie wieder weggehen können.

Lucien zog eine Hose an, dann hastig ein Hemd und eine grüne Weste. Ohne sich um eine Krawatte zu kümmern, stieg er in seine Stiefel und verließ das Zimmer. Mit einem kurzen Blick zurück auf sein Bett nahm Lucien Abschied.

„Schlaf, meine Liebste, und träume von den Sternen."

Er schlüpfte den Flur entlang, bis er Lawrences Schlafzimmer erreichte. Er fand die Tür unverschlossen vor und sah Lawrence ausgestreckt auf dem Bauch liegen, völlig nackt, soweit Lucien es sehen konnte. Er näherte sich dem Bett seines Bruders und schüttelte seine Schulter.

„Wach auf, Lawrence."

Lawrence schlug mit der Hand in Luciens ungefähre Richtung.

„Noch fünf Minuten, Tom." Tom war Lawrences Kammerdiener. Lawrence versuchte, sich umzudrehen und das Gesicht von ihm abzuwenden, doch Lucien verpasste seinem Bruder einen Klaps auf den Hinterkopf.

„Steh auf, Lawrence. Ich brauche dich."

„Hmpf... Lucien?"

„Komm schon. Du musst sofort mit mir zum Nordfeld kommen."

„Zum Nordfeld? Wozu um alles in der Welt?" Lawrence setzte sich auf, rieb sich die Augen und blinzelte.

„Ich habe eine Verabredung mit einer Pistole", antwortete Lucien. Das wiederum erregte Lawrences Aufmerksamkeit, und er sprang aus dem Bett.

„Was?"

„Zieh dich an, und ich erkläre es dir auf dem Weg." Lucien stand ungeduldig an der Tür, während Lawrence sich anzog. Erst als sie den Gang verlassen hatten, erzählte Lucien ihm von dem Duell.

„Du willst dich ernsthaft mit Sheridan duellieren? Ich fasse es nicht. Nicht ihr zwei."

„Glaub es mir, Lawrence. Ich gebe Mutter die Schuld. Wenn sie nicht daran gearbeitet hätte, mich gegenüber Horatia zum Handeln zu zwingen, hätte ich Cedric die Idee vielleicht schmackhaft machen können, Horatia langsam und ohne seinen unberechenbaren Zorn zu umwerben."

Lawrence zuckte zusammen. „Es ist meine Schuld. Ich kann Sheridan alles erklären. Vielleicht wird er zur Vernunft kommen und von diesem Unsinn ablassen."

Lucien setzte seinen Weg fort, und sein Bruder hielt Schritt. „Es ist besser, dass ich seinem Zorn allein gegenübertrete. Ich hoffe, er hat sich über Nacht abgekühlt. Wenn nicht..."

Sie gingen leise durch die Flure, und Lucien blieb vor der Bibliothekstür stehen und reichte Lawrence seinen großen Mantel.

„Warte hier, ich brauche noch etwas, bevor wir gehen."

Am nördlichsten Feld angekommen wartete Cedric bereits zusammen mit einem verwirrten und schläfrigen Gregory Cavendish auf sie. Lawrence und Gregory wechselten besorgte Blicke, als Lucien zwei Pistolen in einer Schatulle hervorholte. Gregory und Lawrence übernahmen die Pflicht, die Waffen auf Mängel oder Manipulationen zu untersuchen. Sobald die Sekundanten festgestellt hatten, dass die Pistolen in Ordnung waren, traten die Männer zurück. Cedric und Lucien nahmen jeweils eine Pistole und standen sich dann gegenüber. Die Stille zwischen ihnen wurde nur durch ihre Atemwolken im blassen Licht vor der Morgendämmerung unterbrochen.

„Dies ist Eure letzte Chance, das hier abzubrechen, meine Herren." Gregory wartete, aber keine Seite versuchte, das Duell zu stoppen.

Cedric trat unruhig von einem Bein auf das andere, und seine Lippen öffneten sich, als wollte er etwas sagen, doch dann schüttelte er leicht den Kopf.

„Jeder geht zwanzig Schritte", sagte Cedric.

„Einverstanden", antwortete Lucien. Sein Herz schrie in seiner Brust, als er sich umdrehte und begann, seine Schritte zu zählen. *Bitte, Gott, lass ihn zur Besinnung kommen.* Er achtete darauf, langsame, gemessene Schritte zu machen, und zuckte jedes Mal zusammen, wenn der Boden unter seinen Füßen knirschte und seine Hoffnung unterstrich, das hier zu überleben, falls Cedrics Vernunft ihn nicht vor seinem Schicksal bewahren sollte.

Als die beiden vierzig Schritte voneinander entfernt waren, hoben sie ihre Pistolen gen Himmel und warteten. Lucien zog seinen Zeigefinger aus dem Metallring, die den

Abzug umschloss, damit er nicht unfreiwillig seine Waffe abfeuerte, falls er getroffen würde.

Die kalte Luft brannte wie Feuer in ihm, und seine Sinne waren in höchster Alarmbereitschaft. Er nahm den Geruch von welkem Gras und den frischen Schnee unter seinen Stiefeln, die beißende Kälte und den endlosen grauen Himmel, der mit den weiten, von jungfräulichem Schnee bedeckten Feldern verschmolz, in sich auf. Wie traurig, dass sein letzter Anblick so kalt und leblos sein musste.

„Auf drei wird gefeuert", rief Gregory, und seine Stimme hallte dumpf über das Feld.

„Eins..."

Mach einen Rückzieher, du Narr, dachte Lucien und drehte seinen Körper seitlich, um Cedric so wenig Angriffsfläche wie möglich zu geben.

„Zwei..."

Cedric senkte seine Pistole und zielte. Lucien ließ seinen Arm ebenfalls sinken und zielte mit der Pistole auf seine eigenen Füße. Jede Sekunde der vergangenen Nacht schoss durch Luciens Kopf und er zwang sich dazu, sein letztes Quäntchen Selbstbeherrschung aufzubringen, um für Horatia tapfer zu sein.

„Drei..."

Cedrics Hand zitterte sichtlich, dann fluchte er und feuerte.

Päng!

Die Kugel traf Luciens Schulter, prallte an ihr ab und streifte seinen Kopf. Lucien seufzte erleichtert, obwohl der Schmerz qualvoll war. Er war nicht tot. Der Schmerz ließ etwas nach. Es würde ihm gut gehen. Was war schon eine kleine Fleischwunde?

„Du musst das Feuer erwidern", rief Lawrence widerwillig. Schließlich hatten Duelle feste Regeln.

Lucien feuerte seine Pistole in den Boden. Es war vorbei.

Als hätte ihn sein Schuss irgendwie befreit, fühlte sich sein Körper plötzlich leicht und schwach an. Er sank mit einem lauten Scheppern zu Boden. Vielleicht war seine Kopfwunde doch schlimmer, als er dachte.

„Du verdammter Narr!" Cedric warf Gregory seine Pistole zu, bevor er zu Lucien eilte.

„Hilf mir, das abzulegen." Lucien schob seine Hände in seinen Mantel, im Bestreben, den darunter liegenden Metallpanzer zu entfernen.

„Gütiger Gott, was um alles in der Welt...", fragte Gregory, als er die Rüstung an Luciens Schulter erblickte, die über seinen ganzen Arm verlief.

„*Das* hast du also aus der Bibliothek geholt?" Lawrence untersuchte seinen Kopf. „Wirklich, Lucien, woher hast du nur diese Ideen? Das ist fast so schlimm wie damals, als du dich als Diener verkleidet aus Lady Godfreys Haus geschlichen hast, direkt an ihrem Mann vorbei."

Mit einem schmerzerfüllten Kichern nickte Lucien. „Mag sein, aber das hat mir das Leben gerettet. Cedric ist ein guter Schütze, und ich wollte kein Risiko eingehen." Er warf einen Blick auf seine Schulter.

Blut, das von seiner Schläfe tropfte, befleckte das glänzende Metall. „Obwohl ich mich vielleicht etwas vertan habe." Er sah Cedric an. „Du verdammter Narr. Du hast tatsächlich auf mich geschossen!"

„Warum hast du nicht zurückgeschossen?" Cedrics Stimme war voller Verzweiflung. War die Wunde doch schlimmer, als er dachte?

„Ich habe zurückgeschossen."

„Ja, aber in den Boden. Du hättest auf mich schießen sollen."

„Und was sollte das bringen?" Lucien seufzte. „Ich habe mein Leben darauf gewettet, dass du entweder einen Rückzieher machen oder eine Fehlzündung auslösen würdest. Ich hatte gehofft, du würdest es dir noch einmal überlegen oder dich beruhigen, bevor es zum Äußersten kommt. Die Rüstung war ein verzweifelter Plan für den Fall, dass nichts von alledem eintreten würde. Und wie es aussieht, habe ich gut daran getan, diese letzte Maßnahme zu ergreifen."

Cedric sah gequält aus. „Ich wollte gar nicht feuern. Ich wollte dich einfach in Grund und Boden starren, bis du aufgibst. Aber als du deine Pistole gesenkt hast, bin ich nervös geworden. Meine Hand... hat gezittert."

Luciens Lächeln verblasste, und er wurde ernst. „Ungeachtet dessen, was du denkst, versichere ich dir, dass es mir mit dem, was ich gesagt habe, ernst ist. Ich liebe Horatia über alles... aber ich könnte weder meinen engsten Freund noch den Bruder der Liebe meines Lebens töten." Lucien versuchte, den stechenden Schmerz in seinem Kopf zu ignorieren. Es fühlte sich an, als würde ihm jemand den Schädel verbrennen.

„Du... du liebst sie wirklich?", fragte Cedric. Der Schmerz in seinen Augen verletzte Lucien mehr als die Kugel.

„Sie bedeutet mir alles. Das hat sie schon immer. Ich konnte es mir vorher nur nicht eingestehen. Ich habe versucht, sie von mir fortzudrängen." Lucien zuckte zusammen. „Ich verdiene sie nicht." Er schloss die Augen, als ihn der Schmerz überwältigte. Eisige Dunkelheit kroch durch seine Glieder und machte ihn taub für alle anderen Empfindungen.

„Helft mir, ihn auf die Beine zu bringen!", schrie Cedric die Sekundanten an.

Lucien öffnete die Augen und versuchte zu lachen. „Ich wusste immer, dass sie mein Verderben sein würde", sagte er, bevor er wieder schlaff wurde.

„Wenn du mir unter den Händen wegstirbst, bringe ich dich um", knurrte Cedric, als Luciens Augenlider erneut zufielen.

„Das habe ich nicht vor", sagte er, aber sein sich drehender Kopf sagte ihm etwas anderes.

Erinnerungen an Horatia bemächtigten sich seiner Gedanken, als er versuchte, an die schönsten Momente mit ihr zu denken. Aber der Tod war grausam, vermutete er, denn nur die traurigen und schrecklichen Augenblicke kamen ihm in den Sinn. Wie er sie im Midnight Garden angeschrien hatte. Seine harten Worte, die erzwungenen Küsse und vernichtenden Blicke. *Was für ein verdammter Narr war ich*, dachte er, als er von der Dunkelheit verschluckt wurde.

HORATIA ERWACHTE IN EINEM LEEREN BETT UND RUNZELTE die Stirn. Etwas stimmte nicht. Ein Gefühl der Vorahnung durchflutete sie wie die Überreste eines Albtraums, die ihre wachen Gedanken quälten. Sie glitt aus dem Bett und zog ihr Hemd und ihren Morgenmantel an. Sie wollte sofort nach Lucien suchen, aber es war besser, vollständig angezogen zu sein, sollte sie das riesige Herrenhaus durchsuchen müssen, um ihn zu finden. Sie ging den Flur entlang und schlüpfte in ihr Zimmer.

Sie wählte ein Kleid, das sich vorn zuknöpfen ließ, um Ursula nicht zu rufen, und sobald sie den letzten Knopf zugemacht hatte, hörte sie das ferne Knallen eines Schusses. Horatia stürzte zu ihrem Fenster, das zum nördlichen Feld hinaus lag. Sie erkannte in der Entfernung vier Gestalten, als auch schon ein zweiter Schuss die morgendliche Stille zerriss. Dann sank eine der Gestalten zu Boden.

Ein Duell! Warum hatte sie Lucien nicht zur Rede gestellt? Sie hatte letzte Nacht gespürt, dass etwas nicht stimmte, aber sie hatte es verdrängt. Warum hatte sie das nur getan? In ihrer Panik hörte sie kaum, wie sich die Tür hinter ihr öffnete.

„Eine schreckliche Sache, nicht wahr, Miss Sheridan?",

sagte eine Stimme plötzlich ganz leise dicht hinter ihr. Sie versuchte aufzuschreien, als sich auch schon ein Arm um ihren Hals legte und sie würgte, während die andere Hand ihr den Mund zuhielt. „Aber ich fürchte, mir wird die Zeit knapp, und es gibt noch viel zu tun." Die Stimme kam ihr seltsam bekannt vor, doch obwohl sich Horatia strampelnd gegen ihren Peiniger wehrte, konnte sie sein Gesicht nicht sehen.

„Ich hätte nie gedacht, dass ein graues Mäuschen wie Ihr zwei Männer zum Duell treiben würde. Vielleicht vernasche ich Euch selbst, nur um zu sehen, ob sich die ganze Aufregung lohnt, die um Euch gemacht wird." Eine Zunge befeuchtete ihre Ohrmuschel. Horatia versuchte, nach dem Arm des Kerls zu greifen, aber er drückte ihre Kehle nur noch enger zusammen. Schwarze und graue Flecken behinderten ihre Sicht, während sie nach Luft schnappte.

„Feurige kleine Teufelskatze. Das hätte ich von Eurer Sorte gar nicht erwartet."

Horatia sah eine kurze Gelegenheit und gab den Versuch auf, sich in seinen Arm festzukrallen. Stattdessen neigte sie ihren Kopf nach vorn, warf ihn dann zurück und krachte mit ihrem Schädel gegen seinen. Ihr Angreifer fluchte und lockerte seinen Griff. Horatia sank auf die Knie und entkam so dem Arm, der zuvor um ihren Hals geschlungen war. Sie drehte sich gerade noch rechtzeitig um, um das Gesicht des Mannes zu erspähen, der sie angegriffen hatte.

„Ihr!", hauchte sie schockiert.

Dann traf ein Schlag ihre Schläfe und Horatia sah nichts mehr.

Cedric trug Lucien zusammen mit Lawrence fluchend vom Feld ins Haus. Gregory war vorausgerannt, um Alarm zu schlagen und jemanden nach Hexby zu schicken. Als Cedric und Lawrence sich den Ställen näherten, sahen sie, dass Gregory selbst Hilfe holen wollte.

„Ich reite zum Arzt", rief er und preschte auf einem graugescheckten Hengst an ihnen vorbei. Avery und Sir John waren die ersten beiden, die ihnen an der Haustür entgegenkamen.

„Gütiger Gott!" Avery keuchte beim Anblick der blutigen Wunde an Luciens Kopf und Cedrics aufgewühlter Miene.

„Ihr habt euch duelliert?", knurrte Sir John. „Ihr Dummköpfe." Er löste Lawrence an Luciens Füßen ab, um den bewusstlosen Marquess die Treppe hinauf in ein leeres Schlafzimmer zu tragen. Kaum lag Lucien auf dem Bett, stürmte Lady Rochester mit wildem Blick ins Zimmer.

„Ist er tot?", fragte sie von Panik ergriffen.

„Der Schuss traf seinen Schädel", sagte Lawrence. „Er sollte es überleben."

„Er *sollte*? Oh, er wird ganz gewiss nicht sterben. Ich will ihn selbst töten, und das wird er mir nicht nehmen." Aber als sie ihren Erstgeborenen blutend auf dem Bett erblickte, sank sie auf die Knie. Avery fing seine Mutter auf, bevor sie in Ohnmacht fallen konnte.

„Bring sie hier raus, Junge", bellte Sir John. Avery gehorchte und geleitete seine Mutter aus dem Zimmer. Dann wandte Sir John seine Aufmerksamkeit wieder Lucien zu und fing an, ihm das Hemd vom Leib zu reißen und die Rüstung auszuziehen, um den Schaden besser einschätzen zu können. Die Männer zuckten zusammen, als sie die Blutergüsse sahen, die Lucien vom Schlüsselbein bis zu seinen Hüften bedeckten.

„Wer zum Teufel hat ihm das angetan?", fragte Lawrence.

„Ich war es", sagte Cedric matt. „Wir haben gestern Abend vor dem Abendessen gestritten."

„Welcher Teufel hat dich geritten, dass du dich erst auf Handgreiflichkeiten und dann auf ein Duell einlässt?", knurrte

Sir John derart streng, dass er sich als überlegener Mann in einem Raum voller dummer Jungen etablierte.

„Er hat mit meiner Schwester geschlafen", verteidigte sich Cedric, aber in seinem Ton lag wenig Aufbegehren.

„Du bist ein verdammter Narr, Sheridan. Lucien liebt sie", sagte Lawrence.

„Das ist mir jetzt auch klar", gab Cedric zu.

„Jetzt kann es aber zu spät sein", schoss Lawrence zurück.

„Glaubst du, ich bereue es nicht?", fauchte Cedric wie ein verletztes Tier, und Lawrence sah die Verzweiflung in seinen Augen. „Ich wollte nicht einmal auf ihn schießen, aber meine Hand hat so stark gezittert und ich..."

„Warum hast du ihn überhaupt zum Duell herausgefordert?", fragte Lawrence.

„Ich hatte gehofft, er würde einen Rückzieher machen. Ich hatte zu viel Angst, ihm das Herz meiner Schwester anzuvertrauen. Ich konnte nicht zulassen, dass sie verletzt wird. Nicht noch einmal."

„Ich denke, du solltest deine Schwester wecken gehen, Sheridan. Sie sollte auf das Schlimmste vorbereitet sein." Sir John legte Cedric ruhig eine Hand auf die Schulter und schob ihn zur Tür.

„Du hast recht. Horatia muss es erfahren." Er verließ den Raum, in dem Lucien blutend und bewusstlos lag. Was konnte er seiner Schwester nur sagen?

„Cedric?" Audreys schüchterne Stimme riss ihn aus seiner Versunkenheit. Sie und Lucinda Cavendish standen am anderen Ende des Flurs, nur in Nachthemden und Schlafmänteln gekleidet.

„Wo ist Horatia?", fragte er, als er ihnen entgegenging.

„Ich habe sie nicht gesehen. Stimmt es, dass du Lucien in einem Duell angeschossen hast?" Audreys Stimme zitterte, und sie war den Tränen nahe.

„Ja."

„Es ist alles meine Schuld!", jammerte Audrey. „Ich hätte dir nichts davon erzählen sollen. Lucien wird sterben und Horatia wird nie glücklich werden und du wirst wegen Mordes gehängt!" Sie griff nach Cedric, um Trost bei ihm zu suchen, aber Cedric schob sie zu Lucinda.

„Es tut mir leid. Es ist jetzt wichtiger, dass ich Horatia finde", entschuldigte er sich. Er musste Horatia heute vor Audrey stellen.

Sie war nicht in ihrem Zimmer. Das Bett war ungemacht und leer und ihr Nachthemd lag auf dem Boden. Ihr Kleiderschrank stand offen, und Cedric vermutete, dass sie sich angezogen haben musste, bevor sie gegangen war. Er drehte sich um, um anderswo nach ihr zu suchen, aber da fiel ihm ein Zettel ins Auge, der auf ihrem Kopfkissen lag. Er hob ihn auf und las ihn hastig.

An den Sieger des Duells: Herzlichen Glückwunsch! Euer Gewinn erwartet Euch, und nur Euch allein, im Gärtnerhaus.

Die Nachricht trug keine Unterschrift, und der mehrdeutige Wortlaut ähnelte der Nachricht nach dem Kutschenunfall. Es war eine in Höflichkeitsfloskeln gehüllte Drohung. Er wusste nicht, wer seine Schwester entführt hatte, aber er wusste, wer der Drahtzieher dahinter war. Fluchend zerknüllte Cedric den Zettel und warf ihn zu Boden, bevor er aus der Tür stürmte. Er betete, er möge rechtzeitig dort ankommen.

Das ganze Haus war in Aufruhr, und Dienstboten huschten durch die Flure. Cedric raste an ihnen vorbei zur Treppe und durch die Hintertür in die Gärten hinaus. Luciens Schicksal lag jetzt nicht mehr in seinen Händen, aber er konnte immer noch Horatia retten.

Er hatte keinen Plan und keine Waffe. Es musste eine Falle sein, das wusste er, aber irgendwie fühlte es sich an, als hätte der Teufel sie ihm persönlich zugeteilt. Als er endlich das Häuschen erreichte, ging sein Atem stockend.

Er riss die Tür praktisch aus den Angeln, als er hineinstürmte.

Das Haus war dunkel und im ersten Moment ruhig, aber da hörte er ein schmerzerfülltes Wimmern weiter den Flur entlang. Cedric bereute sofort den Lärm, den er beim Eintreten gemacht hatte, denn der Entführer seiner Schwester wusste nun zweifellos, dass er hier war. Ein gedämpfter Schrei ertönte, und Cedric stürzte kopfüber in den Flur.

Er stürmte ins Schlafzimmer und fand Horatia gekrümmt auf dem Boden neben dem Bett. Rosenblätter waren um sie herum verstreut, und ihr Rot vermischte sich mit dem Blut auf ihrer Lippe und den Schnitten auf ihren Armen. Ein Mann stand mit einer Pistole in einer Hand und einem Messer in der anderen da. Er hob die Pistole an Cedrics Brust.

„Ich bin so froh, dass Ihr Euch uns anschließen konntet, Lord Sheridan. Nehmt doch Platz. Auf diesem Stuhl dort." Der Mann deutete auf einen Stuhl bei Horatia.

Vor ihm stand einer von Rochesters Dienern, Gordon, gekleidet in der grünen Livree von Rochester Hall. Es war derselbe Diener, der ihm indirekt bestätigt hatte, dass Lucien und Horatia sich heimlich trafen.

„Setzt Euch. Sofort", sagte Gordon und entsicherte die Pistole.

„Cedric, verschwinde von hier!", zischte Horatia.

„Ich werde nicht gehen." Cedric setzte sich nicht, aber er machte auch keine Anstalten zu gehen.

Gordon schwenkte die Pistole langsam auf Horatia.

„Die Sache ist ganz einfach. Ihr werdet Euch auf diesen Stuhl setzen, Sheridan, oder ich werde die Wand mit ihrem Gehirn bespritzen."

Cedric nahm langsam Platz und wartete. Gordon warf Horatia eine Seilrolle zu.

„Bindet seine Hände und Füße an den Stuhl. Fesselt ihn ordentlich. Ihr wisst, was sonst passiert." Horatia nahm das Seil mit zitternden Händen und stand auf.

„Schon gut", flüsterte Cedric. „Tu einfach, was er sagt." Cedric blieb äußerlich ruhig, aber die Wut in seinen Augen warnte sie, dass er noch nicht aufgegeben hatte. Horatia band das Seil um seine Stiefel und Handgelenke. Als sie fertig war, streckte und wand sich Cedric in seinen Fesseln, und der mordlustige Blick, den er Gordon zuwarf, brachte den Diener zum Lächeln.

„Ehrlich gesagt wollte ich diesen Auftrag nicht auf diese Weise ausführen. Wenn es nach mir gegangen wäre, hätte ich Euch schon an Eurem ersten Tag hier umgebracht und wäre auf und davon gewesen, bevor jemand aufgewacht wäre. Aber ich fürchte, ich habe zu genaue Anweisungen erhalten, darunter auch, dass ich Euer Leiden verlängern soll."

„Wer hat Euch angeheuert?", forderte Cedric.

„Ich glaube, das wisst Ihr bereits", antwortete Gordon schlicht. „Und wenn nicht, macht es auch keinen großen Unterschied mehr. Nun, Miss Sheridan, seid so gütig und legt Euch aufs Bett. Ich will Euch genießen, während Euer Bruder zusieht. Es ist schließlich Weihnachten."

Horatia stolperte entsetzt vom Bett weg.

„Rührt sie nicht an!", rief Cedric und zerrte an den Stricken. „Ihr habt mich schon, tötet mich einfach und bringt es hinter Euch."

Gordon machte eine gespielt verwirrte Miene. „Oh? Entschuldigt, Ihr müsst mich falsch verstanden haben. Meine Anweisungen bezüglich des verlängerten Leidens vor dem Tod galten Eurer Schwester. Ich wurde angewiesen, Euch nicht zu töten, es sei denn, es ist absolut notwendig." Gordon ging mit einem Schimmern in seinen kalten grauen Augen auf Horatia zu.

„Lauf! Um Gottes willen lauf!", schrie er seiner Schwester zu.

Horatia schaffte es den halben Gang entlang, bevor Gordon sie einholte. Er packte sie an den Haaren und zerrte sie nach hinten. Sie kreischte, als Gordon das Messer wieder gegen ihre Kehle drückte, bis Blut hervorquoll. Horatia hörte auf, gegen ihn zu kämpfen, und er zerrte sie zurück ins Schlafzimmer.

„Bitte. Ihr könnt mit mir machen, was Ihr wollt... aber lasst meinen Bruder nicht zusehen."

„Ich glaube, das würde meinem Auftraggeber nicht gefallen." Gordon stieß Horatia aufs Bett, und sie stöhnte vor Schmerz auf, während sie sich umdrehte und aufsetzte. Gordon kam auf sie zu.

„Lucien wird Euch töten", drohte sie ihm, doch er lachte nur.

„Das bezweifle ich sehr. Ich werde lange fort sein, bevor er hierherkommt, vorausgesetzt, er überlebt seine Verletzung überhaupt. Aber macht Euch keine Sorgen um ihn. Sorgt Euch lieber um Euch selbst."

„Wie schlimm war seine Wunde?", fragte Horatia Cedric. „Wie schwer hast du ihn verletzt?"

„Ich bin nicht sicher. Als ich das Haus verließ, war er bewusstlos und blutete stark", sagte Cedric und wandte den Blick ab.

Gordon grinste Horatia an, die schweigend die sterbende Glut im Kamin beäugte. „Es scheint, dass die Teufelskatze ihre höllischen Gewohnheiten abgelegt hat. Wie leicht Ihr zu besiegen seid!"

Da stand sie plötzlich auf und legte zu Cedrics und Gordons Verwirrung ein paar Scheite ins Feuer.

„Was macht Ihr da?", fragte Gordon misstrauisch. „Kommt sofort wieder her."

Ihr Gesicht war so trostlos und matt, dass Gordon zu

Cedric hinüberblickte, als wollte er sich vergewissern, ob die Geschwister etwa einen Plan aushecken. Doch Cedrics Gesicht brannte nur vor Scham und Misserfolg.

Horatia wirbelte mit dem Schürhaken in der Hand just in dem Moment herum, als Gordon seine Pistole hob. Der Schuss verfehlte sein Ziel, und die scharfe Spitze des Schürhakens traf seine Brust. Horatia schlug ihm mit dem Schürhaken auf den Arm, bevor er sein Messer herausziehen konnte. Gordon schrie vor Schmerz auf, als sich sein Arm unnatürlich krümmte, aber bevor sie einen zweiten Schlag landen konnte, entriss er ihr den Schürhaken mit seinem unverletzten Arm.

„Das war äußerst dumm von Euch." Gordon schlug ihr mit dem Schürhaken auf den Kopf, und Sterne tanzten vor ihren Augen, bevor alles dunkel wurde.

GORDON SAH HORATIA STIRNRUNZELND AN, WÄHREND ER ihr ein Stück ihres Kleides vom Leib riss und hastig eine Schlinge daraus formte.

„Nun, es hat keinen Sinn mehr, sie jetzt noch zu nehmen. Offen gesagt möchte ich hier nicht länger verweilen, aber ich muss meinen Teil der Abmachung einhalten. Jetzt, wo wir allein sind, muss ich Euch einfach fragen: Was habt Ihr getan, um eine solche Feindschaft zu verdienen? Welches Vergehen bringt einem Mann so viel persönliches Interesse ein?"

Cedric sagte nichts. Es war ihm egal, was der Mann mit ihm vorhatte. Er konzentrierte sich einzig und allein auf seine Schwester und darauf, wie sie zusammengekrümmt an der Wand lag.

Da er nicht antwortete, ging Gordon zum Kamin hinüber und benutzte den Schürhaken, um einen brennenden Holzscheit vom Kamin auf den Boden zu ziehen. Langsam begannen die Flammen an den Rändern des Teppichs zu lecken. Dann kam er zu Cedric und durchtrennte mit seinem gesunden Arm seine Fesseln. Aber bevor Cedric sich wehren konnte, rammte Gordon ihm die Pistole in den Bauch.

„Bewegt Euch. Ich möchte, dass Ihr vor mir aus dem Haus geht. Vielleicht brauche ich Euch noch für den Fall, dass jemand kommt."

„Ich lasse meine Schwester nicht hier zurück", knurrte Cedric.

„Doch, das tut Ihr, sonst schieße ich Euch ein Loch in den Bauch und Ihr werdet niemanden mehr retten können. Ihr habt noch eine Schwester übrig, oder wollt Ihr sie auch allein lassen?"

Panik ergriff Cedric, aber er wollte Horatia nicht im Stich lassen. Das würde er niemals tun.

„Horatia! Horatia, wach auf!", schrie er, als er von ihr fortgezogen wurde. Die Flammen des Holzscheits begannen über den Boden und an den Fenstervorhängen hinaufzukriechen.

Horatia rührte sich nicht. Blut tropfte von ihrer Stirn. Sie musste am Leben sein, sie musste einfach noch leben! Während sich das kleine Feuer ausbreitete, leuchteten die purpurroten Rosenblätter eines nach dem anderen auf, und die Flammen verschlangen sie wie Glühwürmchen. Als sie das Haus verließen, stolperte Gordon über die unterste Stufe.

Cedric wirbelte herum und rang mit ihm um die Pistole. Cedric traf den gebrochenen Arm des Dieners, was diesen zwang, die Waffe mit einem Aufschrei fallenzulassen. Cedric stieß den Mann von sich. Ihm blieben nur wenige Sekunden, um entweder gegen den Bösewicht zu kämpfen und den Spieß umzudrehen oder zurück ins Häuschen zu rennen, um seine Schwester zu retten.

Sein Entschluss war schnell gefasst.

Er tauchte zurück durch die dunkle Türöffnung ins Haus und stürzte kopfüber auf das Feuer zu.

KAPITEL 31

Gedanken trieben durch den trüben Sumpf von Luciens Verstand, verworren und diesig. Horatias sanftes Lächeln und ihr schauderndes Seufzen vermischten sich mit Cedrics gehetztem Blick, als er die Pistole auf ihn richtete.

Seine Augen öffneten sich nicht, und er konnte sich nicht bewegen.

„Lawrence, versuch das hier", sagte eine weibliche Stimme.

Etwas Scharfes stieg Lucien in die Nase und schoss ihm direkt ins Gehirn. Seine Augen flogen auf, und er richtete sich im Bett auf. Pochende Kopfschmerzen und ein Stechen in seiner Seite ließen ihn fast aufschreien. Riechsalz. Er hatte sich nie an seine Wirkung gewöhnt.

Lucinda und Lawrence standen zusammen mit Sir John um ihn und beobachteten ihn mit großen, besorgten Augen.

„Cedric!", schrie er. Die Angst um seinen Freund packte ihn, als er sich an das Duell erinnerte. Er war am Leben? Wo war er jetzt? In seinem Schlafzimmer.

„Ganz ruhig, Lucien, es geht ihm gut." Lawrence

versuchte, ihn mit fester Hand zum Stillhalten zu bringen, aber Lucien schlug seinen Arm fort. Ein bestimmter Gedanke nahm jetzt klarer Gestalt an. Bis jetzt war er zu abgelenkt gewesen, um sich richtig zu konzentrieren.

„Lass mich aufstehen, verdammt nochmal! Wo ist Cedric? Wo ist Horatia?" Er versuchte vergeblich, sich von der verhedderten Bettwäsche zu befreien, und fiel zu Boden. Schmerz durchzuckte seinen Kopf, und er spürte einen großen Verband um seinen Schädel an der Stelle, wo ihn die Kugel getroffen hatte. Sir John packte seinen gesunden Arm und zog ihn auf die Beine, um ihn zurück zum Bett zu geleiten.

„Du musst dich ausruhen, Lucien", sagte Lawrence.

Lucien fluchte und hielt sich eine Hand an den Kopf, ging aber weiter zur Tür.

Avery und Linus rannten vom Flur her ins Zimmer.

„Das Gärtnerhaus brennt!", rief Avery. „Wir brauchen Eimer und Wasser. Kommt alle mit mir in die Küche!"

„Hat jemand Horatia gesehen?", brüllte Lucien, als alle nach unten eilten.

„Nein..." Audrey kam atemlos auf ihn zugerannt. „Ihr Zimmer war leer, aber ich habe das hier gefunden." Sie drückte ihm einen Zettel in die Hand und er überflog ihn hastig.

„Sie wurde entführt!"

Die Worte auf dem Papier bestätigten seine schlimmsten Befürchtungen. Horatia war als Köder genommen worden, um entweder ihn oder Cedric in die Hütte zu locken.

„Verdammt, vielleicht kommen wir zu spät! Sag den anderen Bescheid!" Lucien rannte los. Er musste zur Hütte! Er wäre in seiner Eile fast die Treppe hinuntergefallen, als die Leute an ihm vorbeiliefen, um Eimer zum Füllen zu finden. Als er in die Gärten stürmte, sah er in der Ferne tinten-schwarzen Rauch aufsteigen.

„Bitte sei am Leben", hauchte er, als er auf das Häuschen zueilte. Worauf er keine Antwort hatte, war die Frage, wer das getan haben konnte. Es musste einer der Angestellten gewesen sein, das stand fest. Kein Fremder war einfach aus dem Nichts aufgetaucht, dies war die Tat von jemandem, der im Schatten auf den richtigen Moment gewartet hatte.

Als Lucien nur noch wenige Meter vom Haus entfernt war, sah er den neuen Hausdiener aus der Tür treten. Er drängte Cedric mit einer Pistole vor sich her. Gordon stolperte und die beiden Männer kämpften, bevor Cedric zurück in das brennende Haus rannte.

Der Diener starrte Lucien an. „Ich dachte, Ihr wärt tot, Rochester. Nun, da habt Ihr noch einmal Glück gehabt." Lucien trat einen Schritt vor, um den Kerl zu fangen, doch Gordon deutete mit seinem gesunden Arm hinter sich. „Euer Freund ist wieder hineingegangen, um Eure Geliebte zu retten. Ich hatte zwar nicht den Auftrag ihn zu töten, aber der Narr wird wahrscheinlich trotzdem sterben. Oder was glaubt Ihr?"

Gordon wich Lucien aus und ging an ihm vorbei, aber Lucien war er egal. Cedric und Horatia waren in der brennenden Hütte, also stürmte er ohne zu zögern in das rauchgeschwängerte Innere, duckte sich so tief wie möglich und bedeckte sein Gesicht mit seinem blutgetränkten Hemd.

„Cedric! Horatia!", schrie er.

„Lucien?" Eine raue Stimme antwortete vom Ende des Flurs, gefolgt von einem heiseren Husten.

„Cedric!" Lucien rannte in das offene Schlafzimmer, doch die Hitze der Flammen schlug ihm entgegen. Hustend wedelte er mit der Hand und versuchte, den dichten Rauch zu durchdringen. Da sah er Cedric auf dem Boden liegen, kaum noch bei Bewusstsein, und Horatia, die noch näher am Feuer gekrümmt auf dem Boden lag.

„Bring sie hier raus", stöhnte Cedric.

„Ich bin zu egoistisch, um einen von euch beiden aufzugeben", rief Lucien. Er rannte zuerst zu Horatia, zerrte sie von den Flammen fort, dann half er Cedric auf. „Man sollte meinen, dass du als mein Freund mich inzwischen besser kennen solltest."

„Ich werde versuchen, euch zu folgen", hustete Cedric und taumelte zur Tür. „Geh. Schaff sie hier raus."

Lucien kniete nieder und hob die bewusstlose Frau in seine Arme, wobei er den Schmerz unterdrückte, der immer noch in seinem Kopf hämmerte. Horatia war schweißgebadet, und ihre schlaffe Gestalt in seinen Armen machte ihn krank vor Angst.

„Bleib einfach in Bewegung", sagte Lucien mit zusammengebissenen Zähnen, als er zur Tür ging.

Er begegnete Cedrics Blick durch den verrauchten Raum. Sie wussten beide, dass er es allein nicht schaffen würde. Etwas verkrampfte sich in Luciens Herz, als er die grimmige Resignation in den Augen seines Freundes sah.

„Pass für mich auf sie auf." Cedrics Stimme war über dem Ächzen der Holzbalken um sie herum kaum hörbar.

Lucien brachte ein Nicken zustande und verstärkte seinen Griff um Horatia, als er sie hinaustrug. An der Tür angekommen rannte er noch ein gutes Stück weiter, bevor er auf die Knie fiel. Eine kleine Schar von Dienern und Gästen bildete bereits eine Reihe und kippte eimerweise Wasser auf die andere Seite der Hütte, wo die Flammen am höchsten schlugen.

Horatia rollte aus Luciens Armen und auf den verschneiten Boden und hinterließ eine rußschwarze Spur. Er beugte sich über sie, umfasste ihr Gesicht zwischen seinen zitternden Händen und küsste sie. Sie regte sich unter ihm, dann hustete sie heftig.

„Lucien?"

„Ich liebe dich. Vergiss das nie", sagte er und küsste sie noch einmal, bevor er sich losriss und zurück ins Haus lief.

„Lucien!" rief Horatia ihm schwach nach.

Er blieb am Eingang stehen, blickte kurz zurück und tauchte dann in den wirbelnden Rauch ein.

Lucien presste seinen blutigen Ärmel wieder über sein Gesicht und duckte sich so tief er konnte. Er war halb den Flur entlanggekommen, als die Balken über ihm knackten. Einer von ihnen bewegte sich und krachte hinter ihm herunter, gerade als er die Schwelle des Schlafzimmers überquerte. Er fand Cedric zusammengesunken vor sich auf dem Boden.

Lucien schlug ein paar Flammen nieder, die sein Bein gefunden hatten. Das Feuer verbrannte ihn, aber er stampfte die Flammen aus und kroch zu Cedric hinüber.

Ein weiterer Balken krachte neben dem Kamin herab. Funken stieben um die beiden Männer herum, und Lucien schloss die Augen und zuckte vor den Flammen zurück, bis die Hitze nachließ. Einen Moment, nachdem er Cedric hochgehoben hatte, stürzte ein massiver Brocken von der Decke herab und traf Cedric von hinten, wodurch Lucien zu Boden stürzte und der Balken über ihnen beiden landete. Lucien schrie vor Schmerz auf, als der Balken seine Beine einklemmte und Cedric mit dem Rücken festnagelte. Lucien krallte sich in das Holz, obwohl sich brennende Splitter in seine Handflächen bohrten. Er blickte auf und hoffte, etwas zu finden, das ihm helfen könnte, als er am Ende des Flurs einen Schatten sah.

„Lass uns hier!", schrie er verzweifelt. „Das Dach stürzt ein!"

Aber der Schatten kam näher und enthüllte Horatia in einem nassen schweren Umhang. Sie hüpfte über brennendes Holz und Steine, bis sie neben Luciens Beinen kniete und mit dem nassen Umhang die Flammen zudeckte und sich mit aller Kraft gegen den Balken stemmte. Lucien schleppte sich darunter hervor und dann arbeiteten er und Horatia daran, Cedric von den Trümmern zu befreien.

Sie packten je einen seiner Arme und schleiften ihn zum Ausgang. Mehr als einmal hätten Flammen und Rauch fast die Überhand gewonnen, aber schließlich stolperten sie mit Cedric aus dem Haus, im gleichen Moment, als hinter ihnen das gesamte Dach einstürzte. Erleichterung und Schmerz durchströmten Lucien, als das letzte bisschen Adrenalin in ihm endlich versiegte.

Er brach neben Cedric zusammen und verlor das Bewusstsein.

KAPITEL 32

Horatia lag zusammengerollt neben Lucien, der in seinem Bett schlief. Niemand wagte es, zu erwähnen, wie äußerst unschicklich das war, und wenn es jemand getan hätte, hätte Horatia ihn angeschrien. Stattdessen waren alle sehr höflich, sogar der Arzt aus Hexby, mit dem Gregory zurückgekehrt war, zehn Minuten nachdem Lucien, Cedric und sie der Hütte entkommen waren.

Luciens Verletzung durch das Duell war in der Tat gering gewesen, nicht mehr ein Kratzer. Der Arzt hatte ihnen versichert, dass alle Kopfwunden, selbst wenn sie nur von einem Streifschuss stammten, stark bluteten. Weitaus besorgniserregender war seine Gehirnerschütterung gewesen, aber auch die war überstanden. Wenn Lucien keine unerwartete Infektion hätte, würde er bald genesen. Horatia war nicht von Luciens Seite gewichen, seit sie ins Haus zurückgekehrt waren, außer um schnell zu baden und sich umzuziehen. Jetzt kümmerte sich der Arzt um Cedric, der sich im Zimmer auf der anderen Seite des Flurs erholte. Horatia strich Lucien das Haar aus dem Gesicht und drückte ihm einen zarten Kuss auf die Stirn.

„Ich kann nicht glauben, dass Gordon entkommen ist",

flüsterte sie. Die Vorstellung, dass der Mann, der sie zu töten versucht hatte, immer noch auf freiem Fuß war, war erschreckend.

„Er wird nicht zurückkommen", sagte Lucien so sicher, dass sie sich ein wenig aufrichtete, um ihn zu mustern.

„Woher weißt du das?"

„Wir wissen, wer er ist und wofür er angeheuert wurde. Vor ihm sind wir sicher." Die unausgesprochenen Worte, dass sie vor ihrem eigentlichen Feind noch längst nicht sicher waren, hingen schwer in der Luft.

„Horatia? Der Arzt möchte mit Euch sprechen", sagte Lady Rochester leise von der Tür aus. Ihre Augen ruhten auf Horatia und Lucien, aber sie sagte nichts. Nur ein trauriges Lächeln huschte über ihre Lippen.

Die arme Lady Rochester war blass, und die Falten um ihre Augen, die einst nur von Freude und Gelächter herrührten, schienen sie nun vor Sorge um ihren Sohn stärker altern zu lassen.

„Ist alles in Ordnung?", fragte Horatia und setzte sich auf.

„Er... der Arzt hat Neuigkeiten bezüglich Ihres Bruders."

Horatia glitt aus dem Bett und richtete sich auf. „Schlechte Neuigkeiten?"

Lady Rochesters Zögern beunruhigte Horatia. „Ja. Er möchte allein mit Euch und Audrey sprechen. Cedric schläft gerade. Der Arzt erwartet Euch in seinem Zimmer."

Horatia konnte sich nicht bewegen. Ihr Körper fühlte sich an, als wäre er zu Marmor erstarrt. Sie konnte nicht viel mehr Anspannung ertragen. Es war, als ob ihr ganzer Körper wie die Saiten einer Harfe gespannt wäre und sie nur wenige Sekunden davor stünden zu reißen.

Horatia durchquerte den Flur und fand Audrey und den Arzt im anderen Raum vor, wo sie auf sie warteten. Sie schloss die Tür hinter sich.

„Ihr habt Neuigkeiten?" Sie war nicht in der Lage, den Blick von ihrem schlafenden Bruder abzuwenden.

Der grauhaarige Arzt räusperte sich. „So ist es. Es scheint, dass Lord Sheridan eine sehr schwere Kopfverletzung erlitten hat. Ich befürchte, dass er sein Augenlicht verloren hat... vollständig."

Audrey klammerte sich haltsuchend an einen Bettpfosten. Tränen liefen über ihre Wangen, aber sie sagte nichts.

„Er ist blind?", fragte Horatia.

„Ich bin mir nicht sicher, ob sein Zustand von Dauer sein wird, aber ich wollte Euch sofort darüber in Kenntnis setzen, damit Ihr Euch auf das Schlimmste vorbereiten könnt. Das Leben für Sehbehinderte kann sehr schwer sein, kann aber durch die Unterstützung der Familie erleichtert werden..."

Der Arzt plapperte weiter, aber Horatia hörte nicht mehr zu. Ihr Blick wanderte wieder zu Cedric. Eine Mullbinde war um seinen Kopf und auch über seine Augen gewickelt.

Blind. Ihr Bruder war blind. Ihre eigene Sicht schien sich zu verdunkeln, bevor sie sich daran erinnerte, Luft zu holen, und ihr Blick wieder klarer wurde.

„Danke, Doktor", sagte sie. Der Arzt ließ sie und Audrey eine Weile allein.

„Audrey... warum holst du uns nicht etwas Tee?", schlug Horatia vor, und ihre Schwester stürzte aus dem Zimmer. Es wäre das Beste für Audrey, Zeit zum Weinen zu haben, und Horatia konnte nicht logisch denken, solange ihre Schwester im selben Raum war. Sie setzte sich auf die Bettkante und zuckte fast zusammen, als Cedric sprach.

„Weine nicht, Horatia. Bitte. Das wird Audrey schon zur Genüge übernehmen." Cedric betastete den Verband und schob ihn von seinem Gesicht, während er die Augen öffnete und in ihre ungefähre Richtung schaute, aber in seinem Blick lag eine beunruhigende Leere, die Horatia das Herz brach. Wie viel vom Leben eines Menschen steckte in seinen Augen?

Cedric entging so viel Ausdruckskraft, so viele Gefühle und Erkenntnisse. Sie biss sich auf die Lippe, um nicht zu weinen.

„Ich kann es nicht ertragen, meine Augen verbunden zu haben, auch wenn ich nicht sehen kann. Rück näher. Lass mich deine Hand halten", sagte Cedric sanft, und seine rechte Hand suchte den Trost ihrer. Horatia warf sich ihrem Bruder an die Brust, und er schlang seine Arme um sie. Er küsste sie auf den Kopf und hielt sie fest an sich gedrückt. Diese schlichte, zärtliche Geste überwältigte sie, und die Tränen waren nicht mehr aufzuhalten. Seltsam, dass Trost sie oft zum Weinen brachte. Es war, als wäre sie nur allein stark, oder vielleicht erlaubte sie sich nur in Gegenwart von Menschen, die sie liebte, ihre Gefühle zuzulassen. Wer würde sich um Cedric kümmern? Er hätte sie und Audrey... aber das würde nicht ausreichen.

Die Hand ihres Bruders strich ihr übers Haar. Sie legte ihren Kopf an seine Schulter, wie sie es in ihrer Jugend getan hatte, nur hoffte sie diesmal, ihn damit zu trösten.

„Bitte verzeih mir, Horatia", sagte er mit bebender Stimme. „Ich habe in letzter Zeit so viele Fehler begangen. Ich habe deinem Urteilsvermögen misstraut, und ich hatte kein Vertrauen in Luciens Herz. Er hat mich gebeten, an seine Liebe zu dir zu glauben, aber ich konnte es nicht. Ich habe euch beide enttäuscht, und es ist uns allen teuer zu stehen gekommen."

„Sag das nicht", begann Horatia, aber Cedric brachte sie zum Schweigen.

„Ich muss es tun, Horatia. Die Wahrheit ist, dass Lucien dich liebt und dich als seine Frau verdient. Ich gebe Euch gern meinen Segen. Ein Mann, der stur genug ist, uns beide zu retten, selbst wenn die Welt um ihn herum in Flammen steht... dieser Mann darf meine Schwester heiraten."

„Oh Cedric."

Schuldgefühle rangen mit ihrer Freude darüber, Lucien

heiraten zu können. Es war nicht gerecht, solch ein Glück zu empfinden, wenn ihrem Bruder ein Leben in Dunkelheit bevorstand.

„Ich habe dich gebeten, nicht zu weinen", sagte er und wischte ihr mit seinen Händen die Tränen aus dem Gesicht.

„Darf ich vor Glück weinen?", fragte sie.

„Nun, ich nehme an, Freudentränen kann ich ertragen." Cedric gluckste. „Wirst du glücklich mit ihm werden? Mit Lucien, meine ich?"

„Aber ja! Er liebt mich, und wenn ich bei ihm bin, fühle ich mich frei. Herrlich frei, einfach ich selbst zu sein. Ich liebe ihn so sehr." Sie wünschte, Cedric könnte die Wahrheit in ihren Augen sehen, aber sie wusste, dass sie auch in ihrer Stimme lag.

„Dann bleibt uns nichts anderes übrig, als das Aufgebot in die Zeitungen zu bringen und St. George zu reservieren. Deine Ehe mit Lucien wird nicht so schlimm werden, wie ich befürchtet habe. Schließlich ist er einer meiner engsten Freunde und bald nun auch mein Schwager." Cedric lachte, als wäre er aufrichtig amüsiert. „Was für eine seltsame Vorstellung. Aber sie ist mir nicht mehr unerwünscht."

„Wirst du mich zum Altar führen?", fragte Horatia nach einem Moment.

„Willst du, dass ein Blinder dich zum Altar führt? Das klingt wie ein schlechtes Omen, meine Liebe."

Horatia umarmte ihren Bruder und tat so, als würde sie die Tränen nicht über sein Gesicht laufen sehen. In diesem Moment hätte sie ihr Leben gegeben, wenn er nur wieder sehen könnte.

„Du musst mich nicht führen. Halte einfach meinen Arm und vertraue darauf, dass ich dich führe. Du hast immer für mich gesorgt. Jetzt lass mich für dich sorgen."

Cedrics Lächeln zitterte. „Dann führe mich."

„Du wirst mich nicht los, und wenn ich Lucien heirate,

wirst du uns beide nie wieder los." Horatia seufzte beim Gedanken daran, wie glücklich die Weihnachtsfeier am Vorabend gewesen war. „Frohe Weihnachten, Cedric."

Ihr Bruder kicherte. „Ich hoffe bei Gott, dass wir nächstes Jahr die langweiligsten Feiertage aller Zeiten haben."

Audrey kehrte mit einem Dienstmädchen zurück, das ein Teetablett trug. Ihre Augen waren immer noch rot und geschwollen.

„Möchte jemand Tee?", fragte sie mit einer gekünstelten Fröhlichkeit, die vielleicht ein kleines Kind hätte täuschen können.

Cedric setzte sich auf. „Sehr gern."

Als er Horatia losließ, ging sie zu ihrer Schwester, um mit dem Teeservieren zu helfen. Audreys Hände zitterten so stark, dass Horatia die angebotene Tasse und Untertasse nahm, bevor sie zerbrechen konnte. Horatia bereitete Cedrics Tee zu, wie er ihn mochte, bevor sie zum Bett zurückkehrte und nach seinen Händen griff. Sie legte die Tasse in seine offenen Handflächen, und er führte sie langsam an seine Lippen. Er nippte vorsichtig, um nichts zu verschütten.

„Nun... das war einfacher als ich erwartet hatte. Seien wir Gott für kleine Gnaden dankbar", bemerkte Cedric. Das Dienstmädchen kehrte zurück und wandte sich an Horatia.

„Mylord ist wach und bittet Euch zu sehen, Mylady."

Horatia sah zu ihrem Bruder, und obwohl er sie nicht sehen konnte, musste er ihren Blick auf sich gespürt haben.

„Nun, worauf wartest du noch? Geh und besuche den Mann." Cedric scheuchte sie aus dem Zimmer. „Lucien mag es nicht, wenn man ihn warten lässt."

Horatia eilte durch den Flur zurück in Luciens Schlafzimmer. Er saß aufrecht da und trug eine Bandage um seine Taille. Ansonsten war sein Oberkörper nackt. Seine haselnussbraunen Augen leuchteten wie Topassteine, als er sie sah.

„Gott sei Dank geht es dir gut", sagte sie.

Er streckte seine Arme nach ihr aus, und sie schmiegte sich in seine Umarmung, als hätte sie ihn nie verlassen. Er stöhnte und zuckte zusammen.

„Du könntest meine jetzige Verfassung ein wenig überfordert haben." Er gluckste.

Lucien küsste sie erst sanft, voller zärtlicher Liebe, aber schon bald brannte die Leidenschaft lichterloh und drohte, sie beide zu verzehren. Nach einem langen köstlichen Moment gab er ihre Lippen frei und hielt sie einfach umschlungen.

„Cedric hat uns seinen Segen gegeben. Wenn du mich noch willst…" Horatia war plötzlich unsicher. Vielleicht würde Lucien sie wegen all der Schwierigkeiten, die sie ihm bereitet hatte, nicht mehr wollen. Duelle und Auftragsmörder waren immerhin keine Kleinigkeit.

„Nach allem, was ich ertragen habe, um dich mein zu nennen? Wenn du denkst, dass ich dich so einfach davonkommen lasse, irrst du dich. Ich habe vor, dich so schnell wie möglich zu heiraten, und wenn das erfordert, dich an mein Bett zu fesseln, werde ich es gewiss tun." Luciens Hände glitten über ihren Rücken, um ihren Hintern zu packen, und Horatia versuchte, nicht zu grinsen.

„Du hast mich bereits an dein Bett gefesselt, und ich habe diese Erfahrung mehr als genossen. Soll ich so tun, als wollte ich die Flucht ergreifen, damit du es noch einmal tust?" Sie streichelte seine Brust und genoss das Gefühl seiner warmen Haut. Sie würde nie aufhören, darüber zu staunen, wie einfach es doch war, mit ihm zusammen zu sein und mit ihm herumzualbern, wie sie es sich immer gewünscht hatte.

„Das klingt nach einem Spiel, das ich unbedingt spielen möchte, sobald ich meiner Mutter nicht mehr ausgeliefert bin." Lucien zuckte zusammen. „Oder dem Arzt."

„Du solltest dich besser bald erholen, mein Liebling, denn

ich brauche dich dringend." Horatia strich mit ihren Lippen leicht über seine. „Alles von dir..."

„UND WAS IST MIT CEDRIC?", FRAGTE LUCIEN HORATIA. „Niemand hat mir gesagt, wie es ihm geht."

Horatia versteifte sich in seinen Armen und sie wurde ernst.

„Was ist?" Sein Herz blieb ihm im Halse stecken, als er Tränen in ihren Augenwinkeln glänzen sah.

Sie biss sich auf die Unterlippe und wandte den Blick ab, doch als sie immer noch nicht antwortete, nahm er ihr Kinn und wandte ihr Gesicht wieder seinem zu.

„Was ist los, meine Liebe? Sag es mir schon."

Ihr zittriges Nicken zerriss ihn. „Cedric lebt, aber... er ist blind."

„Blind? Grundgütiger Gott!", stieß Lucien aus. Er konnte Cedrics Qual nicht einmal ansatzweise begreifen. Nie wieder etwas sehen zu können? Luciens Arme schlangen sich um Horatia.

„Können wir denn nichts für ihn tun?", fragte er sie.

„Der Arzt weiß nicht, ob es nur vorübergehend oder dauerhaft ist. Wir müssen für ihn da sein. Ihn unterstützen. Das Leben wird von nun an schwierig für ihn sein, und er wird seine Familie und Freunde brauchen, um ihm da durchzuhelfen."

„Du bist immer so tapfer, meine Liebe. Und du hast recht. Er wird uns jetzt mehr denn je brauchen." Lucien schloss die Augen und hielt Horatia fest, um sie wissen zu lassen, dass er sie nie wieder gehen lassen würde.

„Weißt du, als ich heute Morgen aufs Feld ging, dachte ich, dass ich all die Zeit, die ich ohne dich vergeudet habe, am meisten bereue", flüsterte er in ihr weiches braunes Haar.

„Keine Sorge, Lucien. Ich habe vor, alles nachzuholen."

Horatia küsste ihn mit all der Liebe, die sie für ihn und ihn allein empfand.

Als sich ihre Lippen voneinander lösten, umfasste er ihren Hinterkopf und legte seine Stirn an ihre.

Er war wie ein Mann, der seinen ersten Sonnenaufgang erlebte und seine beeindruckende Schönheit sah. So fühlte es sich an zu wissen, dass er und Horatia glücklich sein würden. Er war von Demut erfüllt, denn er wusste, wie gesegnet er war, sie in seinem Leben und in seinem Herzen zu haben. Sie hatten sich durch das Feuer der Hölle selbst gekämpft, um zusammen zu sein, und jetzt verdienten sie ihr Glück, ihr großes Glück.

Vielleicht war es gar nicht so schlimm, ein geläuterter Schurke zu sein.

Er lächelte und küsste seine Geliebte noch einmal.

Uns erwartet nur Gutes, versprach er ihr im Stillen mit seinen Lippen und mit seinem Herzen.

EPILOG

Anne Chessley schien immer zu vergessen, wie man atmete, wenn sie in der Nähe des Viscount Sheridan war. Mit stockenden Atemzügen sah sie ihm nach, wie er den Gang in St. George entlangschritt. Licht fiel durch das Buntglas an der Vorderseite der Kirche und sprühte einen farbigen Regenbogen auf den Altar und die Menschen, die sich in den Kirchenbänken versammelt hatten.

Miss Sheridan und ihr Bruder schritten Arm in Arm zum Altar. Seine freie Hand führte einen Stock, der vor ihnen über den Boden fegte. Musik hallte von den Wänden und schwebte in einem wundersamen Donnern an die Decke. Vorn, in der Nähe des Altars, wartete der Marquess of Rochester darauf, seine Braut in Empfang zu nehmen.

Eine außergewöhnliche Hochzeit. Ein geläuterter Schurke – so hatte das *Quizzing Glass* berichtet – und eine ruhige, schöne Frau, die vor Liebe erblühte. Anne fühlte einen kleinen Stich in ihrer Brust, weil sie sich wünschte, selbst so viel Glück zu haben.

Doch allzu bald wurde ihre Aufmerksamkeit wieder auf Cedric gelenkt. Schon der Gedanke an ihn machte sie glücklich, doch die Traurigkeit schlich sich wie ein Schatten an den Rändern ihrer Freude ein. Cedrics dunkle Augen wanderten leeren Blickes über die Menge, und Anne ballte die Finger um ihr Taschentuch.

Blind. Der Mann, mit dem sie so viele ihrer nächtlichen Träume verbrachte, war blind.

Ihr Vater beugte sich herunter, um ihr ins Ohr zu flüstern. „Ein tapferer Mann, dieser Sheridan. Ich mochte ihn früher schon, aber nun, was soll ich sagen? Er ist verdammt tapfer."

Anne stimmte zu. Sie schloss die Augen und fragte sich, ob sie so mutig wie er wäre, den Gang entlangzugehen, ohne etwas sehen zu können.

Nein. Allein der Gedanke erschreckte sie. So hilflos zu sein... so abhängig. Wie ertrug er es? Sie war nicht so mutig. Aber Cedric hatte keine Wahl. Er musste sich jede Sekunde, jede Stunde eines jeden Tages der unendlichen Dunkelheit stellen. Ein Schauder durchfuhr ihren Körper, und sie rückte näher an ihren Vater heran. Er legte einen Arm um ihre Schultern. Er war so ein guter Mann, ein guter Vater.

Anne wusste, wie viel Glück sie hatte, ihn zu haben. Ihre Mutter war vor langer Zeit gestorben, aber ihr Tod hatte ihn nicht gebrochen. Er hatte seine Liebe zu Anne verdoppelt, und sie waren unzertrennlich geworden. Es war gut, dass sie nie die Absicht hatte zu heiraten. Sie könnte den Gedanken nicht ertragen, ihren armen Vater allein zu lassen.

Ihre Augen fanden Cedric wieder, denn sie war nicht in der Lage, sich lange von ihm abzuwenden. Sie liebte es, wie er seiner Schwester verlegen anlächelte und sie auf die Wange küsste, bevor er zurücktrat, um ihr zu erlauben, sich Lord Rochester anzuschließen. Lord Lennox trat aus der vorderen Kirchenbank herbei, flüsterte Cedric etwas zu und half ihm dann mit einer führenden Hand, zu seiner Bank zurückzu-finden und sich zu setzen.

Der Anblick rührte Anne. Die Liga der Schurken hatte sie

schon immer mit ihrer skandalösen Art fasziniert, aber was sie am meisten bewunderte, war ihre Freundschaft zueinander. Wie eine große Familie. Sie wünschte, sie könnte ein Teil davon sein. Doch leider war ihr dieser Weg verwehrt. Sie war nicht wie Emily, die Duchess of Essex oder Horatia, die zukünftige Lady Rochester.

Die Zeremonie selbst nahm Anne nur verschwommen zur Kenntnis, denn stattdessen konzentrierte sie sich auf Cedric. Darauf, wie sein kastanienbraunes Haar ein bisschen zu lang und an den Enden gekräuselt war. Er war hübsch anzusehen, aber seine Miene spiegelte auch seine Persönlichkeit, sogar seine Seele wider.

Cedric war anders. Sein Lächeln war warm. Die kleinen Fältchen um seine Augen und seinem Mund verzogen sich, wenn er grinste und lachte. Ihn zu beobachten, ihn anzuhimmeln und zu wissen, dass er nie ihr gehören würde, war eine bittersüße Empfindung. Es war, als würde man in einer Galerie über ein geheimnisvolles Gemälde stolpern. Sie konnte es aus der Ferne zwar anschauen, bewundern, ja sogar lieben, aber sie konnte nie durch die bemalte Leinwand in diese Welt eintauchen.

Wenn du nur mein wärst, Cedric. Wenn ich nur dein wäre...

CEDRIC LEHNTE SICH GEGEN DIE RÜCKENLEHNE DER letzten hölzernen Kirchenbank im hinteren Teil der Kirche und sprach mit den letzten Gästen, die nach draußen auf die Treppe kamen. Lucien und Horatia waren bereits mit einer Kutsche zu Luciens Stadthaus vorausgefahren, um das Hochzeitsfrühstück vorzubereiten.

Ein Abgrund öffnete sich in Cedrics Brust, als er daran dachte, nach Hause zurückzukehren, nur um dort Horatias leeres Schlafzimmer vorzufinden. Es blieben nur Audrey und er übrig... und natürlich Mittens. Die arme alte Katze vermisste ihren Bruder Muff fürchterlich und war in den ersten Wochen nach seinem Tod rufend durch das Haus gewandert, aber Muff hatte ihr nie geantwortet.

Nach einem Monat hatte sie es aufgegeben und war dazu übergegangen, nachts Cedric zu verfolgen und ihn zu finden, wo auch immer er war, und sich schließlich auf ihm zum Schlafen niederzulassen, sei es in seinem Bett, auf einem Sofa im Wohnzimmer oder anderswo. Zuerst hatte er ihre Zuwendung gehasst, besonders die Art und Weise, wie sie sich ohne Vorwarnung auf ihn stürzte und sich mit ihren Klauen an ihn krallte, während sie sich in einen glückseligen Zustand der Zufriedenheit zusammenrollte. Aber als er sich an Mittens spontanes nächtliches Auftauchen gewöhnt hatte, hatte er die Wärme ihres kleinen Körpers und ihr stetiges Schnurren genossen. Ihre Laute waren vielleicht das Beruhigendste am ganzen Arrangement. Sie gaben ihm die Gewissheit, dass nichts in der Dunkelheit lauerte, um ihm zu schaden. Seine Feinde hatten keine Chance, sich an ihn anzuschleichen, solange Mittens die Stellung hielt.

Audrey legte ihre Hand in seine und lenkte seine Aufmerksamkeit wieder auf ihre Gäste.

„Lord Chessley! Anne!", grüßte Audrey fröhlich.

„Miss Sheridan." Lord Chessleys tiefe Baritonstimme klang erheitert. „Im Moment seid Ihr tatsächlich Miss Sheridan, da Eure Schwester jetzt verheiratet ist. Was für eine schöne Zeremonie, nicht wahr? Anne und ich bedanken uns sehr dafür, dass Ihr daran gedacht habt, uns einzuladen."

„Aber das war doch selbstverständlich!", antwortete Audrey ohne zu zögern.

„Ja, wir haben die Einladung mit Freude angenommen", sagte Anne.

Cedrics Atem stockte. Er hatte den Klang ihrer Stimme immer geliebt, sie war warm wie ein Glas feinen Brandys.

„Vielen Dank für die Einladung. Eure Schwester sah so

schön aus. Ich bin sicher, dass sie und Lord Rochester sehr glücklich sein werden."

Audrey lachte. „Das will ich auch hoffen, nach allem, was passiert ist."

Cedric bemerkte die Anspannung im Tonfall seiner Schwester und stupste sie sanft in die Rippen, um sie daran zu erinnern, diskreter zu sein. Die Nachricht von seiner Blindheit hatte sich unvermeidlich herumgesprochen, aber die Frage, wie er sein Augenlicht verloren hatte, wurde nach seiner Rückkehr von den Feiertagen nur mit einem knappen „Es ist während eines Brandes geschehen" beantwortet. Wenn er nur die Albträume abschütteln könnte, um sich von den Schrecken der früheren Erinnerungen zu befreien. Noch schlimmer war, dass auch Charles seit Jahren die gleichen Träume hatte. Viel zu oft durchlebte er das Ertrinken im Fluss Cam noch einmal. Konnte ein Mann so etwas jemals überwinden? Vielleicht nicht.

„Nun, Anne und ich müssen gehen. Nochmals vielen Dank, dass wir kommen durften. Lord Sheridan, Miss Sheridan." Lord Chessley verabschiedete sich.

Cedric streckte seine Hand aus, schüttelte die des anderen und wartete dann darauf, dass Anne ebenfalls seine Hand nahm. Einen Moment des Zögerns, dann ließ Anne ihre behandschuhten Finger in seine Hand gleiten, die er an seine Lippen hob, und er drückte einen sanften Kuss auf ihre Knöchel. Eine Sehnsucht keimte in ihm auf und zog sich wie ein hauchdünner Faden und zart wie eine Blüte nach einem harten Frost durch ihn hindurch.

In einem anderen Leben hätte er sie zum Tanz auf dem Ball aufgefordert, auf dem sie sich kennengelernt hatten. In einem anderen Leben wäre er vielleicht der erste und einzige Mann gewesen, der ihre Lippen geküsst, ihr Lächeln gesehen und sie lachen gehört hätte.

In einem anderen Leben hätte sie mir gehören können...

. . .

Hugo Waverly wartete in seiner Kutsche direkt vor
der Kirche. Die Tür öffnete sich und Daniel Shefford glitt
hinein. Waverly klopfte mit seinem Stock an die Decke, und
die Kutsche fuhr los. Er legte den Stock auf seinen Schoß und
strich mit seinem behandschuhten Finger über den silbernen
Kopf. Früher hatte er einmal einen Stock mit Löwenkopf
gehabt. Ein Geschenk seines Vaters, ein Geschenk, das
Cedric Sheridan ihm gestohlen hatte, als sie in Cambridge
gewesen waren. Jetzt trug sein Stock einen Wolfskopf. Die
Zähne der Kreatur waren zu einem stummen, bedrohlichen
Lefzen entblößt. Genau so sah er sich selbst. Ein Wolf
inmitten einer Herde geistloser Schafe. Es war nur eine Frage
der Zeit, bis er sich an seiner Beute laben konnte.

„Was habt Ihr zu melden?", fragte er Shefford.

„Hauptsächlich gute Nachrichten. Gordon hat Euer Schiff
in Brighton bestiegen. Er reist als erstes nach Spanien. Dort
wird er von großem Nutzen sein, weil er die Sprache fließend
spricht."

„Ausgezeichnet." Hugo war nicht allzu erbost darüber,
dass es Gordon nicht gelungen war, Horatia Sheridan zu
töten. Immerhin war sein Hauptzweck dennoch erreicht: Die
Liga wusste nun, dass ihre Lieben nicht sicherer waren als sie
selbst. Die Übung war außerdem erfolgreich gewesen, weil sie
die Schwächen der Liga offenbart hatte. Schwächen, die er im
Laufe der Zeit ausnutzen konnte, bis er zum vernichtenden
Schlag ausholen würde. Und er konnte nicht leugnen, dass der
Schmerz, den er bis dahin verursachen würde, ihn angenehm
berührte. Wie eine Katze, die eine Maus bewusstlos schlägt,
den Todesstoß aber hinauszögert, fasziniert von dem
fassungslosen kleinen Wesen, das schlaff unter ihren Pfoten
liegt.

„Sir, Avery Russell war in den letzten Monaten in unserem

Büro aktiv. Sollen wir ihn woanders hinschicken, solange wir mit diesem aktuellen Geschäft beschäftigt sind?"

„Nein, lasst Russell, wo er ist. Wir können ihn benutzen, um seinen Bruder im Auge zu behalten. Er könnte uns später sogar nützlich werden. Ich möchte, dass Ihr Euch auf unsere Verbindungen in Brighton konzentriert. Es gibt dort einen heimlichen Ort für Sklavenhandel am Hafen, den ich auflösen möchte."

„Sklaven?" Shefford runzelte die Stirn.

„Jawohl."

„Sehr wohl, Sir."

Waverly lehnte sich in seinem Sitz zurück und seine Gedanken wogen alle erdenklichen Möglichkeiten ab.

„Übrigens, wie war die Hochzeit?", fragte er Shefford.

Shefford zuckte mit den Schultern. „Nett, nehme ich an. Ich mache mir nicht viel aus solchen Zeremonien. Seit Sheridan sein Augenlicht verloren hat, erweckt er bei den meisten der höheren Gesellschaft Mitleid. Sie meiden ihn so gut wie möglich."

„Tun sie das?" Waverly konnte ein Lächeln nicht unterdrücken. Was für eine entzückende kleine Fügung, von Sheridans Blindheit zu erfahren. Ein passendes Ende für diesen Gauner. Die Tatsache, dass die Gesellschaft ihm den Rücken gekehrt hatte, war ein zusätzlicher Gewinn.

„Ich glaube jedoch, dass es jemanden gibt, dem sein Zustand nichts ausmacht. Und zwar eine Frau namens Anne Chessley. Sie und Sheridan haben miteinander gesprochen, kurz bevor ich gegangen bin."

Er hatte von den Chessleys gehört. Ihr Vater war ein Baron, und noch ein wohlhabender dazu. Diesen Sachverhalt sollte er im Auge behalten. Er würde Sheridan nicht erlauben, eine Braut zu finden. So viel Glück hatte er nicht verdient. Vielleicht konnte er den Sklavenhandel in Brighton noch nutzen, bevor er ihn ganz verschwinden ließ. Gab es im

Ausland nicht schon immer eine Nachfrage für vornehme Damen mit heller Haut? Wenn Sheridan jemals heiraten sollte, so würde sein Glück jedenfalls nicht von langer Dauer sein.

VIELEN DANK, DASS SIE „EINE TEUFLISCHE Verführung" gelesen haben! Das nächste Buch in der Reihe, „Ein teuflisches Angebot", erzählt die Geschichte von Anne Chessley und Cedric Sheridan! Blättern Sie weiter, um jetzt das erste Kapitel zu lesen oder kaufen Sie das Buch gleich HIER!

EIN TEUFLISCHER VORSCHLAG

KAPITEL EINS

Regel Nummer 5 der Liga:

Die beste Liebhaberin für einen Mann ist eine temperamentvolle Dame, aber temperamentvolle Damen sollte man wie Wildpferde behandeln, mit festem Griff und sanfter Stimme.

Auszug aus *The Quizzing Glass Gazette*, 21. April 1821, Die Kolumne der *Lady Society*:

Die Lady Society trauert. Der abenteuerliche Schurke Viscount Sheridan ist erblindet. Die Lady Society kann nicht umhin, diese dunkelbraunen Augen zu vermissen, die mehr als das Herz einer unschuldigen jungen Dame versengen konnten, wenn sie sie aus dem Winkel eines Ballsaals beobachteten. Oh, mein lieber Viscount Sheridan, wollt Ihr nicht wieder in Erscheinung treten? Die Lady Society fordert Euch heraus: Versteckt Euch nicht länger vor ihr, sonst wird sie Geheimnisse lüften, die Eurem Herzen am nächsten liegen.

Vielleicht gibt es eine Dame, die Euch trotz der blinden Augen noch in Versuchung führen und Euch überzeugen könnte, ins Leben zurückzukehren. Möchtet Ihr nicht, dass noch einmal eine Frau Euer Bett wärmt? Eine Frau, die Euer schurkisches Herz zähmt?

London, April 1821

Cedric, Viscount Sheridan, umfasste seinen Gehstock mit silbernem Löwenkopf und klopfte damit hart gegen das Kopfsteinpflaster des gewundenen Weges im Garten seines Londoner Stadthauses, als er versuchte, zum Brunnen zu gelangen. Die Welt um ihn herum war in Wintergrau getaucht, doch seine anderen Sinne versicherten ihm, dass der Frühling vor der Tür stand. Sonnenstrahlen wärmten sein Gesicht und seine Arme, wo er die Ärmel hochgekrempelt hatte. Eine nach Blumen duftende Brise kitzelte seine Nase und fuhr durch sein Haar. Cedric machte sieben wohlgemessene Schritte und zählte sie in seinem Kopf.

Sieben Schritte bis in die Mitte des Gartens, dann fünf Schritte bis... Er verfing sich mit der Stiefelspitze an einem losen Stein, stolperte und fiel zu Boden. Er unterdrückte einen Aufschrei, als sich Kieselsteine in seine Handflächen pressten und seine Knie knackten.

Keuchend, alle Muskeln angespannt, lag er einen Moment am Boden und kämpfte gegen die Wogen der Demütigung und gegen den kindlichen Drang, vor Schmerzen zu wimmern, an. Sein Augenlicht war nicht das Einzige, was er verloren hatte. Es schien, als ob auch sein Verstand und sein Gleichgewicht ihn verlassen hätten.

Schließlich rappelte er sich auf, klopfte den Boden um sich herum ab, um seinen Stock zu finden, und stellte sich unsicher auf die Füße. Er war ein erwachsener Mann von zweiunddreißig Jahren – er konnte und würde diesen Schmerz ertragen, wie es von einem wohlerzogenen Gentleman erwartet wurde.

Es war ein glücklicher Zufall, dass keiner seiner Diener in

der Nähe war, um diesen Augenblick der Schwäche mitzuerleben.

Von vorn. Fünf Schritte bis zum Brunnen, sagte er sich, achtete darauf, die Füße höher zu heben, um weitere aufgeworfene Steine zu vermeiden. Er sollte diesen Weg inzwischen kennen, da er ihn schon hundertmal gegangen war. Aber er konnte ihn immer noch nicht so klar in seinem Kopf sehen, wie er es sollte. Als die Spitze seines Stocks leicht auf den Sockel des steinernen Brunnens klopfte, beugte er sich vor, streckte die Hand aus, um den Brunnenrand zu finden, und setzte sich mit einem lauten Seufzer der Erleichterung nieder.

Jede Stunde eines jeden Tages, von dem Moment an, als er aufstand, bis er sich ins Bett legte, lebte er in ständiger Angst, wertvolle Familienerbstücke umzuwerfen, sich vor seinen Freunden oder seiner Familie zu blamieren oder noch schlimmer, seinem Körper weiteren Schaden zuzufügen. Es war eine grausame Fügung des Schicksals, dass er vom einstigen Mann, der sich vor nichts und niemandem fürchtete, auf einen Jämmerling reduziert worden war, der jeden Morgen aufwachte und sich daran erinnerte, dass er für immer in der Dunkelheit gefangen war.

In den letzten Wochen hatte er zu oft an seinem Schreibtisch gesessen, den Kopf in die Hände vergraben, die Handballen tief in die Augen gepresst, während er versucht hatte, die Sehkraft, die er so dringend brauchte, wieder heraufzubeschwören.

Seine Verzweiflung war zu übermächtig, und er konnte nicht den Willen aufbringen, sie zu bändigen.

Er dankte Gott für diesen Garten. Frieden, Ruhe und niemand, der ihn in dieser Verfassung sah. Momente wie dieser waren ein Segen für ihn. Es gab keine gesellschaftlichen Verpflichtungen, keine unangenehmen Besuche von Leuten, die die Prüfungen des Blindseins nicht verstanden. Draußen in seinem Garten konnte er ohne Sorge, ohne Angst existieren. Die frische Luft, die warme Sonne und die Geräusche von Vögeln und Insekten gaben ihm das Gefühl, wieder lebendig zu sein, oder zumindest so lebendig, wie es ein gebrochener Mann sein konnte. Die Versuchung, für immer hier draußen zu bleiben, war groß, aber seine Hände brannten zuweilen, weil er sie sich ständig aufschürfte, und er musste ins Haus um zu schlafen und zu essen.

Irgendwo rechts von ihm summte eine Biene, die wahrscheinlich die knospenden Blumen überflog. Das Zwitschern der Vögel in einem nahen Baum erfreute seine Ohren und erfüllte die Stille mit einem zarten, musikalischen und klaren Trillern. Er konnte jede Note, jede Melodie und die Veränderungen in Tempo und Tonhöhe ausmachen, während die Vögel sich miteinander unterhielten.

Er konnte sich nicht mehr auf die Details des Sehens verlassen, wie die Gesichter seiner Schwestern und seiner Freunde, die lachten und redeten, oder die Art und Weise, wie der Wind im Sommer die Bäume in smaragdgrünen Wellen aufwirbelte, oder wie der Mund einer Frau diesen perfekten Rotton annahm, wenn er geküsst wurde. Klänge, Düfte und Berührungen waren jetzt seine einzigen Gefährten. Er klammerte sich an den Klang von Audreys zartem Kichern und an die Sanftheit von Horatias Hand, wenn sie seine hielt, während sie ihn herumführte.

Die leichten Schritte eines Dieners auf dem Kies rissen ihn aus seinen Gedanken. Dem sicheren Tritt nach musste es Benjamin Abbot sein, einer der älteren Diener. Er hatte in den letzten Monaten viel über seine Diener gelernt. Die Mägde erkannte er an ihren Stimmen und dem Rauschen ihrer Röcke, die Lakaien an ihren schwereren Schritten. Jeder Diener war einzigartig. Das war eines der Dinge, die er am meisten schätzen gelernt hatte, nachdem er sein Augenlicht verloren hatte. Er hatte zuvor immer ein gutes Verhältnis zu seinen Dienern gehabt, aber jetzt verließ er sich mehr denn je auf sie.

„Eine junge Dame ist hier, um Euch zu sehen, Mylord.“

„Oh?“ Cedric machte sich nicht die Mühe, in Benjamins Richtung zu schauen. Es schien wenig sinnvoll, sich einer Person zuzuwenden, wenn man sie nicht sehen konnte. „Hat Euch diese Dame einen Namen genannt?“, fragte er den Diener.

„Fräulein Chessley. Baron Chessleys Tochter“, antwortete der Diener.

Cedric zog scharf die Luft ein.

Anne ist hier? Wieso?

Er war im Laufe der Jahre mit vielen Frauen zusammen gewesen und hatte sich mit seinen Verführungskünsten den Weg von einem Bett zum nächsten gebahnt. Aber Anne Chessley gehörte nicht zu seinen Eroberungen. Sie war anders. Sie hatte ihn fasziniert, ihm widerstanden und ihn herausgefordert. Eine wahre Eisprinzessin in ihrem Elfenbeinturm, doch jedes Mal, wenn sich ihre Blicke getroffen hatten, war in ihm augenblicklich eine Begierde aufgestiegen, so hell und glühend, dass er sich nach ihr verzehrte. Sie war eine Herausforderung, und er hatte sich immer gern auf eine interessante Herausforderung eingelassen.

Letztes Jahr hatte er ihr den Hof gemacht, aber sie hatte ihn nicht einmal nah genug für eine Kuss herangelassen. Er hatte ein Vermögen ausgegeben, um ihr üppige Blumensträuße zu schicken, und hatte sich in der Oper Logensitze gegenüber der Loge ihres Vaters gekauft, um ihr von der anderen Seite des Theaters dabei zuzusehen, wie sie die Musik genoss. Und doch war sie unerreichbar geblieben. Immer höflich, aber nie wirklich offen. Nach monatelangen Versuchen war Cedric gezwungen gewesen, sich geschlagen zu geben. Sie würde sich ihm oder seinen Verführungsversuchen niemals hingeben.

Und dann hatte er sein Augenlicht verloren. Jeder Gedanke an Heirat war jetzt zwecklos. Obschon sein Vermögen für einige annehmbare Damen immer noch ein Anziehungspunkt war, konnte er den makabren Tanz des Werbens nicht länger ertragen. Nicht, wenn er nur das unangenehme Geflüster der Damen hinter ihren Fächern über seinen Zustand hörte. Er wollte weder Abscheu noch Mitleid von seiner zukünftigen Frau.

Anne würde ihn sicherlich bemitleiden oder sich angesichts seiner Ungeschicktheit unwohl fühlen. Sie war zu kaltherzig, um sich dafür zu interessieren, ob er es auch nur einen Meter weit schaffte, ohne sich zu verletzen oder etwas um sich herum umzustürzen. Er konnte sich nicht vorstellen, was sie ausgerechnet jetzt herführte, nachdem sie ihn so lange Zeit gemieden hatte. Außerdem war sie von Höflichkeitsbesuchen herzlich wenig angetan und würde es nicht wagen, ihm einen solchen abzustatten. Hinzu kamen die Neuigkeiten, die er erst kürzlich über ihre Familie gehört hatte, und er konnte sich nicht vorstellen, warum sie hier war.

Als sein Freund Lucien und seine Schwester Horatia letzte Woche zu ihrem wöchentlichen Besuch vorbeigekommen waren, hatte Cedric erfahren, dass Baron Chessley, Annes Vater, im Schlaf gestorben war. Anne war jetzt eine wohlhabende Erbin und brauchte niemanden, geschweige denn Cedric. Was ihn zu der verflixten Frage zurückbrachte: *Warum ist sie hergekommen?*

War sie von der Trauer über den Verlust ihres einzigen lebenden Verwandten so mitgenommen, dass sie zu ihm kam, um Trost zu suchen? Er bezweifelte es. Was konnte er einer Frau wie ihr bieten? Er war ein halber Mann, gebrochen, beschädigt. Ein verdammter Narr.

Er zwang sein Gesicht zu einer förmlichen Fassade. Er würde sie genauso behandeln wie alle jungen Damen, denen er begegnete, seit er sein Augenlicht verloren hatte, mit höflicher Distanz. Sein Stolz verlangte von ihm, die Oberhand zu behalten, besonders bei Anne. Sie durfte nie wissen, dass er sie immer noch begehrte, sich immer noch mit einer Leidenschaft, die jeder Logik entbehrte, nach ihr sehnte.

Ein Traumbild ihrer grauen Augen spielten ihm einen Streich. Er erinnerte sich äußerst lebhaft an sie, an die blassrosa Lippen, die sich nur zu einem Lächeln verzogen, wenn sie ihre Wachsamkeit für einen Moment vernachlässigte, an die Art, wie sie ihre Nase rümpfte, wenn sie nicht seiner Meinung war. Seine Brust verengte sich bei der Erinnerung an ihre oft lebhaften Diskussionen über Pferde, ein Interesse, dass sie gemein hatten. Es war die einzige Möglichkeit, sie jemals zu einer Reaktion anzustacheln, indem er sie mit provokanten Äußerungen aus der Reserve lockte. Der eiskalte kleine Teufelsbraten liebte es, sich zu streiten, und es hatte ihm große Freude bereitet, sie bis zum Rotwerden zu provozieren.

Verdammt. Ich bin ein sentimentaler Narr geworden.

Der Diener hustete höflich und erinnerte Cedric daran, dass er wartete.

„Bring sie bitte zu mir", wies er ihn an.

Es war reine Zeitverschwendung, jetzt seinen Weg zurückzufinden. Es war viel einfacher, sie stattdessen zu sich in die Gärten bringen zu lassen. Das Wetter war schön, und er kannte Anne gut genug, um zu wissen, dass sie die Natur liebte.

Die Schritte des Dieners verklangen, und eine Minute später hörte Cedric die Schritte einer Dame auf dem Gartenweg. Er hörte sie keuchen, als sie nahe genug war, um ihn sehen zu können.

„Mylord! Ihr blutet!" Anne eilte herbei. Ihr Duft schlug ihm entgegen, ein verführerischer Duft von Orchideen, der ihr einzigartig war. Er spürte die Wärme ihrer Hände nahe bei seinen, als sie sich zu ihm an den Brunnen gesellte. Sie umfasste seine Finger und berührte sanft seine brennende Haut. Er hatte sich so sehr an die Schnitte und Kratzer gewöhnt, dass er sie kaum noch bemerkte.

Sie berührte sanft seine geschundenen Hände, und er unterdrückte ein sehnsüchtiges Schaudern. Ohne Sehkraft blieb ihm nur das Berühren, Schmecken und Riechen, um der Welt einen Sinn zu geben. Annes Berührung entzündete ein kleines Feuer unter seiner Haut.

„Ich blute?", fragte er stumpf, zu sehr gefangen im Gefühl der Seidenröcke, die seine Schienbeine streiften. Seine verletzten Hände waren längst vergessen. Erregung brannte in seinen Adern, und der alte Drang, zu verführen, gewann die Oberhand. Er konnte sich nicht erinnern, wann sie ihm aus eigenem Willen je so nah gewesen war.

„Ja, Mylord. In Euren Handflächen sind Kieselsteinchen. Seid Ihr..." Sie stockte.

Sein Verlangen nach ihr verkümmerte angesichts des Mitleids in ihrem Ton. „Ob ich hingefallen bin? Ja", antwortete er knapp. Er hatte nie Mitleid gebraucht, und er wollte es auch jetzt nicht, schon gar nicht von ihr. Er streckte seine Brust hervor und blickte finster in ihre Richtung. Eine beunruhigende Stille erfüllte die Luft zwischen ihnen. Anne hatte schon immer die Macht gehabt, ihn nervös zu machen und jeden Muskel anzuspannen. Welchen Ausdruck hatte sie jetzt? Zogen sich diese zarten Brauen, an die er sich so gut erinnerte, überrascht über ihren schönen Augen zusammen und legte sich ihre Stirn in Falten? Verdammt, er wünschte, er könnte sie sehen.

„Würdet Ihr Euch von mir helfen lassen?", fragte Anne leise.

„Inwiefern?" Skepsis erfüllte Cedrics Tonfall.

Anstatt zu antworten, zog sie ihre Handschuhe aus, nahm seine Hände, tauchte sie in das kalte, klare Wasser des Brunnens und rieb und schrubbte sanft über seine brennenden Handflächen. Dann hob sie seine Hände wieder hoch.

„Habt Ihr ein Taschentuch?", fragte sie.

„In meiner Brusttasche", antwortete er. Er spürte, wie ihre Hand in seine Westentasche glitt. Diese einfache Geste war seltsam erregend und ließ seinen Puls höher schlagen. Er war bisher immer derjenige gewesen, der eine Hand unter das Mieder oder den Rock einer Dame gleiten ließ. Es war eine ganz neue Erfahrung, die Hand einer Dame unter seiner Kleidung zu fühlen. Er konnte die Wärme ihrer Haut nahe seiner Brust spüren. Mit einem inneren Grinsen genoss er jede Bewegung ihrer weichen Hände.

Als sie sein Taschentuch gefunden hatte, tupfte sie seine Hände ab und hielt sie dann hoch. Ihr warmer Atem streifte in einem sanften Muster über seine Haut, während sie leicht über seine Schnitte blies, um sie zu trocknen.

„Ich glaube nicht, dass sie weiter bluten werden. Ihr müsst aufpassen und ihnen ein paar Tage lang nichts Grobes widerfahren lassen, damit die Schnitte heilen können."

Ihr tadelnder Ton überraschte ihn und ließ die warme Blase der Begierde um ihn herum platzen. „Danke, Ma'am", erwiderte er steif, eher verblüfft als etwas anderes. „Entschuldigt meine Direktheit, aber warum seid Ihr hier?" Die brennende Frage nach dem Warum plagte ihn noch immer.

Anne schwieg lange, bevor sie sprach. Als sie es tat, lösten sich ihre Hände von seinen und trennten ihre Berührung.

„Ihr habt sicher vom Tod meines Vaters erfahren."

„Das habe ich tatsächlich", sagte Cedric leise. „Er war ein guter Mann, und das sage ich nicht über viele Männer, die ich kenne. Euch gilt mein tiefstes Mitgefühl und Beileid."

Schmerz durchfuhr ihn, stechend und plötzlich, hinter seinen Rippen. *Die Särge seiner eigenen Eltern wurden in ein Doppelgrab gesenkt, und seine beiden kleinen Schwestern umklammerten seine Arme zu beiden Seiten. Ihre engelsgleichen Gesichter waren tränenüberströmt.* Das waren unerwünschte Erinnerungen, Erinnerungen, die er jeden Tag versuchte zu begraben.

„Danke." Ihre Stimme war fest, aber er wusste, wie stark Anne war, und es machte ihn stolz auf sie. Gleichzeitig wollte er sie an sich ziehen und ihr sanfte, süße Dinge ins Ohr flüstern, um sie zu trösten.

Das schockierte ihn erneut. Seit wann war er ein Mann, der Trost spendete? Er war ein Schurke, ein Verführer und Wüstling der schlimmsten Sorte. Nicht ein Mann, der eine Frau zum Trost in die Arme nahm.

„Es ist der Tod meines Vaters, der mich zu Euch führt."

„Oh? Ich kann mir nicht vorstellen, wie ich..."

„Verzeiht mir meine Offenheit, Mylord, aber die Wahrheit ist, dass ich heiraten muss. Der Tod meines Vaters hat mich reich gemacht, doch damit bin ich leider nur eine größere Zielscheibe für die Glücksjäger der Gesellschaft geworden, als mir lieb ist."

Ihm entging der Anflug von Verzweiflung in ihrer Stimme nicht. Solange er sie kannte, hatte sie sich immer vor der Öffentlichkeit gescheut, und die Last, eine Erbin zu sein, musste schwer auf ihren Schultern wiegen.

„Und was hat das mit mir zu tun?", fragte Cedric. Sie dachte doch gewiss nicht... Es war sicherlich übertrieben zu hoffen, dass sie ihn bitten würde, ihr wieder den Hof zu machen.

„Ich brauche einen Ehemann, und die meisten der infrage kommenden Männer, die eine Braut suchen, sind nicht das, was ich mir unter einem geeigneten Partner vorstelle. Ich bin hergekommen... in der Hoffnung, dass Ihr vielleicht..." Ihre Hände ergriffen seine, und er erschrak, blieb aber nach außen ruhig und hielt sie sanft fest.

Was hoffte sie? Seine Brust verkrampfte sich. „Sagt, was Ihr denkt, Miss Chessley", forderte Cedric, vielleicht ein wenig zu nachdrücklich. Ihr Griff um seine Hände lockerte sich, und seine Hände fielen in seinen Schoß.

„Vielleicht war das ein Fehler. Ich hätte Euch nicht belästigen sollen", murmelte Anne entschuldigend. Er hörte, wie sie aufstand, um zu gehen.

Cedric sprang neben ihr auf und langte blindlings in ihre Richtung, in der Hoffnung, ihr Handgelenk zu fassen, um sie aufzuhalten. Stattdessen krallte sich seine Hand in ihre Hüfte, doch statt sie loszulassen, schloss er seine Finger noch fester um ihre Taille, gerade fest genug, um ihre Flucht zu verhindern. Sie schnappte von der plötzlichen Berührung überrascht nach Luft.

„Sprecht bitte aus, was Ihr sagen wolltet", flehte er halb, da er nicht wollte, dass sie ihn verließ.

Er war in letzter Zeit so oft allein gewesen, denn er hatte es in Anbetracht seines Zustands die Einsamkeit vorgezogen. Annes Gesellschaft aber war ihm willkommen. Sie erinnerte ihn an bessere Zeiten, ohne ihn ob seiner verlorenen Sehkraft melancholisch zu stimmen. Vielmehr entzündete sie ein Feuer in seinem Blut, und er besann sich darauf, wie er sie immer geneckt und wie sie ihm in den entzückenden Wortgefechten die Stirn geboten hatte. Er unterdrückte ein Grinsen darüber, dass sie sich nicht aus seinem Griff wand.

„Ich bin gekommen, um Euch zu fragen, ob Ihr eine Ehe in Betracht ziehen würdet... mit mir." Die letzten beiden Worte waren ein atemloses Flüstern, so leise, dass er sich fragte, ob er sie sich nur eingebildet hatte.

„Ihr wollt, dass ich Euch heirate?"

Endlich könnte er Anne haben! Doch er hatte sich geschworen, nie zu heiraten, weil eine Frau, die sich an ihn band, niemals mit einem derart behinderten Mann glücklich werden würde. Wie konnte Anne nur denken, dass er eine gute Wahl wäre? Wenn sie dachte, sie könnte nur dem Namen nach seine Frau sein, irrte sie sich.

Wenn er und Anne heirateten, würde er sie in sein Bett holen und damit den Himmel erobern, von dem er wusste, dass er ihn erwartete. Wenn die Ehe der einzige Weg wäre, um das Paradies zu finden, dann würde er sofort das Aufgebot bestellen. Doch so, wie er Anne kannte, musste es einen Haken bei der Sache geben.

„Ja. Nun... ‚wollen‘ ist vielleicht ein starkes Wort. Aber ich würde Euch heiraten, wenn Ihr um meine Hand anhieltet."

„Warum ich?" Wenn sie unter Glücksrittern und jungen Hengsten auswählen konnte, warum sollte sie sich dann mit einem blinden, erbärmlichen Narren zufriedengeben? Das ergab wenig Sinn.

„Von allen Männern, die ich kenne, seid Ihr einer der wenigen, der an mir und nicht an meinem Vermögen interessiert ist, da Euer Besitz bekanntlich weitaus größer ist als meiner. Ich mache mir keine Illusionen über den wahren Grund Eures Interesses. Die Hengste meines Vaters würden natürlich Eure werden, sollten wir heiraten. Es stünde Euch frei, Eure eigenen Stuten mit ihnen zu kreuzen. Ich dachte, das könnte Euch vielleicht locken. Ich würde Euch gern bei der Zucht behilflich sein, da ich Euer Interesse in diesem Bereich teile. Ich glaube auch, dass wir uns mit der Zeit gut genug verstehen könnten, um miteinander auszukommen. Mein Vater mochte Euch sehr, ebenso wie Emily, und das versichert mir Euren ehrlichen Charakter."

Cedric lachte in sich hinein. Trotz seines verwegenen Rufs und den Gerüchten in den Zeitungen hatte ihr Vater ihn gutgeheißen? Sie hatten sich oft in Tattersalls getroffen, um über feines Pferdefleisch zu diskutieren. Er und der verstorbene Baron waren sich in fast allem einig, außer in der Politik, aber diese Debatten waren bei einem Glas Portwein in Clubs wie dem White's lebhaft und gut argumentiert ausgetragen worden.

Da überkam ihn plötzlich eine tiefe Trauer über den

Verlust des Barons. Er hatte seine Blindheit zum Anlass genommen, sich in seiner eigenen Dunkelheit zu suhlen, und hatte nicht einmal darüber nachgedacht, wie Anne sich fühlen musste. Sie hatte ihrem Vater sehr nahegestanden, seit sie ihre Mutter so jung verloren hatte.

Und sie kommt zu mir, damit ich sie vor Glücksjägern beschütze...

Der Gedanke wärmte ihn an einer Stelle, die in den langen Monaten, seit er sein Augenlicht verloren hatte, kalt geblieben war.

„Ihr würdet mich wirklich heiraten? Ich muss Euch warnen, Miss Chessley, ich bin nicht mehr der Charmeur, der ich einmal war. Mein Leben ist... kompliziert geworden." Das Eingeständnis schmerzte ihn, aber es war unvermeidlich. Sie hatte das Recht zu wissen, was ihr bevorstand, wenn sie ihn heiratete.

„Ich weiß, Mylord. Ich hatte als Kind einen Lieblingsspaniel, der erblindete. Ich kenne die Schwierigkeiten, denen Ihr Euch stellen müsst." Ihre Stimme war immer noch ein wenig atemlos.

„Ich glaube nicht, dass Ihr mich überzeugen könnt, indem Ihr mich mit einem Hund vergleicht, Miss Chessley." Er lachte trocken, bevor er ernster wurde. „Ich reagiere nicht gut auf Mitleid, und wenn wir heiraten würden, wäre ich Euer Ehemann mit allem, was dazugehört. Ich bin sicher, Ihr wisst, was das bedeutet. Ihr solltet also besser gehen."

Ein kurzes Keuchen entfuhr ihr, aber er konnte nicht sagen, ob es Bestürzung oder Empörung war. Verdammt noch mal, er konnte ihre Reaktion nicht deuten, nicht so wie früher. Ein schwaches Beben durchfuhr sie, und er spürte es durch seine Hand, die immer noch besitzergreifend auf ihrer Taille ruhte.

„Ich würde Euch ja anbieten, Euch zur Tür zu begleiten, aber es dauert eine Weile, bis ich den Weg aus den Gärten finde." Obwohl er ihr gesagt hat, sie solle gehen, hatte er sie nicht losgelassen.

Widersprich mir, Anne. Geh nicht.

Er hasste es, ihr zu sagen, sie solle gehen, aber er wusste, wie es zwischen ihnen sein würde. Sie würde distanziert bleiben, er würde blind bleiben, und keiner von ihnen würde jemals herausfinden, was sie außerhalb des Schlafzimmers miteinander anfangen sollten. Eine solche Aussicht hätte ihn vorher vielleicht nicht gestört, ein Teil von ihm hatte immer nur eine Ehe der Form halber erwartet, aber seit er die glücklichen Ehen seiner beiden engen Freunde beobachtet hatte, wusste er, dass er sich bei seiner zukünftigen Frau nach mehr sehnte als nach sinnlicher Befriedigung, sollte er sich denn jemals eine Frau nehmen.

Zuerst hatte er es als Sentimentalität abgetan, aber von verliebten Paaren umgeben zu sein hatte seine Auffassung verändert, und nach dem Unfall hatte er seine Kindheit häufiger Revue passieren lassen. Dabei erinnerte er sich an die gute Beziehung seiner Eltern. Er merkte, dass sich ein großer Teil von ihm schon immer nach etwas Ähnlichem gesehnt hatte. Er wollte, was seine Freunde und Eltern hatten: Liebe und Freundschaft. Früher hatte er über solche Dinge gelacht und sie als naive Sehnsüchte von Dichtern abgetan, aber jetzt teilte er sie.

„Mir ist bewusst, dass Euch Eure Rechte als Ehemann zustehen würden. Ich würde Euch nicht abweisen." Sie sagte es steif und tapfer und wich immer noch nicht vor ihm zurück. Sie verlangte auch nicht, dass er seine Berührung löste.

Cedrics Lippen zuckten. Er hatte genug Erinnerungen an sie, um zu wissen, welcher Gesichtsausdruck diesen Tonfall begleitete. Ihr Kinn war bestimmt angehoben, ihre hohen Wangenknochen rosig vor Verlegenheit und in ihren lieblichen Augen blitzte sicherlich unausgesprochene Empörung.

Seine Hand glitt von ihrer Hüfte ab, aber er hörte sie nicht gehen. Sie blieb in der Nähe, und das Geräusch ihres Atems kitzelte seine Ohren.

„Ihr mögt zustimmen, regungslos unter mir zu liegen, aber das will ich nicht bei einer Frau. Ich wünsche mir einen willige Gefährtin, und Ihr habt mir im letzten Frühjahr klargemacht, dass Ihr es nicht seid."

„Menschen ändern sich", antwortete sie.

„Vielleicht, aber die Natur einer Frau tut es oft nicht. Ihr wart immer aus Eis, Miss Chessley, und ich habe nicht die Absicht, mein ohnehin schon auseinanderfallendes Leben zu verschlimmern, indem ich in Eurem Bett erfriere. Die Flucht vor Glücksjägern ist nicht Grund genug, um mich aufzusuchen. Haltet Ihr mich für blind und dumm?"

Er spürte, wie sich die Luft bewegte, bevor ihn die Ohrfeige voll ins Gesicht traf. Der unverhoffte Angriff entfachte in ihm eher ein Feuer der Erregung als der Wut. Vielleicht konnte er sie doch noch zum Schmelzen bringen.

„Wie könnt Ihr es wagen, so zu sprechen!", zischte Anne.

„Ich entschuldige mich, wenn die Wahrheit wehtut, aber ich bin es leid, Höflichkeit vorzutäuschen. Jetzt geht bitte, sonst könnte ich weitere Wahrheiten ausspucken, die Euch vielleicht aufregen könnten."

„Ihr rücksichtsloser Kerl!" Anne wollte ihn noch einmal schlagen, aber er hatte diesmal den Vorteil, ihre Reaktion vorherzuahnen.

Nur mit Glück erwischte er ihr Handgelenk und zog ihren Körper eng an den seinen. Seine andere Hand legte sich auf ihre Schulter und wanderte weiter, bis sie ihren Nacken umfasste. Er hielt sie still in seinem festen Griff und bewegte sich sanft zu ihrem Gesicht hin. Er schaffte es, ihre Wange zu finden und sich vorsichtig einen Weg zu ihren Lippen zu küssen. Als er sie gefunden hatte, gab er jeden Anschein von Zärtlichkeit auf und eroberte ihren Mund im Sturm.

Sie zitterte in seiner Umarmung, und ihre Zunge wich ihm zunächst aus. Aber er setzte seinen Angriff fort und rieb beruhigend seine Finger über ihren Hals, bis sie sich entspannte. Der Triumph, den er empfand, als ihre Zunge zwischen seine Lippen glitt, war herrlich. Und dann löste sich Cedric von ihr und trat mit schwerem Atem einen Schritt zurück.

„Wenn Ihr schwören könnt, mir im Bett so zu antworten, dann werde ich Euch bitten, mich zu heiraten." Es war eine Herausforderung, von der er nicht erwartete, dass sie sich ihr stellen würde, aber er betete, dass sie es dennoch täte. Sein Verlangen nach ihr, das er seit Jahren tief in sich hegte, entzündete sich nun zu einem sich langsam ausbreitenden Lauffeuer. Wenn sie nur zustimmen könnte, sich ihm zu öffnen...

„Ich schwöre es." Ihre heisere, atemlose Stimme durchzuckte seine Lenden, die sich vor Leidenschaft regten. Sie sprach weiter, ohne sich ihrer Wirkung auf ihn bewusst zu sein. „Was ich sagen will, ist, dass Ihr viel besser küsst, als ich erwartet hatte."

„Ihr schwört es also? Ihr werdet mir jedes Mal, wenn ich Euch aufsuche, so antworten?", drängte Cedric.

„Ich schwöre es", versprach Anne, aber Cedric hörte das Zögern in ihrer Stimme.

Er lockerte seinen Griff um sie und versuchte, seinen Ton zu mildern. „Ich werde Euch niemals zwingen, wenn das Eure Sorge ist. Aber ich warne Euch, mein Hunger nach Sinnlichkeit ist unersättlich." Er warf ihr ein Lächeln zu, mit dem er schon viele Herzen gebrochen hatte, und wünschte, er könnte ihre Reaktion sehen.

„Ich würde lieber Euren Hunger stillen, Mylord, als noch einen Abend auf einem Ball mit diesen Narren tanzen zu müssen, die mich nur als einen Goldstapel in einem Ballkleid betrachten", erklärte Anne.

Cedric hätte beinahe gelacht. Da war das hitzköpfige

Gemüt, an das er sich erinnerte, dasjenige, das sich jeder seiner Herausforderungen stellte. Vielleicht hatte er sich nur eingebildet, dass sie aus Mitleid zu ihm gekommen war oder aus dem Glauben, dass er sie jetzt, da er blind war, nicht zu einer vollkommenen Ehe drängen würde. Er mochte seit jeher Wetten, und angesichts ihrer Antwort würde er nun darauf wetten, dass sie es genauso liebte, mit ihm zu Streitgespräche zu führen, wie er. Vielleicht hatten sie doch eine Chance.

„Ich nehme an, dann ist es beschlossene Sache. Ich werde mich bemühen, alles richtig zu machen." Cedric streckte die Hand aus, um den Rand des Brunnensockels zu finden, und nutzte ihn als Stütze, um auf einem Bein zu knien. Dann streckte er eine Hand in ihre Richtung aus.

„Bitte reicht mir Eure Hand, Miss Chessley." Er ergriff ihre Hand und spürte die schwachen Ränder leichter Schwielen. Dies war die Hand einer Frau, deren Welt mit Pferden zu tun hatte. Sie trug keine Handschuhe. Seltsam, das war ihm bis jetzt nicht aufgefallen.

„Miss Chessley, würdet Ihr mir die große Ehre erweisen, meine Frau zu werden?" Er lächelte, denn die Absurdität des Augenblicks war zu amüsant, um ernst genommen zu werden. Es war für ihn ein harter Schlag, dass er ihre Augen nicht sehen konnte. Würden ihre grauen Tiefen vor Leidenschaft funkeln oder vor Unsicherheit trübe sein?

„Ja, Mylord", antwortete Anne wieder atemlos.

Cedric fragte sich, ob sein Lächeln Anne berührt hatte. Er erhob sich mit ihrer Hilfe und suchte nach seinem Stock. Sie legte ihn in seine Hände, und er spürte, wie sich ihr Griff festigte, als er wieder lächelte.

Hatte sein Lächeln sie beeinflusst? Oder war sie wirklich froh, dass er ihr einen Antrag gemacht hatte? Gott, er wünschte, er könnte sehen. Zu lange hatte er sich auf die Sprache der Augen verlassen. Jetzt war er verloren, ein ungeschickter Mann, der nur seine Ohren und Hände hatte, um ihn zu führen.

„Ausgezeichnet. Wann würdet Ihr unsere Verlobung am liebsten bekanntgeben? Ich glaube, es ist Tradition, sechs Monate zu warten, bis man in Halbtrauer gehen darf."

Eine Hand klammerte sich angsterfüllt an seinen Ärmel. „Nein! Ich möchte innerhalb einer Woche heiraten. Die Saison ist in vollem Gange, und eine schnelle Heirat wird den zahllosen Belagerungen von Chessley Manor durch Londons Junggesellen ein jähes Ende bereiten."

Ihre Stimme veränderte sich, als sie von den Glücksjägern sprach, und er fragte sich, ob das die Wahrheit war. Trotzdem würde er nicht den Grund anzweifeln, warum sie zu ihm gekommen war. Die Idee zu heiraten hatte einen Reiz, den er vorher nicht für möglich gehalten hätte. Er wäre nicht mehr allein. Ihre Stimme würde die Dunkelheit durchbrechen und ihn davon abhalten, sich der Verzweiflung hinzugeben.

Konsequenzen hätte die Entscheidung trotzdem. „Ihr wisst, dass die Gesellschaft uns in einem Skandal zerreißen wird. Sie werden davon ausgehen, dass Ihr schwanger seid, oder uns gar schlimmere Gründe für eine solche Eile unterstellen."

„Ich hätte nicht gedacht, dass Ihr einen Skandal fürchtet, Mylord." Ihr provokanter Ton ließ ihn ein weiteres Lachen unterdrücken. Wie gut kannte die Lady ihn doch! Sie würden zueinanderpassen, nun konnte er darauf vertrauen.

„Natürlich nicht. Ich genieße Skandale. Mir war nur nicht bewusst, dass Euch die Aufmerksamkeit genauso erregt wie mich." Er wünschte, er hätte ihr Gesicht sehen können. Errötete sie bei seinen mehrdeutigen Worten?

„Vielleicht erregt sie mich nicht, wie Ihr es ausdrückt, aber ich habe auch keine Angst davor." Ihr Ton klang aufrichtig, denn hätte sie gelogen, hätte er ihr ungleichmäßiges Atmen oder ein Zittern in ihrer Stimme gehört.

„Dann wäre es Euch also lieber, wenn ich mir eine Sonder-erlaubnis besorge?"

„Ja, wenn es Euch nicht zu viel Mühe macht", sagte Anne.

„Nun gut. Ich benachrichtige Euch morgen."

„Danke, Mylord." Annes Hände umklammerten seine, als sie sich vorbeugte und ihre Lippen in einem sanften Kuss über seine Wange strich. Die Leidenschaft in ihm rang bei dieser unerwarteten Berührung mit Zärtlichkeit. Sie blieb in seiner Nähe. „Möchtet Ihr, dass ich Euch zurück ins Haus führe?"

Jetzt war er es, der zögerte. Konnte er es wagen, zuzu-stimmen und seine Angst vor dem Stolpern zuzugeben? Oder wäre sie traurig, wenn er ihr Angebot ablehnen würde? Verdammt, er wünschte, er würde Frauen besser verstehen. Er hatte jahrelang mit seinen Schwestern zusammengelebt und war intelligent genug, um zuzugeben, dass er so gut wie nichts über die weibliche Spezies oder ihre komplexen und oft uner-gründlichen Ansichten über die Menschheit wusste. Viel-leicht war es klüger, ihr Angebot anzunehmen, als sie zu verärgern. „Ja. Das wäre nett von Euch."

Cedric war überrascht, als sie ihren Arm in seinen legte und sie schweigend den gepflasterten Weg entlanggingen. Aber es war kein starres Schweigen, wie er erwartet hatte. Etwas zwischen ihnen hatte sich verändert. Er wünschte nur, er wüsste, was es bedeutete. Aber er würde es bald herausfin-den. Sie sollten schließlich heiraten. Wie seltsam, dass er zwischen Angst und Faszination hin- und hergerissen war.

ÜBER DEN AUTOR

Lauren Smith ist tagsüber eine amerikanische Anwältin. Bei Nacht schreibt die Autorin abenteuerliche Liebesgeschichten im Lichte ihrer Smartphone-Taschenlampe. Sie wusste, dass sie dazu bestimmt war, eine Romanautorin zu sein, als sie versuchte, den gesamten Titanic-Film neu zu schreiben, nur um Jack vor dem Ertrinken zu bewahren. Sich mit ihren Lesern zu verbinden, indem Sie emotional bewegende, realistische und sexy Romanzen schreibt – egal in welchem Zeitraum diese spielen – ist ihre Leidenschaft. Lauren hat mehrere Preise in verschiedenen Romantik-Subgenres gewonnen.

Um mit Lauren in Verbindung zu treten, besuchen Sie sie unter:
www.laurensmithbooks.com
lauren@laurensmithbooks.com

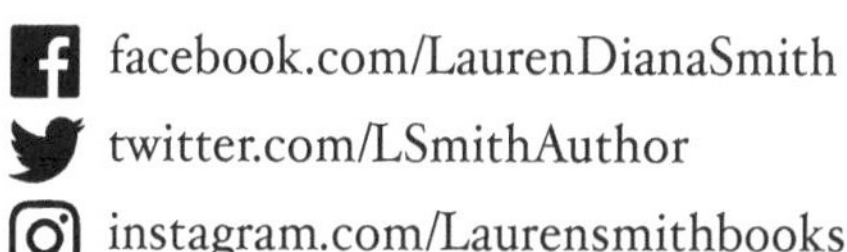